KB243778

남한 아래의 침묵

남한 아래의 침묵

방민호(方珉昊)

1965년 충남 예산 출생.
서울대 국문과 및 동대학원 박사 졸업(「蔡萬植 文學에 나타난 식민지적 현실 대응 양상」).
1994년 겨울 「현실을 바라보는 세 개의 논리」로 제1회 신인평론상(창작과비평사 주관)을 받으며 등단, 문학평론 활동.
『실천문학』 편집위원(1996년 가을~1998년 가을), 『21세기 文學』 기획위원(1997년 가을~1998년 가을). 1997년 2월 일본국제교류기금 초청 일본 순회강연.
현재 충북대학교 강사
저서로 『비평의 도그마를 넘어』(창작과비평사, 2000), 편서로 『채만식 중단편 대표 소설 선집』(다빈치, 2001)이 있다.

납함(吶喊) **아래의 침묵**

1판 1쇄 발행 2001년 2월 15일
1판 2쇄 발행 2001년 8월 10일

지은이 / 방민호
펴낸이 / 박성모
펴낸곳 / 소명출판
출판고문 / 김호영
등록 / 제13-522호
주소 / 137-878 서울시 서초구 서초동 1621-18 (란빌딩 1층)
대표전화 / (02) 585-7840
팩시밀리 / (02) 585-7848
somyong@korea.com / somyong@chollian.net / somyong@hitel.net

ⓒ 2001, 방민호

값 25,000원

ISBN 89-88375-57-2 03810

이 책은 한국문화예술진흥원의 일부 재정적 지원을 받아 발행하였습니다.

납함 아래의 침묵
吶 喊

방민호

소명출판

납함 아래의 침묵

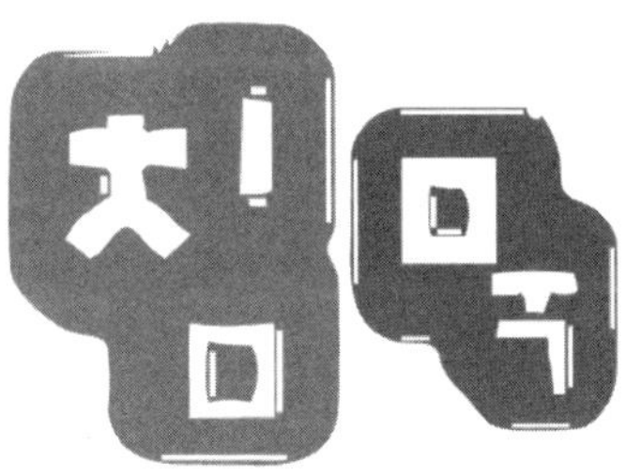

이름하여 '납함(吶喊) 아래의 침묵'이라고 하였다. '吶喊'이란 여러 사람이 함께 소리내어 외침을 의미한다. 그러나, 더 나아가 이 말은 본래 전쟁의 후방에서 응원을 보내는 함성의 소리이다. 나는 이를 루쉰(魯迅)의 소설집에서 처음 접했고 90년대 비평 양상을 진단하는 글에서 고민 끝에 사용했다. 그는 이 말을 근대화로 나아가는 절박한 격변의 시대에 문학자의 존재 의미를 구하는 뜻에서 사용했다. 그러나 그 글에서 나는 이 말을 일종의 역설로 쓰고자 했다. 한동안 비평계에는 많은 논쟁·논란이 있었으나 그 요란함만큼 생산적이지는 못했다는 것이 나의 판단이다. 어디 비평뿐인가. 소설 역시 미문과 기교를 숭상하는 퇴폐로부터 멀리 벗어나지는 못했다.

말해져야 할 것이 있으되 말해지지 않는 공백의 공간을 말해지지 않아도 되는 것들이 채색하고 있는 형국이라고나 할까. 나 또한 숱한 말을 지어냈으나 그 기묘한 침묵의 진상을 드러내고 그것에서 벗어나는 길에 대해서는 깊이 있는 탐색을 보여주지 못하였다고 생각한다. 그러니 이 부피 큰 비평집은 말이 말답게 되는 일을 꿈꾸었으되 스스로 그 현신을 이루지는 못한 미련 많은 책이다.

또한 비평이 주문과 청탁에 따라 수동적으로 씌어져서는 안 된다고 생각하는 한 사람으로서 나는 이 비평집이 독자적이면서도 완성된 하나의 아르바이트가 되지 못한 것을 부끄럽게 생각한다. 주문과 청탁에 시달리면서도 말해져야 할 것을 간과하지는 않으려 했고 주문되고 청탁되는 문장마저도 내 자신의 구상에 맞추어나가려 애쓰기는 하였다. 그러나 이는 완결된 작업이 될 수 없는 근본적인 한계를 안고 있는 것이다. 다만, 나는 쓰는 행위 속에서 내 존재의 의미를 구하였고 이 책은 그 소산이다.

1부와 4부는 비평과 문학에 대한 생각을 담은 글들로 구성되어 있다. 1부가 나의 현재를 대변하고 있다면 4부는 과거를 담고 있다고나 할까. 1부에서 한국문학의 개념을 한국어문학으로 새롭게 이해하려고 시도한 것, 백낙청의 비평작업이 지닌 의미를 검토한 것, 이창동의 영화와 소설을 함께 논하면서 한국문학의 한계를 규명하려 한 것 등에는 스스로 애착을 갖고 있다. 4부의 글들은 여러 면에서 많은 수정을 필요로 하였으나 문장을 다듬는 외에는 바꾸지 않았다. 특히 논쟁에 관련된 글은 그대로 두었다. 나는 그 글을 쓴 후 반론을 접했으나 그와 관련하여 다시 글을 쓰지는 않았다. 논쟁이 문제를 해결해 주지 못함을 깨달았던 때문이며, 더구나 감정이 실린 논쟁은 회피되어야 마땅하다고 생각했던 탓이다.

2부와 3부는 소설작품에 대한 분석을 행한 글들로 이루어져 있다. 2부가 1995년에서 2000년 사이에 발표된 작품을 대상으로 삼은 글들이라면 3부는 일종의 리뷰이다. 작품론·작가론의 형식으로, 해설과 서평 또는 계간평의 형식으로 많은 작품을 논의에 올리면서 나는 세평으로부터 자유롭고 작가나 출판사의 이름에 구애되지 않으려 했다. 이 점에서 이 글들은 생활의 방편만은 아니었다. 작가와 작품을 위한 변론은 언제나 필요하다.

20년 만의 폭설과 10년 만의 혹한이 찾아온 이 겨울 나의 삶 역시 한 어려운 고비를 넘기고 있다. 나를 지탱하게 해 주었던 것들을 더 냉정하게 관조하지 않을 수 없는 시점에 다다른 것이다. 생의 이 章을 넘기면 또 어떤 운명이 나를 기다리고 있는지?

어려운 상황에서 이 책을 출판해 주신 박성모님께 깊은 감사를 드린다. 편집·교정에 공을 들이신 김영이님, 후배 김은경 송민호에게는 마음의 빚이 있음을 기록해 둔다.

차례

납함(吶喊) 아래의 침묵

책을 내면서 / 5

1부 지금 · 이곳의 논리를 찾아

한국어문학의 내일을 위하여 ——— 15

역사와 문학의 시적 완성이라는 문제 ——— 32
: 백낙청론

파멸과 재생의 근거 ——— 69
: 이창동 영화와 소설의 인간학

납함 아래의 침묵 ——— 90
: 90년대 비평의 한 진단

90년대 문학의 '종언' ——— 108

이상의 전후 ——— 125
: 전후세대 비평을 이해하는 한 방법

100이라는 숫자 이면에 놓인 의미 ——— 149
:『초록빛 거짓말』(문학사상사, 2000)을 통해서 본 김윤식

2부 작가를 위한 변론

모성적 사랑의 시공을 위하여 ——— 161
: 황석영의 장편소설『오래된 정원』(창작과비평사, 2000)론

성숙을 위한 통과제의로서의 러시아 체험 —————— 176
: 이나미의 중편소설집 『얼음가시』(자인, 2000)론

주류 없는 세계의 소설 —————— 191
: 김영현 · 정영문 · 도태우 · 김별아 · 윤후명 · 박상륭의 작품들

고백 · 실험 · 허무 다음에 올 것 —————— 211
: 여성소설집 『민둥산에서의 하룻밤』(이수, 1999)론

"시장 아니면 구정물의 늪"의 딜레마를 넘어 —————— 231
: 최인석의 창작집 『나를 사랑한 폐인』(문학동네, 1998)론

여성적 근본주의의 한 모습 —————— 251
: 오수연의 창작집 『빈집』(강, 1997)론

냉정한 세계 위에 얹힌 위태로운 꿈 —————— 268
: 박덕규의 창작집 『포구에서 온 편지』(문이당, 2000)론

상황에 노출된 운명의 고통과 모색 —————— 284
: 주인석론

역사의 외형에 가려진, 기억되어야 할 것 —————— 303
: 김형수의 장편소설 『나의 트로트시대』(실천문학사, 1997)론

화폭 속에 담긴 영등포의 인간 군상 —————— 312
: 유영갑의 창작집 『싸락눈』(푸른나무, 1997)론

전쟁이 유린한 소녀의 정체성 찾기 —————— 322
: 윤이나의 장편소설 『베이비』(민음사, 1996)론

이념 속에 자리잡은 인간애 —————— 338
: 김하기의 창작집 『은행나무 사랑』(실천문학사, 1996)론

공간적 대하소설이라는 역설 —————— 347
: 최명희의 대하소설 『혼불』(한길사, 1990~1996)론

전통에 접맥된 진보주의 —————— 358
: 이대환의 창작집 『조그만 깃발 하나』(창작과비평사, 1995)론

숨 고르는 일의 의미 —————— 374
: 방현석의 장편소설 『십 년간』(실천문학사, 1995)론

3부 무엇을 다시 읽을까

불결에 맞서는 희생제의의 전통성 —————— 387
: 박완서의 재간행 장편소설 『오만과 몽상』(세계사, 2001)론

어두운 도시와 영혼을 위한 삽화 —————— 399
: 박범신의 초기 단편선집 『토끼와 잠수함』(세계사, 2000)론

비정한 권력의 비극적 반복이라는 알레고리 —————— 422
: 이문열의 이상문학상 수상작 「우리들의 일그러진 영웅」(1987)론

방법 · 기법의 가치 ——— 433
: 조세희의 연작장편소설 『난장이가 쏘아올린 작은 공』(문학과지성사, 1978)론

어둠 속 심안행의 의미와 행방 ——— 460
: 신상웅의 장편소설 『심야의 정담』(범우사, 1973)론

운명의 가면을 쓴 인습과 광기의 이름을 빈 구원 —— 477
: 방영웅의 장편소설 『분례기』(『창작과비평』, 1967)론

4부

정치적 문학을 지양하여

낡은 리얼리즘과 새로운 리얼리즘 ——— 493

새로운 문학적 사고를 위하여 ——— 516
: 정치성 · 미소니즘(misoneism)

문학의 정치성에 대하여 ——— 535
: '5 · 18 문학'에 관한 논의를 재검토함

대중문학론의 세파 속에서 ——— 564
: 대중문학의 '복권'과 민족문학의 갱신

리얼리즘, 리얼리즘 ——— 585

제1부
지금·이곳의 논리를 찾아

한국어문학의 내일을 위하여 | 15

역사와 문학의 시적 완성이라는 문제 | 32
―백낙청론

파멸과 재생의 근거 | 69
―이창동 영화와 소설의 인간학

납함 아래의 침묵 | 90
―90년대 비평의 한 진단

90년대 문학의 '종언' | 108

이상의 전후 | 125
―전후세대 비평을 이해하는 한 방법

100이라는 숫자 이면에 놓인 의미 | 149
―『초록빛 거짓말』(문학사상사, 2000)을 통해서 본 김윤식

[한국어문학의 내일을 위하여]

1.

　지금 한반도에는 심원한 변화가 진행되고 있다. 지난 50년 동안 지속되어 온 분단 상태의 해체가 그것이다. 분단은 식민지적 근대화라는 불행한 역사의 산물이므로 분단의 해체는 곧 한국근대사의 재조정을 의미한다. 어떤 의미에서든 역사는 다른 행정(行程)에 들어설 것이다. 경의선과 경원선이 개통되고 그것이 각각 중국과 러시아로 이어지는 통로가 된다면 한반도는 대륙과 해양을 잇는 요충지가 된다. 대륙은 해양을 거치지 않으면 안 되며 해양은 대륙을 거치지 않으면 안 될 것이다. 암스테르담에서 서울까지, 그리고 부산을 거쳐 시모노세끼로, 다시 도꾜까지 이어지는 긴 철도가 나타날 것인 바, 이 긴 철도는 한반도의 근대사가 '완성'에 다다랐음을 상징하는 존재가 될 것이다. 한 나라의 철도의 연장이란 그 나라의 근대화 수준을 보여줌이다. 물론 '완성'이란 수사(修辭)이다.

동북아시아의 세 열강이 모두 분단이 해체된 한반도와의 밀접한 관계를 절실히 원하게 될 것이다. 태평양 너머 존재하는 제국이 또한 지금까지와 마찬가지로 한반도에 영향력을 행사하기를 바랄 것이므로, 새로운 한반도는 이들 네 열강의 이해관계의 조정자로서 동북아시아의 코아(core)로서의 역할을 추구한다면 그만큼 새로운 존재로 거듭날 수 있을 것이다. 한반도와 같이 크지 않은 지역, 연결의 통로가 되는 지역에서는 고립적 생존이라는 개념은 유익하지 않을 뿐 아니라 위험하기까지 하다. 남북한의 독재는 바로 이 고립적 생존의 이상을 명목으로 내걸었으니 남북의 '자주국방'이니 '주체경제'니 하는 것이 대개 그런 것이었다. 남북이 연결된 한반도는 새로운 안전판을 필요로 한다. 이는 청일전쟁이나 러일전쟁의 교훈이 말해주듯 지리적으로 가까운 중국과 일본, 러시아에 의해서 주어지지는 못할 것이다. 한반도는 지금까지와는 다른 역할을 상당 기간 필요로 하게 될 것이니, 바다 건너 미국은 미국이 한반도의 존재를 필요로 함과 마찬가지로 여전히 한반도를 위해 필요한 존재로 남아 있게 될 것이다. 이제까지와는 달리 미국은 지리적으로 가까운 열강들의 각축을 조절하는 기능이 더 커질 것이므로. 다만, 나라끼리의 관계에서 필요한 것은 무엇보다 평등이다. 그러나, 이보다 더욱 중요한 것은 유럽에서는 이미 오래 전에 구상되고 실현되어 온 공동체의 이상이 동북아시아에서도 실질적인 실험의 과정에 들어서는 일이다. 몇몇 학자가 이미 말해왔듯이 한반도는 새로운 동북아시아 공동체의 작지만 중요한 조정자가 되어야 한다. 이는 슬기를 필요로 하는 일이지만 역사적 조건상 불가능하지만은 않은 역할이다. 이 역할이 점점 증대된다면 한반도는 외부로부터의 안전판을 필요로 하지 않게 될 것이다. 그러나, 이는 상당히 오랜 시간을 필요로 한다.

한편, 새로운 심원한 변화는 불행한 근대사의 과정에서 동북아시아판 디아스포라(diaspora)를 통해 각국에 산재하게 된 남한인·북한인·조선족·재일'조선인'·미주이민·고려인들에게 새로운 삶의 가능성을 부여할 것이다. 이는 이들이 모두 한민족이라는 민족적 이념형을 좇아 재결집함을 의미하지 않는다. 이들은 지금까지 그래왔듯이 앞으로도 저마다 짊어진 삶의 특수한 운명을 쉽게 바꿀 수는 없을 것이다. 뿐만 아니라, 그런 변화는 전혀 좋은 일도 옳은 일도 아니다. 사람은 떠날 수 없는 곳, 붙박힌 곳의 삶에 충실할 필요가 있다. 자유로운 사유는 유목민적 삶을 요구하지만 누구나 유목민처럼 살 수 없음은 엄연한 상식이다. 그러나 동시에, 사람은 자기의 연원으로부터 자유로울 수 없음 또한 진실이다. 각자의 연원은 유전자로 남아 있을 뿐 아니라 각자의 체험과 기억으로 전승되어 그들의 삶을 실제적으로 구속한다. 이 유전자와 체험 및 기억은 시간의 흐름에 따라 유실되어 갈 것이나 또한 단기간에 완전히 유실되는 법이란 없다. 문제는 이 유전자와 체험 및 기억을 각자의 삶을 위한 장점이자 강점으로 삼는 일이다. 한반도를 둘러싼 변화는 각지에 산재하여 살아가는 한반도의 피붙이들에게 그동안 부담으로 작용해온 연원이 그렇지 않은 것이 될 수 있는 가능성을 제공할 것이다. 지금껏 그들을 방치해 왔던 그대로와는 달리 그들에게 한반도라는 존재가 정신적으로나 물질적으로나 의지처가 될 수 있도록 하지 않으면 안 된다. 그들의 삶은 그들의 의지에 달린 것이되 국가와 체제는 방기해 온 그들에 대한 의무를 생각해야 한다. 남북한으로 연결된 한반도는 이곳에 뿌리를 둔 사람들이 더 나은 삶을 영위할 수 있도록 하는 조건으로 작용할 수가 있을 것이다. 이같은 가능성을 충분히 현실화시키지 않으면 안 된다. 재외한국인이 어떤 언어를 사용하고 어느 국적을 선택할 것인가는 그들이 처한 환경과 그들 자신의 의지에 달린 일이다. 그러나 한반도는 그들의 영원한 고향이자 실제적인 모국으로 작용해야 한다. 그들은 그들이 원하는 한 엄연히 한국인으로서의 권리를 행사할 수 있어야 한다.

　시선을 안으로 돌리면, 북한은 남한의 새로운 식민지가 될 위험에 직면할 수도 있다. 북한과 남한 사이에 놓인 휴전선을 허물고 자유왕래를 행하고 경제적으로 상호 협력하는 일은 물론 긴요하다. 남북한 사이에 축적된 이질성을 약화시키는 일 또한 중요한 일이라 할 수 있다. 그러나 더욱 중요한 것은 남북한이 서로 다른 환경과 체제 아래서 반세기를 살아왔다는 사실 그 자체를 인정하는 일이다. 통일(reunification)을 절대적인 가치로 숭상함이 자연스러운 일로 통용되고 있으나 나로서는 통합(reintegration)이라는 말이 한반도의 실정에 더욱 어울리는 말이라 생각한다. 통일이란 그 어의상 가능하지도 바람직하지도 않다. 무엇보다 통일이라는 말에서는 위계적 지배의 냄새가 난다. 서로 이질적인 것이 유기적인 하나로 되기 위해서는 명백한 위계가 설정되지 않으면 안 될 것이다. 신라의 '삼국통일'이니 하는 것이 그렇지 않았던가. 지금과 같은 상황에서 통일은 하나의 재앙이 되지 말라는 법이 없다. 남한식의 경제 제일주의적 사고가 북한에까지 그대로 힘을 행사할 수 있게 된다면, 황해도나 평안도의 곡창지대는 남한 부유계층의 소작지로 화할 것이며 개마고원은 서울 사람의 별장지로 전락할 것이다. 지금 한국에 들어와 있는 조선족과 제3국 노동자들이 그렇듯이 북한인들 역시 임금노예의 처지에서 멀리 벗어나지 못할 것이다. 주소지가 남한으로 되어 있는 사람에게는 북한의 부동산을 구입할 수 없는 제도가 통합 이후에도 20년 이상 유지되지 않으면 안 된다. 말하자면 그런 것이 바로 통합이다. 회통(會通)은 통합의 형태로 이루어져야 한다. 뿐만 아니라, 남북한의 통합과 더불어 남한 내의 서로 상충하는 제 계급계층, 각 지역의 국민적 통합이 진행되지 않는다면, 남북한 통합이란 또 하나의 시련에 불과할 수도 있다. 지금의 남한 사회, 가히 임계 수준에 다다른 폭발성 물질이나 다름이 없지 않은가.

2.

문학은 어떻게 될 것인가. 한국어문학은 8천만밖에 되지 않는 사용 인구를 가진 언어의 문학이다. 그런 의미에서 한반도는 반도가 아니라 하나의 섬과도 같다. 바로 옆에는 각각 10억이 훨씬 넘는 중국어 사용 인구와 1억 2천만의 일본어 사용 인구가 있다. 지도를 보면 한반도가 동북아시아의 지중해상에 위치한 섬과도 같다는 것을 알 수 있다. 수십 억이 넘는 사용인구를 가진 영어의 존재를 생각하면 문학어로서 한국어의 위치는 훨씬 더 좋지 않은 상황에 놓여 있음을 깨달을 수 있다. 뿐만 아니라 영어는 시금 바다 너머가 아니라 바로 안방에까지 파고들어 있다. 이같은 상황은 한국어의 순수성이라는 것이 예전에도 그러했듯이 앞으로도 지켜질 수 없음을 의미한다. 한국어의 순수성이라는 것은 하나의 관념일 뿐이다. 과거에 한국어는 주로 한자어의 대규모 수용 과정을 겪지 않으면 안 되었고 앞으로도 영어 및 일본어와 중국어, 그리고 러시아어를 비롯한 여러 언어들과 교섭하는 과정을 겪지 않으면 안 될 것이다.

그러나 동시에 한국어는 그 존재를 지속적으로 이어가지 않으면 안 될 것이다. 언어는 그 언어를 사용하는 사람들의 경험을 기억하고 보존하고 재창조해 가는 무이(無二)의 수단이다. 하나의 언어가 사라짐은 그 언어를 모국어로 사용하는 사람들이 축적해 온 경험이 대부분 유실됨을 의미한다. 지금도 숱한 언어들이 박물관 언어로 전락하고 있다는 사실은 인류가 처한 또 다른 차원의 위기를 보여준다. 기아나 AIDS나 핵전쟁 혹은 경제전쟁만이 위기의 지표를 이루지는 않는다. 이 인류적 경험의 유실이라는 문화적 위기야말로 인류가 당면한 정신적 위기의 표본 가운데 하나이다. 영어를 포함한 몇 개의 세계언어가 모든 언어를 구축해 버리는 상황이야말로 인류의 가장 큰 재앙 가운데 하나가 될 것이다. 영어를 한국의 공용어로 만들어야 한다는 주장은 거칠게 말해 지구상의 대부분의 동식물종을 절멸시키면서 인간의 복토를 건설하고자 하는 주장과 별다름이 없다. 과연 하나의 언어를 유폐시키고 다른 하나의 언어를 채택하는 문제가 경제학적 산술 계산으로 환원될 수 있단 말인가. 세계화를 위해 영어를 공용어로 만들자는 주장은 물질에 의해 좌우되는 그 주장자의 정신의 위기를 의미하는 것 외에 다른 것이 아니다.

한국어의 존재는 지속되어야 한다. 그러나 한국어의 순수성이란 하나의 이상적 관념이라는 것, 그리고 한국어는 단일한 실체로만 존재하지 않는다는 것 등도 명백히 의식되지 않으면 안 된다. 한국어는 남한어·북한어·조선족어·재일한국어·미주한인어 등으로 나뉘어 존재한다. 한국어는 이 여러 갈래 변종들의 집합체로 존재한다. 남한어는 표준어가 아니며 표준어가 될 수도 없고 되어서도 안 된다. 불행한 현대사가 한국어에 부과한 산종(散種)의 역사를 부정하지 않고 그것을 떠 안은 채 한국어의 발전을 꾀하는 것, 이 과정에서만 한국어는 그 사용자들에게 부담이 되지 않는 기여를 할 수 있다. 낮고 매끄럽고 부드러워서 때로는 약게 보이는 남한어, 높고 억세고 투박하되 순수해 보이는 북한어, 강원도 속초나 고성 땅의 사투리를 닮은 만주 조선족어, 혀 짧은 소리로 더듬더듬 이어가는 것만 같은 재일한국어, 영어의 악센트를 벗어버리지 못해 꼬부라진 미주한인 2세의 한국어…… 그러나 이 모든 감상은 사실상 한반도의 남쪽에 터전을 잡고 살아가는 사람에 기준을 맞춘 것이다. 한반도의 피붙이들이 저마다 다른 땅에 접붙이고 살아가는 과정에서 한국어는 서로 다른 진화를 겪지 않으면 안 되었다는 것, 따라서 절대적 의미에서 표준어란 존재할 수 없으며 이들 여러 한국어 자체가 한반도 피붙이들의 다종다양한 경험의 반영이라는 것, 이 점을 분명히 하지 않는다면 한국어는 그 안에 지배나 차별의 관념을 내포한 위계의 언어가 될 것이다. 지구상의 그 어느 곳에 사는 어느 한 인간의 삶도 소중한 것이라는 보편적 휴머니즘의 연장으로서, 어느 한국어도 기형적인 것으로 간주되어서는 안 된다. 시(詩)야말로 한국어의 이같은 복합적 전체성을 드러낼 수 있는 가장 강력한 매체의 하나일 것이다. 이들 여러 한국어들의 총체로서의 한국어는 리듬에서 전혀 단조롭지 않고 이미지에서 전혀 국한적이지 않을 것이기 때문이다.

내가 말하고 싶은 것은, 서로 다른 한국어들의 총체로서의 한국어야말로 한국어가 가진 국지어로서의 한계성을 극복해 갈 수 있는 방도라는 것이며, 이에 기반한 한국어문학의 새로운 구상이야말로 한국문학이 그 언어로 그 언어를 사용하는 이들의 경험을 '총체적'으로 보존하고 기억하고 재창조해 낼 수 있는 방법이라는 것이다. 물론 한반도 바깥에서의 한국어의 운명을 볼 때 그 전망은 그리 밝지만은 않다. 그러나, 그 '외부인'들이 단순히 한민족의 일부이기 때문이 아니라, 그들의 경험이 인류적 경험의 소중한 일부이기 때문에 그것은 보존되고 기억되고 재창조되어야 한다. 만약 그들이 세대를 거듭해 가는 어느 시점에선가 한국어를 상실한다면 그들의 경험은 그들이 속한 공동체의 언어 속에서 생명력을 얻게 될 것이다. 그 또한 전혀 나쁘지만은 않다. 그러나 한국문학에 그 몫이 남겨져 있는 한 우리는 그것까지 포함하는 한국문학의 미래상을 구상하고 실현해가지 않으면 안 될 것이다.

그런데, 이같은 한국문학의 구상은 상상력의 더 큰 확장을 필요로 한다. 지금 상상력이라는 말은 곧 인터넷이나 사이버공간을 연상시키는 것으로 받아들여질 만큼 그 의미가 심각히 왜곡되고 있으며 그 결과 판타지·SF물·무협소설·하이퍼소설 등이야말로 이 시대의 총아인 것처럼 이해되는 경향이 없지 않다. 그러나 상상력은 무엇보다 먼저 '사실'세계 속에서 확장되지 않으면 안 된다. 한국의 소설에서 외국인을 찾아보기 어렵다는 일본의 한국문학 연구자의 지적에는 음미해 볼 만한 대목이 있다. 한국의 소설은 한반도를 벗어난 세계에 대해 매우 폐쇄적이고 배타적인 경향을 보여 왔으며 이는 신세대소설에서도 달라진 것이 없다. 한반도 바깥의 세계는 소설의 배경으로 등장하는 경우가 많지 않으며 외국인이 소설 속에서 주요 인물로 등장하는 경우는 더욱 드물다. 조선족이나 재일한국인 등 한반도 바깥의 한국인들은 등장한다 해도 매우 외면적인 방식으로만 다루어진다.

한국소설의 이념성이나 정치성 또는 현실관련성을 혐오하는 일부 작가의 세계라는 것도 기실 폐쇄적이고 배타적이기 짝이 없어서 또 하나의 이념성 또는 정치성을 드러내는 경향이 농후하다. 그들은 또 다른 방식으로 현실에 깊이 연루되어 있다. 그들은 현실의 개념을 확장하거나 심화시키지는 않은 채 다만 현실을 떠나고 싶어할 뿐이다. 이같은 폐쇄성과 배타성, 곧 자기중심성의 한 원인으로서 식민지체제에서 냉전적 대립 상태로 진화되어 온 불행한 역사를 떠올리기란 어렵지 않다. 그러나 이같은 상상력의 제약은 이제 종언을 고할 필요가 있다. 상상력은 남한이나 북한을 넘어 만주와 일본, 그리고 더 넓은 세계로 확장되어야 한다. 모든 예외적인 인물, 경계에 처한 인물, 유목민적 인물이 상상의 대상으로 떠오르지 않으면 안 된다. 동시에, 한국소설은 한반도 내에서도 지금껏 발견하지 못한 개별자를 찾아 탐험의 여행을 떠나야만 한다. 시대적으로 제약되어 온 상상력을 더욱 자유롭게 만드는 일이 필요하다.

3.

나는 한국어문학의 이같은 전체상을 그림에 있어 그 근저에 놓인 문화적 방략을 혼합주의적 정체성(syncretic identity)의 추구라는 말로 특징화하고 싶다. 먼저, 한국의 문화는 혼합주의적인 방법으로 구축되지 않으면 안 된다. 혼합주의란 말 그대로 여러 유형의, 여러 연원을 가진 문화에 대해 개방적인 수용 태도를 견지한다 함이다. 이에 대립되는 사고가 있다면 그것은 여러 유형, 여러 연원의 문화 가운데 오로지 하나의 정통적인 문화만을 인정하고자 하는 순수주의 또는 고립주의일 것이다.

무엇보다 한국의 종교적 상황은 이같은 혼합주의적 태도의 불가피성을 말해주고 남음이 있다. 전통적으로 유교적 생활질서 아래에서 불교적 세계관이 뿌리깊게 작용하던 조선사회는 근대화와 더불어 한편

으로는 동학과 같은 토착종교를 낳았는가 하면 다른 한편으로는 천주
교와 기독교를 폭넓게 수용하는, 동양국가로서는 매우 이질적인 양상
을 보여주었다. 서양 종교가 깊이 뿌리내리지 못한 중국과 일본의 경
우에 비추어 볼 때 현금의 남한의 종교적 상황은 참으로 복잡다단한
것이라 하지 않을 수 없다. 한반도의 남쪽은 각종 종교의 전시장, 각축
장이 되고 있으며 이같은 양상은 시간이 흐른다 해서 쉽게 바뀔 수 있
는 성질의 것이 아니다. 남북한이 통합의 과정을 거친 미래의 한반도
는 이들 다종다기한 종교가 서로를 이해하면서 조화롭게 공존하는 매
우 독특한 질서를 가진 사회가 되지 않으면 안 될 것이다. 다름이 인
정되어야 하는 것이다.

　이같은 혼합주의적 지향은 동양문화와 서양문화의 공존을 추구한다
는 측면에서도 이해될 수 있다. 서양문화의 지배 아래서도 한국문화의
동양적 전통성을 지키고자 하는 시도는 지속적으로 펼쳐져 왔고, 특히
서구근대사상에 대한 반성적 사유가 확산되면서 오리엔탈리즘으로부
터 전혀 자유롭지 못한 동양주의가 유행처럼 번지고 있는 것이 작금
한국의 문화적 양상 가운데 하나이다. 그러나, 서양주의가 비판과 반성
의 대상이 되어야 한다면, 동양의 동양됨을 긍정하는데 그치는 동양주
의 또한 경계의 대상에서 제외될 수 없다. 또한, 그 동양됨이란 중세의
오랜 세월에 걸쳐서는 중국의 문화로, 근대로의 이행기를 맞아서는 일
본의 문화로 대변되어 온 경향이 있는 만큼, 동양주의에의 경사가 곧
한국문화의 정체성을 확보해 주는 자동적 수단이 되지는 못한다는 사
실이 중요하다. 한국이 처한 문화적 위치 속에서는 동양주의란 또 하
나의 멍에로 작용할 가능성도 없지 않다. 뿐만 아니라, 해방과 분단이
래 한반도 남쪽의 문화에 지대한 영향력을 행사해온 미국문화에서 부
정적인 요소만을 발견하는 태도 역시 바람직하지만은 않다.

어느 문화도 절대적으로 우월한 문화란 없으며 반대로 그 어느 문화도 열등하기만 한 문화란 없다. 한국문화는 중국문화·일본문화·미국문화, 그리고 그밖의 여러 문화의 혼류 속에서 자기를 수립해갈 수밖에 없음을 정확히 인식하는 것이 필요하다. 우리는 그 어느 하나만을 한국문화의 전범으로 채택할 수는 없다. 우리에게 필요한 것은 이 모든 문화가 뒤섞인 한국문화라는 도가니를 고열로 가열하여 불필요한 것을 날려 버리고 정수만을 자기 것으로 남기는 슬기이다. 오늘의 서울을 보라. 그리고 그 서울을 빼닮은 대도시와 수많은 중소도시를 보라. 지금의 한반도 남쪽의 도시는 온갖 문화가 충돌하고 겹치고 뒤섞인 아수라장이라 해도 과언이 아니다. 과거는 존재하지 않는다. 다만 존재하는 것은 끝없이 교체되는 현재뿐이다. 하나의 현재 뒤에 또 하나의 현재가 들어설 뿐, 현재는 과거가 되지 못한다. 우리는 이 끝없는 현재들에서 정수를 추출하고 그것을 고정시킬 방도를 찾지 않으면 안 된다.

문제는 결국 전통이다. 전통은 부정되어야 할 요소를 내포하기 마련이지만 언제나 전통 자체를 부정할 수는 없는 법이다. 전통이라는 과거의 집적물에 대한 이해가 없이는 새로운 창조란 극히 어렵다. 그럼에도 오늘의 한국에서 전통을 유지·보존하고자 하는 집요한 노력을 찾아보기란 극히 어려운 실정이다. 굳이 다른 정신상의 실례를 찾아볼 필요도 없다. 한국의 사찰에 가 본 사람은 불사(佛事)라는 미명 하에 얼마나 숱한 고찰들이 형편없이 훼손되고 있는가를 알 수 있다. 불교든 기독교든 종교는 영리사업이 된 지 오래이다. 뿐만 아니라, 서울은 600년 수도라는 이름에 전혀 걸맞지 않게 과거를 간직하지 못한 기형적인 현대적 도시로 발전하고 있다. 과거를 부활시킬 서울100년 사업 같은 프로젝트가 아니라면 서울의 미래는 별로 기대할 바가 없다고 할 수

있다. 국토는 개발이라는 미명 하에 마구 파헤쳐져 원형을 알아볼 수
없는 상태로 되어가고 있으니, 얽히고 섥힌 부패구조를 짐작케 하는
각종 간척사업과 신도시 건설사업, 토목공사로 인한 자연과 문화재의
훼손은 가히 절망적인 수준에 처해 있다. 남북한이 연결될 새로운 시
대가 한반도의 전면적인 개방과 이에 따른 문화적 혼류 가운데서만 제
길을 찾을 수 있는 것이라면, 이 거대한 소용돌이 속에서 한국문화의
정체성을 재구성해 내는 일은 전통이라는 나침반이 없이는 불가능하
다. 다가올 새로운 시대에는 다른 어떤 가치보다도 문화적 가치가 우
선시 될 충분한 이유가 있다. 가능한 한 최대의 역량을 과거를 기억하
고 보존하고 재구성하는데 바치지 않으면 안 된다. 문화적 아이덴티티
를 가짐으로써만 대륙과 해양의 연결 통로가 될 한반도가 독자적인 삶
의 방식과 가치를 지켜갈 수 있을 것이다. 과거와 현재의 공존, 그 동
시적 존재 속에서 살아가는 것만이 한반도에서의 삶의 자유를 지켜줄
것이다.

　　그러나 동시에 이같은 문화적 아이덴티티는 끊임없는 비판과 회의
의 과정을 통해 재구축되는 과정을 밟지 않으면 안 된다. 한국은 예로
부터 집중성이 강한 체제를 유지해 왔고 그 결과 하나의 중심성 또는
정통성을 창출하기 위해 많은 대가를 치르는 과정을 노정해 왔다. 이
같은 집중성은 시대적 조건의 산물이고 그 나름대로 생존의 방략이었
으되 현재와 같은 상황에서는 극복의 대상이 되어 버렸다. 우리는 중
심과 주변, 정통과 비정통, 민족적인 것과 민족적이지 않은 것 등에 관
한 기존의 사고를 '해체적인' 자세로 재검토하지 않으면 안 된다. 이
과정에서 한국문화라는 유동하는 혼합액에 녹아 있는 순금의 고체가
얻어질 것이다. 섣불리 새로운 중심을 찾고 정통을 수립하고 민족적인
것을 논단함을 목적으로 하지 않는 비판과 반성, 자기의 믿음을 상대

화하고 타자의 신조를 진지한 고려의 대상으로 삼는 대화, 나날이 새
롭게 획득되고 발견되는 문화적 가치를 보존하고 기억하고자 하는 노
력……. 진정한 문화적 아이덴티티를 수립하기 위해서는 이런 것들이
필요하다. 이를 통해 각인에게 익숙한 것, 낯익은 것, 신조가 된 것을
지양하면서 새로운 삶을 창조해 내야 한다. 오늘날 우리가 처한 상황
은 일종의 근본주의적 태도를 필요로 한다.

4.

　현실의 심원한 변화를 고려해 볼 때, 오늘의 한국문학은 몇 가지 심
각한 문제를 안고 있는 것으로 보인다. 무엇보다 문학의 가치와 역할
에 대한 신뢰의 약화를 볼 수 있다. 지금 한국의 출판시장은 극심한
불황을 겪고 있는데, 그 가운데서도 문학시장의 상태는 더욱 심각하다.
매출은 IMF 이전에 비해 몇 배나 감소한 상태이니, 과거에는 수십만
부를 넘어야 베스트셀러가 될 수 있었던 것이 지금은 불과 수만 부로
도 금방 교보서석의 베스트목록에 오를 수가 있다. 이를 두고 여러 진
단이 있는 가운데, 최근 몇 년 간의 창작, 출판 및 비평이 독자들을 문
학시장으로부터 구축(驅逐)해 버렸다는 견해가 있다.
　문학의 위기론이 기승을 부리는 가운데, 작가들은 첨단의 시청각적
문화매체가 지배하는 이 세계 속에서는 진지한 문학과 사상의 문학은
더 이상 독자를 사로잡을 수 없으리라는 가설 아래 그같은 상황에 적
응하는 작품을 쓰기 위해 부심해 왔다. 상당 기간, 실제로 시장은 그같

은 판단의 적실성을 뒷받침하는 것으로 보였다. 한편으로는 무거움과 진지함을 조롱하면서 경쾌함과 속도감을 내세운 신세대의 작품이 각광을 받았고, 다른 한편으로는 대중의 상식과 통념을 위반하지 않는 감상적 문체의 소설과 그것이 더욱 강화되고 악화된 국수주의적 대중소설이 선풍적인 인기를 끌었다. 환타지·SF물·무협소설이 사이버공간을 무대로 급성장하여 오프라인 시장의 상당 부분을 점유하기에 이르렀다. 이같은 과정은 점점 가속도적으로 진행되어 이제 문학은 연성(軟性)이 아니면 읽힐 수 없다는 왜곡된 관념이 많은 작가를 사로잡기에 이르렀다. 장편소설은 점점 짧아지고 문체는 점점 미문이 되고 감각화되었으며 어른을 위한 동화가 씌어졌다. 출판은 어렵고 무거운 소설에는 아예 관심을 두지도 않았으며 비평은 그같은 작가와 출판사의 요구에 따라 주문 받은 글을 써내는 것에서 자유롭지 못했다. 독자란 어느 만큼은 작가·출판사·비평가로 이루어진 문학 생산의 메카니즘에 포섭된 존재이므로 문학에 대한 전반적인 관심의 약화 속에서도 그런 작품에 얼마간 관심을 표명해 주었다. 그러나 작가와 출판사와 비평가들이 수준이 낮을 뿐더러 문학을 진지한 향수의 대상으로 생각하지 않는 독자층을 향해 열렬한 구애를 펼치는 와중에 수준 높고 진지하며 문학에 지속적인 관심을 갖고 있던 많은 독자들이 문학을 외면하기 시작했다. 문학인들마저 문학의 죽음을 선고하는 상황에서 이들이 계속 문학시장의 열렬한 소비자로 남아 있기를 바랄 수는 없었을 것이다. 지금 한국의 문학은 그 기본적인 향유층을 상실하는 위급한 상황에 빠져 있다. 이를 초·중등학교의 문학교육의 부재 탓으로 이해하는 관점도 물론 지극히 타당하다. 그러나 문제의 본질은 문학인들이 사회 전체를 문학화하려는 노력, 문학에 대한 사회의 관심을 지속적으로 환기시키려는 노력을 전혀 기울이지 않고 있다는 점에 있다. 한반도라는 혼잡하고 요동치는 공간은 문학이라는 '침묵의 공간'을 절실히 필요로 하건만, 문학인들마저 거리를 가득 채운 소음과도 같은 '의사(疑似)'문학의 한계 속에 스스로를 가둬두고 있는 것이 현재의 한국문학이다. 문학인들이 스스로 친 이 울타리를 뛰어넘어 문학다운 문학의 의미를 묻는 작업에 다시 몰입하지 않는다면 한국문학의 상황이 지금보다 나아지리라는 보장은 없다.

한편으로 문학인의 조로현상(早老現象)을 생각해 볼 수 있다. 예를 들어, 최근에 논란이 된 동인문학상(東仁文學賞)의 종신심사위원제 문제의 본질은 조선일보의 존재 및 성격에서 찾을 수 있는 것이 아니다. 물론 조선일보가 우리 사회에서 담당해온 역할에는 회의적인 시각이 있는 것이 당연하고 자연스럽다. 자신을 돌아보지 못하는 그 몇몇 논설위원과 필자의 필봉에 구토를 느끼는 사람들이 많다. 그러나 문학의 문제의 본질은 결국 문학 내부에서 찾아져야 한다. 나는 그같은 사태 속에서 한국문학인들의 조로를 새삼 의식하지 않을 수 없었다. 문학이 사생을 건 작업이어야 한다면 그 과정은 끊임없는 자기 갱신을 필요로 하지 않을까. 한국에서 문학은 30대에 꽃을 피우고 40대에 시들어 50대 이후에는 명맥만을 유지하는 경향이 농후하다. 대체로 그렇다는 말이다. 덕분에 생전에 쉽게 전집이 나온다. 더불어 정신에 문학적 탐구열 내신 일종의 권력시향적 속성이 스며드는 경우가 없지 않다. 수많은 문학상과 고정화된 심사위원 제도는 그 일단을 보여준 것에 불과하다. 그렇다면 나 자신은 과연 예외가 될 수 있을까…… 한국문학이 아직 많은 가능성을 내포하고 있으며 다른 나라의 문학에서는 찾아볼 수 없는 강한 마력을 지니고 있다는 견해가 있다. 그러나 한편으로, 한국문학의 약점을 생각해 볼 필요도 있다. 문학인은 가능한 한 위계로부터 자유로운 단독자가 되지 않으면 안 될 것이다. 적어도 문학에 직접 연결된 삶의 영역 속에서는.

　마지막으로, 탈세속주의적 경향이 풍미하는 한국문학의 현금의 풍토이다. 최근 몇 년 동안 과거의 과도한 세속주의적 문학, 곧 이념적·정치적 문학에 대한 반작용의 하나로서 탈세속주의적 경향이 급속히 확산되었다. 생태주의나 불교사상과 같은, 서양사상에 대한 반작용도 그같은 확산의 큰 계기를 이루었다고 볼 수 있다. 그러나 문학이란 본디 세속적인 작업이다. 세속적인 삶의 열린 틈과 사이로 초월적 세계를 엿보는 일은 언제나 있어 왔고 앞으로도 있을 것이며 있어야 한다. 종교적 세계에 지극히 근접하는 문학은 이 세속적 삶의 성찰을 위해서는 언제나 필수불가결하다. 반면에 문학이 인간 삶의 세속성을 무겁게 생각해야 함도 역시 진실일 것이다. 앞을 다투어 세속을 초월하려 한다면 우리를 둘러싼 누추한 세속은 누가 그리고 말할 것인가. 현금의 한국문학의 탈세속주의는 일종의 유행처럼 보이는 측면이 있다. 더 나아가, 그것은 한편으로 상업주의에 긴박(緊縛)되는 경향을 보여주기도 한다. 탈세속적 포즈는 그 나름의 강한 매력으로 독자를 사로잡는다. 이를 간파한 출판사는 계산된 연출을 행하고 작가가 그 주연배우가 되는 경우도 심심찮게 볼 수 있다. 이러한 현상이 극단에 이르면 그보다 추한 세속주의도 없다. 탈세속주의를 표방하는 세속성의 발현이야말로 세속주의의 마지막 치장술일 것이기 때문이다. 따라서 나는 진지하고 집요한 세속주의의 필요성을 역설적으로 주장하고 싶다. 문학에 있어 세속성의 초월은 바로 이 '세속적' 탐구의 와중에서 획득되는 것이 아닐까. 세속의 초월이 포즈에서 만족할 수 없는 것이 아니라면, 우리에게는 오로지 두 가지 선택지만이 남겨져 있다. 하나는 세속에 철(撤)하여 세속을 초월하는 것이며 다른 하나는 세속으로부터 직접 벗어남으로써 세속을 초월하는 것이다. 전자는 철저한 산문적 정신에 의해 지배되며 후자는 오도송(悟道頌)의 정신에 의해 지배된다. 이같은 결단과 의지의 정신이 전제되지 않는다면, 탈세속주의란 한갓 유행적 포즈에서 멀지 못할 것이다.

이상에서 나는 현금의 한국문학의 문제를 몇 가지 지적하였으나, 이는 다만 한반도의 남쪽의 문학에 한정된 논의에 지나지 않는다. 지금 내가 구상하고 있는 한국어문학이란 바로 이같은 상상력의 한계를 넘어서고자 하는 것이다. 한국어문학을 구성하고 있는 것이 결코 한반도의 남쪽의 문학만이 아니라는 지당한 사실에 바탕한 새로운 문학의 탐구가 필요하리라고 생각한다. 돌이켜 보면, 반도 북쪽의 문학은 말로 표현할 수 없을 정도로 심각한 문제를 안고 있으나 이제 막 비평적 논의가 시작되고 있으며 그밖의 한국어문학에 대해서는 관심조차 존재하지 않는 상황이다. 현실 속에서 심원한 변화가 진행되고 있는 지금이야말로 한국어로 표현할 수 있는 삶의 '총체적' 표현을 위해 노력해야 할 때이며 그 모든 노력의 소산을 모두 비평적 논의의 대상으로 간주해야 할 때이다. 이 과정에서 획득될 한국어문학이라는 실체는 한반도의 피붙이들의 삶을 기억하고 보존하고 재창조하는 문학이자 동시에 인류의 정신생활의 영위에 관한 귀중한 기록의 일부로 남을 것이다. 그렇게 되기를 희망한다.

역사와 문학의 시적 완성이라는 문제

백낙청론

1. 비평

백낙청론이 그와 그의 비평에 관한 세평을 재확인하는데 그친다면 이는 매우 비생산적인 작업이 아닐 수 없지 않을까. 그와 그의 비평, 나아가 『창작과비평』과 <민족문학작가회의> 같은 잡지 및 기관에 대해서는 이미 어떤 인상이 형성되어 있고 이 가운데는 사실에 부합하는 측면이 그렇지 않은 쪽만큼이나 많으리라고 예상해볼 수 있다. 그러나 어떤 비평이 통념을 확인함에 그치거나 평가 및 비판에만 초점을 둔다면 이는 비평이 존재하는 이유의 많은 부분을 스스로 놓아 버리는 것이 된다. 비평의 의의가 그 대상과 더불어 사유하고 그로써 문학적 통찰의 가능성을 확장해 가는 데 있다면 낱낱의 비평적 작업은 매순간 대상을 새롭게 발견할 필요가 있다. 아직 말하여지지 않은 것을 발설함으로써 말의 세계를 충만하게 하는 것, 이 점에서 비평은 소설이나 시와 다를 바가 없다. 백낙청론은 백낙청이라는 한 비평적 개성에 대한 발견적 개입이 되지 않으면 안 된다.

먼저 그가 로렌스(D. H. Lawrence)를 전공한 영문학 연구자라는 사실에 관심이 간다. 김기림에게서 리챠즈(I. A. Richards)를 배제하고, 김동석에게서 아놀드(M. Arnold)를 제외하고 그들을 논할 수 없듯이 백낙청에 관한 논의에서 이를 간과함은 메마른 결론으로 이끌릴 가능성이 높다.

백낙청의 박사학위 논문은 『A Study of The Rainbow and Women in Love』(1972), 부제는 'as Expressions of D. H. Lawrence's Thinking on Modern civilization'이었다. 여간해서는 고백의 '죄'를 범하지 않으려는 그의 생애에 관해서는 지금의 나로서는 그중 상세한 이력에 의존하여 접근해볼 수밖에 없다. 이에 의하면 그는 1959년에 영문학 및 독문학 분할 전공으로 브라운대학을 졸업하고 그 해 하바드대학 대학원 석사과정에 영문학 전공으로 입학, 이듬해 졸업했다. 다시 1962년에 도미하여 그 해 9월에 영문학 박사과정에 들어가 이후 그 결과로 나타난 것이 상기 논문인 셈이다. 그 사이 그에게는 서울대에 취직하고 『창작과비평』을 창간하는 등 그의 생애에서 중요한 몇 가지 일들이 있었으니, 그는 도미 1년 만에 돌아왔다가 1969년에 다시 나가 수학을 계속했었다.

근대문명에 관한 로렌스의 생각을 연작 성격을 갖는 두 장편을 통해 해명하고자 했던 논문의 작업은 물론 비교적 근작에 속하는 「로렌스와 재현 및 (가상)현실 문제」(『안과 밖』, 1996년 하반기)에 이르기까지, 그의 학문적·비평적 작업에 있어 로렌스가 차지하는 비중이 상당함을 말해주는 많은 작업이 있다. 그럼에도 불구하고 그에 관한 기왕의 논의에서 이같은 측면은 크게 주목되지 못한 듯한 인상이어서, 일역의 『백낙청평론선집(白樂晴評論選集)』(李順愛 편역, 同時代社, 1992~3) 제2권이 주로 로렌스에 관련된 작업을 수록하고 있음은 편역자의 안목을 생각게 하는 바가 있다. 까다로운 백낙청도 이 점에 대해서는 매우 기꺼워했음이 분명하다.

> 『평론선집』의 나머지 한 권이 D. H. 로렌스에 관한 글들을 위주로 꾸며져 나오는 데에는 남다른 감회가 따른다. 지금도 영문학 교수가 생업이고 영문학연구를 본업의 중요한 일부로 삼고 있는 나에게 로렌스는 '전문분야'에 가장 근접하는 대상이다. 학위논문의 주제였으며 여전히 가장 애독하는 작가의 한 사람이다. 그런데도 아직껏 한국에서조차 로렌스에 관한 글들을 따로 묶어 펴낸 바가 없는 처지에 일본서 이런 책이 먼저 나오게 되니, (…하략…)
> (백낙청, 「일역『백낙청평론선집』2권 서문」,『분단체제 변혁의 공부길』, 창작과비평사, 1994, 322면)

이로써 일본의 문학인들에게는 백낙청이 단순히 문학평론가일 뿐 아니라 영문학연구자로 이해될 수 있는 가능성이 열렸으나 정작 한국의 문학계에서 그것은 특별한 경우에나 주로 의식되는 '직업'으로 간주되고 있는 듯한 느낌이 강하다.

원인을 생각해 볼 필요가 있겠는데, 무엇보다 그는 오랫동안 본격적이고 완전한 형태를 갖춘 로렌스론 하나를 제대로 간행할 수 있는 여유를 갖지 못해 왔다고 말할 수도 있다. 『창작과비평』의 편집인으로, 해직교수로, 문인조직의 요인으로, 그는 집단의 일원으로서의 일에 너무 많은 시간을 할애해야 했다. 이것은 외국문학 전공자의 연구에는 매우 불리한 조건이라 하지 않을 수 없다. 그러나 이것이 온전한 설명을 대신해 주지는 않는다. 그가 영문학자보다는 문학평론가로, 그것도 이론비평가로 간주되는 데는 그의 태도가 또한 한 몫을 했다.

> …… 나의 작업에서 '이론적 탐구'와 실제 상황 또는 작품에 대한 '구체적 논평' 사이의 경계선은 극히 모호한 편이다. 그리고 이론작업을 포용하는 비평이 비평의 경지에 미달한 이론작업보다 한 차원 높은 실천이라는 것이 「작품·실천·진리」가 그 나름의 이론작업을 통해 논증하고자 하는 입장이기도 하다. (백낙청, 「책머리에」, 『현대문학을 보는 시각』, 솔, 1991, 13면)

그의 작업은 실제로 '이론적 탐구'와 실제상황이나 작품에 대한 '구체적 논평' 사이 어딘가에 자리잡고 있다. 그에게서 작가론을 발견할 수 없다는 사실이 상기된다. 오랜 시간에 걸친 비평작업 가운데서 그가 적극적이면서도 지속적인 관심을 기울인 작가를 찾아본다면 로렌스와 한용운 김수영 외에 고은 신경림 등을 꼽을 수 있을 뿐이다. 그들이 그나마 로렌스를 전공하고 하이데거에 이끌린 그의 지적 성향에 부합하는 작가들이기 때문이다. 신경숙에 관한 논의 또한 그 연장선에서 이해된다. 외국문학을 전공한 '강단' 비평가의 보편적인 약점을 상기시키는 바가 있다.

그들의 시야는 그들이 읽은 한정된 작품 및 작가와 유사성을 보이는 작품 및 작가에 국한되는 경우가 많고, 주로 서구의 고전으로 단련된 그들의 감식안은 너무 높아서 애써 이 나라 문학의 수준으로 시선을 '낮추다' 보면 사실이 아닌 것을 보게 되는 경우도 많다. 지상으로부터, 존재하는 그것으로부터 논의해야 하건만 태생적으로 망원경을 통해 작품과 작가를 읽지 않으면 안 되는 것이 그들이다. 그들의 논의는 자칫 불모의 현학으로 빠져드는 경우가 많다. 그 정도는 외국어를 몰라도 안다, 또는 그 편협하면서도 고지식한 기질에는 견딜 수가 없다, 하고 생각하게 되는 경우가 허다하다.

그러나 이와 같은 약점이 온전히 백낙청의 것이라고 간주되어서는 안 된다. 무엇보다 내게는 로렌스를 읽는 그의 방법이 매우 독창적으로 보인다. 즉, 그의 논의는 생산성이 높다. 특히 로렌스에 관해서는 영문학의 본고장에서도 수준 높은 논의로 간주되었으리라고 믿어진다. 이에 관해서는 다음의 장에서 따로 살펴볼 필요가 있겠으나, 그러면서도, 아니 그러해서인지 몰라도, 그는 그와 같은 로렌스 연구, 범위를 더 넓혀 영문학 연구에 대한 자의식을 잃지 않으려 했다. 이 한국이라는 외딴 섬 같은 언어의 나라에서, 한글이라는 세상에서 볼 수 없는 기묘하게 균형잡힌 문자로 문학을 함에 영문학이란 도대체 무엇이란 말인가. 영문학 연구상의 주체성을 강조하는 점이 인상적이다.

> 한국의 영문학자가 영국의 작품들이 우리의 민족문학론에서 강조되는 민족적·민중적 체험과 거리가 멀다는 사실을 마치 우리 자신의 잘못만인 것처럼—영국은 워낙 선진적이고 문명한 나라니까 그들의 문학이 우리 같은 낙후한 족속에게 실감이 적을 것은 당연하다는 투로—생각한다면, 그것이야말로 영국문화의 때 지난 후광에 굴복하는 것이며 식민주의와 제국주의를 토대로 하여 꽃피었던 낡은 체제와 이념을 연장시키는 데 보태주는 꼴이 될 것이다. (백낙청, 「영문학연구에서의 주체성 문제」, 『민족문학과 세계문학』 II, 창작과비평사, 1985, 163면)

그는 영국과 미국의 문학에 그들 나라의 세계사적 선진성이 배여 있는 한편으로 그들이 허구적 보편의식에 빠져 있거나 있었다면 그 역시 그 문학에 담겨 우리에게도 직접적인 영향력을 행사하거나 했다고 생각한다. 그 허위의식에서 벗어나 진리에 다다르는 것이 곧 한국의 영문학자의 역할이다. 그런데 그것은 오늘의 한국이라는 상황에서 모든 학자의 몫이 되어야 할 역할을 영문학 연구를 통해서 특수하게 수

행하는 것 외에 다른 것이 아니다.

이처럼 그에게서는 실천적 연구가 강조된다. 이 점에서 내게 두드러져 보이는 것은 1982년에서 1985년 사이에 씌어진 「리얼리즘에 관하여」, 「모더니즘에 관하여」, 「모더니즘 논의에 덧붙여」(이상, 『민족문학과 세계문학』 II) 등의 연작, 그리고 상기한 「로렌스와 재현 및 (가상)현실 문제」를 비롯하여 로렌스에 관련된 일련의 글들이다. 이들은 리얼리즘에 관한 이론적 탐색이면서 상황에 의해 부과된 실천적 동기를 담고 있다. 이들은 모두 로렌스와 하이데거를 향한 관심이라는, 변경될 수 없는 태생에서 연유하면서도 당대 한국문학의 문제를 정면으로 다루려 한 역작이다. 이들 작업이 보여주는 바 '대문자'로 된 리얼리즘의 추구는 어느 부류의 어떤 비평가라 해도 참조하지 않으면 안 되는 점이 있다. 이와 같은 '작품들'이 있는 한, 작가론에서 결핍을 보이고 현장비평을 원활히 수행하지 않는다 해서 그를 쉽게 비난할 수 없다. 비판은 언제나 대상의 의의를 규명하는 작업과 동시에 이루어져야 한다.

반면에 그의 실천적 의지가 민족문학론, '제3세계 문학론', 분단체제론 등의 논리를 수반함에 대해서는 의문의 여지가 없지 않다. 지식에 국한되지 않는 학문 탐구의 보편성, 그 만상(萬象)의 진리를 향한 의지에도 불구하고, 그 논리의 전개과정은 그 '도(道)'에 이르는 길이 누적이나 매개적임을 직감케 한다. 매개의 힘을 빌어 그의 논의는 체계 혹은 전체에 대한 사유로 나아간다. 이들 체계 혹은 전체에의 관심은 그의 애초의 출발점이라 할 만한 근대문명(Modern civilization)에 대한 사유를 풍부화하고자 한 노력의 산물이다. 그러나 그것이 역으로 문학 자체의 문명비평적 기능을 통제하는 규범 역할을 하게 되는 아이러니를 생각해 보지 않을 수 없다. 또 그것이 '현단계의 민족문학론'과 같은 형태로 나타날 때 그 문제는 더 심각해지는 것도 같다. 나

로서는 그와 같은 매개 또는 단계 개념의 설정이 그의 독특한 리얼리
즘론이 지향하는, 경계 없는 진리에의 추구를 억제하는 기능을 할 가
능성이 없지 않다고 생각하게 되었다. 문학이 민족적이면서 동시에 세
계적인 가치와, 오리엔탈리즘(orientalism)뿐 아니라 악시덴탈리즘(occidental
ism)에 의해서 가려진 지금·이곳의 진실을 드러냄에 그 의의가 있다
면, 우리는 한국문학이라는 이름 외에 민족문학이나 제3세계 문학과
같은 가치범주를 필요로 하지 않을 수도 있을 것 같다. 그것 또한 어
떤 허위의식을 수반할 위험성이 있기 때문이다. 백낙청의 리얼리즘론
은 오히려 어떤 전제도 허락하지 않은, 본질적으로 자유로운 문학의
이미지와 어울리는 듯하다.

그러나 나로서는 제3세계의 주체적 시각을 강조하면서 하나의 독특
한 류(流)를 형성하게 된 백낙청 비평의 연원이 그 개인으로부터만 찾
아져서는 안 된다고 생각한다. 국문학을 전공한 평론가로서 일본을 경
유하여 세계문학의 존재를 의식하고 이를 자의식화한 김윤식과는 달
리, 그는 영문학이라는 곧 '세계문학'에 속해 있음으로 해서 오히려 한
국문학의 정체성이라는 문제를 지속적으로 탐구해가지 않으면 안 되
는 운명에 빠져 버린 것이 아닐까.

이 점에서 세대상으로도 유사한 2인을 나는 공동의 운명을 절반씩
나누어 가진 듯이 생각해 왔다. 이 나라에 의미 있는 비평가가 이들
두 사람뿐이라는 말이 전혀 아니라 이들이 내가 관심을 갖고 있는 어
떤 주제에 대해 매우 대척적인 위치를 점하고 있다는 것이다. 각각
1938년생과 1936년생인 백낙청과 김윤식. 이들 세대는 일제하 식민지
시대에 유년기를 보냈고, 초등학교에 들어가는 그 어름에 해방이 되었
으나 이는 곧 제1세계의 변방으로 수직적으로 귀속됨을 의미하였으므
로 식민지성이라는 문제, 또 그것의 극복이라는 문제는 그들의 운명적

화두일 수밖에 없었다. 근대는 이미 불합리한 형태로 '주어졌고' 남은
것은 그 행정(行程)을 얼마나 어떻게 변화시킬 수 있는가 하는 문제뿐
이다.

이 문제를 앞에 두고 2인은 그 각기 다른 전공만큼이나 현저히 상반
되는 경험 및 사유 세계를 보여주는데, 민족문학적 관점 또는 '제3세계
적' 시야에 대한 백낙청의 몰두는 세계문학 수준에의 접근에 대한 김
윤식의 집착만큼이나 크지만, 그러나 2인은 그 나누어 진 절반씩의 운
명으로 인해 문제의 완미한 '해결'에는 도달하지 못하고 있는 듯하다.
방대할 뿐 아니라 구체적인 작가론이 이론적 일관성의 결핍을 보상해
주는 김윤식의 비평이 한 극단에 있다면 백낙청의 비평이 다른 한 극
단에 있다. 그 서구적 연원에도 불구하고 그는 언제나 한국적인 가치,
동양적인 사상으로의 귀환을 꿈꾼다. 이를 실행하는 과정이 보여주는
이론적인 정교함과 섬세함은 가히 독보적이라 할 만하다. 그럼에도 그
의 비평에 대한 불만이 상존함은 무엇을 의미하는 것일까.

2. 리얼리즘

백낙청의 리얼리즘 논의와 관련하여 주목해야 할 평론의 하나로 「민
족문학론과 리얼리즘론」(『한국 근대문학사의 쟁점』, 창작과비평사, 1990. 『현
대문학을 보는 시각』에 재수록)이 있다. 비평은 그것에 내재된 불가피한 실
천성으로 인해 예술에 미달하는 것으로 간주될 수도 있다고 생각하는
나로서는 그의 비평에 대해서도 그와 같은 인상을 느낄 때가 없지 않

다. 그 글에 담긴 수고로움에도 불구하고 지금에 와서 다시 보는 그것은 사회주의리얼리즘론에 대해 지나치게 관대하다는 인상을 준다. 물론 그는 리얼리즘이라는 말 앞에 어떤 관형어가 첨가되는 일을 전혀 달갑게 생각하지 않는 이이나, 1990년은 그것이 진지하게 논의되지 않으면 안 되는 시점이었을 것이다.

그 의도를 짐작하기란 어렵지 않다. 이 글은 사회주의리얼리즘론의 기초적 범주라 할 만한 당파성 개념에 대한 검토로부터 리얼리즘의 승리라는 그 유명한 엥겔스의 발자크론을 지나 레닌의 톨스토이론에 이르고 있는데, 이들은 모두 당대 일각의 소장 비평가들이 몰두하고 있던 주제인 것이다. 그같은 시대와 상황의 압력 탓인지 몰라도 이 글은 "…… 지배자의 '제1세계적' 관점을 끝까지 거부하면서 동시에 이제까지 그 대안으로 제시되어 온 '현실사회주의'(또는 '혁명 후 사회')의 이론적 · 실천적 성과에 대해서도 주체적인 비판을 불사하겠다"(『현대문학을 보는 시각』, 216면)는 의지에도 불구하고, 그 본연의 리얼리즘론이 상기 논의들과 맞물리는 과정에서 일종의 '타협'에 이끌렸다는 생각을 하게 한다. 과연 당파성 개념 자체가 회의의 대상이 아니라 "작품 자체의 당파성"(위의 책, 195면), 또는 "작품에 구현된 민중성 · 당파성"(위의 책, 196면)이 문제일까. 또 그는 레닌의 톨스토이론을 분석하면서 "자기 계급과의 단절"(위의 책, 215면)이 갖는 중요성을 강조하는데 이 또한 레닌의 입론에 지나친 관용을 베풀고 있다는 인상을 남긴다.

그렇다 해도 이 글이 사회주의리얼리즘론의 수용이나 그대로의 인정을 의미하지 않음은 명백하다. 무엇보다 그는 현실사회주의권의 문학논리를 향한 교조적이거나 무분별한 추수를 경계하고자 했으니, 그 결론은 그의 리얼리즘론에 내재된 시대에의 내성(耐性)이 큼을 말해준다.

사회주의 리얼리즘이 일종의 ‘정신적·이념적 조종중심’이라거나 “응용된 역사적 유물론”이라고 할 때, 그것이 바로 사회주의 리얼리즘도 하나의 이데 올로기라는 말이 아니고 무엇이겠는가. 물론 전적인 허위의식이란 뜻은 아니 고, 이것도 저것도 다 이데올로기인 만큼 아무도 진리를 주장할 수 없다는 상 대주의나 허무주의도 아니다. 다같이 이데올로기의 물 속에 있다 해도 그 가 운데 진리의 꽃피어남이 따로 없지 않을 터이며, 허우적거림을 다잡아줄 동 무나 뗏목도 방편으로서는 고마운 것이다.

실제로 필자는 “하나의 지속되는 역사적 싸움으로서의 리얼리즘 운동에 충 실하면서 리얼리즘 개념의 형이상학적 성격을 극복하는” 작업의 필요성을 말 한 적이 있다. (위의 책, 219~220면)

이와 같은 결론은 내게는 그가 다시 한 번 로렌스로 돌아가고 있음을 의 미하는 것으로 보인다. 로렌스의 소설과 비평에서 그가 무엇보다 깊이 있게 수용한 것은 바로 이데올로기, 곧 허위의식의 베일 너머에 존재하는 사실 자체, 진리 자체를 향한 로렌스의 의지였던 탓이다. 이를 확인해 볼 수 있는 글이 많으나 아쉬운 대로 로렌스의 소설관에 대한 생각이 스케치로 드러나 는 「D. H. 로렌스의 소설관」(『민족문학과 세계문학』 I, 창작과비평사, 1978)에서 해당되는 대목을 찾아보면 다음과 같다.

그러나 로렌스의 경우 <삶> 또는 삶의 진실은 여하한 명제로도 포착될 수 없으며, 개인적 실존이든 사회적·역사적 실존이든 일체의 실존(existence) 과는 본질적으로 다른 차원, 그가 말하는 “being”의 차원에서만 체험되고 사 유될 수 있다고 본다. (『민족문학과 세계문학』 I, 231면)

이때 백낙청은, 이 “being”이라는 단어가 지닌 동명사적인 속성에 주 의를 기울여 그것이 하이데거의 “Sein”과도 뉘앙스가 다르나, 그럼에도 “being”과 “Sein”의 차원 자체를 문제삼는다는 점에서는 두 사람이 통한다고 설명한다. 또 이때 "being"이란 "사람이든 또는 다른 무엇이든, 사람답게 또는 다른 무엇답게 그것임의 경지를 뜻하는 바, 그 경지는 실존의 과정에서 도달되지만 도달되는 그 순간 이미 실존 차원, 有· 無의 차원에서 벗어나 있는 것"(위의 책, 같은 면)을 의미한다. 그는, 그 만남, 깨침의 순간, 언어의 경지를 넘어선 존재 자체를 직관하게 되는 열림의 순간을 표현함에는 "being"이라는 동명사가 정지의 뉘앙스가 강한 "Sein"보다 적절하다고 보았다. 그러나 그는 하이데거의 "Sein" 또한 단순히 '존재'라는 말로 번역될 수 없는 성질의 것이라 본다. 이는 "實在하는 일체의 것은 말하자면 있는 것으로서 있는 동시에 존재하는 그 무엇인 것"(「역사적 인간과 시적 인간」, 『창작과비평』, 1977년 여름호, 『민족문학과 세계문학』 I, 창작과비평사, 1978, 170면)이라는 의미에서의 "Sein"이라는 것이다.

나로서는 로렌스에 관한 그의 논의를 쉽게 따라갈 수 없으나, 그가 그 본디 뉘앙스를 따라 "임"이라 번역하고 있는 "being"에 대한 그의 생각에 관해서만은 시선을 좀더 고정시켜야 할 필요를 느낀다. 이것이 야말로 백낙청류 리얼리즘론의 기초적 전제인 때문이다. 로렌스에 관한 백낙청의 관심은 「시민문학론」(『창작과비평』, 1969년 여름호)에서 볼 수 있듯이 일찍부터 표명되고 있으나 그것이 가장 체계적으로 정리되고 있는 글은 역시 학위논문이다.

그곳에서 그는 "being"의 의미를 어떻게 해석했던가. 백낙청이 로렌스에 대해서 먼저 주목한 것은 그가 지성 또는 지식을 불신하고 오히려 인간의 육체성을 신뢰했다는 점이다(학위논문, 2~3면). 그러나 그것은 사유(thinking)의 가치를 부정해서가 아니라, 우리가 우리 자신에 대해서 알고 있다고 생각하는 그 자연스러운 관념이 외려 우리 자신에 대한 이해를 저해하고 있다고 보았기 때문이었다(위의 논문, 4면). 이 점에서 로렌스의 생각은 플라톤의 '동굴의 우화(Allegory of the cave)'를 상기시킨다. 이 점에서도 그는 하이데거와 일치하는 면이 있다고 백낙청은 생각한다(위의 논문, 14면).

한편, 관념으로서의 지성과 지식을 부정하고자 했을 때 로렌스가 의도적으로 도입한 단어가 바로 "being"이었다(위의 논문, 8면). 그가 "existence"라는 말의 존재를 의식하면서 그것을 쓸 수도 있을 자리에 "being"을 썼을 때, 그것은 "existence"가 갖는 실재론의 뉘앙스를 피하여 사물에 존재적 보편성을 드러냄과 동시에 오랜 서구 철학의 역사 과정 속에서 "be"이라는 말에 할당된 관념성마저 회피함으로써 역으로 그 구체성에 접근하려는 의도의 결과였다. 따라서 "being"은 어떤 허위적 관념에 의해서도 가리워지지 않은 생생한 '物 自體'의 드러남이라는 뜻이 포함되어 있으며, 동시에 바로 그러한 '物 自體'의 존재 또는 의미를 깨친다는 뜻이 들어 있다. 그는 고호(Van Gogh)의 「해바라기(sunflower)」에 대한 로렌스의 평가에서 그처럼 생동하는 존재로서의 "being"에 대한 구체적인 생각을 발견한다(위의 논문, 33~34면). 이는 「로렌스와 재현 및 (가상)현실 문제」에서도 중요하게 다루어진다.

……"우리는 해바라기 자체가 무엇인지는 영영 모를 것이다"라는 로렌스의 명제는 칸트의 '물(物) 사체(das Ding an sich)'를 상정하는 태도와도 거리가 멀다. 로렌스의 취지가 본체 세계의 '객관적 속성'보다 인간 이성의 인식능력으로 초점을 돌린 칸트의 시도와 판이함은 너무나 명백하다. 또한 주체와 분리된 어떤 '대상물'의 재현이 아닌 주·객체간의 '관계'의 재현을 로렌스가 말한 것이라는 주장도 성립하기 어렵다. 그가 "인간과 그를 둘러싼 우주 사이의 관계를 그 살아있는 순간에 드러내는 일"을 강조한 것은 사실이지만, 그 관계란 예술가가 그의 작업을 통해 "드러내고 또는 성취하는" 것이지 작품 이전에 성립된 어떤 대상은 아닌 것이다. …… 로렌스가 반 고호 그림을 두고 "그것은

어떤 순간에 인간과 해바라기 사이의 완성된 관계의 드러냄이다. 그것은 ‘거울 속의 인간’도 ‘거울 속의 해바라기’도 아니며, 그 어느 것의 위에 있거나 아래에 걸쳐 있지도 않다. 그것은 모든 것의 사이에, 제4의 차원에 존재한다” 라고 할 때 바로 그러한 개념도 사물도 아닌 불안정하면서도 ‘유희하는’ 그 무엇을 떠올리게 되는 것이다. (『안과 밖』, 1996년 하반기, 277~278면)

이제 로렌스에게 있어 소설이란 고호의 그림에 해당하는 것이 된다. “인간과 그를 둘러싼 우주 사이의 관계를 그 살아 있는 순간에 드러내는 일”, 또는 인간과 물상 사이의 “완성된 관계의 드러냄”, 이것이 소설이다. 또 이것이 백낙청 소설관의 기초를 이룬다. 이처럼 “being”의 의미를 깨치는 소설, 즉 인간과 “being”의 진정한 관계를 드러내는 소설은, 언제나 허상에 의해 가리워진 실상(Real) 그 자체에 수렴해 감을 의미하므로, 그 어원을 따라 리얼리즘적인 것이 되지 않을 수 없다. 편견과 인습을 떠나 현실·세계·우주를 그 자체로, ‘진실하게’ 이해하려는 것이 리얼리즘론의 본의라면 로렌스의 소설론이야말로 그 극화(極花)이고, 따라서 이를 수용함은 자연스럽다는 것이 그의 생각이다.

흥미로운 것은, 로렌스를 기초로 한 그의 리얼리즘론이 동시에 하이데거를 깊이 있게 참조하는 데서도 드러나듯이 매우 시적인 이념이라는 점이다. 본디 시라는 것은 소설에 비해서는 현저히 시간동시적이지만, 특히 우주와 인간의 관계를 그 살아 있는 순간에 드러낸다는 로렌스의 예술이념은 무척이나 돈오적(頓悟的)이지 않은가. 온갖 허상에 시달리며 살아가는 동굴 속 존재로서 인간은 긴 암흑의 어느 순간 언뜻 비쳐드는 햇살을 통해서만 진리의 존재를 직관하는 것이다. 또한, 진리 현시(顯示)의 순간성에서만이 아니라, 본래 시라는 것이 완성됨, 충만함 그것이고, 주체와 객관의 조화로운 관계를 꿈꾸는 것이라 할 때, 로렌스나 하이데거나 모두 그같은 ‘완전한’ 상태로부터의 소외를 견뎌 이

곳 아닌 저곳에 도달하는, '궁핍한 시대의 시인'이 되고자 했다는 점에서, 백낙청의 리얼리즘은 시적이라 말하지 않을 수 없다. 「모더니즘에 관하여」(『리얼리즘과 모더니즘』, 창작과비평사, 1984)나 「현대 영시에 대한 주체적 접근의 한 시도」(『현대 영미시 연구』, 민음사, 1986)는 그와 같은 사고를 드러낸 대표적인 평문으로, 특히 엘리어트(T. S. Eliot)의 '감수성의 분열(dissociation of sensibility)'론을, 시대의 흐름을 타고 서로 길항하면서 운명이 엇갈리는 극·시·소설의 관계로 살펴 가는 과정은 분열된 것의 재통합을 지향한다는 점에서 시적이라 하지 않을 수 없다.

그의 리얼리즘론이 지닌 또 하나의 특징을 찾는다면 그것은 재현(representation) 또는 반영(reflection) 개념에 대한 독특한 해석에 있을 것이다. 관념적 실체론의 혐의가 짙은 반영 개념에 만족할 수 없으면서도, 반면에 예술 작품이 지닌 반영으로서의 측면 또한 무시할 수 없다는 생각에서, 그는 "……예술의 예술성 내지 창조성 자체는 달리 규명하되, 그러한 예술성이 실제로 성취될 때 '현실반영'이라는 사건이 어째서, 얼마나 그 핵심적인 요인으로 반드시 끼어들게 마련인가를 밝히는 것이 옳은 접근법일 것 같다"(「모더니즘 논의에 덧붙여」, 『민족문학과 세계문학』 II, 446면)는 견해를 표명한다. 그렇다면 이는 그가 돈오적인 진리 체험 및 그 현시로서의 리얼리즘을 신뢰하면서도 이를 아주 '전통적인' 재현으로서의 리얼리즘 개념으로 그것을 보충하고 있다는 설명을 가능케 하는 것이 아닐까. 재현에 대한 그의 관심과 신뢰는 매우 높아서 이것은 로렌스와 하이데거를 '차별 짓는' 근거가 되기도 한다.

아무튼 이러한 장편소설론에서 강조된 건전한 상식 및 세상 물정에 대한 알음알이가 사상가로서 로렌스 특유의 위대성이며, 그의 경우(설혹 더 오래 살았더라도) 하이데거의 일시적 나찌 가담과 같은 과오를 상상하기 힘든 이유이기도 하다.

　　그리하여 로렌스는 소설세계의 성격이나 문학관에서 루카치 같은 리얼리즘론자와 결과적으로 많은 공통점을 보여주게 된다. 로렌스는 루카치가 높이 평가하는 19세기의 위대한 소설가들에 대해 훨씬 거침없는 독설을 퍼붓기도 하지만, 말라르메라든가 자기 시대의 모더니스트들을 거의 무시하는 태도와는 사뭇 다르게 똘스또이나 디킨즈, 하아디 등에 대해서는 기본적인 존중심을 깔고 비판한다. 흥미로운 것은 쎄잔느에 대한 평가에서조차 두 사람이 일치하는 면을 보인다는 점이다. (「로렌스와 재현 및 (가상)현실 문제」, 『안과 밖』, 296면)

　이제 진리론의 측면에서는 하이데거와 가까웠던 로렌스는 재현이라는 측면에서 루카치(G. Lukács)와 가까워진다. 그런데 이는 본질상 시적인 그의 리얼리즘론에 '소설적'인 면모가 강화되는 결과를 가져온다. 이처럼 재현에 대한 루카치의 관심을 인정하는 연장선에, 엥겔스의 전형론, 즉 리얼리즘이란 세부의 진실성 외에도 전형적인 환경에 놓인 전형적인 인물을 진실하게 재현하는 것이라는, 재현으로서의 리얼리즘론에 대한 깊은 배려가 놓임은 물론이다. 「로렌스 소설의 전형성 재론」(『창작과비평』, 1992년 여름)은 그 한 호례이다. 한편으로 "세부적 진실성"에 대한 그의 애착 또한 여러 곳에서 찾아볼 수 있다. 「『외딴 방』이 묻는 것과 이룬 것」(『창작과비평』, 1997년 가을호)이 그 한 예이다. 물론 이들 글에서 그가 보여주는 강조점의 차이는 단지 상대적으로만 그러할 뿐이다. 이때 재현은, 루카치에서 이미 그러했듯이, '시'로서의 소설이라는, 완성됨과 충만함을 위한 매개 역할을 해줄 것으로 기대된다. 즉, 그것은 '시'로 나아가는 계기이다. 총체적이자 동시에 섬세한 그물 같은 소설, 부르조아 세계의 산문 됨을 낱낱이 들추어내면서도 조화미와 균형미를 갖춘 소설, 이것이 아마도 그의 소설적 이상일 것이다.

3. 만해(卍海)와 김수영(金洙暎)

여기까지 이르렀을 때 새삼스럽게 생각하게 되는 것은 그의 비평, 특히 리얼리즘론에 내재된 '시'적인 성격과 '소설'적인 성격이 서로 상충하고 있는지도 모른다는 점이다. 그의 리얼리즘론은 어떻게 시에서 리얼리즘이 가능한가를 설명해주는, 지금으로서는 거의 유일하게 유효한 설명방법인 것처럼 보인다. 이것은 그의 리얼리즘론이 지닌 로렌스적 측면 덕분이다. 반면에 그것이 정작 소설에서 힘을 발휘할 때는 뜻밖으로 진부한 재현론이나 전형론의 모습을 취하는 경우가 없지 않다. 진부함은 그만큼 오래되고 굳은 진실의 표현일 수도 있으나 반면에 더이상 유효하지 않은 인식의 표현일 수도 있다. 로렌스를 통해서도 충분히 강조될 수 있는 '사실'에의 의지가 완고한 루카치의 논리로 보충될 때, 그의 리얼리즘론에는 부적절한 무엇이 함께 개입하게 된다는 인상을 나로서는 지우기 어렵다.

본디 그의 리얼리즘론이 시적인 경지를 지향하고 있었던 만큼 아주 일찍부터 그가 한용운이나 김수영에 관심을 기울여 왔음은 자연스럽다. 그의 논리는 그들의 '재발견'에 어떤 몫을 했을 것만 같은데, 이로 인해 나는 그 분석의 구체성 여부를 떠나 이를 언급할 필요를 느낀다. 살펴보면 이들에 대한 그의 관심은 매우 지속적이다. 탐구의 대상을 쉽사리 옮기지 않는 그의 성격이 여기서도 발견된다. 그에게 한용운이나 김수영은 한국의 로렌스 하이데거 톨스토이이다.

먼저, 만해(萬海). 「시민문학론」에 그에 대한 높은 평가가 보인다.

님을 <침묵하는 존재>로 파악한 데에 그의 현대성이 있다면, 현대의 침묵

이 어디까지나 님의 침묵임을 알고 자신의 사랑과 희망에는 고갈을 안 느낀
것이 종교적·민족적 전통에 뿌리박은 시인으로서 그의 행복이었다.
　　여하튼 한용운은 그의 시대를 <님의 침묵>의 시대로 밝혀 놓았다. 그것은
3·1운동의 드높은 시민의식과 그 시민의식의 기막힌 빈곤을 동시에 체험했
고 체험할 줄 알았던 시인만이 할 수 있는 일이었다. (『민족문학과 세계문학』
　Ⅰ, 53면)

　　만해를 시민문학의 경지로 해석해 놓은 것에는 부담이 느껴진다. 그
에게 있어 만해의 발견은 "님의 침묵"이 하이데거의 "궁핍한 시대"와
같은 차원에 놓인다는 사실에서 연유하는 것처럼 보인다. 그 부재 하는
님의, 존재의 깨침, 그 "날카로운 첫 키쓰", 이것은 백낙청이 애착을 갖
는 '진리의 일어남(happening of turth)', "being"에의 열림과 사실상 동일하
다. 그는 만해의 『조선불교유신론』(1913)을 비교적 길게 설명한다. 시민
의식의 비약이 불교사상의 형태로 이루어졌다는 사실에서 어떤 희열을
느끼는 것도 같다. 그는 근본적으로 현세 지향적이고 혁명적인 대승(大
乘) 사상이 만해라는 존재 안에서 근대적인 사상과 습합을 이룸으로써
평등주의적이고 구세주의적인 시민종교로 거듭날 수 있는 가능성을 얻
었다는 사실에 주목했던 것이다.
　　제 학문과 지식을 대진리에 이르는 방편들로 생각하고, 그들이 원융
(圓融)한 대진리의 일부로 자리잡을 때 비로소 그 의의가 제대로 실현되
는 것이라고 생각하는 그, 극이나 시나 소설이라는 장르가, 또는 이를
이루는 각각의 작품들이 그 낱낱으로는 대진리를 현현케 할 수 없고 그
들의 총합으로서만 그것이 가능하다고 믿는 그, 마지막으로 과학도, 예
술도, 종교도 모두 만상의 진리에 이르는, 또는 대진리를 이루는 유기
적인 요소로 자리잡지 않으면 안 된다고 생각하는 시적인 사유의 소유
자인 그는, 만해에게서 그 원융한 정신의 존재를 발견한다. 그 원융한

정신이 유신을 설파한다. 그런데 유신은 곧 개벽(開闢), 무명(無明)에 가리워져 있던 진상의 드러남이 아니던가. 그는 『조선불교유신론』의 세계성을 말한다.

> 기독교와 회교가 그 우민주의적 요소를 탈피하고 불교 역시 만해의 뜻에 맞춰 유신되며 모든 세계진화적 세력이 <사랑>과 <자유>의 동의어로서 참다운 시민의식으로 일체화할 때 인류가 현재의 인류로서는 개념화하기조차 힘든 어떤 높은 경지, 초인화라고 부르건 성불이라 부르건 우리로서는 어렴풋이 짐작만 하거나 개별적인 은총의 순간에야 홀연히 깨칠 수 있는 어떤 경지에 함께 이르리라는 가르침을 우리는 만해의 불교사상에서 얻을 수 있다. 논문으로서 『조선불교유신론』의 세계성이 바로 거기에 있다 하겠다. (『민족문학과 세계문학』 I, 50면)

"<사랑>과 <자유>의 동어의로서 참다운 시민의식"이라는 문제의식은 만해의 것이자 동시에 만해에 적용된 로렌스의 것이었다고 생각된다. 『무지개(The Rainbow)』(1915, 김정매 번역본 참조)에서 어슐라(Ursula)의 마지막 깨달음이 바로 그런 것에 가까웠다. 백낙청은 로렌스 연구를 통해서 「시민문학론」에 나타나는 현대문명에 대한 비판적 통찰이라는 문제의식을 체계화했고, 이후 그의 과정은 그것을 확충·완성해 가는 과정에 다름 아니었다.

그러나 같은 고평에도 불구하고, 『조선불교유신론』이 오늘의 불교철학을 얼마나 깊이 있게 만들었는지는 쉽게 확인할 수 없다는 것이 나의 생각이다. 또 이같은 평가가 만해의 시에 대한 정교한 분석으로 이어지지는 않았다는 판단이 들기도 한다.

반면에 김수영에 이르면 양상이 다르다. 그는 김수영을 여러 주제의 글에서 반복적으로 언급했을 뿐 아니라 역시 명확한 체계를 갖춘 작가론의 형태는 아니었다 해도 여러 번에 걸쳐 그와 그의 시를 논한 바 있다. 「김수영의 시세계」(『현대문학』, 1968.8) 「시민문학론」, 「역사적 인간과 시적 인간」(『창작과비평』, 1977년 여름호) 「살아 있는 김수영」(『사랑의 변주곡』, 창작과비평사, 1988) 등이 그것이다. 앞의 두 글이 같은 시기에 씌어졌음을 감안하면 그는 약 10년 주기로 김수영을 재론해왔던 셈이다. 이들 논의는 그가 김수영을 '모더니즘의 경지를 넘어선 리얼리즘'이라는 관점에서 다루고 있음을 보여준다.

<후반기 모더니즘의 일파들이 창궐을 극하던> 50년대에 대해 최근의 김수영이 뚜렷한 거리를 취하면서도 그가 아끼던 어느 참여파 시인을 평하여 <50년대 모더니즘의 해독을 너무 안 받은 사람 중의 한 사람>이라고 말한 것은 그러한 유산의 중요성을 그 스스로가 잘 알고 있었음을 보여주는 것이다. (「김수영의 시세계」, 『현대문학』, 1968.8, 23~24면)

그리고 김수영에게 있어 <님>의 기억이 만해의 경우처럼 전통 속에서 몸에 밴 기억이 못되는 약점이 보이는 반면, 한용운이 노래한 <님의 침묵>은 김수영의 시가 지닌 숙달된 운문의 기교와 일상 현실을 기록하는 리얼리즘에 못 미침으로써 우리의 기억으로 바로 전달되기 어려운 데가 있다. (「시민문학론」, 『민족문학과 세계문학』 I, 75면)

위 인용문들은 그가 모더니즘과 리얼리즘을 변증법적 관계로 이해함을, 김수영이 모더니즘의 세례를 받은 연유로 오히려 그것을 넘어 리얼리즘에 도달해갔다고 생각하고 있음을 보여준다. 그러나 이 리얼리즘이라는 것도 단순히 의식의 시로 그쳐서는 안 된다는 생각을 그는 "전통 속에서 몸에 밴 기억"이라는 말로 표현하고 있다. 그가 이른바 김수영의 '온몸시론'에 주목한 것은 그같은 맥락에서 이해될 수 있다. 체험과 깨침이라는 궁극의 시적 경지에 이르는 것, 이것이 그의 리얼리즘론이며, 때문에 비록 역설적이라 해도 그의 리얼리즘론은 시적인 담론이다. 김수영의 시를 그가 "행동의 시"이자 동시에 "존재의 시"로 파악하고자 한 데서도 그와 같은 성격을 발견할 수 있다. 그러므로 막 리얼리즘을 넘어서려는 시점에서 갑작스레 세상을 뜬 김수영의 시와 시론은 한국문학이 도달해야 할 미래의 경지를 예지적으로 드러낸 것이 된다.

이와 같은 입장이 더욱 분명하게 개진된 곳이 「역사적 인간과 시적 인간」이다. 이 곳에서 그는 역사와 시가 합일되는 국면, 또는 역사가 시로 완성되는 경지를 꿈꾸는데, 그것은 사랑과 자유의 동의어로서 시민의식이라는 말 속에 이미 함축되어 있던 것이다. 김수영의 산문 「시여, 침을 뱉어라」와 「풀」은 이곳에 이르러 그 풍부한 해석의 가능성을 확인 받는다. 특히 「풀」에 대한 설명은 인상적이다.

> 황동규씨의 지적대로 이 시의 <풀>을 예컨대 <민중>으로 바꾸어 어떤 산문적인 의미를 추출하려는 노력은 쉽사리 벽에 부닥치고 만다. 그렇다고 <민중>과 결코 무관한 것도 아니다. 이 작품은 이른바 <넌센스의 시>에 대한 김수영 자신의 말을 빌린다면『먼저부터 <의미>를 포기하고 들어간』것이 아니라『<의미>를 껴안고 들어가서 그 <의미>를 구제함으로써 무의미에 도달하는 길』을 밟은 진짜 시인 것이다. 그러므로 이 시에는 마치 동요(童謠)외도 같은 <소리의 울림>과 더불이 무궁무진힌 <의미의 울림>이 담겨 있으며 그 가운데서 이 시 속의 <풀>과도 같은 민중의 삶에 대한 생각은 결코 군더더기가 아닌 것이다. (「역사적 인간과 시적 인간」, 『민족문학과 세계문학』 I, 188~189면)

「풀」은 여기서 의미를 넘어선 무의미의 시, 또는 역으로 소리의 울림과 의미의 울림이 공존하는 시로 해석된다. 나로서는, 이미 「김수영의 시세계」에서도 그러하였으나, 특히 이곳에서 그가 "울림"을 강조하는 대목에 시선을 고정시킬 필요가 있다고 생각한다. 우리는 어떻게 세계를 체험하고 깨치는가? 바로 울림, 곧 운율을 통해서이다. 그 일어나고 눕고 당기고 미는 그 울림의 선(線), 그 틈새를 따라 우리는 불현듯 진리의 얼굴을 엿본다. 그것이 '나'의 것이 된다. 다시 10년 후 그는 김수영의 난해시 문제를 재론하면서 그 운율의 의미를 다음과 같이 요약하고 있다.

> 김수영이 개발한 가락을 알게 모르게 답습한 그 후의 수많은 시들과 구별하는 일은 좀더 까다롭다면 까다롭다. 그러나 이런 노력 역시 정작 허심탄회하게 수행해보면 생각처럼 힘든 일이 아니다. 김수영의 리듬만 빌린 '쉽게 읽히는 시'든 그의 알듯모를듯한 어법까지 닮은 '난해시'든, 뜻이 제대로 통하기 전에 이미 독자를 사로잡고 마는 김수영 시 특유의 힘이 결코 느껴지지 않는 것이다. 그러한 것은 오로지 김수영에게서 얻을 만큼 얻으면서도 자기만의 새 가락을 이룬 득음의 경지에서만 나오는 힘이요 기상이기 때문이다. (「살아있는 김수영」, 『민족문학과 세계문학』 III, 창작과비평사, 1990, 277면)

이 "가락"은 바로 역사적 존재로서의 인간이 우주와 만나는 방법이다. 역사가 부과하는 관념의 허상에서 벗어나 우주적 진리, 본디 그것이었어야 할 것을 깨치는 '해탈'의 경지이다. 이 떨림이 바로 진리의 처소이다. 따라서 비록 그가 김수영 시의 산문적 요소를 강조했다 해도 이는 그의 리얼리즘론의, 본질상 시적인 성격에 부가된 것일 뿐이라는 생각을 하지 않을 수 없다. 진리가 울림 위에 자신의 집을 갖는다면 산문, 곧 울림의 배제로써 탄생한 소설은 궁극의 시를 향한 도정에 불과한 것이다. 비록 그가 사실에의 배려를 강조한 로렌스를 강조한다 해도 나로서는 그 로렌스조차도 시적이라는 느낌을 지울 수 없다. 『무지개』에 대한 소감이 바로 그렇다. 3대의 가족사 이야기는 바로 어슐라의 시적 깨침이라는 작품의 마지막 결말을 위해 준비된 것이 아니었던가.

4. 재현(再現), 전형(典型)

  비록 길지 않은 김수영론들에서이지만 그는 자신의 리얼리즘론이 구체적인 작가에게 적용될 수 있음을, 또 그 적용이 작가가 지닌 가치를 재발견하는 데 유효할 수 있음을 보여주었다고 생각된다. 아이러니컬하게도 김수영은 시인이었던 바, 그렇다면 소설가들과 그들의 작품에 대해서는 어떠했던가. 단언할 수만은 없으나 시에서 그러했던 것만큼 풍요로운 결과를 산출하지는 못했다는 생각이 없지 않다. 그에게 작가론이나 작품론이 많지 않음은 한편으로는 그가 '신문비평'을 수행하는 부류의 평론가가 아니라는 사실에서 연유한다. 그럼에도 그가 한국의 현대소설가들 가운데서 문제적인 존재를 찾아내고 이를 설명하는 작업에서 시에 비견될 만한 성과를 거두지는 못했다고 말한다면 이는 인정될 만한 것이 아닌가 한다.

  그가 상대적으로 빈번히 언급한 작가로는 박경리 이호철 황석영 방영웅 이문구 등이 있고 최근 들어 신경숙을 논한 것이 있으나, 이것을 제외하고는 대부분 주제비평의 일부를 형성하는데 그친 감이 없지 않다. 이는 그가 작가보다는 작품을 중심으로 그 가치를 사유하는 비평가라는 사실을 다시 한 번 상기시킨다. 바로 이 점이 그에 대한 불만의 일부를 이루고 있음 또한 사실이다. 또 그나마 독립된 작품론조차 많지 않음은 그가 원하는 소설의 부재, 또는 빈곤에서 연유하는 것처럼 보이기도 한다. 그러나 그에 대한 불만의 다른 요인은, 불만이 그 자체로 타당한 것은 아니지만, 반영과 재현에 대한 그의 '지나친' 요구에서 기인하는 듯도 같다. 나는 이를 그의 『외딴방』(문학동네, 1995)론에 대한 조명을 통해 드러내고자 한 적이 있으나 여기서는 박경리에 대한 논의를 참조하고자 한다. 그녀에 대한 언급은 그의 소설 논의에서 가장 빈번한 경우에 속하고 특히 70년대 이후의 언급은 대부분 『토지』 (1969.8~1994.9)를 높이 자리매김하는 데 바쳐져 왔다. 그러나 조금 더 거슬러 오르면 『시장과 전장』(1964)에 대한, 서평으로서는 짧다고만은 할 수 없는 비판문을 발견할 수 있다. 이 글은 이 작품이 "한국전쟁의 상흔을 한국문학의 유산으로 길이 남겨줄 작품"으로는 평가되기 어렵다고 판단하고 있다. 그 이유는 피상적 기록에 따른 "진실"의 결핍, 또 그에 따른 "감동"의 부재에 있다.

> 그러나 작품으로서의 『市場과 戰場』은 한국동란을 다른(룬—필자) 또 하나의 피상적 기록을 넘어서지 못하였다. 그것은 독자의 체험에 비해 작중인물의 비극이 더하냐 덜하냐의 문제가 아니다. 9·28수복까지를 그린 제1부의 사건이 별 것 아니라 하더라도 제2부에 가서는 어느 누구의 체험에 비해 손색없는 量의 財産 및 人命 被害가 제시되어 있다. 문제는 그것이 독자를 어떻게 움직이느냐는 데 있다.
> 한국의 독자로서 비록 피상적인 기록에 접하더라도 저마다 잊었던 일, 잊을 수 없는 일들을 되새기며 감개무량하지 않을 이 드물겠지만, 예술작품의 효과가 그처럼 독자의 우연한 事情에 달린, 散發적인 것이어서는 안 될 것이다. 작품의 세계가, 그 작품 스스로 설정한 한계 내에서는 바로 眞實, 그것으로서 감동시켜 줄 것을 독자는 요구한다. (「피상적 기록에 그친 6·25 수난」, 『신동아』 4, 324면)

나로서는 『시장과 전장』이 피상적이든, 그렇지 않든 "기록"으로 이해될 때 어떤 난점이 발생하지 않는가 하는 생각을 해 본다. 그 긴 장편을 전부 새로 살펴 볼 수 있는 여유는 없으나, 널리 알려진 대로 이 작품은 전쟁 중에 남편을 잃고 또 그 직후에는 아들을 잃은 작가 자신의 경험이 투영되어 있다. 그렇다면 중요하게 읽혀야 할 부분은 남편 기석과 아내 지영의 관계를 다룬 부분일 것이다. 그러면서 그 가운데서도 역시 지영의 생각과 감정을 따라가려는 노력이 필요한 것이다. 이 작품의 주제는 이 과정을 통해서 이해될 가능성이 높다. 기석과 지영의 관계 말고 코뮤니스트인 기훈과 가화라는 여인의 관계가 이 작품의 또 다른 뼈대를 이루고 있으나 이는 작품의 비극적 성격을 강화하기 위해서 가공된 성격이 강하다. 이렇게 볼 때 중요하게 부각될 수 있는 것은 작품의 11장에 해당하는 「전야」 부분이다. 이 장에서, 전쟁이 일어나기 전날 밤 지영은 기석에게 긴 편지를 쓴다. 그것은 허영과 욕심, 속됨 같은 것들에 대한 지영 자신의 억누를 수 없는 거부감을 표현한 것이었다. 연백에 가서 선생을 하는 그녀가 원하고 있는 것은 결혼이 배제된, 고독한 삶의 자유인데, 이 작품의 전개과정에서 드러나는 바 이를 선사해 준 것은 전쟁이라는 참극이었다. 전쟁은 그녀에게 고독한 자유를 선사했으나 그것은 남편의 죽음이라는 희생을 대가로 삼은 결과였다. 이 작품 마지막에서 두 번째 장의 소제목은 「황야를 헤매는 세 마리의 개미」, 그것은 이 장의 마지막 장면에서 따온 것이다.

경주에서 이 상사와 작별하고 그들은 부산가는 트럭을 탄다. 해가 지고 부산진의 불이 보인다. 지영은 잃은 것과 잃은 세월에의 작별보다 닥쳐오는 어둠, 사람, 도시, 전쟁이 전혀 새로운 일처럼 그의 가슴을 치는 것이었다.
그 숱한 길, 수많은 사람이 떼지어 가는 길, 군용트럭이 수없이 달리던 길, 한반도의 핏줄처럼 칡뿌리처럼 얽힌 그 눈물의 길, 바람과 눈보라, 푸른 보리와 들국화의 피맺힌 길, 세계의 인종들이 밟고 간 길.

(모든 것을 잃었다.)

트럭은 속도를 늦추며 장이 벌어진 길을 천천히 누비고 들어간다. 빨간 사과와 술병, 땅콩과 빵, 노점 불빛 아래 신기스럽게 그런 것들이 놓여 있다. 시장의 음악은 트럭 구르는 소리에 들리지 않아도 아름다운 그림처럼 풍경은 한 폭 한 폭 스치고 지나간다.

거대한 발굽에 짓밟힌 개미떼들, 그 발굽에서 아슬아슬하게 비어져나와 오랜 황야를 헤매어 이 도시, 이 사람 속으로 그들은 들어가는 것이다. (『시장과 전장』, 나남, 1999년판, 536면)

지영에게는 새로운 삶을 향한 가능성이 열렸으나 그것은 "거대한 발굽"의 횡포를 겪음으로써이다. 순수를 되찾고 난 그녀에게 남은 것은 이제 생명의 의미를 묻는 일이 될 것이다. 최인훈에 있어 분단과 전쟁이 『화두』(민음사, 1994)를 통해서 보듯 이념이라는 문제에 관한 평생의 탐구를 낳았다면 박경리에 있어 그것은 『토지』가 웅변하듯 생명의 탐구, 유한을 거듭하여 무한에 이르는 인간 삶에 대한 끈질긴 조명을 가능케 했다. 『시장과 전장』은 박경리라는 장대한 드라마의 일부분이며, 그 주제 역시 그와 같은 전체상 속에서 이해될 필요가 있다. 그러므로 이 작품을 그 "기록"의 측면에 치우쳐 읽음은 오히려 작품의 본의에서 멀어지는 결과를 가져올 수도 있다. 그런데 이처럼 "기록"을 중시하는 태도는 이후 『토지』를 고평하는 가운데서도 읽을 수 있다.

『토지』와 「수라도」가 모두 참다운 민족문학의 기념비적 작품이라는 것은, 그것이 각기 다루는 시대와 장소에 관계없이 당대 현실의 본질적 모순을 포착함으로써 바로 현재의 역사의식을 계발해주기도 한다는 사실을 보아도 알 수 있다. 즉 그 스스로가 현단계 민족문학의 중요한 성과이자 현단계 민족문학의 남은 과제를 해결하는 데 직접적인 기여를 한다. 보다 구체적으로 민주회복이

라는 현단계 특유의 과제에 언급하지 않는 경우에도 이 움직임을 밑받침해 주
고 올바로 이끌어주기까지 할 수 있다는 것이다. (「민족문학의 현단계」, 『창작
과비평』, 1975, 『민족문학과 세계문학』 II, 32면)

위 인용부분이 포함되어 있는 글은 『토지』를 보다 객관적으로 보고
자 하면서도 그것이 매우 예술성 높은 작품이라는 점을 강조하고 있
다. 또 이 작품이 작가의 세계관의 한계에도 불구하고 그것을 본질적
으로 뛰어넘는 가치를 지닌 것으로 본다는 점 또한 잊혀져서는 안 된
다. 그러나 이 작품은 엥겔스나 루카치의 어법을 상기시키는 '리얼리
즘의 승리'로 설명하기에는 너무 크며, 특히 '단계'라는 개념이 시사하
는 문제와는 본질적으로 차원이 다른 주제를 추구하고 있다. 『토지』는
우주와 생명의 무한성에 바쳐진, 유한한 인간의 공물(供物)이다. 25년이
라는 세월과 16권에 걸친 분량이라는, 무한에 근접하고자 하는 이 유
한한 '시간'과 '공간' 속에 숱한 인간이 세대를 이어 생명을 이어가는
것이 바로 이 작품이다. 이 점에서 이 작품은 총체성의 개념으로 설명
되기가 어렵다. 생명과 그 터전 우주는 무한하여 궁극적으로는 무엇으
로 대표될 수가 없다. 존재하는 모든, 삶을 이루는 모든 것은 그 본질
에 있어 균등하여 무엇이 전형(典型)이라 말하여질 수가 없다. 박경리
의 한 에세이 가운데 이 작품의 의미를 가늠케 하는 대목이 있다.

생명은 어디서 오는 것이며 어디로 가는 것인가, 수태와 사망이라는 매우
단호한 해답이 나와 있지만 결코 결론일 수가 없는 깊고 깊은 생명의 비밀이
라든지 오묘한 우주의 질서, 생성과 소멸 앞에 인간은 속수무책인 존재라는
것, 측량할 수 없는 느낌의 세계에서 행복과 불행의 추상적 대상을 향한 인간
의 갈등과 오뇌 같은 것, 이러한 문제들은 여전히 건너갈 수 없는 피안인 것
입니다.
그럼에도 불구하고 피안은 진실을 향한 우리의 영원한 목적지이며 궁극적

인 뜻에서 언어는 그와 같은 진실과 소망의 강을 건너는 배라고 생각할 수 있습니다. 언젠가 나는 언어의 마성에 관한 말을 한 적이 있었습니다. 피안을 향해 한 치도 나갈 수 없지만 그러나 언어의 배를 타지 않고는 강을 건널 방법이 따로 없다는 실상을 두고 한 말이었습니다. 언어는 불완전하여 진실을 완전하게 전달할 수 없기 때문이지요 (박경리, 「작가는 왜 쓰는가」, 『작가세계』, 1994년 가을호, 118면)

이같은 박경리의 언어관이 이 글의 2장에서 살펴본 백낙청 리얼리즘론의 언어관과 흡사하다는 사실을 이해하기란 어렵지 않다. 그녀는 "진실을 향한 우리의 영원한 목적지", 그 "피안"을 향한 도강을 말한다. 그러나 그것은 불가능하다. 그녀는 그 불가능한 시도를 행할 수밖에 없는 인간의 숙명을 말한다. 우리는 "피안을 향해 한 치도 나갈 수 없지만 그러나 언어의 배를 타지 않고는 강을 건널 방법이 따로 없다." 여기서, 어느 순간, 강 이편에서 인간이 애타게 그 존재를 체험코자 하는 진리가 제 빛을 드러내는 경우가 있다고 말한다면 그것은 하이데거나 로렌스의 언어론과 불이(不二)의 것이 되지 않을까. 또 그것은 백낙청 자신의 것이기도 하다. 박경리의 『토지』는 우주적 존재, 생명적 존재로서의 인간이 이어가는 삶의 연속을 그린다. 그것은 계급론이나 민족론으로 환원될 수 없는 세계이어서 이같은 차원의 분석은 다만 『토지』를 보충적으로만 설명할 수 있을 뿐이다. 우주적·생명적 존재라는 것이 인간 삶의 실상을 이루는 것이라면, 이 작품은 본질상 매우 시적인 백낙청의 '대문자'로 된 리얼리즘론을 충족시키는 것이 된다. 그러나 그는 당대 현실의 재현 또는 전형이라는 문제에 이끌린다. 이 인식론적인 규범은 시적인 리얼리즘론을 소설적으로 만들어주는 기능을 한다. 그러나 이 결합은 이질적인 요소들의 종합이고, 그 소설적 요소가 시적 요소를 제한하는 형태를 취한다.

내가 생각하는 해결법은 리얼리즘론에 내재된 시적 성격을 보다 강화하는 것이다. 박경리가 생각하고 있듯이 우리는 저 "피안"에 도달할 수가 없다. 우리가 저 "피안"에 속하는 무엇을 어느 순간에, 언뜻, 체험했다 해도, 우리는 다시 말로 그것을 번역하는 수밖에는 없다. 언어가 우리가 느끼고 생각하는 바를 드러낼 무이(無二)한 도구라면, 우리는 그 언어라는 "배"를 타고 영원히 건널 수 없는 강을 건너려 하는 존재이다. 그러나 우리는 건너버릴 수는 없으나 수렴해 갈 수는 있을 것이다. 그 "피안"에 대해 우리가 깨친 무엇을 그려낼 수도 있을 것이다. 그러나 그 깨친 그것이 "피안"을 대표한다고도, 그것의 중심이라고도 말할 수 없다. 우주는 본질적으로 인간보다 우월하다. 우리의 인식은 언제나 무한한 우주에 대하여 유한할 것이다. 그러나 동시에 우리는 우리가 축적해 온 "피안"에의 지(智)를 전적으로 불신할 수도 없다. 우리는 우리가 나날이 새롭게 축적해 가고 있는 지식이, 우리를 지(智)로 이끈다고 믿었던 과거의 지식(知識)을 대체할 만한 것인지 아닌지 가늠해 볼 필요가 있고, 또 새로운 지(智)를 제시하고 있다고 주장하는 작품이 설득력이 있는 것으로 믿어지고 있는 기존의 지식조차도 구비하지 못하고 있는 것은 아닌지 생각해 볼 필요가 있다. 새롭다는 것이, 정녕 우리가 이제껏 무지했던 삶의 실체(Rael)를 드러내고 또 그것을 깨치게 하는 것인지 검증해볼 필요가 있다. 그러므로 "피안"을 향해 거듭 경계를 넘어 나아가고자 하는 예술의 이념은 바로 그와 같은 의미에서 리얼리즘이다. 그러나 그것은 우리가 사실주의라고 불렀던 것, 또 그것과 구별하여 굳이 현실주의라고 불렀거나 그도 아니면 리얼리즘이라는 말 그대로 불렀던 것과는 다른 차원의 이념이다. 그것은 총체적 재현을 규범으로 삼지 않는다. 현실·세계·우주야말로 총체적이어서 인간의 언어에는 그것에 값할 수단이 근본적으로는 없다. 디테일의 진실성이라는 규범 또한 "피안"에의 시적 체험을 위해 바쳐지는, 표현과 방법의 우월성이라는 신념 아래서 다만 상대적인 신뢰의 대상이 되어야 한다. 그렇다면 그와 같은 리얼리즘은 아직도 리얼리즘인가? 나는 그것이 여러 리얼리즘론에 내재된 '형이상학', 즉 상대적 주관으로부터 독립된 절대적 존재에의 접근 의지를 공유한다는 점에서 리얼리즘의 하나라고 생각한다. 그것은 리얼리즘 아닌 리얼리즘, 곧 역설의 리얼리즘이다. 그러나 그것이 더 이상은 리얼리즘으로 불릴 충분한 이유를 갖고 있지 않는다고 생각하는 이가 있다면 그에 마땅한 이름을 지어 주어도 무방할 것이다.

5. 지혜의 시대

이제껏 나는 재현 및 전형에 대한 그의 강조가 지닌 난점을 설명하고자 했으나, 이는 한편으로 그의 주밀·섬세한 성격이 표현된 것이다. 로렌스와 하이데거에 루카치의 견해가 결부된 것은 제 견해를 그것을 이루는 여러 요소로 세분하여 그 가운데 취할 것을 가려 취하면서 자기 사유를 발전시켜 가는 그만의 스타일로 인해 가능했을 것이다. 그는 루카치 사유의 인식론주의적인 요소를 경계하면서도 재현에 관한 그의 관심에서 참조할 만한 것이 있다고 보았고 이를 자신의 이론체계 속으로 이끌어들였다.

이와 같은 이론적 스타일은 비평적 사유상의 새로운 창조를 가능케 하는 것으로 중시되어야 마땅하다. 그러면서도 스스로 성급한 비약을 허용하지 않는 합리적 성격은 그를 이 이론에서 저 이론으로 이리저리 쉽게 건너뛰어 다니면서도 아무런 양심의 가책을 받지 않는 외국문학 연구자들과는 명백히 구별되는 존재로 만들었다. 「시민문학론」에서 「지혜의 시대를 위하여」(『창작과비평』, 1990년 봄호)를 지나 오늘에 이르는 과정에는 사실상 전향(轉向)이 없다. 물론 모든 전향을 양심의 문제로 이해하는 사고의 폭력을 옹호하자는 말은 아니다. 그러나 전향에는 전향의 논리가 있어야 하며, 이론적으로든 삶으로든 내적인 자기점검이 수반되지 않으면 안 된다. 이는 지식인의 도덕규범이다. 그의 비평이 전개되어 온 과정은 무책임한 전변의 연속과는 거리가 멀다. 애초의 사유를 완성시키고 그를 이루는 부분들을 더 정교화하고 이로써 하나의 사상을 수립하고자 하는 것이 그의 비평이다.

무엇보다, 식민지 과정을 경유한 사회의 문학이 독자적인 가치를 유지하고 발전시켜 세계문학의 당당한 일부로 되는 방법을 지속적으로 모색한 것에서 그 비평의 의의를 찾을 수 있다. 이 점에서 그는 포스트콜로니얼리즘(postcolonialism)이라 불리우는 경향과 연관이 깊으나 그것이 하나의 경향으로 의식되기 이전부터 독자적인 사유체계를 형성해왔다는 점이 중요하다. 또 그는 식민지상태로부터 벗어난 상태를 암시할 수도 있는 포스트콜로니얼리즘이라는 용어 자체에 대해서 거리를 두고자 하기도 한다. 『분단체제 변혁의 공부길』(창작과비평사, 1994)을 제외한 세 권의 평론집이 모두 "민족문학과 세계문학"이라는 이름을 갖고 있는 데서도 알 수 있듯이, 그는 세계문학이라는 보편적 범주를 염두에 둔 민족문학이라는 문제를 두고 독자적인 논리를 개척하고자 했다. 그것은 처음부터 매우 가치론적인 관점에서 행해졌다. 다시 말해 "<한국민족이 생산한 문학>이라는 의미"(『민족문학과 세계문학』 I, 123면)의 민족문학과는 다른 민족문학 개념, "<한국문학> 혹은 한국의 <

국민문학>과 구별되는 민족문학의 개념"(위의 책, 같은 면)이 성립 가능하다는 입장을 취한다.

> ……민족문학의 개념을 고수할 것을 요청하는 어떤 구체적인 민족적 현실이 있어야 한다. 즉 민족문학의 주체가 되는 민족이 우선 있어야 하고 동시에 그 민족으로서 가능한 온갖 문학활동 가운데서 특히 그 민족의 주체적 생존과 인간적 발전이 요구하는 문학을 <민족문학>이라는 이름으로 구별시킬 필요가 현실적으로 존재해야 하는 것이다. 다시 말해서 그것은 민족의 주체적 생존과 그 대다수 구성원의 복지가 심각한 위협에 직면해 있다는 위기의식의 소산이며 이러한 민족적 위기에 임하는 올바른 자세가 바로 국민문학 자체의 건강한 발전을 결정적으로 좌우하는 요인이 되었다는 판단에 입각한 것이다. (위의 책, 124~125면)

그의 민족문학은 어떤 특정한 민족적 현실을 전제로 하는 개념이고, 그 현실이 촉구하는 위기의식의 소산이자 그 위기의식의 중요성에 대한 인식의 소산이다. 따라서 현실의 그와 같은 국면이 해소된다면 민족문학이라는 특정한 가치 범주 역시 부정되거나 다른 더 차원 높은 개념 아래 흡수될 수가 있다.

위기 또는 위기 의식의 강조는 비평이라는 말의 서구적 어원을 떠올리게 하며, 동시에 그와 같은 가치론적 범주는 그가 이른 나이에 유학한 영문학도라는 사실을 상기시킨다. 이는 그와 같은 민족문학 개념이 그 자신의 정체성 추구라는 문제와 연관되어 있음을 암시한다. 물론 플라톤에서 하이데거로 이어지는 형이상학의 전통에 조예가 깊은 탓이기도 하겠으나 그는 비평활동 초기에서부터 이미 허위의식 개념으로서의 이데올로기 문제를 강조하고 있었다. 진정한 정체성의 수립이라는 문제와 이데올로기적 허상으로부터 탈피라는 문제는 연관이

깊다. 그런데 그는 이데올로기의 역할이 역사적 상황에 따라 다르다고
본다. 예를 들어, 초기 비평에 해당하는 「서구문학의 영향과 수용—그
부작용과 반작용」(『신동아』, 1967.1)을 보면 다음과 같은 대목이 눈에 뜨
인다.

> 그러나 우리의 理論이나 姿勢의 이데올로기적 성격이 불가피하다고 하여
> 그 이데올로기性이 어디서나 같은 質의 것은 아니다. 역사의 어느 時點에서
> 가능한 가장 보편성 있는 思考를 감행하고 當代의 과제와 가장 발전적으로
> 對決해나가는 가운데 그 時代의 역사적 상황에 의해 불가피하게 規定된다
> 는 의미에서의 이데올로기가 있고, 시대에 逆行하는 어느 폐쇄적 集團의 自
> 己防禦手段으로서의 이데올로기가 있다. (「서구문학의 영향과 수용—그 부
> 작용과 반작용」, 406면)

그의 민족문학 개념은 민족주의라는 이데올로기의 역할을 상기 전
자의 입장에서 볼 수 있듯 적극적인 것으로 상정하는 가운데 성립된
것이다.

> 진정한 민족문학은 여하한 감상적 또는 정략적 복고주의와도 양립할 수
> 없으며 그것은 또 결코 국수주의에 흐를 수도 없다. 아니, 식민지 또는 반식
> 민지 상황에서 국수주의에 흐를 수도 없다. 아니, 식민지 또는 반(半)식민지
> 상황에서 국수수의의 위험을 과도히 경세하는 것 자체가 그릇된 현실감각의
> 소산일 수 있다. (…중략…) 그것은 복고주의와 더불어 참다운 민족주의·민
> 족문화의 발흥을 저해하는 요소로서 마땅히 경계되고 규탄되어야 하지만,
> 그 올바른 극복의 길은 오직 참다운 민족주의의 실현뿐이다. 국수주의를 두
> 려워한 나머지 민족주의 자체를 경계하고 민족문화·민족문학의 이념 자체
> 를 부인한다면 이는 본말을 뒤집는 꼴이며, 사이비 민족주의자들에게 그럴
> 듯한 반론의 구실이나 주어 민중의 정신을 더욱 산란케 하고 민족적 각성을
> 지연시키는 결과나 가져올 뿐이다. 참다운 민족문학이 선진적인 세계문학이

듯이 식민지적 상황에서의 민족주의 역시 그것이 맞서 싸우는 상대의 국제
적 성격 때문에라도 국제주의적 성격을 띨 수밖에 없는 것인데, 민족주의냐
세계주의냐 하는 식의 때늦은 탁상공론은 당면한 민족적 위기의 인식을 흐
리게 하기에나 알맞은 것이다. (「민족문학 개념의 정립을 위해」, 위의 책,
136~137면)

이 글은 1970년대 전반기의 상황인식의 소산이기는 하나, 한국에서
민족주의 이데올로기가 지닌 위험성을 과소평가하고 있다고 말할 수
있다. 또한, 허위를 넘어 세계의 진상에 도달하려는 리얼리즘의 의의를
강조하는 그가 민족주의의 긍정적 역할을 동시에 강조한다는 점 역시
어떤 모순을 느끼게 하는 점이 없지 않다. 물론 우리는 항상적으로 이
데올로기의 영향 아래 있다. 그러나 이로부터 자유롭게 되는 일은 진
상을 깨침에 의해 가능한 것이지 어떤 특정한 이데올로기적 입장을 강
조함으로써 가능해지는 것은 아니다. 루카치의 당파성 이론도 궁극적
으로는 이론의 과학성을 가늠하는 기초를 이론 자체에서가 아니라 계
급 또는 당파의 관점에서 찾는다는 점에서 올바르지 않음을 상기할 필
요가 있다. 어떤 특별한 국면이 특정한 이데올로기의 도덕적 정당성을
강화시키는 것은 사실이다. 또 그것이 진상의 깨침에 긍정적인 역할을
할 가능성은 부인될 수 없다. 그렇다면, 어떤 국면은 이와는 정반대의
결과를 가져올 수도 있는 것이 아닐까? 예를 들어 그는 몇몇 곳에서
우리 사회를 제3세계로 이해하면서 서구적 시야가 아닌 제3세계적 시
야를 갖는 일이 중요하다고 역설했으나 오늘의 상황은 그같은 논리의
적절성에 의문을 갖게 하는 점이 있다. 또, 실은 한국 사회는 1970년대
와 80년대에도 제3세계라기보다는 제1세계의 변방이었던 것이고, 그만
큼 민족주의는 그 실현조건의 취약성에도 불구하고 특히 관변적인 차
원에서 실제적인 힘을 행사해왔던 것이 아닐까.

　그러나 이보다 더 중요한 것은, 먼저, 민족의 입장을 강조하는 이같
은 민족문학론의 논리가 민족적 차원이나 영역으로 환원될 수 없는,
더 높은 차원과 더 넓은 영역을 문제삼는 문학, 그리고 그보다 더 기
초적이고 더 내밀한 문제를 제기하는 문학에 대해 뜻하지 않은 통어적
힘으로 작용할 수 있다는 사실이다. 이런 문학들은 민족적 문제를 전
면에 제기하는 문학만큼이나 세계문학의 고전으로 자리잡을 가능성이
높다. 예를 들어 박경리와 최인훈의 문학은 그 주제의 차원이 다르고
따라서 제각기 달리 정당히 평가될 필요가 있는데, 민족문학론은 이들
문학의 서로 다른 가치를 그 자체로부터 설명하는데 취약성을 보일 수
있다.

　다음으로, 민족문학론은 우리 자신에게 속한 낯익고 가까운 것들을
안이하게 용인하는 경향으로 이끌릴 가능성이 높다. 이 점에 대해서는
그 자신 누누이 경계해 마지않는 것이어서, 「민족문학 개념의 정립을
위해」는 "의미 있는 비판은 곧 막강한 외세에 대한 싸움일 뿐 아니라
무엇보다도 자기 자신과의 싸움"(『민족문학과 세계문학』 I, 135면)임을, 민
족문학의 성립은 "자기인식과 자기분열극복의 작업"(위의 책, 같은 면)을
수반하지 않을 수 없음을 강조하고 있다. 이같은 태도는 오늘에 이르
기까지 일관됨을 누차에 걸쳐 확인할 수 있다. 가깝고 낯익은 것을 멀
고 낯설게 보려는 노력은 모든 진정한 문학의 출발점이라 할 때 그와
같은 경계는 무조건 타당하다. 그런데 그렇다면 그와 같은 경각심을
포용할 수 있는 바람직한 문학의 이름은 민족문학이라는, 집단을 표상
하는 관형어로 수식되는 이름은 아닐 수도 있을 듯하다. 그것은 '내'가
'나' 아닌 모든 전존재(全存在)를 응시하는, 그리고 '나' 자신마저 해부
코자 하는 문학일 것이며, 동시에 그럼으로써 '나'와 '나' 아닌 모든 전
존재를 사랑하고 수용코자 하는 문학일 것이다. 그것은 '대문자'로 쓰

인 문학이라는 글자 외에 다른 것이 아니지 않을까.

결국 나는 민족문학론이라는 개념의 난점을 드러내려 한 셈이다. 나 자신 그의 민족문학 개념에 신뢰를 품은 가운데 비평활동을 시작하였으므로 이와 같은 논의는 무엇보다 나 자신의 문학논리를 대상으로 한 것이기도 하다. 상황의 변화라기보다는 논리적 약점 탓으로 민족문학론이라는, 국민문학과는 구별되는 가치론적 범주는 어떤 방향으로든 변화를 요구받고 있다는 것이 나의 판단이다. 이는 특히 90년대를 지나면서 공적으로나 사적으로나 많은 문학인들에 의해 표명된 생각이기도 하다.

그러나 이같은 민족문학론의 논리적 약점이 그것이 품고 또 드러내고자 했던 중요한 문제들을 무의미하게 하지는 않는다고 믿는다. 민족문학론이라고 불려 온 것들 일반에 대해서가 아니라 백낙청이라는 그 개인의 민족문학론에 대해서는 더욱 명료하게 그렇게 말할 수 있다. 민족문학론이 지양코자 했던 당대 문학의 현실을 생각할 때, 또 지금도 여전히 존재하는 나타(懶惰)와 안일을 생각할 때, 그 개념의 약점이 정도 이상 과장될 필요는 없다.

무엇보다, 백낙청 비평의 참된 가치는 그 문명비평적 성격에서 찾을 수 있을 것이다. 그는 단순한 문학연구자나 문학평론가에 머물려 하지 않았고 처음부터 근대문명 전체를 대상으로 사유하는, 이상적 사유인의 태도를 견지하려 했다. 민족문학론은 서구문명 및 문학의 실상과 한계를 냉철히 살피는 가운데 펼쳐진 것이었으며, 분단체제론 역시 세계체제론과 같은 당대적 이론을 의식함과 동시에 한반도의 실상을 논리적으로 정식화하고자 한 노력의 산물이었다. 특히 지난 10년간 그의 지적 작업은 우리가 통상 문학이라고 말할 때의 그것을 뛰어넘는 것이었다. 그것은 미래를 구상하고 설계하는 철학인의 작업이었다. 「지혜의 시대를 위하여」(『창작과비평』, 1990년 봄호)는 그와 같은 면모가 여실한 글이다. 현실사회주의권의 몰락을 계기로 자본주의의 승리를 구가하는 속된 이론이 횡행하고 이를 따라 값싼 사상의 전회를 감행하는 이들이 속출하던 그 시기에 그는 냉철한 어조로 이렇게 말하고 있다.

> 오늘의 싯점에서 분명한 것은, 적어도 생산력의 발전은 평등사회를 이룩하고 남을 만큼 더욱 발전했다는 점과, 궁핍과 강압이 사라진 세상을 만드는 데 필요한 과학적 인식과 실천적 의지의 결합이 여간한 지혜의 경지가 아니어서는 안되겠다는 점이다. 더구나 그것은 전인류가 동참하는 지혜라야 될 모양이다. 세계의 어느 한쪽에서 일어나는 제도변혁이 충분히 성과적이기 위해서도 그렇거니와, 오늘날 또 한가지 분명해진 사실은, 현대세계의 엄청난 생산력을 평등한 분배 속에서 유지하는 일도 희한한 지혜를 요하지만 그러한 생산력의 유지 자체가 자연환경을 파괴하고 인류의 멸망을 가져올지 모른다는 것이다. 결국 모자람이 없이 생산해서 나눠쓰는 지혜와 더불어 알맞은 선에서 충족을 느끼는 지혜가 요구되고 있다.
> 다시 말해서, 사람이면 누구나 궁핍에서 벗어나는 일이 물리적으로 가능해진 시대, 그리하여 좋든 싫든 점점 많은 사람들이 자기도 남부럽지 않게 살겠다고 주장하고 나오게 마련인 이 시대는, 지혜의 다스림이 없는 한 모두가 함께 파멸할 운명에 놓인 시대이기도 하다. 다가오는 세상이 민중의 시대이자 곧 지혜의 시대라는 명제는 그러한 현실에 근거한 것이다. (「지혜의 시대를 위하여」, 『민족문학과 세계문학』 III, 134면)

나는 이 "지혜"라는 말을 알레고리로 읽었다. 즉 그것은 현실에 존재하지 않는 이상적 질서를 잉태할 그 무엇을 지칭하는 기호이다. 그렇다면 이것은 과학적, 합리적인 사유의 방기를 의미하는가? 그 자신 그렇게 생각하지 않듯이 나 또한 그런 생각은 들지 않는다. 당시 상황에서는 그와 같은 말이 아니고는 현실에 존재하지 않는 이상적 원리를 표현할 방법이 없었다. 그리고 지금도 그것은 발견되지 않았다. 그러나 지금·이곳에 대한 불만이 존재하는 한 우리는 무엇인가 더 나은 미래세계를 꿈꾸지 않을 수 없다. 그런데 그 세계는 "지혜"라는 말이 가리키는 어떤 원리에 의해 유지되지 않으면 안 되는 것이다. 그렇다면 이 대목에서 그는 다시 플라톤의 사유로 돌아가고 있는 셈이다. 「시민문학론」에서 그가 역설했던 것은 자유와 사랑의 공존 그것이었다. 그렇다면 지금 그가 말하는 "지혜"란 자유와 사랑을 공존케 할 어떤 원리를 가리키는 것이 아닐까. 이 플라톤적인 어휘를 접하며 나는 그에게 로렌스나 하이데거나 플라톤이 중시된 것은 그가 그들을 읽었기 때문이 아니라 이들이 형이상학을 지향하는 그의 성격에 부합했기 때문이라는 생각을 해 본다. 그때나 지금이나 그는 지식의 말을 넘어 지(智)의 언어를 추구하는 철인이다. 그에게 한국문학은 그리고 영문학은, 궁극적으로는 지(智)를 얻고 그것을 드러내는 매개요 방편에 불과하다. 그가 강조하는 주체적 시각 또는 제3세계적 시각이라는 것도 같은 맥락에서 이해되어야 한다. 그 보편의 지를 추구하면서도 그의 비평은 언제나 한국적 상황과 한국문학의 현실에 관한 긴장을 늦추지 않았고, 그로써 그의 논리는 실천적이고 창조적일 수 있었다. 그 비평의 희귀한 가치로 말미암아 나는 그에 대해 쓰지 않을 수 없었던 것이다.

이창동 영화와 소설의 인간학

1.

이창동의 영화 『박하사탕』(2000)을 강남의 어느 극장에서 사람들 빼곡이 들어찬 사이에서 보고 나왔을 때 봄비가 주적주적 내리고 있었다. 비를 맞으며 이창동에 대해 그의 영화에 대해 쓰지 않을 수 없겠다는 생각을 했다. 문학평론을 하면서 영화라니. 그러나 그는 감독이고 시나리오 작가이기 이전에 먼저 소설가였으므로, 그는 지금도 영화감독이되 동시에 명실상부 작가적인 감독이기에, 써야 할 것이 있다면 쓸 수도 있을 것이다. 쓰되 문학을 논하듯 쓰는 것이다. 또는 영화도 문학인 것이다. 그의 영화와 소설을 함께 화제로 올리는 것이다.

『박하사탕』에서 가장 인상적인 장면이 어디일까. 영화의 마지막 장면, 그러니까 설경구가 분한 주인공 청년 영호가 철교 아래에서 이름 모를 앉은뱅이 들꽃 한 송이를, "이제 막 난생 처음 순수한 사랑을 시작한, 일생동안 단 한 번밖에 맛볼 수 없는 그런 종류의 기쁨과 감동을 느끼"는 듯이 바라보다가는, 기차소리가 가까워짐에 따라 "무슨 알 수 없는 예감에 사로잡힌" 때문일까, 점점 낯빛이 어두워지다가 급기야 얼굴 가득 슬픔의 눈물을 흘리는 장면일까? 작가의 의도가 그러하였으므로 그럴 수도 있을 것이다. 또는, 광주에서 발에 총을 맞고 반(牛)쇼크 상태에 빠진 군인 영호가 어둠 속에서 문득 나타난 여학생의 집에 보내달라는 하소연에 "군인들한테 잡히면 큰일나니까 빨리 가"라고 주제 모르는 소리를 하다가 박상병이 나타나자 오발탄으로 그 여학생을 쓰러뜨리고 나서는 극도의 공포에 사로잡혀 짐승의 울음소리로 울부짖는 대목인가? 영호의 비극이 바로 그곳에서부터 시작되었음을 상기하면 그럴 수도 있을 것이다. 물론 정작 영화의 제목에 해당하는 박하사탕에 관련된 장면은 순결한 순임의 이미지와 순임과 영호 사이에 놓인 안쓰러운 사연에도 불구하고 많은 이들의 기억에는 남지 못했을 것이다.

그런데 그 두 장면 말고 내게 더 깊은 인상을 남긴 곳이 하나 있다. 제대 후 형사가 된 영호가 고문에 손을 대는 '성인식'을 치른 후 시간이 흘러 능숙한 기술자가 되고 군산으로 수배자인 김원식을 찾아가서 술집 여자와 하룻밤을 지새는 대목이다. 밤새 비는 내리는데 기다리는 자는 나타나지 않는다. 송형사와 이형사는 영호에게 어디 가서 자다가 새벽녘에 교대하러 오라고 한다. 차에서 내려 비를 맞으며 걷던 영호가 들어선 곳은 어느 까페. 안에서는 70~80년대식 술집 여인다운 이름을 가진 경아가 손님을 기다리고 있다. 첫사랑의 여인을 찾으러 내려왔다는 영호에게 마음이 기운 여인은 그에게 하룻밤을 허락하는

데…… 이런저런 장면이 흘러가서는 이제, "화장대 옆에 놓인 싸구려 스탠드의 불빛이 벌거벗은 두 사람의 몸을 드러내고 있다. 영호는 아무 것도 걸치지 않은 몸으로 벽에 기대앉아 담배를 피우고 있고, 여자는 그의 등에 역시 벌거벗은 몸을 기대고 웅크리고 앉아 있다. 두 사람의 발 밑에는 얇은 카시미론 이불이 어지럽게 널려 있다." 아니, 그렇지 않다. 시나리오와 영화에는 작은 간극이 놓여 있어 감독은 이 하룻밤 풋사랑의 연인들을 등을 맞대고 눕게 만들었다. 싸구려 스탠드의 불빛이 벌거벗은 남과 여의 죄 많은, 순결한, 몸뚱아리를 실루엣처럼 은밀하게 만들어준다. 영호가 피우는 담배 파란 연기가 천장으로 퍼진다. 그 어둠, 어둠 속에서 드러나는 두 사람의 부드러운 곡선과, 각기 다 말하지 못할 사연으로 슬픔에 젖은 연인들. 어둠은 깊어 두 사람은 어둠의 연인이다. 그들의 삶은 지금까지 그러했듯이 앞으로도 어둠으로부터 자유롭지 못할 것이다. 그러나 그 어둠에도 불구하고 두 사람은 아름답고 아름다워서 슬프다. 어둠에 매인 운명이 슬프고 슬퍼서 아름답다. 영화를 보고 나서 오랜 시간이 지나도록 나를 사로잡은 것은 바로 이 장면, 분갑에서 흘러나오는 은근한, 매운 향기처럼 좀체로 떨쳐버릴 수 없는 『박하사탕』의 향기의 실체는 바로 이것인 것만 같았다.

나는 지금 상징에 대해서 말하고 있는 것이다. 화제를 다시 그야말로 가작(佳作)인 『초록물고기』(1997)로 돌려보자. 『초록물고기』에도 『박하사탕』에서처럼 비록 한 장면이되 은근히 작품 전체를 물들이는 곳이 있으니. 이제 주인공은 한석규가 분한 막동이다. 군대에서 갓 제대한 막동이가 돌아가는 집은 신도시로 변모하고 있는 일산의 어느 역사 부근에 있다. 역사 어느 출구로 나가야 할지를 모르는 막동이는 마침내 방향을 잡아 어둠을 배경으로 건널목을 건너 터덜터덜 집으로 돌아온다. 그의 집은 그 어드멘가에 시대를 채 따라잡지 못한 몰골로 놓여 있는데, 거기 커다란 수양버드나무가 한 그루 옛 모습을 간직한 채 커다란 그늘을 드리우고 있다. 바람에 천천히 흔들리는 나무 가지 이파리들이 서로 부딪혀 서걱이는 소리를 낸다. 평상에 손베개 하고 누운 막동이 얼굴 위에 수양버들 그늘이 얼룩진다. 순박한 막동이의 영혼에 어둠의 그늘, 욕망의 그늘이 진다. 이 나무 그늘은 또 어디에 숨어 있었던가. 집으로 돌아온 막동이가 이런저런 에피소드 끝에 심혜진 분 미애를 만나고 문성근이 분한 태곤으로부터 취직에 쓸 명함 한 장을 얻어들고는 집으로 돌아온 그 밤 다시 한 번 수양버드나무의 짙은 밤 그늘이, 나뭇가지 이파리들이 막동이를 기다리고 있었다. 문득 잠에서 깨어난 순박한 막동이의 얼굴 위로 수양버들 바람에 나부끼는 그늘이 지고 있었다. 높이 달린 들창 위로 불길하게 바람에 술렁거리고 설렁거리던 수양버드나무. 그것은 막동이가 군에 가기 오래 전부터 그곳에 자리잡고 있어 그 존재 너무나 자연스러운 물상의 하나이되 영화 전체에 삼투되어 막동이의 운명을, 막동이를 희생양으로 해서야 겨우 새로운 삶을 되찾을 막동이 일가의 불행을 암시하고 있었다.

『박하사탕』의 영호도 『초록물고기』의 막동이도 어둠에 물들어 있다. 영호는 살육이라는 체제적 어둠에, 막동이는 도시화라는 자본의 어둠에 묻혀 목이 잠겨 눈이 감겨 스스로의 삶을 파국으로 이끌어 간다. 순임의 사랑도, 미애와의 인연도 그들을 구원해 주지 못한다. 이 비극의 심연 한 가운데 벗은 두 연인의 실루엣과 수양버드나무 그늘이 놓여 있어 그들의 이야기 전체를 푸른 어둠으로 물들인다. 이것, 상징 아니고 무엇인가. 이창동 영화의 감염력을 결정적으로 만드는 것 가운데 하나가 바로 이것이라고 나는 믿는 것이다.

더 나아가 나는 이를 그의 소설에까지 소급해서 말할 수 있지 않을까 생각해 본다. 창작집 『녹천에는 똥이 많다』(문학과지성사, 1992)만 하더라도 「진짜 사나이」에서는 '푸로메테우스' 이미지가, 「용천뱅이」에서는 '용천뱅이'라는 뜻이, 「녹천에는 똥이 많다」에서는 수족관 금붕어의 죽음과 분뇨더미가, 마지막으로 「하늘등(燈)」에서는 하늘에 걸린 '조등(弔燈)'과 '별(=하늘燈)'이 작품 전체의 분위기를 형성하고 결말을 이끄는 역할을 하고 있다. 구체적으로 어느 작품을 예로 들어볼까. 가장 볼륨이 작은 작품인 「진짜 사나이」를 살펴봄이 경제적일 듯하다. 아마도 김소진은 이창동을 매우 좋아했을 듯한 것이, 이 작품의 모티프는 그의 「열린 사회와 그 적들」로 이어진다. 이 맥락에서 「녹천에는 똥이 많다」의 그 똥이라는 것은 김소진의 유작이 되어버린 「내 마음의 세렌게티」(1977)의 그것에 연결된다. 좋은 작품은 언제나 생명의 연속성이 있게 마련인 것이다. 이 「진짜 사나이」의 '나'는 87년 6월 항쟁의 와중에 장병만이라는 사람을 알게 된다. 우연히도 여러 시위 현장에서 반복해서 마주치게 된 까닭이다. 처음에는 순진한 시위 단순가담자에 불과하던 그가 과격한 '운동꾼'으로 변모해 가는 과정을 나는 불안한 마음으로 지켜보며 그의 삶에 관심을 갖게 된다. 작가인 '나'는 이농(離農) 도시빈민에 불과한 그가 시대의 격류에 섭쓸려 그나마의 생활조차 망가뜨리게 될 것이 두렵다. 그러나 안타까운 '나'의 마음에도 불구하고 그는 점점 더 깊이 이른바 운동이라는 것에 이끌리고 만다. 이야기의 마지막 대목에 이르러 명동 거리 한복판에서 철거반대 시위를 하고 있는 장병만 씨의 모습은 인간에게 불을 가져다주고는 제우스의 모진 형벌을 받는 푸로메테우스의 그것에 가까웁되 그와는 전혀 뉘앙스가 다를 수밖에 없는 이 땅 빈민의 처참한 안간힘이다.

그런데 놀라운 것은 그 노점상들 중 한 사내의 모습이었다. 그는 쇠사슬로 자신의 몸을 친친 동여매고 그것을 다시 자신의 리어카와 연결해두고 있었던 것이다. 그의 리어카엔 사과·귤 등의 과일이 빈약하게 늘어져 있었을 뿐이지만, 아무도 그의 사지를 잘라내지 않는 한 그 리어카를 그의 몸에서 떼어놓을 수는 없었다. 그런데 그의 얼굴을 본 순간 나는 숨이 막히는 것 같았다. 그는 장병만씨 바로 그 사람이었던 것이다.

"어머나, 끔찍해라. 사람이 어쩌면 저럴 수가 있나!"

어느 젊은 여자가 혀를 차며 탄식했다. 정말이지 그것은 인간의 모습이라곤 할 수 없었다. 땅바닥에 드러누운 채 질질 끌려가고 있는 그의 모습은 마치 땅을 기면서 리어카를 끌고 있는 무슨 짐승의 모습을 연상시켜 주는 것이었다. 이상한 것은 다른 노점상과 달리 그는 한마디도 입을 열지 않고 있다는 사실이었다. 그는 단지 눈을 부릅뜬 채 마치 무서운 고통을 감수하고 있는 수도자처럼 아무런 저항도 없이 끌려가고 있을 뿐이었다. 나는 온몸으로 흐르는 전율을 느꼈다. 그는 지금 끌려가고 있는 것이 아니었다. 오히려 그는 스스로 끌어가고 있는 것이었다. 온몸을 맨바닥에 던져 이 세상의 무게를 혼자 힘으로 떠밀어가고 있는 것이었다. 나는 그가 어디로 가고 있는가를 알 수 있을 것 같았.
(『녹천에는 똥이 많다』, 33~34면)

이창동은 상징이라는 장치에 익숙한 작가여서 작품의 주제를 끌어안는 물상을 고안해내지 않는다. 그는 다만 본 것의 의미를 생각할 뿐이며 생각과 더불어 그것을 그냥 제시할 뿐이다. 「진짜 사나이」의 이 마지막 모습이 바로 그에 해당한다고 할 수 있다. 그 무서운 고행자의 모습에서 독자들은 인텔리와는 달리 여타의 선택지를 갖기 어려운 이 땅 민중의 비참한 운명과 그것에 저항하려는 자에게 가해지는 고통스러운 형벌을 능히 상상할 수 있을 것이다. 장병만씨의 형상에 그같은 의미가 고여 있으되 그것이 고안된 것이 아니라 발견된 것이라는 점에서 이창동은 최인석과는 다른 기법을 구사하는 작가라 할 수 있다. 최인석이 알레고리의 작가라면 그는 상징의 작가인 것이다. 그리고 이는 왜 그가 진형준에 의해 황석영에 비견될 수 있었는가를 설명해 준다. 그럴 소지가 있었다.

흔히 리얼리즘의 명인으로 언급되곤 하는 황석영은 기실 매우 익숙한 '상징주의자'이기도 한 것이, 「삼포가는 길」(1973)이나 「낙타누깔」 같은 단편에서, 대하소설 『장길산』(1984)에서, 또 최근의 장편 『오래된 정원』(2000)에서, 그는 훌륭한 상징적 장치를 구사한 바 있다. 단순히 문체 면에서나 사상 면에서가 아니라 바로 그 형식에 있어 이창동은 황석영과 유사한 면모를 지니면서 좀더 복잡한 구성을 추구한다. 그같은 취향이 영화에 이르러 영호나 막동이 같은 희생양들의 이야기를 그리면서도 그것들에 깊은 의미를 부여할 수 있도록 했다고 볼 수는 없을까. 그 상징적 취향으로 말미암아 영호나 막동이 같은 속된 인물들의 속된 멜로드라마는 그 순전한 통속성으로부터 다소 또는 상당히 구제되어 관객들이 견뎌온 지난 20년에 관한 훌륭한 비극적 드라마가 될 수 있었던 것이다. 『초록물고기』와 『박하사탕』이 없었다면 최근 몇 년의 우리 문학과 예술은 꼭 그만큼 빈곤을 면치 못했을 것이 아닌가. 그러므로 먼저 우리의 어제와 오늘을 장식하고 있는 그의 영화 두 편과 그것을 창조해 낸 작가의 창조적 재능, 그리고 현실이라는 괴물의 행로를 추적한 강한 의지에 대해서 어떤 헌사가 필요할 것이다.

2.

『초록물고기』가 한국적 욕망의 탐구이고 『박하사탕』이 한국적 야만의 탐구라면 그 전에 그는 무엇에 열중하였던가. 그가 직접 시나리오 작업에 참여했던『아름다운 청년 전태일』과『그 섬에 가고 싶다』가 있었다고 할 수 있다. 그러나 작가적 작업이라는 면에서 보면 역시 그의 두 소설집으로 돌아가야 할 것이다. 그렇다면 이들 두 소설집『녹천에는 똥이 많다』와『소지(燒紙)』(문학과지성사, 1987)를 일관하는 특징을 무엇이라 할 수 있을까. 나는 그의 1인칭 시점 작품들을 통해 그것을 해명해 볼 수 있으리라 생각한다. 「용천뱅이」「친기(親忌)」「소지」 등에서 볼 수 있듯이 그는 분단 및 좌우익 대립이라는 문제에 각별한 관심을 갖고 있었고 「녹천에는 똥이 많다」「하늘등(燈)」「불과 먼지」「빈집」 같은 작품은 여기서 더 나아가 우리사회의 복합적인 모순구조를 파헤치고자 한 것이다. 그리고 이 가운데 1인칭 시점의 작품이 몇 편 있으니「용천뱅이」「친기」「불과 먼지」 등이 그것이다. 이들이 문제적인 것은 바로 그 1인칭 화자의 독특한 시각 때문이다.

먼저「용천뱅이」를 살펴볼 필요가 있다. 이 작품은 '나의 아버지는 좌익'이라는 명제를 소재로 삼은 작품이다. 한국의 근대문학에서 아버지라는 문제가 높은 상징성을 내포하고 있음은 이광수이래 널리 알려진 사실이다. 그러나 이 '나의 아버지는 좌익'이라는 명제야말로 한국 근대문학의 가장 특징적인 양상 가운데 하나라고 할 수 있을 것이다. 이문구 김원일 김성동 조정래 이문열 등의 존재를 통해서 확인되듯이 '나의 아버지는 좌익'이라는 명제는 분단 이후 한국문학의 대주제 가운데 하나를 이루고 있다. 그런데 이처럼 이념가로서의 아버지를 의식하는 작가 및 작품군이 한켠에 존재한다면 그 다른 한켠에 김소진에서 그 예를 볼 수 있듯이 이념대립의 무의식적 피해자를 아버지로 둔 작가 및 작품군이 존재함을 지적한 것은 김윤식이었다. 그렇다면 이 점에서도 이창동은 김소진으로 이어진 소설사적 맥락에서 읽힐 수 있는

지도 모르겠다. 그의 「용천뱅이」는 이념가가 되고자 했으나 한갓 피해
자로 평생을 물질적으로나 정신적으로나 고통스럽게 살아오지 않을
수 없었던 아버지의 이야기이기 때문이다. "미친 사람이란 뜻도 되고
천형의 문둥병자들을 그렇게 부르기도" 했던, "여하튼 성한 사람이나
보통 사람들과는 어울리지 못하는, 세상으로부터 버림받은 존재들"이
라고나 해야 할 "용천뱅이." 이 작품에서 '나'의 아버지는 스스로를
좌익으로 의식하면서도 바로 그 용천뱅이로밖에는 살아갈 방도를 알
지 못했던 철저한 패배자, 무능력자이다. 작중의 '나'의 아버지는 그
용천뱅이의 운명에서 벗어나고자 간첩사건에 연루되기를 자처하고 있
으나 이 역시 용천뱅이 짓에 불과한 것이니, 그는 분단과 전쟁과 냉전
으로 얼룩진 한국의 현대사가 빚어놓은 또 하나의 '전형적' 인물형인
것이다.

물론 이 작품에서 내가 주의를 기울이고자 하는 것은 이 용천뱅이
아버지를 바라보는 '나'의 시각이다. 무엇이 아버지를 그렇게 만들었는
가. 무엇이 '나'의 아버지로 하여금 용천뱅이 짓으로 세상을 일관하게
하고, '나'의 가족의 삶을 "언제나 하루하루의 목숨을 유예하는 것 같
은 아슬아슬한 날의 연속", "빚 독촉, 떨어진 양식, 집세, 학교 납부금
등으로 언제나 내일은 절망적이었고, 그러면서도 용케 절망을 그 다음
날로 미루어놓곤" 하는 비참한 상황에서 헤어나올 수 없게 하고, '나'
의 어머니를 당신의 위벽이 헐어 없어질 때까지 생활의 무게를 혼자
감당해야 하는 운명 속에 빠뜨렸는가. 해답은 분명하게 주어지지 않았
으나 독자들은 이 작품의 마지막 장면에서 그것에 관한 암시만은 얻을
수 있을 것이다.

결국 내가 그 방을 나올 때까지 아버지는 더 이상 한마디도 하지 않았다.

검사는 따로 취조할 것이 있는지 나보고 먼저 가라고 말했고 그래서 나 혼자 구치소를 걸어나와야 했다. 나오기 전에 검사에게 아버지의 문제를 한번 더 사정해 볼 수도 있었겠지만 나는 결국 단념하고 말았다. 아버지가 설사 하지 않았던 간첩죄를 시인하고 형을 받게 된다 하더라도 그것이 지금보다 더 불행하다고 말할 수는 없을지도 모른다는 생각이 들었던 것이다.

정문까지 혼자 걸어 내려가다가 나는 문득 몸을 돌렸다. 그리고 온통 잿빛뿐인 높디높은 담장, 감시탑, 그 뒤로 둘러서 있는 인왕산의 거대한 바위들과 차갑게 반짝이는 잔설 등을 한참 동안 바라보았다. 그리고 다시 걸어가다 말고 나는 갑자기 걸음을 멈추었다. 중얼거림, 또는 이빨 사이로 새어나오는 신음 소리, 무엇인가 목구멍이 터져라 외쳐대는 고함 소리 같은 온갖 종류의 음향들이 뒤섞여 마치 노호하는 파도소리처럼 밀려왔던 것이다. 그러나 그것은 순간적인 환청일 뿐이었다. 다시 돌아보았을 때 그 거대한 건물은 여전히 무덤 같은 정적 속에 빠져 있었다. 나는 멀리 보이는 출구를 향해 천천히 걸어나갔다. (『녹천에는 똥이 많다』, 59~60면)

작중의 ‘내’가 돌아다 본 "온통 잿빛뿐인 높디높은 담장, 감시탑, 그 뒤로 둘러서 있는 인왕산의 거대한 바위들과 차갑게 반짝이는 잔설"이란 얼어붙은 남한의 사회분위기와 상호감시망을 가리키는 것에 다름 아닐 것이다. 또 작중의 ‘내’가 환청으로 들은 "중얼거림, 또는 이빨 사이로 새어나오는 신음 소리, 무엇인가 목구멍이 터져라 외쳐대는 고함 소리 같은 온갖 종류의 음향들"이란 그같은 경찰국가적 억압에 짓눌린 인간군상들의 고통의 청각화 이외에 다른 것이 될 수 없다. 그렇게 말할 수 있다. 그러나, 그럼에도 "여전히 무덤 같은 정적" 속에 빠져 있는 구치소의 건물은 카프카의 성(城)과도 같이 실체를 알 수 없는 억압자의 모습으로 군림하고 있으며, 또 그 건물 속에 아버지를 두고 나온 ‘나’는 그 억압적 세계에 연루된 자의 고통을 벗어버릴 수가 없다. 즉, 「용천뱅이」에서 내가 본 것은 상황에 연루된 자의 착잡한 시선이었던 것이다.

한편, 「용천뱅이」는 「친기」의 변주라 할 수도 있다. 「친기」 역시 "실패한 빨갱이" 즉, 용천뱅이로 평생을 살다 세상을 하직하기에 이른 아버지를 둔 '나'의 이야기이기 때문이다. 뇌졸중에 걸려 돌아가시기 직전에 놓인 '나'의 아버지에게 어느 날 월남전에서 부상을 입어 발을 저는 이복형이 찾아온다는 설정이다. 그는 아버지에게 억울하게 쫓겨나 고생하다 죽은 자기 어머니를 위해 마지막으로 제사나 한 번 지내달라고 한다. 그러나 실은 그의 어머니는 '나'의 외삼촌과 아버지를 경찰에 밀고한 죄로 쫓겨났던 것이었고 바로 그 자리에 '나'의 어머니가 후처로 들어앉은 것이었다. 그러나 아버지는 그녀를 평생 잊지 못했었는지 이복형의 요구대로 제사를 지내주고는 그의 집으로 거처를 옮기겠다고 한다. 사랑하는 아내를, 친구를 밀고한 죄를 물어 내쫓고는 대신에 그의 여동생을 아내로 맞아들인 아버지는 그럼에도 옛날의 여자를 잊지 못한 채 평생을 살아와야 했던 것이다. 그렇지 않아도 빚에 쪼들려 집을 내주어야 하는 형편에 놓여 있던 '나'의 가족이기에 뇌졸중에 걸려 죽기만 기다리고 있는 아버지의 거처를 옮기는 일은 목전의 고통을 더는 일이 될 수도 있는 상황이다. 결국 나는 아버지를 업고 이복형을 따라나서게 된다.

> 택시를 잡으려는지 그가 절룩거리며 서둘러 걸어 내려가고 있었다. 아버지는 어린애처럼 편안하게 내 등허리에 얼굴을 묻고서 당신의 체중을 온전히 내게 맡기고 있었다. 어깨에서부터 등허리까지 무겁게 전해오는 아버지의 체중을, 나는 그것이 아버지가 아버지임을 말해주는 유일한 증거이기라도 하듯이 한발짝 한발짝을 아주 힘주어 떼어놓고 있었다. (『燒紙』, 82면)

'나는 아버지를 이복형의 집으로 업어 보내면서 "아버지의 체중을" "그것이 아버지가 아버지임을 말해주는 유일한 증거"라도 되는 것처럼 떠받치고 있다. "실패한 빨갱이"로 평생 가족을 가난 속에서 허우적거리게 만든 아버지를, 이념을 좇아 전처를 버렸다 이제는 다시 그 아들에게로 거처를 옮기겠다고 나서는 병든 아버지를 '나'는 그래도 아버지로 인정할 수밖에 없다는 것이다. 결국 작중에서 갓 제대하여 집으로 돌아온 '나'는 「용천뱅이」에서처럼 아버지의 과거를 떨쳐 버리지 못한 채 오히려 그것을 감싸안은 토대 위에서 자기의 생을 살아가겠다는 태도를 보이고 있는 셈이다. 그렇다면, 아버지의 생을 규정한 분단과 전쟁과 냉전이라는 현실이 자기 삶의 토대일 수밖에 없음을 깨닫는 이 '나'의 존재야말로 이창동의 소설과 영화를 그 현실에 대한 진지한 탐구작업으로 만든 소인이라고 생각해 볼 수는 없을까. 이 '나'라는 존재는 어딘지 작가 자신의 존재적 투영이라는 인상을 지울 수 없다.

마지막으로, 「불과 먼지」는 이 '나'라는 존재에 뒤섞여 있는 허구적 의장을 벗어버리고 '나'는 곧 작가라는 등식 위에서 현실이라는 것과 삶 자체의 의미에 대해 고민하지 않을 수 없음을 드러낸 문제작이라 할 수 있다. 『소지』에 붙여진 해설의 '사족'을 통해 볼 때 이 작품이 자식을 잃은 신변적인 사실을 소재로 하고 있음은 명백해 보인다. 작중에서 '나'는 교통사고로 불행히도 세상을 등진 아이의 기일을 맞아 집에서 예배를 보자는 아내의 당부에도 불구하고 꽃을 사들고 한강변으로 향하고 있다. 86년, 데모와 최루탄이 만연하고 시국이 대학생들의 분신을 야기하는 세상이다. 대학생들의 죽음과 아이의 죽음이 병치되면서 '나'는 삶은 과연 어떤 의미가 있는가를 묻는다.

아이는 아내와 나의 기억 속에만 희미하게 존재하고 있을 뿐 이미 사라지고 없다. 내가 가장 견딜 수 없었던 것은 아이의 죽음이 무의미한 것이라는 사실이었다. 그 아이는 이제 마악 부신 눈으로 세상을 바라보고 자기 주위의 사물들을 하나씩 손가락으로 가리키며 배워가던 만 두 살의 나이로, 한 늙은 트럭 운전수의 부주의에 의해서 죽고 말았다. 한 마리의 곤충과 같은 그 허망한 죽음, 그리고 그렇게 죽고 말 그의 짧은 생애에 도대체 무슨 의미가 있는 것일까. 아니 우리 인간의 삶이란 것이 과연 무슨 의미를 가지고 있는 것일까. 분신자살을 기도한 학생들의 이야기를 TV뉴스에서 처음 들었을 때, 나는 이미 내겐 만성 질환이 되어버린 예의 그 가슴의 통증을 느껴야 했다. 그러면서도 나를 사로잡던 의문은 과연 그들이 자신들의 죽음의 의미를 알고 있었을까 하는 것이었다. 그들은 온몸에 신나를 끼얹고 불을 붙인 뒤 무언가를 외치며 삼층 건물의 옥상에서 아래로 뛰어내렸다고 했다. 그들은 그 순간 무엇을 생각했을까. 나는 그날밤 그 불붙어 떨어지는 무서운 모습의 환영 때문에 쉽게 잠을 이룰 수가 없었다. 그들은 과연 자신들의 삶을 뛰어넘을 어떤 가치를 안고 떨어지고 있었을까. 그들의 죽음과 내 아이의 죽음은 어떻게 다른 것일까. 나는 그들의 행동이 자신의 몸을 불사르며 역사와 사회 속에서 삶의 의미를 갖고자 하는 몸부림일 것이라고 생각했다. 그러나 그들이 죽음과 바꾸고자 했던 모든 것은 결국 비열하게 살아남은 자들의 몫이고, 그들은 다만 한줌의 먼지로 흩어져 저 캄캄한 허무 속으로 사라지고 말 것이라는 엄연한 사실에 나는 몸을 떨었다.

아이를 화장하고 집으로 돌아왔을 때 우리들의 보금자리였던 좁은 전세방은 무섭도록 낯설고 적막했다. 그것은 결혼하고부터 그때까지 우리들의 생활을 빈틈없이 꽉 채우고 있던 아이가 사라져버렸기 때문만은 아니었다. 나는 그때 내 사후의 세상을, 이미 죽은 눈으로 내가 부재 하는 세상을 보았던 것이다. 나는 책장에 변함 없이 꽂혀 있는 책 한 권, 창문 밖으로 보이는 화단의 작은 꽃 한 송이에도 견딜 수 없는 증오를 느꼈다. 삶은, 살아 있는 모든 것은 잔인하며 비열한 것이었다. (『燒紙』, 49~50면)

'나'의 개인사적 고통과 '나'를 둘러싼 현실의 사회적 고통이 잘 어우러진 사색적 문장이라 하지 않을 수 없다. 삶은 과연 무슨 의미가 있는가. 누구나 종국에는 죽음이라는 "캄캄한 허무" 속으로 떨어져 버리고 말 것이 아닌가. '내'가 없는 세상에서도 책은 남고 꽃은 피지만 그러나 '나'는 세상에 없는 것이다. 한갓 곤충과도 같이 덧없는 짧은 생을 살다 간 '나'의 아이도, 자기의 행위가 역사적인 의미를 지니고 있음을 믿으며 불길 속으로 사라진 젊은이들도, 모두 종국에는 한줌의 먼지로 화할 뿐인 것이다. 그 점에서 이들은 모두 동등한 것이다. 그렇게 차례로 세상으로부터 사라질 '나'들이 빚어내는 삶이란, 또 현실이란 과연 어떤 실정적(實定的)인 의미가 있다는 말인가. "삶은, 살아 있는 모든 것은 잔인하며 비열한 것"이 아닌가.

해답은 없다. 다만 '나'는 결말에 이르러 온몸이 불길에 싸여 타고 있는 한 인간의 모습을 환각으로 보는데, "그러나 그것은 떨어지는 것이 아니라 위로, 죽음을 뚫고 상승하고 있었다"라고 하여 삶의 궁극적인 허무에도 불구하고 인간은 타오르는 삶을 살아갈 수밖에 없음을 암시하고 있을 뿐이다. 그러나, 내가 여기서 관심을 갖는 것이 그 해답의 유효성 여부에 있는 것은 아니다. 중요한 것은 '나'의 개인사(個人事)를 사회사(社會史)적 고민과 병치하여 이들을 서로 등가화시킴으로써 현실의 문제를 자기화하는 작가적 태도이다. 이처럼 자기의 생이 사회사적 삶에 깊이 연루되어 있다는 의식이야말로 작가로 하여금 현실을 본질적으로 묘파하는, 그러면서 동시에 그 현실을 초월코자 하는 의지를 품은 작품을 쓰고 만들 수 있게 한 힘이었던 것이다.

3.

위에서 논한 작품들 외에 『녹천에는 똥이 많다』와 『소지』 두 창작집을 통해 인상이 강렬한 작품으로 「빈집」 「녹천에는 똥이 많다」 「하늘등」을 꼽을 수 있을 것이다. 이들 작품에 공통적인 것이 있다면 그 것은 무엇일까. 나는 주인공들의 제3자적 성격이라고 말하고 싶다. 그러나 그 양상이 각 작품에서 꼭 같게 나타나는 것만은 아니다.

먼저, 「빈집」의 주인공 상수는 왕십리에 있는 공장의 '생산주임'으로 일하고 있는데 본사 부장의 부탁으로 세검정에 있는 수억 원을 호가하는 집에 들어가 관리를 겸해서 살게 된다. 부장의 처남이 외국에 나가 있게 된 까닭에 집을 맡길 사람이 필요했던 것이다. 전셋집을 전전하던 그에게는 비록 바깥채밖에 쓸 수 없고 나머지는 지키기만 해야 하는 조건이지만 새로운 집에서 사는 일이 반갑지 않을 수 없다. 그러나 과분한 집에서 사는 일은 그와 그의 아내에게는 힘들고 벅찬 일이다. 동네에는 도둑이 들고 알 수 없는 전화가 걸려오고 정원 안쪽에서는 누군가가 있을 것만 같은 불안감에 시달린다. 그는 밤에도 쉽게 잠들지 못한다. "누군가 어둠 속 그의 머리맡에 웅크리고 앉아서 그를 빤히 내려다보며 잠들기를 방해하는 것" 같아서이다. 그런데 정작 그를 괴롭히는 불안감의 실체는 박용팔이라는 공장에서 쫓겨난 사람이다. 공장을 나가며 언젠가 다시 만나게 될 거라고 하던 그의 얼굴이 자꾸만 떠올라 그는 마치 그가 자기를 찾아와 괴롭힐 것만 같은 불안감을 떨쳐버릴 수 없다. 상수는 그가 회사의 열악한 상태에 불만을 품고 노동자들의 항의를 주도하는 사람이라 생각하여 그가 부당하게 재해보상금을 타내려 한 사실을 적발, 해고해 버렸던 것이다. 그 일을 계기로 회사의 누적된 불만은 꼬리를 내리고 만다. 그러나 정작 상수가 몰랐던 사실은 그가 노동자들의 항의를 미연에 방지하기 위해 부장이 고용한 끄나풀이었다는 사실이다. 그는 그런 영문도 모른 채 노동자들의 불만을 내리누르는 모사(謀事)의 조연 역할을 훌륭히 해냈던 것이다. 자기도 모르는 사이에 원치 않는 역할을 떠맡아 회사의 충실한 '개'가 되어버린 아이러니. 이제 그는 막연한 불안감이 아닌 심각한 두려움에 사로잡히고 만다. 그는 이 자본과 노동의 세계가 작동하는 원리를 알 수 없는 제3자적 인물이되 결코 그 세계에서 벗어날 수가 없는 연루된 인물, 연루된 자기를 깨달을 수밖에 없는 우울한 인물이다.

이와 같은 양상은 「녹천에는 똥이 많다」의 주인공에게서도 공히 발견된다. 「녹천에는 똥이 많다」의 준식은 운동권인 이복동생 민우의 갑작스러운 방문으로 격심한 생활의 혼돈 속에 빠져든다. 학교의 성실한 선생으로 착실히 아파트를 마련한 가장으로 살아온 그에게 수배자인 민우는 이질적이면서도 위험한 존재. 그가 오고 나서 아내는 화장을 하고 생활을 회의하고 집을 나가 버리겠다고까지 한다. 준식은 이 모든 혼란이 민우 때문이라고 생각한다. 이 형제 오해의 모티프는 김동인의 「배따라기」에서 그 원형을 찾을 수 있는 것으로 이창동의 「녹천에는 똥이 많다」를 거쳐 김소진의 『장석조네 사람들』(고려원, 1995) 연작 가운데 「겐짱 박씨 형제」로 흘러드는 성질의 것이다. 그러나 23평 아파트에 매달리고 학생들 보충수업비로 질펀한 회식을 즐기는 그의 삶은 그 외관상의 성실함과는 달리 분뇨로 상징되는 부패한 세계의 어엿한 일부였다. 민우가 잡혀가고 나서야 그는 자기가 선 그 위치를 깨닫는다.

물론 민우 녀석은 이제 오랫동안 이 사회와 격리될 것이다. 하지만 생을 압류 당한 채 살아가야만 하는 것이 어찌 민우 녀석뿐이겠는가. 이 거대한 오욕의 세상, 이미 모든 순결함과 품위를 잃어버린 이곳에서 나 또한 살아야 하는 것이다. 가자, 하고 그는 어둠 속을 바라보며 자신에게 설득했다. 이 어마어마한 쓰레기의 퇴적층 위, 온갖 오물과 증오와 버려진 꿈들을 발 아래에 두고 저 까마득한 허공에 아슬아슬하게 매달린 23평짜리의 내 보금자리를 향해. (『녹천에는 똥이 많다』, 182면)

「하늘등」의 경우에는 어떤가. 주인공 신혜에게는 변주가 있으며 또 그 때문에 이 작품은 중요성을 획득한다. 그녀는 기성세계의 일부로서의 자기를 재확인하는 존재라기보다는 성고문을 당하고 일개 타락한 광부에게 몸을 허락하는 희생제의의 과정을 통해 새로운 자기를 획득하는 여인이다. 운동권 학생으로 무기정학을 당하고 나서도 끝내 홀어머니의 바램을 저버릴 수 없어 학기 등록금을 마련하기 위해 탄광촌 다방으로 간 그녀를 기다리고 있는 것은 광부들을 선동하려는 불순조직의 일원이라는 누명과 이를 짜맞추기 위한 추악한 성고문이다. 여인으로서 차마 감당할 수 없는 고문을 당하고 나서 그녀는 자기가 의식하지 못했던 자기의 '죄'를 깨닫는다. "문제는 바로 나 자신에게 있었어요." (……) "난 언제나 일인칭 단수로만 존재하고 생각하고 느꼈을 뿐이에요. 그것은 나의 친구, 이웃, 사회, 심지어 단 하나뿐인 어머니로부터도 너무나 멀리 떨어진 섬이었고, 감옥이었던 거예요. 난 바깥을 향해 끝없이 나를 구해달라고 소리치면서도 단 한 번도 나 스스로 바깥을 향해 헤엄쳐나갈 생각을 하지 못했어요." 가까스로 경찰서에서 놓여난 신혜는 그렇게 생각한다. 광부들 사택을 찾아가 누군가의 죽음을 알리는 조등을 보고 상처 입은 영혼으로 탄광지대를 떠나지 못하는 김광배를 보듬고 그 새벽 밤하늘에 빛나는 별을 발견한다. 누가 켜 놓았는지 모르는 저 높은 곳의 '등불'은 그녀가 경찰서에서 모진 고문을 당하고 있을 때도 김광배와 함께 있던 시간에도, 그리고 지금 이 순간에도 변함 없이 저기 저렇게 존재하고 있다.

다음 순간 신혜는 얼음을 뒤집어쓴 것 같은 오한과 함께 자신의 내부에서 뭔가가 혼돈을 뚫고 깨어나는 것을 느꼈다. 하늘에는 저 별이 있고 나는 여기 이렇게 서 있다. 아무도, 그 무엇으로도 저 별의 자리를 빼앗지는 못하리라.

그리고 내 가슴속에도 어떤 세상의 힘으로도 빼앗지 못할 별 하나 있으리라. 그래, 난 이렇게 살아 있다. 그리고 살고 싶다는 감정이 벅차도록 가슴에 파고들었다. 문득 그 별이 그녀의 눈앞에까지 날아와 부서졌다. 어느샌가 까닭을 알 수 없는 눈물이 흐르고 있었던 것이다. (『녹천에는 똥이 많다』, 289면)

「하늘등」이 「녹천에는 똥이 많다」 및 「빈집」과 다른 점이 있다면, 준식이나 상수와 달리 신혜는 고통스러운 희생제의적 과정을 통해 이제까지의 자기를 규정해온 제3자적 방관자의 위치를 깨달음과 동시에, 다방에서 번 돈을 모두 상갓집에 주고 탄광촌을 떠나는 데서도 알 수 있듯이, 자기 가슴속의 별을 나침반 삼아 새로운 삶을 살려는 의지를 획득한다는 점이다. 자기 내부의 문제를 깨닫고 자기를 가다듬고 곧추 세움으로써만 새로운 삶을 살아갈 수 있다고 생각한다는 점에서 신혜는 자기를 둘러싼 불가해한 세계를 두려운 눈으로 바라보고 있는 준식이나 상수와 구별된다. 그녀는 고통을 겪고 자기를 성찰함으로써 세계와의 관계를 재설정할 수 있는 가능성을 획득한 존재이다. 「하늘등」의 결말을 이창동 소설의 백미로 간주할 수 있는 이유는 바로 여기에 있다. 「하늘등」의 신혜는 「불과 먼지」의 '내'가 이야기의 마지막 장면에서 환각으로 본, 온몸이 불길에 휩싸여 죽음을 뚫고 상승하고 있던 인간, 허무를 딛고 자기 삶을 의미 있게 만드는 존재, 바로 '그 사람'이다.

그렇다면 이제 다시 이창동의 두 편 영화 『초록물고기』와 『박하사탕』으로 돌아올 수가 있겠다. 『박하사탕』을 보고 영화관 바깥으로 나와 비를 맞으면서 나는 그 영화가 매우 공을 많이 들인 훌륭한 작품임에도 불구하고 꼭 필요한 무엇인가가 결여되어 있다는 답답한 심정에 사로잡히지 않을 수 없었다. 나는 그것이 무엇인지 그때 이미 직감하고 있었으나 이를 말하는 데는 상당한 시간이 걸린 듯하다.

시간을 거슬러 이야기를 펼쳐내는 『박하사탕』의 구조상 영호를 그처럼 파멸적인 삶으로 몰고 간 것은, 궁극적인 요인은 광주항쟁에서 오발로 여학생을 죽인 데 있는 것이 된다. 이름 모를 들꽃 하나를 찬찬히 감상할 줄 아는 순수하고 섬약한 청년 영호에게 있어 자신의 총으로 사람을 죽였다는 사실이 견디기 힘들었으리라는 점은 이해가 가고도 남음이 있다. 양심의 가책은 영호를 자포자기 상태로 몰고 가 사진을 찍고 싶었던 청년은 형사가 되고 고문을 자행하고 사업가로 변신해 돈과 여자를 탐닉해 대고 배신당하고 사기 당하고 마침내 자기 스스로 목숨을 끊는 데까지 이른다. 이 모든 파멸에의 도정은 광주라는 역사에 의해 순수한 영혼이 상처를 받음으로써 시작되고 한 번 구르기 시작한 운명의 수레바퀴는 가파른 인생의 벼랑길을 걷잡을 수 없는 속도로 굴러내려 마침내 산산조각이 나고 마는 것이다.

『초록물고기』에서는 어떠했던가. 여기서도 우리의 주인공 막동이는 지극히 순수한 청년 그 자체이다. 그를 파멸로 이끈 것은 단 하나, 가족끼리 오손도손 정겹게 살던 옛날에 대한 그리움이다. 무엇이 이 그리움을 낳았는가. 이 작품의 무대는 일산 신도시 어디쯤이고 막동이의 집은 그 도시화되어 가는 어느 길목쯤에 위치하고 있으므로 막동이의 그리움에 산파 역할을 한 것은 시골을 잡아먹고 공룡이 되어 가는 도시 그 자체라고 말할 수 있다. 즉, 막동이는 도시화 과정에 불가피하게 나타날 수밖에 없는 희생양이다. 이 희생양을 자양분으로 태곤이나 미애 같은 도시 적응자들의 물질적 풍요가 가능해진다는 것이다.

결국, 『박하사탕』의 영호나 『초록물고기』의 막동이는 각기 희생양이라는 점에서 서로 통한다. 영호는 야만의 희생양이며 막동이는 욕망의 희생양이다. 야만은 영호를 희생양으로 해서 비로소 그 치유의 행정이 시작되며 욕망은 막동이를 희생양으로 해서야 비로소 세련된 외관을 부여받는다. 영호나 막동이는 지금의 우리라는 것이 형성되기 위해서 지난 20년 동안 우리가 치러내야 했던 희생의 질량에 대한 귀한 상징물이며, 이같은 상징적 인물을 발견하고 형상화했다는 점에서 두 영화는 분명 훌륭한 작품의 반열에 들어야 할 것이다. 그러나 그뿐일까.

영호와 막동이를 파국으로 몰고 간 책임은 그들 자신에게는 없는 것일까. 그들의 '순수'라는 것은 그렇게 완전무결할 뿐더러 깨지기 쉬운 거울 같은 것이어서 그들을 둘러싼 사회와 역사라는 거대하고 육중한 몸체가 스치기만 해도 그들의 삶은 산산조각이 나고 나락으로 떨어져나가 버리는 성질의 것일까. 그런 순수라는 것은 과연 우리들 인간의 통속적 삶 속에서 대체 가능한 일일까. 나는 8~90년대 한국사회라는 거대한 타락과 죄의 덩어리는 과연 어떻게 형성되는 것인가, 묻고 싶은 것이다. 이 사회를 이루는 개개인의 책임이라는 문제를 간과한다면, 지금·이곳을 이루는 악의 실체는 지금·이곳의 사회라는, 익명의 추상명사 속으로 자취를 감춰 버리고 마는 것이 아닐까. 나는 이제 우리가 문제의 원인을 우리들 각자의 내부 속에서 찾아야 될 시점에 이르렀다고 생각해 본다.

영호와 막동이는 그들 순수한 영혼에 가해진 그들 외부의 압력에 의해서만이 아니라 실은 그들 자신의 결함에 의해서, 단순히 섬약하다는 기질상의 결함이 아니라 자기 생존의 조건 및 환경에 반응해 가는 독특한 성격적 결함에 의해서 파멸해 버렸는지도 모르는 것이다. 그러나 시나리오 작가이자 영화감독으로서의 이창동은 적어도 그같은 질문을 던지기를 삼간 듯하다. 그가 그같은 질문을 던질 수 있는 시각을 지닌 작가임은 「하늘등」 신혜를 통해서 확인된다. 나는 지금 그녀는 희망을 얻었으되 영호와 막동이는 파멸해 버렸음을 문제삼는 것이 아니다. 신혜는 자기를 모진 고통 속으로 몰아넣은 원인이 자기에게 있었음을 깨닫고 자기 가슴속에 별을 심을 수 있는 존재로 거듭나고 있는데 반해, 영호와 막동이는 사회와 역사라는 것에 무방비 상태로 노출된 일방적 피해자로 그려지고 있음을 문제시하는 것이다. 이처럼 그들이 추상적인 사회적 악의 수동적인 피해자로 그려질 때 그 드라마를 보고 감동한 관객들은 저마다 일종의 면죄부를 얻어들고 귀가하는 것은 아닐지 생각해 볼 필요가 있다. 나는 이것이 인간학적인 주제를 내포하고 있다고 생각한다. 『박하사탕』과 『초록물고기』의 진정한 결함은 그 촌극적인 구성 같은 것에 있다기보다는 영호와 막동이 같은 존재를 해석하는 관점, 그들을 관객 앞에 드러내는 시각에 있는 것이다. 바로 이것이 이 두 편 영화의 한계나 수준을 규정해 준다는 것이 나의 생각이다. 더 나아가 이 두 작품이 최근 우리 영화가 도달한 경지를 대변하는 측면이 있다면, 『박하사탕』과 『초록물고기』의 한계는 곧 한국 영화의 인간학적 한계를 드러내주는 것이라 해도 과언이 아닐 것이다.

그러나, 이창동의 영화는 앞으로도 계속적으로 만들어지지 않겠는가. 소설가로서 그가 남긴 「불과 먼지」와 「하늘등」을 생각할 때 영화작가로서의 그의 세계는 섣불리 논단할 일이 되지 못한다. 나는 다만 그의 이후 작업을 기다려 주시해 볼 뿐인 것이다.

납함(吶喊) 아래의 침묵

90년대 비평의 한 진단

1.

현금의 한국문학은 기묘한 침묵에 잠겨 있다. 이 이상한 침묵은 말 그대로의 침묵이 아니다. 고통스러운 현실이라고는 하지만 문학잡지는 융성하고 있다. 이같은 현상은 역시 한국에서는 문학의 지위가 남다르고 끈질긴 생명력을 지니고 있음을 말해주는 듯도 하다. 그럼에도, 현금의 한국문학이 정적에 잠겨 있다는 이 느낌은 지워지지 않는다. 이 불안을 과장하지는 말아야 하겠다. 그것은 감상을 이끌어들일 뿐임을 지난 10년은 가르쳐 주었다. 현금의 한국문학 비평에 간절한 것은 위기의식을 내면화하는 태도이다. 상황에 즉자적으로 반응하는 무성한 말과 글은 문학적 불모성을 강화할 뿐이다. 선정주의(sensationalism)와 감상주의(sentimentalism)는 한몫으로 문학적 사유의 진전을 가로막는다. 역사는 오래 지속되고, 그 과정 하나하나가 어떤 진리를 직접 증명하는 일이란 없다. 이 지난한 논리의 세계에서는 대문자로 된 진실이라는 것은 언제나 인간적 한계의 바깥에서 인간의 사유능력과 의지를 시험하는 것이다. 그러므로 스스로 이지(理智)의 일부이면서 그것에 파문을 내리는 모순의 논리를 넘어 매순간 최선의 논리를 추구하는 것만이 우리에게 주어진 몫이다.

무엇보다 지난 몇 년을 풍미해온 갖가지 형태의 위기론으로부터 헤어나야 한다. 역사의 종언, 문학의 위기, 시의 죽음, 세기말의 기운, 문자문화의 도태, 그리고 극히 최근의 신판 '임박한 파국(impending catastrophe)'론에 이르는 온갖 위기의 이론과 거리를 유지할 필요가 있다. 위기에의 공포, 위기의 강조가 역설적으로 지성의 고양보다는 몰각을 초래하곤 했음을 문학사는 이미 여러 차례 보여준 바 있다. 위기는 크게 소리쳐 쫓아낼 수 없다. 냉철해지지 않고는, 위기의식을 내면화하는 능력이 없이는, 질곡은 극복될 수 없다.

그럼에도, 예지로운 비평이 위기의 진단과 그 처방을 추구하는 행위라는 사실은 "비평의 고도(高度)"(「비평의 고도」, 1938)를 논하고, "도그마의 필요성"(「비평과 모랄의 문제」, 1936)을 주장했던 임화와 최재서 이래 상식일 것이다. 이 문제 앞에서는 입각지가 전혀 다른 두 비평가는 시각을 공유한다. 특히, 최재서의 발언은 의미심장하다. "價値意識이 모랄이 되려면 도그마로 합리화되지 않으면 안 된다. 도그마는 信念의 結晶이고 또 그것의 表白이다. 그것이 없이는 批評家는 그 자신의 信念을 유지할 수도 없거니와 表現할 수도 없다. 도그마는 批評에 있어서 허다한 과오를 범할 위험성이 있지만 그것이 없이는 批評은 성립하지 않는다." 그는 위기에 처한 현대 사회에서 비평의 기능을 극대화하려 했다.

비평이란 물론 유종호가 정의했듯이 "문학에 대한, 혹은 자신의 문학행위에 대한 자의식이다. 지적 반성이며 성찰"(「비평의 반성」, 1958)이기도 하다. 그러나 이같은 정의는 한편으로 가치의 판단과 평가라는, 비평을 비평으로 성립하게 하는 요소를 강조하지 못하는 약점이 없지 않다.

다시 최재서로 돌아가 보면 그는 이렇게 말했다. "Criticism은 '判斷' 또는 '決定'을 의미하는 래틴 동사 criticus에서 유래한다. 그런데 이 어원으로부터 '危機'를 의미하는 crisis도 파생하였다. 現代가 한 편에 있어서 위기라 불리워지고, 다른 편에서 비평적 시대라고 불리어지는 것은 결코 우연한 일이 아니다."(「현대비평의 성격」, 1937) 같은 곳에서 그는 또 이렇게 말한다. "現代가 위기에 직면하여 判斷的 職能을 확보하려 하는 데에 現代批評의 性格이 그 동기를 가진다."

실은, 최재서와 유종호의 정의가 우리에게는 모두 의미가 있을 것이다. 비평은 "판단적 직능"을 수행함과 동시에 그 자체, "지적 반성이며 성찰"일 필요가 있다. 그리하여 비평의 문장 속에서 사람들은 오늘·이곳이라는 상황의 난해성과 이를 헤쳐나가는 논리의 성실성을 엿볼 수 있어야 한다. 그러나 오늘의 비평은 과연 그러한가. 그 부정적 판단이, 오늘의 비평에 대한 반성이 단순히 정의와 개론의 차원에서 끝나서는 안 되는 이유를 마련해 준다.

2.

　한국적 비평의 약점으로 논쟁이 빈번함을 지적하는 일은 어렵지 않을 것이다. 신경향파이래 KAPF 비평이 숱한 논쟁으로 점철되었음은 주지의 사실이다. 그러나 이는 비단 좌파문학만의 특징은 아니었다. 또한 이는 근대문학의 연륜이 짧았던 2~30년대의 일만도 아니었다. 반면에 비평의 원리와 방법을 스스로 묻고 탐색하는 일은 점점 흔치 않은 일이 되어왔다. 해방 이후에도, 전후에도, 그 이후에도 비평적 논의는 주로 논쟁의 방식으로 나타나곤 했음을 많은 이들은 이미 알고 있다. 그러나 문학적 논쟁은 기실 어느 사회에나 있었다. 그럼에도 한국문학에서 논쟁이 유난히 두드러져 보이는 이유는 무엇일까.

　임화로 돌아가 생각해 볼 필요가 있겠다. 그는 조선 비평의 특징을 다음과 같이 지적한바 있다. "오늘날까지의 朝鮮의 文藝批評은 作家, 作品과 審美學的으로 關係하는 대신에 더 많이 社會學的 또는 政論的으로 交涉한 것입니다. 이것이 朝鮮的 批評이 다른 際外國의 文藝批評과 本質的으로 그 性質을 달리하는 主要點일 것입니다. 즉, 政論的 性質을 多分히 가진 社會的 批評 그것입니다."(「조선적 비평의 정신」, 1936) 이는 무엇보다 정치성으로부터 미처 헤어나지 못한 문학의 한계를 한국문학의 특질로 규정해 버린 것일 수 있다. 그러나 한편으로, 과연 이후의 한국문학 비평은 임화의 진단과는 다른 진면목을 보여주었던가. 정론적·사회적이지 않은, 심미적 비평의 성채를 공고히 쌓아올린 비평이 있었던가. 이를 확언할 수 없다는 점에서 임화의 진단은 유효한 면이 있다. 또한 섣불리 논단할 수는 없으나 조선에 있어 이는 단순히 근대비평만에 그치는 특질은 아닐 수가 있다. 『소화시평(小華詩

評)』(1675)에 붙인 홍만종(洪萬宗)의 서문에서도 볼 수 있는 것처럼 조선에서의 근대비평이란 어쩌면 냉엄한 "포폄(褒貶斧鉞)"을 지향하는 전통 위에 수립된 것이 아닐까. 그렇다면 정론성은 한국문학 비평의 내재적인 문제일 수가 있다. 그같은 '전통'의 특징과 한계를 냉정히 따지고 새로운 차원과 방향을 모색하는 일은 비평가에게 부여된 하나의 과제가 된다.

그러나 더 나아가 정론적·사회적 비평 '전통'을 단순히 조선적인 경향으로만 간주할 수만도 없을 듯하다. 하버마스(Jürgen Habermars)의 '공공영역(public sphere)' 개념을 수용, 영미 비평의 전개과정을 검토한 이글턴(Terry Eagleton)은 다음과 같이 말한 바 있다. "그러나 비평이 문학 이상의 문제를 다룰 때라야만―역사적인 이유야 어떻든 간에 '문학'이라는 것이 한 시대의 보편적인 지적·문화적·정치적 삶 속에 깊이 뿌리내린 핵심적인 문제들을 매개하는 매개체로서 불현듯 표면에 드러나게 되었을 때에만―중요성을 가졌다는 주장은 논증할 수 있는 사실이다." 이는 결국 문학 혹은 비평의 내재적 정치성을 지적한 것이다. 좌파 문학비평에서 비정치적 심미성이라는 개념이 이데올로기적인 심연일 뿐이라는 심증은 그만큼 뿌리가 깊다. 그같은 견해를 좌파적이라고만 폄하할 수는 없는 것이, 영국의 모더니즘 비평 또한 어느 의미에서는 개인적인 차이를 중심으로 하는 낭만적 개성 범주를 비판하는 과정에서 형성된 때문이다. 모더니스트들은 독특한 심미안을 갖춘 천재적 개성, 무정형의 능력을 갖춘 개성 대신에, 지난한 삶의 과정에서 형성되고, 그것이 전통이든, 종교이든, 자신의 외부에 자신이 의거해야 할 준거를 가진 개인의 개념을 추구했다(최재서, 「現代批評에 있어서의 個性의 問題」, 1936). 그리고 이는 문명과 현실의 문제를 문학의 주제로 적극화시킴을 의미했다. 이렇게 보면 정론성과 사회성 그 자체는 비평으로서는 부인할 수 없는 숙명에 속하는 것이며, 따라서 '조선적' 비평의 약점은 정론적이고 사회적인 성격을 가졌다는 사실 자체 때문이 아니라 그러면서 결핍된 무엇으로 말미암은 것인지도 모른다. 그것은 도대체 무엇일까.

지난해 평단에서는 예와 다름없이 몇 차례 논쟁적인 논의가 있었다. 이 자리에서 이 모든 논쟁을 일일이 검토할 여유는 없고, 이 글의 취지상 그 작업은 그다지 중요하지도 않다. 지금 내가 관심을 갖고 있는 것은 나마저도 포함하여 논의에 참여했던 사람들이 보인 화법·문체·어조 따위의, 일견 사사로와 보이는 태도이다. 크고 작은 양적인 차이가 있지만, 그럼에도 불구하고 극히 이질적인 이들 논의를 일관하는 어떤 결함 같은 것이 느껴진다면 그것은 무리한 발상일까.

김문집의 『비평문학』(1938)에 실린 마지막 평론은 「평단파괴의 긴급성−신문학예면의 문제」였고, 그 마지막 문장은 "─이러한 意味에서 나는 現下 朝鮮의 評壇을 대체로 否認하는 同時에 그 破壞에의 工事를 緊急提議하는 者이다"로 끝난다. 1941년에 일본으로 건너가 버렸다는 사실 외에 이후를 알지 못하는 나로서는 그의 고뇌의 깊이를 제대로 헤아릴 수는 없다. 그러나 그의 문장을 따라가면서 얻게 되는 인상은, 실제로 조선의 문학과 결별해 버린 그의 선택이 당대 조선 평단의 상태라는 외적인 조건에서만 연유하지는 않았으리라는 것이다. 그것은 어쩌면 한 사람의 비평적 개성으로서 김문집의 의식 내부에 결핍된 무엇 때문이었는지도 모른다. 나는 그것을 비평적 모랄이라는 진부한 말로 설명하고 싶다. 모랄이란 무엇인가. 그것은 자각되고 내면화한 도덕률, 책임의식이라고 규정할 수도 있을 것이다. 그 자신마저도 한 사람의 적극적 행위자로 참여하고 있는 세계를 향해 국외자의 비판을 행사할 수는 없는 일이다. 이와 같은 모랄의 문제야말로 한국 근대문학의 중요 주제로 다루어져야 마땅하다.

그러나 나는 여기서 더 나아가 그가 느꼈을 조선 평단의 빈곤에 대해서도 시선을 머무르게 하지 않을 수 없다. 바로 그것이 현금의 한국문학 비평의 자화상이기도 한 때문이다.

> 내가 故土에 도라와서 가장 異常하게 느낀것은 各新聞의 學藝欄이다. 그 盛況은 玄海 저便서는 勿論 求景할수없는 것이고 西洋서도 特殊한 文學新聞이 아니고는 볼수 없는 現象이라 매우 興味 있는 일이다. / 그런데 그것이 興味있는 事實인만큼 내가 맛본 失望도 컸다. 大體로 그 盛況에 無理가 있어 보인다. / 이 學藝欄의 論文들은—적어도 東亞 朝鮮 兩紙의 그것은 朝鮮 論壇의 最高水準이란 말에 큰 誇張이 없다면 一年三百六十日 兩紙同欄의 그全面을 充滿시킬 最高的인 그러한 內容의 글을 과연 朝鮮社會에서 구할 수 있을까 하는 것이다. / 이 面에 登場하는 人員은 別別이름이 다—있어 그 數 可히 헤아릴수없는데, 이분들이 제각금 所謂 그 「最高水準的」인 그 무엇을 보일여고 사람으로서는 눈물 없이 봐낼 수가 없으리만치 지독한 애를 쓰고들 있다는 것이다. / 그 결과가 어떠냐 하면—여기서 悲劇이 發生한다. (『비평문학』, 421면)

그 두 신문의 역할을 지금의 한국문학은 여러 잡지가 다투어, 나누어 맡고 있는 것이 아닐까. 물론 여기서도 지나친 과장이나 자비(自卑)는 금물이지만, 내 자신 이같은 상황을 구성하고 있는 일원이라는 사실을 전연 부인하지만은 못하겠다. 이즘에서야 나는 지난 몇 년의 내 비평활동이라는 것을 냉연히 돌이켜 보게 되는 것이며, 이와 함께 한국 사회의 유별한 중앙집중성을 비판적으로 조명했던, 예컨대 「지방의 활성화를 위하여」(김우창, 1992)나 「지방을 보는 눈」(최원식, 1995)과 같은 비평문들의 가치를 되새겨보는 것이다. 김문집의 글이 시사하듯 한국 문학 비평의 빈번한 논쟁은 한편으로, 가장 독자적이고 자율적이고, 심지어는 무정부적이어야 할 문학마저도 지나친 집중성에 의해 짓눌려 있음에서 연유하는 바가 큰 듯하다. 이런 의미에서 한국의 문학, 문학 비평은 아직 근대적 의미의 자율성을 충분히 획득하지 못했다. 그러나 한편으로, 모든 문제를 구조적 요인으로 돌릴 수는 없다. 문제의 근저에는 정녕 영육을 지닌 실재적 존재들로서 현금의 한국문학 평단을 이루는 개인들의 한계가 놓여 있을 것이다. 그것이 무엇일까.

3.

앞에서 내가 기묘한 침묵이라 했던 것은 그것이 많은 말로 가리워진 침묵으로 느껴졌기 때문이었다. 숱한 문제가 제기되고 그에 따른 반응이 뒤를 잇고는 있지만 어딘가 그것들은 공허해 보인다. 주제의 상실. 이것은 오늘의 한국문학 비평을 생각하면 가장 먼저 떠오르는 말이다. 신세대론, 포스트모더니즘론, 대중문학론 등이 휩쓸고 지나간 자리에 새롭게 돋아난 최근의 여러 논쟁은 이상하게도 볼품이 없고 실효성이 없어 보인다. 이미 오랫동안 지적 퇴행이라는 말이 평단에 오르내리고 있지만, 그들 논의가 그같은 퇴행을 연출하지 않았다고는 확신할 수 없다. 이는 나 자신의 논의를 포함하는 말이다. 또는, 굳이 퇴행적이라 표현할 수는 없다 해도, 선행한 논의가 필요한 만큼 의식되지 않은 채 씌어지는 문장을 생산적이라거나 독창적이라고는 말할 수 없다. 전통을 의식하지 않고 그것에 의해 '구속'되지 않는 문장의 의미는 반감된다.

예를 들어, 영어공용어론의 경우 문제는 영어를 공용어로 해야 하는가 그렇지 않은가에 있지 않다. 「국제어에 대한 성찰」(『국제어 시대의 민족어』, 문학과지성사, 1998)의 필자는 우선 영어를 공용어로 채택하여 상당기간 한국어와 영어가 공존하는 상태를 유지할 필요성이 있다고 말한다. 그가 문제를 얼마나 긴급한 문제로 여기고 있는가는 쉽게 가늠할 수 없다. 또 "거친 민족주의를 길들이는 일"과 영어의 공용어화 사이에 어떤 필연성이 있는지를 검토하고, '지구제국화'와 민족(국가)주의 사이에 놓인 상관관계를 따져보는 일도 여전히 남아 있다. 그러나 그처럼 중요한 문제를 다루고자 했다면 그 글의 필자는 민족어나 공용어에 관한 기존의 논의를 필히 참조했어야 하지 않을까. 그랬다면 그는 공용어의 문제 이전에 한자 사용을 둘러싼 오랜 논의가 의미하는 바를 먼저 얘기하지 않을 수 없었을 것이다. 이 점에서 영어공용어화 논의에 '열린 언어'의 문제를 이끌어들인 「우리는 모두 그리스인이다」(『인물과 사상』 8권)의 고종석은 이보다 한 걸음 나아간 셈이지만, 이조차도 김기림(「한자어의 실상」, 1949)이나 유종호(「한글만으로의 길」, 1969) 같은 영문학 전공자가 행한 분석 및 내린 결론과는 관련이 희박한 자리에서 이루어지고 있다는 점에서 논의의 반복성을 절감케 한다. 그로 말미암은 문장의 잉여는 과연 없었던 것일까. 문학의 위기론이나 세대론 같은, 90년대를 일관한 주제 역시 이와 같은 혐의에서 쉽게 자유로울 수 없을 것이다.

무엇이 이와 같은 비평적 상황을 연출해낸 것일까. 오늘의 비평은 역사의 파고에 떠밀려 이리저리 부유하고 있다는 인상을 선사한다. 위에서 예로 든 몇몇 논의는 주어진 역사적 상황에의 직접적 대응물이라는 지위에서 멀리 벗어나지 못할 것만 같다. 그렇다면 이는 한국문학 비평이 근대사의 시험을 효과적으로 견뎌내지 못하고 있음을 다시 한

번 방증 하는 것이 된다. 그러나 이들 가운데 가장 심각하게 생각되어야 할 것은 지난 몇 년을 풍미했던 이른바 문학주의이다.

이 '문학의 성림(聖林)으로의 귀환'이라는 명제는 선행한 시대의 문학을 비판하기 위한 구호이자 새로운 문학을 합리화하기 위한 도구로 기능했던 바, 한편으로 이는 에포크의 전환 앞에서 판단력 상실의 위기에 처한 비평의 상태를 드러낸 것이었다. 그 가장 분명한 징후는 그것이 어떤 분명한 담론의 형태로 제출되지 않은 채 확산되었다는 점에 있다. 오늘의 문학이 걸어온 길 뒤에는 좌파문학이 있고 앞에는 질적으로 비약하는 문화산업이 있다. 문학주의는 양자 사이의 좁은 틈에서 문학이 선택하지 않을 수 없던 고육지계라 해도 과언이 아니다. 그러나 그 개념의 애매성과 포괄성으로 하여 그것은 한 시대를 풍미할 수 있었다. 문학성이라는 말은 방향을 잃은 다수 문학인에게는 피난처를, 역사의 압력을 부담스러워하는 일군에게는 논리를 제공했다. 그러나, 지금 역설적으로 그 문학주의 문학이 문학성의 결핍을 노정하고 있으며 그 정도는 더욱 심화되고 있다는 구전(口傳)을 접하기란 그리 어려운 일이 아니다. 그만큼 상황은 반전되어 버렸다. 1998년 늦가을 명지대에서 90년대 비평을 주제로 평론가들이 벌인 '소란'(민족문학사연구소 주최, <민족문학의 갱신을 위한 심포지움>)은 그같은 상황을 어떻게 수리할 것인가를 놓고 노출된 입장의 차이로 인한 것이었다. 문제는 해결되지 않았다. 그도 그럴 것이, '무엇이 문학적인가' 하는 물음이 분명하게 제기된 적이 별로 없고, 정밀하게 준비된 답안도 없었기 때문이다. 문학주의란 모토는 우리 문학사의 주기적인 단절을 드러낸 것 이상이 못되었다. 그러나 그동안 우리는 문학과 비평의 의미를 다시 한번 묻지 않으면 안 되는 시대를 지나치고 있었다.

오늘과 유사한 상황에서 문학비평의 의미를 새롭게 이해하고자 한 시도의 하나로 김윤식의 「역사와 비평—새로운 문학사를 위한 각서」
(『현대문학』, 1962.8)를 상기해 볼 수 있을 것이다. 신비평(new criticism) 수
용과 신세대론의 시대였던 50년대를 보낸 자리에서 이 난삽한 문체의
문장은 30년대 영문학 비평의 문제를 조명함으로써 "비평과 역사의 충
돌 및 대립"을 해소하고자 했다. '사실'을 중시하는 역사주의와 대립하
면서 스스로를 정립한 현대비평이 객관성과 권위를 가질 수 있는 근거
를 김윤식을 묻는다.

> 批評家가 그의 美學을 내세울 땐, 客觀性에 到達해야 하는 것인데, 이 準
> 據는 어디서 오는 것일까. 또 그 批評에 주어진 權威는 어디서 획득되어야
> 하는 것일까. 判斷이 '우리'의 判斷이어야 하는 것이 一義的 要因이라면, 이
> '우리'를 超越해야 하는 內質이 同時에 存在해야 하는 것이다. 이 內質은
> 歷史的 意識에서 獲得되는 것이다. 이 意識은 그가 歷史의 큰 흐름에 잠김
> 으로써 가능한 것이다. (『현대문학』, 1962.8, 230면)

이 글은 국문학사 연구에 비평적 시각을 도입하기 위해 씌어졌고,
이때 그 비평적 판단의 기준이 될 "역사의 큰 흐름"이란 관념적이기
이를 데 없는 민족적 정신사였다. 이 글이 암시하는 바에 의하면 문학
성이란 민족의 정신사에 의해 조명되는 가치였다. 또, 그 위태로운 논
리 전개가 보여주듯 이 시도는 그다지 성공적이지 않았다. 그러기에는
그의 지식은 너무나 신비평적이었다. 그는 과거의 언어로 과거를 비판
하고자 한 셈이었다. 그러나 그 낡음에도 불구하고 신비평으로 대변되
는 문학주의, 심미주의와는 다른 견지에서 문학성에 대한 이해를 꾀했
다는 점은 눈여겨볼 필요가 있다. '우리' 각자의 내부에 존재하면서도
'우리'를 초월해야 하는 '내질'이란 칸트에 연원을 둔 주관적 보편성을
가리키는 듯한데, 그는 이를 초역사적 심미성(문학성)이라는 낭만적 범

주를 의심하기 위해 이끌어들였다. 이곳에서 심미성이란 개인에 의해 향수 되는 가치이자 그것을 초월하는 의식, 곧 역사의식에 의해 조정 되는 가치이다. 무엇보다 이와 같은 시각이 50년대의 '소모'를 고스란 히 경험한 60년대 초반의 시점에서 적극적으로 제출되었다는 점이 중 시되어야 한다. 이것은, 말하자면 '우상의 파괴'(이어령)로 상징되는 반 역사주의에의 비판이었다.

이는 문학성이 순수히 심미적인 문제로 취급되어서는 안됨을 주장 한 일례일 뿐이다. 이 지점에서 더 나아가면 훨씬 더 역사주의적이고 그 정치적 성격을 공공연하게 드러내는 비평적 시각들이 있다. 물론 그것들이 과연 문학의 본질에 육박하고 있는가가 또 다른 문제로 상정 될 수 있고, 그들 자신이 또한 과거를 단순 부정하는 단절의 논리로 얼마든지 작용할 수가 있다. 이는 정론적·사회적 비평의 한계에 해당 하겠으나 그렇다 해서 그것이 곧 문학주의를 합리화하는 논거로 사용 될 수는 없다.

한편으로, 문학사 전체를 대상으로 시야를 좀더 확장해 볼 필요도 있다. 고전주의에서 낭만주의를 지나 신고전주의에 이르는 영문학사를 독특한 변증법적 부정의 과정으로 설명한 백낙청의 견해가 있다(「모더 니즘에 관하여」, 1983). 우리 문학사에서도 그와는 다른 방식으로 어떤 부 정의 과정이 존재히는 것은 아닌지 모르겠다. 20년대 후반에서 30년대 초에 걸치는 시대와 그 이후, 45년 이후에서 전쟁에 이르는 시기와 전 후기, 마지막으로 80년대와 90년대 문학의 비교는 이같은 추론을 일반 화하고 싶은 충동을 갖게 한다. 전자의 시대가 강렬한 역사의식과 그 연속성에 대한 신념에 이끌린다면 후자의 시대는 초월적 지향이나 쾌 락적 욕망에 의해 이끌린다. 초월이나 쾌락은 그 양상은 전혀 대립하 는 듯하지만 인간적 한계를 절감한 끝의 행위라는 점에서는 같다. 그러나 그와 같은 지향이 주류를 이룬 시대, 즉 30년대 말에서 40년대 전반의 시기와 전후 공간, 그리고 90년대 문학을 돌이켜 볼 때 그와 같은 경향이 문학에 그리 생산적이지만은 않았던 듯하다.

과연 이같은 문학사의 형이상학은 허용될 수 있는지 모르겠다. 그러나 그같은 가정이 잠시 허락된다면, 해방 직후나 오늘의 시점은 역사적 의지의 시대를 지나고 다시 초월과 쾌락의 시대를 다 보내고 난 이후의 시기에 해당하는 것이 되겠다. 이는 부정의 부정, 한층 더 성숙한 문학이 오늘에서 가능할 수도 있음을 의미한다. 그러나 해방 직후의 문학적 상황이 시사하듯 그같은 가능성은 현실화되기도 전에 세계사의 간섭이라는 기습적이고 외발적인 요인에 의해 소진되어버릴 수가 있다. 오늘의 시점 또한 바로 그같은 위험 앞에 노출되어 있다. 지난해와 같은 경제적 파국은 그 한 예라 하겠지만, 경우에 따라서는 그보다 훨씬 더 강력한 힘이 상황을 급전시킬 수가 있다. 이것은 문학주의라는 이름의 신판 낭만주의의 흐름이 해소되어야 할 또 하나의 이유이다. 이런 시대일수록 비평은 역사를 거시적 안목으로 통찰하는 힘을 회복해야 한다.

4.

앞에서 주제의 상실이라고 했지만, 그렇다면 현금의 한국문학 비평은 도대체 어떤 주제를 망실하고 있다는 말인가. 무성한 여러 논의에 밀려 정작 천착되어야 함에도 불구하고 그렇지 못한 상태에 빠진 주제라는 것이 과연 있다는 말인가. 나는 그런 것이 있다고 생각한다. 집중성과 주기성이 강한 평단을 중심으로 한 비평행위 속에서 다루어지지 않는 문제가 있다고 생각한다.

예를 들면 지역 문제 같은 것이 그러하다. 오랫동안 나는, 한국 사회를 이끌어 가는 가장 큰 동인 중의 하나가 바로 이것이라고 생각해 왔다. 내가 보기에 그것은 마치 다인종(민족) 사회에서의 소수 인종(민족) 문제만큼이나 심각하다. 반드시 그같은 차원에서 다루어져야 한다는 점에서가 아니라 너무나 많은 면에서 그와 유사한 양상을 보여준다는 점에서. 우월감과 열등감, 가해의식과 피해의식, 자존과 자기비하와 같은 심리학적인 문제에서부터 온갖 유형·무형의 차별과 역차별이라는 사회학적인 문제, 정치적 권력을 둘러싼 투쟁과 타협의 과정이 보여주는 정치역학적인 문제에 이르기까지, 한국 사회에서 지역의 문제는 생각하기에 따라서는 인종(민족) 문제, 성이나 계급 문제만큼이나 복잡·난해하다.

그럼에도 불구하고 이 지역이라는 문제에 한해서만은 문학인은 침묵으로 일관하는 경향이 있다. 그 침묵은 마치 한밤에 가늘게 들리는 형광등에 흐르는 전류의 소리와도 같다. 그것은 정녕 기묘한 침묵이다. 그것만큼 성인이 된 이 사회의 구성원들 각자의 뇌리 속에서 집요하게 직동하고 있는 기세가 없는데도, 비평가들 누구도 그것이 문학이라는 공적인 언어에 의해 다루어지는 일만은 회피하고 있는 것이다. 나는 『인물과 사상』의 주재자가 바로 그 주제를 전면화시켰을 때 문학인들이 사적인 자리에서 내비쳤던 차가운 반응을 기억한다. 많은 이들은 그의 문체와 어조를 지적하고, 그의 균형감각을 우려했다. 그러나 이는 온당한 평가만은 아니다. 홍만종은 차천로(車天輅)의 시를 이렇게 평했었다. "세상에는 차천로의 시가 이무기와 지렁이가 간혹 섞여 있다고 흠잡는 사람이 있다. 그러나 …… 문장을 마구 써내려 갈 즈음에는 말을 선택할 겨를이 없다."(안대회 역, 『小華詩評』, 국학자료원, 1993, 258면) 그러나 많은 이들은 그렇게 생각하지 않는 것 같다. 그는 이보다 훨씬 심각한 지경에 빠져 있지 않느냐고 반문할지도 모른다. 지역 문제에 관한 사유, 그것을 문장으로 옮기는 일은 오늘의 한국사회에서는 가장 단단한 금기의 하나이다. 그것은 억압된 언어이다. 왜 그럴까. 아마도 그것이 이 사회의 질서 유지의, 공공연하지만 비밀에 해당하는 것이기 때문이 아닐까.

같은 맥락에서 친일의 문제를 생각해 볼 수도 있다. 무엇보다 이는 지역 문제와 마찬가지로 시효가 다한 주제로 이해되기 십상이다. 역시 문장으로 자세히 옮겨지지는 않았으나, 최근 몇 년 동안 많은 이들은 궁발(窮髮)을 두고 그의 전력으로 그의 시를 논단해서는 안 된다고 하였다. 그 말에는, 그와 같은 논단은 문학성의 의미를 이해하지 못한 소치라는 함의가 담겨 있었다. 이같은 풍토 속에서 궁발의 시는 초월적인 의미를 부여받았다. 그 우려는, 말하자면 이광수의 문학에 관한 김동석의 평론(「僞善者의 文學」, 1947)을 향한 소감과 같은 차원의 것이었으리라 생각된다. 일언 하여 '정치'로 '문학'의 척도를 삼아서는 안 된다는 것이 아니었을까? 일리 있는 생각이다. 정확하지 못한 이해와 비판은 문제를 악화시킬 뿐이다. 그럼에도 친일이라는 문제가 심각한 문학적 주제가 되어야 한다고 믿음은 그 현재성 때문이다. 그것을 반성하거나 회피하고 또 이를 수리하는 방식을 묻는 일은 시대, 현실이라는 거대한 구조의 압력 하에 처한 인간의 문제를 이해함에 있어 없어서는 안 될 자료를 선사해줄 뿐 아니라, 오늘의 사회 구성원의 의식의 저층을 이해함에 있어서도 긴요한 구실을 할 것이다. 이 주제 속에는 정체성의 위기를 대가로 해서야 근대화 과정에 들어설 수 있었던 민족의 정신적 외상과 그 치유의 문제가 담겨 있다. 이 점에서 이른바 친일론은 일본 문학계의 '패전후론(敗戰後論)'과 같은 위상을 차지해야 하는지도 모른다. 그러나 이제 이 문제는 극히 예외적인 몇몇 사람들의 관심사로 남아 있을 뿐 한국문학 비평에서는 잊혀진 주제가 되었다. 여기에 한 마디 첨언한다면, 50년 한국전쟁의 의미를 묻는 문제가 또한 그와 같은 성격의 주제일 수 있을 것이다. 숱한 소설이 이를 다루어왔지만 시대는 이 문제를 다시 한 번 원점으로부터 사고하기를 요구하고 있다.

논자에 따라서는 비평의 영역을 문학의 영역 너머로 확대시키고 있다고 생각할지도 모르겠다. 또는, 다시 한 번 문학을 너무 많이 역사화시키고 있다고 생각할 수도 있다. 그렇다면 나는 문학의 본질, 비평의 원리와 방법을 묻는 문제에 관해서도 마찬가지의 이야기가 가능하다고 말하고 싶다. 한국의 근대비평은 그 시각을 외부로부터 획득하되 그것과는 구별되는 독자적인 세계를 형성해야 하는 난제를 안고 있었다. 근대비평의 원리를 민족 내부의 기억으로부터 추출할 수 있는 가능성은 오랫동안 차단되어 있었다. 따라서 비평은 그 원리론(theoretical criticism)과 실제(practical criticism) 사이에서 방황하지 않으면 안 되었다. 그러나 오늘의 한국 비평은 그 놀라운 양적 확대에도 불구하고 원리적 탐색을 접하기는 훨씬 더 어려워졌다. 비평에 주어지는 숱한 시련은 모두 작가론이나 시인론, 서평, 아니면 다분히 의도적인 논쟁이나 기획으로 채워진다. 비평은 잡지 메카니즘에 순응하고 있고 잡지와 단행본의 양식을 장식하는 수단이 되고 있다.

무엇이 이와 같은 비평적 상황을 연출한 것일까. 나는 생각해 본다. 그것은 정론성이나 사회성과 대립하는 의미에서의 심미적 경향의 부재나 부족 탓이 아니다. 오히려 고도로 정치적이고 사회적이기까지 하되, 이른바 평단이라 불리우고, 몇몇 계간지와 월간지에 의해 그 구체적 형상을 얻는 중앙 집중적인 문학제도, 주기성과 매너리즘에 빠진 비평제도라는 구조물의 권외에서 모든 것을 사유하고자 하는 자유의지의 부재, 결핍. 이것이 문제이다. 나는 이것이 원인이라고 생각한다. 비평제도의 권외에서 비평을 한다는 것 자체가 일종의 모순적 발상일 수도 있다. 그러나 잡지로부터 거리를 확보하고, 논쟁의 맥락을 따라 형성되어 있는 비평적 주제로부터 일단 분명한 거리를 두게 되면 현금의 문학비평이 잊고 있는, 부지중에 평단에서 유실되어 버린 심각한 주제를 새롭게 발견할 수도 있는 일이다. 그는 지나친 집중성과 위계성에 의해 지배되고 있는 평단으로부터 벗어나 그 이전으로, 다른 시공간으로 환원 불가능한, 독특한 그만의 자리로 돌아가 자기라는 존재와 조우하게 될 것이며, 바로 그 위치에서 문명과 현실의 문제를 새롭게, 더 거시적인 안목으로 이해할 수 있게 될 것이기 때문이다. 사실, 비평의 모랄이란 바로 이 시각의 독자성, 지식의 차별성에 있는 것이 아닐까. 이것은 잡지나 기타 연속간행물의 유효성에 대한 부정이 아니다. 나 자신에 대한 반성이자 동시에 오늘의 비평에 대한 반성으로서 거리감각의 회복을 말하고 있는 것이다. 이 거리로부터 심각한 침묵의 언어가 발견될 수 있고, 이는 지금까지 망실되거나 잊혀졌다는 의미에서 한국 사회 구성원의 의식의 저층에 놓인 심각한 주제일 수가 있다.

오래 전에 시효가 만기된 개성이나 내면성의 신화를 안고 잡지를 비롯한 연속간행물의 숲을 헤매일 것이 아니라 그와 떨어진 고독한 자리에서 문명과 현실의 문제를 수리(受理)하는 방식을, 심해를 탐사하듯 더듬어 가는 것이 필요하다. 역사의 구속, 곧 인간의 굴레로부터 자유롭고자 하는 욕망으로 충전된 천진한 개성의 추종이 문학을 어느 길로 이끌어 가는지, 지난 몇 년은 다시 한 번 충분히 보여주었다고 생각한다. 제도와 체제의 권외에 독자적으로 수립된 긴 사유의 공간, 이것이 '납함(吶喊)'으로 유실된 '비평의 고도'를 회복시켜줄 수도 있으리라. 이는 누구보다 내 스스로에게 건네는 말이다.

[90년대 문학의 '종언']

1.

나는 90년대 문학의 정신이 급속히 퇴조하고 있다고 믿는다. 물론 90년을 전후로 하여 나타난 문학 현상은 아직도 우리 저변에서 허다하게 발견되고 있으며 어느 면에서 그런 현상은 앞으로도 우리 문학의 한 조류로 상당한 기능을 하게 될 것이다. 그러나 특정한 문학적 조류의 운명이란 언제나 그러했다. 그렇게 지나간 시대의 잔영을 남기면서도 새로운 시대의 '말없는' 다수를 형성하게 되는 것이다.

기존의 주조에 맞서 새로운 이념을 표방하고 이를 통해 과거를 구축(驅逐)해 버리고자 하는 어떤 새로운 문학 이념도 시간이 흐르면 그 자신 기성의 것이 되어 버리지 않을 수 없다. 어떤 이념도 시간의 지배로부터 자유로울 수 없기 때문이다. 개개의 문학 이념 또한 생명을 가진 것처럼 태어나고 성장하고 장성하여 노년에 이르러서는 죽음을 맞는다. 마치 생명을 가진 것처럼 그것 또한 불의의 사태를 맞아 갑작스럽게 죽음에 이르거나 유달리 생존에 불리한 환경 속에서 서서히 고사할 수도 있다. 또한 그것처럼 어떤 문학이념은 이상하게도 너무 빨리 거대하게 성장함으로써 스스로를 이른 죽음으로 내몰아 버리기도 한다. 그리하여 죽음에 이르는 모든 것은 개개의 생명체가 그러하듯이 새롭게 떠오르는 다른 이념을 위한 토양이 되어 버린다. 그러나 마지막으로, 모든 생명적 존재가 그러하듯이 문학이념 개개의 수명은 저마다 다르고 그 기능과 역할 또한 저마다 다르다.

나는 이상과 같은 말을 이른바 문학운동의 자리에서 하고 있다. 운동이라는 말이 갖는 구시대적인 느낌 때문에 이 말에 저항감을 느끼는 사람이 있을는지도 모르겠다. 그러나 비평에서든 소설이나 시에서든 현실이라든가 시대라든가 하는 것을 염두에 두면서 발언하고자 하는 사람, 다시 말해 문학의 초월성·영원성·보편타당성이 직접적으로는 획득될 수 없으며 반드시 특정한 현실이나 시대라는 한계를 통과함으로써만 얻어질 수 있다고 생각하는 사람이라면, 무엇이 무한에 도달하기 위한 올바른 방법이며 그것은 또 어떻게 실현되어야 하는가 하는 등에 대한 물음을 무시하기 어렵다. 다시 말해 나는 90년대 문학 혹은 90년대 문학의 정신이란 것이 그 산술적인 연대가 아직 끝나지 않은 지금 이미 그 생명력이 다해가고 있으며, 따라서 새로운 문학이념을 주장하거나 맞이해야 할 때가 오고 있다는 관점에서 이 글을 쓰고 있다.

최근 리얼리즘을 둘러싼 몇몇 논의 속에서 나는 리얼리즘이나 모더니즘, 그 중에서도 특히 리얼리즘에 대해 불변의 형상이나 가치를 부여하고자 하는 태도를 종종 발견하곤 했다. 그러나 이는 자칫 잘못하면 그 속에서 고정불변의 한계를 발견하거나 반대로 그 초시대적 적실성을 주장하는 것으로 귀결되기 쉽다. 리얼리즘을 둘러싼 최근의 논의에서 중요하게 부각되어야 할 것은 지금까지와는 다른 리얼리즘 개념을 확보하는 것, 그것을 신(新)리얼리즘이라 부르든, 포스트리얼리즘이라 부르든 아니면 그것에 이도 저도 아닌 전혀 새로운 명칭을 부여하든 간에, 90년대가 요구하는 인식론상의, 세계관상의 변화를 반영하는 새로운 차원의 리얼리즘을 구상하는 것이다. 그리고 이것은 한계에 직면한 기존의 리얼리즘과 새로운 리얼리즘을 의식적으로 구분 지으려는 노력과 그렇게 차별화된 리얼리즘의 이념을 실행에 옮기려는 의지를 수반한다. 바로 이 점에 리얼리즘을 둘러싼 논의가 문학운동적 차원의 것이 되어야 하고 또 될 수밖에 없는 이유가 있다. 우리에게 필요한 것은 시간의 흐름 앞에서 물러서서 화석화된 개념을 접합하거나 고수하는 것이 아니라 그 흐름 위에서 새롭게 사고하고 실행하는 것이다.

그렇다면 그 생명력이 소진되어 가고 있는, 90년대 문학의 정신을 대표하는 이름은 무엇인가. 그것은 바로 문학 상업주의이다.

2.

상업주의. 이 '짧은' 수명을 가진, 가져야 할 이념은 다원주의 및 상대주의와 같은 주관주의적 태도의 주류화에 편승하거나 문학주의 혹은 미학주의와 같은 절대주의의 이름을 빌리면서 90년대 전반과 중반을 풍미했다. 또한 그것은 그것을 대체할 만한 이념의 부재로 말미암아 아직도 상당한 힘을 발휘하고 있다. 그러나 그것에 권력적 힘을 부여해 주었던 사회경제적·정치적 조건은 급속히 변화하고 있으며 또한 문학 담당층의 의식 또한 그만큼은 아니지만 알게 모르게 변화하고 있다. 나는 최근 들어 그 몇 가지 징후를 발견할 수 있었다. 그러나 이를 말하기 전에 먼저 우리 문학이 노정해 온 90년대 상업주의란 무엇이었던가 간략히 살펴 볼 필요가 있다.

일반적으로 말한다면 문학에서의 상업주의는 단번에 형성된 것도 아니고 하루아침에 소거될 성질의 것도 전혀 아니다. 문학 속에 흥미나 오락, 위안을 주는 속성이 자리잡고 있는 한 문학작품이나 작가, 시인을 자본주의적 이윤추구의 욕망에 종속시키려는 경향으로서 상업주의는 그 존재 근거를 항상적으로 확보하고 있는 셈이기 때문이다. 그러므로 내가 말하고자 하는 것은 특정한 시대, 상황이 낳은 상업주의, 다시 말해 90년을 전후로, 한국 자본주의의 질적 비약이라는 조건을 토대로 형성된 상업주의, 자본의 이윤추구 욕망이 문학담당층 일반의 반자본주의적인 의지를 현저히 능가하기에 이르는 상업주의, 출판사와 독점적 문학언론이 독자와 작가, 시인은 물론 비평가마저도 문학의 생산 및 소비라는 단일한 메커니즘의 단순한 담당층으로 기능하게끔 강제력을 행사하기까지에 이른 상업주의, 여러 문학이념과 그러한 문학이념의 소유자인 작가, 시인과 비평가가, 그들이 누구이든, 모더니스트이든 리얼리스트이든 문학주의자이든, 그것의 유혹에 이끌리는 단계를 넘어서 그것과 스스로 결탁하고자 하는 욕망을 내면화하기에 이른 상업주의 등을 지칭한다.

특수하게 형성된 몇몇 호조건을 바탕으로 올림픽이 있던 88년을 전후로 해서 급속히 강화되기 시작했을 테지만 정치적 민주화라는 전사회적 이상의 빛에 가려 전면에 드러나지 않았던 문학 일각의 상업주의화 욕망은 90년의 이념적인, 그리고 체제상의 대격변을 매개로 전면화되기에 이른다. 이로써 사회구성원 모두가 의무감 속에서 지향해야 할 절대적인 진리, 가치란 존재하지 않으며 합의의 절차를 거침으로써 힘의 합리적 행사라는 덕목을 갖춘 자본주의를 능가할 만한 이상향은 역사적 지평 위에서는 존재할 수 없음이 분명해졌다! 예전에는 공동선이, 동일성이 지상의 가치인양 이해되었으나 이제는 개성이, 차이가 최고의 덕목이 되었다! 예전에 문학은 형이상학적 가치의 추구라는 고상한 얼굴과 신비스러운 후광을 지니고 있었으나 이제 문학은 스스로가 상품임을, 상업적 메커니즘을 통해서 생산되고 유통 소비되는 것임을, 경쟁에서 살아남지 않으면 가치로운 이상으로서도 기능할 수 없음을, 그것이 '날것'으로서의 현재의 문학의 진면목임을 인정해야 한다! 그러므로 작가는, 시인은 어떤 세계를 지향할 것인가, 지향해야 할 것인가 등에 대해서 묻기보다는 무엇이 자신만이 팔 수 있는 독특한 상품인가를 고민해야 하며 그 개성의 강도에 비례해서 명예와 부와 지위가 결정되는 것이다!

이상의 몇 가지 진술 중 어느 것은 공공연히 표방되고 어느 것은 암묵적으로만 공유되었다. 그러나 그와 같은 생각이 신념으로, 통념으로, 강박으로 기능하고 있었던 것만은 사실이다. 또 이 중에서 어떤 것은 문학주의, 미학주의를 표방하는 이들이 공유하는 논리가 되었고 어떤 것은 신국가주의를 공공연히 주장하는 이들의 근거로 기능했다. 예를 들어 문학 바깥에 문학이 지향해야 할 어떤 절대적 진리나 가치도 존재하지 않는 것이라면, 문학의 공리성이나 계몽성 따위는 문학을 비문학적으로 만드는 거추장스러운 치장에 불과할 뿐이다. 또한 세계가 더 이상 나아가야 할 지금보다 더 나은 지경, 차원이 존재하지 않으며 그런 의미에서 역사는 종언을 고한 것이라면 이 바람직하지 못한 독점자본주의 사회에서 문학인이 취해야 할 바람직한 유일한 태도는 문학의

철옹성을 쌓는 일, 문학주의 미학주의밖에는 없다. 또, 예를 들어 동서
간 체제 경쟁에서 동구 사회주의 체제가 붕괴되었다는 사실이나 북한
식 국가사회주의 체제가 지리멸렬화하면서 남북간 체제 경쟁의 열패자
가 되었다는 사실이 냉전 기간 이른바 개발독재체제를 강화해 온, 특
정 지역의 패권주의에 입각한 군사정권의 정당성을 확인시켜 준 것으
로 해석되는 이에게 세계자본주의 각국이 생존을 위한 무한 경쟁에 돌
입해 있는 90년대는 그러한 권력의 뜻을 받들어 모든 국민이 자본주의
적 경쟁력의 강화를 위해 매진해야 하는 때로 이해될 수밖에 없다.

　　그리하여 90년대의 문학상 상업주의는 때로 문학주의, 미학주의의
논리를 빌어 나타나기도 했고 때로 신국가주의라는, 변형된 군사독재
의 논리를 공공연히 주장한 경향과 결합되기도 했다. 여기서 출판사나
출판업자, 출판 관계자의 논리가 문학인에게 작용한 탓인지 아니면 문
학인 속에서 그러한 문학이념들이 싹트고 있을 즈음 그와 함께 경쟁
지상의 상업주의가 도래한 것인지는 그다지 중요하지 않다. 이들 우리
자본주의 체제의 질적 강화와 질적으로 강화된 문학상 상업주의의 범
람과 이들 문학이념들의 출현 사이에 어떤 연관이 있음을 확인하는 것
으로 일단 족하다.

3.

　　그러나 앞에서도 지적했듯 나는 이상과 같은 90년대 상업주의가 하
나의 이념으로서는 설득력을 상실한 채 몰락해 가고 있다는 징후를 몇

몇 곳에서 발견할 수 있었는데 그것은 특히 장정일 이인화 김소진 등 세 사람을 통해서였다. 이들 세 사람 작가는 우리에게 90년대가 어떤 시대였는지를 우리는 어떤 시대로 나아가야 하는지를 가늠하게 해준다. 비록 등단 시기상의 차이는 있으나 이들은 각기 제 나름의 방식으로 90년대와 뗄래야 뗄 수 없는 연관을 맺고 있었다.

먼저 장정일을 통해서 보자. 나는 오래 전에 그를 두고 현실에 대한 미학적 저항으로 간주할 수 있을 만한 작가라고 평한 적이 있다. 그러나 이러한 미학적 저항은 작가 스스로도 고백하고 있듯이 위악적이자 동시에 위선적인 형태로 표출되곤 했다. 한편에서는 자본주의적 메커니즘과 그 비인간적 존재 조건에 대해 경악하고 그로부터 신에 비견될 만한 절대적 가치를 갈구하는 포즈를 취하면서도 다른 한편에서는 그러한 기제와 조건이 이 시대의 사람들과 특히 문학에 미치는 절대적 영향력, 포섭력을 승인하고 나아가 그러한 것들에 기대어 자신의 문학 행위를 정당화하는 그의 모습에서 나는 작가의 의도와는 관계없이 상업주의와 연결된 미학주의의 한계를 발견했던 것이다.

지난해 가을에 발표되었던 그의 작품 『내게 거짓말을 해봐』(김영사, 1996)는 소설의 길에 들어선 이후 그가 취해온 태도의 결정판이었다 해도 과언이 아닐텐데, 이 작품이 던진 파문을 둘러싼 다른 작가나 비평가의 태도가 내게는 또한 무척이나 의미심장하게 받아들여졌다. 당시 해당 출판사와 몇몇 신진작가, 비평가를 중심으로 장정일에 대한 사법 처리를 반대하면서 이를 표현의 자유라는 관점에서 접근하고자 하는 움직임이 표면화되었는데, 외면상 그와 같은 흐름에 대한 본격적인 비판이나 부정은 없었던 것으로 보인다. 그러나 이같은 표현의 자유에 대해 작가적 사명이라는 또 다른 측면의 요구를 의식하지 않은 작가는 많지 않았을 것이다. 표현의 자유의 정도를 정치적 권력이 결정하려

하는 데 대해서는 응당 저항하지 않을 수 없었지만, 그같은 작품의 생산에 자칫 개입되어 있을지도 모르는 은밀한 욕망에 대해서도 많은 이는 염려하지 않을 수 없었을 것이다. 결국 그 작품을 둘러싼 일련의 사태는 문학에 임하는 작가의 태도에 대해 많은 것을 시사해 주었다.

다음으로 이인화. 지난 4월에 발간된 『인간의 길』(살림, 1997~8)은 이미 『영원한 제국』(세계사, 1993)을 통해 그가 암시하고자 했던 신국가주의의 길을 전면화시킨 것이었다. 그는 작품의 주인공 허정훈의 모델이 된 박정희의 삶을 "시대의 한계를 거부하는 인간의 자유의지가 얼마나 대단할 수 있는가를 입증하는 본보기였다"고 규정한다. 그는 그보다 앞에서는 다음과 같이 말하고 있다.

> 인생은 짧고 우리는 정의(正義)를 내리기 위해 낭비할 시간이 없다.
> 우리는 보다 실질적이고 즉각적인 지침을 따라 살아간다. 그것은 우리가 진심으로 위대하다고 생각하는 인간을 보고 배우는 것이다. 그의 생각과 행복을 모방하는 것이다. 어쩌면 이것이 인간에게 있어서 진보의 유일한 요소인지도 모른다. 어떤 천재성을 지닌 개인이 길을 제시하고 모범을 보이면 다른 많은 사람들이 그 길을 선택하고 그 뒤를 따르는 것이다. 이 소설을 위해 산더미 같은 자료들을 읽으면서 나는 내가 그리려고 하는 인물이 바로 그런 사람이라는 확신을 갖게 되었다. (『인간의 길』 I, 6면)

이와 같은 진술 속에서 내가 연상하게 되는 것은 주체사상의 수령관이다. 주체사상에 대해 조금이라도 관심을 가져 본 사람이라면 알 수 있듯이 그 사상의 초점은 대중의 영도자로서 수령이 지닌 확고한 지위를 인정하는가 그렇지 않은가 하는 것이다. 그밖에 모든 것은 내가 보기에는 맑시즘을 극도로 속류화하고 천박화한 결과물에 지나지 않는다. 종교적 숭배를 방불케 하는 근대적인 영웅숭배의 사상 위에서 실제의 역사를 한두 사람의 군림을 위해 왜곡하거나 심지어는 없는 역사를 창조하기까지 하는 등의 행위가 이루어져 왔음은 두말할 나위가 없다. 그같은 주체사상의 영웅주의와 이인화의 영웅주의 사이에는, 적어도 위에서와 같은 문맥에서만 본다면 큰 차이가 없어 보일 정도이다.

또한 그는 같은 글에서 "죄와 배신과 불의와 타락에 몸을 적시며 결단코 이상을 향해 매진했던 그 고독과 우수의 마키아벨리즘을 이해하면서 나는 비로소 인간이라는 존재에 전혀 있을 것 같지 않았던 힘과 용기를 발견했던 것"이라 말하기도 하는데, 나는 이 대목에서도 역시 그 소위 주체사상의 창시자라는 이가 해방 이후 분단과 전쟁, 그 이후의 냉전 과정을 거치면서 보여 주었던 사실의 왜곡과 그 창조와 피비린내 나는 숙청과 철권적 통치를 연상치 않을 수 없었다. 어쩌면 두 독재자는 적어도 "그 고독과 우수의 마키아벨리즘"의 신봉자라는 점에서만은 이형동질의 존재가 아니었는지 모르겠다. 만약 우리처럼 처절한 현대사를 가진 민족에게 영웅적 존재가 필요했다면 그는 이 두 지도자로 집약되는 냉전과 독재의 압력 속에서도 남북을 함께 변혁시키고 화해를 이룰 인물이었어야 하지 않을까. 흑백논리가 정녕 잘못된 것이라면 북한이라는 국가사회주의체제의 파산을 들어 또 하나의 어두운 과거를 합리화할 수는 없다.

지난 몇 달간 집권 말기에 들어선 '문민정부'의 실정을 겪으면서 우리 사회 일각에서는 이른바 박정희 신드롬이라는 것이 형성되었고, 이것이 집권당의 대통령 선거 후보 경선에까지 적지 않은 영향을 미치는 것을 확인할 수 있었다. 그러나 나는 이런 현상과 함께 그러한 현상의 대두를 경계하고 비판하는 많은 사람을 또한 발견할 수 있었다. 사실 마키아벨리즘이라는 측면에서 보면 집권을 위해 이념을 저버렸던 현재의 집권자는 70년대 독재자의 또 다른 적자라 할 수도 있지 않을까.

그의 존재로 말미암아 우리 사회는 가치판단의 준거점을 상실한 채 90년대를 표류해 왔다. 그러나 그 말기에 이르러 그의 정치적 논리는 물론 그의 후견인들이 마련해 준 세계화와 적자생존이라는 양날의 경제적 논리마저 위기에 봉착하고 말았다. 이제 많은 이들이 탈자본주의의 가능성을 추구하는가, 자본주의를 지속적으로 신뢰하는가 하는 문제와는 별개로 자본주의체제의 해결되지 않는 모순에 관심을 기울이지 않을 수 없게 되었다. 이것이 우리가 문학의 새로운 시대를 요구하지 않을 수 없게 된 문학 외적 이유이다. 비록 이인화는 자신의 신국가주의의 이상을 밀고 나갈 힘을, 자신의 작품을 읽었고 또 읽고 있는 많은 수의 독자, 그들에 의해 획득된 상업적 성공을 통해 재확인하겠지만, 그러나 내가 보기에 그러한 논리를 믿는 이들은 지나간 긴 시대에 비해 지금 현저히 줄어들고 있다.

4.

마지막, 김소진에 관한 이야기로 들어가기 전에, 위에서 언급한 작가 외에도 몇몇 작가를 더 포함시킬 수 있는, 90년대의 상업주의와 연관된 문학들, 그 담론들의 결과를 잠시 검토해 볼 필요가 있겠다. 90년대 초반 무렵의 신세대작가론·대중문학론·포스트모더니즘론 등이 그 대상이 될 수 있을 것이다. 그러나 나는 여기서 이것들 각각을 낱낱으로 다루기보다는 하나의 전체로 다루어 보고자 한다. 또한 무엇보다 이들 문학 담론들이 상업주의로 환원될 수만은 없다는 점을 미리

지적할 필요가 있겠다. 예를 들어 포스트모더니즘론만 하더라도 그 개
념을 어떻게 설정하는가에 따라 혹은 장정일이나 이인화를, 혹은『나
는 소망한다 내게 금지된 모든 것을』(살림, 1992)『천년의 사랑』(살림,
1995)의 양귀자를, 마지막으로는「얼음의 도가니」(1992) 등을 비롯한
중·단편으로 대변되는 최수철 등을 각각 꼽기에 이를 것인데, 이들
모두가 상업주의에 근접해 있는 것은 아니고, 또는 근접해 간다 해도
같은 방식을 취하지도 않는다. 특히 최수철과 같은 경우에는 모더니즘
의 유미주의라든지 산책자 의식이라든지를 고수하는 측면이 강하다.
이처럼 이들을 모두 하나의 개념으로 환원하거나 동일한 척도로 평가
하는 것은 무리이다.

한편 이들 90년대 전반기에 대두되었던 여러 담론과 그 실천의 결
과물들에 대해서 나는 그렇다면 어떤 작품이 가치로운 것으로 우리 곁
에 남아 있는가 하는 질문을 던져 보지 않을 수 없다. 무엇이 새로운
인식론, 세계관에 입각하면서도 우리의 삶과 우리 사회의 진로에 심각
한 문제를 제기하는 작품으로 남아 있는가. 이런 질문이 리얼리즘에
너무 경사된 것으로 보일 수도 있다면 과연 어떤 작품이 시대의 한계
를 뛰어넘는 문학성에 근접한 것으로 남아 있는가 하는 질문으로 바꾼
다 해도 결과는 별다르지 않을 듯하다.

없다는 것, 거의 없을 것이라는 것. 이것이 내 생각이다. 그와 같은
질문 앞에서 작가를 꼽아야 한다면 아마도 신경숙 최인석 김소진의 세
사람이 꼭 필요하겠지만, 그러나 이들 모두는 사실상 위에서 언급했던
담론들과는 커다란 관계가 없다 해도 과언이 아니다. 최인석은 비록
주목받지는 못했었지만 이미 80년대부터 희곡 작가로 소설가로 활발
하게 활동해 왔던 작가이고 신경숙의 경우에는, 내 비록 그녀를 90년
대 들어 두드러진 흐름을 형성한 미학주의, 특히 미학적 형식주의의

계보 속에서 논하기는 했었지만(「미학주의, 그리고 그 밖의 우울한 풍경과 작은 가능성」, 『문학사상』, 1995년 9월호) 이미 그 당시에 등단 10년째를 경과하고 있었다. 마지막으로 김소진이 있지만 그는 위의 담론들과는 거리가 먼 작가임에 틀림없다. 이들의 『외딴 방』(문학동네, 1995)『내 영혼의 우물』(고려원, 1995)『눈사람 속의 검은 항아리』(강, 1997)를 빼놓고 90년대를 말할 수 있을까. 그러나 이들, 이와 같은 작가들을 빼놓는다면, 또 이들과 함께 『화두』(민음사, 1994)의 최인훈이나 『유자소전』(벽호, 1993)의 이문구, 『마지막 테우리』(창작과비평사, 1994)의 현기영 등과 그 밖의 몇몇 중견작가를 빼놓는다면, 어떤 젊은 작가로 90년대를 말할 수 있을까. 많은 신세대작가가 이렇다 할 문제작을 남기지 못한 채 스캔들에 가까운 소문들 속에서 기성의 영역으로 편입되어 가고 있는 것이 현실이 아닐까.

이 예단이라면 예단이라 할 판단을 염두에 두면서 나는 전통에 대한 인식을 강조하고 싶다. 90년대의 소설 부재 이면에는 전통에 대한 인식의 부재, 앞선 세대의 문제의식에 대한 전면적인 부정과 청산이 놓여 있다. 이 점에서 90년대는 전후의 몇 년과 이형동질적이다. 장용학 손창섭 김성한 등을 비롯한 전후의 많은 신세대작가와 그들을 옹호하는 몇몇 비평가는 구세대와 기성세대에 대한 저항을 강조했었다. 그들은 폐허화된 현실 앞에서 절망했고, 그 절망과 새로운 건설에의 의지를 문학으로 형상화하고자 했다. 그러나 약 10여 년에 걸친 그들의 실험은 몇몇 주목할 만한 작품에도 불구하고 궁극적으로는 실패하고 말았다. 그 이유는 바로 전통에 대한 인식 부재에 있었다.

이들이 역설적으로 입증한 사실 중의 하나는 이전 시대의 문학인들과 그들이 남긴 가치로운 작품을 의식하지 않고는 의미 있는 새로운 문학을 보여주기 어렵다는 점이었다. 또는, 앞선 세대의 문제의식을 충분히 숙지하지 않은 채 그들보다 더 심원한 문학으로 나아가기란 참으로 어렵다는 것이었다. 근원적으로 모국어에 익숙하지 못했던 전후 세대의 형식 실험은 문학 이전으로 귀결될 위험을 수반하는 것이었고 선배 세대의 이념적 갈등과 체제 선택 및 그것을 강요했던 현실의 구조를 이해하지 않은 속에서의 기성세대 비판이란 실존주의와 같은 외래 사조에의 일방적 의존을 가져왔을 뿐이었다.

마찬가지로 90년대의 새로운 담론의 지지자들, 그 문학인들이 보여준 것 중의 하나는 전통에 대한 인식의 중요성, 이제까지 걸어온 길을 의식하는 일의 중요성이다. 이러한 인식, 의식이 전제되었더라면 문학상의 상업주의는 문학인들의 의식 내부로부터 견제될 수 있었을 것이다. 상품성이라는 일회적인 소비적 가치의 측면을 넘어서 장인적 숙련과 심원함이 중시되는 문학적 기풍이 자리잡을 수도 있었던 것이 바로 90년대였다. 왜냐하면 80년대 또한 이념에 치우친 나머지 문학의 독자성을 희생시키는 데로까지 나아가기도 했으며 이는 새로운 의식을 지닌 이들에 의해 부정되어야 할 성질의 것이었기 때문이다. 80년대 문학 또한 이전 세대의 문학이 축적해 온 것을 습득하기보다는 새로운 세계를 주장하기에 급급한 측면이 있었고 이는 우리 문학을 진취적이지만 심원함이라는 면에서는 미흡한 것으로 만들었다.

90년대 문학 또한 80년대 문학의, 이같은 딜레마나 한계 같은 것을 정확히 인지하지 못한 채 새롭게 밀려드는 주관주의, 상대주의와 자본주의적 경쟁의 담론을 전적으로 수용함으로써 문학만이 지닌 독자적 가치의 구축이라는 차원에는 현저히 미달하는 것으로 되어 버린 것이 아닐까. 나는 이미 기성의 것이 되어 버린 담론들에 전적으로 의존하거나 또는 그것으로 치장된, 많은 값싼 작품들을 보게 되거니와 이같은 경박성의 밑바닥에는 시대와 세대를 이어가는 문학적 축적의 중요성에 대한 무지가 자리잡고 있는 것이다.

5.

　지난 봄 김소진이 세상을 떴을 때 어쩌면 문학상의 90년대는 종언을 고하기에 이르렀는지도 모른다. 나는 그가 90년대 문학을 위한 희생양이었으며 90년대 문학은 그를 희생시켰으므로 비로소 새로운 정신의 문학으로 거듭날 수도 있을 것이라는 느낌에서 벗어나지 못한다. 그의 미완성 유고작이 된 「내 마음의 세렌게티」에서 최기석이라는 인물을 통해 피력된 그의 마지막 희망은 자신의 불행한 운명을 진작부터 알고 있던 자의 그것이었다.

　……이제 나는 세상의 똥으로 돌아갑니다. 더럽고 냄새나고 아무짝에도 쓸모 없이 버려지는 똥 말입니다. 저 다양하고 갖가지 표정을 짓고 있는 똥을 한번 들여다봅시다. 똥은 거짓말을 못합니다. 짜장면을 욱여놓고 싼 검은 똥, 김밥을 먹고 눈 푸르딩딩한 똥, 땡감을 마구 먹고 싼 된똥, 비곗살을 먹고 나와 기름기가 둥둥 뜨는 똥, 딘물을 하도 먹어서 단내가 물씬 물씬 나는 물똥, 라면 먹고 심사가 뒤틀려 배배 꼬여서 나오는 똥, 껍질 벗긴 군고구마처럼 한 덩이로 쑤욱 크게 떨어지는 똥, 천둥 치는 소리만 요란한 방귀 똥, 폭탄주 마시고 술내가 풀풀 풍기는 까칠까칠한 똥, 돈만 보며 달리다 똥끝이 타서 새까맣게 그을러 나온 똥, 이게 바로 저입니다. 하지만 밑으로 빠지는 똥이 없이는 위로 들어가는 밥도 없다는 사실을 나는 죽음 앞에서 깨닫습니다. 인간의 구불구불한 창자를 통과해서 이런 똥이 되기 전에 나는 싱싱한 푸른 바다의 푸성귀였군요. 맑은 샘물이었군요. 토실토실한 살코기였군요. 넓고 푸른 바다

의 깊은 곳을 마음껏 헤엄치던 지느러미를 단 생선이었군요 투명한 공기이
자 햇살이었군요 저 온갖 욕망과 허영과 오기와 아둔함으로 가득 찬 나라는
껍데기 인간의 어둡고 탁한 터널을 통과하기 전에는 말입니다. 똥이 다시 부
드러운 흙과 투명한 바람과 서로 몸을 섞고 맑은 공기를 따라 푸성귀도 되고
짐승의 살이 되듯 일평생 똥이 가득 머물다 간 집이었던 내 몸뚱이는 스스로
가 똥이 되려 합니다. 거름이 되려 합니다. 끝내 다시 태어나려는 기억도 잊
으려 합니다. (……) (『눈사람 속의 검은 항아리』, 367~368면)

그는 최기석이라는 이의 입을 빌어 "내 몸뚱이는 스스로가 똥이 되
려 합니다. 거름이 되려 합니다"라고 말한다. 그 뒤에 붙은 "끝내 다시
태어나려는 기억도 잊으려 합니다"라는 구절은 세상에 대한 일종의 절
망을 드러내고 있지만 그러나 그는 어쩌면 세상이, 또 우리의 문학적
풍토가 지금까지와는 다른 것이 되기를 원했던 듯도 하다. 90년대의
다른 거의 모든 젊은 작가와는 달리 그는 드물게도 위에서 말했던 우
리 소설의 전통을 의식하고 그것을 습득한 바탕 위에서 자신의 길을
개척하려고 노력했던 작가였다. 마지막 소설집이 된 『눈사람 속의 검
은 항아리』에 실린 주옥같은 단편은 그같은 질긴 노력의 소산이었다.
첫 번째 소설집 『열린 사회와 그 적들』(솔, 1993)의 다소 난삽한 문체가
그것을 확인시켜 준다. 그는 위의 인용대목이 보여 주듯이, 또 「내 마
음의 세렌게티」 전체를 통해 보여 주었듯이, 상품이 되기보다는 차라
리 "똥"이 되고자 한 작가였다. 불황에 직면해 사원들 간에 무한경쟁
을 시켜 도태자를 감원시키고자 하는 회사측의 의도를 알면서도 최기
석은 그같은 경쟁에 뛰어들지 않는다. 그는 거의 모든 연수 프로그램
에서 하위에 머물기를 고집하고 있다. 이같은 최기석의 모습에서 나는
다시 한번 김소진의 모습을 오버랩하지 않을 수 없다. 그는 스스로 상
품의 하나가 되고자 하는 문학작품들의 시대에 그렇지 않은 많은 단편

을 남긴 문단의 최기석이었다.

　돌이켜 보면 90년대를 통해 김소진의 단편과 같은, 장편연작소설과 같은 작품을 아예 찾아볼 수 없는 것은 아니었다. 앞에서 신경숙의 장편과 최인석의 단편집을 예로 들기도 했지만 그밖에도 많은 이들은 얼마 전에 발표된 윤영수의 「착한 사람 문성현」(『창작과비평』, 1997년 여름호)을 그 비근한 예로 들고자 할 것이다. 그녀만이 아니라 최근에 『나의 트로트 시대』(실천문학사, 1997)를 발표했던 김형수라든지 또 공선옥이나 이혜경이라든지 한창훈이라든지, 우리는 상품성이라는 측면에 대해 아직까지 경계심을 늦추지 않고 있는 몇몇 작가의 이름을 알고 있다. 이들을 통해서 보면 90년대 문학은 완전한 불모의 지대는 아니었으며, 또한 몇몇의 뛰어난 젊은 이야기꾼을 얻은 시대이기도 했다. 그러나 그럼에도 불구하고 90년대 문학을 휩쓸었던 문학의 상업주의는 작가, 시인의 내면에 깊은 상처를 남겼음이 분명하다. 많이 팔리는 작품이 힘을 가진 작품이라는 문학상의 마키아벨리즘이 횡행한 결과 우리는 더 진지한 태도로 자신의 문학세계를 펼쳐갈 수 있었던 몇몇 작가를 잃다시피 했으며, 그들뿐만 아니라 그러한 상품화의 경쟁에서 차마 앞서 나가려 하지 않았던 다른 많은 이에게도 90년대는 그다지 생산적인 시대가 되지 못했다. 그들 중 다수는 이 '야만'의 시대를 견디고 유혹과 싸우는 데 너무 많은 힘을 소모해야 했고 그런 만큼 시대를 관통하는 혜안을 얻고 그것을 지키는 데는 역부족일 수밖에 없었다.

　또한 「착한 사람 문성현」과 같은 작품에서 언뜻 엿볼 수 있듯이 이 시대의 진지한 문학은 80년대 문학이 선사했던 시각으로부터 인생론, 달관론이나 인간주의 일반으로 후퇴하는 면모를 보여 주기도 했다. 물론 80년대의 이념적 경사는 탈이념화라는 반대급부를 통해서만 문학적 진정성을 지킬 수 있도록 강제하는 측면이 있었다. 그러나 그같은 흐름 역시 80년대 문학이 남긴 유산을 엄정하게 평가한 바탕 위에서 더 새롭고 더 심원한 세계를 창조하고자 한 노력의 소산이라기보다는 낯 익어 익숙하고 다소 안전한 소설의 길을 선택한 결과로 이해될 수 있다. 이같은 경향의 문학은 비록 예의 그 상업주의와는 거리가 멀고, 또 시대나 현실을 강렬하게 의식하는 문학에 비해서도 상품성과 훨씬 먼 거리를 유지하는 것이겠지만, 그러나 문학의 지향점은 상품적 측면 자체의 직접적 지양에 있다기보다는 자신이 새롭게 창조하는 세계를 통한, 상품화와 상품성 및 상업적 메커니즘의 지양에 있을 것이다.

나는 다소 성급하게도 이 글에서 90년대 문학의 '종언'을 주장했다. 서두에서 말했듯이 90년대적인 문학 현상들은 아직도 우리 주변에 만연하고 있지만 그럼에도 불구하고 '종언'의 과정은 이미 시작되었다는 것이 내 생각이다. 앞으로 우리가 직면하게 될 현실의 급격한 변화나 그것이 작가나 시인, 독자들에게 미칠 영향이라든지, 또 지금까지의 문학에 대해 점증해 온 문학 담당층들의 문제의식은 상업주의의 일방통행을 허용치 않을 것이다. 그렇다면 문제는 새로운 문학의 시대를 무엇으로 열어갈 것인가 하는 것이 되겠다. 나는 이를 예의 그 새로운 차원의 리얼리즘에서 찾거니와 이에 대한 논의는 다른 자리를 필요로 하는 일이 될 것이다.

이상(李箱)의 전후(戰後)

전후세대 비평을 이해하는 한 방법

1.

왜 이상을 통해 전후 세대를 읽으려 하는가.

무엇보다, 전후 세대의 비평이 이상에 집중되었다는 섬을 들지 않을 수 없다. 이어령의 「이상론─순수 의식의 뇌성(牢城)과 그 파벽」(서울대 『문리대학보』, 1955.9), 임종국의 「이상론─근대적 자아의 절망과 항거」(『고대문화』, 1955.12), 고석규의 「반어에 대하여」(『현대문학』, 1957.4~7), 김우종의 「이상론」(『현대문학』, 1957.5)은 물론, 이른바 4·19세대에 속한다 할 수 있는 김현(『산문시대』, 1962, 동인들은 이상과 이어령의 자장으로부터 자유로울 수 없었다)의 「이상에 나타난 만남의 문제」(『자유문학』, 1962.10),

송기숙의 「이상 서설」(『현대문학』, 1965.9) 등 이상에 대한 비평은 그들의 문학적 출발점과도 같은 의미를 지니고 있었다. 이같은 사정은 뒤늦게 그러나 전면적으로 이상을 연구한 김윤식의 「이상론의 행방」(『심상』, 1975.3)에 잘 나타나 있다.

이상 비평을 향한 이같은 일종의 붐은 『문학사상』이나 『현대문학』을 통해 이상 문학의 발굴작업이 계속된 70년대를 통해 지속되고 있으며 김윤식의 『이상 연구』(문학사상사, 1987)는 그같은 지속성을 염두에 두지 않고는 이해될 수 없는 하나의 세대적 산물이다. 그러므로 이상 비평에 대한 메타비평을 통해 전후 세대의 의식적 특질과 그 한계까지도 추출할 수 있다는 추론이 가능해진다.

그러나 이것은 단순한 추론의 차원에 그치는 것이 아니다. 김윤식은 "번데기가 되어 버린, 현해탄을 건너간 나비 한 마리, 그것이 이상이었다. 그 번데기가 준엄한 환경이 변해 봄이 되었을 때, 나비로 변신하기까지에는 8년의 세월이 걸렸고, 그 나비의 나비춤을 보게 된 것은 1950년대, 이른바 전후문학파들에 의해서였다. 모더니즘, 그것은 6·25라는 세계(근대)사적 사건과 더불어 비로소 가능하였다"(「수심을 몰랐던 나비」, 『이상 연구』, 295면)라고 쓰고 있다. 즉 그는 전후 세대 문학인들이 이상 비평에 몰두하지 않을 수 없었던 필연적 이유를 발견했던 것이다. 그것이 무엇이었던가 다시 검토해보는 일은 전후 세대 문학인의 세대론적 위치를 파악할 수 있는 한 방법이 될 것이다. 이상 비평은 전후 세대 의식의 한 가늠자이다.

다음으로, 이상 문학이 아직도 생생한 현재적 의미를 지니고 있다는 점이다. 이를 김윤식은 오래 전에는 "내가 아는 한 이상론만큼 빈번히 씌어진 시인, 작가론을 한국문학에서는 본 적이 없다. 이 진술 속에 응당 다음 두 가지 사실이 포함된다. 그 하나는 이상 작품의 성질상에서 연유된 상당한 방법론이 고려되어 그 수준이 본격적이라는 점이며 그것이 아직도 미래적이라는 점이 그 다른 하나이다"(「이상론의 행방」, 54면)라고 말했고, 최근의 글에서는 다음과 같이 말한다.

> '현실적 힘'이 제로 상태에 이른 곳에서의 문학 연구는 어떠한가. 이 물음에 제일 앞에서 놓인 것의 하나가 이상 문학이 아니었겠는가. 말을 바꾸면, 연구자도 제로 지점에선 국적 불명의 보편적·원형적 인간이기에 그가 대상으로 하는 작품 역시 국적 초월의 보편적 작품, 그러니까 '기호의 집적물'에 지나지 않아야 한다. 곧 특정 국가나 민족의 문학이라는 범주에서 벗어나 '인간'이 '기호'를 연구하는 장면으로 문학 연구가 시작되고 또 끝날 수밖에 없는 것이다. (「이상 문학 연구의 어떤 방향성 – 이상문학전집 주석 달기와 관련하여」, 『문예중앙』, 1996년 가을호, 265면)

앞의 진술과 뒤의 인용 사이에 근본적인 변화는 없다. 김윤식의 이상 비평에는 이상 문학의 현대성(modernity)에 대한 일종의 믿음 같은 것이 들어 있다. 그런데 이같은 믿음에는 상당한 진실이 내포되어 있다. 이상이 "肉身이 흐느적흐느적하도록 疲勞했을 때만 精神이 銀貨처럼 맑소. 니코틴이 내 蛔뺑배 앓는 뱃속으로 스미면 머리 속에 으레히 白紙가 準備되는 법이오. 그 위에다 나는 위트와 파라독스를 바둑布石처럼 늘어놓소. 可憎할 常識의 病이오"(「날개」, 『이상문학전집』, 문학사상사, 1936.9, 318면)라 했을 때, 그 위트와 패러독스에 나는 주목한다. 문학이 근본적으로 언어의 수사학을 통해서만 존재할 수 있는 것이라면, 새로운 절망을 낳을 수밖에 없는 기교에의 편향에도 불구하고 이상은 문학적 현대성의 한 극단을 실험한 이였던 까닭이다.

더구나 이같은 수사학의 포석은 지금 한국문학이 한 기교주의, 자연주의적 묘사의 두 편향에서 벗어나지 못하고 있음을 생각할 때 매우 교훈적이기도 하다. 김기림이 "모더니즘이 전통적 쎈티멘탈·로멘티시즘에 향해서 공격한 것은 내용의 진부와 형식의 고루였고 경향파에 대한 불만은 그 내용의 관념성과 말의 가치에 대한 소홀이라는 점이었다"(「모더니즘의 역사적 위치」, 『인문평론』, 1939.10)라 했을 때, 또 그 아래에서 "그래서 시단의 새 진로는 모더니즘과 사회성의 종합이라는 뚜렷한 방향을 찾았다. 그것은 나아가야 할 오직 하나인 바른 길이었다. 그러나 시인들은 그 길을 버렸다. 스스로 버렸고 또 버릴밖에 없다. 가장 우수한 최후의 모더니스트 이상은 모더니즘의 초극이라는 이 심각한 운명을 한 몸에 구현한 비극의 담당자였다"라 했을 때, 거기에는 당대가 허용한 용어로 당대가 허용하지 않은 사유에까지 도달하려는 예지가 빛나고 있었다. 비록 진정한 의미의 부정의 부정보다는 형식논리적인 종합에 기울었으나, 김기림의 발언 속에는 오늘의 우리 문단이 지향해야 할 문학의 성격을 알려주는 무엇인가가 들어 있다. 신기교주의화한 일부 신세대 문학인에게도 그렇지만 80년대의 진보적 문학인과 그 후예들에 있어 "내용의 관념성과 말의 가치에 대한 소홀"이라는 김기림의 경향파 비판은 음미해볼 만한 대목이 아닐 수 없다. 이상의 실험, 특히 수사학적 포석에 대한 예민한 의식이야말로 이 새로운 시대에 응대할 수 있는 하나의 작가적 구비조건이다. 지금 한국문학에 있어 현대성의 진정한 확보란 이상의 기교에 대한 공과 인식 없이는 불가능하다.

2.

지금까지 이상 연구는 크게 두 가지 방향에서 이루어져 왔다. "언어와 문학적 방법론" "의식에 관련된 병리학적 방법론"(「이상론의 행방」, 55면)이 그것이다. 여기에 김윤식은 죽음에 관련된 "존재론의 철학적 방법론"의 필요성을 추가하고 있다. 그런데 이같은 연구의 모든 시발점은 50년대에 있다 해도 과언이 아니며, 그 두 극단에 이어령(「순수의식의 뇌성과 그 파벽」)과 고석규(「시인의 역설」)가 있다. 이어령이 "언어와 관련된 문학적 방법론"에 위치한다면, "의식에 관련된 병리학적 방법론"에는 고석규가 자리한다. 그럼에도 불구하고 이들의 글을 검토하기 전에 먼저 짚고 넘어가지 않을 수 없는 것은 왜 이상 연구가 그 두 방향을 취하지 않을 수 없었는가이며, 이 점에서 매우 중요한 의의를 지닌 글이 바로 임종국의 「이상론―근대적 자아의 절망과 항거」이다.

상은 어째서 그렇게 철저하게 절망했는가. 상의 작품의 가치와 위치를 결정해 줄 본 문제는, 그 해답의 선결조건으로서 상의 작품—특히 소설—이 가지는 또 하나의 특이성에 관한 일언을 필요로 하는 것이다. 따라서 먼저 이를 간술한다면, 상의 소설은 원칙적으로 사생활에 즉한 것들이지만, 강력한 '감시작용'의 결과, 중요 등상인물인 '나'와 '아내'—혹은 그에 대치되는 인물—는 자연인인 동시에 '내부적 의식'과 '외부적 현실'의 양 계기가 된다는 것이다. 이와 같이 그의 소설이 전통적인 요소를 결하는 반면, 이중의 기능을 가지는 두 인물의 대립적 관계에서 구성, 묘사되고 있다는 것이 그의 그것이 가지는 기교상의 특이성이라는 것이다. (상의 수필은 '나' 이외의 인물이 '나'를 보좌하는, 즉 종속적 관계에서 구성되고 있는 바, 이것이 그의 소설과 수필을 구별할 수 있는 단 하나의 지표이었다.) (『이상문학전집』 4, 67면)

「날개」는 단연 이같은 '감시작용'을 극단적으로 보여주는, 그리하여 "중요 등장인물인 '나'와 '아내'(……)는 자연인인 동시에 '내부적 의식'과 '외부적 현실'의 양 계기가 된다는 것"을 극단적으로 선명하게 보여주는 작품이다. 또, 이것이 보다 단순하게 초기적으로 나타난 것이 「휴업(休業)과 사정(事情)」(1932.4) 등이다. 그러나, 내가 여기서 주목하고 싶은 것은 이상의 소설이 "원칙적으로 사생활에 즉한 것들"이라는 대목이다. 이 대목에 대해서는 김윤식 역시 중요하게 생각하여 전기적 연구의 중요성에 대한 강조로 나아갔던 바(「이상론의 행방」, 59면), 이러한 문제의식은 『이상 연구』는 물론 최근의 「이상 문학 연구의 어떤 방향성」에서도 이상 문학의 주석 작업이 힘겨운 현재적 과제임을 밝히는 것으로 남게 된다. 그러나 임종국의 이 인용 대목은 이상 연구가 왜 "언어와 관련된 문학적 방법론"과 "의식에 관련된 병리학적 방법론"이라는 두 갈래로 나뉠 수밖에 없었는지를 설명해주는 것이기도 하다.

이상 문학의 가장 중요한 특질은 문학과 삶을 일치시키려는 극단의 실험에 있다. 그같은 실험은 모더니스트에서만이 아니라 임화나 김남천 등에서도 다른 방식으로 행해지나, 일본의 사소설에 가까울 정도로 삶의 문학화가 직접적으로 이루어진다는 점, 그 직접성이 극단의 수사학을 통해서 발현된다는 점에서 그들과 구별된다. 그는 자신의 삶을 극단적으로 몰고 나가 그것을 자신의 세계관 및 욕망의 예시물로 만들고 이를 다시 수많은 수사학적 장치를 활용 작품화하는, 매우 특이한 유미주의를 실현하였다.

다시 말해 그는 자신의 삶 자체, 삶 속에서 실제적으로 관계 맺고 있는 사람들 자체에 알레고리적 의미를 부여했다. 바로 이 점에서 그의 알레고리는 상징에 근접한다. 알레고리가 관념을 위해 소재를 작위적으로 배치하는 것이라면 상징은 소재가 그 자체 내에서 관념을 지향하기 때문이다. 이상의 경우 시에서 압도적인 알레고리가 소설에서는 상징에 근접하는 양상을 보이며 그 가장 자연스러운 형태가 「봉별기」(1936.12)이다. 임종국이 "주요 등장인물인 '나'와 '아내'(……)는 자연인인 동시에 '내부적 의식'과 '외부적 현실'의 양 계기가 된다"고 했던 것은 그가 알레고리적 장치를 발견했음을 의미한다.

그런데 바로 이 특이한 알레고리에 이상 문학 연구의 두 가능성이 내재되어 있다. 즉 그의 작품이 그 자신의 삶의 기록이라는 점에 주목하게 되면 연구자는 그의 작품과 이상 자신의 삶을 동일화함으로써 곧바로 이상에 대한 심리학적이고 정신병리학적인 접근으로 나아가게 된다. 또 그의 작품이 근본적으로 알레고리를 지향하고 있다는 점에 천착하게 되면 연구자는 수사학에 대한 탐구, 언어적 측면에의 탐구로 나아가게 된다.

문제는 이상이 문학을 삶에 '일치'시킬 수는 있었지만 그 삶을 자신의 세계관에 '일치'시킬 수는 없었다는 점이다. 죽음에 임박해서 보낸 그의 편지를 통해 이를 읽을 수 있다. 그가 "정직하게 살겠습니다. 孤獨과 싸우면서 오직 그것만을 생각하며 있습니다. 오늘은 陰曆으로 除夜입니다. 빈자떡, 수정과, 약주, 너비아니, 이 모든 飢渴의 鄕愁가 저를 못살게 굽니다. 生理的입니다. 이길 수가 없읍니다"(「私信(9)」, 『이상문학전집』 3, 242면)라고 했을 때, 그 "生理的"이라는 말에 주목할 필요가 있다. "生理"란 몸에 달라붙어 있어 의식으로 바꿀 수 없는 성질의 것이다. 의식이 곧 세계관이라 할 때, 그의 세계관은 생리를 근본적으로 극복할 수 없었던 것이다.

그와 같은 연장선에서 그는 "19世紀는 될 수 있거든 封鎖하여 버리오. 도스토예프스키 精神이란 자칫하면 浪費인 것 같소. 위고를 佛蘭西의 빵 한 조각이라고는 누가 그랬는지 至言인 듯 싶소"(「날개」, 『이상

문학전집』, 319면)라고 했던 문장에 주목해볼 수도 있다. 그는 "生理"의 차원에 속하는 그 "19세기"로부터도 절대 자유로울 수 없었다. 그는 바로 다음에 "그러나 人生 혹은 그 模型에 있어서 디테일 때문에 속 는다거나 해서야 되겠소?"라 했지만 구체적 삶('디테일')과 세계관의 불 일치에서 벗어날 수 없었던 것이다. 바로 이 모순 때문에 그의 삶, 곧 그의 문학은 아이러니가 된다. 유클리드 기하학의 세계로부터 벗어나 야 한다는 강박관념 속에서 살았지만 죽음 직전에야 그는 그러한 탈주 가 불가능하다는 사실을 깨달았다. 순수의식만의 세계란 가능하지 않 았던 것이다. 김기림에게 보낸 유언 같은 편지가 알려주듯 죽음에 직 면해서야 자신이 견지해 온 삶의 방식이 존립 불가능함을 깨닫고 새로 운 삶을 구상하게 되었다는 점에서 그의 삶 자체가 아이러니거니와 그 의 문학은 불가능을 꿈꾸는, 또 그것이 불가능함을 깨닫는 아이러니의 문학이기도 하다.

이렇게 볼 때, 이상의 문학 전체를 통과하는 수사학상의 원리는 아 이러니의 알레고리화이다. 그밖에 위트, 좁은 범위에서의 패러독스, '작은' 상징들, 상호텍스트적 요소와 같은 온갖 수사학은 근본적으로 이 아이러니의 알레고리를 구성하기 위한 의식적 장치에 지나지 않는 다. 김윤식은 패러독스의 의미를 확장함으로써 이상 문학의 수사학적 본령을 찾으려 한 바 있다(「이상 소설의 유형」, 222~224면). 이는 이상 문 학의 수사학적 본령을 이상 문학의 세계관의 본령 즉, 이른바 유클리 드 기하학의 세계로부터 유추한 데 따른 자연스러운 결과였고, 아이러 니를 패러독스의 넓은 범주 안에 포함시키는 전통적인 수사학 이론과, 특히 고석규의 입론(「시인의 역설」, 『문학예술』, 1957.2) 등을 감안한 것이 었다. 그러나 이상 문학의 본질을 세계관에 한정해서 볼 수만은 없을 것이다. 이상은 자기의 세계관 자체보다는 자기의 구체적 삶과 세계관

사이에 노정되는 이룰 수 없는 수 없는 화해, 그 깨달음을 문학으로 형
상화하고자 했다.

물론 이 아이러니의 알레고리는 처음부터 의식적으로 추구되지도
않았고, 따라서 수미일관되게 관철된 것도 아니었다. 그것은 이상 문학
이 근본적으로 28세로 종생(終生)한 자의 지적·정적 성장과정을 반영
한 청년의 문학이기 때문이었다. 그의 문학은 과도한 수사학, 즉 형식
의 잉여에 의해 짓눌린 형국을 취하는 미성숙한 문학이었다. 이는 그
의 시와 소설이 여러 유형의, 진퇴를 거듭하는 실험으로 점철되어 있
다는 사실을 통해서 확인된다. 그리고 이는 임종국에 의해 이미 갈파
된 바 있다.

"연차적 질서성을 가지고 출현하는 한 작가적 연륜의 성장을 인정할
수 있는 이런 양상들이, 사실은 아무런 질서도 없이, 그의 전작가적 생
애를 통하여 혹은 계시적으로 출현하며, 그럼으로써 상의 대부분의 작
품을 극히 혼돈하게 하고 있었다. 이와 같은 혼돈 무질서성은, 결국에
있어서 작가의 의식이 그 어느 양상에서도 안주할 수 없었음을 유력히
증명하여 주는 것이며, 뿐만 아니라 당시의 시대 분위기, 즉 '주류 없는
혼돈'을 그대로 반영하는 것으로써, 상의 작품만이 가지는 특이성이요
또한 진가로 논할 수도 있는 것이었다."(「이상론―근대적 자아의 절망과 항
거」, 『이상문학전집』 4, 88면)

이러한 이상의 소설에 김현이나 김윤식은 시간적·정신적 질서를 부
여하려 했으나(김현, 「이상에 나타난 만남의 문제」 및 김윤식, 「李箱 소설의 유
형」), 바로 그 혼돈, 문학청년성 때문에 정신분석학적인 연구는 이상 연
구에 있어 중요한 비중을 차지할 수 있게 되었다.

최근 라캉이나 크리스테바의 이론에 기댄 이상 연구는 의식했든 그
렇지 못했든 이상 문학의 그러한 상태를 반영하고 있다. 그러나 이같

은 방향의 연구는 문학이 의식화된 장치이며 따라서 심층 무의식의 자연적 발화에 해당하는 것이 되기 어렵다는 점에서 근본적인 문제가 있을 수 있다. 문학연구에 있어 이러한 연구가 어떤 위치를 점할 수 있는가에 대해서는 프레드릭 제임슨(Fredric Jameson)의 짧은 논문 「역사 속의 비평」을 참조할 필요가 있을 것이다(유희석 역, 『비평의 기능』, 제3문학사, 1991, 131~135면 참조). 이상이 어떤 심리학적·정신병리학적 상태에 처해 있었는가를 추론하는 연구와 그가 어떤 세계를 어떤 방법으로 작품에 구현하고자 했는지를 해명하는 연구는 이상 연구를 문학사적 연구로 끌고가는 매개항이다. 그리고 이 세 개의 지점에 해당하는 것이 바로 각각 고석규 이어령 김윤식이다. 그러나 고석규가 시도한 정신분석학적 연구는 실은 언어수사학적 연구였다. 또한.김윤식 역시 정신분석학적 측면보다는 수사학적 측면에 주목하고 있음을 볼 수 있다. 이는 전후 이상 연구의 정신적 거점이 모두 언어의 비밀 탐구에 있음을 의미한다. 이들 중 김윤식만이 이상에 대한 문학사적 연구에 이르렀다는 점은 매우 시사적이다. 그는 어쩌면 전후 혹은 4·19 세대 문학인의 의식의 한 정점이고 그 한계의 극단인 것이다. 여기에 『이상 평전』(민음사, 1974)의 고은까지 포함해 보면 전후 세대(및 4·19 세대) 문학인의 의식이 근본적으로 이상에서 벗어날 수 없음을 알 수 있다. 바로 이 점에서 이상 비평에 대한 메타비평이 전후 세대를 해명하는 가늠자가 될 수 있는 이유가 있다.

3.

이어령은 「이상론—순수의식의 뇌성과 그 파벽」(1955.9)에서 "그러나 箱의 슬픈 죽음은 오히려 倭警의 각고한 학대와, 음준한 감방의 공기와, 병균의 잠식에서 입은 육체적 죽음이 아니오, 그의 '오해받은 예술과 인격'으로 인한 정신적 죽음이었던 것이다. 홍진의 상식과 낡은 관습에 그대로 추종하는 아나크로니스트들의 독소적 분비물이 그의 정신을 무참히도 매몰시키고 말았다"(『이상문학전집』 4, 33면)라고 쓰고 있다. 이때 그 아나크로니스트, 즉 시대착오자란 이상 당대의 문학인만을 의미하는 것이 아니라 실은 전후 문단을 지배하고 있던 김동리 조연현 서정주 등 이른바 문협정통파를 겨냥한 것이었다. 조연현의 「근대정신의 해체」(『문예』, 1949.11)를 칼 메닝거(Karl A. Menninger)의 『인간의 마음(The Human Mind)』의 입론을 통해 신랄하게 비판하고 있는 「나르시스의 학살—이상의 시와 그 난해성」(『신세계』, 1956.10)을 비롯한 많은 평문이 이를 확인시켜준다. 이어령은 이들 문협정통파를 현대인의 숙명을 이해하지 못한 채 토속적인 세계 속에 빠져 있는 지방주의자로 간주하였고(「민족적 특성과 인류적 보편성」, 『문학예술』, 1958.8 참조), 여기에 이상이라는 보편주의자를 내세워 지향하고자 했다.

그렇다면 이어령이 생각하는 현대인의 숙명이란 무엇인가. 그는 이를 기독교 창세기 신화를 통해 설명한다. 인간은 선악과를 따먹기 전에는 다른 생물과 마찬가지로 의식을 의식할 수 있는 재능을 부여받지 못했다. 그러나 선악과를 따먹음으로 하여 인간은 "신의 전능한 의식과 독지와 창조의 재능"(「순수의식의 뇌성과 그 파벽」, 『이상문학전집』 4, 34면)을 가질 수 있게 되었다. 이로부터 인간은 "신이 준 우연적이며 무의미한 '이미 존재하고 있는 자기'와 선악과에서 얻은 절대와 전능의 '의식자로서의 자기'와를 동시에 향수하지 않으면 아니 될 비극을 꾸며나가기 시작"(위의 책, 35면)했다. 현대는 "가속도적인 선악과의 효능이 최대한도로 완숙해짐에 따라 그 비극도 그 절정에 달하고 만"(위의 책, 36면) 시대가 된다.

그에 의하면 "李箱은 이런 신화의 가장 전형적 희생물의 표본이다."(위의 책, 같은 면) "李箱의 예술이 개인의 병적 성격에서 표출된 분비물이 아니라 전 인류 현대인의 고민이며 그 비극 앞에서 이루어진 것은 선악과에서 온 자의식의 숙명만 생각하여도 알 노릇"(위의 책, 같은 면)이다. 이같은 문장은 이어령이 이상을 자신과 동시대적인 인물로 파악하고 있음을 보여준다. 중요한 것은 그 이유이다.

그는 역사를 에덴으로부터 추방–현대 이전–현대라는 세 단계로 나누어 생각한다. 이때 현대 이전과 현대는 그 비극성의 양적인 차이만을 가질 뿐 본질적으로는 등질적인 시간이다. 그는 역사를 낙원으로부터 추방된, 다시 말해 본질로부터 소외된 공간으로 파악한다. 이러한 의식은 「최저낙원」(1939.5, 유고)이나 「실낙원」(1939.2, 유고)이 보여주는, 기독교 용어로 비유된 유클리드 기하학의 절망적 세계와 통할 수 있는 성질의 것이다.

즉, "究疫을 헐값에 팔고 定價를 隱慝하는 가게 모퉁이를 돌아가야 混濁한 炭酸瓦斯에 젖은 말뚝을 만날 수 있고 흙 묻은 花園 틈으로 막다른 下水溝를 뚫는데 기실 뚫렸고 기실 막다른 어른의 골목이로소이다"(「최저낙원」, 『이상문학전집』 3, 186면)라는 문장 혹은 「실낙원」 중 '육친의 章'이나 '실낙원' 부분이 보여주는 이상의 상상력과, 현대를 창세기 신화의 상상력으로 파악하는 이어령의 사고는 매우 흡사한 측면이 있다. 그가 이상과 함께 신화적인 상상력의 소유자였음은 "우상을 파괴하라! 우리들은 슬픔

아이코노크라스트, 그리하여 아무래도 새로운 감력이 비약이 있어야겠다"(「우상의 파괴」, 『한국일보』, 1956.5.5)라는 말이 보여주듯이 진정한 신과 우상을 구별하면서 구세대를 부정하는 데서도 확인된다. 이같은 상상력의 공유가 그로 하여금 이상을 그와 동시대의 인물로, 현대인의 실존의 조건에 저항한 인물로 파악하게 했음을 추측할 수 있다.

그러나 그보다 더 적절한 설명은 이어령이 전후 세대의 폐허의식을 이상에 투사시켰다고 보는 것이다. 이는 「순수의식의 뇌성과 그 파벽」은 물론 그 밖의 글을 통해서도 분명히 드러난다. 일본어로 씌어진 이상의 시 「선에 관한 각서·2」에 대한 해석은 그 단적인 예가 된다. 그는 여기서 이상을 실존주의자로 파악한다.

「유우크릿트」와 凸렌즈, 이것은 合理主義思想과 普遍妥當的 槪念에 依하여 人間의 모든 生命을 機械化하고 範疇化하려는 舊時代의 思潮를 또한 人間의 文明의 性格을 象徵한 말이다.

그의 말을 빌리면 「生命」이란 그대로 하나의 빛(光線)과 같은 것이다. 「싸르트르」가 말하듯 거기 대낮처럼 存在하고 있는 것 그것이 곧 人間의 生命이며 本質이다. 빛이란 無다. 그러나 그냥 無가 아니라 무엇인가 充溢되어 있는 無인 것이다.

그러나 人間은 生命(光線)을 凸렌즈라는 槪念과 論理에 依하여 單一化(焦點)하고 合理化하여 드디어는 人間의 生命을 拘束하고 燒却하여 그 不自然性으로 하여 하나의 危機를 犯하고 만 것이다.

李箱 자신도 그러한 凸렌즈에 의하여 그의 腦髓를 燒却當한 受難者였다. 그러므로 李箱의 詩的 體驗은 「우유크릿트」의 亡靈에 다시 말하면 生命을 公式化하는 合理主義의 메마른 歷史와 空虛한 文明에 對하여 生命의 火焰을 噴射하는 反抗意識으로부터 始作하였다. 그러한 歷史意識의 重壓과 毒素에서 自身의 生命을 救濟하려는 或은 人間存在의 深淵을 探視하여 그 生命의 活路를 發見하려는 悲壯한 그 決意와 意志 속에서 그의 詩精神은 展開되었다. (이어령, 「나르시스의 학살(中)」, 『신세계』, 1957.1)

이상이 사르트르의 실존주의를 알 수 없었음은 분명하다(전기철, 『한국 전후 문예비평연구』, 1994, 24면 참조). 그럼에도 불구하고 이어령은 위의 인용이 보여주듯이 그를 사르트르의 실존주의를 통해 이해하고 있었다. 그러나 이러한 연구는 문학사라는, 구체적인 시간적 질서를 추상해 버리는 것이다. 그는 현대를 공간화 하여 이상을 실존주의의 패러다임으로 환원시켰던 것이다. 이렇게 되면 연구는 이상의 문학을 시간적으로 질서 지우는 실증성에서 떠나 실존주의적 사유구도에 맞추어 이상을 공간적으로 재구성하는, '방법주의'적이 것이 될 수밖에 없다. 그 결과는 전후라는 구체적 공간의 이상을 통한 초월이다. 이상은 영점의 시간, 영점의 지점, 영도의 좌표라 말해지는 폐허화한 현실 및 그러한 현실을 결과한 구세대에 저항하기 위한 문학적 매개항이었다.

이상은 두 가지 점에서 그러한 기능을 담당하기에 유효했다. 먼저 수사학의 성채라 부를 만한 이상의 문학은 당시 수용되고 있던 뉴크리티시즘의 분석적 경향을 충족시키는 측면이 있었다. 리처드 포스터(Richard Foster)에 의하면 텍스트로 돌아가자는 신비평의 이념은 시와 문학을 현대과학에 대한 변증법적 반대물로 간주했다. 그것은 현대과학이 낳은 비인간적 현실을 특히 시로써 극복하고자 한 낭만적 반동이었던 것이다(정태진 역, 『뉴크리티시즘의 재평가』, 한신문화사, 1990, 21면 참조). 뉴크리시티시즘이 당대의 현대 문학연구자들에 의해 적극적으로 수용된 것은 단지 시기적으로 맞았기 때문만은 아니다. 그것은 죽음과 절망으로 점철된 현실로부터의 벗어날 것을 꿈꾸던 당대 문학인의 생리에 부합하는 측면이 있었다. 이상 문학은 그 수사학적 다채로움으로 인해 뉴크리티시즘의 내재적 분석경향을 최적으로 만족시키는 것이고, 따라서 전후 현실에 문학 혹은 언어를 통해 형이상학적으로 저항하고자 했던(역사적 저항은 가능하지 않았으므로) 전후 세대 문학인에게는 최적의 연구 및 추수대상일 수 있었던 것이다.

다음으로 이상은 토속성과 지방성에 치우친 김동리 서정주 등 구세대 문학인과 가장 먼, 대척점에 서 있는 문학인이었다. "19세기식"이라는 말로 상징되는 모든 전근대적 관습과 제도로부터 벗어나기를 희구했고 동시에 유클리드 기하학의 세계로부터도 벗어나고자 했던 이상의 문학은 서구적 현대문명에 문학에 전면적으로 노출되어 버린 전후 세대 문학인의, 서양화되고 보편화된 감각을 충족시킬 수 있었다. 이봉래가 지적했듯 전후 세대는 태평양전쟁과 6·25 등을 거치면서 성장했고 (「신세대론」, 『문학예술』, 1956.4 참조), 따라서 민족에 대한 자의식보다는 현대사의 비극성에 대한 인식이 앞서고 모국어보다는 외국어를 통해 세대의식을 키워온 세대였다. 그런 그들에게 이상의 문학은 자신들의 세대의식을 대변해줄 수 있는 유일한 거점이 될 수 있었다.

그러므로, 전후 세대의 세대의식의 대변자 이어령이 이상에 몰두한 것, 그것도 그의 시와 소설에 나타난 기교에 주목한 것 등은 매우 자연스럽다. 그러나 그 연구는 문학사라는 구체적 시간성이나 작품의 실제적 성격을 충분히 고려하지 못한 채 이상을 실존주의의 교의를 위한 순교자로 간주하는 것이었다. 이상은 실존주의 패러다임의 유효성, 적실성을 증명하기 위한 예시물이 되었던 것이다.

"순의식의 세계"와 "일상직인 현실의 세계"가 맺는 관계를 중심으로 이상 문학을 분석한 「순수의식의 뇌성과 그 파벽」은 그 적절한 예이다. 그는 여기서 이상의 문학을 "지울 수 없는 두 세계에 대한 고민"(「거울」, 「紙碑」) "현실에의 재귀"(「날개」) "일상성의 아우프헤에벤"(「봉별기」) "일상성에 대한 레지스트"(「지주회시」) 등 네 개의 유형으로 나누었다. 이것이 말해주는 것은 이어령의 현대사 인식이 매우 알레고리적이라는 점이다. 그의 역사의식은 현대 세계를 순수의식의 세계와 일상적 세계라는 이항대립의 비극성으로 설명하고, 이상 문학을 그러한 비극성의 체현태로 재구성하는 알레고리의 원리를 닮아 있다. 알레고리를 단순한 수사학이 아니라 인간의 본질로부터의 소외를 설명하기에 적절한 사유방식으로 이해하면 이어령은 전후의 폐허화된 현실에 걸맞는 사고법을 선택한 셈이다.

그러나 동시에 이것은 현대라는 시대를 계급적·이념적 지형, 국제적 역학 등과 같은 구체적 요인에 입각해 이해하는 것이 아니었다. 그의 저항은 당연히 까뮈적인 의미의 형이상학적 저항이었다. 이 점은 이후 김수영과의 이른바 불온시 논쟁 등을 통해서 확인된다. 이어령의 저항이란 이른바 언어를 통한 저항, 현실로부터 언어로의 초월이라는 의미를 지니고 있었다. 그의 언어학적·수사학적 탐구는 현실 대신에 언어를 택하지 않을 수 없었던 당대 현실을 반영했던 것이다. 이처럼 구원으로서의 언어 자체에 절대성을 부여하는 행위는 전후 세대의 가장 근본적인 특질 중 하나일 것이다. 이 주술로서의 언어로부터 벗어나는 것은 그러므로, 전후 세대의 자장으로부터 벗어남을 의미하며, 이는 또한 전쟁이 결과한 현실에 대한 피해의식으로부터 놓여남을 의미할 수 있을 것이다.

4.

고석규는 구세대 문학인을 향한 저항의식에 사로잡혀 있던 이어령과는 달리 김동리의 『밀다원시대』(『현대문학』, 1955.4)로 대변되는 구세대 문학인의 절망과 같은 자리에서, 그러나 전쟁에 직접 참전했던 자의 극한적 절망을 릴케의 형이상학적 시학을 통해 극복하려 한, 매우 특이한 존재였다(김윤식, 「고석묘의 정신적 소묘」, 『고석묘의 면모』, 64~69면). 2인 동인지 『초극』(1954.6)에 실린 고석규의 산문 「청동의 계절」 중 '여백의 존재성 부분'은 특히 전쟁 직후의 폐허를 릴케 미학을 통해 초월하고자 한 것이다. 고석규는 릴케와, 역시 릴케의 사상적 자장 안에 있던 윤동주를 수용함으로써(「윤동주의 정신적 소묘」) 현실을 초월한 절대적 시의 세계를 추구했다. 윤동주의 정신세계에 대한 탐구는 고석규 자신의 형이상학을 구축하기 위한 매개였다. 이 형이상학은 구세대를 정면으로 부정하지 않으면서도 신세대만의 세계를 형성할 수 있는 공간이었다. 김소월 이육사 이상 윤동주의 시세계를 역설로 파악한 「시인의 역설」(『문학예술』, 1957.2~8)은 형이상학적 세계에 유폐된 채 자기애적인, 시 및 산문의 창작행위에 몰두하던 그가 자기 논리의 근거를 마련하기 위해 지속적으로 노력했음을 보여준다. 김윤식에 의하면 윤동주 외에 김소월 이육사 이상 등은 일종의 들러리에 지나지 않았으며 특히 이상 연구는 고석규의 전통적 주지주의로 인해 그다지 생산적이지 않았다.

> 李箱시와 아이러니, 李箱시를 두고 주피터(김기림) 나르시스(이어령) 또는 자의식의 범람(임종국) 등의 진단이 있었다. 이로써 한동안 전후 세대의 원짐을 이룬 바 있다. 고석규 역시 李箱시에 관해 어느 시인보다 많은 지면을 할애하여 종횡무진으로 설파하고 있다. 그러나 그의 李箱론은 '아이러니'라는 한 마디로 요약될 뿐 공허하기 짝이 없는 장면을 보여줄 따름인데, 그 이유는 무엇인가. 일목요연한 해답이 주어진다. 그의 진단의 기본방법이 '주지적 전통주의'인 까닭이다. 그가 애써 李箱을 성채의 주민으로 입주시키고자 하지만 李箱은 좀처럼 응하지 않는 형국을 빚게 된 것이다. (김윤식, 「고석규의 정신적 소묘」, 『고석규의 면모』, 85면)

　실제로 고석규의 이상 연구는 프로이트와 메닝거의 견해를 이상의 정신분석으로 연결시키긴 하였으되 이론의 적용단계에서 머문 듯한 인상을 준다. 그 이유를 김윤식처럼 엘리어트의 시론에 입각한 고석규의 주지적 전통주의에서 찾을 수도 있을 것이다. 그럼에도 고석규의 분석은 이상 문학에 대한 몇 가지 의미 있는 이해를 보여주고 있어 고석규의 문학세계 내에서 이상이 차지하는 비중과는 상관없이 주목의 가치가 있다.

　먼저 고석규는 이상의 문학을 방법적 아이러니와 성격적 아이러니가 착종된 것으로 파악한다.

> 더욱이나 李箱은 문학 그것을 둘러싼 외부와의 갈등과 초조보다 문학하는 의식 내에서의 갈등과 초조에 더욱 시달린 편이었으며, 자기의 허약한 생리와 부조리한 의식을 조성한 한때의 테두리를 끝내는 헤칠 수 없이, 다만 아이러니컬한 투기와 부정으로써 도전하여 모험해 갔다는 점에 있어서 온전히 이질적이라 할 수도 있다. 그러나 다시 무참하게 타진된 개성을 무릅쓰고 끝까지 허덕거린 그의 어처구니없는 모험에 비하여, 모험자인 그가 언제나 성실했고 언제나 순결했다는 습관 李箱의 인간성도 또한 간과할 수 없는 것이다.
> 　그러나 '책임의사'로서 자처한 李箱이 항시 모험의 대상이었던 상황의 증세를 책임 있게(?) 진단하면서도 생명의 가치가 전도되는 위기에 대하여 전혀 무방비 하였음은 무슨 까닭일까. 바로 여기에 인간 李箱이 범한 실존의 결렬이 느껴진다. 과연 극점에서 침해받는 정신의 불가항력이란 무엇이겠는가. 테두리(환경)는 말할 것도 없거니와 그 테두리 속의 그림자(인간)가 더욱 보살펴지는 까닭으로 하여 감감했던 李箱의 아이러니는 필시 그러한 내면적 비극을 시현한 데 불과하다 보는 것이다. (『이상문학전집』 4, 99면)

　위 인용문은 이상 문학의 아이러니가 이상의 성격상 아이러니에 연원을 두고 있음을 밝히고 있다. 불가능한 모험 속에서 내면적 갈등을 겪으면서도 외적으로는 성실했던 이상의 인간성 속에 깃들인 아이러니가 문학의 아이러니로 현상했다는 것이다. "어느 時代에도 그 現代人은 絶望한다. 絶望이 技巧를 낳고 技巧 때문에 또 絶望한다"(「편집후기」, 『시와 소설』, 1936.3)라고 했던 스스로의 아포리즘에도 불구하고 고석규에 의하면 이상은 처음에는 "최초의 절망"과 "최후의 절망"을 구분치 못한 채 오로지 절망에만 주목함으로써 시의 기교, 기교의 시에 매달렸다. 그러나 그는 "최후의 절망"을 인식하기 시작하면서 형태(기교)가 수습되든가 아니면 절망이 더욱 심화되든가 해야 하는 기로에 처하게 된다. 그로부터 그는 "최초의 절망"에 대해 '절충'하는, 즉 철저한 산문인 소설을 쓰기까지 시에 있어서의 반산문적인 요소를 차츰 산문화해 감과 동시에 반대로 반시적인 충동을 또한 시화해 가는 노력을 기울이게 된다. 이는 "최초의 절망"이 "최후의 절망"을 강화하게 되는, 방법적 아이러니의 필연적 결과이다.

시에서 산문으로의 장르 이전을 하루야마[春山行夫]의 논리(『시의 연구』)를 따라 형식(Fashion)과 형태(Form)를 구별하면서 반율문적이며 반형식적인 포에지의 획득과정으로 설명하는 고석규의 견해는 탁견으로 보인다. 또한 「오감도 시제1호」와 같은 시가 보여주는 이상의 산문적 포에지를 알레고리 하는 시라 규정하고 이를 다시 수필 「실낙원」 및 「권태」와 언관시어 그러한 알레고리의 대상을, 생리 밖의 무엇과 생리와의 비교, 그로부터 얻게 되는 절망이라 규정한 것은 앞서 지적한 임종국의 이상 소설 분석보다도 정확한 측면이 있다. 이하 이상의 시·소설·산문을 프로이트와 메닝거의 견해를 빌려가며 대상과의 관계에서 대상 자체를 초월하지 못한 채 실패 당한 이상의 성격적 아이러니가 표출된 것으로 설명하는 과정은 다소 혼란스럽다. 고석규 자신도 이를 의식한 듯 "돌아보건대 무모한 모험이며 그리고 결렬된 실재란 무엇이었는가. 나는 아직도 명석한 답안을 작성한 것이 아니다. ……
하지만 거듭 그의 '성실'을 반문하는 것이며 그의 '성실'이 성실로서
승화되지 못한 아이러니컬한 비극적 파탄을 나대로나마 비춰보고 싶
은 따름이었다"(『이상문학전집』 4, 154면)라고 변명을 꾀하고 있다.

그러나 변명 이후에 이어지는 내용, 즉 이상의 문학에 나타난 아이
러니를 「아이러니의 개념」에 나타난 키에르케고르의 사상과 비교하면
서, 키에르케고르의 아이러니가 절대적 부정을 통해 "자기자신을 시작
(詩作)하는 것만이 아니라 자기 주위의 세계까지 합쳐서 시작하는"(위의
책, 154면), "지배된 아이러니(beherrschte Ironie)"를 지향하는 데 반해, 이상
의 아이러니는 그에 미치지 못함을 지적한 것은 매우 중요한 발견이
다. 그에 의하면 키에르케고르의 지배된 아이러니는 상징과도 통하는
것인데 반해 이상의 대부분 시와 소설은 알레고리적 표현의 연장이어
서 상징성이 매우 희박하다. 이는 이상 문학의 미완성의 연유를 아이
러니를 철저히 밀고 나가지 않은 것에서, 따라서 그 알레고리적 비유
에 그치고 세계를 상징의 차원으로까지 끌어올리지 않은 것에서 찾은
것이다. 이상 문학에 대한 수사학적인 가치판단이라 할 수 있다.

결국, 정신분석학적 도구를 통해 이상 문학에 나타나는 아이러니의
기원을 이상 성격의 아이러니로부터 찾으려 했던 고석규의 이상 비평
은 실은 정신분석학적 외투를 걸친 수사학적 탐구였다. 고석규는 이상
문학이 보여주는 아이러니의 근원을 정신분석학적으로 찾고자 했지만
그가 찾은 것은 이상 문학의 아이러니, 알레고리 이상이 못되었던 것
이다. 그는 이어령에 대해 "그는 이러한 李箱 시의 논리('산문'으로서의
포에지=필자)를 기존의 것처럼 제시하며 나섰는데, 이상이 지닌 '시의
논리'와 '개성의 논리'를 혼동한다는 것은 경계할 일이 아닐까. 그리고
레토릭의 심리는 레토릭의 안에만 있지 않고 레토릭의 성(시인의 의식=

필자)에서 레토릭을 비웃는 경우가 있지 않을까 생각하는 것이다"(위의 책, 107면)라며 비판하고 있다. 그러나 그 "레토릭의 성", 즉 이상의 의식 속에서 문학에 나타난 레토릭의 비밀을 캐려는 그의 노력은 그다지 성공적이지 않았다.

여기서 그 이유가 매우 중요해지지 않을 수 없다. 나로서는 그것이 이어령과는 다른 방식으로지만 고석규 또한 이상을 그가 살던 현실 및 이상의 개인사와 밀접하게 연관짓지 않은 채, 즉 이상을 시간 초월적 존재로, 이상의 문학을 시간 초월적인 수사학의 성채로 보았기 때문인 것으로 보인다. 정신분석학적 연구가 그 근거를 명확히 얻기 위해서는 전기적인 측면의 연구, 문학사적 측면의 연구와 결합되지 않으면 안 되건만 그의 연구는 언어라는 형이상학적 영역 속에 머물러 있었고 또한 그것을 지향했던 것이다. 때문에 그는 수사학의 아이러니는 성격의 아이러니에서, 성격의 아이러니는 수사학의 아이러니에서 각각 근거를 찾는 순환논리에 빠지지 않을 수 없었다.

이렇게 볼 때 이어령과 고석규로 대변되는 전후 이상 비평의 한계 지점은 언어를 현실로부터 추상하여, 절대적 탐구의 공간으로 상정한 데 있다고 할 수 있다. 그러한 경향은 실은 지금도 지속되고 있다. 극한적 절망 속에서 언어, 수사학의 세계로 도피 혹은 초월해간 전후 세대의 그림자는 아직도 우리 곁에 드리워져 있는 셈이다. 그러므로 언어를 구체적 현실 속에서 물질성을 갖는 것으로 이해하는 것은 그들의 세대적 한계로부터 벗어나기 위한 하나의 비평적·이론적 거점이라 하지 않을 수 없다.

5.

　김현과 함께 4·19 세대에 속하는 김윤식은『산문시대』동인이 그러했듯 이상으로부터 자유로울 수 없었다. 그러나 그는 어떤 이유에서인지는 불확실하지만 김현보다도 훨씬 이후, 즉 70년대에 들어와서야 이상을 언급하기 시작한다. 이 연차는 단순한 의미를 지닌 것이 아니다. 이 시간적 거리로 말미암아 그는 전후 세대는 물론 자신의 세대로부터도 일정한 정신적 거리를 유지할 수 있었고 이로 말미암아 이상에 대한 전기적·문학사적 연구로 나아갈 수 있었기 때문이다.

　김윤식의 이상 연구는 이상의「문학과 정치」(『사해공론』4권 6호, 1938) 발견을 계기로 씌어진「이상의 현실에 대한 태도」(『현대문학』, 1971.2)로 거슬러 올라간다. 여기서 그는 "많은 평자들이 李箱론을 썼고 또 부단히 씌어질 것이다. 그러나 이러한 허다한 李箱론이 그 시대적 상황―자세히는 당시의 문단적 상황과 그 풍토를 거의 외면하고 있다는 사실이다. 상의 시나 소설이 현실과 지나치게 유리된 차원인 듯 착각하고 있는 경우도 눈에 띈다. 이러한 경향은 아직도 단 한 편의 전면적인 李箱론이 씌어지지 못하고 있음을 반증하는 것이다. 인간으로서의 李箱도 구명되어 있지 못한 실정이다"(『현대문학』, 1971.2, 367면)라면서 기존의 이상 연구 경향을 비판하고 있다. 이는 이상을 역사화시켜야 하며 그러기 위해서는 문단사적인 전기적인 연구가 필요함을 주장한 것이었다.

　「어둠에의 인식―이상의 문학사적 위치」(『문학사상』, 1974.7)「이상론의 행방」(『심상』, 1975.3)「이상의 소설이 지닌 현실성」(『한국문학』, 1976.6)은 그러한 문제의식에 바탕하여 기존 이상 연구의 공과를 짚어내면서 이상 연구의 맥을 잡기 위한 모색을 보여준다. 이같은 과정을 거쳐서 나온 것이 「레몬의 향기와 멜론의 맛」(『문학사상』, 1986.6) 「이상 연구 각서」(1986.10) 「텍스트의 세 범주와 그 규칙 세 가지」(『시문학』, 1986.12) 등 일련의 '李箱 연구 각서'이고 『이상 연구』는 그 결산에 해당한다. 이 『이상 연구』에서 가장 중요한 부분은 물론 「수심을 몰랐던 나비」이다. 이 글은 이상을 당대 모더니즘의 계보 속에서 역사화시키고 이를 다시 일제 식민지 치하의 지식인의 운명 속에서 파악한 것으로 그의 문제의식이 도달한 지점을 보여준다.

그러나 나에게는 그런 그조차도 전후의 유산으로부터 온전히 자유로워 보이지 않는다. 근대 문학인들, 특히 리얼리스트와 모더니스트를 등가의 논리로 파악하는 그의 논리와, 80년대가 지나고 역사의 종말이 점쳐졌을 때 그가 보여주었던 예민한 반응과, 최근 「이상 연구의 어떤 방향성」(『문예중앙』, 1996년 가을호)이 보여주는 언어이론에 대한 매혹 등은 모두 시간에 의해 긴박된 인간의 운명, 역사의 운명으로부터 초월하고 싶은 욕망을 드러낸 것으로 보인다. 이 초월에의 욕망은 이상에게는 '아내'라는 이름으로 명명된 현실로부터 '나'를 분리시키려는 것으로 드러났고, 이어령에게는 폐허의 현실에 메타포, 즉 문학으로 저항하는 것으로 나타났으며, 고석규에게서는 릴케 형이상학에의 지향으로 모아졌던 것이었다. 그리고 이 모는 것은 한국 현대사가 짊어진 무거운 고통을 상기하지 않을 수 없게 한다. 우리가 이 현대사의 질곡으로부터 벗어나지 않는 한 이 초월에의 욕망 또한 결코 감소되지 않을 것만 같다. 이는 그러한 역사를 '시정'하려는 노력만큼이나 질긴 생명을 지니고 있을 것이기 때문이다. 그러나 여기서 다시 한 번 내 스스로에게 묻지 않을 수 없는 것은 어쩌면 문학, 곧 언어의 세계야말로 이 환란스러운 현실, 이 신뢰치 못할 '나'로부터 '나'를 구원하는 유일한 희망이 아닌가 하는 것이다. 어쩌면 그런지도 모르겠다. 그렇다면 이 초월에의 욕망이란 전후 세대가 드리운 그늘인 것만이 아니라 유한자로서의 인간이 피할 수 없는 영원한 향수가 아닐 것인지. 언어, 이것은 리얼리스트가 되고자 하는 자가 꼭 한 번 깊게 오래 탐구하지 않으면 건너갈 수 없는 대하인 것이다.

[100이라는 숫자 이면에 놓인 의미]

『초록빛 거짓말』(문학사상사, 2000)을 통해서 본 김윤식

1.

　무엇 때문에 김윤식은 자신의 100번째 저서에『초록빛 거짓말, 우리 소설의 정체』라는 이름을 붙여주었던 것일까. 책에 실린「어느 36세 여자 사업가의 에고이즘 형성사」라는 글에서 단초를 찾을 수 있다. 거기서 그는 배수아의「초록빛 거짓말」에 관한 작품평을 행하는 가운데, 오늘날의 속중(俗衆)이란 무슨 거짓말을 하며 무슨 거짓말을 기대하는가, 라고 묻는다. 그렇다면 다음 문장은 그 "무슨"에 대해 답을 내리는 것이 되어야 하지 않았을까. 그러나 그의 해답은 완연히 동문서답격이다. "초록빛이 만들어낸 환영이 거짓말(욕망)의 정체라는 것"이다. 거짓

말의 내용을 물어 놓고는 거짓말의 연원을 밝히는 것으로 그만이라는 투이다.

　나에게는 이것이 최근 10년 사이에 특히 두드러진 김윤식 비평의 어떤 특징을 암시해 주는 것처럼 보인다. 요컨대 지금 그의 비평은 현저히 형식주의적인 경사를 보이고 있다. '독자는 어떤("무슨") 거짓말을 원하는가? "거짓말(욕망)의 정체"는 "초록빛이 만들어낸 환영"이다!' 이 같은 논법은 정작으로 그가 관심을 갖는 것이 초록빛 환영에 기초한 거짓말의 양상에 있으며 어떤 특정한 거짓말, 즉 거짓말의 내용에 있지는 않음을 드러낸다. 내용을 묻지 않고 형식을 물음, 이것을 대개 형식주의적이라고 부르지 않던가. 「서문」을 펼쳐보면 다음과 같은 형식주의적 비평의 논리를 찾아볼 수 있다.

　　인간을 안다는 것은 그에 대해 말하는 것이다. 말해진 인간이란 무엇인가. 언어로 짜여진 직조물 곧 텍스트가 아닐 것인가. 허구로 변한 인간이 아닐 것인가. 현실의 경우도 사정은 마찬가지다. 어떤 현실도 언어로 직조된 텍스트로서의 현실이다. 인간도 현실도 언어에 의해 묘사되는 것에 지나지 않는다. 환자의 자기 고백에다 분석의 기틀을 놓은 프로이트도, 작가는 죽었다고 떠든 구조주의자들도 이 사실을 직시하고 있지 않았던가. (5면)

　그렇다. 그의 믿음처럼 인간은 언어 바깥으로 나갈 수가 없다. 나가서, 언어로 전화되기 이전의 사실 그 자체, 날것으로서의 삶 자체에 접근해갈 수가 없다. 따라서 반영론은 기각된다. 우리들 지식의 진리 여부를 비춰볼 수 있는 거울이란 존재치 않는다. 또는 존재한다 해도 그 거울은 비춰볼 수 없는 거울에 지나지 않는다. 그런데 비춰볼 수 없는 거울이란 유명무실한, 그야말로 노미날리즘(nominalism)의 주장대로 한갓 관념의 산물에 불과하지 않은가. 또 그처럼 거울이 별볼일 없는 것이라면 우리가 각별히 의식하지 않으면 안 되는 것은 우리가 말하는 것이 사실에 부합하는가 여부가 아니라 그 말 자체의 동기와 양상일 것이다. 왜 작가는 그렇게 쓰며 그렇게 쓴다는 것의 의미는 무엇인가. 이것이야말로 비평이 행해야 할 작업이다. 무엇을 써야 하는가나 씌어진 것이 사실에 부합하는가는 비평이 판단해야 할 일은 못되는 것이다. 비평은 말이라는, 진리와는 관계없는 놀이의 정체와 양상에 주목하면 그뿐이다.

과연 그럴까. 김윤식 스스로 그같은 교의에 의구심을 품고 있음을 『초록빛 거짓말……』의 여러 곳에서 찾아볼 수 있다. "초록빛 거짓말"을 논한 예의 글의 서두에서 그 자신이 이데올로기에 예속된 존재인지도 모르겠다고 고백한 것은 그 일례에 해당한다. 현장비평에 몰두하고 있는 자기에게 던져진, 과연 소설이란 무엇인가 하는 질문을 앞에 두고 난감해 하는 자기를, 그는 발견하고 있다. 과연 소설은 무엇인가. 숱한 작가의 수많은 소설을 읽고 평하는 그 자신이 정작 그같은 질문에 대해서는 마땅한 모범답안을 찾아낼 수가 없다는 것이다. 그렇다면 그 이유는 어디에 있는가.

> 제가 어떤 것에 구속되어 있었기에 이런 지경에 이른 것이지요. 무엇에 구속되었느냐고 묻는다면 다음처럼 간단명료. 이데올로기에 예속되었음이 그 정답. 무슨 이네올로기냐면 90년대 한국문학이란 이름의 이데올로기지요. (171면)

70년대나 80년대였다면 그는 소설이란 타락한 세계에서 지고한 가치를 찾아 나선 영혼의 모험의 도정이라고, 고대에 서사시, 중세에 로망스가 있었듯이 근대에는 소설이 있다고 루카치의 모델을 따라 쉽게 말할 수 있었을 것이다. 그러나 지금은 그럴 수가 없다. 그 이유는 90

년대 한국문학이 그만큼 천변만화 상태에 놓여 있기 때문이 아니라
'90년대 한국문학'이라는 이념, 이데올로기가 루카치를 기각할 것을 요
구하고 있기 때문이다. 다시 말해 루카치라는 반영론적 문학론의 대변
자, 맑시스트가 된 이후에도 여전히 생철학의 자장 아래서 그러했듯이
선험적·이념형적으로 소설을 정의 내리는 철 지난 이론가를 부정하
지 않고는 '90년대 한국문학'이라는 이데올로기를 수용할 수 없기 때
문이다. 그렇다면 그 '90년대 한국문학'이라는 이름의 이데올로기란 무
엇인가. 그것은 후쿠야마(F. Fukuyama)를 따르는 '역사 이후'의 문학이라
는 것이다. '역사 이후'의 소설이라는, 진리와는 관계없는 유희의 영역,
말놀이의 영역에 속하는 괴물은 진리와 말의 연속성을 강력하게 추구
하는 루카치의 어법으로는 설명될 수가 없다. 그렇다면?

그는 루카치와 동시대의 인물이되 그와는 다른 방식으로 소설을 경
험적으로, 귀납적으로 설명한 바흐찐을 원용하여 소설을 새롭게 정의
내리고자 한다. 이제 "(A) 소설은 독자를 즐겁게 하는 것이다. (B) 소설
이란 타인(타자·사회)을 관찰하기이다. (C) 소설이란 자기를 얘기하는
것이다. (D) 소설이란 자기가 무엇인가를 쓰고 있는 동안에 알게 되는
하나의 장소이다." 소설은 이처럼 경험적이고 귀납적인 종합을 거친
몇 개의 지표로써만 설명될 수 있는 것이 된다. 바흐찐이 오래 전에
각 지표마다 유보조항을 달면서 소설을 "복잡한 장르" "연애 이야기"
"산문 장르"로 광범위하게 규정했던 것처럼.

그러나 바흐찐의 정의와 김윤식의 새로운 정의 사이에는 본질적인
차이가 있는 것이, 바흐찐의 그것이 '순수한' 경험적·귀납적 정의에
속하는 것이라면 김윤식의 그것은 그 자체로 매우 이데올로기적이다.
다시 말해 김윤식의 정의는 소설을 진리와 관계없는 유희, 말놀이로
보고자 하는 자신의 관점을 강화시키는 방향으로 내려지고 있음이 분

명하게 드러난다. 그렇다면 이는 '90년대 한국문학'이라는 이데올로기에 그 자신이 구속되어 있는지도 모른다고 생각하면서도 한편으로는 그같은 이데올로기를 강화하는 방향으로 나아가고 있음을 의미한다. 그는 소설은 "초록빛 거짓말"이라는 관념으로부터 벗어날 수가 없다.

따라서, 그의 현장비평은 자연스럽게 진리와는 관계없는 '거짓말들'의 내적 논리와 그 발현 양상에 대한 분석을 지향하지 않을 수 없다. 또, 현장비평이라는 특성상 이같은 형식주의적인 '가치중립적' 태도는 커다란 장점으로 작용할 수가 있다. 어차피 문학현장이라는 것이 작가와 작품이라는 수많은 우연과 조우하지 않을 수 없는 공간인 이상 특정한 주제를 선호하지 않고 많은 것에 골고루 시선을 줄 수 있는 방법으로 이같은 태도를 능가할 만한 비법은 별로 없는 것이다. 또한, 이같은 글자 그대로 무차별(無差別)한 태도를 통해서, 선택적으로 소설을 읽는 비평가에 의해서는 쉽게 발견될 수 없는 가치 있는 지식이 얻어질 수가 있다. 나는 특히 최인훈 최일남 윤후명 김원우 김인숙 공지영 배수아 등에 대한 언급에서 그같은 면모를 발견한다. 하창수 박덕규 박청호 김영하 정영문 등에서도 그러하다. 또한 이같은 무차별한 태도로 말미암아 게으른 독서로 소일하는 비평가에 의해서는 쉽사리 발굴될 수 없는, 무명 작가들이 제 본연의 가치를 인정받거나 자기의 가능성을 믿어볼 수 있는 소중한 기회를 얻게 된다. 그의 비평집보다 더 많은 신인의 이름을 발견할 수 있는 비평집은 없다. 새로움에 대한 열정, 더 정확히는 낯설게 하는 기법에 대한 몰두야말로 이 평론집의 가장 큰 미덕 가운데 하나이다.

그러나, 이것은 말과 진리의 본질적 괴리라는 이데올로기적 태도를 전면적으로 수용함으로써 얻은 대가 큰 수확이라 하지 않을 수 없다. 물론 '말과 진리의 본질적 괴리'야말로 역설적으로 진리에 속하는 언명이라면 그것은 이데올로기가 아닌 사실의 수용일 것이며 따라서 극히 투명한 태도를 견지하는 것이 된다.

2.

『초록빛 거짓말……』에서 특기할 만한 부분 중의 하나는 황순원에 연결되는 부분이다. 그가 한 때 소설 '이전의 것'으로 보았던 황순원의 일련의 소설에 대한 재평가가 유난히 도드라져 보인다. 예를 들어 윤영수의 작품 「옛날이야기」 시리즈를 평가하고 있는 「민담의 진실성과 소설의 허위성—민담의 잔혹성에 대한 논의」 같은 글이 그러하다. 여기서 그는 이들 연작에 상당한 호의를 표명하고 있다. 그 이유는 "IV에서 VI에 이를수록 그 밀도가 치밀하면서 다양하게 증대"되고 있을 뿐 아니라, 그것들이 "이 나라 전래 민담을 소재로 한 이 궁핍한 시대의 방법론상의 지평의 하나"를 이루고 있기 때문이다. 민담을 소재로 한 소설이 소설계의 빈곤을 타개하기 위한 방법론적 지평이 된다는 것이다. 이같은 평가를 접하여 상기하지 않을 수 없는 것이 바로 황순원의 작품이다. 그는 곧바로 황순원의 「땅울림」(1985)으로 화제를 옮겨간다.

그에 의하면 「땅울림」의 큰 가치는 그것이 「나무꾼과 선녀」계열 민담을 계승한 데 있다. 동아시아 어디에서나 찾아볼 수 있는 「나무꾼과 선녀」계열 이야기의 한가운데에는 금기와 그 위반의 모티프가 자리잡고 있는 바, 「땅울림」은 바로 그 "세계성 확보의 기본항"에 해당하는 금기의 문제를 작품 속으로 이끌어 들였다. "작가 황씨의 「땅울림」이 지닌 참된 의미는 무엇이었을까. 일목요연한 해답이 주어집니다. 이 나라 분단 문제에 걸린 금기 극복의 과제가 그것."

「고전의 형식과 민담의 형식―『구운몽』과 「우렁각시」 설화에 부쳐」에서도 그는 다시 황순원을 상기하고 있다. 여기서 한승원의 「꽃과 뿌리―이설본(異說本) 구운몽의 유씨녀 이야기」가 의미를 가짐은 그것이 『구운몽』이라는 고전을 다시 쓰려는 시도에 해당하기 때문이다. 그에 의하면 "이 나라 고전 소설을 대표하는 것에 몽자(夢字)류의 『구운몽』과 전자(傳字)류의 『춘향전』의 두 산맥이 있다는 것은 모두가 아는 일"인데, 한승원의 작품은 완결된 형식에 속하는 『구운몽』을 이어받은 작품이다. 그에 의하면 끊임없이 '다시 쓰기'가 행해지는, 본질상 미완결 형식으로서의 『춘향전』이 아니라, 완결된 형식으로 이본이 거의 없는 『구운몽』을 다시 쓰고자 한다면 그만큼 특별한 방법이 필요하다. 그는 한승원이 이같은 난제를 『구운몽』의 가부장제(남근주의)를 부정하는 것으로 해결하려 했다고 본다.

그러나, 그와 함께 주목되어야 할 것이 바로 민담 「우렁각시」의 수용 측면이다. "양소유를 짝사랑하던 이웃집 처녀 수월이 유씨녀를 정성껏 모시지 않겠는가. 우렁각시 몫을 한 수월이란 무엇인가. 이 민담이 작가 한씨로 하여금 원본 『구운몽』을 압도케 만들었던 것."

한승원의 작품이 「우렁각시」 요소로 말미암아 비로소 『구운몽』과 구별될 수 있었다는 것인데, 이같은 생각은 민담적 요소에 대한 재평가 없이는 가능하지 않을 것이다. 여기에 이르러 다시 그는 다시 황순원을 상기하지 않을 수 없다.

일찍이 분단 문제를 벽을 뚫기 위해 민담 「나무꾼과 선녀」를 이끌어 온 것은 황순원 선생의 「땅울림」(1985)이었지요. 이 민담은 한·중·일에 공유된 것이어서 루쉰(魯迅)도 다자이 오사무(太宰治)도 작품을 쓴 바 있습니다. 근자에는 윤영수 씨의 민담 시리즈가 있었지요. 그렇다면 고전 형식과 민담 형식의 차이는 무엇인가. 상상력의 질은 어떠한가. 민족적 형식과 인류의 보편적 형식의 관련성은 또 무엇인가. 이런 물음이 강요 사항으로 우리 앞에 열려 있다고 할 수 없겠는가. 우리가 만족할 만한 장면을 열어가지 못한다 할지라도 이 두 형식의 중요성을 사라지지 않을 것입니다. (167면)

결국 그는 한국소설의 세계성이라는 것이 어떻게 획득되는가를 문제삼고 있다고 볼 수 있다. 문학이라는 것은 수준이라는 문제를 결코 벗어날 수 없는 것이다. 숱한 작품을 읽고 그들이 지닌 저마다의 논리 양상에 주목하고 또 이들에 자기 지식을 다각도로 활용한 현란한 설명을 덧붙이면서도, 그는, 내가 보기에는, 한국소설의 세계성이라는 문제 앞에서 난감해 한다. 그가 90년대 한국소설 '역시' 세계문학의 경지에는 도달하지 못하였다고 판단하고 있음은 여러 곳에서 확인된다. 김영하든 배수아든 그들이 지닌 사유법상의, 방법론상의, 문체상의 제반 특징과 개성에 대해서는 어떻게든 설명을 붙일 수가 있으나 그들 작품이라는 것이 기실 세계문학이라는 수준에 비추어 보면 뭔가 미치지 못하는 바가 있는 것이다. 그는 이 간극을 그의 설명력으로 메워내고자 하는 불가능한 시도를 하는 것처럼 보이기까지 한다. 예를 들어 그는 김영하의 「흡혈귀」의 소설 논리를 러셀과 화이트헤드의 논리학에 연결짓고, 「바람이 분다」는 헤밍웨이의 환각에 연결짓고, 「고압선」은 플라톤의 『국가론』에 나오는 '규게스의 반지'에 연결짓는다. 그렇다면 「피뢰침」은 어디에 연결되어야 하는 것일까. 멜빌의 『모비 딕』이 이 작품을 기다리고 있다. 그러나 이같은 방법으로 김영하 소설의 어떤 공백성, 더 나아가 90년대 한국소설을 대변하는 신진들의 어떤 공허함이 사라질 수 있는 것일까.

　그는 "민족적 형식"과 "인류의 보편적 형식"의 긴밀한 연관성이라는 문제로부터 결코 자유롭지 못한 것이다. 이같은 판단은 국민문학으로서의 소설이라는 경계를 뛰어넘어 사고하고자 하는 그의 또 다른 생각과는 배치되는 것처럼 보일 수가 있다. 그러나 모순이나 착종은 의식의 일탈이 아니다. 그것은 지극히 정상적인 의식의 자연스러운 존재방식이다. 그의 의식의 한켠에는 여전히 국민문학으로서의 한국소설이 어떻게 세계성을 획득할 수 있는가 하는 문제가 아킬레스건으로 작용하고 있다. 바로 이것이 그로 하여금 루카치의 이론을 빌어 소설 '이전'의 것으로 논단 했던 황순원으로 돌아가게끔 하고 김동리를 고평하게끔 한다. 그러나, 1936년생으로서 일본어의 압도적인 영향력 아래서 성장해야 했고 전후의 대학에서 이상(李箱)을 재발견하고 뉴크리티시즘의 세례를 받으며 문학수업을 거친 그는 소설 '아닌' 소설의 매력을 감지하고 그것을 언급할 수는 있으나 그것에 합당한 논리를 만족스러울 만큼 부여하는데는 어려움을 느낀다.

　그 일례로 『초록빛 거짓말……』에서도 이따금씩 엿보이는 유불(儒佛)의 논리를 들 수 있다. 최근 몇 년 사이에 그의 비평에서는 이같은 동양적 논리의 수용 경향이 현저히 증가해왔다. 그런데 이는 본질상 『김농리와 그의 시대』(1995)에 이어지고 김현과 공저한 『한국문학사』(1973)로 소급되는 성질의 것이다. 그는 내재적 발전론이라는 초기의 주체 중심적 문학연구로부터 『한국근대문예비평사연구』(1976)라는 근대주의적 연구로 이월해 갔으며 이 과정은 『이상연구』(1987) 『염상섭연구』(1987) 『임화연구』(1989)에서 정점에 이르렀다. 이런 맥락에서 보면 그의 90년대는 문제적이다. 한편으로 그는 다시 김동리나 황순원 등과 같은 '주체주의'로의 환원을 시도하면서도, 다른 한편으로는 특히 비평에서 보면, 문학의 기호놀이적 측면을 고도로 강조하고 국민문학의 개념을 폐지하는 '포스트주의'로의 더 큰 경사를 보여주고 있기 때문이다. 『초록빛 거짓말……』은 후자의 측면이 강화된 저작이라고 할 수 있으나 그럼에도 이른바 '주체주의', 동양(중심)주의와 한국문학이라는 개념에의 애착 또는 향수를 드러내고 있다. 그런데 애착이나 향수란 비논리적이고 심정적인 것이 아닌가. 그의 논리와 이지는 다채로울 뿐만 아니라 정교한 서양문학(또는 일본문학) 및 그 이론에 깊이 경사 되어 있고 바로 이 점에서 그는 그가 속한 세대의 숙명이랄 수 있는 근대주의로부터 자유롭지 못하다.

최근에 그와 카라타니 코진(柄谷行人)의 영향관계를 새삼스럽게 발견하고는 그것이 무슨 커다란 발견이라도 되는 것처럼 글을 쓰고 또 그것이 무슨 큰 스캔들이라도 되는 것처럼 기사거리를 만드는 일이 있었다. 나 자신 일개 비평가로서 언제나 작품에 평가를 행하고 그럼으로써 스스로를 논란의 위험에 빠뜨리는 우를 범하고 있으나 비평을 포함한 모든 문학의 요체는 비판하는데 있지 않고 사유하는 데 있다고 믿는다. 김윤식의 연구와 비평은 더구나 간단한 메타비평 또는 비판으로는 쉽사리 접근될 수 없는 성질의 것이다. 100권이라는 숫자의 허상 때문이 아니라 그 허상 아래 놓인 공력이 엄연하기 때문이다. 그 숫자로 표현되는 허기와 욕망의 이면에 놓인 것, 그 본질적인 것의 의미·가치·모순을 진지하게 분석해 보는 일은 한국근대문학의 근본적 주제에 접근하는 일방법이 될 수도 있으리라고 나는 생각하는 것이다.

제2부
작가를 위한 변론

모성적 사랑의 시공을 위하여 | 161
—황석영의 장편소설 『오래된 정원』(창작과비평사, 2000)론

성숙을 위한 통과제의로서의 러시아 체험 | 176
—이나미의 중편소설집 『얼음가시』(자인, 2000)론

주류 없는 세계의 소설 | 191
—김영헌·정영문·도태우·김별아·윤후명·박상륭의 작품들

고백·실험·허무 다음에 올 것 | 211
—여성소설집 『민둥산에서의 하룻밤』(이수, 1999)론

"시장 아니면 구정물의 늪"의 딜레마를 넘어 | 231
—최인석의 창작집 『나를 사랑한 폐인』(문학동네, 1998)론

여성적 근본주의의 한 모습 | 251
—오수연의 창작집 『빈집』(강, 1997)론

냉정한 세계 위에 얹힌 위태로운 꿈 | 268
—박덕규의 창작집 『포구에서 온 편지』(문이당, 2000)론

상황에 노출된 운명의 고통과 모색 | 284
—주인석론

역사의 외형에 가려진, 기억되어야 할 것 | 303
—김형수의 장편소설 『나의 트로트시대』(실천문학사, 1997)론

화폭 속에 담긴 영등포의 인간 군상 | 312
—유영갑의 창작집 『싸락눈』(푸른나무, 1997)론

전쟁이 유린한 소녀의 정체성 찾기 | 322
—윤이나 장편소설 『베이비』(민음사, 1996)론

이념 속에 자리잡은 인간애 | 338
—김하기의 창작집 『은행나무 사랑』(실천문학사, 1996)론

공간적 대하소설이라는 역설 | 347
—최명희의 대하소설 『혼불』(한길사, 1990~1996)론

전통에 접맥된 진보주의 | 358
—이대환의 창작집 『조그만 깃발 하나』(창작과비평사, 1995)론

숨 고르는 일의 의미 | 374
—방현석의 장편소설 『십 년간』(실천문학사, 1995)론

모성적 사랑의 시공(時空)을 위하여

황석영의 장편소설 『오래된 정원』(창작과비평사, 2000)론

1. 문체

　『오래된 정원』에 관한 글을 써야한다고 생각하면서 가장 먼저 떠올린 것이 그의 선집 『열애(熱愛)』(나남, 1989)였다. 창고 같은 방에서 가까스로 『열애』를 한 권 빼어들었으나, 기실 나에게는 이 책이 세 권 이상은 된다. 헌책방에서 볼 때마다 사들인 때문이다. 「삼포가는 길」「섬섬옥수」「낙타누깔」「열애」 등 거기 실린 많은 중단편은 다시 보아도 아름답다. 그러나, 내가 오랫동안 마음에 새겨둔 것은 그 서문이니, 이는 『열애』에서만 찾아 볼 수 있는 까닭이다. 거기서 그가 자기 문장을 설명한 대목으로부터 이야기를 시작하기로 한다. 『오래된 정원』의 가장

외적인 특징이 문체에 있음은 이미 잘 알려져 있다.

"…… 그리고 될 수 있으면 주관적인 작가의 의식을 애써 배제하려 한다. 형용사를 줄인다. 내면적이거나 추상적인 생각의 잔상들을 모두 삭제해 버리고, 밖으로 드러난 현상만을 구체적으로 그리려고 애를 쓴다. 감정을 절제하노라면 자연히 문장은 삭막하고 건조하게 된다. 따라서 내가 그리려는 상황에 알맞게 형상화되는 것이다." 그리하여, "짧은 서술, 건조한 문체, 설명 없는 사물 묘사, 대화 속에 감춰진 사건 전개" 같은 황석영'적'인 문장이 나타난다. 「객지」(창작과비평사, 1972)를 관통한 문체는 바로 그것, 그 문장은 남성의 완강한 턱을 상기시킨다.『무기의 그늘』(형성사, 1988)에서도 그 기조에는 변화가 없었다.

『오래된 정원』의 의도는 그와 다르다. 후기에 그것이 나타난다. "…… 뭔가 빛나는 물건을 만들어보려고 애달캐달하던 조급증이 가셨다. 전처럼 감정을 아낀 문장을 갈고 다듬기보다는 그냥 수수하게 마음을 열자는 기분이 들었다. 나이 들어서야 평상심으로 글을 대하게 된 것만 같다."

다소 긴장이 이완되어 보이는 작가의 고백처럼,『오래된 정원』이 서정적인 문체를 구사하고 있음은 이 작품이 연재될 당시부터 종종 언급되어 왔다. 이 작품 하권에 표사를 붙인 염무웅이 그 "섬세한 문체"를 지적한 것도 같은 맥락에서 이해된다. "그러나 이『오래된 정원』은 딱딱한 사실주의 소설인 것은 아니다." "오랜만에 우리는 문학다운 문학의 맛과 감동에 깊이 매혹된다." 그러나『오래된 정원』에 다소 비판적인 견해도 없지 않다. 잡담 같은 모모한 문학상 심사위원들의 평가 내용은 잊었다. 대신에, 어느 자리에서인가 만난 평론가 황광수가 염무웅과는 달리 오히려 그 문체를 들어『오래된 정원』의 작품성에 다소 비판적인 견해를 내비쳤던 일은 인상적이다. 그는 장편소설의 서사적 진행을 지탱하는데 문장이 중요한 기능을 한다는 사실을 상기시키면서 『오래된 정원』이 성공작만은 아님을 지적했었다. 말을 아낀 그의 또 다른 생각은 그의 문장을 통해서 확인해볼 수밖에 없겠으나, 이 작품의 문장이 서사 구조상의 결함과 깊은 연관을 맺고 있다는 관점은 수긍되는 바가 크다.

말하자면, 『오래된 정원』은 절반의 실패작이다. 그 첫 번째 요인은 그로서는 새로운 문체적 실험에 있으니, 특히 작품의 초입과 말미 부분, 즉 주인공이 갈뫼를 찾는 3장과 한윤희가 미경의 죽음을 회상하는 22장 같은 부분은 서정이 감상으로 현저히 기운 나머지 문장의 불안정이 초래되고 있음을 보여준다. 뿐만 아니라 그로서는 새로운 문장이 종래의 문장에 익숙해진 독자에게는 부담감으로 작용할 수도 있을 것이다.

두 번째 요인은, 18년 만에 감옥을 나온 현우가 윤희와 함께 살던 집을 찾아가 엿새 동안 머물며 그녀가 남긴 노트를 본다는 작품의 구도에 있다. 이 구도야말로 이 작품의 문장상의 약점까지도 규정한 본질적 문제라 할 수 있다. 두 남녀는 81년 봄에서 여름까지 불과 몇 달을 함께 보내고는 헤어지지 않을 수 없었고 다시 만나지 못한다. 두 사람을 이어주는 것은 윤희가 남긴 노트와 편지들, 그리고 둘 사이에 난 은결이라는 소녀뿐이다. 낭연히, 작품의 서사적 진행은 두 사람의 회상에 거의 전적으로 맡겨지지 않을 수 없었으니, 문장은 자주 감상에 기울고 잦은 시간적 교체가 독자의 시선을 교란시키게 된다.

마지막으로 하나를 더 들자면, 이 작품이 오랜 감옥생활에서 헤어난 작가의 첫 장편소설이라는 점이다. 그는 1989년 3월에 방북한 후 독일·미국 등지에 체류하다 1993년 4월에 귀국, 그로부터 98년 3월까지 5년에 걸쳐 영어(囹圄)의 몸이 되어야 했다. 이 과정은 "자신의 문학을 온몸으로 사는" 작가적 생의 일부이기는 하였으나, 그로 하여금 90년 대의 한국 사회를 직접 가까운 곳에서 체험할 수는 없게 하였다. 따라서, 주인공이 80년대와 90년대를 감옥에서 보낸다는 설정은 그로서는 자신의 한계를 적절히 의식한 구상이라 할 수 있다. 그러나, 약 10년에 가까운 세월을 창작적 공백기로 지닌 작가로서 치밀하고 탄탄한 작품을 단번에 써낸다는 것은 역시 무리이다. 수련이 없는 달인이란 없는 법이기 때문이다. 나로서는, 오히려, 그렇게 긴 공백기를 가진 작가가 이렇게 긴 작품을 이렇게나 잘 갈무리할 수 있었다는 사실을 중시해야 한다고 생각한다. 예의 그 사석(私席)에서 황광수가 지적했듯이,『오래된 정원』을 보고 황석영이라는 작가에 대해 낙담할 필요는 전혀 없다. 정녕 경계하여 마땅한 것은 필요 이상으로 그를 고평하거나 내리깎는 비평이다.

2. 환기력

　환기력.『오래된 정원』을 읽으며 나는 이 작품이 무엇인가를 자꾸만 불러일으키고 있다는 생각을 하지 않을 수 없었다. 그것이 무엇이었던 가. 고백하건대, 나는 깊은 감동의 연속에 빠져들지는 못하였다. 그럼에도, 이 작품을 두 번에 걸쳐 읽어 가는 과정에서 서로 다른 곳에서 안타깝고 안쓰러운 어떤 감정에 사로잡히지 않을 수 없었다. 물론, 이는 서정적인 문장의 감염력 탓으로 치부될 수도 있다. 그러나 그것만으로는 설명될 수 없는 것이 이 작품에는 정녕 있다. 무엇인가를 자꾸만 불러일으키는 것, 그것이다.

냄새가 나고 기운이 느껴진다. 의식의 저층에 깔려 일어서지 못하던 것들이 일어나 소리를 내고 모습을 보인다. 돌이켜 보면 사람들에게 그런 일이 있었다. 머리 속에 가슴속에 무거운 추를 달고 견디던 시대가, 사람들이 있었다.

조금만 정주해 있으면 감시의 손길이 뻗쳐올 것만 같아 거처를 옮긴다. 사는 곳을 옮긴 지 얼마 되지도 않았는데 전화를 통해 담당 형사의 목소리가 들려온다. 광화문 신문로 대로나 한남동 이태원 골목, 가리봉 5거리 지하다방 계단 같은 곳에서 숨을 죽이고. 신호가 떨어지기를 기다린다. 바위덩어리 같은 무게를 가진 남이 맡긴 복사기를 들고 경희대 앞에서 신림동까지 택시 기사를 두려워하며 실어 나른다. 밤새 다락방에서 조잡하게 편집된 신문 원판을 대고 복사기 불빛이 새어나갈까 두려워하며 복사를 한다. 친구이자 조직에 몸담고 있는 동료가 잡혀간다. 동료의 소식이 끊긴 지 1주일 2주일이 지나면 잡혀가 버렸으리라는 생각이 나고 지금까지 잡으러 오지 않았다면 나는 괜찮을지도 모른다는 추리로 위안을 삼는다. 긴장이 도를 넘어 자포자기한 상태가 된다. 그러다가 자기는 조직의 하단에서나 있을까 한데도 그림표의 상단에 버젓이 자리를 잡고 있는 신문이나 방송을 보고 듣게 된다. 마구 잡혀가고 우연으로 남겨진 사람들과 함께 다시 일을 벌인다. 독재권력의 촉수를 피해 달아나면서도 시위를 하고 전단을 뿌리고 복사기를 돌리고 사람을 만난다. 만나는 사람이 언제 어떻게 권력의 하수인으로 전락했는지 모르는 불안이 머리 속을 짓누른다. 머무를 곳은 없고 거리의 바람은 차고 거세다. 새벽을 틈타 집에도 들르고 여자의 거처에도 숨어들고 어렵사리 가짜신분증을 구해 허름한 공단마을로 숨어든다. 가는 곳이 자유롭고 만나는 사람이 자유롭고 사는 곳이 자유롭던 상태가 참을 수 없이 그리워지고 아무도 자기를 길게는 지켜줄 수 없다는 사실이 가슴을 옥죄어 온다. 자기 같은 별종의 인간은 이 사회에 다시 존재하지도 않을 것이라는 절망에 긍지와 자존심이 송두리째 뽑혀나가려 한다. 그리고, 이 모든 일들이 일어나는 와중에 그 어느 단계에선가 그가 누구이든 한 번 이상은 틀림없이, 촘촘한 그물망 같은 권력의 촉수에 걸려들지 않을 수 없으므로 유치장과 구치소와 감옥과 고문이라는 엄연한 현실을 대면하게 된다. 거기, 낯선, 지독한 별종의 세계가 아가리를 벌리고 이 사회의 '부적응자', 체제를 위협하는 병균 같은 존재를 묶고 꿇어앉히고 때리고 굴리고 먹이고 세우고 태운다. 짧거나 긴, 더 긴 영어가 시작된다. 그리고, 또……. 끝나지 않을 것 같은 이야기가 도돌이표를 따라 반복된다. 오현우 같은 존재가 그것이다.

그러나, 그런 사람만 있었던 것이 아니다. 그런 사람이 무슨 역사의 히어로나 히로인이라도 되는 것처럼 힘을 보태고 숨겨주고 돈을 대고 마음을 주고 몸을 섞고 버림을 받기도 하고 기다리고 미련을 품고 심신을 상하고 그런 어느 순간에 감옥에 갇히기도 하고 그리하고도 새 일을 찾고 더 진정한 희망이라는 것을 찾고 내면으로부터 타오르는 진실에 대한 그리움을 던져 버리지 못해 그것을 말해줄 수 있으리라고 생각되는 모든 곳을 찾아 방황하고 자기를 위안해 줄 사람보다는 자기가 위안이 될 수 있는 사람을 사랑하고 불현듯 원치 않는 상황에 놓인 자기를 깨닫고도 지금까지 모든 일을 그렇게 대했듯이 자기에게 닥친 불행을 인내하면서 사람이란 소박하고 순수하고 성실하고 겸허해야 한다는 '평범한' 미덕이 자기도 모르는 사이에 뼛속 깊이, 아편처럼 스며들어 있다는 사실조차 깨닫지 못한 채 일생을 그렇게 살아가려고 하는 가련한 사람이 있었다. 체제가, 시대가, 히어로와 히로인이 자기 생을 누에가 뽕잎을 갉아먹듯 도려내고 있는데도, 시간이라는 것이 자기의 희생을 위해서나 마련되어 있는 것처럼 한정 없는 시간을 보내고 또 보내다 마침내 세월이 자기의 몸과 마음에 지울 수 없는 흔적을 남겼음을 어렴풋이 깨닫고는, 남모르는 슬픔, 드러내지 못하는 아픔을 품고 살아가는 사람이 있었다. 있다. 한윤희 같은 존재가 그것이다.

광주에서 서울로, 안양으로, 갈뫼로, 다시 광주로, 그리고는 마침내 18년이라는 긴 세월을 '간첩조직'의 일원으로 살아내야 했던 현우와, 선생의 신분으로 그를 숨겨주고 그와 사랑을 나누고 그의 아이를 낳고, 갈뫼에서 서울로, 베를린으로, 시베리아로 떠나면서도 그와의 관계라는 사슬을 벗지 못한 윤희 같은 존재들. 그런 사람들이 있었다는 생각을 『오래된 정원』은 불러일으킨다. 그리고, 그런 사람들 사이에, 또는 그런 사람들의 가슴속에, 갈뫼의 봄과 여름 같은 시공이 존재했다는 사실도 생각이 난다. "오래된 정원" 같은 시공, 윤이상이 꿈꾸었다는 "지금과 같은 전쟁의 폭력과 굶주림과 억압의 공포가 없던 태곳적 평화로운 아시아 저편" 같은 시공이 있었다. 현우 같고 윤희 같은 사람들과 그들의 꿈이 정녕 우리 곁에 분명히 존재했었다. 그리고 지금은 '없다.' 현우나 윤희 같은 사람들이 모두 여전히 숨쉬고 있는데도 "오래된 정원"은 '사라져 버렸다'.

황석영은 이 '사라져 버린' 유토피아를 불러내는 문학적 제식을 치르고 싶어했으니, 『오래된 정원』의 현우는 갈뫼를 찾아 윤희를 추억하고는 여섯째날 아침에 그곳을 떠난다. 일곱째 날은 서양의 상식으로 모든 일을 끝내고 안식을 취하는 때, 엿새만에 18년을 경력(經歷)한 50세 노옹(老翁)의 내일에는 어떤 일이 펼쳐질 것인가. 노옹은 말한다. "내가 할 일이 남아 있을까. 아마도 일이 남아 있다면 그건 바로 일상과의 씨름이다." 그리고 그것은 윤희가 남긴 말을 다시 한 것에 불과하다. "아무 일도 없는 것 같은 살림의 단순한 일상이 사람에게 가장 중요한 사업이 아닌가요." 이 "일상"이라는 말에는 분석이 가해져야 하겠으나, 이 자리에서 중요한 것은 작가가 "오래된 정원"의 나날을 상정하고 있다는 사실이다.

그는 왜 그것을 상정하지 않을 수 없었던가? 현우 같고 윤희 같은 사람들의 생을 위해서일 것이다. 그런 존재였던 사람들이 지금·이곳을 살고 있음을 황석영으로 인해 나는 새삼스럽게도 생각하게 되었다. 그리고 한동안 잊고 있던 구토의 기억까지도 생생해졌다. 그것은 어느 여성작가가 이른바 '80년대 문학'이라는 것을 단죄하면서도 자기의 과거가 얼마나 정당했는가는 전혀 생각해 보려고도 않는 '무례'를 범했을 때 나타난 나의 생리적 증상이었다. 우리는 모두 떳떳할 수만도 떳떳하지 않을 수만도 없는 것이다.

3. 갇힌 생

『오래된 정원』의 환기력으로 말미암아 나는 이따금씩 아련한 슬픔에 젖어들고는 하였으나, 정작 이 작품의 가장 빛나는 부분으로 지적되어야 할 곳은 15장과 18장이다. 모두 감옥에서의 생활을 다룬 부분으로, 이곳에 이르면 이 작품의 다른 부분에 비해 유독 사색과 회상의 연속성이 두드러짐을 느낄 수 있다. 이유는 자연스럽다. 그것이 작가 자신의 가장 절실한 직접적 체험에 맞닿아 있는 까닭이다.

개인은 궁극적으로는 자기 자신에 의해서밖에는 대변될 수 없는 것이니, 작가는 타인의 생을 그리는 한 그 묘사에 있어 언제나 결정적인 한계를 갖는다. 물론, 자기의 생에 대해서 사실 그 자체를 그릴 수 있는 작가란 또한 존재하지 않음은 상식이 되어야 한다. 그러나 다시 한번 뒤집어, 그 어느 작가가 자기 자신에 관한 이야기보다 더 잘 아는 이야기를 가질 수 있을까?

나는 지금 이들 장(章)에 와서 작가가 자기 면모를 의도적으로 드러내고 있음을 주장하고 있는 것이 아니다. 이곳에서도 작가는 오현우로서의 '나'로 하여금 말하고 생각하게 한다. 작가에게 감옥생활의 경험이 있었다는 이유로 이들 장만을 특권화시킴은 쉽사리 납득되기 어려울 수 있다. 예를 들어, 한윤희의 베를린 유학이라는 이야기 역시 작가 자신의 독일 체류 경험의 소산이라고 얼마든지 말할 수가 있지 않은가. 그러나 그렇다면, 이들 장이 보여주는 사색과 회상의 밀도는 또 어떻게 설명될 수 있을까?

정치범을 전문적인 대상으로 하는 독방과 변소의 기억, 원형의 칸막이 운동공간을 가진 구치소의 묘사, 화초 기르기와 개미 돌보기, 지방 교도소의 운동공간과 채소밭의 모습, 쥐와 고양이와 새를 기르는 사람들의 모습, 비둘기 낚시질…… 15장을 통해서 작가는 오랜 감옥생활을 통해 점점 마멸되어 가는 독거수(獨居囚)의 감정세계와 그 감정의 마멸에 맞서는 수인의 싸움을 보여준다. 현우는 운동시간에 주운 참새 새끼의 날개를 잘라낸다. 그러나 새는 밤새 헛된 날개짓을 하다 죽어버린다. "자유스런 비상에 대한 참을 수 없는 본능이 그것을 죽였"던 것이다. 비둘기 낚시질이라는 것이 있다.

그러므로 수인에게는 창밖의 자유롭고 한가한 비둘기의 삶에 대한 일종의 잔인한 복수놀이가 된 것이다. 그들을 낚싯줄을 쥐고 기다릴 필요가 없었다.

그냥 땅콩으로 만든 덫을 던져놓고 걸려든 비둘기가 허우적거리는 모양만 보면 되었으니까. 튼튼하고 가느다란 나일론 줄의 양끝에 매단 땅콩을 모이와 함께 던져놓으면 비둘기는 실에 매인 땅콩을 차례로 찍어 삼킨다. 그러면 부리 끝으로 실이 늘어지게 되고 비둘기는 이 실을 떼어내려고 한발로 실을 움켜쥐고 잡아뜯는다. 몇 번 같은 동작을 하는 사이에 실은 부리와 다리에 엉켜서 비둘기의 몸을 웅크리게 만든다. 이제는 몸부림을 치면서 실을 끊어내려고 두 발을 허우적거리며 날아오른다. 조금 날다가는 떨어지고 다시 날아오르고 하다가 발목이 끊어지기도 하고 부러지기도 한다. (上, 326면)

이렇게 하여 왼쪽 발목이 몸 안쪽으로 오그라든 암비둘기 순이를 현우는 사랑하게 되었으나, 눈이 내리는 겨울날 그녀가 고양이에게 물려 죽는 광경을 그는 조용하고 냉정한 느낌으로 지켜보고 있다. 그리고는 다시는 비둘기를 사랑하지 않는다. "애착은 무상하다."

18장에 이르면 또 다른 국면이 펼쳐진다. 단식투쟁과 징벌 먹방의 기억, 뒤로 채워진 수갑을 풀려는 집요한 노력, 단식의 흐릿한 의식 너머로 펼쳐지는 환영 같은 옛 경험들, 단식투쟁이 끝나고 복식이 시작되면서 펼쳐지는 상상만의 요리들, 다시 무상의 시간으로 펼쳐진 긴 시간들…… 몸은 갇혀 있으니 날아오를 수 있는 것은 의식밖에 없으되, 의식 또한 몸에 매인 것이라서 몸과 함께 지치고 무거워진다. 달력을 보면 무수한 엑스 표가 그어져 있고 앞으로 채워 가야 할 수많은 나날이 펼쳐져 있다. 감옥 안에서 "내가 지켜온 것은 과연 무엇이었을까." 최소한으로 자기를 유지하는 행위에 지나지 않는 일, 이마저도 금새 제자리걸음이 될 일들뿐이다. 시간은 무상하다.

오랜 감옥 생활은 작가의 손을 다소 무디게 만드는 대신에 그의 감각은 염무웅의 지적처럼 더욱 예민하게 다듬어냈다. 그것이 이 두 장에 드러난다. 마음대로 행동할 수 없는 긴 구속의 세월을 보내며 작가의 코는 없는 내음새를 맡고 눈은 안 보이는 모습을 불러들이고 귀는 들리지 않는 소리를 듣는다. 감각의 환영은 행동 대신에 상념과 기억의 나래를 펼치게 하지만, 긴 시간의 흐름은 갇힌 인간의 가능성을 천천히 소진시켜 간다. 이와 같은 무력화의 과정에 가장 예민한 정치적 후각을 가진 이들, 타인의 '죄'를 나누어 진 고문정치의 희생자들이 적나라하게 노출된다. 인권의 개념이 적용되지 않는다. 열탕과 냉탕을 번갈아 오가는 투쟁과 징벌의 자유만이 존재할 뿐이다.

그런 시공간이 존재해 왔다. 이것이 우리 사회의 엄연한 현실의 일부를 이룬다. 앞에서 나는 작가가 지난 10년 동안 방북과 외국 체류, 그리고 감옥생활로 말미암아 우리 사회를 직접 가까이서 경험할 수 있는 기회를 크게 갖지 못했다고 썼다. 이것은 사실이지만 반편의 사실이다. 한편으로 그는 다른 차원의 현실을 발견해 왔다고 말할 수 있다. 이 다른 차원의 현실이 그의 체험에 의해 뒷받침되고 있음이 그 발견의 높은 밀도를 가능케 한다. 문학의 기능이 경제성과 다른, 기억을 통한 경험의 보존에 있다면 작가는 날려버릴 수 없는 우리의 '소중한' 과거를 지면에 착색한 것이라 할 수 있다.

그러나 이 밀도는 이들 두 장이 여타의 부분들과 동떨어진 채로 존재하는, 구성상의 희생을 통해서 형성된 것이다. 이들에 이르면 한윤희가 고안된 허구적 존재에 가깝다는 사실이 드러나 버린다. 이들 장에서 그녀의 존재는 필요가 없다. 이 점에서 그녀는 현우와 다르다. 작가자신을 상기시키고 김남주와 같은 시인을 상기시키는 데서도 알 수 있듯, 현우는 소설 바깥의 사실적 인물이되 허구적 분장을 거쳤을 뿐이라는 생각을 하게 한다. 반대로, 그녀는 만들어진 여인이되 사실세계에서 그 편린을 찾을 수 있는 인물이다. 현우는 소설 속에서 독자들에게 언제나 존재감을 갖게 하되 그녀는 때로 사라져버릴 수가 있다. 이 긴

장의 이완은 이 소설의 구성적 결함을 이루지만 이는 작가로서는 불가
피한 것이었다고 말할 수도 있을 것이다.

4. 유형(流刑)의 생

이제 한윤희의 존재에 시선을 주면, 뜻밖에도, 만들어진 인물이라는
사실에 걸맞게, 남자들의 이념적인 모색의 과정에 노출된 여인의 형상
이 그려진다. 인텔리 부역자를 아버지로 둔 그녀는 북한과 연계된 것
으로 간주된 전위조직의 구성원인 오현우의 아이를 낳고, 80년대를 풍
미한 자생적인 민주화 투쟁 조직의 지도자인 송영태와 동지적인 관계
를 맺게 되며, 베를린에서는 일종의 생태주의자라 할 수 있는 이희수
를 만나 사랑에 빠진다. 이는 그녀가 미술선생에서 대학원생으로 다시
유학생으로 나아가는 과정이기도 하다. 또한, 이는 그녀가 현우를 감옥
으로, 송영태를 시베리아 낯선 땅으로, 이희수를 죽음의 세계로 각각
상실해 가는 과정이자, 이같은 과정을 매개로 모성적인 사랑을 수득해
감과 동시에 그녀 자신의 죽음을 맞이하는 과정이기도 하다.

현우와의 사연은 물론이고 송영태와의 일들에 대한 묘사도 작품의
상당 부분을 이루지만 작품 전체의 주제를 살피는데 중요하게 부각되
는 것은 이희수이다. 그는 국내 대학의 조교수로서 연구원 자격으로
독일에 온 사람으로 쓰레기나 산업폐기물의 처리과정을 연구하고 있
다. 불교적인 세계관을 가진 그와 짐짓 사회주의자적 입장을 취하고
있는 윤희의 대화 장면은 음미해 볼 가치가 있다. 세계를 변화시켜야

한다는 그녀의 말에 그는 다음과 같이 말한다.

> 변화? 무엇을 위한 변화. 바다의 잔물결 같은 거요 개개 사람의 일생은 아주 짧아요 왜 사람이 세계의 주인이라는 생각을 버리지 못하는지. 저 동네에서는(=佛敎, 필자) 언뜻 보면 대단히 물질적으로 대응하구 있소 명상을 통해서 욕망을 절제하고 자기를 무화시키는 데 도달하면 겸허하게 없어져버려요 다시 나타난다거나 자기 뒤에 어떤 세상이 남겨진다거나 그런 거 없어요 저 동네야말로 윤회의 그물에서 영원히 빠진다는 거지. 세상에 대한 존재방식이지요 (下, 227~228면)

또한, 우선 사람끼리의 관계를 수정해야 한다는 그녀의 말에 대해서는 그는 삶 자체가 전환되어야 한다고 역설한다.

> …… 사회주의든 자본주의든 생산성의 신화에 사로잡힌 채로 시작한 건 마찬가지요 풍족한 사회, 풍족함이 순간적인 일에 낭비되는 사회는 세계 전체의 모델이 될 수 없어요 풍족한 사회의 규범은 세계를 향해서, 우리의 기술과 개발방법을 따르기만 하면 당신들도 잘살 수 있다고 하지요 이건 모두의 재난입니다. 다른 모델이 필요해요 겸허하고 단순하고 생명력 있는 주체의 구체적 변화 없이는 시스템은 변하지 않을 겁니다. 노동과 자본에 관한 우리의 오랜 인문적 호소는 결국은 시스템 내부에 그치고 그것을 변화시킬 만한 힘은 갖게 되지 않을 겁니다. (下, 229~230면)

이같은 그의 생각은 지금으로서는 일종의 상식처럼 취급되고 있으나 그 '상식'의 위험성 또한 없다고는 말할 수 없다. 이념은 이념의 위험성을 내포하기 마련인 때문이다. 따라서, 이를 잘 아는 작가에 의해 그려진 그녀는 당연히 그의 생각에 전적으로 동감할 수가 없다. 그런 그녀를 그와의 사랑으로 향하게 한 것은 그의 상식적이고 안정되고 따뜻한 분위기인 바, 이는 기실 그녀가 현우와의 갈뫼 생활 속에서도 꿈꾸었던, 일상의 아름다운 삶에 대한 동경을 또 다른 방식으로 실현하려 한 것일 뿐이다.

그러나 국내로 돌아가면 낙향해서 아름다운 열린 학교를 만들겠다던 이희수는 고속도로 교통사고로 죽음을 당하고 만다. 문명의 흐름을 바꾸려는 자가 그 문명의 이기에 의해 희생되는 아이러니는, 체제를 바꾸려던 자가 체제에 의해 희생되고 만 현우의 아이러니와 다를 바가 없다. 이 우울한 아이러니를 완성하는 것은 윤희 자신이다. 현우와의 만남이래 갇힌 삶을 살아온 그와 방불하게 유형의 길과도 같은 삶을 살아온 그녀이다. 그런 그녀가 "모성적 사랑"이라는 마지막 이상에 도달했을 때, 그녀는 자궁경부암이라는 "모성 자체를 뿌리째 앗아가는 병"에 걸려 세상을 떠나고 마는 것이다.

현우와 이희수와 윤희의 생에 드리운 아이러니의 우연적 공통성은 『오래된 정원』의 인위적 요소이다. 그러나 이는 오랜 침묵을 경유하여 새로운 가치를 발견코자 한 작가적 의지의 소산이라 할 수 있다. 윤희라는 모성적 존재의 죽음을 그 딸 은결의 존재로 보상하면서 현우에게는 "일상과의 씨름"이라는 과제를 남겨놓았다면 그 "씨름"의 내용은 모성적 사랑의 일상적 확산이라는 말인가? 이것을 이 작품의 지향점이라면 그렇다고 말할 수도 있을 것이다. 갈뫼는 모성적 사랑의 자궁이며 세상은 그 사랑이 활짝 피어나야 할 예정의 공간이다.

이 모성적 사랑의 기약에 매력을 느끼면서도 "일상"이라는 말에는 일말의 불안감을 느끼고 있는 자기를 나는 발견한다. "일상"이라는 말에는 최근의 우리 사회를 둘러싼 심원한 변화의 기운이 충분히 고려되지 못했다는 인상이 작용하는 듯하다. 그러나 나는 오랜 격절을 딛고 일어선 작가의 노작에 필요 이상의 비판을 가할 필요를 느끼지 못한다. 또한, 황석영의 결론은 "이제는 시대나 역사를 통해서가 아니라 그

물결 속에 휩쓸리며 헤엄쳐가던 하찮고 가냘픈 개인의 나날을 통해서 세계를 보아야 한다”는 반성적 사유를 담은 것이기도 하다. 그는 개인을 통해, 개인을 옹호하며 나아가는 세계라는 생각을 하고 있는 듯하다. “일상”, “모성적 사랑” 등은 그 자신의 문필적, 실제적 활동에 대한 심사숙고를 바탕으로 한 새로운 모색의 잠정적 표현인 것이다.

따라서, 나는 이 글 역시 『오래된 정원』에 대한 다소 잠정적인 해석과 평가를 담은 것에 지나지 않음을 굳이 부기하고 싶다. 그 이상의 진단을 위해서는 황석영이라는 문학적 사건의 향후 전개를 긴장 속에서 살펴보지 않을 수 없기 때문이다.

성숙을 위한 통과제의로서의 러시아 체험

이나미의 중편소설집 『얼음가시』(자인, 2000)론

1.

네 달쯤 되었을까. 러시아의 칼럼니스트가 한국의 한 신문에 기고한 글에서 자기 나라를 저주받은 땅으로 표현한 것을 본 일이 있다. 노르웨이 북부 바렌츠호(湖)에 침몰한 잠수함 쿠르스크의 승무원이 모두 사망했다는 소식이 들려올 무렵이었다. 그때 러시아의 지도자들은 여름 휴양을 즐기고 있었다고 했던가. 젊은 병사들이 산소가 모자라, 숨이 막혀, 서서히 죽음에 이르는 광경을 상상해 보라.

돌이켜 보면, 지난 10년 동안 러시아는 참으로 처참한 상황에 놓여 있었다. 페레스트로이카와 글라스노스트는 그들을 예기치 않은 수렁 속에 처넣어버렸다. 코메디나 다름없는 쿠데타, 고르바초프 실각, 옐친의 등장, 연방의 해체, 체첸 전쟁, 모라토리엄 선언…… 부패한 술주정뱅이의 뒤를 이은 KGB 출신의 국수주의자는 과연 러시아를 부활시킬 수 있을까. 푸시킨과 도스토예프스키와 톨스토이와 체홉과 고리끼와 (……) 파스체르나크의 나라, 모스크바와 '레닌그라드'와 루바시카와 백야와 자작나무숲과 (……) 툰드라의 나라에서 하루하루 치욕을 되씹으며 살아가고 있을 사람들을 생각하며 나는 우울해 했었다. 러시아는 잘 견디고 있는가. 안녕한가. 아니면, 지금도 모스크바는 눈물을 흘리는가.

러시아는 이제 갈 수 있는 땅이 된 지 오래되었다. 내가 아는 많은 이들이 러시아에 갔다 왔거나 아직 돌아오지 않은 채 무엇인가를 모색하고 있다. 러시아의 예술이 그 광활한 대지의 끄트머리에 달린 반도의 영혼들마저 사로잡은 탓에 누군가는 음악을 공부하러 또 누군가는 영화를, 또 다른 누군가는 문학을 공부하러 먼길을 떠났다. 그러나, 나는 예술을 위해서라기보다는 절망에 빠진 나머지 '지금·이곳'을 떠나기 위해, 그러기에는 그 긴 겨울의 나라가 가장 잘 어울리기에, 모스크바나 페쩨르부르그를 찾아간 사람들을 또한 알고 있다. 그들은 러시아에서 무엇을 보았을까. 무엇을 얻어 그들은 돌아왔으며 돌아오고 있는 중일까. 공지영은 모스크바에는 아무도 없다고 했었다. 윤후명은 시베리아로 통하는 끝없는 벌판과 숲을 보았다. 풍경 이상의 의미를 지닌 이국인을 발견한다는 일은 쉽지 않은 일임에 틀림없다. 『하늘에 쓰다』(www.barobook.com, 제3문학사)의 김재호는 거기서 5년이나 머물렀던 탓일까, 루스끼들을 보았다고 했다.

절망에 빠진 사람, 허무에 심장이 찔린 사람에게 러시아는 유형지가 아닌, 구원의 장소로 선택될 수도 있을 것이다. 그러나, 러시아를 경험한 이들이 모두 그곳에서 사람을 발견하는 것은 아니다. 육체와 정신을 가진 존재로서 루스끼를 이해하기까지는 긴 여행, 곧 거주(居住)가 필요하다. 이국의 땅에 거주해 보지 않은 사람이 과연 얼마나 그 세계를 이해할 수 있겠는가. 더 나아가, 우리는 '타자'와의 진정한 교섭을 통해서만 우리 자신에 대해서 이해할 수 있게 된다. 우리 스스로 '타자'가 될 때, '타자'를 이해할 때만 역설적으로 자기를 이해할 수 있게 되는 것이다.

이나미의 창작집 『얼음가시』가 지닌 일차적 의의는 바로 여기에 있다. 「자오선」 「바비에 레토」 「얼음가시」를 접하며 읽는 이들은 그 류(流)는 현저히 다르지만 박상륭의 최근 창작집 『평심』(문학동네, 1999)을 접할 때 얻게 되는 경계인의 존재를 발견하게 될 것이다. 박상륭이 자기 닮은 서점 주인을 관찰자로 내세워 로이와 왈튼씨 부인과 미스 앤더슨 같은 캐나다 사람을 주인공 삼아 인생의 의미를 논했을 때, 한국의 소설은 고전소설과는 다른 차원의 공간적 확장을 본 셈이었다. 나는 소설에서 이와 같은 현상이 점증하고 있음을 간헐적으로 지적해 왔던 바, 김승희의 『산타페로 가는 사람』(1997)이나 김이태의 『가면무도회』(1997) 같은 작품은 그 비근한 예들이다. 그리고 이제 이나미의 『얼음가시』가 러시아를 배경으로 러시아 사람을 만나며 살아가는 사람들의 이야기를 하고 있음을 본다. 불안한 임시 거주자가 될 수밖에 없는 유학생이라는 시선을 빌렸으나, 루스끼를 단지 외면적인 눈으로 바라보지 않는 주인공을 통해서, 읽는 이들은 침묵의 풍경 같은 외면을 지닌 러시아 속으로 들어간다. 주인공의 눈으로 러시아와 러시아인을 접하고 그들 속에 놓여 그들과 호흡하며 불안한 생활을 이어가고 있는 한국인 유학생들의 내면을 이해할 수 있게 된다. 사랑을 잃고, 문학과 영화에 매혹되어 경계인이 되어버린 사람들의 이야기가 펼쳐진다. 일개 여행자의 시선을 넘어 낯선 세계를 깊이 있게 이해할 수 있는 여지를 제공한다는 점에서 『얼음가시』는 소재·주제적 빈곤에 빠진 흔한 이야기책을 놓고 집어들 만한 가치가 있는 작품집이다.

2.

　『얼음가시』에는 표제작인 「얼음가시」와 「바비에 레토」「자오선」 등 세 편의 중편이 수록되어 있다. 앞에서도 지적했듯이 모두 러시아를 시공간적 배경으로 유학생들의 사연을 다루었다는 공통점이 있으나, 이 가운데 가장 의미 있는 작품은 역시 「얼음가시」이다. 왜일까. 무엇보다 그것은 작품에 등장하는 세 사람이 모두 외면과 내면을 모두 갖춘 '완전한' 인물로 나타나기 때문이다. 먼저 노준. 러시아문학을 공부하러 온 그는 고통스러운 말더듬이의 생활을 이어가고 있다. 그것은 물론 러시아어가 서툴기 때문이다. 그의 서툰 러시아어를 진지하게 들어줄 여유와 후의를 갖지 못한 사람들 속에서 그는 자학의 나날을 이어가고 있다. 다른 작가에게서 그 예를 발견할 수 있듯이 여기서도 그가 앓고 있는 말더듬증은 긴장과 불안에 시달리고 있는 그의 내면을 드러내주는 훌륭한 장치가 되고 있다.

　　언제부터인가 노준은 말더듬증에 시달리고 있었다. 말 한 마디 하는데도 진땀이 배어나고 안면 근육이 뻣뻣해지면서 혀가 잘 돌아가지 않았다. 마치 누군가가 턱뼈를 잡고 늘어지는 것 같았다. 머리 속을 스쳐 가는 발빠른 생각 과는 달리 혀가 감각이 없고 턱은 무겁게 늘어져 말이 어눌했다. 그런 사이 생각들은 모래가 되어 잘게 부서져 내렸다. 늘 머리 속에 모래가 흘러다녔다.

머리를 비스듬히 기울이면 모래가 챠르르륵 쏠리는 것이 미미하게 느껴질 정
도였다. 아무 것도 생각할 수 없었다. 마음만 조급해졌다. 고개를 가누기도
힘들었다. 제 것이 아닌 양 이리 끄떡 저리 끄떡대는 머리를 받쳐들고 애써
혀를 놀려보지만 써금써금 마치 입에 모래를 문 듯 영 거북했다. 그는 차츰
입을 다물었고 말수가 눈에 띄게 줄어들었다. (228면)

낯선 땅에서 타인과 소통할 수 없다는 것, 자기를 표현하고 이해 받
을 수 없다는 것, 이것이 그의 고통의 근원이고 말더듬증의 근원이다.
그런 그에게 푸시낀의 문학세계를 논하고 그 시를 암송해야 하는 구두
시험은 정녕 지옥과도 같다. 교수 앞에서 말을 더듬다 재시험 대상자
가 되고 재시험을 치르지 않아 학사관리자에게 불려 가는 곤혹을 치르
고 있다. 다음으로, 올랴. 겉으로 드러나는 그녀는 나이 많은 미국인을
애인으로 두고도 노준을 사귀고 있고 마음속에는 진심으로 사랑하는
사람을 감춰둔 바람둥이 여인이다. 또, 미국 사람이든 한국 사람이든
돈 있는 사람을 만나 러시아를 잊은 채 살아가려는 욕망을 품고 있는
불순한 여인이기도 하다. 그러나 그녀 역시 내면을 들여다보면 상처를
간직한 여인이다. 부모는 이혼했고 그 후 아버지와는 소식이 끊겼고,
어머니 대신 그녀를 보살펴주던 할머니도 금새 세상을 뜨자 그녀는 외
톨이가 되어버렸다. 아버지뻘 되는 미국남자를 애인으로 둔 것은 부성
애 상실에 따른 대리충족감 때문, 그 이상도 이하도 아니었다. 그런 그
조차 그녀를 배신하고는 떠나버렸을 때 그녀에게 남은 선택의 가능성
은 상처를 안고 어머니에게로 돌아가는 것밖에는 없다. 마지막으로, 미
하일이 있다. 왕년의 공훈화가인 그는 과거가 몽땅 부정되고 있는 세
상을 가난에 시달리며 깊은 상실감을 맛보며 살아가고 있다.

더 이상 당원증은 소용없는 시절이다. 삼십 년 넘게 코트 깃에 달려있던

공산당 뺏지나 공훈 예술가 훈장도 낡은 장식에 불과했다. 기념알이니 경축일에 달고 나가 봐야 쳐다보는 이 하나 없다. 예전엔 가슴이 뻐근할 정도로 자부심을 주던 훈장이 노점에서 관광객들을 위한 기념품으로 전락하다니……. 어쩌다 아르바트 거리에 나갔다가 제 할애비 훈장을 들고 나와 팔겠다고 서 있는 청년들을 보고 면상을 후려치고 싶은 충동에 부르르 떨다가 제풀에 서글퍼져 돌아서곤 했다. 젊은애들 탓할 노릇이 아닌 것……. (263면)

그림을 내놓아도 잘 팔리질 않고 흥정이 붙어도 값이 너무 형편없는 까닭에 스스로 그림을 거두어들인 그는 이제 베니어판을 주어다 그림을 그리는 생활을 이어간다. 그에게 새로운 러시아 10년이란 상실과 모멸의 시대 외에 아무 것도 아니다.

작가는 이들 세 사람의 각기 다른 사연을 엮어 하나의 이야기를 주조해 낸다. 그것이 나아가는 방향은 제각기 다른 깊은 고통을 간직한 그들로 하여금 서로에게 위안이 되는 존재가 될 수 있도록 하는 것이다. 올랴가 나이 든 미국 남자에게 버림을 받고 노준을 찾아왔을 때 그는 그녀의 얼굴을 감싸고 눈물을 닦아주며 지금보다 더 당당하고 씩씩하게 사랑에 책임을 지닌 여인이 되라고 말해 준다. 신년을 맞이해도 갈 곳이 없는 노준은 한 번밖에는 방문한 적이 없는 미하일의 집을 찾아가고 그렇지 않아도 노준이 찾아주기를 기다리고 있던 그는 노준을 너무나 반갑게 맞이한다. 그를 만나면 노준은 자기의 말더듬증을 잊고 모국어처럼 유창하게 긴 문장까지 구사할 수 있을 정도로 심리적인 안정감을 얻는다.

올랴와의 관계를 소홀히 다루지 않으면서도 노준을 위로해 주는 것이 그녀와의 육체적 사랑이 아니라 미하일이라는, 궁핍과 상실을 앓고 있는 나이 든 남자와의 정신적 교감이 될 수 있도록 처리한 것은 인상적이다. 미하일은 노준에게 세상에서 가장 힘든 일은 '나' 자신, 자기 자신을 다스리는 일이라고 말해준다. 자학만큼 독이 강한 것도 없으니 한 발짝만 뒤로 물러나 자기를 관조해 보라는 것이다. 그는 노준에게 그림을 선물해 주고 노준은 그의 가슴에 얼굴을 묻는다. 두 사람이 새해를 함께 맞이하고, 미하일이 자고 나면 모든 게 다 좋아진다는 러시아의 속담처럼 본격적으로 신년맞이를 하자고 노준을 격려해 주는 대목에 이르면, 이 작품은 흔치 않은 감동을 선사한다. 또, 아울러 이 작품의 높은 품격이 모습을 드러낸다.

3.

「얼음가시」와 「바비에 레토」와 「자오선」을 들여다보면 이들의 주제가 러시아의 계절적 기후와 절묘하게 어울리고 있음을 깨닫게 된다. 「얼음가시」가 겨울의 이야기라면 「바비에 레토」는 가을 초입의 이야기이고 「자오선」은 여름의 이야기이다. 「얼음가시」의 노준이 앓고 있는 자학이 싸늘하고 흰 겨울 빛을 닮았다면 「바비에 레토」의 은엽과 「자오선」의 준서가 앓고 있는 사랑의 아픔 및 독방의 고독은 각각 가을의 우수와 여름의 숨막힘을 닮아 있지 않은가. 이것이 우연의 소산일 수 없음은 작가가 섬세하고 치밀한 구상을 펼치는 이임을 의미한다.
　예를 들어, 「얼음가시」는 "유리창에 두텁게 낀 성에가 마치 간유리를 끼워놓은 것 같다"는 첫 문장부터 차이코프스키의 어느 교향곡 중 「겨울의 몽상」을 떠올리게 하는 음산한 기운을 발산하고 있다. 해를 언제 보았는지 기억할 수 없는 나날이 이어지는 그 어느 날에 노준의 이야기가 자리를 잡는다. 겨울의 묘사와 설명은 그가 겪어가고 있는 유학생활의 여러 고통스러운 상황과 맞물려 적절한 정서적 효과를 자아낸다. 그 가운데서도 미하일이 노준에게 선사한 그림의 이미지는 백미라 할 수 있다.

> 그림은 하늘과 땅을 뒤덮은 눈보라 속에 좌판을 놓고 앉은 소년과 두 명의 남자의 옆모습과 뒷모습이 교차된 점묘화다. 등을 보이고 선 남자와 샤프카(모피 모자)를 쓰고 웅크린 채 손으로 뭔가를 가리고 선 남자의 굽은 등이 아련하다. 온통 불투명한 무채색 톤이어서 그런가, 표정도 뭉그러지고 음영으로 표현된 세 남자의 형체 외엔 눈보라가 모든 것을 삼켜버렸다. 소년의 시린 손놀림이 묘한 여운을 자아낸다.
> "제목은 '복권 파는 소년'이야. 한 명은 지금 막 즉석복권을 샀고 또 한 명은 이제 사는 중인데, 어때? 자네 예감에 둘 중 누군가 행운을 움켜쥘 것 같지 않나?"
> "두 사람 다 잡을 거 같은데요?"
> 미하일은 미소만 지을 뿐 말이 없다. 노준은 미하일의 가슴에 얼굴을 묻는다. (301면)

소년의 복권을 사고 있는 두 사람은 노준과 미하일이 아니겠는가. 그림의 암시를 받아들여 두 사람 모두 행운은 얻을 것이라 말하는 노준과 늙은 자기에게는 행운이 찾아들기 어려움을 알기에 다만 미소로 화답할 뿐인 미하일의 심경이 손에 잡힐 듯하지 않은가.

「바비에 레토」에 와서도 이와 같은 효과를 찾아보는 일은 어렵지 않다. 「얼음가시」가 그 겨울의 이미지만큼 서늘한 효과를 불러일으킨다면 「바비에 레토」의 그것은 쓸쓸하면서도 은근하다는 점이 다르다면 다를 뿐이다. 읽는 이들의 궁금증을 유발하는 것은 이 "바비에 레토"의 의미일텐데, 작중의 러시아 여인 레나의 말에서 그 의미가 자연스럽게 드러난다.

　"리챠(은엽의 애칭—필자), 지난주까지 날씨가 심상찮다 싶을 만큼 맑았지?
러시아에선 매년 구월 초순이면 일주일쯤 신기할 정도로 날씨가 좋아. 일 년
중 가장 아름다운 시절이지. 가는 여름을 아쉬워하는 여성들을 위해 조물주
가 내려준 선물이라고 할까? 가을이 오기 직전의 며칠을 '농사짓는 아낙네들
의 여름'이라는 뜻으로 바비에 레토라고 불러. 그때만큼은 정말 비오고 찌푸
리고 변덕스럽던 날씨가 언제 그랬냐는 듯 고요해지고, 맑은 햇살이 쏟아지
면서 다시 여름으로 돌아간 것 같아. 춥지도 않고 덥지도 않고 아주 안성맞춤
이지. 그러면 여자들은 생기가 돌고 달뜨기 시작해." (188면)

　"보통 바비에 레토를 우리 여자들의 황금기인 처녀시절에 비유하지. 가을의
초입에서 잠깐이나마 젊은 되찾은 것처럼 힘이 넘치고 발랄한 얼룩말이랄까.
여자들은 이때 가장 행복하고 자신감이 넘쳐! 중년으로 넘어가기 직전의 발랄
함과 왕성한 활기, 아름다움을 맘껏 뽐낸다고 할까? 여자로서 반짝하는 가장
짧고 황홀한 때가 계절로 치면 바비에 레토지! 자연이 여자에게 주는 최고의
선물이자 축복이야. 해마다 어김없어. 이때가 지나면 여자로서의 인생도 내리
막길이듯이 비오고 천둥치고 낙엽 떨어지고 추위가 몰아 닥친다구…… 그러면
비로소 길고도 지루한 겨울이 시작되는 거야. 가을은 아주 짧거든!" (189면)

　"바비에 레토"는 말하자면 여름에서 가을로 넘어가는 막간극인 것
인데, 본래 계절의 순환이란 인생의 여정에 곧잘 비유됨을 생각해 보
면 그 의미가 매우 미묘함을 느낄 수 있다. 스러짐을 예비하여 잠시나
마 화려하게 타오르는 맑은 불꽃같은 "바비에 레토"의 시기에 은엽은
자기를 떠난 남자의 예기찮은 방문을 받는다. 결혼을 앞둔 그가 모스
크바로 출장을 온 것이다. 그녀는 지도교수에게 제출해야 할, 졸업논문
주제(쩨마) 요약본을 마감시한을 훨씬 넘기면서까지 쓰지 못하고 있다.
그녀는 옛일을 회상하면서 그의 부름에 주저하면서도 이끌리는 감정

의 동요를 맛본다. 그러나 이미 오래 전에 헤어진 이들이 다시 사랑에 빠질 수는 없다. 그들의 만남은 만남 뒤의 쓸쓸함을 예비하는 마지막 절차, 곧 "바비에 레토"였던 것이다. 인상적인 것은 유학생활의 고독에 시달리다 예기찮은 과거의 남자를 만나 생활의 균형을 유지하려 안간 힘을 쓰는 은엽에게 인생의 의미를 깨닫게 하고 위로를 해 주는 것이 레나라는, 나이 든 하숙집 주인노파라는 사실이다. 「얼음가시」에서 미하일이 했던 역할을 이 작품에서는 이 여인이 맡고 있는 것이다. 그녀는 남편과 아들을 잃고 쓸쓸하게 말년을 보내고 있는 왕년의 선생이다. 얼마간 그녀를 찾아오던 제자들이 올해의 생일에는 하나같이 모습을 보이지 않는다.

은엽은 뜬금없이 뚝뚝 잘리는 대화에 끼어들기를 포기하고 문득 저만의 상념에 빠져든다.
쓸쓸함이 몸에 밴 사람은 기쁨을 표현한다고 해도 쓸쓸함의 또 다른 표현이더군!
"우리 속담에 소금으로 배부를 수 없고, 생각으로 슬픔을 막을 수 없다는 말이 있어."
희망도 절망 끝에 오고 절망은 또 그 희망과 어깨를 맞댄 채 우리를 단숨에 거꾸러뜨리고 말아.
"이제 그 애들은 오지 않아. 먹을 걸 다 먹은 새는 날아가게 마련이지."
레나가 체념한 듯 잔을 들면서 뇌까린다.
그래, 너와 함께 했던 시간은 내 인생에 있어서 바비에 레토였어. 가장 빛나고, 유리알처럼 명징하면서 고요 속에서 싱싱하게 파닥이는 의식을 손으로 건져 올릴 수 있었으니까. 무차별로 쏟아지는 풀벌레 소리와 맑은 햇빛 속에서 온몸의 에너지가 일순간에 방출되듯 정점을 향해 치솟던 감정…… 말야. 늦은 감이 있지만 이별에 대한 예의를 차려준 네가 고마워!
레나와 은엽은 피차 동상이몽, 따지고 들면 어렵사리 공통점이 많은 꿈을 꾸느라 시간 가는 줄 몰랐다. (202면)

레나 역시 한 사람의 여인이기에 그녀에게도 "바비에 레토"가 있었으며, 그렇기에 독백(레나)과 상념(은엽)의 엇갈림에도 불구하고 레나는 은엽에게 그녀가 지나쳐가고 있는 생의 결절이 지닌 의미를 깨닫게 한다. 그녀는 레나를 통해 위안을 얻고 자기를 되돌아보는 슬기를 얻게 되는 것이다. 이 점에서 「바비에 레토」의 은엽과 레나는 「얼음가시」의 노준과 마하일이라 말할 수 있다.

나아가, 이같은 인물 관계상 유사성은 두 작품의 주제적 유사성을 생각하지 않을 수 없게 한다. 「얼음가시」의 노준이 자성(自省)으로 고통을 견디라 하는 미하일의 말을 받아들였듯이 「바비에 레토」의 은엽 역시 "자신을 들퍼지게 만들었던 것은 그가 아니라 바로 그녀 자신이었음을", "그에 대한 그리움의 심연에는 다름 아닌 자신이 웅크리고 있었음을" 깨닫고 있다. 이는 이 두 작품이 그 소재가 다를 뿐 한 식구임을 의미한다. 주제적 깊이 면에서나 품격 면에서나 두 작품 모두 의미심장한 작품이다.

4.

작가 자신이 오랜 동안 러시아에서 유학생활을 했더니만큼 이 창작집에 실린 세 작품 모두 경험적인 요소가 다분한 작품이라 말할 수 있다. 또, 그런 만큼 세 작품은 모두 러시아의 현실과 유학생 사회의 실태를 구체적으로 묘사하고 설명하는 힘을 간직하고 있다. 「얼음가시」의 노준이 겪고 있는 루스끼들의 냉대와 유학생들의 무관심, 「바비에

「레토」의 은엽의 외로움은 그 일례들이다. 그러나 이같은 현실투영적 요소가 가장 강한 작품은 역시 「자오선」이다. 이 작품은 간단히 말하면 유학생들 사이에 일어난 폭력사건을 소재로 삼은 것이라 규정할 수 있다. 그러나 작가는 이를 일개 사건 이상의 의미를 지닌 이야기로 이끌어간다.

이 작품의 주인공 준서는 국립영화예술대학에서 영화연출 공부를 했으나 어려움이 겹쳐 휴학하고 있는 중에 같은 기숙사에 살고 있는 남자를 칼로 찌르는 일을 저지르고 있다. 러시아 경찰은 이런저런 조사 끝에 그가 끼에슬로프스키의 영화 『살인에 관한 짧은 필름』을 보고 살인충동을 갖게 되었을 것이라 추측한다. 그러나 그를 우발적인 폭력행위로 몰고 간 것은 영화 자체라기보다는 그를 둘러싼 온갖 고통스러운 상황 위에 얹힌 영화에의 좌절감이다.

군대를 제대하고 대학에 복학하는 대신에 무작정 유학의 길을 떠나온 그는 부부학생처럼 가장하고 다른 학교의 휴학생이라는 사실을 숨겨가면서 엠게우 기숙사에 머물고 있다. 그러나 기숙사 사감인 베라는 그를 의심하여 내쫓으려 한다. 그녀가 지배하고 있는 엠게우 기숙사는 상식이 통하지 않고 얄팍하고 비인도적인 폭력이 공공연히 자행되는 공간이다. 그는 유학생들 사이의 교류에서도 소외된 채 오로지 영화만을 위해 추위와 배고픔과 고독을 견디며 오늘에 이르렀으나 점점 상황을 감내할 수 없는 지경에 내몰린다. 이같은 고통의 배후에 자리잡고 있는 것은 러시아의 열악한 경제적 사정과 잘못 자리잡힌 한국인의 이미지이다.

사실 아파트로 이사가면 속이야 편하겠지만 월세도 많이 올라서 감당하기가 힘들었다. 아파트 월세 인플레는 살인적이다. 주인 잘못 만나면 하루아침

에 집값이 두 배로 뛰었다. 어떤 한국학생은 일 년 동안 무려 여섯 번이나 이
사를 다녀 소문의 주인공이 되기도 했다. 영화대학 기숙사는 말만 기숙사지
빈민굴과 다름없었다. 낡고 지저분해서 바퀴벌레들이 사람 기척에도 도망가
기는커녕 콩을 뿌려놓은 듯 깔려 있었고, 이 인 일 실에 그나마 전국각지에서
올라온 자국 학생들로 내 차례까지 오려면 요원했다. 어떻게든 엠게우 기숙
사 끄트머리 방에라도 붙어살자니 꼴같잖은 뒤치다꺼리를 다 한다는 생각이
들었다. (93면)

「얼음가시」에서 엿볼 수 있듯 한 달에 만 달러를 쓰는 이른바 '만돌
이' '만순이'들이 존재하는 까닭에 한국유학생은 부상하는 신흥공업국
의 부유층으로 치부되면서 온갖 협잡의 대상이 된다. 준서의 불행의
씨앗은 그가 그같은 이미지와는 전혀 어울리지 않는 가난한 학생이라
는 점에 있다. 그 위에 실현될 가망이 없는 영화에의 열정이 그 자신
에 대한 살의를 키워간다.

안드레이 타르코프스키, 그가 지녔던 인간 구원에 대한 확고한 믿음, 타고
난 천재성과 감성을 확인할 때면 난 매번 살의를 느꼈다. 자신을 향한 칼끝이
날카롭게 빛났다. 오랫동안 꿈꿔 왔으면서도 잊고 지냈던 살의. 내게는 이미
고갈된, 아니 애초부터 존재하지도 않았던 감성과 천재성은 그렇게 모습을
바꾸고 나를 향해 비수를 겨누었다. 그러면서도 그의 작품 보는 것을 멈추지
않았다. 그렇다면 나는 살의를 다져왔던 셈인가. (106면)

그렇다면, 부부싸움의 칼부림은 그같은 자해충동을 뜻하지 않게 자
기 외부로 향하게 만든 우발적 계기에 지나지 않는다고 할 수 있다.
또, 이에 이르면 준서가 끌어안고 있는 고민이 그 본질적인 면모를 드
러낸다. 그것은 날아오르려는 열망과 날아오를 수 없는 자기 사이에
놓인 심각한 모순이다. 이것이야말로 경제적으로 풍족하든 곤궁하든

많은 유학생들의 심리 저층에 놓인 갈등이자 강박관념의 출처일 것이다. 따라서, 이 작품을 통해 드러나는 유학생 사회의 현실적 문제와 안드레이 타르코프스키를 위시한 영화인의 세계에 대한 긴 설명에도 불구하고 이 작품의 결말이 자기를 이해하는 문제로 귀착됨은 자연스럽다. 러시아로부터 강제 추방당해 한국으로 돌아오면서 준서는 다음과 같이 자신의 심경을 정리하고 있다.

> 나는 자신이 완전하지도, 너그럽지도 못하며 오점 투성이라는 것을 누구보다도 잘 인식하고 있다. 앞으로의 인생이 내 의도와 상관없이 전개되리라는 것도 충분히 염두에 두고 있다. 한 때는 강한 자의식이 거추장스럽게 여겨졌던 적이 있다. 괴로워하면서 과잉된 자의식으로부터 벗어나려고 무진 애를 썼던 적도 있다. 그러나 이젠 내 속의 절망을 바로 쳐다볼 수 있다. 절망은 더 이상 나의 괴로움이 되지 못할 것이다. 나는 자주 출구를 잃고 어둠 속에서 비틀거렸다. 절망과 자의식의 과부하 상태에 빠져 있었던 것이다. 스스로 제 키를 키워나간 의무, 도리, 오기, 자만 따위가 나를 출구없는 방에 가두곤 했다.
> 이제 나는 많은 생각을 접어두려 한다. 그리고 돌아갈 것이다. 내가 나고 자란 그 땅으로 (128면)

이같은 결말은 「얼음가시」 「바비에 레토」와 함께 이 창작집의 주제가 자기성숙 또는 완성에 있음을 말해준다. 그렇다면 러시아란, 주인공의 러시아체험이란 그들의 자기성숙 또는 완성을 위한 통과제의였다고 할 수 있을 것이다. 이곳을 떠남으로써, 러시아라는 낯설고 광활한 세계에 자기를 방목함으로서 그들은 비로소 자기를 알고 이해하고, 그리하여 성숙해지고 강해질 수 있었던 것이다.

결론적으로, 나는 한국문학이 이 창작집 『얼음가시』를 통해 러시아의, 일개 문학적 의미를 획득했다는 생각이다. 한국의 소설에서 이같은 성격을 가진 작품은 이제 막 본격화되고 있으며 이 작품은 그같은 맥락에서 의미 있게 자리매김될 수 있을 것이다. 한국문학은 연말에 이르러 의외의 소득을 거둔 셈이다. 그 외 구성이나 문체상의 문제들에 대해서는 작가와 읽는이들의 몫으로 남겨두고자 한다.

주류 없는 세계의 소설

김영현·정영문·도태우·김별아·윤후명·박상륭의 작품들

1. 우리 정신의 내부

이 겨울에 읽은 작품으로 가장 인상 깊었던 것은 소설이 아니라 영화였다. 『박하사탕』의 감독은 『소지(燒紙)』(1987) 『녹천에는 똥이 많다』(1992)를 쓴 작가이고, 『초록물고기』(1997)와 마찬가지로 이 작품 역시 그 스스로 각본을 쓰고 감독을 하였으므로, 하나의 작품으로 읽을 만하다. 그에게는 소설이나 영화가 본질적으로 등가적으로 이해된다는 점을 상기할 수도 있다. "저는 소설적 어법과 영화적 어법이 본질적으로 같다고 생각합니다. 이 시대에 어떤 이야기가 사람들의 마음을 건드릴까 하는 고민을 한다는 점에서 둘 다 차이가 없다고 봐요. 소설을 쓸 때는 언어로 담아서 쓰고, 영화를 만들 때는 영화적 수단으로 할 뿐이라는 차이죠."(인터뷰 「고통, 그래도 삶은 아름답다」, 『민족예술』, 2000.2, 57면) 이렇게 말했다 해서 그가 소설과 영화의 차이를 무시할 리는 없다. 다만, 나는 지금도 그를 작가로 읽고 말하고 싶을 뿐이다. 뿐만 아니라 최근의 소설, 소설을 둘러싼 이야기들은 참으로 졸렬하기 이를 데 없다.

이 시대 최고의 리얼리즘 영화라는 요란한 헌사에 걸맞게 이 작품은 여러 훌륭한 요소들을 지니고 있다. 값싼 유행의 시대에는 그것에 저항하는 것이 훌륭한 작품을 쓰는 일이라는 평범한 진리를 이 작품은 다시 한 번 확인시킨다. 고바야시 히데오가 도스토예프스키를 일러 그런 말을 했다던가. 『화두』(민음사, 1994)나 『지상에 숟가락 하나』(실천문학사, 1999) 같은 소설이 바로 그런 것이었다. 『박하사탕』이 장선우의 『거짓말』보다 몇 차원 윗자리에 놓일 수 있는 이유를 생각해 볼 만하다. 도대체가, 원작에 상습적으로 '덧칠'을 하는 행위부터 문제가 심각하다고 보지 않을 수 없다. 리얼리즘이라는 말이 '천시'되곤 하는 시대에 그런 방향으로 주제를 설정한 것 자체가 이채롭게 보이나, 나는 그 말 때문에 『박하사탕』에 현혹된 것은 정녕 아니다. 『초록물고기』에서와 마찬가지로 다소 상투적이거나 촌극을 연상케 하는 장면이 엿보이지만 이를 상쇄하고도 남는 극적인 구성이 있고 강렬한 이미지 역시 훌륭하다. 『초록물고기』의 버드나무 그늘과 마찬가지로 『박하사탕』의 철로는 실로 많은 것을 함축하고 있다. 전자가 도시화에 수반되는 정신적 타락의 깊이를 가리킨다면 후자는 인간의 양심을 시험하는 시간의 흐름을 구상화한 것이다. 둘 다 간단하다면 간단한 상징물인데 반대로 깊은 쪽으로 말하면 또 무척이나 의미가 깊다.

시간을 거슬러 오르는 영화의 흐름은 이혼과 파산 끝에 자살을 감행하는 주인공 영호를 아름답고 순수한 청년 시절로 되돌려 보낸다. 영호는 시간을 거슬러 오르지만 기성 세대가 된 관객들은 그 영호를 보면서 시간을 따라 흘러 오늘에 이른 자기를 생각하게 된다. 입대와 광주항쟁과 고문 수사 등으로 이어지는 영호의 행적은 한국이라는 사회, 그 시간의 흐름 속에서 개인에 할당된 협소한 선택 가능성에 관심을 갖게 한다. 바로 이 점 때문에 이 작품이 리얼리즘으로 불리는 지도 모른다. 사회 속에서의 개인이라는 문제는 마치 리얼리즘의 고유한 영역인 듯이 치부되었고 또 리얼리즘은 그 때문에 한계를 지닌 것으로 말해졌다.

여러 면에서 훌륭한 『박하사탕』을 접하면서 불만스러웠던 하나는 1979년 가을 소풍의 영호가 너무나 순수하다는 점이다. 그 순수 때문에 영호를 타락과 죽음으로 이끈 것은 온전히 사회의 몫으로 돌려진다. 그렇다면 그 사회는 어떤 구성을 갖는가. 그것은 영호와 같은 순수한 존재를 제외한 익명, 다수의 악의적 존재들로 이루어지는가. 세상은 선의를 지닌 자와 악의를 지닌 자로 나뉘는가. 물론 그렇지만은 않다. 이를 모르는 이는 별로 없다. 그러나 영호의 존재는 세상에는 악인과 선인이 있다고, 또는 선악의 피안에 존재하는 사람과 악인의 구분이 있다고 말하는 것만 같다. 과도한 해석이라고 할지도 모르겠다. 그러나 통상 리얼리즘이라 말해지는 작품에서 항상 문제가 되고 또 비난의 실마리를 제공하는 것은 바로 그 선악의 형이상학이다. 죄없는 여대생을 쏜 사람은 다름 아닌 영호 자신이고 고문 수사를 감행하는 것도 영호 자신이다. 영호의 영혼 내부에 악을 받아들일 '공지(空地)'가 없었다면 그는 오늘날까지 순수한 존재로 남아 있었을 것이다. 그러나 영혼에 돌려야 한다고 말하고 싶다. 우리는 선하지만은 않다. 우리는 스스로를 피해자로 간주하는 지나친 의식을 지니고 있다. 우리가 구제해야 하는 것은 우리의 현실을 넘어 우리의 영혼, 바로 그것이다. 영혼의 구제를 위한 '리얼리즘'이 필요하다. 실로 문학이 구제할 수 있는 것은 정신밖에 없고 문학은 그를 통해서만 현실에 어떤 힘을 행사할 수 있다.

2. 분열의 의미

김영현의 「개구리」(『창작과비평』, 1999년 겨울호)와 정영문의 「분열증」(『작가』, 1999년 겨울호)은 정신의 질병을 드러낸다는 점에서 일별할 만했다. 두 작품이 모두 정신의 분열이라는 문제를 다루고 있으나, 그 원인자를 이해하고 드러내는 방법은 상이한 점이 있어 그 또한 흥미롭다.

김영현의 주인공 이공(公)의 분열 원인은 세상에 있다. 다음과 같은 대화의 일절이 그것을 보여준다. "…… 물론 나는 나의 분열을 인정해. 때때로 생리학적으로 좋지 않은 상태에 빠진다는 사실도 말이야. 하지만 나의 분열은 이 세상의 분열된 상태와 관련이 있어. 이 세상의 분열된 상태, 그 고통과 아픔을 이해하지 못하는 한 결코 나를 이해할 수 없을 걸세. 안 그런가." 세상의 분열이 이공의 분열을 가져왔다는 것인데, 그렇다면 세상이 분열되었다는 것은 무엇을 말함인가. 그것은 꿈의 소멸이고 이데올로기의 '종언'이다. 그 공백지에 온갖 유토피아주의가 들어서서 난무하고 있는 세상, 이것이 분열된 세상이다. 그러나 세상의 분열이라는 이공 생각의 저변에 깔려 있는 것은 헤겔의 이성중심주의이다.

모든 중심은 해체되었고, 이데올로기는 종언을 告했으며, 사람들은 서둘러 반성문을 썼고, 그와 함께 우리들의 청춘도 흘러가고 말았다. 가슴의 열기가 채 식기도 전에 사랑은 이미 끝나버리고 만 것이다. '理性적인 것은 모두 현실적인 것이며, 현실적인 것은 모두 理性적이다'라는 헤겔의 언명에서 극치를 이루었던, 그리하여 이성의 현실적 표현인 절대 정신의 자기 전개가 곧 역사라고 믿었던 모든 진보주의는 잘해야 박물관으로 가든지 아니면 비과학적 낭만주의의 쓰레기더미 속에 묻히게 되었고 그토록 과학적 세계 인식을 주창했던 맑스는 현실 사회주의의 시체와 함께 영원히 매장되었다. 사라진 것은 혁명의 꿈만이 아니다. 그와 함께 신은 죽었다. 그리고 그와 함께 이성의 시대 역시 사라졌다. (『창작과비평』, 1999년 겨울호, 153면)

이공에 있어 세상의 분열은 이성의 권능이 사라진 데 있다. 그러므로 그 분열로부터의 회복이 이성의 신뢰를 되찾음으로써 가능해진다는 것은 자연스럽다.

…… 나는 그것을 '가나안 프로젝트'라고 이름붙였다네. 그러나 그것은 어디까지나 낡은 옷, 즉 理性의 회복을 통해 가능하며, 이성의 자기 전개로서의 역사 발전에 대한 신뢰의 회복을 통해서만 가능한 것이라네. 그것은 다르게 말하자면 이 공룡의 시대, 약육강식과 적자생존의 시대에 죽은 신을 다시 부활시키는 일일 걸세. (위의 책, 160면)

여기서, 이성에 대한 불신을 표명했던 지난 시대의 주류석 사소들과는 거리를 두면서 여전히 그것이 중요하다고 믿어온 사람들이 있음을 상기해 볼 필요가 있다. 이성 회복이라든가 역사 발전에 대한 신뢰의 회복이라든가 하는 것은 그것을 잃었던 사람의 몫일 뿐이다. 뿐만 아니라 이성의 회복이라는 말은 그 자체로서는 공소해 보이는 면조차 없지 않다. 마르크스주의는 이성에 대한 불신을 주장한 것이 아니라 이성의 한계에 대해서 논했던 바 이 점에서 맑스주의는 헤겔주의적 사상으로만 치부될 수 없다. 그 마르크스주의적 해석에 따르면 예나 지금이나 이성 그 자체가 문제는 아니다. 이성 중심주의를 비판하는 논자들조차도 실은 이성을 발동시켜 말한다. 중요한 것은 이성 자체가 아니라 해석과 행위의 향방이다. 이성에 대한 신뢰를 상실했다 다시 회복한다는 설정은 다소 진부해 보인다. 뭔가 변증법적인 부정이라도 있어야 할 텐데 그런 요소조차 보이지 않음은 이성의 회복이라는 생각이 현실적인 사상으로 힘을 지닐 수 없음을 암시하는 듯하다. 이성으로의 회귀와 맥락을 같이하는 것이 바로 이공이 분열로부터 회복됨인 것인데, 이 또한 도식이 아닐지 모르겠다.

궁금한 것은 이 작품에 나타나는 '개구리'가 무엇을 의미하는 가이다. 내게는 이것이 이공의 층위와는 달리 이공의 편지를 받고 있는 '나', 즉 작가의 층위에서 해석되어야 할 성질의 것으로 보인다. "……태초에 개구리가 있었다. 개구리는 하나님과 함께 있었으니 개구리는 곧 하나님이었다. (……)" 운운하는 대목 등을 통해서 드러나듯 이것은 기독교적 상상력의 소산이다. '개구리'는 천시되는 절대적 믿음의 대상을 의미한다. "그의 이름이 개구리가 아니라 하더라도 아무 상관이 없을 것이었다." "그것은 단지 하나의 암호일 뿐이다." 작가는 이공으로 하여금 밤마다 개구리를 타고 어두운 밤바다를 항해하도록 하였는데, 이것은 내게는 혼란에 빠졌던 작가의 관념을 드러낸 것처럼 보인다. 이공은 '나'와 마찬가지로 작가의 또 다른 분신이며, 작가 정신의 분열적 측면을 인격화한 존재이다. 작가는 이 작품으로 그 동안의 방황을 정리하고자 했다고 해석하는 것이 가능하다. 그러나 그 본격적인 의도에도 불구하고 그가 새롭게 도달한 지점이 현실적 대응력을 갖는가 하는 문제는 여전히 지켜볼 일이라 하겠다.

작가 자신에 내재된 정신의 또 다른 측면을 인격화한다는 점에서

정영문의 「분열증」은 「개구리」와 통하는 면이 있다. 알레고리라는 것은 어떻게든 작가가 등장시킨 인물이 실제로는 무엇을 의미하는지 알 수 있게 해주는 열쇠를 내포하고 있어야 한다.

> "이것이 당신이 마음속으로 그린 일인 모양이지." 내가 말했다. 나는 내 손으로 그의 목을 조를 필요조차 없게 되었다는 사실이 못내 아쉬웠다. 나는 내 입가에 미소가 번지는 것을 느꼈다. 그는 내가 무슨 짓을 할지 보기라도 할 듯 눈을 끄고 있었지만, 눈 속의 동공은 더 이상 구르지 않았다. 그것은 그가 조금 전에 먹은 생선의 눈처럼 여겨졌다. 그럼에도 그는, 지금 당신이 보고 있는 사람은 당신 자신이기도 하죠, 나는 당신의 유령이죠, 하고 말하고 있는 것처럼 여겨졌다. 어쩌면 나는 내 내부의 다른 누군가를, 내가 마주친 적이 없는 누군가를 끌어내려고 했는지도 몰라, 하고 나는 중얼거렸다. (『작가』, 1999년 겨울호, 302~303면)

'그'는 '나' 자신이기도 한 것인데, '나'는 '그'를 실수로 죽여버렸다. '그'는 내 옆집 사람이었고 '나'를 자기 집으로 이끌어들였다. '그'는 호감을 주지 않는 인상을 가졌다. '그'는 '나'에게 식사를 권하면서 자기가 여행을 다녔으며 글을 쓰고 있다고 한다. 또 '나'에게 카드놀이를 권하기도 한다. 그러다가는 자기가 여행도 다니지 않았고 글을 써본 적도 없다고 고백한다. 자리를 더 이상 견딜 수가 없게 된 '나'는 떠나겠다고 하고 '그'는 그런 '나'를 막아 세우며 승강이를 벌이는데, 엉겁결에 떠다 밀린 '그'는 그만 뒤로 넘어지며 서랍장 모서리에 뒤통수를 찧어 죽고 만다. 그런데 그것은 꿈이었다는 것이다.

이 이야기를 김영현의 작품과 한 가지로 자전적이라 본다면 작가는 이 작품을 자신의 인생에 대한 알레고리로 썼다고 해석할 수 있다. 작가는 '나'로 하여금 '그'를 죽게 했는데, 작가는 그럼으로써 무

엇인가를 얻으려 한 것이다. 그렇다면 무엇을? '그'를 죽인 꿈을 꾸
고 나서 '나'는 여느 때와 다른 느낌에 사로잡힌다. "여느 때의 그
쓸쓸한 느낌과는 다른, 지상의 모든 인간이 사라져버려, 이 세계에
더 이상 어떤 인간도 남아 있지 않으며, 이제 내가 유일한 주인인 이
세계가 나의 관리 또는 처분에 맡겨졌다는 근거 없는 확신이 주는
허황된 생각이 나를 고무시켰다." 그렇다면 '나'는 자기 세계의 주재
자가 되기를 꿈꾸었던 것인가? '나'는 여행도 하지 못한 채 단지 그
렇게 하기를 꿈꾸며 무미건조한 삶을 이어가는 '그'를 죽이고 나서
자기가 자기 세계의 주재자가 되었다는 생각을 한다. 쉽고 간단히
해석하면 이 작품은 일상적인 생활을 희생함으로써 본연의 자기를
추구하려는 욕망을 그린 것이라 할 수 있다. 분열은 일상과 꿈 사이
에서 일어나는데, 김영현의 경우에서와 다른 것은 그것이 세상이라
는 기원을 가질 필요가 별로 없다는 사실이다. 김영현의 경우 분열
은 개인에 대한 역사의 개입이라는 기원을 갖는다. 정영문의 경우에
역사는 보이지 않고 다만 일상이라는 말로 포괄할 수 있는 막연한
현실이 존재할 뿐이다. 다른 해석의 가능성은? 별로 보이지 않는다.
세련된 알레고리를 구사하고 있음에도 불구하고 이 역시 공소한 측
면이 강함은 이와 같은 방식의 추상화는 자기에 관한 반복적인 알레
고리에 그치기 쉬운 바, 이 작품이 그 수준을 넘어서는 것으로 보이
지는 않기 때문이다.

3. 관념과 묘사

　도태우의 「발루아의 환영(幻影)」(『문학동네』, 1999년 겨울호)은 여러 모로 단점이 많은 작품이나 그럼에도 논의의 필요성을 느끼는 것은 그것이 근래 보기 드문, 관념형 작가의 출현을 의미하기 때문이다. 최근 몇 년간 나타난 신인들에게서 관념과 사상이란 기대하기 어려웠다. 그러나 이 독특한 스타일의 신인에게는 여분으로 느껴지는 많은 것이 함께 공존하고 있다.

　먼저, 현학·불문학 교수이자 시인인 황교수가 프랑스에 교환교수로 체류하면서 겪게 되는 일을 중심으로 새로운 시적 창조의 향방을 묻는 이야기이므로, 지식이 소설 내부로 흘러드는 것은 막을 수 없는 일이다. 그러나 이 작품의 경우에는 여러 구슬들이 제각기 따로 구르면서 하나의 실에 꿰어지지 못하고 있다는 인상이 강하다. 보들레르·말라르메·발레리를 잇는 프랑스 시사에 관한 제반 지식들이 그렇고, 그 반대편에 놓인 동양시에 관한 지식도 작품의 주제 구현을 위한 유기적인 일부로는 되지 못했다. 물론 이 모든 것은 그가 또 하나의 관념형 작가임을 말해주며 그가 쌓아올린 지식의 양이 적지 않음을 말해준다. 그러나 이 작품만으로 본다면 지식은 다소 현란한 장식에서 멀리 벗어나지 못하였다.

　그보다 더 우려스러운 점이 있다면 이 작품에 배면에 놓인 의도가 너무나 '전략적'이라는 사실이다. 이 점에서 본다면 이 작가는 이미 신인을 넘어섰다. 작품의 주제를 통해서 이 점이 확연해진다. 황교수가 평생의 문학적 숙제로 삼아온 것은 '구원'이라는 문제였다.

시는 그에게 원래 무엇이었던가? 문학에의 부름은 어떤 성격을 띠고 있었던 것인가? 그것은 한 마디로 '구원'이었다. 그는 한 때 문학을 구원과 등치시켜온 자신의 생각이 변환을 겪은 것으로 받아들이고 있었지만―아니었다. 그것은 하나의 주춧돌과 같은 믿음이었고, 이제 더욱 뚜렷이 자신의 기반을 인식한 채 강한 힘으로 그의 영혼을 부둥켜안고 있는 것이었다. 어떻게 시가 자신의 삶과 세상을 향한 구원의 자리로 될 수 있는가? 그렇게 되어야만 하겠다는 그의 근원적인 출발의 목소리와 결코 될 수 없다는, 되는 것이 불가능하다는, 지극히 순간적이며 폐쇄된 상태로 도달될 수 있을 뿐이라는 절망이 황 교수의 내부에 함께 공존하고 있었다. (『문학동네』, 1999년 겨울호, 84면)

문학을 통한 '구원'이란 그의 프랑스인 스승으로부터 내려 받은 문제 의식을 연장시킨 것으로 세 권의 시집을 내면서 중견 시인으로 인정받는 와중에서 그를 괴롭힌 주제이기도 했다. 시와 삶이 조화롭게 공존하거나 일치될 수 있는 길을 찾지 못하고 있다는 것, 이것이 그의 고민의 실체였다. 그와 같은 상황에서 교환 교수 제의를 받은 그는 프랑스행이 문제 해결의 전환점 구실을 해줄 것이라 기대하며 프랑스로 떠난다. 그곳에서 그가 겪는 일을 따라가다 보면 구성상의 결함에도 불구하고 동서양 정신의 통합 또는 종합이라는 주제가 그 모습을 드러낸다. 중국인 교수를 만나고 한시 번역에 전념했던 이를 아버지로 둔 여자를 만나고 발루아 지방을 여행하는 여정을 통해 작가가 반복적으로 주장하는 것은 동양의 시 정신과 서양의 시 정신이 합류함으로써 시의 미래를 열어갈 수 있으리라는 것이다. 앞에서 처음에 내놓은 시와 삶의 조화 또는 일치라는 문제와 동서양 시 정신의 통합이라는 문제가 어떻게 연관될 수 있는가는 별로 말해지는 것이 없다. 황교수는 롤랑의 전설에서 영감을 얻어 새로운 빛을 찾고 있는데 이 과정이 그다지 자연스럽게 보이지 않는다.

무엇보다 나는 이같은 주제가 매우 '인공적'인 성질의 것이라는 생각을 하게 된다. 어느 때인가부터 동양 정신의 탐색이나 서구 중심주의로부터의 탈피라는 말이 유행하면서 이것이 마치 터전을 잃을 위기에 직면한 지성의 새로운 낙원이라도 되는 양 생각하는 경향이 농후해졌다. 동양 문화권에 속한 한국에서 동양을 재발견한다는 것은 좋은 일이다. 그러나 서양에의 의존이 문제를 해결해 주지 않듯이 동양에의 귀환이라는 것도 그 자체로는 유효한 해결책이 될 수 없으리라는 것이 내 생각이다. 동서양 정신의 통합이라는 것은 그 모범적인 인상에도 불구하고 무언가 공허하다는 느낌을 지울 수 없다. 그럼에도 오리엔탈리즘과는 다른 쪽 극단에 선 동양주의에 대한 기대는 확산 일로에 있는 것만 같다.

나의 생각은 동양에 속해 있으나 이미 서구적이기도 한 착종된 상태 그대로의 한국과 한국 문화라는 현실 위에서 제 나름의 정체성을 찾자는 것이다. 그것은 동서양 정신의 통합이라든가, 슬라브주의냐 서구주의냐 하는 식의 사고와는 거리가 있다. 현재, 현실 위에서 출발하되 오랜 세월에 걸쳐 마모된 고유성을 회복하고 이를 통해 인류 보편의 가치를 체현하는 일부가 되자는 것이다.

「발루아의 환영」은 왠지 유행 사조의 영향을 강하게 보여 주고 있어 우려를 금치 못하게 하는 점이 있다. 인문주의적 취향, 대담하게도 형이상학적인 주제를 설정하고 이를 밀어붙이는 능력 등 작가의 미덕이 예술적으로 완성되기 위해서는 본래 자기에게 속했던 것으로부터 주제를 찾는 일이 필요하리라는 생각이다. 뿐만 아니라 이 작품은 황교수와 제자의 관계, 프랑스에서 만난 여자와의 관계 등 여러 관계가 선명하게 부각되지 못하고 있으며, 황교수 아내의 발병과 고비, 회복이시라는 문제와 어떤 연관을 맺는지 전혀 설득력 있게 제시되지 못했다

는 한계가 있다. 말하자면 관념에 비해 육체가 빈약해 보인다는 것인
데 이는 작가로서는 숙제가 될 것 같다. 그러나 이 모든 한계에도 불
구하고 이 새로운 신인의 등장은 깊이 없는 젊은 문학에 신선한 자극
제가 될 것이다. 나는 지금 작품의 단점을 주로 말했으나 이는 경계를
위한 것일 뿐, 이 작가에게는 훨씬 더 높은 경지가 예비되어 있다는
느낌이다.

한편, 관념의 맞은편에 놓인 것이 묘사라고 한다면 적절한 말일까?
김별아의 「지옥의 사랑」(『실천문학』, 1999년 겨울호)을 접하면서 내가 새
삼스럽게 의식하지 않을 수 없었던 것은 김별아라는 작가의 비약이다.
계간지에 실린 작품을 일별해 볼 때 그녀의 작품은 묘사라는 면에서
단연 돋보인다. 이야기는 돌연한 교통 사고로 죽음 직전에 몰린 한 사
내의 회복을 그린 것이어서 평범하다면 평범하기 짝이 없다. 뿐만 아
니라 이 회복의 이야기에 사내의 내력까지 복선으로 깔려 있어 번잡한
구성이라는 느낌이 강하다. 이런 결함을 상쇄하고도 남는 것이 바로
묘사다. 성실하고 생생한 묘사가 사내의 생명의 추이를 따라간다. 중환
자실에 놓인 사내는 호흡 곤란으로 인공 호흡기를 쓰고 반식물 인간
상태에 빠졌다 극적으로 회복되는데, 이 과정을 그려내는 작가의 능숙
한 솜씨는 그녀가 이미 장편을 두 권 발표했음을 생각하게 한다. 그
묘사는 단순히 외적인 묘사는 아니다.

그야말로 식물 인간이 된 것이었다. 어린 날 논두렁 위에 무성히 자라난
개비름이나 괭이밥을 보며, 어머니가 꽂아둔 나뭇가지를 타고 엉기며 노란
꽃을 튀워 내던 동아를 보며, 문득 식물들도 감정을 가지고 꿈을 꿀까 생각한
적이 있다. 대궁을 꺾거나 뿌리를 캐면 '아야!' 하고 소리를 치지는 못하지만
말없는 아픔으로 보이지 않는 눈물을 흘리는 것은 아닐까. 그는 식물이 된 채
로 식물의 꿈을 상상했다.

식물이 된 그에게 새로운 고통의 시간들이 닥쳐왔다. 인공 호흡기는 일체의 동정을 보이지 않고 규칙적으로 작동됨으로서 그 임무를 다했고, 그는 다만 엇나가는 식물의 호흡을 기계의 호흡에 맞추기 위해 안간힘을 썼다. 입과 코를 통해 몸을 관통하던 들숨과 날숨은 얼마나 감미롭고 행복했던가. 생명을 저당잡은 인공호흡기의 까다로운 비위를 맞추며 그는 인간으로서의 자존이 삽시간에 쉬어버린 밥알처럼 시궁창에 버려지는 것을 느꼈다.

고통은, 통증은, 그에게 유일하게 살아 있음을 확인시키는 징표들은 더욱 무게를 더하여 선명해졌다. 무너져 내리는 듯한 어깨의 통증은 점점 심해졌고, 인공 호흡기의 강요된 호흡에 가까스로 박자를 맞추며, 그는 바야흐로 죽음의 방문을 낯설지 않게 받아들였다. 죽음이 검은 코트를 휘날리며 계단을 올라오는 소리, 방문을 두드리는 소리, 낮고 음산한 목소리로 연해 이름을 부르는 소리가 들리는 듯했다. 비록 초대하지 않은 손님이지만 문을 열어주어야 하는 것은 아닐까. 언제까지 저렇게 문 언저리에서 서성이게 할 것인가. 언젠가는 들어오고야 말 손님. 발로 문을 차 부서뜨리기 전에 문을 열어주는 것이 현명할 듯도 싶었다. 그것이 초라한 작은 쪽문이나마 온전히 지키는 길이 아닐까.

그는 이제 쥐고 있던 마지막 미련의 끈을 놓아버리고 싶었다. 잡고 버티기에는 숨통을 조이고 있는 미래라는 시간의 괴물이 너무 두려웠다. 그의 앞에는 오직 끝이 보이지 않는 암흑뿐이었다. 눈을 감아도, 다시 눈을 떠도 (『실천문학』, 1999년 겨울호, 239~240면)

죽음을 목전에 둔 사내의 보이지 않는 감정의 추이를 따라잡는 필치를 통해 이 소설은 환자의 회복 이야기 이상의 것이 된다. 작가는 무엇이 죽음으로부터 생명을 지키고 회복시키는가를 묻고 그 답을 구하려 한다. 식물 인간이 된 환자는 의식의 수면 상태 속에서도 생각하고 꿈을 꾸고 갈증을 느끼고 화를 내기도 한다. 과거를 기억하고 현재를 의식하는 존재로서 사내는 백정인 아버지와 폐병 걸려 죽은 누이의 내력을 떠올리고, 몸을 움직이지 못하는 그를 동물적 존재로 비하하는 의사의 행태에 참을 수 없는 분노를 느낀다. 그에게 상상적인 복수를 감행하는 사내의 감정의 격류를 그려내는 부분은 압권이라 해도 과언이 아니다. 고통과 슬픔이 아우성치는 중환자실의 풍경 또한 여간 생생하지가 않다. 마지막으로 이 사내, 이남현이 숨을 되찾는 순간 또한 매우 자연스럽고 극적으로 묘사된다. 아버지가 찾아오고 그를 용서하고 생을 포기해야 한다고 생각하는 순간, 사내는 숨을 회복한다. 이 회복의 장면을 작가는, "불가해한 삶이여! 견뎌내기 위해 사어와 고통과 분노와 증오의 힘마저 차용하는, 영혼의 매매로 영위되는 머지 않은 지옥의 시장"이라는 깨달음으로 설명하고 있다. 이 삶의 불가해성을 납득했을 때 생은 다시 그에게 주어졌다. 이 장면에 이르면 이제까지 번잡스럽게 느껴졌던 사내의 내력, 아버지와 누이의 이야기도 한결 제자리를 찾는다. 이 순간 그를 칭칭 동여매던 가족이라는 사슬 또한 그 주술적 힘을 잃어버린 것이 아닐까. 생 그 자체 앞에서 관계라는 것은 구속적 힘을 상실해 버릴 수도 있는 것이다.

나는 그녀의 작품에서 불만족스러운 요소들을 발견하고는 했는데, 그같은 상태는 본래의 대담한 의도에도 불구하고 결말에 이를수록 왜소함을 면치 못했던 『내 마음의 포르노그라피』(답게, 1995) 이래 큰 변화를 겪지 못했다. 그러나 얼마 전에 간행된 장편 『개인적 체험』(실천문학사, 1999) 이래 그녀는 어떤 변화를 겪고 있다. 그녀의 의식 위에 얹혀 있던 어떤 관념 덩어리가 서서히 그 힘을 상실해 가는 대신 대상을 더 생생한 실체로 보는 능력이 훌쩍 커진 것처럼 보이는 것이다.

4. 경계 너머

윤후명의 최근작은 흥미롭다. '꿈사냥꾼'이라는 부제가 붙은 이 연작은 하나의 패턴을 보여주는데, 남자 주인공이 한국을 떠나 해외를 방황하면서 낯선 이방의 여자를 만난다는 설정이 그렇다. 왜 그의 남자 주인공은 한국을 떠나야 하는 걸까. 「둥베이의 달—꿈사냥꾼 5」(『한국문학』, 1999년 겨울호)에 그 연유를 알 수 있는 대목이 있다.

> 서울은 무덤이었다. 그럼에도 불구하고 내가 왜 이토록 서울로 돌아가는 데 집착하고 있는지 모르겠다는 마음이 일었다. 까닭은 아무 데도 없었다. 다만 일정이 그렇게 잡혀 있다는 것뿐이었고, 그것도 스스로 잡아놓은 일정이었다. 갑자기 서울을 무덤이라고 단언한 데 대해서는 다소 긴 설명이 필요하겠지만, 나로서는 그것도 많이 봐준 표현이라고 해야 할 것이다. 한때 서울 역시 내가 지도를 펴놓고 거리 이름 하나하나를 두루 꿰던 도시였다. 서울로 가서 산다는 것 자체가 꿈이었다. 그러나 중등학교 때 자리잡은 이래 서울은 참으로 모질고 각박한 싸움터가 되어왔을 뿐이었다. 온전한 것보다는 망가진 추억이 더 많은 도시였다. 아니, 추억이야 어찌됐든 그만이라 치고 그러면 현재와 미래는? 암담하기 그지없었다. 그저 돈에 휩쓸려 그야말로 정신을 차리지 못하는 꼬락서니에는 구역질이 나다못해 혼절할 지경인 것이었다. 알팍해진 이야깃거리만의 도시였다. 불과 얼마 전까지만 해도 그렇게 극성이어서 꼴불견이던 무수한 혁명가들은 다 어디로 갔단 말인가. 그들에게 냉소적이었던 그 시대가 다시금 그리워지기까지 하니 알다가도 모를 일이었다. (『한국문학』, 1999년 겨울호, 29~30면)

여기서 서울은 곧 무덤으로 표현되고 있으니, 염상섭의 『만세전』(1924) 이래 서울은 가장 비판적인 시선으로 내려다보인 셈이 된다. 서울은 이제 이념 대신에 돈이 판치는 곳, 구토가 치밀도록 얄팍해진 곳이 되었다. 어려서부터 늘 어디론가 떠나야 한다고 조바심을 쳐온 '나'에게 서울은 떠날 이유가 분명한 곳이 된 것이다.

돈황으로, 중앙아시아로 떠돌아다니던 '나'는 이번에는 중국으로 훌쩍 떠나왔다. 그러나 중국에 눌어붙어 살 수도 있겠다던 생각은 결정으로 이어지지 못한다. 그에게 붙박여 살 땅이란 존재하지 않는다. 그는 다시 심양을 거쳐 귀국하지 않을 수 없는데 막상 귀국하려 하자 생각이 나는 것은 심양에서 만난 여인이다. '나'는 술집에서 장백에서 왔다는 조선족 여인을 만나 그녀가 북조선에서 도망쳐 나온 여자라고 우겼었다. 그러면서 그녀를 데리고 중국 어디 머나먼 변방으로 숨어 들어가 같이 살 수도 있다고 생각했었다. 차편이 없어 택시를 빌려 타고 육백 킬로미터를 여행한 끝에 도착한 심양에서 '나'는 그녀를 다시 만나지 못하고 서울로 돌아왔다. 나중에 우연히 '나'는 그녀의 소식을 듣는다. 그녀는 정말로 북쪽에서 도망쳐 나온 여자였는데 도로 끌려가 버렸다는 것이었다.

> 나는 그의 말이 채 끝나기도 전에 전화를 끊었다. 북조선으로 끌려가서 어떻게 되는지는 신문이며 텔레비전에 여러 차례 보도되었다. 죽음, 혹은 그에 버금가는 형벌이었다. 어떤 사람은 철사로 코를 꿰어갔다고 하는 말도 있었다. (…중략…) 나는 이 세상에 있음직한 가장 험한 욕을 뱉어내려고 안간힘을 다 썼지만 헛일이었다. 목이 꺽꺽 막히더니 욕은 어디론가 다 사라져버리고 순간적으로 온몸의 피가 다 빠져버리는 느낌이었다. 울부짖으려 해도 소용없었다. 꼼짝할 수조차 없었다. 나는 방바닥에 털썩 주저앉아 멍하니 허공을 응시했다. 그때 나는 밤새 자동차 바퀴에 납작하게 깔려 죽은 고양이처럼 목숨의 흔적조차 희미한, 한 장의 박막(薄膜)에 지나지 않았다. (『한국문학』, 1999년 겨울호, 31면)

‘나’의 절망과 고통은 북조선이라는 땅이 사람 살 곳이 못될 뿐만 아니라 지상에서 가장 야만적인 사회라는 데서 온다. 그에게 남쪽은 그처럼 자주 여행을 떠나지 않고는 견딜 수 없는 곳이지만, 북쪽은 사람이 전혀 사람으로 살 수 없는 곳인 것이다. 이같은 국외자의 시각, 남쪽도, 북쪽은 더, 사람이 살아가는 데 적절치 못한 조건 아래 놓여 있다는 인식이 내게는 가치롭게 보인다. 물론 한편으로, 지금·이곳에 어떤 정도 들이지 못하고 떠나기만 해온 국외자인 ‘나’의 비판은 그 모랄의 결핍을 문제삼을 수도 있다. 비판은 비판자의 책임과 권리라는 문제없이 접근될 수 있는 것이 아니다. 그 때문인지 최근 그의 연작은 어떤 조작의 기운을 내보이는 경우가 종종 있다. 「천년의 약속―꿈사냥꾼 6」(『현대문학』, 2000.1)에서 그것은 더 심했으며, 근본적으로 이들 작품은 너무 쉽게 씌어지고 있는 것이기도 하다. 그럼에도 국외자·외부자·방랑자의 시선으로 오늘의 우리를 돌아보아야 할 절실한 필요 탓에 바탕하고 있다는 점에서 의미가 있다.

한편 그같은 시각을 철저히 밀어붙이는 가운데 나타날 수 있는 소설의 한 형태가 바로 박상륭의 것이다. 그의 창작집 『평심(平心)』(『문학동네』, 1999)을 의미 있게 읽은 바 있었으나 그의 작품세계에 대한 전반적인 무지 탓에 쉽게 무어라 단언하기 어려운 가운데 눈에 들어온 것이 「혼방(混紡)된 상상력의 한 형태―동화에서 신화를, vice versa」(『현대문학』, 2000.1)이다. 『평심』에 실린 연작이 이방의 나라 사람들을 주인공으로 삼은 데서도 알 수 있듯 그의 의식은 오래 전에 경계를 넘어섰다. 나와 남, 한국어와 영어, 동양 문화와 서양 문화와 같은 모든 완강한 구별이 그에게서는 희박해지거나 아니면 사라지고 없다. 이른바 혼방된 상상력이라는 것도 이같은 경계의 무화 과정에서 나타난 것이기에 기법 차원의 페스티쉬나 표절과는 확연한 거리가 있다. 이 단편이 앤

드류 랑(Andrew Lang)이 편집한 『The Green fairy book』에 수록된 동화를 '표절'하기도 '변조'하기도 했다는 작가의 설명에도 불구하고 그런 차원으로 환원될 수 없음은 그 때문이다. 혼방이 독자적인 세계를 이루었다는 데서 일단 그 문학의 의의를 찾을 수 있을 것이다.

　부제에 'vice versa'라 한 데서도 알 수 있듯 신화를 통해 동화를 해석하는 것이 아리라 역으로 동화를 통해 신화에 이르고자 한 것이 이 작품이다. 이같은 의도에 접하여 떠오르는 것은 유희라는 말이다. 종잇장 위에 넘쳐흐르며 끊이지 않고 이어지는 말은 마치 사물의 진상과 시원을 이미 다 알아채 버린 듯한 여유와 만족을 품고 있다. 신화에서 동화로, 동화에서 신화로, 성경과 불경과 힌두교 경전과 숱한 전설을 이리 붙이고 저리 이으며 이어지는 말은, 그것들이 각기 다른 말로 표현되고 그만큼 다른 사고 방식을 드러내고 있음에도 그 시원에서 서로 통하는 하나의 본체로부터 연원한 것임을 알려준다. 이 단편을 통해서만 본다면 그의 관심은 우주의 시말에 관한 소식을 깨우치는 데 있는 듯하다. "빛이 있고 난 뒤부터가 아니라, 그러기 전에도 흑암은 있었다. 흑암의 기원이 아니라, 빛의 그것을 따지려는 어떤 이들은, 그 흑암은 금란(金卵, 히란야갈바)이라고 이르는, 아직 피맺히지 않은 알을, 그 똬리의 중심(會陰)에 품고 있었다고 상정해 내기도 하는데, 혹간 그것을 일러 (해와 달이 있기도 전의) 원초적 밝음이나 아닌가, 하기도 한다." 이 시공이 얽힌 만유의 근원으로부터 우주는 어떻게 비롯되었는가. 박상륭의 소설 같은 말은 본디 뼈대도 중심도 찾기 어려운 것이라서, 그 어느 곳에서도 의미를 캐낼 수 있고 또 그 어느 곳 하나 공허하지 않을 곳 없고, 아마 그 자체로 완성되면서 넓은 것이라서 어느 한 부분을 만져보고 이것이 어떻다 하면 이는 소경 코끼리 만지는 격이 된다. 그럼에도 이를 더듬어 우주의 시원에 관한 하나의 드라마가 펼쳐지는 곳을 찾아가 보면 다음과 같은 대목이 보인다.

> (예의 저 구렁이) 문드룸은, 회음에다 묻어두려던, 가슴의 그 통증 탓에 뒤집히고 뒤집히는 동안에, 자기가 위축되며, 점점 왜소해지고 있다고 느꼈는데, 사실로 그는 그렇게 축소되어지고 있었다. 바다의 그 중 깊은 곳에 똬리 친 어둠과도 같았으며, 밤 속의 거대한 산과도 같았던 그는, 그렇게 줄어져, 그 산뿌리께에 있는 초가 삼간 그늘 만해졌다가, 그 초가를 받치는 꾸불텅거리는 기둥 만해져 버렸다. 그러는 동안 그는, 안과 밖이 맞닿아져 붙여진 띠(뫼비우스 띠)처럼, 안이 밖이고, 밖이 안이고 그랬는데, 훗날 그것은 그래서 <제 꼬리를 제 입에 물고 뒤집히는 구렁이(Uroboros)>로 인구에 회자키는 한다. 그렇게 되어 그는, 자기가 꾼, 자기답지 않은 꿈에 배반당하고, 한없이 뒤집히기의 고통의 바퀴에 비끄러매어져 버린 것이었다. 낮이 바뀌고, 밤이 오고, 동이 트고, 저녁이 온다. 그에게 주어진 아픈 과제는, 어떻게 하면 <하나인 여럿>을 분리해낼 것인가, 하는 그것이었는데, (…중략…) 그런 오랜 뒤집힘을 통해 그가 깨달아낸 것은 (그런 분리를 위해선,) '여성'이라는 한 수단밖에는 다른 도리란 있지도 않다는 그것이었다. 저 문드룸은 그래서 보면, 그렇게 자기의 한 죽음, 그리고 새로 태어나기를 욕망하기 시작한 모양이었다. 그러기 위해서 문드룸은, 자기로부터 그 여성을 분리해내지 않으면 안 된다는 것도 알고 있었던 듯하여, 고통으로 뒤집히는 중에, <갈비뼈> 하나를 뽑아낸다. 문드룸의 침묵 하나는 깨어진 것이다. 최초의 말이 발음을 입은 것이다.
> (『현대문학』, 2000.1, 185~186면)

어떤 경계도 없는 혼융의 상태, 그 똬리 튼 상태를 가장 실감나게 표현해 주는 것은 바로 "<제 꼬리를 제 입에 물고 뒤집히는 구렁이(Uroboros)>" 곧 "문드룸"일 테다. 이 구렁이는 어떻게 하면 "<하나인 여럿>"을 분리, 곧 출산할 것인가. 제 몸으로부터 "갈비뼈" 하나를 뽑아냄으로써이다. 이로써 만유는 비롯된다. 그러나 "<몸의 우주>"가 개벽은 하였으되 만유가 갖추어지지는 않았으니 그 생겨난 연유에 해당하는 것이 이 작품의 '각론 2—돼지(아도니스)왕자 애기' 대목이다. 이 자리에서 이 대목을 함께 살려보지는 못하겠으나, 작가는 시원으로부터 오늘이 연유되는 이치를 이런저런 인연의 실을 엮어 설명해내고 있다.

이것이 진실에 관한 말인가, 진실에 관한 말을 둘러싼 말의 유희인가. 나는 후자에 가깝다고 생각한다. 이 점에서 그의 말은 경전이 아니라 "잡스러운" 소설인 것이다. 그러나 이 진실에 관한 말에 미치지 못하는 말의 유희는 그렇다면 무용한가? 그렇지 않다. 그것은 그것대로 더 높거나 더 깊은 차원에서 쓰일 바가 있고 문학은 응당 이 경계 없는 세계를 위한 작품을 마련해 두지 않으면 안 된다. 그럼에도 나는 이 무한무비의 세계 속으로 두 발 모두 들여놓을 수는 없으니, 그것은 소설이란 바로 잡스럽고 속된 이야기, 바로 그같은 세상에 사는 사람들에 걸맞는 이야기이기 때문이다. 그렇다면 그의 소설에는 경계라는 것이 너무 없어서 문제라는 말인가? 박상륭의 소설이 지닌 궁극적인 가치는 바로 그 경계 없음을 펼쳐 보이는 데서 찾아져야 할 것이다.

고백 · 실험 · 허무 다음에 올 것

여성소설집 『민둥산에서의 하룻밤』(이수, 1999)론

1.

　신경숙의 『외딴 방』(문학동네, 1995)이 주목을 받았던 이유 중의 하나는 그것이 일종 고백적인 성질을 띠고 있었기 때문일 것이다. 『풍금이 있던 자리』(문학과지성사, 1993)로 주목을 받게 된 이 작가의 과거가 그러했으리라고는 많은 사람들은 생각할 수 없었기 때문에 『외딴 방』이 준 감동은 더 컸을 수도 있다. 섬세한 어법으로 심문(心紋)을 그려내는 작가로 알려진 그녀에게 구로공단의 경험이 있었다는 것, 그 강요된 노동과 굴종의 시대를 그녀 또한 거쳐 오늘에 이르렀다는 것. 그녀의 고백으로 말미암아 80년대라는 과거에 애착을 가질 무엇인가가 있다고 생각했던 많은 이들은 감성의 자극을 받았다. 『외딴 방』에 대한 광범위한 반응은 90년대에 20대를 이루게 된 사람들의 그것만으로는 형성될 수 없는 범위의 것이었다고 생각된다.

다른 몇몇 작품과는 달리 이 작품의 성격상 10대가 그 반응에 참여하는 일은 어려웠을 것임을 감안할 때 『외딴 방』의 성공은 80년대와 30대에 많은 빚을 지고 있는 셈이다. 논리적으로는 자신들이 바라던 세계에 한 걸음 더 가까워진 시대이어야 마땅한 90년대가 그들의 꿈을 기묘하고도 배신적인 방식으로만 실현해가고 있음이 분명해졌을 때 30대는 과거를 향한 그리움 속에서 좌표를 잃고 방황하지 않으면 안되었다. 이것은 상당한 시간을 필요로 하는 감정의 소모였으므로 90년대라는 새로운 시대에 재빨리 적응할 수 있었던, 30대를 이루는 어느 일부 정신의 군상들이 그 시대가 다시 마감을 고하는 지금에 와서는 결코 진지하지 못했던 풍경으로 기억됨은 당연한 일이다. 돌이켜보는 일, 후회하는 일, 그리워하는 일은 응당 거치지 않을 수 없는 그들의 정신사적 과정이었다.

이 고백이 일련의 여성작가에 의해 실현되었다는 점에는 특기할 만한 점이 없지 않다. 고백이 가능하기 위해서는 '나'를 구성하는, 또는 억압하는 기제의 존재가 의식의 영역 위로 떠오르지 않으면 안 된다. 90년대 이전에 있어 그것은 주로 체제, 권력의 문제였으므로, 성의 문제가 부각되지 못한 가운데서 고백 주체는 주로 남성이 될 수밖에 없었을 것이다. 90년대에 들어와 상황은 바뀌었다. 성이 또 하나의 권력으로 인식되기에 이르렀고 이제 고백은 체제, 권력의 문제를 넘어 성의 문제를 향한 것이 되지 않으면 안되었다. 고백은 여성의 몫이 되었고 『고등어』(웅진, 1994) 『외딴 방』 『세월』(문학동네, 1995) 『새의 선물』(문학동네, 1996) 등 소설은 여성작가의 여성화자를 내세운 고백의 형식으로 이어졌다. 실로 90년대 문학은 여성작가의 문학, 그녀들의 고백의 문학으로 수놓아졌다.

그러나 한편 이들과 다른 차원에서 행해진 고백과 회상의 문학이 있었으니 최인훈의 『화두』(민음사, 1994)나 현기영의 『지상에 숟가락 하나』(실천문학사, 1999) 같은 작품이 그것이다. 이들의 고백 및 회상은 그 세대가 다른 만큼 깊이와 무거움에서 차이가 있다. 이는 그 가치에도 불구하고 여성작가의 고백이 갖는 문제를 생각하지 않을 수 없게 한다. 그들의 고백에는 나르씨시즘과 감상이 깃들여 있었고 이는 고백의 깊이와 무거움의 문제 외에 고백의 형식으로부터 벗어나는 문제를 생각하지 않을 수 없게 한다. 고백은 철저히 수행될 필요가 있으나 고백만이 바람직한 소설의 형식은 아니다. 고백은 내면의 존재를 가리키지만 그 내면에 머무르지 않는 소설의 길이 가능하고 또한 가능해야 한다.

공지영의 「조용한 나날」, 함정임의 「그리운 백마」, 공선옥의 「타관 사람」은 고백 너머라는 문제와 관련하여 생각의 여지를 마련해주는 작품이다. 공지영은 이른바 후일담문학으로 지속적인 주목을 받아왔지만 (『인간에 대한 예의』, 창작과비평사, 1995) 최근에 와서도 그같은 경향은 크게 변하지 않은 것처럼 보인다. 그러나 그녀 자신은 장편 『착한 여자』(한겨레신문사, 1997)에서 『봉순이 언니』(푸른숲, 1998)로 넘어오는 과정도 그렇지만, 특히 최근의 난편이 보여주듯이 고백과 회상의 한계를 넘어서는 문제를 숙고하고 있는 것으로 생각된다. 일례로, 「조용한 나날」을 접하면서 많은 독자는 그 화자를 작가로서의 공지영 자신과 동일시하고 싶은 생각을 갖게 될 것이다. 본래 고백적인 작품에서 작가로서의 '나'의 존재를 엿보는 것은 매우 흥미로운 일이기 때문이다. 이와 관련하여, 어떤 고백적인 작품이 소설이라는 레테르가 붙여진 채 팔리게 된다면 사람들은 그 속에서 작품 바깥의 존재, 즉 작가의 모습을 확인하고 싶어하게 될 것이며, 반대로 자서전이라는 이름으로 발행된 책이 있다면 사람들의 관심은 응당 그의 이야기에 사실과 다른 점은 없는가 하는 데로 모아질 것이라는, 잘 알려진 견해를 떠올릴 필요가 있다. 「조용한 나날」에서 공지영은 독자들의 그와 같은 성향과 겨룸을 하고 있다. 이 작품의 화자는 많은 점에서 작가로서의 공지영 자신과 통하는 면이 있지만 결국은 그녀 자신이 아닌, 아버지로부터 물려받은 입양사업을 해나가는 전혀 다른 삶을 사는 여인이다. 작가는 자기 삶의 많은 요소를 화자 주인공인 그녀의 삶 속에 분양해 주었던 바, 그 목적은 사랑과 이상을 잃은 삶의 허무와 고독을 그려내기 위함이었다.

> 나는 어둠 속에서 혼자 앉아 있다. 베란다 밖, 노란 나트륨 등빛이 희미하게, 열린 커튼 사이로 스며든다. 조용한 밤. 푸른 전구는 눈동자처럼 여전히 나를 바라본다. 조용히 눈을 뜨고 바라본다. 언젠가 백색 햇살이 내리꽂히던 교정, 목련 그늘 아래서 누군가 노래를 불렀었다. 이 세상에 진실은 없네. 이 세상에 정의는 없네. 이 세상에 영원한 것은 없네. 그대 내 앞에 있고 나 그대 앞에 있을 뿐, 하지만 그대조차 멀어지겠지. 지금, 아름다워서 그대 내 것이지만, 아아 죽음이 온다 죽음이 온다. 나는 환청으로 웅웅거리는 머리를 견디기 위해 지그시 이를 문다. 소리는 멀어져 가고, 아마도 긴 강을 건너며 멀어져 가고, 시든 풀잎 위에서 밤 이슬방울들이 스러지고 있다. 나의 길고 긴 생도 밤 이슬방울을 따라 모래알처럼 흘러내린다. 푸른 전구. 나는 눈을 내리깐 채, 수첩을 꺼내 오늘자 일기를 메모한다. / 아무 일도 없었다. 오늘도 조용한 하루였다,라고 / 나는 수첩을 덮고 일어나 커튼을 닫았다. (87~88면)

이 작품의 결말에 해당하는 부분이다. 여기서 여성인물이 느끼는 허무와 고독의 감정은 작가가 경험해야 했던, 삶의 어느 국면에서의 감정과 겹치는 것인지도 모른다. 그렇다면 작가는 그것을 그림으로써 그것으로부터, 그것을 낳은 정황으로부터 자유로와지고자 했을 터이다.

그럼에도 작가가 이같은 주제를 작가와 화자가 완전히 일치하지는 않는 형식 속에 담아내고자 한 것은 고백의 형식 또는 1인칭 형식의 권능에 회의를 품음이다. 그럼으로써 그녀는 '나'라는 형식의 울타리 너머에 존재하는 세계라는 것에 주의를 기울이고자 했다.

양상은 조금 다르지만, 함정임의 「그리운 백마」와 공선옥의 「타관 사람」을 같은 맥락에서 읽어볼 수 있다. 함정임이 요절한 작가 김소진의 아내였음은 주지의 사실이다. 「그리운 백마」는 그가 떠난 후의 삶을 시어머니인 '철원네'의 정경을 중심으로 그려낸 것이다. 이 작품의 '철원네'가 작가와 실제적인 연관을 맺고 있는 인물의 모사에 해당함은 김소진과 그녀의 여러 작품의 선례를 통해서 확인된다. 최근에 그녀는 그가 떠난 이후의 삶을 여러 측면에서 조명해 왔거니와 이 작품에서는 작가 자신의 묘사에 해당하는 부분이 눈에 띄게 생략되어 있고 대신에 분단의 문제, 그로 인한 탈향의 문제가 근저에 놓여 있는 인물로서 철원네에 접근하고자 한 노력이 엿보인다. 이는 김소진의 죽음이라는 충격의 영향 하에서도 그녀가 고백만의 한계를 넘어서기 위해 노력하고 있음을 보여주는 것이라 해석해 볼 수 있다.

공선옥의 「타관 사람」에 오면 작가 자신의 모습은 더욱 더 축소되어 거의 찾아볼 수조차 없을 지경이다. 마치 황석영의 「삼포 가는 길」(1974)의 속편에 해당하는 듯한 정경을 그려내면서 작가가 시험하고자 한 것은 '갑철'이라는 뜨네기, 떠돌이가 시골에 정착할 수 있는가 하는 것이다. 나로서는 그같은 주제 자체보다는 이를 그려내어 가는 작가의 필치, 여백미를 자아내는 그 솜씨에 관심이 있다. 그러나 여기서는 작가가 『내 생의 알리바이』(창작과비평사, 1998)를 거치면서 일관되게 유지해 온 타인의 삶을 향한 관심과 사랑의 정신에 주목한다. 그녀에게 있어 고백은 단순히 그녀 자신만을 위한 고백이 아니었던 바 이 작품에서도 그러한 면모는 여실히 나타난다.

　이와 같은 작품은 이제 여성작가들이 고백으로부터 거리를 두고자 노력하고 있으며 고백을 넘어 보편적인 세계로 나아가고자 하고 있음을 보여준다. 그러나 이는 아직 충분히 달성되지는 않았다. 그것은 아직은 징후적인 독법을 통해서나 읽힐 수 있는 성질의 것이다.

2.

　김형경과 서하진의 경우 현금의 작단을 이루는 젊은 여성작가 중에서도 매우 특이한 존재라 할 수 있다. 그녀들의 특이함은 그 새로움 때문이 아니라 낡음에서 얻어진다는 기묘함이 있다. 그와 같은 경우로 이 작품집에 초대되지 않은 이혜경을 함께 생각해 볼 수도 있다. 이들 3인의 공통점이라면 무엇보다 먼저 모두 같은 학교에서 문학수업을 밟았다는 것이 아닐까. 이는 이들 모두 거슬러 올라가면 문단 원로 황순원의 자장 아래서 소설가로 성장해왔음을 의미한다. 그리고 이는 소설의 형식이라는 것에 관한 어떤 공유가 이들 사이에 있음을 의미한다. 이 작품집에 실려 있는 작품들 중에 김형경과 서하진의 작품과 유사한 형식의 작품으로 꼽을 수 있는 것으로는 공지영의 「조용한 나날」과 함정임의 「그리운 백마」, 공선옥의 「타관 사람」이 있다. 이들의 공통점은 앞에서도 암시했듯이 그들의 주제가 80년대적 정신의 기조와 맥락을 같이하고 있다는 점이다. 그러면서도 이들의 문학은 어떤 전통적인 형식, 김형경과 서하진의 작품이 보여주는 진부한 형식의 세계에 이끌리고 있다. 김형경과 서하진은 그 오래된 소설적 형식을 전형적으로 간직하고 있는 경우에 해당한다.

김형경의 중편 「민둥산에서의 하룻밤」의 이야기 형식은 일견 새로운 것으로 보일 수 있다. 이혼한 남자와 여자가 함께 자동차를 타고 가다 사고를 만나 개심사(開心寺)라는 절에 가 하룻밤을 지새게 되는 사연을 그린 작품이다. 그 형식적 특징은 장(章)을 번갈아 가며 남녀가 각각 화자의 역할을 하는 데 있다. 이렇게 화자를 바꾸어 가는 것은 멀리는 김남천의 단편 「처를 때리고」(1937)에 그대로 나타나며, 그밖에도 멀고 가까운 여러 작품 속에서 숱한 예를 찾아볼 수 있다. 결국 「민둥산에서의 하룻밤」은 매우 전통적인 이야기 형식을 빌어 말하고자 하는 바를 그려낸 작품이다.

그러나 어느 면에서는 소설문학에 있어 형식적으로 새로운 것은 더 이상 없다고 말할 수도 있다. '낯설게 하기'라는 러시아형식주의(Russian Formalism)의 교의는 오늘에 와서는 더 이상 힘을 발휘할 수 없는 것처럼 보인다. 문학은 자신이 사용할 수 있는 한정된 수의 형식적 기법을 모두 써 버리고 하나의 장르적 유기체로서의 생명을 마감해야 할 때를 맞고 있는 것만 같다. 한창 유행했던 '영화적 글쓰기'라든가 '실험적 글쓰기'라는 말도 그런 점에서 보면 몇몇 형식적 요소의 새로움을 과대포상하거나 평가한 데 지나지 않는다. 소설이 실험을 행하고 영화와 교섭한 것은 어제오늘의 일이 아니다. 그렇다면 형식적 새로움을 추구하는 섣부른 실험 대신에 이제까지 소설이라는 장르가 개발해온 안정된 이야기 형식의 가능성을 극대화시키는 일을 비난할 수만은 없다. 실험과 모색은 계속될 것이고 그러해야 마땅하지만 안정된 형식이 곧 정신의 안이함을 의미하는 것은 아니다. 「민둥산에서의 하룻밤」 같은 작품이 그 실례를 제공한다. 매우 공을 들인 이 중편을 통해 그가 말하

고자 한 것은 서로를 소외시키는 관계로부터 벗어나는 법, 사랑과 조
화를 얻는 사유의 방법이다.

　옷을 벗고 맨몸으로 선 나무들의 뼈대도 그 모양이 저마다 다르더군요. 검
은 가지가 이리저리 뒤엉킨 나무, 하얗고 매끈한 가지가 곧게 뻗은 나무, 올
라가다가 꾸불텅 휘며 방향을 바꾸는 나무…… 저는 마치, 태어나 처음 나무
를 보는 사람처럼 그것들을 보고 또 보았지요. 제일 많이 생각한 것이 생명의
다양성일 거예요. 생물학에서 말하는, 종(種)의 다양성에 관한 이야기는 아니
예요. 개체의 수가 줄어들고 유전자 변이가 일어나고 생태계가 파괴되고……
그런 뜻이 아니라, 그저 소박한 의미에서의 생명체의 다양성에 대한 이야기
예요.
　그 나무들을 보면서 막연히 느꼈어요. 나무들은 저마다 다르면서도 가까이
서서 조화를 이루는구나. 아주 간단한 얘기예요. 이미 알고 있는 얘기기도 하
구요. 그런데 베란다에 서서 잎을 떨구는 나무를 바라볼 때마다 마치 그것을
처음 보는 것처럼, 아니면 그런 생각을 처음 하는 것처럼 눈이 시렸어요. 서
로 다른 나무들 때문에 산을 처음 대하는 것처럼 눈이 시렸어요. 서로 다른
나무들 때문에 산이 아름답구나, 인간들 세상도 바로 그래야 하는구나. 당신,
내가 또 지당도사 같은 말을 한다고 생각하는 거죠? 난 정말 몰랐어요. 당신
이 내가 말하는 방식에 대해 그토록이나 거부감을 느꼈다는 거요. 알아요. 그
게 단지 말하는 방식의 문제가 아니라 의식의 문제라는 것도. 그래도 나는 모
르겠어요. 나는 그게 우리의 결혼생활을 지켜나갈 방법이라 믿었거든요.
　결혼생활이란 이런 여행 같은 걸 거예요. 차를 타고 밤길을 달리기도 하고
안개나 진눈깨비를 맞기도 하고, 이렇게 차를 비탈 아래로 처박기도 하
고…… 문제는 차창 밖의 사물들에만 정신을 팔아 정작 옆좌석에 동승한 사
람에게는 소홀해질 수도 있다는 걸 거예요. 차를 버리고 걷게 되어서야 비로
소 곁에 있는 사람에 대해 진지하게 생각하게 되는……. (63~64면)

　생명 개체의 다양성, 그 차이의 자연스러움을 받아들이는 데에 소외
된 관계로부터 헤어날 수 있는 길이 있다는 것. 이 깨달음에 이르는

이야기 속에서 형식적인 낯설음과 새로움을 필요로 하는 요소란 없다. 그럼에도 불구하고 낯설음과 새로움을 버린 진지한 주제의식으로 말미암아 이 작품은 안이한 작품으로 받아들여질 수 없다.

서하진의 「탑선리」에 이르면 형식 대신에 생명적 가치의 발견과 진정한 관계의 추구라는 것이 소설적 추구의 대상이 되고 있음이 한층 더 분명해진다. 이 작품의 배경을 이루는 탑선리라는 공간은 두고두고 전쟁의 후유증을 앓으며 살아가는 사람들의 마을이다. 전쟁 와중에서 안골댁은 유복자를 키워냈지만 남모르는 비밀은 그가 남편의 아이가 아니라는 사실이다.

이런 그 마을에 어느 날 낯선 젊은 여인이 하나 흘러 들어오고 사연 모를 아이를 낳는다. 남자가 그녀를 찾아온다. 그러나 그는 아이의 아버지는 아니다. 그 여인 또한 남모르는 상처를 안고 마을로 들어왔던 것이다. 인상적인 것은 심상치 않은 사연을 안고 들어와 마을에 오래 머물고 있는 여인을 바라보는 안골댁을 비롯한 마을 사람들의 시선이다.

그들 모두에게 여자의 부른 배는 신기하고도 두려운 무엇이었다. 어느날 문득 그림자처럼 나타난 여자의, 어느 날 문득 봉우리처럼 부푼 몸. 자고 나면 한 가구씩 떠나가던 시절을 지나 이제는 떠날 곳도, 떠나서 해야 할 일도 남아 있지 않은 사람들이 사는 이 마을에 새로운 사람이 들었다……. 그 사람은 새로운 생명을 잉태하고 있다……. 젊은 여자에게서 나이든 아낙들은 그네들의 꽃답던 시절을 보았다. 어디에고 그 흔적이 남아 있지 않아 이제는 그런 날들이 있었던가 싶지도 않은 말갛고 싱싱하고 가슴 아프던 날들. 대숲에 앉아 있는 여자를 보며 남자들은 그네들의 피 끓던 시절을 떠올렸다. 무언가에 흘려 눈먼 듯 거친 손으로 대를 잘라 죽창을 만들었던 때를. 아우성으로 덮이던 산을 벗어나 오르고 올라 둥지를 틀었던 아득한 그때. 죽음과 증오와 욕망을, 그 모든 회오리를 감싸안을 듯 서 있던 그림 같은 작은 탑의 무리……. 여자는 고인 물 같은 탑선리에 던져진 작은 돌팔매였다. 매일 아침

사람들은 가슴 속에 동그랗게 퍼져가는 물무늬를 보았다. 다른 일. 다른 세계. 여자는 어느새 그림자처럼 사람들에게 스며들어 있었다.

그들에게 여자는 도회지의 어느 곳에서, 숨막히는 갇힌 공기 속에서 살던 사람이 아니었다. 자신에 대해 아무런 이야기를 하지 않음으로써 여자는 그들 모두가 잊었던 어느 곳, 혹은 그들이 늘 생각하고 있던 어느 시간으로부터 온 사람이 되었다. 평화롭고 텅 빈 여자의 눈을 볼 때마다 사람들은 알 수 없는 두려움과 함께 아련한 슬픔으로 가슴에 메곤 했다. (185~186면)

사람들에게 그녀는 먼 옛날의 아픈 기억과도 같은 의미를 지녔다. 그녀가 배고 있는 아이는 증오와 욕망의 소용돌이 속에서 그네들이 잃어버려야 했던 생명스러운 것, 지켜져야만 했던 것이었다. 90년대의 말미에 이처럼 진부한 설화 같은 이야기가 있을 수 있다는 것이 하나의 신기이지만, 이 설화 같은 형식 속에서 작가는 김형경의 경우와 마찬가지로 생명의 문제, 조화와 사랑의 문제를 말하고자 했던 것이다.

3.

한강의 「내 여자의 열매」, 하성란의 「곰팡이꽃」, 김연경의 「심판」에 오면 감각의 낯섦, 형식의 새로움이라는 문제가 다시 관심의 대상이 된다. 앞에서도 말했듯이 하늘 아래 전적으로 새로운 것이라고는 없고 이들에 의해 시도된 감각의 낯섦, 형식의 새로움이라는 것도 이미 수없이 모습을 보인 것에 불과하다. 그러나 상대적인 낯섦, 새로움마저 무시할 수 있는 것은 아니며 또 이를 시도하는 의식의 문제를 논외로 돌릴 수는 없을 것이다. 특히나 이들이 모두 몇 년 사이에 문단에 모습을 보인 이들임에 유의할 필요가 있다.

『여수의 사랑』(문학과지성사, 1995)의 한강이란 단순히 연배상에서의 차이를 생각할 수 있을 뿐 그 소설적 방법에 있어서는 윗세대의 작가와 그다지 구별되지 않는 것처럼 보인 것이 사실이다. 그것은 김형경이나 서하진 등에서 볼 수 있는 전통적인 소설적 기법 그것이었다. 그리하여 독자나 비평가들은 자기 세대의 습성을 닮지 않은 그녀에게서 오히려 안도를 느꼈을 법하다. 묘사가 살아있는 소설, 주관적 열정에만 사로잡히지 않는 소설의 전통은 그녀와 같은 작가를 통해서 이어질 수 있으리라는 것, 많은 이들이 이 때문에 그녀의 작품에 대한 관심을 유지해왔다. 그러나 『민둥산에서의 하룻밤』에 포함된 「내 여자의 열매」는 그런 그녀의 이미지와는 거리가 있다. 여기서 그녀는 시치미를 떼고 갑작스레 알레고리를 이끌어들인다. 6박7일 간의 해외출장에서 돌아와 아파트에 들어선 '나'는 베란다에서 식물이 된 채 꼼짝 못하고 있는 아내의 모습을 목격한다.

> 그때 나는 아내의 알몸을 보고 말았다.
> 아내는 베란다의 쇠창살을 향하여 무릎을 꿇은 채 두 팔을 만세 부르듯 치켜올리고 있었다. 그녀의 몸은 진초록색이었다. 푸르스름하던 얼굴은 이제 상록 활엽수의 잎처럼 반들반들했다. 시래기 같던 머리카락에는 싱그러운 들풀 줄기의 윤기가 흘렀다.
> 초록빛 얼굴 속에서 두 눈이 희미하게 반짝였다. 뒷걸음질치는 나를 향하여 아내는 몸을 일으키려 했다. 그러나 일어날 수도 걸을 수도 없다는 듯이 아내는 다리께를 움찔 경련했을 뿐이었다.
> 아내는 고통스러운 몸짓으로 낭창낭창한 허리를 좌우로 흔들었다. 새파란 입술 속에서 퇴화된 혀가 수초처럼 흔들렸다. 이빨은 이미 흔적도 남아 있지 않았다.

(…중략…)

아내의 희끗희끗한 입술이 오므라들며 신음에 가까운 외마디가 새어나왔
다. 나는 홀린 듯이 싱크대로 달려갔다. 플라스틱 대야에 넘치도록 물을 받
았다. 내 잰걸음에 맞추어 흔들리는 물을 왈칵왈칵 거실 바닥에 쏟으며 베란
다로 돌아왔다. 그것을 아내의 가슴에 끼얹는 순간, 그녀의 몸이 거대한 식
물의 잎사귀처럼 파들거리며 살아났다. 다시 한 번 물을 받아와 아내의 머리
에 끼얹었다. 춤추듯이 아내의 머리카락이 솟구쳐 올라왔다. 아내의 번득이
는 초록빛 몸이 내 물세례 속에서 청신하게 피어나는 것을 보며 나는 체머리
를 떨었다.

내 아내가 저만큼 아름다웠던 적은 없었다. (211면)

이 다음의 두 장(章)은 식물의 몸을 갖게 된 아내가 어머니에게 말하
는 형식을 빌어 자신의 심경을 독백하는 부분과 남편인 '나'의 눈으로
그녀의 변화를 설명하는 부분으로 나누어진다. 그녀의 허벅지에서는
흰 잔뿌리가 무성하게 돋아 나오고 가슴에는 검붉은 꽃이 핀다. 꽃술
이 유두를 뚫고 올라온다. 가을이 오자 아내의 몸은 주황빛으로 물들
어갔다가는 계절이 바뀌면서 다갈색으로 변한다. 그녀의 손과 머리카
락이었던 잎사귀가 남김없이 떨어져내리고 입이 오그라들었던 자리가
벌어지면서 한 웅큼의 열매가 쏟아져 나온다. 연두빛의 그 열매는 해
바라기씨처럼 딱딱하고 맛은 쏘는 듯하면서도 씁쓸한 뒷맛을 남긴다.
이같은 변모가 의미하는 것이 무엇인지를 생각해 보는 일은 그다지 어
렵지 않다. 그녀는 평생을 정착하지 않고 살고 싶어했었으나 결혼은
그녀로 하여금 원치 않았던 식물의 삶 이상의 것을 제공하지 못하였다
는 것이다.

꿈을 간직하고자 하는 여성에게 결혼이 선사하는 환멸과 권태라는
문제는 여러 작가들에 의해 이미 빈번히 반복적으로 묘사되어 왔다.

그 단적인 표현으로 전경린의 『염소를 모는 여자』(문학동네, 1996) 같은 작품이 있었고 잘 알려지지는 않았지만 오수연의 창작집 『빈 집』(강, 1997) 중에도 「내 여자의 열매」와 꼭 같이 알레고리적 발상으로부터 얻어진 작품이 있었다. 「염소를 모는 여자」 역시 알레고리로 읽힐 수 있는 면이 강하다는 점을 염두에 둔다면, 일상 또는 가정이라는 굴레에 갇힌 여성의 환멸과 권태라는 문제는 이미 너무 많이 표현되어 온 탓에 좀더 낯선 방법을 필요로 하게 된 것이라고 생각해 볼 수 있다. 한편으로 이는 작가로서의 한강이 그 전통적 면모에도 불구하고 세대론의 자장으로부터 자유롭지 않음을 의미하기도 하다. 그녀 또한 감각과 형식의 낯섦, 새로움의 추구로 곧잘 특징지워지는 90년대의 소설적 경향으로부터 아주 먼 거리에 있지만은 않았다.

하성란으로 옮겨오면 그녀에게서 감각의 낯섦을 형식의 낯섦으로 번역하려는 힘겨운 노력이 행해지고 있음을 목격하게 된다. 그 수단은 현재형 묘사이다. 그녀의 작품에서 시간은 이리저리 토막이 나버려 여러 현재의 조합으로 변해버린다. 예를 들어 「곰팡이꽃」의 첫 대목은 다음과 같이 전개된다.

> 오층 아래로 내려다보이는 놀이터는 빗물이 고여 작은 웅덩이 같다. 이틀 진 내린 폭우로 놀이터 곳곳에는 채 빠지지 않은 흙탕물이 고여 있다. 여자가 걸터앉은 시소의 반대쪽도, 아이가 매달려 있는 '구름 사다리' 아래도 물이 고여 있다.
>
> 여자는 콩깍지를 까고 있다. 깍지를 비틀 때면 벌어진 껍질 사이로 얼룩무의의 강낭콩 알들이 나란히 나타난다. 여자의 손가락은 풋내가 물씬하다. 깍지에서 튄 콩이 모래밭 위로 날아가면 여자는 허겁지겁 엉덩이를 공중으로 쳐들고 콩을 줍는다. 여자가 걸터앉은 시소가 무게중심을 찾아 위로 조금 떠오른다. 아이의 체중은 철봉에 매달린 오른손에 실려 있다. 사내아이는 지금

셋째 칸에서 넷째 칸으로 건너가기 위해 숨을 고르고 있는 중이다. 발을 적시
지 않고 마른 땅으로 내려오려면 어쩔 수 없이 구름 사다리를 다 건너가야만
한다. 흘러내린 바지와 오른팔 쪽으로 치켜 올라간 웃옷 사이로 드러난 맨살
에 눈이 부시다. (253면)

작품 전체가 이와 같은 양상이라면 이 작품이 얼마나 더디게 읽힐
것인지 충분히 예상해볼 만하다. 물상들은 현재형 문장의 울타리 속에
갇혀 독자와는 거리를 갖는 외로된 세계 속에 남는다. 그들의 상상력
은 여자를 추적하는 남자의 시선 너머로 확장될 여지가 많지 않다. 조
각조각으로 연속되어 있는 현재의 문장을 따라가다 밀폐된 삶을 살아
가는 여자의 삶의 밑바닥에 이르게 된다.

　…… 보름째 되는 날, 남자는 쓰레기 봉투 안에서 여자의 나머지 한 짝 실
내화를 발견한다. 꽃 자수의 실내화. 쓰레기 봉투는 헐렁하다. 매듭도 헐겁게
매여져 단번에 풀린다. 여자는 보름 동안 꽃 자수의 실내화 나머지 한 짝을
찾기 위해 방과 신발장 안을 샅샅이 뒤졌을 것이다. 기어코 오늘에서야 쓸모
없어진 한 짝의 실내화를 버렸다. 꽃 자수의 부분에 보라색 과일물이 들어 있
다. 남자는 신발장에서 나머지 한 짝의 실내화를 꺼내 나란히 두 짝을 맞춰놓
는다. 두 짝의 색깔은 차이가 날 정도로 다르다. 비닐 바닥의 해진 틈으로 스
펀지 조각이 섞인 솜이 비어져 나오고 있다. 남자는 쓰레기 봉투를 벌리고 쓰
레기들을 집어 올린다. 녹차의 티백 찌꺼기와 두터운 오렌지 껍질, 다이어트
코카콜라. 모두 다 저열량의 음식들뿐이다. 돌돌 말린 비닐팩을 들어낸다. 미
모사 향의 섬유 유연제다. 미끌미끌하게 썩은 밥풀들이 달라붙어 있지만 시
큼한 악취 가운데서도 비닐팩에서는 상큼한 향기가 난다. 남자가 복도에서
맡았던 그 냄새다. 쓰레기 봉투 맨 밑바닥에 손도 대지 않은 생크림 케이크가
문드러져 있다. 하얀 우윳빛 생크림이 군데군데 벗겨진 사이로 포도 시럽이
잔뜩 발린 삼단 케이크가 드러나 있다. 그 위에 하늘하늘하게 곰팡이꽃이 피
어 있다. 체리가 얹혔던 자리에는 생크림 위에 붉은 테두리가 남아 있을 뿐이

다. 여자는 체리와 파인애플, 귤만 골라 먹은 것 같다. 아스피린 포장지, 작은
쪽지 하나도 꼼꼼히 펼쳐본다. …… (269~270면)

이와 같은 이야기를 통해 작가가 말하고자 하는 것이 무엇인지 가
늠하기는 쉽지 않다. '곰팡이꽃'을 삶에 관한 상징물로 이해하고자 하
면 서로 엇갈리는 관계 속에서도 그 관계로부터 벗어나지 못하며 살아
가는 삶에 대한 환멸 정도라고 말할 수 있을까. 그 환멸을 현재형 문
장의 묘사 연속으로 그려내고자 했다면 작가는 일단 방법론적인 시도
를 보여준 셈이다. 그녀의 작품이 주목을 받을 수 있다면 바로 그같은
형식적 시도 때문일 것이다.

이제 김연경으로 옮겨와 본다. 무엇보다 그녀의 출생연도가 주목을
끈다. 그녀는 1975년생이다. 그리고 1996년에 이른 등단을 했다. 90년
대 내내 신세대론이 유행처럼 사람들의 이목을 끌었는데, 그 한 양상
으로 그녀와 같은 젊은 작가의 출현을 꼽을 수도 있을 것이다. 그렇다
면 지금 스물 다섯에 이른 작가가 보여줄 수 있는 세계는 무엇일까 생
각해볼 만도 하다. 여기서 「심판」을 그 한 척도로 삼을 수는 없을까.
그 제목이 연상하도록 해주듯이 이 작품 역시 알레고리이다. '나'는 아
침에 일어나 이상하게 생긴 고지서를 받는다. 거기에는 여러 공납금의
내역이 한 사람 사용분이 아니라는 부기와 함께 씌어져 있다. 그같은
고지서가 배달되기 일곱 달, '나'는 마침내 재판에 회부된다. 재판정에
는 부모와 두 동생이 참석해 있고 재판은 남자와 관계를 맺고 아이까
지 뗀 '나'를 논죄한다. 작품의 말미에 와서 밝혀지는 것은 이 모두가
꿈속의 일이라는 것이다. 그 주제의식보다는 이를 드러내기 위한 방법
론에 더 관심을 가질 만하지만 작가는 그 독자성과 세련됨에서 냉정한
시선에 직면할 수 있을 것이다. 이같은 논란이야말로 신세대론과 이른

바 신세대작가가 감당하지 않으면 안 되는 시험이다. 감각과 형식의 새로움, 낯섦을 견딜 내용의 발견이야말로 그네들의 당면과제이다.

4.

　전경린과 배수아에 이르면 감각적으로 쓴다는 것이 어느 수준에 이를 수 있는가를 생각해 볼만도 하다. 그 감각의 낯섦이라든지 형식의 새로움이라든지 하는 문제는 미흡하나마 바로 앞의 장에서 이미 언급을 한 상태이다. 이와는 다른 측면에서 감각을 문제삼는다면 감각이 삶의 원천으로 이해될 때 응당 전면에 나설 허무주의가 논의의 대상이 될 수 있을 것이다. 「바다엔 젖은 가방들이 떠다닌다」와 「병든 애인」. 이 작품집에서 이 두 편은 공지영의 「조용한 나날」과 함께 주의를 기울여 읽어볼 만한 작품이라 하지 않을 수 없다.

　「조용한 나날」이 흥미로운 것은 그것이 고백의 차원을 넘어서려는 노력의 소산이기 때문일 뿐만 아니라 그 이유로 인하여 현실의 문제를 매우 복합적으로 드러내고 있기 때문이다. 돈과 사랑, 성과 계급의 문제, 이와 관련된 시대의 퇴폐가 이 작품의 주제임을 생각할 때 공지영의 관록이 만만치 않음을 알 수 있다. 이에 반해 전경린과 배수아의 소설은 보다 단순하고 그만큼 감각적이다. 그러나 바로 그 이유로 인하여 그들의 작품은 90년대 여성소설의 적나라한 한 양상을 이룬다.

　공교롭게도 두 작품 모두 이른바 불륜이라는 것을 배경에 깔고 있다. 「바다엔 젖은 가방들이 떠다닌다」에서 39세의 독신인 ‘나’는 ‘화련'이라는 여자와 선을 보는데 나중에 가서 밝혀지지만 그녀는 중년의 남자를 애인으로 두고 있다. '화련'과 결혼하기를 원하게 된 '나'는 그녀의 주변에 남자가 있다는 것을 알게 된다. '나'는 그녀에게 그와의 관계를 끊을 것을 종용하지만 오히려 그녀로부터 결별을 선언 당한다. 그녀와의 힘겨룸으로 인하여 황폐한 겨울을 보낸 '나'는 결국 별로 끌리지도 어울리지도 않는다고 생각했던, 공항에서 일하는 여자를 다시 만나게 된다. 이 작품의 말미에서 '나'는 다음과 같은 결론에 이른다.

> 나는 건조한 입술 사이로 비죽비죽 웃었다. 그 사이 공항 여자가 조금 자란 것 같았다. 어차피 인생에 더 나은 것 따위는 없을 것 같다. 우리는 단지 더 모르는 것에 끌릴 뿐이다. 그리고 모르는 것이 없어질수록 삶의 열정도 사라져간다. (249면)

한편 배수아의 「병든 애인」에서는 '나'가 중년의 남자와 관계를 지속했던 과거를 갖고 있다. '나'는 이혼을 한 사촌의 아이를 돌봐 준 보답으로 선인장을 받는다. 그러던 어느 날 남자가 헤어진 지 반 년 만에 '나'를 찾아온다. '나'는 그를 맞아들여 커피를 끓였고 남자는 사촌을 '나'의 새로운 애인으로 오해하는 와중에 그만 선인장 가시에 찔리고 만다. 그런데 이후 '나'의 상상이 흥미롭다. '나'는 선인장의 옛주인이 에이즈로 죽었을 것이라 생각하며 그 선인상 가시에 찔린 남자가 흑색종을 앓으며 죽어갈 것이라고 상상한다.

> 그 뒤로 오랫동안 나는 신문의 부고란을 빠짐없이 읽었다. 그 많은 내가 모르는 사람들의 죽음을. 흑색종은 늦어도 육개월이면 남자에게 최초의 고통을 가져다 줄 것이다. 아침의 구토감은 점점 더 심해질 것이고 오후가 되면 눈은 핏발로 가득 차서 증오에 찬 게릴라처럼 보일 것이다. 그리고 남자는 모르핀이 없으면 잠들지 못할 것이다. 고통을 잊기 위해서 울부짖다가 마지막

에 그는 자살하기 위해서 인터넷을 뒤지게 될 것이다. 마지막 순간에 그는 아무것도 기억하지 않을 것이다. 그리고 이제 얼마나 시간이 남았을까. 나는 여전히 웃지 않는다. 앞으로도 영원히 그럴 것이다. 나 또한 이제 마지막까지 아무것도 기억하지 않을 것이다. (165~166면)

그러나 실제로는 아무 일도 일어나지 않았다. '나'는 옷을 벗고 거울 앞에 서서 흑색종을 찾아보지만 몸 어디에도 종양은 없다.

> 그때 나는 거울 앞에서 허리를 구부리고 오래오래 기침을 했다. 목이 찢어지는 듯이 아팠다. 두 눈동자가 짐승처럼 충혈되고 더러운 침이 흘러내렸다. 내 몸의 모든 구멍에서 썩은 수채 냄새가 나는 물이 고이고 있었다. 모든 막연한 희망에서 조롱당하는 고통. 거울 속에서 나는 집을 나와 행려병자가 되어 죽는 날까지 떠돈다. (166면)

마지막 문장이 인상적이다. "거울 속에서"만 "나는 집을 나와 행려병자가 되어 죽는 날까지 떠돈다". 현실 속에서 '나'는 직장을 잃고도 옴짝달싹 못한 채 사촌의 아이를 돌보며 살아갈 뿐이다. 남자를 향한 이루어질 수 없는 사랑, 불순한 사랑은 그같은 희망 없음의 단적인 증거일 뿐이다. 또는 '나'는 그것이 진정한 사랑이 될 수 있을 것이라고는 상상조차 한 적이 없다.

두 사람의 작품이 흥미로운 이유는 어떤 희망도 상정하지 않기 때문이다. 공지영의 「조용한 나날」에서는 '나'의 삶 자체로서는 어떤 출구도 없는 듯하나 바로 그와 같은 인물을 제시함으로써 역설적으로 작가는 희망 또는 구원의 가능성을 추구했다고 할 수 있다. 반면에 두 사람의 경우에는 세계는 희망에 대해 폐쇄적이다. 세계는 이것이 아닌 행위와 사유에 의해 지금보다 나아질 수 있는 가능성이 별로 없다. 바로 이 점에서 두 사람의 의식은 허무주의적이라고 말할 수도 있다. 그런데 이 허무주의, 다른 말로 환멸의 정당화야말로 90년대 여성소설의 한 줄기가 아니었던가.

은희경의 경우를 생각해 볼 수도 있을 것이다. 『새의 선물』에서 『타인에게 말걸기』(문학동네, 1996)를 거쳐 『마지막 춤은 나와 함께』(문학동네, 1998)와 『행복한 사람은 시계를 보지 않는다』(창작과비평사, 1999)에 이르기까지 그녀의 태도로서 강화되어 온 것은 일종의 허무주의, 진정한 것에 관한 회의였다. 그녀의 작품이 신경숙의 그것에 뒤를 이어 독자의 광범위한 반응을 불러일으킨 점에 유의할 필요가 있다. 앞에서도 말했듯이 신경숙에 대한 반응은 30대 독자를 염두에 두지 않고는 설명될 수 없는 성질의 것이고 이는 80년대에 대한 향수가 광범위하게 존재하고 있었음을 말해준다. 그 향수 뒤에 올 수 있는 것은 무엇일까. 그것은 곧 환멸이 아니겠는지 생각해 볼 수는 없을까. 신경숙의 뒤에 은희경이 있다면 이는 한편으로 매우 자연스러운 흐름인 것이고, 바로 그같은 흐름 속에서 비록 개별적 특성은 분명 다르지만 전경린과 배수아의 현재를 가늠해 볼 수도 있다.

그렇다면 환멸 다음에 올 것은 무엇일까. 실제로 바야흐로 90년대가 마감을 고하려 하는 지금 독자들은 지난 시대를 풍미해온 이른바 여성소설에 대해 불만을 품고 있는 듯하다. 공선옥 김형경 이혜경, 더 넓게는 김인숙 공지영에 이르는 별다른 류(流)가 없지 않으나, 신경숙에서 은희경으로 또 전경린과 배수아로 이어지는 하나의 흐름은 환멸의 정당화에서 더 이상 나아가지 못한 채 답보를 거듭하고 있다는 인상을 남기고 있다. 환멸에서 더 나아가는 것은 그렇다면 또 다른 희망일까. 이와 같은 방식의 형식논리학으로부터 자유로와지는 일은 어제와 마찬가지로 오늘에서도 필요한 일이다. 그럼에도 불구하고 오늘의 한국문학은 향수, 절망, 환멸과 같은 감각의 글쓰기의 한계로부터 벗어나

더 사변적이고 분석적이고 지적일 필요가 있다. 이는 지난 몇 년 동안
의 문학을 불모적인 것으로 폄하하기 위함이 아니라 더 풍요로운 공감
의 영역을 창출하기 위함이다. 돌이켜보면 한국문학에서 여성작가란
결코 감각에 만족하지만은 않았었다. 박경리와 박완서 두 노 작가, 거
슬러 올라가면 강경애와 같은 별종의 작가가 바로 여성작가이면서도
그 성으로 가치를 배려할 수 없는 문학성을 구축했었다. 오늘의 여성
작가는 이제 그와 같은 부담을 의식하지 않을 수 없어야 한다.

"시장 아니면 구정물의 늪"의 딜레마를 넘어

최인석의 창작집 『나를 사랑한 폐인』(문학동네, 1998)론

1.

나는, 예전에 자못 흥분한 어조로, 그러나 최인석이 있었다고 쓴 적이 있다. 그때 그는 이미 많은 작품을 발표한 작가였지만 독자들은 물론 나와 같은 백면의 평론가에게조차 낯선 존재였다. 지금은 예전보다는 형편이 나아져서, 적어도 평단에서만큼은 그를 의식하지 않고는 한국문학의 지형을 논하기가 어렵게 되었다. 그러나 그는 여전히 독자들에게는 생소한 존재로 남아 있다. 무엇보다 그 특이한 소설적 문법이 읽는 이들의 쉬운 접근을 막는 면이 있고, 그 지향하는 독특한 세계가 독자들을 불편하게 하는 면이 있다.

그런데, 그 낯섦과 불편함은 일반인들만의 느낌만은 아닐 듯도 한 것이, 평론가들 또한 그에 관해서는 명확하고 상세하게 발언하는 경우가 그리 많지 않다. 그의 본질이나 그의 작품의 본의가 그것 아니고는 아니 되게 설명되는 경우가 별로 없다. 희곡을 쓰던 때로부터 소설을 쓰는 지금까지를 일관해서 다룬 글도 없다. 얼마 전에 발표된 작품, 「숨은 길」을 둘러싼 작은 해프닝은 그와 그의 방법에 대한 선입견이나 오해가 널리 자리잡고 있음을 보여준다. 그럼에도 한편으로 그는 현금의 한국문학을 논함에 필요한 한 작가로 중요시된다. 많은 후배 작가들과 함께 그는 별다른 한 지점으로 논의되곤 한다. 문학이 기껏해야 63년생 전후를 대상으로 해서나 논의되고 있는 기이한 풍토 속에서 그는 하나의 예외적 존재로 언급된다. 무엇이 이와 같은 상황을 연출하고 있는 것일까. '자전소설'인 「소설가 최보(崔甫)의 어제, 또 어제」는 그 이유를 가늠할 수 있게 해준다.

최보는 어저께 태어났다. 그가 어저께 태어났다고 하는 것은 달력상으로 너무나도 오래 전인 그가 태어난 그 날이 어제와 별로 다를 바가 없기 때문이다. 그가 굳이 자신의 친구였다고 고집하는 오스카가 그랬듯이, 까마득한 옛날 아직 어미의 자궁 안에 들어 있던 그에게 삼신할미가 나타나 '꼬마야, 이 세상에 나오고 싶으냐, 나오기 싫으냐?' 하고 물었다면, 그는 싫다고 대답했을 것이다. (85면)

새벽에 시므온과 헤어질 때에 최보는 이제까지는 알지 못했던 새로운 시간의 영역과 함께 자신의 존재의 영역 역시 새로이 깨달았다고 생각했다. 최보가 요즘 들어 악착같이 어제, 라는 시간만을 고집하는 이유도 아마 그것일 것이다. 그 새벽에 헤어질 때에 시므온이 최보에게 한 말은 이것이었다. 이놈아, 내가 브레히트도 몇 번 만나봤다만, 브레히트는 그렇다 치고, 니가 세상에서 선택할 게 시장 아니면 구정물의 늪밖에 없는 줄 아냐? 별 멍청한 놈 다 보

네. (104~105면)

위의 두 인용 부분은 최인석이 독특한 시간의식의 소유자임을 보여준다. 그것은 기독교의 시간의식과 흡사하기도 하고 벤야민이나 블로흐의 역사의식을 떠올리게도 한다. 그것은 이 지상의 삶을 환난의 지속으로 보면서도 그 환난의 시간에 종지부를 찍을 심판의 순간을 꿈꾸는 의식, 근본적으로 종말론에 가까운 역사 초월의 의식이다. 또 그것은 현실을, 환난의 끊임없는 반복, 하나의 환난의 다른 환난으로의 교체로 보는 의식이며, 바로 이 점에서 현실을, 단지 양적으로만 차이가 날 뿐 질적으로는 다르지 않은 '현재'의 연속으로 보는 의식이다. 그런 의미에서 지난 과거의 순간은 모두 시간의 순서상으로만 구별되는 '어제'들일 뿐이다.

이와 같은 시간·역사 의식을 우리는 장정일과 같은 작가에서도 발견할 수 있거니와, 그와 장정일의 차이는 환난에의 소설적 대응을 통해 그 역사로부터의 초월을 선취해가려 하는가, 자기마저 그 환난의 표상으로 인식하면서 절망적인 자기 연기를 통한 도피를 꿈꾸는가에 있다. 두 작가가 모두 개인과 사회, 자기와 공동체의 문제를 함께 고민하고, 또 그 정신적 차원의 해결을 지향하기는 하지만, 최인석이 사회·공동체의 운명의 추이 속에서 자기 구원의 문제를 보고 있다면, 장정일은 언제인가부터 사회·공동체의 문제를 접어둔 채 자기 연기의 세계로 빠져들어 버렸다. '내일'이라는 "새로운 시간의 영역"을 꿈꾸고 이 꿈속에 "자신의 존재의 영역"을 설정한다는 점에서 최인석은 독자적이다.

그러나 이같은 시간·역사의식이 배태한 알레고리의 '수사학', 사각의 무대 공간을 닮은 닫힌 플롯, 숨을 차게 하거나 반대로 조여 들어오는 긴박한 문체 등은 앞에서도 말했듯이 그와 그의 소설에 대한 쉬운 접근을 막고 그 이해를 어렵게 한다. '자전소설'이라 하는 「소설가 최보의 어제, 또 어제」는 그 한 예이다. 그리하여 그는 그와는 다른 시간·역사 의식을 소유한 이들의 세계를 의식하고, 그들의 가치를 인정함에도 불구하고, 반대로 그 자신은 그들로부터 충분히 이해되고 인정받지 못한다. 그의 '노래'는 외로운 '노래'로 남는다.

이때 그들이란 현실에 대해 비판적인 거리를 유지하고자 하는 이들이며, 이를 위해서는 단 하나의 방법론이 필요하다고 보는 이들이다. 그의 방법은 그와 같은 '절대적' 방법과는 거리가 있고, 그의 작품 곳곳에서 자주 눈에 뜨이는 바, 브레히트 식의 연극에서 소외 효과를 자아내는 여러 장치와 유사성이 있다. 이는 그가 본디 희곡작가였다는 사실과도 연관이 있다. 이 점을 충분히 감안하지 않으면, 그의 작품들은 이해하거나 감동하기 어려운, 독해상의 장애를 가진 작품으로 보이기 쉽다.

그러나 이와 같은 '장애'에도 불구하고 그의 작품은 주목할 만한 충분한 가치가 있다. 오히려 이 장애처럼 보이는 요소들에 그의 독특한 미학적 자질이 담겨 있다는 것이 나의 판단이다. 그의 작품을 읽기 위해서는 수고로움이 필요하지만 그것은 낯설고 새로운 가치를 발견하기 위한 수고로움이다.

2.

「소설가 최보의 어제, 또 어제」는 작가의 의식과 태도를 비교적 직접 헤아려 볼 수 있게 한다는 점에서 의미가 있는 작품이다. 『내 영혼의 우물』(고려원, 1995)과 『혼돈을 향하여 한 걸음』(창작과비평사, 1997)을 지나 이 작품집에 이르는 그의 창작적 도정이 이로써 쉽게 이해될 수도 있다. 또 지금까지는 「독수리」(『내 영혼의 우물』)나 「심해(深海)에서」(『혼돈을 향하여 한 걸음』)가 알레고리스트로서의 그를 대변해 주었다면, 이 작품은 그같은 면모가 훨씬 더 직접적으로 드러난 한 예가 된다.

그만큼 고백적인 성격을 갖는 이 작품에서, 박태원의 선례를 따라 최보(崔甫)가 된 작가는, 프로이트의 정신분석 대상이 되었던 편집증 환자 쉬레버를 만나고(프로이트의 저작 중에 「편집증 환자 쉬레버─자서전적 기록에 의한 정신분석」이라는 논문이 있다), 브레히트와 하이네의 시를 읽고, 끝없이 메시아를 기다리는 구약의 인물 시므온을 만난다. 또 그는 모모한 출판사의 시상식 뒤풀이를 따라 갔다 두보와 박태원을 만나기도 한다. 그들은 희망이 없는 세계를 살아가면서도 희망을 버리지 못하는 이들로서, 역시 같은 처지에 놓여 있는 최보의 '친구'들이다.

소설을 쓰면서, 돈이 궁하면 번역을 하고, 그 한편으로 술로 세상을 견디는 삶을 살아가는 최보이다. "술에 떡이 되어 집으로 돌아갈 때마다 문득 온몸을 두들겨 맞은 것 같은, 정체를 드러내지 않는 적군들의 포로가 되어 버린 것 같은 기분"에 사로잡히곤 하는 것이 또한 최보이다. 그런 그에게 이 '친구'들은 정신적 위안을 선사하기도 하고 세상을 견디는 논리와 태도를 가르치기도 한다.

세상은 지금 그에게 "시장 아니면 구정물의 늪"이라는 양자택일의 논리를 강요하고 있다. 즉 자본주의가 아니라면 사회주의가 있을 뿐이라는 것이다. 그런데 그때 그 사회주의란 무엇인가. 그것은 일찍이 헐리우드를 비판할 수 있었던(「헐리우드」) 브레히트가 결코 흔쾌히 동의할 수 없었던 구 동독 체제의 이념이 아니었던가(「기분 나쁜 아침」). 그는

‘현실 사회주의’ 체제가 몰락한 지금, 강요되는 양자택일에 갈등을 느낀다. 그것은 “시장”, 곧 자본주의라는 현실의 나태한 수용 이상을 의미하지 않기 때문이다.

그렇다면 브레히트는 어디에서 살아야 했을까? 만일 그에게 진정 선택권이 있었다면 그는 시장을 선택했을까. 아니면 호수 같기는 하지만 사실은 구정물의 늪에 불과한 곳을 택했을까? 만일 최보에게 진정 선택의 기회가 온다면 시장을 택해야 할까, 구정물의 늪을 택해야 할까? (91면)

이에 대해서 최보의 입을 통해 밝혀진 명시적인 답안을 찾아보기는 어렵다. 그러나 두어 가지 단서가 없지는 않은데, 프로이트의 분석 방식에 화를 내는 쉬레버에게 최보가 던진 충고는 그 하나이다.

넌 혁명가야. 니 임무는 신이 죽여버린 세상 사람들을 살려내는 거야. 그틀에 세상 만물을 쥐어짜 규격만 약간씩 다른 암나사 숫나사를 무수히 만들어내는 인간들 말이야. 그놈의 편집광이 만들어낸 똑같은 암나사 숫나사에 대한 설명을 네가 새삼스럽게 할 필요가 뭐가 있냐? 넌 세상이 암나사 숫나사로만 이루어지는 게 아니라는 것만 얘기하면 되는 거야. 너의 혁명, 또는 광기로 일관하면 돼. (…중략…) 야야, 세상을 설명하는 방법은 백 가지 천 가지야. 민들레 한 송이를 묘사하는 길도 천 가지 만 가지라니까. 수천 명의 프로이트들이 만들어낸 그놈의 판에 박은 암나사 숫나사를 이놈아, 니가 뭐하러 묘사하고 설명하고 따지려고 골머릴 썩이냐? (88~89면)

이것은 우선 오늘, 한국문학의 일각에서 유행하고 있는 프로이트주의에 대한 작가의 비판으로 읽힐 수가 있다. 이성이나 진보와 같은 개념에 대한 지난날의 신뢰를 일소에 붙이고 무의식과 욕망에 무한한 권능을 부여하는 경향을 그는 경계한다. 또한 이것은 이른바 여성소

설의 과잉 현상을 암암리에 비판하고 있는 것이기도 하다. 실제로, 성
(性)은 최근 들어 한국문학이 재발견한 근본적인 문제의 하나이기는
하지만, 지금은 이 문제를 다룬 소설이 얼마나 근본적인 시각에서 씌
어졌던가를 검토해야 할 시점이다. 또 그 소설들이 성의 문제와 연관
되지 않을 수 없는 여타의 문제나 그와는 별도로 독자적인 가치를 갖
는 다른 심각한 문제를 얼마나 의식했던가, 하는 질문도 지금은 던져
질 필요가 있다. 쉬레버와 최보의 대화는 먼저 그와 같은 문제들을 생
각하게 한다.

그러나 이는 또한 섣부른 환원론이나 결정론, 양자택일의 논리에 대
한 작가의 경계를 표현해 주는 것이기도 하다. 삶의 문제를 프로이트
식의 정신분석만으로 설명할 수 있겠는가 하는 의문은, 사회주의 이념
의 결함을 들어 곧 자본주의라는 현실의 옹호로 나아갈 수 있겠는가
하는 의문과도 그 성격상 통하는 바가 있다. 고통으로 가득찬 현실에
안주하기보다는 진정한 '내일'을 기다리며, 그 기다림의 '노래'를 부르
리라는 것이, "시장 아니면 구정물의 늪"이라는 명제 앞에 선 그의 태
도이다. 이 작품의 마지막 장(7장)에는 이와 같은 작가의 생각이 매우
상징적인 방식으로 드러나 있다.

> 어제 최보는 비디로 여행을 떠났는데, 그곳에서 이상한 노래를 들었다. (…
> 중략…) 난생 처음 듣는 노래였다. 그 목소리들이 어딘가 낯익었다. (…중
> 략…) 노래는 그 해송 가운데에서 들려왔다. 최보는 부지런히 그쪽으로 발걸
> 음을 옮기기 시작했다. 뭔가가 하늘에서 뚝 떨어졌다. (…중략…) 새였다. 날
> 개가 붉은 벌새가 죽어 떨어져 있었다. (…중략…) 노래는 여전했다. 그는 노
> 래소리와 떨어져 죽은 벌새 사이에서 잠시 어찌할 바를 알지 못했다. 그가 다
> 시 해송 쪽으로 발을 옮겨 몇 걸음을 걸었을 때 또다시 그의 발 밑으로 뭔가
> 가 뚝 떨어졌다. 새, 이번에는 날개가 파란 벌새였다. (…중략…) 노래가 그를

불렀다. 그가 발을 옮기기 시작했을 때에 다시 하늘에서 죽은 새가 떨어졌다. (…중략…) 그는 어찌할 바를 모르는 채 노래가 들려오는 해송을 넘겨다보았다. 그리고 그 자리에 고스란히 얼어붙었다. 으으, 신음소리가 비어져나왔다.
　해송들이 각기 얼굴을 지니고 있었다. 그 얼굴을 최보는 그제서야 알아보았다. 그의 친구들이었다. (…중략…)
　다시 머리 위에서 죽은 새가 뚝, 떨어졌고, 최보는 풍경처럼 그 자리에 얼어붙은 채 친구들을 바라보고 서 있었다. (107~109면)

추락하는 "새"와 친구들의 "노래"를 통해 그는 무엇을 말하고 싶었던 것일까. 그것은 형체를 가진 이념의 추락에도 불구하고 그 너머에 살아 숨쉬는 이상 혹은 꿈을 포기할 수는 없음이 아닐까. 나는 이와 같은 태도를 이보다 먼저 최인훈의 『화두』(민음사, 1994) 속에서 읽은 적이 있다. 최인훈은 이 작품에서 미국이라는 '오래된' 근대의 숲속을 걸으며 이념에 '들린' 자신의 생을 반추하면서도 이상의 가치를 부정하지는 않는다. 바로 이와 같은 태도로 인해 이 작품은 그 무렵의 다른 많은 작품과 구별되었다.

최인석의 작품 또한 그와 유사한 태도로 인해 지금 '내일'에 대해 더 이상 물을 것이 없는 많은 소설과 구별된다. 뿐만 아니라 그 미래지향성으로 말미암아 그의 작품은 '어제' 속에서 가치를 찾는 소설, '어제'에 갇혀 '오늘'을 말하지 못하는 소설과도 구별된다. 그리고 이것이 그에게 외롭지만 독특한 문학적 위치를 부여한다. 그는 그가 속한 세대로부터도 멀고 그가 속하지 않은 세대로부터도 멀다. 그는 그의 30대를 풍미한 '단일한' 방법론으로부터도 거리가 있고, 63년생들의 30대를 풍미하고 있는 이상과 꿈의 부정과도 거리가 있다. 이것이 그의 섬과도 같은 위치이며 이로 말미암아 그는 외롭지 않을 수 없다. 그러나 바로 그것이 또다른 구보(丘甫), 최보의 가치를 이룬다.

3.

　「약속의 숲」은 「내 영혼의 우물」 「세상의 다리 밑」(『내 영혼의 우물』)
이나 「노래에 관하여」 「심해에서」(『혼돈을 향하여 한 걸음』) 등과 함께
그의 또 하나의 대표작으로 남을만한 작품이다. 이 작품에 이르러 그
의 소설은 미국으로 배경을 옮겨가는데, 이는 단순히 배경 공간의 이
동을 의미하지 않는다. 그것은 작가의 시야가 예전에 비해 훨씬 더 넓
어지고 있음을 의미함과 동시에, 스스로 의식하고 있는지는 모르나 현
실의 변화를 그가 예민하게 감지하고 있음을 의미하기도 한다. 이 작
품의 배경이 세계자본주의의 수도인 뉴욕을 배경으로 하고 있다는 것
이 단지 우연의 소치만은 아니다.

　이 소설의 주인공 대영은 여당의 국회의원으로 출마하라는 권유를
받고는, 유권자들에게 안정감 있는 정치가의 인상을 심어주기 위해, 11
년 전에 헤어진 아내와 딸을 찾아 미국으로 향한다. 이같은 상황 설정
자체가 현실 문제에 주의를 집중하는 작가의 특질을 드러내고 있지만,
이 작품의 중요성은 이른바 문민정부라던 김영삼 정권하에서 계속된
재야 인사의 '진로 수정'을 다룬 데만은 있지 않다. 다른 작품에서도
그렇듯이, 현실의 문세를 작품의 소새로 이끌어 들일 때 그가 주목하
는 것은 영혼의 문제, 정신의 부패라는 문제이다. 그는 부조리한 현실
이 그 구성원의 정신에 가하는 폭력에 집중한다. 이 작품에서도 그는
과거의 순수한 이상주의자 대영이 국회위원의 뱃지 앞에서 허황된 약
속의 포로가 되고 마는 아이러니를 보여준다. 오랜 망설임 끝에 아내
정연을 만난 대영은 자기의 포부를 열심히 설명하다가는 문득 자신의
모습을 깨닫게 된다.

애기하다 말고 대영은 입을 다물었다. 정연이 그의 얘기를 듣는 것이 아니라 그의 얼굴을 연민에 젖어 쳐다보고 있다는 것을 깨달았기 때문이요, 얘기가 길어질수록 그것이 자신의 귀에 변명처럼, 그것도 너무나 일방적인 변명처럼 처량하게 들려왔기 때문이다. 그러나, 그보다도 자신의 얘기에 섬찟 놀라 그가 입을 다문 것은 자신이 약속을 하고 있다는 것을 깨달았기 때문이었다. 사출 공장에서 태호와 더불어, 식기 공장과 형광등 공장에서는 혼자서 노동자들을 향하여 세상에 대해, 세상의 앞날에 대해 확신에 차서, 큰 소리로 외쳤던 그 모든 약속들, 그렇게 약속하는 그를 눈을 빛내며 열중하여 지켜보던 노동자들의 얼굴, 그러나 지킬 수 없었던 그 모든 약속들을 등 뒤에 버려둔 지금 새로운 약속을, 그 자신 확신할 수 없는 새로운 약속을 하고 있었다. 목표와 약속을 동일시하고 있었다. 저 히틀러처럼, 스탈린처럼, 김일성과 이승만처럼, 유권자들 앞에 선 대통령 후보처럼, 노동자들 앞에 선 자본가처럼, 저 무수한 사기꾼들처럼. (205~206면)

정연은 그가 전혀 변하지 않았다고 말한다. 11년 전 비합법이던 노조협의회의 간사로 일하던 대영, "그가 지킬 수 없었던 모든 약속에 대한 염증에" 시달리던 나머지, 딸만을 데리고 뉴욕으로 떠났던 그녀였다. 그는 그녀의 연민에 젖은 얼굴을 대하며 자신이 허황된 약속을 거듭하고 있음을 깨닫는다. 많은 우여곡절 끝에 그는 아내와 딸을 다시 뉴욕에 버려둔 채 홀로 서울행 비행기에 올랐지만, 결국은 국회위원 보궐 선거의 출마를 단념하고 더 의미 있는 일을 하리라고 생각하게 된다.

그렇다면 이 작품은 "목표와 약속을 동일시"하며 살아왔고, 다시 허황된 약속의 유혹에 빠져들던, 대영의 영혼의 위기와 그 구원을 그린 작품이라고 일단 읽힐 수가 있겠다. 그러나 그 과정에서 작가가 그려내는 미국, 뉴욕의 형상과 딸 윤경의 모습은 이 작품으로 하여금 그같은 일차적 의미를 넘어서는 뜻을 갖게 한다.

대영을 마중 나온 태호는 미국을 달러가 지배하는 세계로 묘사하지만 이어지는 그의, 큰아들에 대한 이야기는 문맹·마약·포르노·폭력·인종차별과 빈부의 격차로 얼룩진 미국의 실상을 드러내는 것이었다. 이미 그의 고백에서부터 미국이라는 현실의 양면성이 드러나고 있지만, 특히 인상적인 것은 4장, 뉴욕을 헤매이는 대영의 눈에 비친, 제국으로서의 미국과 빈자의 미국이라는, 두 이미지의 겹침이다.

마천루들은 높이만이 아니라 너비도 어마어마했다. 한 블록 전체, 간혹은 두세 블록을 한꺼번에 차지하여 까마득한 높이로 하늘을 향해 뻗어 올라간 건물들은 그의 공간감각으로는 건물이 아니라 괴물 같았다. 흰 얼굴, 검은 얼굴, 노란 얼굴의 사람들이 그저 무심하게 스쳐갔다. (…중략…) 록펠러센터와 라디오시티를 발견했을 때에는 그는 잠시 어리둥절했다. 그 건물의 생김생김에 혹해서가 아니었다. 책을 통하여, 사람들을 통하여 전설처럼 보고들은 그런 건물들이 너무나 아무렇지도 않게, 다른 평범한 잿빛의 건물들과 어깨를 나란히 하고 서 있다는 것이 일순 신기했다. 엠파이어스테이트 빌딩이나 카네기홀, 브로드웨이 따위도 마찬가지였다. (…중략…) 미국인들이 자기네 나라를 현대의 로마라고 생각하고 있다는 증거가 가끔 눈에 띄었다. 타임스 스퀘어 표지판에는 '세계의 교차로 Crossroads of the world'라는 글귀가 아로새겨져 있었고, 그 근처의 한 맥도널드 햄버거 가게 유리창에는 커다랗게 '우리가 세계다 We are the World'라고 쓰인 포스터가 나붙어 있었다. (…중략…)
그는 버스도 타고, 지하철도 탔다. 미국인들은 '홈리스', 그러니까 '집 없는 사람'이라고 부르는 거지들을 무수히 보았다. 그들은 지하철 계단과 돌 바닥에 종이상자로 울타리를 치고, 종이상자와 신문지를 깔고 덮고 잠을 자고 있었고, 타임스 광장의 벤치에서 외투를 덮고 누워 있거나 빵조각을 우물우물 씹으며 앉아 있었고, 브로드웨이의 쓰레기통을 뒤지고 다녔으며, 종이컵을 그의 코 앞에 불쑥 내밀고 원 달러, 하고 중얼거리고는 빤히 그의 얼굴을 쳐다보았다. 두 개의 드럼 스틱으로 길바닥을 두들겨대며 연주를 하다가 구경을 하던 사람들에게 종이컵을 내미는 사람을 보았다. 그들 모두가 흑인들이었다. (192~194면)

대영의 눈에 뉴욕은 이처럼 제국의 수도이자 동시에 변치 않는 부조리의 상징이다. 뉴욕 또한 한국, 서울과 마찬가지로 세계의 절망으로부터 벗어나 있을 수는 없었던 것이다. 비록 미국의 도시들을 배회하며 쏟아내었던 『화두』의 사색에는 비견될 수 없겠지만, 이와 같은 묘사는 한국의 소설로서는 보기 힘든 것이 아닌가 한다.

그러나 정작 그에게 충격을 던진 것은 그의 딸 윤경이 흑인과 동거를 하다 헤어졌고 그 와중에서 아이를 가지게 되었다는 사실이다. 어머니 정연 또한 이 사실을 알고는 낙태를 권하지만 윤경은 끝내 이를 거부하고 아이를 낳았던 것이었다. 대영은 뜻하지 않은 손자 철이의 존재를 도저히 인정할 수가 없다. 뿐만 아니라 이로 말미암아 아내와 딸을 한국으로 데려갈 수도 없다. 자신의 딸이 흑인의 아이를 가졌다는 사실 하나만으로도 당의 공천을 받은 일은 수포로 돌아갈 것이기 때문이다. 또한 정작 선거에 나가게 된다 해도 승리할 가능성은 전무하게 된다. 공항에서 대영은 남은 달러를 몽땅 윤경에게 건네고는 비행기에 오른다. 윤경은 그에게 작은 상자를 선물로 건넨다. 비행기 안에서 꺼내 본 상자 안에는, 검은 색 원통형의 나무토막에 네 사람의 얼굴이 새겨져 있는, 아프리카식 토템 기둥 모형과 딸의 편지가 들어 있다.

아버지를 위로하며 삶에의 의지를 피력하는 윤경의 편지는 다음과 같이 요약될 수 있다. 어린 시절 아버지가 들려주던 헨젤과 그레텔의 이야기를 기억하고 있는 그녀가, 아버지가 돌아오지 않는 숲 속에서 이제 기다리는 것은 철이와 함께 단란하게 살아갈 수 있는 최소한의 조건뿐이라는 것, 그것이 이 세상, 즉 미국에서 그토록 찾기 어렵다는 것이 믿어지지 않는다는 것, 뉴욕이라는 그 아름다운 세상에 불행한 이들이 무수히 존재해야 한다는 사실을 받아들일 수 없다는 것, 부모와 이웃의 얼굴에 깃든 불행이 무엇에서 연유하는 것인지 슬프지 않을 수 없다는 것, 그녀는 이 세상의 그같은 허위를 무너뜨리고 싶다는 것, "오스카의 양철북"과 "비명 소리"를 간직한 채 이 세상을 의연히 살아가겠다는 것 등이 그것이었다.

한 문장으로 말해 그것은, 겉은 노랗지만 속은 흰 "바나나"가 아니라, "컬러드(colored)"로서, 흑인 아이를 가진 동양 여자로서의 정체성(identity)을 의식하면서 살아가겠다는, 삶에 대한 팽팽한 긴장감과 의지를 지니고 살아가겠다는 태도의 표명이었다.

> 대영은 눈물을 훔치며 편지를 접었다. 부끄러움으로 얼굴이 화끈거렸다. 그는 윤경의 북소리를, 철이의 비명소리를 들었다. 낯익은 비명이었다. 그것은 바로 그 자신의 비명이기도 했다. 그가 길을 잃은 숲에서 윤경 역시 길을 잃고 헤매고 있었다. 그의 숲과 윤경의 숲이 다른 곳이 아니었다. (245면)

편지를 보고서야 대영은 비로소 자신을 둘러싼 상황을 분명히 깨닫게 된다. 또한 그러고서야 그는 비로소 딸이 준 선물의 의미를 이해하게 된다.

> 대영은 윤경이 준 선물을 접어들었다. 그리고, 그 순간 불현듯 깨달았다. 그 아프리카 민예품에 아로새겨진 네 사람 가운데 맨 위의 남자는 바로 대영 자신이라는 것을. 그리고, 그 밑의 두 여자는 정연과 유경이라는 것, 맨밑의 소년은 철이라는 것을. 적어도 윤경은 그렇게 생각하며 그 선물을 골랐으리라는 것을. 대영은 그들 3대 4명의 가족이 아로새겨진 그 민예품을 손에 꼭 움켜쥐었다. (246면)

이와 같은 결론은 이 작품을 최근 몇 년간 찾아보기 힘들었던 문제작으로 만드는 것이 아닌가 한다. 이로 하여 이 작품은, 단순히 배경이 미국으로 바뀐 것이 아님은 물론, 파괴된 영혼의 회복이라는 주제의 반복성으로부터도 현저히 벗어나, 사회 구성원에게 고통을 강요하는 문제의 세계적 동시성을 드러내고 있을 뿐 아니라, 윤경이라는 인물을 통해 소수자, 동양인, 여성의 정체성 문제를 복합적으로 제기하고 있는 셈이 된다. 이같은 문제는 지금까지 본격소설에서는 거의 다루어지지 않았던 주제이고, 최근에 들어서야 나는 김이태나 김승희 등의 작품에서 이와 같은 주제를 향한 탐색의 기운을 느끼는 정도이다. 이는 한국 사회가 자본주의 세계 체제의 한 고리로 더 단단히 비끄러매어지고 있는 현금의 상황을 감안할 때 매우 자연스러운 현상이라고 할 수도 있다. 그러나 김이태처럼 삶 자체가 그와 같은 상황에 직면해 있지도 않은 상황에서 이러한 문제에 주의를 집중하기란 쉬운 일은 아니다. 그것은 취재형의 작가, '나'가 아니라 '세계'의 문제에 주의를 기울이는 작가에게서나 가능한 일이며, 바로 그런 점에서 최인석과 같은 작가만이 행할 수 있었던 일이다. 7~80년대라는 어두운 터널의 희생자이고, 미국이라는 거대한 부조리의 또다른 피해자이기도 하지만, 그같은 운명을 직시하면서도 자신의 생의 가치를 지켜가겠다는 윤경의 모습에서, 읽는 이들은 가족, 집단, 민족이나 국가의 신화 속에서 개인의 정체성을 지켜나가는 소중한 논리를 확인하게 된다. 「약속의 숲」의 가치는 정녕 이 대목에서 찾아져야 한다.

4.

「지리산에 저 바다」와 「나를 사랑한 폐인(廢人)」은 여러 가지 점에서 함께 논의될 만한 성질의 작품이다. 이 작품들은 「약속의 숲」과 마찬가지로 취재에 바탕한 것이면서도 그보다는 알레고리적 상상력에 더 많이 의존한 작품이라 할 수 있으며, 이 점에서 「소설가 최보의 어제, 또 어제」와 「약속의 숲」 사이 어느 지점에 위치한 것들이라 할 수 있다. 이들 작품에서는 작가의 유토피아주의적인 사고가 각각 살인 사건과 기사 조작 사건이라는 실제적 사건 위에 얹혀 독자들에게 전달된다. 이는 『내 영혼의 우물』에서 주로 시도되었던 것으로 그 작품집이 주로 단편으로 이루어졌었다면 이 두 작품은 중편에 해당하는 점이 다르다면 다르다. 『혼돈을 향하여 한 걸음』에서는 「노래에 관하여」와 「심해에서」 두 빼어난 중편이 그 예를 보여준 바 있다. 그럼에도 이 두 작품은 그 선례들과는 달리 긴장이 다소 완화되고 있다는 인상을 준다. 그 이유를 해명하기 위해서는 무엇보다 두 작품이 취재를 통해 소재를 얻은 작품이라는 사실에 주목해야 하는 것이 아닐까 한다.

먼저, 「지리산에 저 바다」는 만덕과 성우라는 두 대조적인 인물을 통해 이 지상적 삶의 환란성을 드러내고 있는 작품이다. 성우는 아이를 잃고 아내마저 집을 나간 후 다니던 공장에도 나가지 않고 부랑자 생활을 하다 감옥까지 다녀온 인물이다. 지리산 국립공원 근처의 모텔 공사장에서 일을 하고 있지만 규모 있는 삶에는 의욕을 상실한 지 오래이다. 공사 일도 될 수 있는 한 게으름을 피우며 되는 대로 아무렇게나 해치울 뿐이라는 그는 결국 스탠드바에서 술에 취해 미스 장과 싸운 후, 공사장의 다른 인부들과 함께 엉뚱한 여자를 겁탈하다 죽여버리는 일을 저지르고 만다. 개연성이라는 면에서 볼 때 성우라는 인물은 작가가 취재를 통해 얻은 자일 가능성이 크다. 환경이나 신분, 전력 등에서 볼 때 그의 우발적인 살인은 매우 자연스러워 보인다.

반면에 만덕은 어렸을 때부터 할아버지가 지리산에 데리고 들어가

키운 이로, 그가 죽은 지 오래인 지금에도 지리산 속에 머물며 공사장 인부로 일을 하는 젊은이로 나타난다. 그는 지나치다 싶을 만큼 성실히 일하는 일꾼으로서 새벽바람에 일을 하다 성우를 비롯한 인부들로부터 집단구타를 당할 정도이다. 또한 그는 평소에는 더할 수 없이 일에 열심이다가도 일년에 한두 차례 산내 청국장집에 들르는 날이면 몇날 며칠씩 술만 마시며 춘자의 몸을 탐하는 기행의 인물이기도 하다. 세상과 동떨어진 곳에서 성장해온 그는 "사람들이 하는 짓이라는 것은 대개 벌레가 하는 짓과 크게 다를 바 없"다고 생각한다. 여자를 죽인 혐의로 끔찍한 고문 수사를 받다 겨우 풀려나 춘자의 집에서 며칠째 술만 마시던 그는 어느 날 할아버지의 기억을 다시 떠올린다.

> 그리고 할아버지가 생각한다. 할아버지가 들려준 얘기들이 생각난다. 사람만 되지 않으면 된다고 했다. 커서 사람만 되지 않을 수 있다면 뭐가 되어도 괜찮다고 했다. 사람이야말로 세상에서 가장 끔찍스럽고 무서운 짐승이라고 했다. 사람이 사람이 아니라 저주가 될 때 세상이 망한다고 했다. 좋은 세상이 온다고 했다. 일이 일이 아니라 저주가 되면 세상이 망한다고 했다. 세상이 망한다고 세상이 없어지는 건 아니라고 했다. 좋은 세상이 온다고 했다. 지금은 저 반야봉이나 천왕봉 꼭대기에 올라가 구경이나 할 수 있는 세상이 온다고 했다. 할아버지는 말했다. 이 세상 궁금할 거 하나 없다. 이 세상은 망헌다. 벌써 망혔다. 여그 산에서 살면 그만이다. 이 세상엔 배울 거 하나 없다. (154면)

> 만덕은 술이 찰랑거리는 머리 속에서 할아버지를 향해 부르짖었다. 할아버지, 인자 그때가 다 된 것 같은디요 사람이 사람이 아니라 저주고, 일이 일이 아니라 저주가 된지 벌써 오래인 것 같은디, 왜 아직 안 망헌다요? 왜 아직 세상이 이러고 버티고 있다요? (156면)

이 작품의 결말은 더욱 비현실적으로 보인다. 산으로 돌아간 그는 반야봉 위에서 구름 바다를 내려다보며 환멸과 연민에 사로잡힌다.

> 그들이 미운 것이 아니라 불쌍하다는 생각이 들었다. 만덕의 눈에 눈물이 고였다. 조금 전까지도 혼자라는 것이 주는 시원함에 압도당했던 그는 이제는 온몸이 결박당한 듯한 갑갑함으로 몸서리가 났다. 그의 뺨으로 눈물이 흘러내렸다. 할아버지, 언젭니까? 언제냔 말이여라우, 언제요? 언제요? 언제? 그는 돌연 구름 바다를 향해 한 걸음 다가서며 고함을 질러대기 시작했다. (…중략…) 구름 바다가 그의 외침을 삼켰다. 바람이 그의 외침을 휩쓸어 빗줄기가 쏟아져내리는 뱀사골을 한달음에 치달려내려가, 빗물로 물이 불어 콸콸 신명나게 쏟아져내리는 계곡을 건너, 관광 상가단지를 거쳐, 국립공원 입구의 텅 빈 매표소의 유리창 빗물을 시원하게 흩뿌린 다음, 모텔 오작교의 공사현장 앞에 이르자 그의 고함을 한꺼번에 고스란히 쏟아놓았다. / 공사가 중단된 채 비에 젖어들고 있던 오작교 여관 건물이 돌연 한꺼번에 무너져내렸다. (161~162면)

결국 내가 보기에는 이 만덕이란 인물, 무슨 일 때문이었는지는 확실치 않으나 지리산이라는 대자연의 품속에서 살아온 그는, 작가가 순수히 고안한 인물일 가능성이 많아 보인다. 만덕은, 세속적 삶의 허무를 드러내고 성우의 비극을 부각시키며 작가의 유토피아주의를 대변하는 인물로서, 성우라는, 취재를 통해 얻어졌을 실제적 인물과는 달리 관념이 만들어낸 '상상'의 인물일 가능성이 농후하다.

또 이 점에서 그는 「나를 사랑한 폐인」의 정순과 통하는 인물이기도 하다. 이 작품에서 작가는 허위 기사를 썼다가 그것이 문제가 되어 도피생활에 들어간, 한동찬이라는 실제적인 인물의 심경의 변화를 중심으로 이야기를 이어간다. 이때 그 매개 역할을 하는 인물이 바로 정순, 어린 시절에 서른 살이나 많은 남자에게 팔리듯 시집을 와, 운동권으로 수배 받은 아들을 두고 있고, 외진 산모롱이를 돌아간 곳에 '카페 歸墟'라는 낯선 이름의 가게를 열고 있는 여자이다. 이 또한 「지리산에 저 바다」의 만덕과 마찬가지로 그 자체로서는 매우 비현실적인 인물로서, 한때나마 시를 사랑했던 동찬으로 하여금 자신의 삶을 되돌아보게 하는 매개적 존재로 '순수히' 고안된 인물일 가능성이 크다.

이렇게 보면 「지리산에 저 바다」와 「나를 사랑한 폐인」의 창작 방법은 매우 흡사하다고 볼 수 있다. 인물 설정에서도 그렇고, 「지리산에 저 바다」가 '구름 바다 너머'라는 현실 초월의 공간을 제시하고 있다면 「나를 사랑한 폐인」은 '바다 너머', 산해경의 초월적 공간을 제시하고 있다는 점에서도 그러하다. 동찬을 통해서 밝혀지듯이 귀허라는 까페 이름 자체가 신화적인 상상의 지명, 그 유토피아적인 공간의 이름에 다름 아니다.

> 온 세상 팔방의 물과 은하수의 별까지 그 골짜기로 흘러드는데, 그 골짜기의 물은 늘지도 않고 줄지도 않는다. 다섯 개의 아름다운 산들이 그 골짜기를 에워싸고 있으며, 그 산의 둘레는 삼만 리, 높이도 삼만 리에 이른다. 그 산봉우리마다 각기 구천에 달하는 평지가 있고, 그 평지에 즐비한 누대와 궁궐은 모두가, 기왓장 하나 문고리 하나까지 구슬이요 옥이며 금이요 보석이다. 새와 짐승은 모두 순백색이요 나무들은 주옥(株玉)이며, 그 꽃과 열매들은 모두가 향기롭고 맛이 좋아 그것을 먹으면 누구나 늙지도 않고 죽지도 않는다. 그곳에 사는 사람들은 모두가 신선이요 성인이다. 하루 낮이나 하루 저녁에 날아서 이 봉우리에서 저 봉우리로 서로 왔다갔다 하는데, 그런 사람들이 이루 헤아릴 수없이 많다. (……) (66~67면)

또 「지리산에 저 바다」의 마지막 장면에서 폭우가 내려 부실하게 지어 올리던 모텔 공사장이 주저앉아 버렸다면, 「나를 사랑한 폐인」의 마지막 장면에서는 검은 바다 가득히 흰 멸치 떼가 해안으로, 벼랑으로 뛰쳐 올라오는 장관이 펼쳐진다. 마지막으로 한때 시를 사랑했던 동찬이 허위 기사를 쓰고 도피 행각을 벌이고 있는 일이나 정순이 폐인이 되어 돌아온 남편의 뒷수발로 세월을 보내는 일이나, 모두가 이 지상적 삶의 환란성을 드러내는 일이라는 점에서, 주제 또한 두 작품이 서로 닮아 있음을 알 수 있다. 결국 「나를 사랑한 폐인」과 「지리산에 저 바다」는 취재형 인물과 상상 인물이 양축을 이룬다는 점에서부터 그 플롯, 주제까지도 매우 흡사한, 닮은꼴의 작품이다.

이런 두 작품이 작가의 의욕에도 불구하고 다소 이완되어 보임은, 각각의 소재를 이루는 취재된 사건이 「약속의 숲」에 비해 그 역사성이 약한 데서 그 이유를 찾아야 하는 것이 아닐까 한다. 「약속의 숲」의 근간을 이루는 대영의 이야기는 지난 몇 년간이 안고 있는 시대적 문제를 풍부하게 다룰 수 있을 만한 성질의 것이었다. 이에 반해 「지리산에 저 바다」의 성우의 이야기나 「나를 사랑한 폐인」의 동찬의 이야기는 그 시대적 제약성이 현저히 떨어지며 이에 따라 그 의미망 또한 협소해질 수밖에 없다. 이것은 그만큼 작가의 알레고리적 사유가 빛을 발할 수 있는 가능성이 축소되었음을 의미한다. 이 가능성의 '인위적인' 확대를 위해 작가는 성우와 동찬의 이야기에 만덕과 정순이라는 인물을 빚어 넣었지만 그 효과는 그다지 크지 못했다고 할 수 있다. 알레고리적인 상상력과 취재된 이야기 사실의 무게, 그 어느 한쪽으로도 기울지 않고, 그 어느 중간 선상에서 양자를 조화시킬 때 빛을 발하는 것이 최인석이라는 작가의 특성임을 생각할 때, 또 이로 인해 「내 영혼의 우물」이나 「노래에 관하여」, 「심해에서」와 같은 작품들이 가능했음을 생각할 때, 위의 두 작품은 취재된 사실의 무게가 알레고리적 상상력을 충분히 밑받침해주지 못한 경우에 속한다고 볼 수도 있을 것이다.

그런데 이는 최인석 소설의 향후 진로와 관련해서 시사하는 바가 없지 않다. 『내 영혼의 우물』 이후, 중편을 중심으로 한 『혼돈을 향하여 한 걸음』과 이번의 창작집은 모두 취재를 창작의 근간으로 삼은 작품을 수록하고 있다. 여기서 취재된 사실은 어떻게 소설이 될 수 있는가, 또 그 소설의 진실성은 어떻게 확보되는가 등의 질문도 중요하겠지만, 취재된 사실 속에서 '나'를 충분히 표현할 수 있는가, '나'의 진실을 증명할 다른 방법의 가능성은 없는가 등의 문제 또한 매우 중요한 것이 아닌가 한다. 근대소설이라는 것이 결국은 이 '나'의 존재 증명에 해당하는 것이라 할 때 취재의 방법론 또한 그 '나'를 증명하는 유효한 한 방법이기는 하지만, 또 이 때문에 그의 빼어난 중단편들이 가능하였던 것이지만, 한편으로, 그같은 방법론이 갖는 한계를 또한 가늠해 보는 일이 필요하다. 중단편 뿐만 아니라 장편까지 함께 아울러 생각해 보면 최인석의 고유성은 취재 그 자체에 있다기보다는 세계의 흐름에 지속적으로 주의를 기울이는 '나'의 존재, 그 세계의 실상을 유토피아를 지향하는 눈으로 해석해 들어가는 독특한 방법에 있다고 해야 할 것이다. 그렇다면 작가의 앞에는 지난 몇 년 간의 작업을 엄격히 반추하면서, 새로운 창조적 가능성을 모색하는 일이 남아 있다고도 말할 수 있다. 물론 그것이 무엇인지 나는 알 수 없다. 나는 다만 세상의 근원에 이르려는 그의 노력과 결실로부터 눈을 떼고 싶지 않을 뿐이다.

여성적 근본주의의 한 모습

오수연의 창작집 『빈집』(강, 1997)론

1.

오수연. 작가로서 그녀를 알기 전에 나는 먼저 그녀를 알았다. 그녀는 대학 연극회 1년 선배였고, 따라서 내가 대학에 들어가 가장 먼저 알게 된 사람 중 하나였다. 그러나 아쉽게도 나는 그런 만큼 그녀를 잘 알지는 못했다. 굵은 선과 또렷한 목소리 탓에 부족한 남자 배역을 맡아 했고, 선배에게는 의무나 다름없는 후배들과의 사회과학 공부에 관심이 많지 않았고, 술과 담배와 대화와 큰 웃음을 즐기면서도 거의 늘 착지점을 찾는 기미를 안고 있어 삶을 평탄치 못하게 살아갈 것 같았고, 연극을 계속하다 잡지사에서 일하고 프리랜서로 일했고, 그밖에 개인사적인 몇몇 일들이 있었음을 간혹 전해들은 정도였다. 그리고 두어 해 전 『난쟁이 나라의 국경일』(1994)로 현대문학사에서 수여하는 제1회 '새로운 작가상'을 받으며 등단했다는 소식을 들은 것이, 그녀에 대해 내가 아는 전부라면 전부이다.

그러나 그렇지 않다. 조밀하게 남아 있지 않은 연극회의 기억은 내게 어떤 독특한 이미지로 변형되어 남아 있고 그녀 또한 그 이미지들의 한 부분을 구성한다. "언덕 위에 예쁜 집 짓고 / 우리 다시 연극하자던 / 그 약속을 잊지 말아요 / 정말 정말 잊지 말아요" 하던 그 84년과 85년 무렵은 대학에 처음 발을 디딘 내게는 모든 것이 불확실했지만, 그 오랜 후 나는 그것이 우리 세대의 일반적인 특징 중 하나임을 깨닫게 되었다. 우리 세대, 다시 말해 내 위로 64년생 혹은 63년생에도 이르고 내 아래로 66년생 혹은 67년생에도 이르는, 좁은 범위의 우리 세대에게는 그 불명확성, 불투명성이 하나의 특질이다.

그들은 그 무렵 대체로 20대 전반을 보내고 있었다. 이른바 자아의 정체성이 확립되어야 할 그 시기에 그들은 80년 광주를 충격적으로 수용하지 않으면 안 되었다. 세상에 시야를 열어두는 한 그들은 민주화라는, 1950년 전쟁 이래의 미완의 과제를 절대절명의 것으로 인정하지 않을 수 없었다. 그러나 그 시기는 또한 88년의 올림픽 특수로 이어지는, 경제적 활황국면을 형성하고 있었고 이는 경제적 헤게모니를 쥔 세력을 대상으로 하는 투쟁의 미래를 불확실하게 만들었다. 그같은 상황은 한편으로는 경제적 하층에서 성장해 왔거나 보다 결단력이 있거나 진보적 이념에 매료되었던 상대적 소수에게는 우리 사회의 근본적 변혁에 관심을 갖게 했고 이를 위한 실천에 투신하게 했다. 그러나 그렇지 못했던 다수에게는 실천과, 관망 혹은 도피 사이의 동요와 방황이 '강요되었다'. 그들은 시대적 책무감으로부터 벗어날 수도 없었고 시대를 뛰어넘은 유토피아적 낙관에 쉽사리 의지할 수도 없었다.

이것이 그들에게 불명확성, 불투명성을 부여했다. 그들은 1987년 민주항쟁의 경험에도 불구하고 곧이어 밀어닥친 대통령 선거에서의 잇따른 패배와 구 소련으로부터 시작된 동구권 사회주의의 몰락으로 인해 다시 한 번 미래에의 신뢰를 시험받았다. 이 과정에서 앞에서 말했던 소수 중 또 많은 이들이 예의 그 다수의 대열에 합류했고 그 다수로부터 또 많은 이들이 현재적 질서에 순응하여 살아남거나 기득권을 쥐는 쪽으로 나아갔다. 올해가 6월 항쟁 10주년이 되는 해임을 상기할 필요가 있겠다. 그들은 그 당시 항쟁의 주역이었던 청년·학생층을 형성하고 있었고, 그 10주년이 되는 지금 막 새로운 기성세대를 형성하고 있는 중이다.

나는 이 세대 출신의 작가가 지금 문단에 매우 희소하다는 점에 주목한다. 지금 문단은 신경숙이나 윤대녕 장정일 등과 같은, 일찍부터 작가의식에 사로잡혀 있었던 그 직전 세대나 아니면 송경아 김영하 조경란 등과 같은, 새로운 풍조가 낳은 그 이후 세대의 무대이다. 그 사이의 한 층을 이루는 세대의 의식과 정서를 대변하는 작가들이 지금 문단에는 거의 없다. 굳이 들자면 공지영 주인석 정도가 있겠고 또 지금 이 글의 대상이 되고 있는 오수연이나 작년에 등단한 권여선, 그리고 그들보다도 더 잘 알려지지 않은 몇 명이 있을 뿐이다. 나이로 보면 배수아 또한 그 세대에 속한다 할 수 있겠지만 그녀의 작품은 그녀가 이 세대의 이방인임을 보여준다.

이제 그녀로부터 내가 받았던, 혹은 '그녀의 연극회'로부터 내가 받았던, 혹은 그녀의 세대로부터 내가 받았던 인상, 즉 이미지에 대해 직접 설명할 필요가 있겠다. 그것은 현재를 부정하는, 그 부조리함에 항거하는 몸짓, 그러나 미래를 믿을 수도 낙관할 수도 없어 고통스러운 몸짓이다. 그것은 의심 투성이의 절대자를 믿고자 하는 몸부림과도 같다. 그리하여 그것은 그 절실함에도 불구하고 방황으로 점철되어 있다. 시대가 색조를 달리할 때마다 그들 정신의 색조도 달라진다. 이는 그들의 정신의 성숙이 오랜 시일을 필요로 하는 일임을 의미한다. 그들 세대에 아직 작가가 많지 않다는 것, 아직 그들의 작품이 충분히 안정되어 있지 못하다는 것이 이를 방증해 준다. 또한 이는 우리가 아직 그들에게서 더 많은 작가가 나오기를 기다려야 함을, 이미 모습을 보이기 시작한 그 작가들에게 더 많은 시간을 주어야 함을 의미한다. 그리고 나는 그들, 내 동세대 작가는 또 오수연에게 희망을 품는다. 오랜 불명확성, 불투명성을 거친 만큼이나 깊은 사색이 펼쳐져 나오기를.

2.

여기서 나는 그녀의 첫 작품 『난쟁이 나라의 국경일』로 거슬러 올라간다. 이 장편은 환멸스러운 90년대를 대하는, 예의 그 세대의 의식의 행방을 추적할 수 있는 훌륭한 매체이자 동시에 작가 오수연의 세계관 및 그 가능성을 가늠하는 잣대이다. 그만큼 이 작품은 개인적으로 힘겨웠던 상황 속에서 씌어졌을 최근의 중단편보다 구성이나 묘사·문체 면 등에서 안정되어 있으며 주제 면에서도 더 넓고 깊다.

이야기는 대학동기생인 민철과 미선을 중심으로 펼쳐진다. 둘의 주변에 민철의 동생인 민영과 그의 남편 성수, 그리고 미선의 여고 동창 양숙이 있다. 이들을 통해 작가는 야심만만하게도 두 개의 커다란 시대적 주제를 결합시켰다. 그 하나가 민철과 미선을 중심으로 80년대 초반 학생운동의 세례를 받았던 세대의 현재를 진단하는 것이라면, 다른 하나는 미선과 양숙 민영을 중심으로 비민주적 질서와는 별도로 남성 중심의 세계 속에서 여성이 선택할 수 있는 길을 모색하는 것이다.

무엇보다 이 두 주제가, 내가 앞에서 말했던 세대에 속하는 여성 작가가 먼저 접근할 수 있고 '접근해야 하는' 가장 심각한 주제라는 점에 주목할 필요가 있겠다. 이 작품보다 2년 늦게 나온 권여선의 장편 『푸르른 틈새』역시 주제면에서는 이와 동일한 것이었다고 볼 수 있는데, 이같은 현상은 여성문제를 민주화 혹은 사회적 진보의 문제와 연관지어 근본적으로 해결하고자 했던 그녀들 세대의 또 하나의 특질을 반영한다. 적어도 그녀들 세대에 있어 민주화와 여성해방은 한 몸이었으며, 이 점에서 그녀들의 '여성주의'는 본디 최근의 페미니즘과는 다르다.

그녀들은 『우상과 이성』이나 『해방 전후사의 인식』과 함께 『하늘의 절반』이나 『일하는 사람의 애정론』을 읽었고, 이는 민주화의 연장선에 여성해방이 놓여 있음을 의미하는 것이었다. 시대는 민주화의 지리멸렬한 과정 속에서 여성문제를 환경문제와 함께 가장 중요한 정치적 영역으로 부상시켰고, 이는 그녀들 앞에 지금보다는 상대적으로, 민주주의라는 거시적 틀 속에 잠복해 있던 여성문제를 트로이의 목마처럼 들이댔고, 그리하여 그녀들은 여성문제·여성해방·여성주의·여성성에 대해 새롭게 인식하지 않을 수 없게 되었다. 그러나 그녀들 의식의 원천에는 민주화와 여성해방을 하나로 보는 감각이 자리잡고 있으며, 이는 장편만을 두고 보았을 때 오수연의 경우에 더 그렇다.

그녀에게 지리멸렬한 민주화 혹은 환멸의 90년대와, 여성에게 짐지워진 가혹한 운명은 서로 얽혀 있다. 『난쟁이 나라의 국경일』의 부분

부분들에서 드러나는 연극회 및 그 이후의 극단 경험, 다양한 체험을
통해 획득된 각이한 유형의 삶에 대한 천착, 최근 문화운동 및 예술의
흐름에 대한 지식 등은 그녀로 하여금 이 두 문제를 하나의 얽힌 주제
로 형상화할 수 있게끔 했다. 그럼에도 불구하고 그 시대를 조롱하고
자 했던 민철은 비록 파멸한 채로 지만 남기고, 그 민철을 우려하면서
도 끝내 고뇌를 않으려 했던 미선에게는 죽음을 선고하는 작가에게서
나는 여성으로서 살아간다는 문제 앞에 선 작가의 고뇌를 느낀다. 이
번 중단편집은 그에 대한 집중적인 고민의 산물일 것이다.

다시 이 장의 처음으로 돌아가 작가는 그녀의 세대에게는 특히 환
멸스럽지 않을 수 없는 이 시대와 그 속에서 살아가는 자신의 세대를
어떻게 진단하고 있는가. 이는 작가가 작품의 두 주인공 민철과 미선
을 대하는 방식을 통해 드러난다.

민철은 "역사라는 것이 방정식을 잘 따라가면 해답이 나오게 돼 있
는 수학문제 같은 게 아니라는 사실을 깨달은", 그리하여 "미래의 바
람직한 사회는 무엇인가에 대한 관심이 더 이상 없어"진 자다. 그는
"역사의 발전 법칙이라는 객관적 진리의 근거가 허물어지고 있음이 객
관적으로 분명했으므로 이성주의로부터 떠났다". 환상이 깨져버렸다는
확고한 믿음은 그로 하여금 미선의 항의를 상기하며 "매춘부라고? 거
시담론의 해체를 선언할 수 있는 용기야말로 진정한 진보주의자의 조
건이라구. 대중을 계몽주의의 억압으로부터 해방시키는 게 이 시대 진
보주의자가 해야 할 역할이란 말이다"라고 독백하게끔 한다.

그러나 작가는 그의 손을 들어주지 않는다. 작가는 민철에 의해 "메
마른 성처녀, 간신히 생계를 유지하면서 예술이라는 차디찬 우상에 순
결을 바치는 어리석은 성처녀" 미선의 편에 선다. 미선은 민철의 방식
을 용납할 수 없었지만 자유로운 습작 시간을 위한 돈을 벌기 위해 그

의 '열린 사회 열린 문화 2' 이벤트 사업에 참여하고, 세속적 출세욕 밑에서 두 남자 사이를 오가다 좌절한 양숙의 자살극에 희생되어 버린다. 작가는 역사에의 믿음을 상실한 민철에게서도, 성과 편법을 수단으로 삼는 양숙에게서도 거리를 유지하려 애쓰는, 그러면서도 그들에 대한 연민을 버리지 않는 그녀를 통해 이 환멸의 시대에 희망을 부여한다. 미선은 비록 죽지만 환멸의 시대를 그리는 소설이 으레 그러하듯이 그 죽음으로써 이 시대와 그녀의 세대는 수렁에 빠진 희망을 건져낸다. 작가는 미선으로 하여금 시대를 대속(代贖)케 함으로써 환멸의 시대를 견디거나 초월하고자 하는 희망을 피력했던 것이다.

　한편 미선이 그렇듯 민영 또한 대속적 존재이다. 굳이 도식적으로 말한다면 미선이 지리멸렬화한 민주주의를 위한 속죄양이라면, 민영은 남성중심적 질서를 지양해 가기 위한 그것이다. 그러나 미선에게도 양숙과의 긴장을 통해, 민영에게 부여된 성격이 또한 부여되어 있고, 민영에게도 고등학교 졸업 학력 때문에 만년 대리에 머무는 남편 성수와의 관계를 통해 미선의 속성이 부여되어 있으며, 이를 통해 작가는 민주화와 여성해방의 뒤얽힌 관계를 보여준다. 두 사람의 죽음은 작가가 희망의 열쇠를 여성 속에서, 여성의 길 찾음 속에서 모색하고 있음을 깨닫게 해준다. 작가는 두 사람의 죽음을 통해 민철과 양숙의 가치관으로 표상 되는 이 시대를 결코 잘은 보이지 않는 미래로 이끌고자 했던 것이며, 이 점에서 그녀는 이른바 거시담론의 해체에 저항하고자 하는 대담한 시도를 꾀했던 것이다. "난쟁이 나라의 국경일"이라는 소설 제목 자체가 시대를 거시적으로 파악하려는 그녀의 노력을 반영하고 있다. 비록 이 두 사람의 죽음에 더 큰 필연성이 깃들여 있지 못한 아쉬움은 있지만 그같이 진지한 노력이 그다지 주목받지 못했다는 것은 나로서는 매우 아쉬운 일이다. 이 작품은 그 필연성이라는 측면 외

에는 개개 인물의 형상화나 전체적 구성 면에서 흠잡을 것이 없다. 그
시야의 폭과 깊이에서 오수연은 주목받아야 할 이유가 있었다.

3.

　오수연은 첫 장편의 후기에서 "이 소설에서 나는 도박꾼들과 그들
을 내몰고 있는 욕망을 그렸다. 그들의 욕망은 다 내 속에 있는 것들
이다. 그러나 소설을 씀으로써, 분신들을 통해 그렇게 살아보았기 때문
에, 나는 겨우 욕망으로부터 벗어날 수 있었다. 그래서 소설을 쓴다"라
고 말했었다. 이, 발자크의 소설 창작 원리를 닮은 그녀의 말은 그러나,
그녀의 새로운 중단편집과는 어쩐지 어울리지 않는다. 이것은 단지 인
상이 아니다. 그녀는 첫 장편에서 이 중단편집으로 옮겨오는 사이에
'세상'으로부터 '나'로의 변화를 겪었다.
　비록 그녀는 장편의 인물들이 모두 자신의 분신이라 했지만 그것은
그녀의, 시대를 거시적으로 읽어내려는 의도를 함축하는 발언이었고,
그런 만큼 그 인물들은 각기 다른 사회적 원천을 지닌 존재, 존재의
물질적 다양성·이질성을 반영하는 인물이었다. 장편의 인물들은 그녀
의 열린 시야의 산물이었다. 이제 그 장편과 중단편집 사이에 놓인 그
녀의 개인사가 그녀의 소설을, '세상'을 통해 '나'를 말하는 것이 아니
라, '나'를 통해 '나'를 말하는 것으로 만들었다. 물론 이것은 도식이다.
이 창작집에 실린 여섯 편의 중단편 중에 작가 개인의 삶이 고스란히
담겨 있는 것은 없다. 그러나 이 창작집을 통해 본 그녀의 소설은 세

상의 이야기라기보다는 신변의 이야기이고, 민주화와 여성해방이라는 두 주제를 아우르는 데서 여성으로 살아간다는 문제에 치중되었다.

그러면 이것은 정체인가. 어느 면에서는 그렇게 볼 수도 있겠지만 꼭 그런 것만은 아니다. 어떤 일들로 하여 그녀는 장편이 지니고 있던 거시적 주제의 상당 부분을 상실한 것처럼 보일 뿐 아니라, 구성이나 문체 등 예의 그 기술상의 몇몇 문제들에 있어서도 난조를 보이는 작품 혹은 대목이 이 작품집에는 있다. 이것은 물론 장편의 작가가 중편 혹은 단편으로 옮아오는 과정에서 흔히 보여주는 일시적 현상일 수도 있다. 그러나 어떤 여성 작가가 시대 전체를, 그 본질을 꿰뚫어보려는 시각을 일단 접고 그러한 시각의 일각을 형성하고 있던 민주화의 문제를 사상한 채 여성으로서의 자신의 삶의 상황에 집중하고 있다면 이는 정신의 소모로 일단 판단해 볼 수 있다. 『새들은 제이름을 부르며 운다』(민예당, 1993)에서 『세월』(문학동네, 1995)로 나아간 김형경을, 『더 이상 아름다운 방황은 없다』(풀빛, 1989)에서 이후 『무쏘의 뿔처럼 혼자서 가라』(문예마당, 1993)로 변모한 공지영을 예로 들어 생각할 수 있겠다.

그러나 그녀들의 경우 그것이 맺힌 이야기를 풀어낸 것이었음에 유의할 필요가 있으며, 이 고백이 비록 더 큰 소모를 향한 길에 접어듦을 의미한다 해도 그것은 그녀들로서는 피할 수 없는 선택이자 더 먼 이후의 비약을 위한 순비가 될 수도 있음을 이해할 필요가 있다. 오수연의 이번 중단편집 또한 이런 관점에서 접근할 수 있다. 더 나아가 만약 그녀들이 이 소모의 시간을 통해, 그 직접적 산물인 해당 작품을 통해서는 아니라 할지라도, 자신들의 삶으로부터 이 세상을 살아가는 여성의 삶에 깃든 어떤 보편적 운명을 발견하기에 이른다면, 그 '노출'은 그에 합당한 보상을 받는 셈이 된다.

그렇다면 오수연의 경우에는 어떠한가. 그녀의 장편이 내게 주었던

강렬한 인상으로 말미암아 이번 중단편집이 매우 만족스럽게 느껴지
지 않는다. 그럼에도 나는 그 곳에서 그녀의 근본주의를 발견한다. 비
록 그녀의 개인적 상황이 그녀를 신변의 이야기로 몰고 갔지만 그러나
그녀는 그 속에서도 장편이 보여주는 거시적 관점의 근본주의를 밀고
나가려 했다. 이로 말미암아 그녀의 작품은 절망의 빛에 휩싸여 있다.
그러나 또한 바로 이 때문에 나는 그녀의 작품들에서 그녀의, 나의 세
대의 소설적 표현을 느낀다. 절망이 희망을 기약한다.

　무엇보다 중편 「밀회」가 그렇다. 이 소설은 여타의 작품보다는 『난
쟁이 나라의 국경일』과 맥락을 같이 하는 것으로 볼 만한 작품이다.
달리 말하면 「밀회」는 그 장편과 여타의 중단편 사이에 있으면서도 장
편의 정신에 더 가까운 작품이다. 극단원이었던 여주인공('나')은 운동
을 했던 대학 동창을 찾아 문산 서우리에 갔다오게 된다. 비교적 단순
한 뼈대 속에서지만 일상성에 사로잡힌 부부생활, 김일성 사망 시기를
전후로 한 정국 상황과 그 여름의 뜨거웠던 일기와 신세대가 합류한
새로운 사무직 풍속도까지 아울러 그리고자 했다는 점에서 이 작품은
시대의 풍향을 갈파해내려 했던 『난쟁이 나라의 국경일』에 직접 이어
진다. 그러나 이 작품의 만만찮은 의도는 이 정도로는 충분히 설명되
지 않는다. 이 작품이 의도하는 것은 현실의 현실성을 의심하는 것이
고 이는 요즘 소설이 흔히 그렇듯 현실 대신에 상상이나 환상을 택하
기 위한 것이 아니라 현실다운 현실이 무엇이어야 하는지를 암시하기
위한 것이다.

　'나'는 대학동창이 보낸 시 「연시」로 말미암아 그녀를 찾아 그녀의
고향인 문산 서우리까지 가게 된다. "횃불은 꺼지고 가면을 쓴/ 그대는
있으면서도 없고/ 없으면서도 있다/ 그대는 환상"이라는 구절이 포함
된 「연가」는 '나'에게 그녀와의 사이에 있었던 스물세 살 때의, 각자가

저마다 더 이상 자기 자신이 아닐 때 서로의 껍데기를 없애주기로 했던 약속을 상기하게 해주었다. 서우리에서 '나'는 정신이 나가 버린 그녀의 어머니를 만나고, 밤을 보내며 김일성 사망을 애도하는 대남방송을 듣고, 돌아오는 길에 생각한다.

> 그래, 그 애는 내가 거부한다면 내게 아무 짓도 할 수가 없다. 내가 만들어 낸 헛 것이니까. 참으로 우둔하게도 나는 내 마음이 낳은 허깨비에 놀아났다. 내 눈 앞에 나타나 있는 모든 것들은 일렁이는 그림자일 뿐이며 내가 외면하는 순간 스러지리라. 나는 뜨거운 공기에 숨이 막혀가며 비참해지고 있다. 내가 이 어른거리는 세상에 대해서 할 수 있는 일은 아무 것도 없다. 나는 허상, 존재하지 않으니까.
>
> 나는 차를 돌려 맹렬하게 서우리로부터 멀어졌다. 이 땅에서 무슨 일이 벌어지더라도, 종내 핵폭탄이 터진다 해도 나는 돌아보지조차 않을 것이다. 모든 사람이 칼을 빼들어 자기 가슴을 찌르고, 심지어 한민족이 멸족한다 할지라도 나하고는 상관없는 일이다. 우리의 약속은 역사에 한 점의 흔적도 남기지 못했다. 집어치워, 누가 우리 집에 침입할 권리가 있는가 공동체 대신 이십사 평짜리 아파트를 선택한 무리들이여, 방해하지 말라 우리는 밀회중이다. 당신들 앞에 우리는 없다. 우리는 허깨비, 잊어버려줘 부디 우리를. (266면)

그러나 자유로에 접어든 나는 그녀의 꿈을 꾼다. 꿈에서 '나'는 그녀에게 자신의 인생에 간섭하지 말라 하지만, 그녀는 '나'에게 "넌 미쳤어. 나쁜 꿈에 빠져버린 거야", "스물세 살의 너는 지금의 너를 용서하지 않았어. 넌 스물세 살의 네가 꾸는 고약한 꿈이야. 시답잖은 환상이라구"라고 한다. 꿈은 '나'에게 현실이 오히려 환상적임을 말해준다. 또는 꿈은 '나'의 뇌리에 종합무역회사에 다니는 남편과의 삶, 그 무위한 일상을 껍데기만의 것으로 여기는 시각이 잠재해 있음을 드러낸다. 피아노를 잘 치던 '나'의 남자친구는 분신해 버리고 '나'는 연극을 하다 그만 두었다. 기업 홍보실에 취직했고 결혼했고 휴가지를 궁리하며 북한의 핵 위협에 일상이 파괴될 지 몰라 두려워하는 사람들 사이에서 살아간다. 역사는 '나'의 시야에서 사라지고 일상만이 남았다. 이 환멸스러운 현실, 이것은 정녕 환상에 값하는 것이 아닌가.

이 꿈의 장면에 오면 앞부분의, 더위를 피해 남편과 함께 한강변에 나갔던 '나'의 상념이 함축했던 뜻이 분명히 드러난다. '나'는 그때 "헛것을 보기 시작했을 때부터 나는 알고 있었다. 어느 누구에게도 내가 무엇을 봤었는지 설명할 수 없다는 것을. 그것은 언어로 묘사할 수 있는 경계를 뛰어넘은 어딘가 다른 세상의 그림자였다. 가상의 출현, 그것은 예측할 수 없는 각도에서 반사되는 현실의 다른 모습이었으며 차마 눈뜨고 지켜볼 수가 없을 만큼 놀랍고도 섬뜩한 쇼였다. 불시에 그것은 실재하는 것들 사이에 끼어들어 나의 일상생활을 일그러뜨렸다" 라고 했었다. 그렇다. 이 소설은 『난쟁이 나라의 국경일』과 마찬가지로 이 시대를 환멸로 진단하고 그로부터 초월하고자 하는 작가의 강렬한 욕구를 드러낸다. 이 점에서 이 작품의 시각은 근본주의적이다. 현실은 부정되지 않으면 안 된다. 이상에 바쳤던 과거로 인해 정신을 부패시키는 현재는 근본적으로 극복되어야 할 그 무엇이다.

4.

이제 내게 중편 「빈 집」과 단편 「우정만리」, 「벌레」, 「그들은 총을 가졌다」, 「사물을 보는 일곱 가지 방법, 둘」의 다섯 편의 작품이 남아 있다. 이 작품들은 「밀회」와는 그 성격이 조금 다르다. 그렇다고 해서 이들 작품이 세상을 보는 오수연 자신의 독특한 시각을 보여주지 않음은 아니다. 그보다는 그러한 시선이 여성으로서의 삶에 국한되어 있거나 맞추어져 있다고 보는 것이 타당하다. 이는 작가의 개인사적 경험이 이들 작품에 이모저모로 직접 반영되어 있는 듯이 보이는 데서도, 또한 이들 작품의 주제를 대체로 애인 혹은 부부 사이에 존재하는 어긋남 혹은 소통 불가능으로 집약할 수 있는 데서도 알 수 있다. 다음 두 작품의 마지막 부분들이 이같은 주제를 쉽게 확인케 해 준다.

먼저 「그들은 총을 가졌다」. 여기서 '나'는 약속을 잊은 '당신'을 뒤로하고 여행을 떠나왔다. '나'는 그와 여행지에서 있었던 일들을 회상하면서 간간이 전화를 하지만 그는 받지 않는다. '나'는 그가 군대 가 있는 동안 그를 기다렸지만 그는 어느새 "명실상부한 대한민국의 성인 남자"가 되었고 이제는 "혼자서라도 서울을 떠나버린 당돌하고 괘씸한 여자를 따라오지는 않"는다. '나'는 그가 선물해 주었던 가스총을 보며 그를 잊고자 한다.

> 파도는 두 개의 머리를 가졌다. 나란히 솟구친 두 개의 머리는 각각 반대 방향으로 내달려서 다른 파도에서 뻗어온 끄트머리와 뒤엉켜 스러진다. 저토록 격렬한 사랑을 본 적이 없다. 우리는 형제보다 가까웠지만 친구도 못됐다 당신은 오지 않을 것이다. 나도 안다. 당신은 내가 알 수 없는 사람이니까. 절대로 당신은 나를 알지 못할 테니까. 우린 정반대로 달려갔어야 했다. 나는 창 너머 얼싸 끌어안고 스러지고, 뒤엉켜 죽고 또 죽는 파도를 조준했다. 파도가 박살났다. (66면)

다음으로 「사물을 보는 일곱 가지 방법, 둘」. 여기서도 상황은 크게 다르지 않다. '그녀'와 '그녀'의 남자친구는 '오래된 연인'이다. '그녀'

는 시외에 사는 그를 찾아갔다 메마른 관계를 치르고 돌아와서는 회사
일로 들린 스튜디오의 사진작가와 술을 마시고 잠을 잔다. 출근하면서
'그녀'는 남자친구에게 전화한다.

> 그녀는 남자친구의 잠이 달아나기 전에 얼른 전화를 끊는다. 그가 자기의
> 외박을 알아채지 못한 것 같아서 그녀는 안심한다. 아무렇지도 않다. 기분도
> 이만하면 나쁘지 않은 편이다. 만나고 헤어지고 이별하고 재회하고, 화해하고
> 절교하고 서로 차고 채였던 그들의 연애는 서서히 끝나가고 있다. 그녀가 그
> 를 필요로 했을 때 남자친구는 거부했고 그가 그녀를 필요로 했을 때 그녀는
> 등을 돌렸지만, 그 어긋남 말고는 그들은 자기가 하지 말아야 하고 되지 말아
> 야 할 것을 확인할 방도가 없었다. 그들은 상대방의 오해와 착각의 정반대 방
> 향으로 튕겨나가면서 어른이 되었다. 그들은 어긋나면서 서로를 짧게 비추었
> 고 그 순간만큼은 몸이 꼭 맞는 연인이었다. 그 순간만 그녀가 알고 있는 그,
> 그가 알고 있는 그녀였다. 그리고 이제 그들은 다른 사람으로 살아야 한다.
> 그녀의 남자친구는 그녀가 기억하는 그 사람이 아니다. 그는 언제나 낯설다.
> (36~37면)

이 어긋남은 중편인 「빈 집」에서도, 다만 설정이 부부 사이의 관계
로 바뀌어 있을 뿐 근본적으로 동일하게 나타난다. 이 작품에서 남편
이 혼자 기거하는 '빈 집'이 "누구나 이 집에 들어서면 자기가 볼 수
있는 것만 보고, 보고 싶은 것만 본다. 남편은 이 집에서 무엇을 보았
을까. 남편의 친구들은 여기에 들어와서 누구를 만났을까"라는 구절이
암시하듯 알 수 없는, 이해될 수 없는 남편의 내면 세계를 의미한다면,
이처럼 상황을 암시 혹은 상징하거나, 그 아이러니컬함을 드러내는 장
치로써 「그들은 총을 가졌다」에서는 탈영병에 대한 수색 작업이, 「사
물을 보는 일곱 가지 방법, 둘」에서는 '그녀'가 받는 전단이 있다. 전
자를 통해 찾지 않음과 찾음 사이의 아이러니가 성립하며, 후자를 통

해서는 '그녀'가 오랫동안 원치 않는 성격의 관계에 시달려 왔음이 암시된다.

이같은 수사학적 배려는 오수연 소설의 특징 중 하나로서 예를 들어 중편 「밀회」의 시간적 배경을 이루는 한여름의 폭서는 일상적 삶의 부패성을 효과적으로 드러내는 기능을 하며, 「우정만리」에서도 '나'의 죽음을 예견하는 듯한 꿈에 관한 이야기나 끄지 않고 나온 커피포트에 관한 잦은 환기가 서른 넘은 여자의 심리적 상황을 잘 전달해 준다. 그밖에도 예는 얼마든지 있지만 이같은 수사학이 가장 절묘하게 구사된 작품이 있다면 그것은 「벌레」일 것이다. 비단 이 점에서만이 아니라 오히려 여성적 삶의 문제를 가장 밀도 있게 파헤쳤다는 점에서 이 작품은 응당 주목받을 필요가 있다.

「벌레」는 제목이 암시하듯 변신 모티프를 빌린 작품이어서 일종의 알레고리에 속한다. 결혼을 하고도 '나'가 달라지지 않았다는 것이 큰 불만이었던 '나'의 남편은 결혼을 하고도 아이 낳는 문제로 다툰 끝에 가출해 버린다. '나'는 아이를 낳지 않겠다고 고집했던 것이다. 그런 '나'는 가슴 사이에 생긴 피부염을 치료하기 위해 병원을 찾지만 며칠 동안의 치료에도 차도가 없다. 그러나 의사는 별다른 관심을 보이지 않는다. 의사는 잡지에도 이름이 나는 피부 박피 수술의 권위자였다. '나'는 낫지 않는 피부염의 원인을 골똘히 생각하다 아파트 일대에 창궐하는 벌레를 떠올려 내고는 의사에게 넌지시 말을 해보지만 그는 미동도 하지 않는다. 그러는 사이 피부염이 낫기는커녕 오히려 비늘까지 생겨 버린다. 그 후 '손수 기른 야채로 싱싱한 여름나기'라는 제하의, 잡지에 실린 의사 부부의 인터뷰 기사를 보고서야 '나'는 의사의 관심을 사는 방법을 생각해 낸다. 그것은 남편의 사랑을 받을 수 있는 방법이기도 한데 변신술이 바로 그것이다.

마침내 나는 남편 친구 철웅 씨의 부인이 알고 내 친구 미선이도 알고 피부과 의사까지 알고 있었던, 어쨌든 나만 빼고 다른 성인들은 모조리 알고 있었던 사랑의 비밀을 깨우친 것이었다. 남편이 요구하고 암시했던 기술, 결혼을 함으로써 여자들이 전연 다른 사람이 되는 그 비결을 드디어 터득한 것이었다.

모든 사람들 중에서 오직 한 여자 혹은 남자만 특별하게 구분해내는 기술을, 세상이 무너지더라도 오로지 그 사람한테만 바치는 순정을. 아파트 문턱을 넘어서면 도살자요 문턱을 들어서면 수호천사가 되는 이 경이롭고도 행복스러운 변신의 주문을.

남편을 위해서 나는 변해야 했다. 나를 위해 변신해줄 유일한 인간인 그를 위해 나는 둔갑이라도 해야 했다. (179면)

그리하여 '나'는 벌레가 되었다. 비늘이 사지까지 퍼진 '나'는 초인종이 울리고 남편이 열쇠로 문을 열고 돌아왔을 즈음에는 날개를 달고 알을 낳는 한 마리의 벌레로 변해 버렸다. 남편은 변해 버린 '나'를 보고 감탄하며, 감격에 겨워 말한다. "고마워, 정말 고마워, 당신 정말 장해! 우린 이제야말로 사람답게 살 수 있게 된 거야!"(183면) '나'를 부둥켜안고 연신 사랑을 속삭이는 그에게 '나'도 똑같이 속삭이지만 이미 그것은 사람의 소리가 아니다. "삐리리리릿." (183면)

변신 모티프 일반이 새로운 것은 아니지만 그것을 부부 관계 속에 놓인 남성과 여성의 성적 불평등이라는 문제를 위해 수용한 점에 이 작품이 새로움이 있다. 벌레로 변신하는 '나'의 이야기는 이 시대의 평화로운 가정이 얼마나 끔찍스러운 내적 모순 위에 기초하고 있는지를 보여준다. 작가가 여성으로서 살아간다는 것의 의미를 얼마나 심각하게 생각하고 있는지 이 작품은 실감하게 해준다. 또한 이것은 세상을 읽는 그녀의 치열한 문제의식이, 그녀의 경험적 요소가 상대적으로 직접 반영되어 있는 소설에서도 그 양에 비례하여 감소되는 것은 아님을 알 수 있게 해 준다.

　바로 이것이 내가 그녀를 중시하는 이유이다. 그녀는 여러모로 내가 이 글의 앞부분에서 설명하고자 했던, 63년에서 67년에 이르는 세대의 특징을 닮았다. 그녀의 근본주의는 그들이 20대 전후반을 보낼 때 획득된 것이며, 어긋남이나 불화로 요약되는 그녀의 절망적 세계는 막 기성세대가 되려 하는 그들의 고뇌가 투영된 것이다. 그러므로 나는 그녀의 새 창작집이 비약을 위한 조정이 되기를 바란다. 그녀의 문학은 나마저도 포함된 그 세대의 한 시금석이기 때문이다. 또 그럴 것이다.

냉정한 세계 위에 얹힌 위태로운 꿈

박덕규의 창작집 『포구에서 온 편지』(문이당, 2000)론

1.

　박덕규의 소설은 그 소재에서 다른 작가와 구별되는 점이 있다. 최근의 소설작품을 보면 빈핍한 소재가 특징 가운데 하나라 해도 과언이 아니다. 오늘의 소설계 지형 역시 하나의 빈곤에 대한 반발 과정에서 형성되었으므로 이같은 진단은 아이러니컬하게 들릴 수도 있을 것이다. 그러나 시간의 흐름은 무심하여서 문학적 긴장이 이완된 공간을 쉽사리 허용하지 않는다.

　반발에는 언제나 이유가 있으므로 당분간은 정당화될 수가 있다. 그러나 존재의 정당화는 언제나 그것 자체에 의해서 이루어지지 않으면

안 된다. 반발이 반발의 대상을 이유로 존립할 수 있는 시간은 언제나 짧다. 그 시효 기간이 만료되고 나면 이제는 반발의 대상에서 반발하는 것 자체로 시선이 향하게 된다. 반발하는 것이 바로 그 이유로 조명을 받는 일은 점차 사그라들고 그것이 지닌 참된 가치의 질량을 따지는 일이 점점 더 분명한 형태로 나타나게 된다. 이때가 되면 반발하는 것은 그 자신이 행했던 것과 똑같은 방법으로 반발의 대상으로 치부될 수가 있다.

정치적인 문학에 대해 그 소재의 빈곤함을 논박하며 나타난 것이 90년대의 문학이었고, 이에 따라 문학적 소재는 정치라는 '협소한' 공간을 뛰어넘어 여러 갈래로 확산되는 양상을 보여주었다. 그 가장 단적인 현상 가운데 하나가 여성 작가의 대규모 출현과 여성소설의 주류화 현상이었다. 여성소설이라는 것이 여성작가가 쓴 소설인지, 여성을 소재 및 주제로 삼은 소설인지, 그도 아니면 여성주의, 즉 페미니즘의 관점에서 씌어진 소설인지, 하는 문제는 이 셋 모두가 제 나름의 논리를 갖고 있으므로 분명하다고 볼 수 없다. 분명한 것은 이것이 하나의 현상으로 말해질 만했다는 점이다. 공지영 신경숙 은희경 전경린 등과 같은 작가들이 그와 같은 흐름을 대변해 준다.

한편으로 생명·환경이라는 문제가 문학의 소재 및 주제로 되는 현상이 뚜렷하게 되었다. 심송절 교수의 『녹색평론』과 박경리 김지하의 생명사상에서 그 뚜렷한 모습을 살펴볼 수 있고, 여러 시인들의 자연 회귀, 모성 의식, 초월 욕구 등에서도 쉽게 간취되는 생명·환경이라는 새로운 화두는 그 자체가 하나의 유행이 되었다. 티베트·인도·신장 같은 곳은 본디 지니고 있던 신비스럽고 성스러운 이미지가 가일층 강화되었고, 많은 시인과 소설가들이 이곳을 성지 삼아 순례를 다녀왔다. 이들이 기행문을 쓰고 한편으로는 많은 비소설·수필 등이 생명 및 환경이라는 문제를 주제로 삼으면서 이 새로운 현상은 하나의 종교가 되기에 이르렀다. 또 이와 마땅히 어울리는 것은 아닌데도, 여기에 상고사 및 민족문화 유산에 대한 관심의 고조와 금강산 관광 등에 의해 촉발된 국토에 대한 관심이 어우러져 생명·환경의 문학은 비합리주의와 신비주의로 통하는 요로가 되었다.

다음으로 90년을 전후로 하여 새롭게 나타나는 현상을 문학에 수용하는 '모던' 취향의 흐름이 있다. 컴퓨터 및 인터넷의 급속한 발전과 그것이 문학에 미칠 광범위한 영향에 관해서는 이미 여러 논자들이 지적해 온 바이다. 이러한 영향을 입증하는 젊은 작가가 무척이나 많이 배출되었고 또 지금도 등장하고 있는 것이 사실이다. 그들은 컴퓨터·인터넷이 '글쓰기'에 미치는 효과를 '드러내고' 있으며, 그러한 기제가 생활의 일부가 된 시대를 사는 젊은이의 심리와 사고를 '보여주고' 있다. 가상 공간·사이버 공간이라는 말이 유행어가 되었고 판타지나 SF물이 시대에 걸맞은 문예물이 될 수도 있다는 주장이 얼마든지 제기되었다. 물론 이런 양상을 드러내고 보여주는 작가들 대부분은 내가 보기에는 컴퓨터와 인터넷이 독자보다는 오히려 자기에게 미친 영향과 효과를 드러내고 보여주는 것처럼 보인다. 그럼에도 불구하고 '모던 보이'와 '모던 걸'이 지금 우리 문학의 일부를 이루고 있음은 역시 분명한 사실이다.

마지막으로 위에서 말한 세 가지 현상과 양립하여 나타나기보다는 그것과 겹치는 하나의 정신적 양상으로 문학의 '내면화' 경향을 들 수 있다.

내면화라는 말에 굳이 작은따옴표를 단 것은 그 말이 갖는 매력으로 말미암아 최근 문학이 보여주는 내면화 경향을 필요 이상으로 고평가할 위험이 있을 뿐더러 더 나아가 그것이 정녕 내면화라고 말할 수 있는 성질의 것인가에 대해서도 나로서는 의문을 갖고 있기 때문이다. 내면이라는 말은 외면이라는 말과 짝을 이루는 것인데, 그렇다면 내면화란 인간 세계의 외면을 다루지 않고 내면을 다루게 되었다는 의미를 갖게 마련이다. 한편으로 이는 작가가 자기 외부를 향하기보다는 자기 내부를 응시하게 되었다는 의미를 가질 수도 있다. 그러나 여성문학이나 이른바 생명·환경 문학, 그리고 컴퓨터 문학은 이 시대에 부각된 문제나 현상을 직접 수용하고 있다는 점에서 얼마든지 외면적이고 표피적이다. 이보다 더 심각한 것은 내면을 그린다는 것이 하나의 유행이 됨으로써 내면이라는 이름의 가상을 그리고 추구하는 일이 쉽게 가능해졌다는 점이다. 이는 그야말로 내면의 외면화·표피화라고 말할 수 있는 성질의 것이다. 이러한 문학이 유행을 이룰 때 그 사회의 문학은 육체가 없는 문학, 쇄말적이고 사소한 문학으로 전락해 버린다.

본래 문학이라는 것은 개인의 그 개인됨으로부터 비롯되는 것이라고 나는 믿으나 동시에 그 개인은 언제나 사회적 제 관계 속에 놓인 개인으로서 이른바 총체적 개별자라고 불릴 만한 존재이기도 하다. 이러한 총체적 개별자의 개념 속에서는 전형과 같은 개념은 절대적인 힘을 발휘하기 힘들다. 그것은 문학적 평가의 불변하는 척도가 될 수 없다. 그러나 전형이라는 개념을 완곡하게 부정한다고 해서 그것이 곧 개인의 오로지 개인됨을 긍정하는 것으로 나아가지는 않는다. 개인은 싫든 좋든 무수한 관계의 여러 차원과 국면에 얽혀 존재하며 이것이 개인의 참모습이다. 그럼에도 예의 그 내면화 경향이라는 것을 고찰하다 보면 하나의 패턴이 발견될 수도 있다. 그것은 관계에 대한 협소한 이해 또는 무지이다. 때로는 관계로부터 시선을 돌리는 것이 그것에 집중하는 것보다 무조건적으로 우월하다는 잘못된 신념 같은 것이 느껴지는 경우도 있다. 나는 이같은 의미에서의 내면화가 지난 몇 년에 걸쳐 상당한 정도로 진행되어 왔다고 생각한다. 그리고 이것은 예의 그, 외면에 집중하는 문학만큼이나 반성적인 고찰을 필요로 한다고 본다.

많이 에둘러 왔으나 다시 박덕규의 소설로 돌아와 보면, 이미『날아라 거북이!』(민음사, 1996)에서부터 그러했던 바, 그가 우리 자본주의적 세계의 비속화된 삶을 세부적으로 그려왔다는 사실이 두드러진다. 그는 시인이자 비평가로부터 소설가로 문학적 작업의 중심을 옮겨 오늘에 이르렀으며, 이 과정에서 출판사에서 편집을 담당하기도 했고 잡지를 주관하기도 했으며 지금은 문예창작학과의 교수로 있다. 이 모든 과정을 일관하는 것은 문학이다. 그는 창작의 측면에서만이 아니라 생계 보조의 측면에서도 문학과 함께 오늘에 이르렀던 것이다. 그의 작품들에는 이런 특이한 이력이 반영되어 있다. 출판사 현황이나 등장인물의 사생활, 심리가 매우 구체적으로 묘사되는 점, 작품의 배경을 이루는 현실의 추이 역시 매우 실감적이라는 점 등에서 이를 확인할 수 있다. 이러한 구체성은 문학을 둘러싼 생산―유통―소비체계의 한가운데 있었던 사람이 아니고는 쉽사리 구사하기 힘든 성질의 것이다.

또한 인물들의 자기 모멸, 결말의 비속성, 배경을 이루는 남루하면서도 뒤틀린 세상의 이미지는 그가 그 자신이 노정해 온 삶의 과정을 '내면화'하고 있음을 보여준다. 그는 우리 세계의 부조리에 심히 익숙한 동시에 이를 매우 비판적으로 이해하는 안목을 지니고 있다. 그가 그리는 세계와 그것을 그려나가는 태도는 이 점에서 매우 독특하다. 무엇보다 그와 같은 경향의 희소성으로 말미암아 그의 소설은 가치를 주장할 수 있게 된다. 우리 소설계의 소재적 빈곤을 벌충하는 미덕이 있다는 점에서 그는 검토의 대상이 되어야 할 필요성이 있는 바, 이번 작품집은 그와 같은 경향이 어디로 나아가고 있는가를 확인할 수 있는 기회가 될 것이다.

2.

　작품을 간단히 일별해 보면, 우선 그의 소설에서 매우 빈번하게 나타나는 소재를 다룬 작품이 눈에 들어온다. 문학·문학인·문학시장 등 출판과 밀접한 연관을 맺고 있는 소재를 수용하는 경향은 이 작품집에 와서도 지속되는 면이 있다. 「소설 쓰는 친구」는 한 형사의 시점으로 소설가 지망생이었던 고등학교 동창의 현재를 추적한 것이고 「다시 사랑할 순간 2」는 부도를 내고 이혼하게 된 가장의 이야기를 다룬 것이지만 역시 문학이 이야기 전개의 매개체가 되어 있다. 「끝이 없는 길」은 방송계의 이야기를 소재로 삼고 있으나 구성작가가 주인공으로 등장한다는 점에서 위의 두 작품과 통한다.

　이들 작품에 등장하는 문학의 모습은 초라하기 짝이 없다. 글이라는 것은 냉정한 생존의 논리가 지배하는 세상에서 생활의 도구로서는 초라할 뿐만 아니라 빈약한 것이다. 인물들은 삶의 과정에서 글 또는 문학과 인연이 멀어지거나 그것을 세상을 견디기 위한 수단으로 삼을 뿐이다.

　인생의 실패자, 또는 낙오의 위험에 처한 자라는 점에서 이들은 공통점을 갖는다. 「소설 쓰는 친구」의 유동식은 대학을 가는데 실패하고는 떠돌이의 삶을 살아간다. 전문대학 일 학년 중퇴, 본가에 몇 년 주소를 두었다가 결혼과 더불어 이주, 곧 이혼, 출생신고된 자식도 없이 전출입이 확인되지 않다가 평창에서 '발견됨.' 이것이 그의 이력이다. 일찍이 그가 품었던 문학의 꿈은 '사랑의 편지'라는 소박하면서도 은밀한 선행으로 이어지고 있으나 그 다른 한편에는 학교시절의 선생을 향한 증오의 편지가 짝을 이루고 있다.

「다시 사랑할 순간 2」의 '나'는 고등학교 때 펜팔을 했던 여인을 찾아간다. 그 시절 '나'는 그녀에게 김춘수의 「꽃」을 베껴 만나자는 편지를 보냈고 그녀는 자신을 속이는 사람과는 만나기 싫다며 약속 장소에 나오는 대신 절교의 편지를 보냈었다. 그때를 회상하며 옛 여인을 찾아가는 '나'는 부도 문제가 해결되면서 몇 달간의 노숙 생활에서 풀려나기는 했으나 일상으로 돌아가지 못한다. 이 작품은 어떻게 보면 그 다시 돌아갈 수 없음에 관한 이야기라고 해도 많이 어긋나지는 않은 듯하다.

> 그런데 그런 전화 통화가 있고 난 뒤부터 나는 달라져 있었다. 나는 가족들이 상경할 수 있는 어떤 조치도 취하려 들지 않았다. 경매로 산 집에서 살고 있는 사람들이 두 달만 더 있게 해달라고 사정을 하기도 했지만 그것이 이유의 전부는 아니었다. 이혼 무효 수속도 더 진척을 시키지 않았다. 사무실 일이 바빠서이기도 했고 아직은 내 명의의 재산을 가질 수 없는 내 처지 탓에 절차가 까다롭기도 했지만, 그것이 이유의 다가 아니었다. 나는 가족과 함께 한 집에서 정착해서 살려고 애쓰기는커녕 오히려 매일 호텔 방을 옮겨다니며 지내고 있었다. 빚 대신에 넘겨받아 쓰고 있는 차도 노숙자 생활을 청산한 이후 벌써 석 대째였다. 어쩌다 동침을 하는 여자도 결코 아침까지 있게 하지 않았다. (252면)

이 회복 불능은 우리 세계의 현실에 비추어볼 때 매우 중요한 이야깃거리건만 유감스럽게도 이 문제를 다루는 작가는 별로 없다. 이처럼 일상으로 돌아가지 못하는 주인공이 옛날을 회상하는 매개가 바로 편지, 또는 문학이라는 사실에 주목해 보면, 여기서도 글은 현실과 양립하는 것, 서로 배타적인 것으로 나타남을 알 수 있다. 주인공은 글을 떠나 현실의 세계를 살아가고 있으나, 그 속에서는 진실이라 불릴 만한 것이 힘을 발휘하지 못한다.

「끝이 없는 길」의 명애는 구성작가로 드라마 작가가 되기 위해 벌써 여러 번씩이나 응모를 해본 경험이 있다. 구성작가는 말이 작가이지 달면 삼키고 쓰면 뱉는다는 방송사의 생리에 가장 먼저 희생되기 쉬운 자리에 있다. 정식 직원들도 대량으로 감원되는 시기에 그녀의 위치는 불안하기만 하다. 물론 그녀가 바로 그 이유 때문에 드라마 작가가 되려는 것은 아니다. 더 깊은 세계를 향한 그녀의 염원이 그녀로 하여금 작품을 쓰도록 하고 이를 위해서 취재 여행을 떠나도록 한다. 그럼에도 이 작품에 나타나는 글 또는 문학의 존재 역시 이 세계의 거대한 생존경쟁 구조 밑에서는 연약하다 못해 비루한 상태를 벗어나지 못한다. 글, 문학은 이 세계가 유지되어 가는 냉정한 논리와는 다른 어떤 세계, 그러나 그 냉정한 논리에 의해 훼손될 수밖에 없는 순수한 세계를 의미한다.

자본과 경쟁, 폭력이 지배하는 이 세계는 이들 작품의 인물 위에 군림하여 그들의 삶에 돌이킬 수 없는 상처를 남긴다. 「소설 쓰는 친구」의 유동식은 세상에 적응 못한 낙오자이며 「다시 사랑할 순간 2」의 '나'는 IMF의 와중에서 가족으로 돌아가는 길을 잃어버렸다. 「끝이 없는 길」의 명애와 '나'는 도태에 대한 불안이 생리가 되어 버렸다. 사람들은 이 세계의 논리에 짓눌려 살아가다가 드문드문 그 철칙에 지배되기 이전 세계를 회상하고 그곳을 향한 여행을 떠난다. 글, 문학은 바로 그 그리운 세계의 등가물이다. 동인지 『시운동』을 공식적인 시발점으로 하는 박덕규 문학의 낭만적 성격이 여기서 확인된다.

한편, 역시 소재적 측면에서 볼 때 이번 작품집에는 귀순자나 납북자를 다루는 등 남북문제를 드러내는 모티프가 포함된 소설이 포함되어 있어 시선을 끈다. 「끝이 없는 길」에서 명애의 외삼촌은 이북에 납치되어 생사를 모른다. 꼭 그렇게 되었으리라고 단정할 수만은 없으나 이야기의 진행과정은 명애의 외삼촌이 '나'의 애인이었다는 사실을 알려준다. '나'와 한밤에 해변에서 만나기로 했던 그는 그녀가 집을 나가지 못하고 있는 사이에 납치되어 버렸던 것이다. 명애의 외가는 사라져 버린 외삼촌을 애타게 찾다가 바닷가 고향을 떠났고, '나'는 그 후 결혼을 했으나 그가 남긴 노래에 '묻혀' 살아왔다. 옛사랑을 잊을 수 없는 그녀는 텔레비전에 나온 남파된 무장공비의 시신을 보면서 옛 남자의 신체적 특징을 더듬어보기까지 한다.

지난 주, 텔레비전을 보다가 딸아이가 말했다. 「어머, 저 무장 공비 멋쟁이였나 봐. 장발이야, 엄마. 아휴, 징그러.」 나는 그때 보았다. 바다에서 건져 올려 해변에 펼쳐놓은 무장공비의 시신을, 알몸을 드러낸 상반신 왼쪽 젖꼭지 밑에 새겨져 있던 선명한 흉터를……. 나는 방송국 자료실 신문철을 뒤지는 일에 며칠 골몰했다. 이십 년이 다 된 지난 일, 그때 기타를 치며 노래하던 장발의 대학생, 야윈 체구에 내 손을 잡아 자기 젖꼭지를 만지게 하고 그 젖꼭지 밑 흉터를 만지게 하던 그 남자의 이름이, 북한의 남파공작원 양성소에 근무하고 있다는 남한 출신 교관 명단 속에 들어 있지 않을까……. 물론 없었다. 나는 일주일에 한 번 상경해 며칠 머물다 가는 남편에게 잘 들으라는 듯이 오디오의 볼륨을 최대한 높여놓고 지냈다. 노랫소리가 뇌세포를 찌르는 듯하던 며칠 동안, 내가 걷는 길 위에 또 한 차례 짙은 상흔이 남겨졌다. (138~139면)

이와 같은 '나'의 상흔은 분단이라는 역사의 질곡이 비단 해방과 전쟁 세대만을 사로잡고 있는 것이 아님을 새삼스레 확인케 한다. 최근 몇 년 사이 분단을 매개로 삼은 작품이 별로 많지 않았음을 상기할 때

음미해 볼 만한 작품이라 할 것이다.

이와 관련하여 귀순자가 등장하는 「세 사람」에 의미를 부여해 볼 수도 있다. 이 작품에 등장하는 주요 인물은 제목처럼 모두 세 사람인데, 각기 특이한 상황에 처해 있다. 먼저 주철남. 그는 베를린 장벽이 무너지는 틈에 유학지인 동독을 탈출하여 서베를린 주재 한국 대사관을 통해 한국으로 귀순한 사람이다. 다음으로 일본 여인 산타마리코[山東麻里子]. 그녀는 독일인 회사에서 오래 근무했고 독일에서 삼 년을 살기도 한 여인으로 주철남이 한국에 들어와 사귄 친구와 안면이 있는 사이이다. 주철남의 친구와 그녀는 인터넷 편지로 가까워졌다. 마지막으로 양호용. 그는 빚더미에 올라앉은 프로덕션의 사장으로 융건릉에 왔다가 우연히 두 사람의 가이드 노릇을 하게 된다.

한 사람은 이북에서 온 셈이고 한 사람은 일본에서 마지막 한 사람은 이곳 사람이지만 사업이 막다른 골목에 다다른 실패자이다. 이 세 사람이 모두 긴밀치 못한 인연으로 수원 화성 관광이라는 우연을 매개로 잠시 시간을 같이하고 있고 따라서 이야기는 심화되지 못하고 작가 특유의 희화화로 결말지어진다. 즉, 술에 취한 양호용이 마리코를 어설프게 추행하려다 주철남에게 얻어맞는 것으로 끝나는 것이다. 이같은 어색한 결말에도 불구하고 생활 환경과 언어와 가치관이 전혀 별다른 세 개의 사회에 속했던 사람들을 서로 만나게 한다는 흥미로운 설정에 대해서 관심을 가질 필요가 있을 것이다.

이처럼 세 개의 시각이 교차될 때 경제위기를 겪고 있는 한국의 오늘은 매우 이상하면서도 낯선 세계가 된다. 주철남에게는 교분이 있는 문지훈이라는 친구나 양호용이, 마리코에게는 주철남과 문지훈과 양호용이 모두, 그리고 양호용에게는 주철남과 마리코가 이른바 '타자'의 세계를 이룬다. 이 '타자'의 세계는 주철남의 친구 문지훈을 "당연히 있어야 하고 또 분명히 있기는 있는데 도무지 모습을 안 드러내는 사람……”이라고 표현한 마리코의 말마따나 불가해하다. 주철남으로 하여금 마리코를 접대토록 하였으나 작품이 결말에 이르도록 모습을 드러내지 않는 문지훈의 존재는, 해독되어야 할, 오늘날 한국인의 존재 방식을 암시해준다. 귀순자의 시각은 이같은 ‘타자’의 문제를 드러내는 데 매우 적절한 방법이라 아니할 수 없으며, 또 다큐멘터리 등을 통해서 확인할 수 있듯이 이들의 대량 ‘생산’이 1990년대 한국사의 중요한 단면을 이루는 것이라 할 때, 그와 같은 소재를 포착해 내는 작가의 시선이 지닌 가치를 수긍할 수 있게 된다.

3.

오늘의 한국 사회를 살아가는 사람들의 상황, 그 가운데서도 특히 자본주의의 논리를 직접 체현할 수밖에 없는 이들의 상황을 그리는 박덕규의 독특함은 앞에서 언급했던 ‘모던’ 취향의 작가들과는 구별되는 면이 있다. 그가 그리는 세계에도 컴퓨터가 있고 인터넷이 있으나 그것은 인간의 고립성과 그것이 자아내는 환상성을 손쉽게 터치하기 위한 것이 아니다. 박덕규가 그리는 세계에는 맨살이 벗겨지는 아픔 같은 것, 그 자신이 몸으로 이 세계의 관계의 그물에 갇혀 살아가고 있다는 명백한 의식 때문에 생겨나는 고통 같은 것이 있다. 이 비속한 세계를 살아가기 위해 스스로 비속해질 수밖에 없는 이들을 향해 보내는 작가의 연민에는 자기 자신을 향한 연민마저 포함되어 있다. 이 작품집에서도 이를 확인하기란 어렵지 않다.

「세 사람」에서 귀순자인 주철남은 문지훈의 행태에 대해 확연히 분간할 수는 없으나 석연치 못한 감정과 이질감을 품게 된다. 그것은 자본주의의 생리와 습성이 몸에 밴 문지훈의 교류방식 때문이다. 그 문지훈이 생존의 논리를 터득한 우리 사회의 생활자들을 '대표'한다면 파산 상태에 직면한 양호용은 그렇지 못한 또 다른 일군을 '대표'한다. 특히 후자의 이미지가 뚜렷한 이 작품의 마지막 장면은 오늘의 한국적 삶에 깊이 스며든 고통을 생각하게 한다.

어젯밤 일이 생각난다. 「봐라, 이기 너거들 아빠다!」 아내의 음성이 들려온다. 프로덕션 사무실은 전세 보증금까지 다 까먹었다. 경매에 들어간 집은 두 번째로 유찰되었다. 마지막으로 암보험까지 다 해약했다. 어디선가 도장을 잃어버렸다. 낮 동안 용주사에서 지내고, 대학 홍보 비디오를 발주한 부총장의 아들인 친구를 만나 술을 얻어먹다가 주먹질을 한 게 밤 깊은 시간인 게 분명하다. 잇몸에서 피가 배어 나왔다. 집 앞 골목길 포장마차에서 소주를 몇 병 마셨는지 알 수 없다. 열쇠로 문을 따고 들어가서는 옷을 벗어 던지며 화장실로 달려갔다.

토악질을 한 것 같다. 한바탕 똥을 누고 기어서 거실로 나왔다. 잠이 밀려오는데 「아빠!」하는 소리가 났다. 장모가 작은 방문을 열고 나오다 「어머!」했다. 「건드리지 마.」 나애가 발악하듯 소리를 질러 아이들을 막았다. 「이 냄새!」 아내가 화장실로 늘어가 좌변기의 물을 내리고 나오면서 다시 소리쳤다. 「똑똑히 봐라. 이기 너거들 아빠다!」 잠깐 잠깐, 아랫도리를 벗은 그 몸으로 무덤 속으로 무덤 속으로 깊이깊이 기어 들어가고 있는 자신이 느껴졌었다. (168~169면)

생계에 시달리면서도 가족들로부터 불신을 사지 않을 수 없는 양호용에게서 한국적 삶의 찌든 양태를 발견하기는 어렵지 않다. 주철남이나 마리코의 시선으로부터 보면 낯설고 부자연스럽기만 한 세계, 그러나 이 세계 속의 삶의 한 모퉁이를 점유하기 위해 사람들은 안쓰러운 안간힘을 쓴다. 그것이 오늘의 한국인의 모습이다.

작가는 이와 같은 인간 군상을 그려내기 위해 많은 노력을 기울였던 바, 창작집의 다른 작품들에서 이를 확인할 수 있다. 「다시 사랑할 순간 2」의 '나'와 「끝이 없는 길」의 명애, 그리고 '나'가 모두 그런 사람들이었고, 이와 같은 삶의 단면을 짧은 형식으로 포착한 것이 집을 잃고 지하상가 계단으로 쫓겨난 부녀의 이야기를 그린 「열 번째 계단」이다. 또 「자전거가 있는 풍경」의 '나'는 "아직도 자전거가 넘어지지 않고 어떻게 굴러가는 것인지 알지 못하는 사람으로 남아 있었다"고 자신을 술회하고 있다. 현실적 질서에 대한 근본적 패배감이 깃들여 있는 것이다. 「한글학자」의 '나'는 명색은 대학교수이기는 하나, 사촌이 경영하는 회사에 이사로 이름을 걸어두었다 졸지에 채무 변제 독촉에 시달리는 신세가 되고 있다. 주민등록지를 동서 집으로 옮겨놓고 전셋집은 아내 명의로 해두기는 하였으되 학교로 날아들 월급 압류 통보는 피할 도리가 없다.

이와 같은 삶의 양상이 그들의 정신세계에 미치는 파괴적인 영향에 대해서도 일별해 볼 필요가 있을 것이다. 앞서 「다시 사랑할 순간 2」의 '나'는 가족의 울타리로 돌아가지 못하고 호텔에서 호텔로 전전하는 생활을 이어가며 노숙하는 동안에 만난 손미라는 어린 여인을 잊지 못해 한다. 그런 '나'가 옛날 편지를 주고받았던 여인을 찾아가서 본 것은 평생을 휠체어 신세로 살아가야 하는 여인의 모습이었다. 그리운 옛날의 여인이 불구자였다는 사실에서 '나'는 왜 "누구든 좋다"는, 세계와의 대결 의지를 얻을 수 있었던 것일까. 옛 풋사랑 여인의 불구를 보며 자기 마음의 불구 상태를 자각했기 때문이라고 설명할 수도 있을 것이다.

이 마음의 불안정 상태, 냉정한 현실에서 살아남기 위해 몸부림치는 일이 결과한 영혼의 파괴는 작중인물 상당수가 이혼이나 별거, 방황의 상태에 놓여 있음을 통해서도 드러난다. 그 극단에 놓여 있는 것이 「교가 제창」이다. 이 작품의 '나'는 회사를 그만두고 노래방 업주가 되었으나 노래방에 와서는 교가나 사가를 제창해야 그 날의 회식이 모두 끝나게 되는 방식의 집단주의 문화를 견뎌내지 못한다. 전직 회사 사장이 뿜어내는 집단 논리의 독기에 단지 술주정으로 저항했던 차 대리와는 달리 '나'는 사장을 살해하고 마는 일을 저지른다. '나'를 대신하여 차 대리가 잡혀간 후 그는 학창시절의 악대반을 회상한다. 가혹한 기합으로 유지되던 세계, 교가의 논리가 지배하던 세계는 지금도 유지되고 있고, '나'는 그런 세상의 논리에 익숙해지지 못한 채 오늘에 이르렀다. '나'는 다음과 같이 생각한다.

> 나중에 모두 다시 쌓기는 했지만 어정쩡해져 버린 학력 탓에 병역을 면제 받은 일이, 나에게 세상 모르고 이것저것 아는 척 잘 나불거리는 습관을 가지게 만들었는지도 모른다. 세상이 이처럼이나 뒤죽박죽인 줄을, 그때 선배들한테 걸어차이고 음악 선생님한테 모욕당하면서 더 확실하게 깨달았어야 했다. 이 세상에 존재하지 않는 편이 낫다고 판단되는 어떤 사람을 죽여 없앤다고 해서 세상이 크게 달라질 것은 없다는 사실을 일찌감치 깨닫고 있었다면, 십 오 년이나 내 몸에 지니고 다니던 갈에 결국 피를 묻히는 일은 하지 않았을 것이다. (79~80면)

여기서 '나'는 세상에 존재하지 않는 편이 낫다고 생각하는 사람을 살해하더라도 세상은 근본적으로는 달라지지 않는다는 생각에 이르렀으나, 실은 세상에 존재하지 않는 편이 낫다고 생각되어야 할 사람은 근본적으로는 존재하지 않는다고 보는 것이 좋을 것이다. 어떤 사람은 존재할 이유와 권리가 있고 또 어떤 사람은 그렇지 않다고 보는 것은 독단의 논리, 사형(死刑)과 사형(私刑)의 논리를 이룰 수 있을 뿐이다. 그러나 생존 경쟁의 논리가 가혹하게 적용되는 한국 사회, GNP로 따지면 15등 안에 든다고 자랑하면서 사회복지 수준에서는 100등에도 훨씬 못 미친다는 사실에 둔감한 오늘의 한국 사회에서 이같은 응징과 보복의 논리는 정당화된다. 그 15위와 백 몇 위 사이의 간극을 메우고 있는 것은 무엇인가. 그것은 이 세계를 살아가는 사람들이 흘리는 땀과 피, 그리고 훼손되는 영혼의 질량이다.

이런 세계에서, 죽음을 앞에 둔 소년의 이야기로 어둡고 차가운 우리 세계의, 보이지 않는 곳에 놓인 온기를 발견해 낸 「한글학자」나 환경 문제를 다룬 「다시 사랑할 순간 1」이나 흙이 있는 도시를 꿈꾸는 「자전거가 있는 풍경」의 세계는, 너무나 가느다래서 실현 가능성이 별로 보장되지 않는 꿈으로 보인다. 이 꿈은 앞에서 글, 문학의 의미에 대해서 말했던 것과 마찬가지로 작가 자신의 낭만적 지향성의 표현이다. 그러나 작가의 내면에 자리잡고 있는 이같은 동경의 세계는 자비롭지 못한 이 세계의 폭력적인 힘 앞에서 왜소하다. 작가는 동경이 자리잡을 공간이 너무나 협소한 이 세계의 한 가운데서 너무 '오래' 너무 '많은' 경험을 치러냈다. 현실은 작가의 꿈을 마모시키고 대신에 그에게 들어설 자리가 없는 세계를 향한 시선을 주었다.

작가는 이 시선으로 꿈이 거세된 건조한 세계를 그려내는 바, 이전의 작품집에서와 다른 점이 있다면, 작가의 자전적 경험이 포함된 「한글학자」를 통해서 볼 수 있듯이, 작가 자신이 이 세계를 견디는 일을 점점 더 힘들어하고 있다는 점이다. 그 결과 이제 작가는 『날아라 거북이!』(민음사, 1996)의 비상(飛上)에서, 기억의 세계로 이야기의 중심을 옮기고 있다. 꿈은 흔적이 남아 있으되 그 무거움으로 말미암아 비상하

지 못한다. 많은 이야기가 그 안에 과거로의 여행을 담고 있다는 사실
이 이것을 말해준다. 그렇다면 작가는 지금 자신의 낭만적 본성이 실
현될 수 있는 보다 나은 방식을 실험하는 일을 필요로 하게 되었는지
도 모른다. 나는 그곳이 무엇인지 말할 수 없으나 그것이 본래 그의
시발점이었던 낭만적 동경의 요소를 더욱 강화하는 것으로 나타나기
를 기대한다. 그렇다면 시에서 소설로 장르를 옮겨온 그로서는 소설의
산문성을 통과한 새로운 부정을 실현하는 셈이 될 것이기 때문이다.
그의 행로를 향한 독자의 관심을 기대해 본다.

　한편, 마지막으로 이 작품집에 지금까지 논해온 작품과는 매우 다른
역사 단편이 실려 있다는 사실을 상기하는 일이 필요할 듯하다. 이시
애의 난 와중에 놓인 신숙주의 심경이 소재가 된 이 작품을 이 글에서
자세히 논할 여유는 없다. 나는 이 작품이 작가가 지닌 다면성을 보여
주는 한 예로, 작가의 향후 작업을 이해하는 데 필요한 자료로 남겨두
고자 한다. 이 작품이 씌어진 때는 역사소설에 대한 관심이 비교적 높
은 때였으나 지금은 그와 같은 시도를 행하는 본격 작가는 별로 없다.
생각해 보면 역사소설만큼이나 어려운 장르는 없다. 그것은 과거에 대
한 해박한 이해를 필요로 할 뿐 아니라 철학을 요구하기도 하는 때문
이다. 작가의 향후 작업에 역사소설을 위한 장(章)이 할애되어 있다면
최근 몇 년 동안 작가들이 노정한 철학적 약점이 반복되지 않아야 한
다는 점만을 부기해 두고자 한다.

상황에 노출된 운명의 고통과 모색

주인석론

1.

80년대 중반을 전후한 시기는 바야흐로 연극의 시대였다. '가짜'가 아닌, 살아 숨쉬는. 그때 삶은 너무나 연극적이어서, 연극 아니고는 그 시대를 표상할 만한 적절한 말을 찾기 어려울 정도였다. 그러한 때 무대는 달리 필요하지 않았다. 사람들이 살고 있는 세계가 곧 무대였다. 거기서 사람들은 저마다 뇌관을 지닌 채 지진과도 같은 파국이 그 무대를 끝장낼 때까지 질주하고 있었다. 그 시대엔 삶 자체가…… 연극이었던 것이다.

그러므로 당연히 진짜 연극은 삶에 자신의 위치를 물려주든가, 자신의 경계를 스스로 허물어 삶 속으로 뛰어들든가 해야 했다. 그리고 연극은 실제로 그렇게 하고자 했다. 그러자 이미 수십 년 전에 수입되었지만 무대라는 사각진 창고 속에 쳐 박혀 있던 브레히트(Bertolt Brecht)의 기법들이 비로소 새로운 생명의 숨결을 부여받았다. 그의 「오르가논(Organon)」이 읽혀지고 4벌식 타자기로 번역되었다. 아리스토텔레스적인 연극은 부도덕하고 야합적인 것이거나 이미 오래 전에 죽어 버린 것인 양 취급받았다.

그 시대에 연극은 브레히트마저도 충분치 않아 했다. 삶에 일치되고 싶은 연극의 욕망은 아우구스또 보알(Augusto Boal)의 그림자극마저도 서슴없이 받아들였다. 그것은 형식에 대한 극단적 거부를 통해 내용을 구하고자 하는, 아니 연극 자체를 희생시킴으로써 세계를 구원하고자 하는 사람들의 욕망을 표현하는 것이었다. 그리고 또 마당굿이나 마당극이 있었다. 연희자와 관객 사이의 직접적 교통이라는 점에서 그것들은 이미 서사극적이었고 시대가 요구한 형식에 부합하는 측면이 강했다. 더구나 60년대 말부터의 끈질긴 전통 탓에 그것들은 다양한 양식적 실험을 동반하면서 연극의 필수불가결한 부분이 되었다.

이 모든 것들은 대학에서 이루어졌다. 대학은 연극을 삶과 일치시키는 중심적 공간, 아니 모든 저항적이고 변혁적인 흐름의 중심적 공간이었다. 연극의 이와 같은 양식적 변화가 대학에서부터 시도되었다는 것은 80년대를 통해 대학이 부여받은 시대적 운명을 그 연극 또한 나누어 짊어졌음을 의미할 뿐이었다. 어떻게 그러한 상황을 표현할 수 있을까. 자기의 빛으로 타락한 세계를 구원할 수 있다고 믿었던, 자기의 손에 절대적 진리가 사로잡혀 있다고 확신했던, 그런 자들이 대학의 주류가 되어 권력에 대해 정치적이고 문화적인 저항의 진지를 구축했던 상황을. 그들 휴머니즘의 맹신도들이 그들이 추구했던 빛에 눈이

멀어 버린 채, '이상의 죽음'이 자기 머리를 내리칠 때까지 불나방처럼,
그리고 순교자처럼 이념의 불섶에 뛰어들었던 상황을.

주인석의 일련의 희곡은 80년대 중반의 그같은 상황을 전제하지 않
고는 이해될 수 없다. 그러한 상황이 전제되지 않고는, 또한 희곡에서
소설로 나아갈 때의 그의 격심한 변화를 이해할 수도 없다. 철저하게
반정부적이고 이념지향적이면서도 동시에 지극히 추상적이고 모호했
으며, 지극히 과학적이고 체계적인 사고를 지향했으면서도 결국은 유
토피아적인 환상으로부터 전혀 자유로울 수 없었던 80년대 중반 전후
의 대학 풍경. 주인석의 작품은 이것을 생명의 바다로 해서 태어난 사
생아, 아버지를 알 수 없는 사생아와도 같다. 그리하여 그것들은 무한
히 부정하고 무작정 기다리면서도 그 귀항지를 알지 못한 채 훼손된
세상, 어둠의 바다(玄海)를 헤매인다.

2.

80년대 대학연극은 두 가지 주요한 발전 경향을 갖고 있었다. 무대
극적 경향과 마당극(혹은 마당굿)적 경향이 그것이다. 후자는 대동놀이
(혹은 대동굿)로의 모색에서 볼 수 있듯이 총체극 또는 상황극을 지향하
는 것이었다. 그러므로 그것은 '투쟁적 가치'를 위해 미학적 가치를 희
생하는 양상을 농후하게 보여주었다. 그러나 주인석은 전자의 길을 택
했다. 이것은 그가 문학과 연극에 있어 미학주의자가 되고자 했음을
의미한다. 『불감증』(1984.11) 『새들도 세상을 뜨는구나』(1986.2) 『통일밥』

(1988.5) 『통일연습』(1989.8)은 기본적으로는 무대극이라는 점에서 당시를 풍미하던 마당극과는 일정한 거리를 두고 있다. 그는 그 이유를 마당극이 갖고 있는 '원천적인 추상성'과 그 기본원리로서의 '풍자'가 타락하기 쉽다는 점에서 찾고 있다(『통일밥』, 제3문학사, 79면). 이러한 지적이 전적으로 타당한 것은 아닐 것이다. 특히 뒷부분의 지적이 그러하다. '풍자'가 타락하기 쉽다는 것은 현상적인 지적에 가깝다. 그의 지적처럼 이후의 마당극이 "병든 패배주의의 배설장"으로 화했다는 것은 실은 그만큼 풍자가 미학적 완성을 꾀하기 힘든 까다로운 창작방법임을 보여주는 것이 아닐까. 그러므로 그가 무대극을 선택한 것은 아마도 당시의 마당극들이 풍자라는 방법이 요구하는 품격에 미치지 못하고 있는 현상에 대한 반작용이었을 것이다.

그럼에도 불구하고 그의 최초 희곡인 『불감증』을 제외한 다른 작품은 많은 면에서 마당극적인 요소(그는 촌극적인 요소라 하여 구분하고 있지만)를 차용하고 있다. 그것은 그가 브레히트의 극이론에 경사되었던 탓이겠으나 그는 본질적으로 왕성한 미학적 실험주의자인 것이다. 이 점에서 그는 시에서의 황지우와 아주 유사한 특질을 소유하고 있다.『게눈 속의 연꽃』(1991)을 제외한 황지우의 모든 시집들이 게릴라적이고 정보적인 시창작 방법에 의해 지배되고 있는 것처럼 주인석의 희곡 또한 철저히 상황적인 논리에 의해 지배되고 있다. 다른 점이 있다면 황지우의 시가 「새들도 세상을 뜨는구나」로 대변되듯 허무주의적인 귀결점을 갖고 있다면 주인석의 희곡은 그렇지만은 않다는 점이다. 『새들도 세상을 뜨는구나』에서의 몽타지적이고 '마드리갈적'이며 '교향적'인 구성, 『통일밥』에서의 브레히트적인 기법과 고대 희랍극적 요소의 결합, 『통일연습』에서의 브레히트적 기법과 상황극적 요소의 결합 등은 그가 본질적으로 미학적인 실험정신에 의해 지배되는 창작방법상의 모더니스트라는 것을 보여준다. 물론 이 방법상의 모더니즘이 정신 상의 모더니즘을 곧바로 의미하는 것은 아니겠지만.

그는 이러한 일련의 작품을 통해 대체로 일관되게 통일문제를 주제로 전달하고자 한다. 원작을 염두에 둘 수밖에 없는 『새들도 세상을 뜨는구나』를 제외한 다른 작품은 이에 대한 진단과 처방을 직접적인 목표로 해서 씌어지고 있다. 그리고 이는 먼저 그의 개인사적 체험의 특수성에 의해 설명될 수 있다. 그는 월남 이산가족의 한 구성원이다. 그의 아버지는 개성이 가까운 파주에 정착을 했고 미군기지와 밀착된 삶을 살아야 했다. 이러한 가족사는 그로 하여금 자연스럽게 통일문제에 접근할 수 있도록 했을 것이다. 그러나 그가 80년대 후반 전체를 이 주제에 몰두하게 된 것은 그의 개인적 체험보다는 상황에 의해 강제된 측면이 더 크다고 보아야 할 것이다. 이때 상황이란 단지 80년대적 상황이라는 의미 외에 운동적 상황이라는 의미를 포함하고 있다. 이러한 해석으로부터 비교적 자유로울 수 있는 것은 『불감증』밖에 없다. 이 작품은 아직 통일문제가 운동적 논리와 연관되어 전면적으로 제기되기 이전에 씌어진 것이었다. 따라서 이 작품은 분단과 냉전 이데올로기로 인한 고통을 진단하는데 머무르는 한계를 보이면서도 동시에 미학적 완성이라는 장점을 가질 수 있었다. 강제징집된 강일병의 죽음, 고문관 허이병의 죽음, 전쟁과 분단으로 인해 고통스러운 삶을 살아가야 했던 강일병과 한일병 부모의 모습은 다소 작위적임에도 불구하고 분단과 통일문제를 짙은 감동을 통해 전달해 주기에 충분하다.

이에 반해 『통일밥』은 그를 공권력에 의한 구속으로 몰고 간 데서도 짐작할 수 있듯이 운동적 논리들의 틈바구니 안에서 준비된 것이었다. 이는 공연에 부쳐진 「작가의 말」을 통해서도 확인된다.

　　우리는 분단이라고 하는 한반도의 고통의 현상을 계급모순이라는 보편성
의 특수한 발현형태라고 파악했으며, 그것의 극복은 본질적으로 민중주체의
변혁투쟁을 통해 가능하리라 생각한다. 그것이 본질이다. 그러나 미제에 의한
한반도의 규정성을 도외시하는 것은 아니다. 따라서 해방을 전후한 공간에서
의 미제에 의한 한반도의 분할음모를 작품의 배경으로 중요하게 배치하였다.
(『통일밥』, 139면)

　　무척이나 단언적이고 냉철해 보이는 대목이지만, 바로 이 지점에서
88년의 시점을 전후로 한 변혁운동권의 방법론상의 갈등과, 이 갈등하
는 논리들을 통해서만 통일을 애기하게끔 되어 버린 작가적 상황이 확
연히 드러난다. 당시 변혁운동의 주류를 형성하고 있던 민족해방민중
민주주의노선과 새롭게 논리를 형성하고 있던 반제반독점민중민주주
의노선의 대립과 갈등이 이 대목 속에 축약되어 있는 것이다. 『통일
밥』은 이 속에서의 일종의 절충의 산물이다. 항일 저항 노동운동가 장
시우로 대변되는 작품의 전반부는 전자의 방법론에, 그의 손자 동민과
동석을 중심으로 펼쳐지는 작품의 후반부는 후자의 방법론에 기대고
있는 것이다. 그러면서도 결말은 결국 전자의 방법론으로 채색된다.
　　문제는 이렇게 변혁운동의 방법론에 밀착되고자 한 『통일밥』이나,
보다 열린 사고로 통일문제에 대한 토론을 유도한 『통일연습』이, 『불
감증』이 보여준 가능성과는 달리 모두 상황극이니 총체극쪽으로 경사
되면서 결국은 경향적 작품으로 귀결되고 있다는 사실이다. 이 작품들
은 모두 실리적인 메가폰적 목소리에서 벗어나지 못하고 있다. 물론
이러한 경향성이 문제점만 야기한 것은 아니라고 볼 수도 있다. 모든
창작방법이 그 나름의 존재이유를 갖고 있다면, 그것은 경향적 방법에
있어서도 마찬가지일 것이기 때문이다. 더구나 경향성은 브레히트적인
장치를 마련하는 과정에서는 피할 수 없는 부수적 효과이기도 하다.

그러나 이러한 경향성이 정치성과 결합되어 작품의 표면을 지배하면서 작품의 육체를 이루는 인간적 형상을 기화시키는 효과를 빚는 데까지 이르면 그것은 결코 바람직하지 못하다. 소설이든 희곡이든 이 지점에까지 오게 되면 그 작품은 예술로서는 파탄에 빠져 버리기 때문이다. 그것은 그 방향이 기존 체제의 옹호로 나가든 부정으로 나가든 마찬가지이다. 그런 점에서 볼 때 『통일밥』이나 『통일연습』은 문학으로서의 위기를 보여주는 것이라 할 수 있다.

많은 주목을 받으면서 공연된 『새들도 세상을 뜨는구나』 또한 그 작품 자체로서는 성공적이었다 할지라도 주인석의 희곡이라는 전체적 시각에서 보면 앞에서 지적한 위기가 심화되어 가는 과정상에 놓인 것이다. 다양한 실험적 기법을 통한 현실 비판의 참신성에도 불구하고, 이 작품에서도 작가는 정치적으로 경사된 자아만을 드러내고 있을 뿐이다. 바로 이 점에 작가로서의 주인석의 고유한 모순이 존재한다.

그의 희곡이 보여주는 경향적 치달음을 시대적인 변혁의 요구에 부응하기 위한 치열한 의지의 산물로 이해할 수도 있다. 또한 이러한 의지 탓에 이들 작품은 경향적이라는 결함에도 불구하고 일종의 시대적 기념비에 근사하게 되었는지도 모른다. 그러나 『불감증』이 보여준 미학주의적 본질에도 불구하고 이후 그의 희곡작업이 실은 시대와의 정치적 등가물을 만들어 온 것에 지나지 않았다는 점, 그 결과 시대를 뛰어넘는 예지를 보여주고자 했던 그의 문학이 오히려 그 시대의 변혁운동적 전망 안에 갇혀 버린 채 그것만을 형상화하는데 바쳐지고 있다는 점, 그 결과 작가 자신의 내면에 존재하는 갈등과 고뇌는 표출의 통로를 원천적으로 차단 당한 채, 이미 시효 만료 위기에 처한 '정통 사상'에 경사된 정치적 의식만이 드러나고 있다는 점, 이러한 점들이야말로 희곡작가 주인석의 고유한 모순이었다.

3.

　주인석이 이러한 모순을 극복하기 위해 설정한 것은 희곡작가에서 소설작가로의 '전향'이었다. 그에게 있어 이 과정은 '비문학'에서 '문학'으로 나아가는 과정과 다르지 않았다. 자신의 본질에 가까운 미학주의를 되찾는 것, 자신의 문학을 예지적인 것으로 만드는 것, 자신의 내면을 정치적 의식만큼이나 소중하게 다루는 것, 이 모든 '문학'적인 것을 회복하기 위해서는 일단 '연극적' 눈이 아니라 '소설적' 눈이 필요했다. 피와 눈물, 투쟁과 희망에 동참한 자의 번득이는 눈이 아니라 패배로 가득찬, 지난한 산문적 세계를 주시하는 관찰자의 눈이 필요했다. 그리하여 그는 소설을 쓰게 된다.

　이를 위해 어쩌면 그는 한 번의 파국을 기다렸는지도 모른다, 지금까지의 작품 세계를 일단락 지을 수 있는. 하지만 그러한 파국은 자신의 예술적 작업의 결과로부터 직접 주어지지는 않았다. 그것은 공권력에 의한 구속이라는 외적 계기로부터 왔다. 80년대적 지식인인 그는 내면에 축적되고 있는 변화의 동력을 자신의 힘만으로는 외화 시킬 수 없었다. 80년대적 지식인은 그러했다. 그들은 광주로부터 시작된 상황에서 독자적으로는 벗어날 수 없는 운명을 타고난 존재들이었다. 농구권 스탈린주의의 붕괴에 이르러서야 비로소 그들의 단단한 정신이 갈라지지 시작했다는 것은 그들 내부에 생동적이고 주체적인 반성작용이 부족했음을 보여주는 것이 되지 못한다. 그것은 다만 기성이념에 대한 그들의 반성이 채 숙성되기도 전에 세계사적인 파국에 직면해야 했던 그들의 비극적 운명을 보여줄 뿐이다. 그들은 다 자라나기도 전에, 자신의 성장과정을 돌아볼 수 있게 되기도 전에 꺾여버려야 하는 상황에 처했던 것이다. 그런 점에서 어쩌면 그들은 진부하기 이를 데 없는, 상황에 맡겨진 존재라는 표현에 꼭 알맞은 자들이었는지도 모른다. 그리고 바로 그러한 의미에서 그들은 또한 본질을 가질 수 없는, 내면을 확보할 수 없는 존재들이었다.

옥중체험을 다룬 중편 「그날 그는」(1990년 여름)을 거쳐, 주인석이 『희극적인, 너무나 희극적인』(열음사, 1992.7, 이하 『희극적인』)을 통해 말하고 싶어한 것은 그러한 80년대적 세대의 운명이었다. 그러므로 이 작품은 운명과 운명에의 예감과 암시로 가득차 있다. 고문과정에서 어쩔 수 없이 영환의 소재를 대고는 배신의 죄책감을 짊어진 채 살아와야 했던, 그 배신 때문에 사랑하는 지숙과 4년이라는 긴 세월을 헤어져 있어야 했고 다시 짧은 해후 끝에 그녀를 떠나보내야 하는 상우, 부유한 집안에서 성장하고도 모진 고문 끝에 성기능을 상실한 채 노동운동을 하다가 의문의 죽음을 당해야 했던 영환, 카톨릭 신자였고 연극반 동료였던 상우를 사랑했지만 투쟁 과정에서 영환과 부부가 되었고, 그러면서도 영환의 죽음이 계기가 되어 상우에게 순결을 바치게 되는, 또한 마침내 다시 투쟁의 장으로 돌아가지 않을 수 없는 지숙. 이들은 모두 불가피하게 부여받은 운명에 속박된 사람들이다. 그것은 아버지가 정해준 약혼자가 귀국하는데도 상우와의 관계를 지속시키고 싶어하는 윤주의 경우에도 마찬가지이다. 특히 영환의 죽음은 80년대라는 어두운 시대가 숙명적으로 치러내야 하는 속죄의식과도 같다. 그는 가시관을 쓴 예수, 죽음의 시대를 구원하기 위해 바쳐진 속죄양이었다.

그러나 이러한 어둠의 시대를 배신의 죄책감과 사랑의 상실감 속에서 "유령"처럼 살아온 주인공이 맞닥뜨린 90년대는 어떤 모습을 하고 있는가. 그것은 어둠보다 더 어둡고, 죽음보다 더 죽음 같은 세계 그것이다. 작가는 이를 꿈이라는 상징적 기제를 통해 다음과 같이 표현한다.

> 그(상우—필자)는 검은 옷을 입고 걸어간다. 그 옷은 마치 서양의 수도승들
> 이 입은 옷처럼 그의 발끝까지 치렁치렁 늘어져 있고 허리께는 끈으로 질끈
> 동여매져 있다. 모자도 달려 있어서 그는 꿈속에서 그 모자 사이로 아주 조금
> 드러나는 자기의 눈 주변의 모습밖에는 볼 수 없었다. 그는 힘겹게 걸어간다.
> 맞은편에서는 바람이 불어오고 있고, 그 맞은편이란 지평선이다. 그 지평선을
> 사이에 두고 위아래는—그러니까 하늘과 땅일텐데—똑같이 검은색이다. 그
> 검은색은 그가 입고 있는 옷의 검은색과는 다르다. 그의 옷 색깔이 흑색이라
> 면 그 하늘과 땅의 색은 천자문의 첫 구절에 나오는 검을 현(玄)자의 색이다.
> 현묘한 색. 그의 꿈에서는 天地玄黃이 아니라 天地玄玄이다. 그는 天地가
> 玄玄한 지평선을 향해 힘겹게 걸어간다. (『회극적인』, 276면)

무엇이 상우로 하여금 이렇게 절망적인 모습으로 90년대를 바라보
게끔 했을까. 작품 속에서 그 이유는 자학과 회의의 두 형태로 나타난
다. 자학이라는 면에서 보면 상우는 배신의 죄책감에 너무 크게 짓눌
린 나머지 죽음 같은 세계를 살고 있는 것이 된다. 그러나 이렇게 보
면 이 작품의 말미가 충분히 설명되지 않는다. 작가의 강력한 주장이
담겨 있기 마련인 결말 부분에서 작가는 『장자(莊子)』의 첫 장 「소요유
편(逍遙遊篇)」의 일절을 제시하고는 다음과 같이 말하고 있다.

> 莊子는 책의 첫머리를 逍遙遊篇으로 시작했다. 逍遙遊란 자유로운 정신
> 의 비상을 말한다.
> 상우는 장자의 첫머리를 읽으며 새벽녘 목욕탕 휴게실에서 깜빡 잠든 사이
> 에 무려 4년 만에 다시 꿀 수 있었던 자신의 꿈을 떠올렸다. 天地가 玄玄한
> 사이로 걸어가던 자신의 모습을.
> 이건 암시였다. 아주 강력한.
> 기차는 그 사이 서울을 벗어나고 있었다. (『희극적인』, 308면)

이 대목은 이 글의 참된 주제가 "자유로운 정신의 비상"에 있음을 보여주고 있다. 자학으로부터는 이러한 "비상"이 얻어질 수 없는 것이다. 그렇다면 남은 것은 회의이고 또한 이것은 구체적으로 변혁운동을 통한 혁명의 가능성에 대한 회의이다. 작품 전체를 통해 상우는 끊임없이 회의하고 있다. 선배인 이 기자가 방송노조에 가입할 것을 권유할 때도, 우연히 연극반 후배 영균과 대화를 하게 되었을 때도 그는 그들의 시도가 무엇인가를 가져다 줄 수 있다는 것에 대해 회의를 표명한다. 이러한 회의적 태도는 그가 혁명을 기적과 동일시하고 그것의 본질을 "접근할 수 없음"에서 찾는 데서 단적으로 나타난다.

> 혁명은 지금, 이곳이라는 일회적 현존 속에 존재하는 우리에게 마치 역사 속의 별과 같다. 혁명은 인간이 갈망하는 상태를 가장 구체적으로 상징한다. 그것은 현실에 실현되어 있지 않지만 항상 실현의 모습으로 현현해 있는, 즉 별처럼 쏟아질 듯 반짝이고 있지만 안타까운 거리로 남아 있는 그 무엇이므로 숭엄한 분위기를 갖는다. 그것은 바로 종교적인 제의성이다. 먼 것과 가까운 것은 서로 상반되는 개념이다. 먼 것의 본질은 접근할 수 없음이다. 이 접근할 수 없음이 종교적 제의성의 주요 본질이다. 그러므로 혁명이란 아무리 가까이 있더라도 먼 것의 일회적 나타남이다. 유일하고도 먼 것이 아주 가까운 것으로 나타날 수 있는 일회적인 현상 말이다. (『희극적인』, 162면)

벤야민의 냄새가 나는 이 대목은 혁명에 대한 그의 근본적 회의를 표현한다. 혁명은 아무리 그것이 실현 가능해 보여도 근본적으로는 실현할 수 없는 대상이라는 것, 혁명의 실현이란 오직 종교적 제의의 엑스타시적 순간처럼 환상적으로 반짝이는 주관적 경험에 지나지 않는다는 것, 이보다 더한 혁명에 대한 회의가 있을 수 있을까. 이것은 부정보다도 더 철저한 회의이다. 그리고 이러한 회의 속에서 "비상"은 비로소 가능해진다. 혁명이 그런 것이라면 그는 더 이상 혁명의 이념에 얽매여서는 안 되기 때문이다. 실현될 수 없는 이념에 얽매여 그 이념의 눈으로 세상을 살아가서는 안 되기 때문이다.

그러나 그같은 회의에도 불구하고 이 작품은 더 이상의 논리 전개를 보여주고 있지는 못하다. 그리고 그것은 어느 정도 당연한 것이기도 하다. 방송사 조연출 생활에 3년이나 찌들어 있던 상우의 경험으로부터는 일상에의 침윤 외에는 다른 어떤 회의의 근거를 추출할 수 없을 것이기 때문이다. 그러므로 회의의 근거는 본질상 작품 내에 있지 않다. 그것은 그 바깥, 즉 작가 주인석의 경험적 세계에 존재한다. 작가 자신이 추구했던 이념적 방법론의 현실적 몰락과 그로 인한 이념 자체의 존재 당위성에 대한 근본적 의문, 응징되지 않는 적과 실현되지 않는 인간애로부터 오는 좌절감, 희곡작가로서 80년대 후반을 보낸 주인석의 쓰디쓴 경험 등이야말로 작품 내에서 나타나는 회의의 진정한 이유이다. 그리고 바로 이것이 그에게 "자유로운 정신의 비상"이라는 새로운 구상을 던져주었다.

이러한 작가적 경험이 작품 내적인 논리로 충분히 전개되지 못했음은 이 작품의 결함에 속한다. 그리고 이 "비상"이 보다 자유의 이념을 향한 비상이라기보다는 이념 자체로부터의 자유를 향한 비상에 가깝다는 점에서 이후 작가의 더 큰 정신적 고뇌가 예상되기도 한다. 그러나 이 작품의 배후에 놓인 작가적 경험의 실재성이야말로 이 작품을 그 시기에 발표된 여타의 아류적이고 '거짓말'에 불과한 일부 운동권 후일담 소설과 구별지어 주는 덕목이다. 바로 그것으로 인해 이 작품은 이따금씩 엿보이는 상투적 발상법에도 불구하고 소설적 진실성에 훌쩍 접근할 수 있었다.

4.

한편 『희극적인』이라는 장편소설의 제목은 그의 내면에 세계를 향한 뿌리깊은 환멸이 자리잡고 있음을 시사해 준다. 왜 90년대가 비극적이지 않고 희극적인가. 그것은 90년대가 이미 비극을 뛰어넘어 나아가고 있기 때문이며, 그 결과 이미 시효가 지난 비극은 희극으로 화해 버린다는 연극적 원칙을 체현해 주고 있기 때문이다. 슬픔조차 넘어서 버린 슬픔은 쓰디쓴 웃음으로 남게 되며 그것은 곧 환멸로 통한다.

그리하여 이제 그는 이 환멸을 품은 채 버림받은 세계, 천지(天地)가 현현(玄玄)한 세계를 배회하는 구보씨가 된다. 박태원의 구보씨가 KAPF적 실천이 불가능해지는 30년대 초의 '전형기'를 배회했고, 최인훈의 구보씨가 삼선개헌과 유신으로 점철된 70년대 초를 거닐었다면, 주인석의 구보씨 역시 희망을 향한 역사적 가능성이 소진되어 버린 듯한 시대를 하루하루 버텨가게 된다.

그러나 그가 박태원의 편모의식과 최인훈의 실향의식을 공유하고 있다 할지라도 그의 구보씨는 그들의 구보씨와는 다른 구보씨일 수밖에 없다. 다시 말해 그의 「소설가 구보씨의 하루」(이하 「구보」) 연작은 시대 상황에 전면적으로 대응했던 과거를 지닌 자가 새롭게 자기정체성을 확보해 가는 과정의 기록으로 되어야 했던 것이다. 그렇다면 그는 자신을 어떻게 정립하려 했으며, 또한 그 기록에 얼마나 충실하고자 했는가.

이를 해명하기 위한 출발점은 「구보」 연작이 소설가 소설이라는 사실이다. 소설가 소설은 언제나 소수를 위한 창작 행위였다는 점에서 보면 「구보」 연작은 작가 주인석의 창작방법상의 중요한 변화, 즉 다수를 위한 창작에서 소수를 위한 창작으로의 변화를 의미한다. 소수를 위한 장르가 되기 마련인 희곡에서 다수를 위한 창작을 시도했던 그는 이제 아이러니컬하게도 본질상 다수를 위한 장르인 소설에서 소수를 위한 창작을 실행하고 있는 바, 이는 이제 그가 소설가주의, 미학주의의 적극적 옹호자로 변신함을 의미한다. 그리고 이는 철저히 80년대적 전망 안에 갇혀 있던 자신의 희곡에 대한 반성적 대응으로 설명하는 것이 가능하다. 즉 작가의 입장에서 그것은 이상에의 질주 속에서 질식당한 자기 내면을 위한 불가피한 선택이었던 것이다. 「구보」 연작에서 작가는 이러한 자기 재정립에의 욕구를 지속적으로 표현하고 있다. 하지만 안타깝게도 이 연작들은 재정립이라기보다는 가까스로 버티기나 더 깊이 타락하지 않으려는 안간힘일 뿐이다.

> 소설은 현실에 대해 숨겨진 과거로 저항한다. 사람들이 숨긴, 잊은, 잊으려 하는 과거로 소설가는 반성시키는 반성가다. 그러기 위해 소설가는 실패해야 한다. 가난해져야 한다. 실패하려고 해야 한다. 실패할, 한 운명이다. 그리고 그는 실패로 세상과 싸운다. (「구보 1」, 『검은 상처의 블루스』, 51면)

> 그렇다. 소설은 좌절한 의식의 소산이다. (⋯중략⋯) 어떤 사람은 그걸 좌절이라고 하지 않고 부적응이라고 표현하기도 한다. 그리고 소설이란, 혹은 예술이란 그런 제도의 부적응자들이 부적응의 방식으로 적응하는 또 하나의 제도라고 말이다. 욕망이라고 해도 마찬가지다. 좌절된 욕망을 다른 방식으로 성취시키려는 또 하나의 욕망, 그 제도라고 말이다. 그러나 구보씨는 (⋯중략⋯) 어떤 소설가가 말했던 좌절한 자의 복수의식으로서의 소설관에 더 마음이 끌린다. 소설이란 좌절한 의식이 세상에 대해 복수하는 것이 아닐까, 하고 말이다. (「구보 2」, 『검은 상처의 블루스』, 64면)

실패와 그 복수로서의 소설관 및 소설가관은 이미 패배를 시인하는 관점이며(정말로 80년대 운동은 패배라는 말뜻에 걸맞는 패배를 한 것일까?) 다만 그 상황에서 타협을 거부하는 관점이다. 이처럼 패배를 이미 자인해 버린 자기정립이 문학적 실천 주체의 발전적 재정립과는 거리가 있고, 불안정한 버티기에 지나지 않음은 두말할 나위가 없다. 「구보」 연작 전체에 이러한 버티기의 고통스러움이 흐르고 있다.

그 가장 단적인 표현은 무엇보다 자신이 80년대라는 역사의 사잇길에서 헤매었으며, "남들은 다 버리고 간 혁명의 교과서를 집어들었"(「구보 2」)다는 자책감일 것이다. 자신과 자신의 동류배들이 지구의 유폐된 한 끝에서 사그라질 이념의 마지막 불꽃을 태우고 있었다는 사실을 생각할 때마다 그는 견딜 수 없어진다. 절대로 무지와 편협 때문만은 아닌, 오히려 사상의 시장이 한 번도 서보지 못했던 이 땅의 척박함 때문이기도 한 세계사적 변화에 대한 그와 그 동류배들의 무지와 둔감을 그는 고통스럽게 되씹고 있는 것이다.

물론 그것만은 아니다. 세파를 못 이겨 변해 버린 친구에 대한 애증(「구보 2」), 대상이 어떠하든 선정성만을 추구하는 기자들에 대한 증오(「구보 3」), "뭔가를 차지하고 지배하려는 욕망에" 사로잡힌 자들, 특히 문학적 협잡군들에 대한 혐오(「구보 4」), 손에 피를 묻힌 지난날의 부정한 권력자들을 단죄하지 못하는 현실에 대한 분노(「구보 5」) 등도 모두 그러한 고통의 다른 표현으로 해석할 수 있다. 구보라는 냉철한 관찰자의 내면에 흐르는 그 절제할 수 없는 감정의 격류들은 고통의 다른 이름들이다.

그러나 문제는 이러한 버티기에서 병적인 냄새가 난다는 점이며, 또한 그것이 『희극적인』에서 예감한 "자유로운 정신의 비상"에는 미달한다는 사실이다. 만약 그가 "사잇길로 접어든 역사"에 의해 고통 당하고 있다면 그 정공적 대응은 "역사의 큰길"에 대한 추구가 되었어야 할 것이다. 또한 만약 그가 혐오와 증오를 품고 있었다면 그는 그러한 내면의 감정과 정치적 도덕적인 판단이 조화롭게 교섭할 수 있는 길을 모색했어야 할 것이다. 그리고 이 추구와 모색은 기성의 이념의 이름으로가 아니라 그 스스로의 사유라는 형식으로 주조된 길이어야 했을 것이다. 하지만 그는 고통스럽게 현재의 상태를 지탱하고 있을 따름이다. 그런 한에서 그것은 비상이라기보다는 타락하지 않으려는 안간힘과 훼손된 현실에 의해 더 이상 상처받을 수 없다는 방어 차원에 머무름을 의미한다. 또한 마지막으로 그것은 그가 자신의 80년대적인 문학적 실천들에 대한 대타적 반성을 아직 끝까지 밀고 나가지는 못했음을 말해주기도 한다.

철저하게 반성하고 모색하기에는 세계가 너무 그에게 적대적이기 때문일까. 물론 이것은 그에게 그러한 반성작용이 전혀 존재하지 않음을 의미하지는 않는다. 지독한 환멸 속에서도 세계의 구원이라는, 숙명적인 명제를 향한 몸부림은 있다. 희곡 『살찐 소파에 관한 일기(日記)』는 그것을 확인시켜 준다. 그는 여기서 「구보 2」의 마지막 부분에서의 막연히 예감했던 새로운 길을 구체화시킨다.

우연찮게 황지우의 '살찐 소파에 대한 日記'라는 詩를 읽으면서 나는 또 하나의 새로운 연극적 단서를 발견했다. (…중략…) 아무튼, 나는 그의 새로운 시에서 우리 시대에 만연해 있는 분열증적 징후를 읽을 수 있었다. 그는 사회적 정신병리를 인공두뇌학적인 방법론으로 표현하고 있었다. 나는 그 방법을 나의 연극적 방법론 속에 받아들이기로 했다. 그리고 90년대 들어, 나의 연극이 끝난 후로부터 생각해 왔던 말하지 않는 연극을 구체화시켜보기로 맘 먹었다. (…중략…) 나는 베케트와 禪을 연결시키는 새로운 연극을 꿈꾸고 있었는데, 이 작품은 나의 새로운 시도의 출발점이다. (『그린씨어터』 1, 23~24면)

그러나 나의 판단으로는 이러한 모색이 참으로 새로운 것 같지는 않다. 왜냐하면 이러한 방법론은 모더니즘적인 지평 속에서 간헐적으로 있어왔던 것에 불과하기 때문이다. 실로 분열증이란 우리에게 얼마나 낯익은 문학적 용어인가. 그러므로 자신의 분열증적 고뇌와 황지우의 시편을 엮어 새로운 작품세계를 주조하려는 패로디적 상상력의 탁월함에도 불구하고 나는 이것을 진정으로 새로운, "비상"에 값할 만한 길로 보고 싶지는 않다. 그가 희곡에 다시 손을 댔다는 것이 더 새로운 모색을 위한 좋은 징후임은 분명하다 해도 말이다. 오히려 나는 이 작품을 접하여 상황에 노출되어 버린 80년대적 지식인의 숙명이 얼마나 질긴 것인가 몸서리를 쳐야 했다. 그는 운명적으로 내면보다는 상황에 반응하는 작가, 시대와 등가적인 작가였던 것이다.

5.

그러나 이처럼 불분명한 '전망'에도 불구하고 그에게는 소설가(작가)적 운명에 대한 분명한 자각이 있다. 아니 그것은 소설가를 자신의 운명으로 삼으려는 의지에 가깝다. 이러한 의지는 문학마저도 정치적 담론으로 기능해야 했던 80년대에 대한 명확한 자각에 기초해 있으며 그 결과 그를 몇몇 범속한 신세대작가와 구별되게끔 해 준다. 이념으로부터의 자유를 열망하고 독서와 정보를 바탕으로 한 패로디 욕구에 사로잡히기도 하지만 그는 문학에 대한 태도라는 점에서는 구세대에 근접하는 것이다.

이러한 태도가 음울한 냉소의 형식으로 나타난 것이 「구보 4」이다. 여기서 구보씨는 민중문학이 운동성에 치우친 결과 문학성의 상실을 빚게 되었다는 금병매씨의 말에 더욱 심각한 문제는 좌파건 우파건 정신의 부재일 것이라고 대꾸한다. 맞는 지적이다. 그리고 그것이, 그런 문학 정신이 그의 마지막 보루라면 최근의 「구보」 연작에 나타나는 패배의 매너리즘과 고수의 에고이즘이나, 특히 「구보 4」에서 보이는 양비론적 시각은 잠시 용인될 필요가 있을 것이다. 그것은 이 혼란된 시대를 고집스럽게 살아가려는 과장된 포오즈로 해석해 볼 수도 있을 것이기 때문이다.

이제 「구보」 연작이 일단락 되고 있다. 나로서는 이 작품들이 그에게서 80년대적 사유를 씻어내 버리기만 하는 것으로 위치 지워지지 않았으면 하는 바램이다. 그것은 타기 되어야 할 어떤 것만은 아니었기 때문이다. 누군가 말했다, 교조는 잘못된 것이 아니라 부족한 것이라고. 그때 나는 마음속으로 그렇지 않다고 생각했다. 그러나 지금 주인석에겐 그의 과거가 충분히 아름다웠다고 말해야 할 것 같다. 그리고 그 버리고 싶어하는 과거의 기억 속에 묻혀 있는 빛을 되찾아야 한다고. 미학이 정치에 지배당하고 개인이 집단에 종속되고 내면이 관계에 의해 제한 당했던 80년대의 고뇌는 어느 면에서는 오류라기보다는 한계에 가까운 것이었다. 어떻게 그 시대의 문학적 실천이 메마르지 않을 수 있었겠는가. 시대는 모든 것을 허용하지는 않는 법이다.

과연 그가 80년대에 동참했던 다수를 위한 문학이라는 이상은 지금 시대엔 불필요한 것일까. 지금 작가가 생각하는 소수를 위한 문학은 그것을 대체할 만한 것일까. 소설이 본질상 소통행위이고 또한 구원행위라면 그 소수의 이해자만을 위한 문학이란 허무적 우월감의 소산에 불과한 것일 수도 있지 않을까. 그 허무의, 고수의 미학에서 벗어나 시선을 더 낮추어 보기를. 세상은 과연 얼마나 달라졌단 말인가. 그 변화는 80년대를 가득 채웠던, 작가의 빛에 대한 열망을 뒤덮고도 남는 것일까.

역사의 외형에 가려진, 기억되어야 할 것

김형수의 장편소설 『나의 트로트시대』(실천문학사, 1997)론

　이 소설 『나의 트로트시대』는 김형수의 두 번째 작품이다. 올해 동인문학상 후보작이 된 이 중편의 단행본 뒤에 글을 쓰게 되면서 나는 처음에는 해설의 성격이 강한 글을 쓰려 했었다. 겨우 두 번째 발표 작품임에도 불구하고 올해 동인문학상 후보작으로 선정될 정도로 문학적 가치가 운위되고 있다는 점이 그런 판단을 가능케 했는지도 모르겠다. 그러나 처음 발표되었던 것과는 다소 다른 이 작품을 일독한 후 이러저러한 일들로 잠시 접어두었다 다시 한 번 원고를 검토하는 사이에 마음이 바뀌어버렸다.

　물론 이 작품은 근래 보기 드문 좋은 작품이다. 이것은 단지 모모한 문학상의 후보작으로 선정된 때문에 하는 말은 전혀 아니다. 무엇보다 작가는 우리 소설의 어떤 전통을 계승하고 그것에 새로운 생명력을 부여하고자 의식적으로 노력하고 있으며 그것이 작품 전면에 투영되어 있다. 소설이 무엇이고 무엇이어야 하며 우리 소설이 어느 지점에 서 있고 어디로 가야 하는지에 대해 작가 나름의 시각이 분명하다. 그러므로 이 글은 이런 점들을 밝힘을 또 하나의 주제로 삼을 필요가 있다.

그럼에도 불구하고 나는 결국 해설보다는 발문의 성격이 강한 글을, 또는 발문을 겸한 해설을 써야겠다고 마음먹었다. 그리고 그렇다면 나는 작품을 통해 드러나는 작가 김형수 외에, 자연인 김형수에 대해 다소라도 알고 있다는 얘기가 되겠다. 하지만 나는 그를 얼마나 알고 있는 것일까.

아는 이들은 알겠지만, 적어도 현상적으로만 본다면 소설가 김형수 이전에 평론가 김형수나 시인 김형수가 있었다. 지금도 그는 『내일을 여는 작가』지에 3회에 걸쳐 시 격월간 평을 쓰고 있으며, 또 잠시 발표를 멈추고는 있지만 시를 씀에도 관심을 유지하고 있을 것이다.

나 또한 그를 먼저 그렇게 지면으로 알았다. 아마도 90년을 전후한 어느 언저리에서였을 것이다. 그랬기에 그는 상당히 오랜 기간 동안 내게 이념형의 비평가 혹은 시인으로 이해되었다.

여기서 이념형이라는 것은 부정적인 언사로만 사용된 것은 아니다. 나는 이미 여러 글에서 80년대 초부터 90년대 초에 걸치는 일련의 문학운동을 일종의 공명자(sympathizer)의 시각으로 파악했었거니와, 그것들을 일방으로 비판함으로써 자신의 신조를 합리화하는 흐름에서는 왠지 자기에 대한 응시와 반성이 결핍되어 보인다. 그 시대 어떤 경향이 지배적이었거나 그렇지 못했고, 그것이 왜 문제였는가를 묻는 일은 단지 일차적으로만 유효할 뿐이다. 더 나아가 그렇다면 '나'는 혹은

‘내’ 스스로 속하고자 하는 경향은 그 시대를 얼마나 깊이 이해하고 있었는지 되묻지 않으면 안 된다.

그런데 이는 그 시대 문학운동가들에게는 더욱더 절실한 문제가 되겠다. 지금 그 이념형이라는 말속에는 그 시대 문학운동가들의 열정과 긍지와 고뇌와 후회가 함축되어 있어야만 한다. 반쯤의 공과 반쯤의 과를 의미하는, 산술적이고 절충적인 반성이 아니라 문학의 본질에 대한 근본적인 반성이 필요하다. 나는 그것을 향한 노력을 본다. 최근 임규찬이나 김사인의 실제비평 작업들, 아직 충분한 성과를 얻지는 못했지만 몇몇 사람의 이론적 모색 등은 그 예일 것이고, 이 글의 대상이 되는 김형수의 최근 비평 작업과, 특히 소설 창작은 그같은 선상에서 이해되어야 한다.

그럼에도 불구하고, 그 지난 시대의 나 또한 이념형의 아마추어 문학지망생에 지나지 않았으면서도, 나는 김형수에 대해 강한 선입견을 지니고 있었다. 지면으로만 사람을 아는 일의 위험을 그와의 관계 속에서도 나는 깨닫는다. 지면으로만 어떤 이를 아는 일은 때로 그의 내면에 흐르는, 참된 문학적 의욕에 대한 무지와 무시로 귀결되기도 한다. 신출내기의 겸양으로 치장하고 있었으면서도 그의 진면목을 헤아리기에 나는 게을렀다. 안면을 아는 사이가 되고 나서도 나는 그를 적극적으로 알고 이해하려 하지 못했으니, 이렇게 발문에 가까운 글을 쓰겠다고 나선 것도 어지간히 염치없는 일이겠다.

하지만 나는 안다, 어느 면에서는 그를. 나는 지금 그와의 몇 장면을 떠올리기 위해 잠깐 글을 멈추었다. 담뱃불을 붙여 내 이층 전세방의 현관 밖으로 나가 바깥 벽창을 통해 들어오는 밤거리의 풍경을 바라보았다. 인적이 끊긴 밤 한 시의 거리는 어쩐지 쓸쓸하고 외로와 보였고 그를 알게 되었던 몇몇 일들과 어쩌면 어울리는 듯도 하였다.

벌써 몇 달 전이다. 마포에서의 어떤 작은 자리에서 술을 마시다 그가 기진한 일이 있었다. 몸이 몹시 안 좋아 순천인가로 요양을 갔다 온 직후였던가 보다. 자리에 앉을 때부터 낯빛이 몹시 창백해 보였다. 술을 삼가야 한다며 소주 한 잔을 받아놓고 한참이나 뜸을 들이다 겨우 마신 것 같았는데 그만 정신을 잃었던 것이다.

아직 어색하게 인사만 나누는 처지였지만 나는 공덕동 로터리에 있는 한마음병원으로, 이어서 명동성당 옆에 있는 백병원으로 사람들과 함께 그를 부축해 갔다. 시간이 많이 흘렀을 즈음인 한밤에야 근심스런 빛을 얼굴 가득 띤 그의 아내와 아이들이 왔다.

그때 나는 무엇을 생각했던가. 링겔을 꽂은 채 침대 위에 힘없는 눈빛을 하고 누운 그와 그를 바라보는 가난의 옷을 입은 아내와 복수(複數)의 아이들. 힘겨운 생활의 표징이 거기 있었다.

나중에 나는 그로부터 인천의 싸구려 지하 연립주택에 몇 년째 이사도 하지 못한 채 살고 있다는 얘기를 웃음 섞어 들었으나 적어도 그에게 문학은 호사가적 취미(dilettantism)의 소산일 수 없음이 명백하다.

문학이 생활의 실질적 수단이 될 때 비로소 그 문학을 대하는 이의 참된 태도가 드러나는 법이 아닐까. 나처럼 '유복한' 문학인이 많은 이 시대에 적어도 그는 그 참된 태도를 가늠해 볼 수 있는 상황에는 처해 있는 셈이다.

한편 그는 실천문학사에 가끔 들렀다. 잡지 『실천문학』의 편집위원인 탓에 나는 자연스레 그와 바둑을 두거나 술을 마시거나 당구를 치는 일이 생겼다. 어떤 비가 오는 날이었던가 보다. 다른 분들은 무슨 일들인가로 모두 귀가하고 어떻게 해서 그와 나 둘만 호프집에 마주앉아 이런저런 얘기를 하게 되었다. 나도 두서 없이 어떤 이야기들을 했고 그도 내게 처음으로 많은 이야기를 해주었는데, 그때 분위기가 좋았다. 속된 말로 왜 그렇게 죽이 맞았던가.

누구도 그렇겠지만, 그나 나나 참 비 오는 밤 비 안 맞고 술집에 앉아 있는 일을 좋아하나 보다. 실없는 얘기로 들릴 수도 있겠지만, 이 소설 『나의 트로트시대』의 주인공 ‘나’에게 작가의 자전적인 요소가 개입되어 있음이 사실일진대, “우리 혈육에 흔한 이런 정서적 충동으로 하여 우리 집 김가(金哥)들은 한 사람도 마음 편하게 세월을 넘지 못하고 살았다” 했을 때의 그 “정서적 충동”이라는 면에서 그와 나는 통하는 면이 없지 않은 듯하다.

실은 그나 나나 어쩌면 쓸쓸하고 외로웠다. 내게 뿌리깊은, 무엇 타는 성미에 대해서는 이 자리에서 자세히 쓸 필요가 없지만, 온다는 연락도 없이 들려서는 바둑이나 두고 저녁이나 하고 이어지는 자리에 섞였다 돌아가곤 하는 그에게서 나는 쓸쓸함이나 외로움 같은 것을 느껴야 했다.

쓸쓸함이나 외로움 같은 말들은 쓰는 이나 씌어지는 상황에 따라서 천하게도 귀하게도 낮게도 깊게도 보이는 법이다. 나는 그에게서 그 말들이 귀하고 깊게 여겨지는 면을 발견했는데, 아마도 그것은 이 시대가 아니고서는 그에게 허여되지 않았을 어떤 것이었다.

시대가 자신과 병진하고 있다고 느낄 때 쓸쓸함, 외로움 따위는 없으며 있다 해도 그것은 사치스러운 것이다. 시대가 자신과 어긋나갈 때 그 따위들은 찾아들고, 그 때는 우스개 소리에도 신명나는 노래에도 우수가 깃들게 마련이다. 그러나 그 품이나 격은 사람에 따라 다를 것이다. 시대와의 긴장을 유지할 줄 아는 이들에게만 그런 정서는 귀하고 깊은 것이 된다.

자신이 행했던 발언과 썼던 평문들과 시와, 그것들이 지닌 어떤 요소로 인해 자기 내면의 참된 문학적 의욕까지 함께 부정되는 일과, 우리 문단에 실재하는 문학의 어떤 권력적 힘에 의해 소외되는 일과, 그런 문제들을 모다 의식하면서도 쉽게 해결해 갈 수 없는 자신의 성정과, 자신을 둘러싼 참으로 어려운 삶의 상황들과……. 이런 복잡한 얽힌 일들로 인해 그는 고통스럽다. 그러면서도 그는 그 모든 것을 견디면서 이 시대, 자신이 지향해야 할 문학은 무엇인가를 심각히 생각한다.

나는 예전에 그의 시에서 존칭의 어미를 많이 보았었다. 그것이 의미했던 어떤 태도, 즉 이념에의 충실성 같은 것을 지금의 그에게서는 찾아볼 수 없다. 그는 지난 시대의 그가 아니라 이 시대의 그이며, 자신의 생에 뿌리박은 문학을 시대와 조우하게끔 하려는 그이다. 이것이 그만의 독특한 소설 세계를 이룬다. 그리고 그것이 이문구나 송기숙 방영웅 등에 의해 지켜져 온 우리 소설의 한 전통과 맥을 같이하고 있다. 이것이 그의 이번 소설 『나의 트로트시대』이다.

이제 작품 안으로 들어가 보자.

이 작품의 배경은 전남 함평의 밀래미라는 곳이다. 행정구역상으로는 이미 사라져 버린 밀래미는 광주에서 영광 사이에 있는, "영광 삼학에서 밀재라는 크고 무서운 재를 넘으면" 나오는 장터마을이다.

작가는 그 밀래미를 "유행가 같은 곳"이라 한다. "도시가 小說 같고 농촌이 詩 같다면 그곳은 유행가 같은 곳"이라는 것이다. 여기서, 작가가 역대 유행가들에 관한 연재 글을 썼을 정도로 그에 관해 해박한 지식을 지니고 있음을 상기하고 넘어갈 필요가 있겠다. 이 "유행가 같은 곳"이라는 말을 작가는 다시 한 번 다음과 같이 풀이해 준다.

세상에는 교양의 통치가 미치지 못하는, 거칠고 삭막한 야성의 지대가 있다. 그곳에서 인간은 허위와 기만의 지배에서는 해방되나 원초적이고 노골적이어서 매우 유치한 존재가 된다. 그리고 인간의 감정은 안 익고 설어서 풋것

으로 교환된다. 이성과 지식의 힘으로 가공되거나 윤리의 손으로 다듬어질
틈이 없이 거의 날(生) 것인 채로 사용되는 것이다. 대부분의 유행가는 그러
한 지대에서 산다. (21~22면)

"감정이", "풋것으로 교환"되고 "날(生) 것인 채로 사용되는" 곳. 밀
래미가 바로 그러한 곳이다. 이와 같은 설명방식은 대중문화 속에서
민중 애환의 진솔한 표현을 발견해 내고 설명할 수 있는, 그를 포함한
몇몇에게서나 가능한 것이라 하겠다. 그러나 또한 작품의 말미에서처
럼 "걷잡을 수 없는 해체"가 가속되어 "성냥꼴들이 …… 마구 헝클어져
다시는 본디 자리를 찾을 수 없게 된" "헝클어져버린 성냥통 같"은 곳
이 되어버렸다는 점에서도, 밀래미는 한때를 풍미하다 힘을 잃고마는
유행가의 외양을 닮았다.

작가는 이 유행가적인 외양에 가리워 외면당하고 잊혀지는 이들의
삶을 문학적으로 기록해 내고자 한다. 작중에서 떠돌이 약장수이고 유
랑극단의 가수였던 '나'의 아버지와 어머니 같은 이들의 삶, 이풍진이
나 코숙이 뺑덕이 삐틀이 오리 점보 이쁜이 같은, 주로 별명으로나 불
리고 끝내 본명조차 알 수 없이 잊혀져 가는 이들의 삶이 작가에게는
중요하다. 그 "장것"들이 둥지를 틀고 살았던 사라진 공동체, 밀래미
징디가 그에게는 관심사다.

정치적인 폭압과 급속한 경제성장의 시대로만 기록되는, 80년대와
90년대의 무심한 변천이 거두어가 버린 "트로트의 지대", "나중에 고
향을 떠난 사람들에게" "실로 참을 수 없는 그리움으로 남아" "비원에
가까운 애착심을 안겨"주곤 하는, "옛 트로트 가요의 정서"를 선사하
는 그곳, 그곳의 사람들이 그에게는 소설적 형상화의 과제이다.

그곳 밀래미의 장터는 지금은 "늙은 여자의 애깃배처럼 형편없는"

곳이 되어버렸고, 그곳을 채우던 장것들은 혹은 정치적 폭력의 무고한 희생자들이 되어 혹은 기대어 먹을 것 없는 그곳을 돈벌러 떠나 사라지고 없다. 그러나 재벌회사의 사보 편집 일을 보고 있는 '나'를 포함하여, 정서의 공동체라는 둥지를 떠난 이들의 삶은 "모두 허공에 떠있을 뿐이다."

생존과 생활을 위해 부유의 삶을 택하고 그것에 몰린 이들의 형상을 남겨 이 시대를 사는 우리가 무엇을 상실해가고 있는지 무엇을 지켜내고 복원해야 하는지 깨우치는 것, 그것이 작가가 의도한 것이다. 이점에서 소설가 김형수의 작업은 비평가 혹은 시인 김형수의 그것과 내면으로 통하고 있다. 소설에서도 그는 자본주의의 무자비한 경제성장사에 문학으로 대응하고 대항한다.

그러나 그 방법은 예전과는 비교할 수 없을 정도로 내밀해졌고 그만큼 세련되었다. 작가는 자신의 성장기 체험에 결부된 영역, 대상 속에서 그것을 찾아내었고, 그만큼 그만이 들려주고 보여줄 수 있는 방식으로 외형의 역사에 대립한다. 흔한 성장소설로 빠지지 않기 위해 고백의 형식 속에 관조자와 관찰자의 시각을 부여했다는 점에서도 그는 지혜로왔다. 성장의 미적 합리화가 지닌 문제점들을 나는 다른 이들의 몇몇 작품에서 보았었다.

자기를 전면에 세우지 않음으로써 작가는 많은 것을 얻을 수 있었다. 그 가장 중요한 것은 밀래미로 대변되는 남도 특유의 정서와 화법을 고스란히 재현해낼 수 있었다는 점에 있을 것이다.

장터라는, 반농반상(半農半商)의 점이지대에서 살았고 사는 이들의 심리를 담아낸 것은 특히 주목할 만하다. 그가 "나는 알고 있었다. 슬픈 자릴 수록 농(弄)기름을 많이 쳐서 뺀질뺀질하게 구는 것이 이 자들의 습관일 것을"이라 썼을 때, 또 "밀래미 친구들의 고유한 정서가 바로 이랬다. 자기들의 인생이 세상의 막다른 골목에 들어서 있다는 심한 좌절감과 데카당스를 가지고 있었던 것이다"라고 썼을 때, 그것은 그네들의 삶, 그 애환을 소상하게 아는 자의 문장이었다.

사실 이 작품은 수월하게는 읽어 내릴 수 없도록 길고 중첩된 문장들로 이루어져 있는데, 그러한 문장 구조 자체에 이미 남도 장터의 정서가 짙게 배여 있고, 작품 곳곳에서 번득이는 인물들의 해학적 언사 속에 그들의 여유와 재치가 듬뿍 담겨 있다. 명물 없는 "밀래미의 명물"이라는 그런 말의 향연 가운데서도 이 작품은 결코 속되다는 느낌을 주지 않는데, 그것은 그 드러냄에 평소 사투리 강한 작가의, 그러나 지성적인 태도가 관여하고 있기 때문일 것이다.

사족이 되겠지만 나는 이쯤에서 『나의 트로트시대』의 해설 섞인 발문을 마치고자 하는데, 독자들에게는 다소 아쉬움이 있을 수도 있겠다. 그러나 이것이 겨우 그의 두 번째 소설인 만큼 나는 읽는 이들이 그와 더 친숙해지기를 원했다. 그의 문학의 원천과 본질 따위를 더 깊이 헤아리는 일은 이후의 과제가 되어야 할 것이다.

화폭 속에 담긴 영등포의 인간 군상

유영갑의 창작집 『싸락눈』(푸른나무, 1997)론

1.

　　유영갑의 새로운 창작집 『싸락눈』은 필자에게 남다른 감회를 불러
일으킨다. 영등포 필자에게 이 곳은 인상 선명한 곳이 아닐 수 없다.
대전에서 학교를 다닌 필자가 3학년 겨울 대학 원서를 내러 서울행 기
차를 타고 올라와 내린 곳이 바로 영등포였다.

　　그때, 눈이 참 많기도 했던 83년과 84년 사이의 겨울. 그때까지 서
울 나들이라고는 지금은 초등학교로 명칭이 바뀌어 버린 국민학교 시
절의 며칠밖에 없던 필자에게 서울은 어쩌면 새로운 삶, 희망의 다른
이름이었는지도 모르겠다. 서울을 찾아 올라온 수많은 이들에게도 사

정은 마찬가지였으리라.

하늘에서 지상으로는 영원히 눈이라는 것만이 내릴 듯이 눈이 내리던 날 영등포역에서 내려 역사를 빠져나왔을 때, 필자는 상상 속에 자리잡은 표상으로서의 서울과는 현저히 다른 서울의 모습을 목도해야 했다. 지금은 롯데백화점이 버티고 있어 풍경이 달라진 영등포 역사 주변은 휑한 아스팔트 도로, 회색빛 콘크리트 방음벽, 낡고 지저분한 건물들, 신산스러운 삶을 담은 낯빛의 행상인들로 말미암아 음울한 기운을 자아내고 있었다. 한없이 내린 눈이, 돌진하듯 정류장에 들이 닥쳐서는 사람들을 내뱉고 또 집어삼키고 싸늘하게 떠나가 버리는 버스와 그밖의 차량들, 인파의 바퀴와 발자국 밑에서 녹아 내리고 있었다. 그 눈은 서울의 남쪽 하늘을 가득 채우던, 난방 따뜻한 기차의 차창으로 바라보던 눈이 이미 아니었다.

필자에게 그러했듯이 경부선 철도가 세워진 이래 서울을 찾아 올라온 수많은 이들에게 영등포는 하나의 관문이 되었다. 그런 의미에서 영등포는 하나의 역사를 간직하고 있는 셈인데, 그 역사는 케사르가 루비콘 강을 건너거나 박정희가 한강을 건너는 따위의 역사와는 달라서 한국 근대사라는 공식적인 역사의 그늘 밑에서 생의 비약을 꿈꾸며 상경했던 이들이 엮어낸, 잊혀지고 지워진 구체적 삶들의 역사이다.

한 사람의 작가 이전의 유영갑에게도 영등포는 바로 그런 생의 관문이자 터전이었던 듯하다. "나는 군에서 제대한 후 젊은 객기를 밑천 삼아 남해안 지방을 1년 넘게 떠돌아다녔었다. 그러다가 서울로 올라와 정착한 곳이 영등포이다. 이런저런 직업에 종사하며 살아오는 동안 나는 삶의 대부분의 것들을 이곳에서 배웠다"라는 「작가의 말」이 이를 말해준다.

작가의 개인사적 삶에서 영등포가 차지하는 비중을 입증하기라도 하듯 이번 창작집『싸락눈』은 함께 출간되는 장편『그 숲으로 간 사람들』과 더불어 영등포를 터전으로 하여 살아가는 이들의 삶을 그리고 있다. 마지막에 실린 중편「꾼과 설계사들」을 비롯하여 나머지 일곱 편 단편들 모두 예외 없이 영등포 사람들의 삶을 소재로 하고 있는데, 이는 영등포와 그 곳을 삶의 무대로 하여 살아가는 이들에 대한 작가의 깊은 관심과 애정을 보여준다.

중요하게 생각되는 것은 영등포에 대한 이같은 관심이 우리 소설들 속에서 하나쯤 꼭 있을 법한, 있었어야 할 것 중의 하나로 보인다는 점이다. 특정한 도시, 특정한 구역에 대한 관심이 작품을 항상 의미 있게 만드는 것은 아니겠지만『천변풍경』(1938)에서 박태원이 청계천에 쏟아 넣은 공력이라든지『김약국의 딸들』(1962)에 나타나는 통영에 대한 박경리의 지극한 관심이라든지 등이 그 소설들의 가치를 평가하는 중요한 가늠자의 하나가 됨을 상기해볼 필요가 있다. 또 다른 예로『태백산맥』의 무대가 된 벌교에 대한 조정래의 애착을 생각해볼 수도 있다. 이처럼 특정한 곳에 대한 작가의 관심은 그 곳이 우리 근대사의 전개과정에서 각별한 의미를 지니고 있을 경우 작품을 가치롭게 만드는 활력소가 되곤 하였던 것이다. 유영갑의 이번 창작집에 일단 관심을 가져볼 필요가 있다.

영등포라는 우리 근대 서울 100년사의 관문을 그는 어떻게 그려내고 있는가. 그의 단편은 영등포의 의미를 얼마나 깊이 있게 추적하고 있는가. 이런 질문이 창작집을 자리매김하는 궁극적 잣대가 되어야 하겠지만 필자로서는 그 이전에 영등포라는 역사적 공간에 시선을 집중할 수 있었던 작가의 안목을 귀중한 것으로 받아들이고 싶다.

2.

요즘 필자는 에드워드 사이덴스티커(Edward Seidensticker)의 『도쿄 이야기(Low city high city)』(이산, 1997)를 읽고 있다. 그 원제목이 의미하듯 이 책은 도쿄를 구성하는 두 대립적 도시공간, 즉 시타마치와 야마노테에 관한 이야기이자, 특히 그 중에서도 서민의 삶의 근거지였던 시타마치에 초점을 맞춘 도쿄의 변모사이다. 이 책은 도시만큼 한 사회의 근대화의 흔적을 깊이 있게 반영하는 곳이 없음을 보여준다. 그런데 도쿄가 그러하다면 서울 역시 근대사의 산 증인임에 틀림없지 않은가. 사실 서울은 근대로 접어들면서 계획적으로 출현한 도시가 아닌 만큼 도시적 구성 자체가 근대화 과정상의 우여곡절을 '자연적인 상태'로 담아내고 있을 것임을 쉽게 예상해볼 수 있다.

상대적으로 전통적인 도시공간을 형성해오고 있던 서울의 강북에 비해 특히 6~70년대, 80년대에 걸쳐 폭발적인 성장을 보인 이른바 강남에 경제개발의 수혜자들이 밀집해 살고 있음은 주지의 사실이다. 강북과 강남이라는 구분 자체가 지난 2~30년 간 서울의 변모과정에 대한 정치경제학적 상징물이다.

이와 같은 맥락에서 지금은 대규모 아파트 단지로 변모해 버린 목동 지구를 생각해볼 수도 있다. 목동에서 철거반대투쟁이 한창이던 85년 무렵 필자 또한 평범한 대학생의 한 사람으로 시위에 참가했다 경찰에 쫓겨 한밤의 도주를 감행한 적이 있다. 포장도 안 된 캄캄한 길을 시위대는 한 시간도 넘게 뛰어서야 시 외곽으로 나갈 수 있었던 기억이 지금도 선명한데, 그 길 주변이 지금은 끝 모르게 펼쳐진 아파트 및 그 부대시설로 바뀌어 있는 것이다. 이는 최근 10여 년 간 변화 또한 그 어느 시기 못지 않게 급속한 것이었음을 의미한다.

　마지막으로 근자에 주목을 끌었던 신경숙의 소설 『외딴 방』(문학동네, 1995)의 무대가 된 구로구 가리봉동 일대를 생각해볼 수도 있다. 수출자유공단이 들어서면서 형성된 그 지역은 전형적인 노동자 밀집지역으로 공단과 열악한 주거공간을 기본으로 하고, 여기에 하급 시장과 위락시설이 합쳐져 형성된 매우 특수한 공간이다. 지난 수십 년 동안 국가 주도 하에 독재적으로 이끌어져 온 경제개발의 반편의 실상을 우리는 이 지역을 통해서 극명하게 살펴볼 수 있다. 굳이 『문화과학』 동인들의 시각을 빌리지 않더라도, 서울이라는 도시의 구성 자체가 근대 한국의 정치경제학적 변모과정을 극명하게 드러내주고 있음은 자명한 사실이다.

　그러므로 이 서울의 특정한 어느 지역에 주의를 집중하고 이를 문학적으로 '재생'시킴은 우리의 근대사를, 해당 작가 나름의 독자적이고도 독특한 방식으로 이해하는, 또 그것을 드러내는 작업이라 하지 않을 수 없다. 청계천 풍경에 사로잡혔던 박태원의 작업 또한 그와 같은 관점에서 이해될 수 있거니와 그가 시도했던 고현학(考現學, modernology)이란 서울이라는 도시의 특수한 구역을 통해 근대를 보고자 하는 작업에 다름 아니었던 셈이다. 그 구역이 왜 하필 청계천변이라는 시장 주변이었던가 우리는 다시 한 번 생각해 볼 필요가 있다.

　또한 몇 년 전 강남 압구정동에 대한 문학적 관심이 고조되었던 사실을 상기해볼 수도 있다. 유하나 이순원 등이 압구정동에 관심을 기울인 것은 그곳이 90년대적인 가치관 및 그 삶의 양태를 극적으로 대변한다고 보았기 때문일 것이다. 이같은 판단이나 그에 따른 문학적 작업이 과연 얼마나 성과를 거두었는지에 대해서는 논란의 여지가 많다. 그렇다면 이와는 전혀 다른 방향에서 다시 말해 오히려 상대적으

로 매우 전통적인 공간이라 할 수 있는 영등포를 통해 서울 혹은 우리
의 현실을 조명하려 한 유영갑의 경우는 어떠한가. 독자들은 이같은
질문 속에서 이 작품집을 살펴볼 수 있을 것이다.

3.

다시 「작가의 말」로 돌아가 보고자 한다. 그는 자신의 중·단편의
무대가 된 영등포를 서울이라는 도시의 "자궁과도 같은 곳"이라고 말
하고 있다.

경조지(京兆志)라는 이름의 옛날 지도에는 영등포가 수도의 꽃임을 상징하
는 英登浦로 표기되어 있다. 그러나 어떤 의미에서 영등포는 대도시의 자궁
과 같은 곳이다. 손금이 닳도록 기계를 만지던 노동자들, 먼지가 뿌옇게 떠
있는 섬유 공장에서 희망의 날줄을 찾던 아가씨들, 역 근처의 낙엽같은 인생
들, 늦은 밤 낮은 지붕 밑으로 둘어서던 사람들. 이들 고향 떠난 사람들은 영
등포에 뿌리내리기 위해 온갖 역경을 견뎌냈다. 나무들처럼 묵묵히. (5면)

영등포가 작가의 말대로 "자궁 같은 곳"이라면 그것은 그곳이 "고
향 떠난 사람들"에게 삶의 터전으로 작용해왔기 때문일 것이다. 지금
은 몇 개 백화점을 비롯하여 비교적 현대적인 건물이 들어서고 있지만
80년대만 해도 영등포는 구로보다 상황이 조금 나을지언정 공장과 시
장이 뒤얽히고 서민들의 애환이 골목골목 깃든 그런 곳이었다. 서울에
서 영등포의 지위는 지금도 80년대와 크게 달라지지 않은 것으로 보인

다. 예나 지금이나 영등포는 서울로 갓 올라온 사람들, 서울의 생(生)에서 밀려나고 있는 이들의 삶의 터전으로 작용하고 있다.

작가는 그같은 영등포의 세태와 풍물을 오랜 관찰을 거친 자의 필치로 익숙하게 그려낸다. 이같은 솜씨는 특히 야바위꾼과 도박꾼의 심리적 정황을 흥미롭게 보여주고 이를 통해 영등포 유흥가에 자리를 잡은 이들의 지난 내력을 드러내는 중편 「꾼과 설계사」, 노조운동에 관련되어 호텔에서 해고된 남수를 중심으로 더 나은 삶을 향한 욕망과 그 실현 사이에 존재하는 거리를 드러내면서 삼류극장·백화점·예식장 등을 통해 영등포의 세태적 풍경을 묘사해낸 「황사현상」, 삼십여 년이 넘게 영등포시장에서 황해식당을 운영해 온 황노인과 서한수 노인의 비극적 관계를 통해 월남인의 상처를 빼어나게 형상화한 「황노인의 긴 하루」 등에서 잘 나타난다.

또한, 밑바닥에서부터 출발하여 결혼을 통해 신분이 상승하지만 사랑이 결여된 결혼생활에 회의를 품고 여직원과 사랑에 빠져 급기야는 아내에 의해 고소되기까지 하는 남자의 이야기를 다룬 「그들의 벽」, 회사에서 보직해제 당하고 대기발령을 받는 상황에 처한 인물을 통해 자본주의적 경쟁 속에서 소모품화한 사무직 노동자들의 심리를 추적한 「길 위에서」, 고아원에서 성장하여 형은 생존의 현장에서 자리다툼을 하다 죽어가고 동생은 고아원에서 형을 괴롭히던 자를 죽이고 감옥으로 가는 쌍둥이 형제의 사연을 그린 「싸락눈」 등도 진지한 문제의식의 소산이다.

또한 필자는 유영갑의 중·단편이 현실 속에 분명히 있을 법하지만 묘사하기는 힘든 특이한 인간형을 포착하고 있음을 본다. 예를 들어 중편 「꾼과 설계사」의 손씨, 단편 「그들의 벽」의 강미경, 「싸락눈」의 형, 「황노인의 긴 하루」의 황노인 등은 작가가 체험의 과정을 통해서

획득했음에 틀림없는 살아있는 존재들로서 인간학적 탐구의 풍부한
가능성을 지닌 사람들이다.

이 작품집에서 이들 인간형에 대한 더 깊은 묘파는 이루어지지 않
았다고 볼 수 있다. 그러나 이같은 인물을 포착하고 작품화했다는 사
실 자체는 작가의 내일이 어둡지 않음을 예상케 한다. 실제로 작가는
이들 인물 속에서 인간의 삶에 대한 진지한 접근의 가능성을 엿보았던
것인데, 그러나 그 가능성은 아직은 충분히 실현되지 못한 채 남아있
는 것이다. 이는 작가 스스로 과제로 설정해야 할 부분이 아닌가 한다.
그 가능성이 실현된다면 우리는 우리 소설에서 쉽게 발견하기 힘든 매
우 독특한 인물을 몇 명 더 가질 수 있게 될 것이다.

4.

필자로서 아쉬운 점이 있다면, 영등포라는 우리 근대의 '입구'를 작
품의 일관된 무대로 삼으려 했던 작가의 의도가 보다 깊이 있게 관철
되기 위해서는 작중 인물들이 지금보다 더 많이, '자연주의적'으로 묘
사되었어야 한다는 것이다.

물론 작가는 이 작품집 전체를 통해 영등포라는 공간이 상징하는,
우리 근대사의 곡절에 대한 진지한 탐색의 노력을 멈추지 않고 있다.
작가의 문체나 구성 방식이 다소 교과서적으로 보이는 데서 작가의 그
러한 진지성은 오히려 돋보인다.

그럼에도 불구하고 이들 중·단편은 대체로 소품에 가깝다는 인상

을 준다. 이는 특히 중편 「꾼과 설계사」, 단편 「까페에도 눈은 내리고」, 「그들의 벽」, 「싸락눈」 등에서 두드러진다. 그 주된 이유는 하나의 완결된 결말을 지향하는 구성 방식상의 특성에 있겠으나 오히려 그런 진지한 노력의 이면에 자리잡고 있는 작가 주관에도 시선을 던질 필요가 있다.

다시 말해 필자는 작가의 귀중한 경험, 그 소설적 소재가 작가의 어떤 특정한 세계관이나 혹은 어떤 채 숙성되지 않은 의도에 의해 그 본연의 자태와는 다른 모습으로 현상화되고 있다는 인상을 받지 않을 수 없었다. 영등포라는 만상이 어우러진 공간, 그 복잡다단한 도시적 공간에서 획득된 작가의 경험은 작가의 세계관이나 의도에 크게 기대지 않더라도 충분히 제값을 할 수 있는 값진 것들이 아닐까.

실로 영등포라는 공간은 다채롭고도 우여곡절로 가득찬 곳임에 틀림없다. 몇 분 몇십 분 간격으로 사람들이 쏟아져 나오는 영등포 역사와 그 주변 사창가, 몇 개 백화점을 중심으로 형성된 소비문화 공간, 옷가게, 구두점, 음식점 등이 어우러지고 그 안으로 다시 오락실이며 카페며 호프집이며 디스코텍 등이 즐비하게 늘어선 유흥가, 서민을 위한 온갖 물품이 길가를 가득 채우고 있는 시장 골목 등은 그 속에서 살아가는 인간 군상이 얼마나 흥미로운 존재들일지 말해주고도 남음이 있다. 작가는 이들을, 이들의 소설적 가치를 발견했던 것이다. 그렇다면 이들 인물은 소설 속에서 단편으로서의 서사적 결말을 향해 봉사하기보다는 그들 각자의 가치를 고스란히 드러내는 방식으로 묘사될 필요가 있었지 않을까.

이와 같은 필자의 생각은 작가에게 그만이 포착한 영등포와 그곳 사람들이라는, 귀중한 소재적 특성을 최대한 살릴 수 있는 서사 형식과 문체를 탐구해 달라고 요청하는 것이다. 필자는 작가가 이 작품집을 통해 영등포를 우리 근대사의 축도로 삼으려는 매우 귀중한 시도를 전개하고 있음에도 불구하고 서사 형식과 문체라는 점에서 아직 아쉬움을 느끼게 하는 부분이 있다고 본다. 이 문제를 어떻게 해결하느냐에 작가적 성패 여부가 달려 있음은 물론이다.

필자는 이 창작집과 시기를 같이하여 간행된 그의 장편소설『그 숲으로 간 사람들』또한 영등포 사람들의 이야기였음에 주목한다. 작가와 영등포는 이로써 매우 긴밀한 관계를 맺게된 셈이다. 그러나 그 장편과 이 창작집은 더 진정한 영등포 이야기를 위한 하나의 서곡일 뿐이라고 필자는 생각한다. 영등포라는 도시 공간이 지닌 중요성에 비추어 볼 때, 또 그곳에서 오랫동안 갖가지로 직종을 바꾸며 살아왔던 작가적 이력에 비추어 볼 때, 그는 지금의 작품보다도 더 깊이 있고 더 흥미로운 작품을 독자들 앞에 내놓을 수 있을 것이라 믿는다. 독자들은 이 창작집『싸락눈』의 인물들이 이후 어떤 상황 속에서 어떤 관계를 맺으며 어떤 운명에 처하게 되는지에 대해 큰 관심을 갖고 지켜보아도 될 것이다. 이번에 출간되는 장편소설과 창작집이 그의 작가로서의 성실성을 보증하고 있으니 말이다.

전쟁이 유린한 소녀의 정체성 찾기

윤이나의 장편소설 『베이비』(민음사, 1996)론

1.

　『베이비』. 글을 쉽게 쓸 수가 없었다. 다 읽고도, 작가의 또 다른 단편을 더 읽고도 무엇을 말할 수 있다는 생각이 들지 않았다. 글을 미루고 미루는 시간이 흘러갔고, 초조해진 나머지 다른 작업을 전혀 할 수 없게 된 어느 순간, 송탄에 가보기로 했다. 실상 송탄은 서울에서 그리 멀지 않은 곳에 있으므로 마음만 먹으면 얼마든지 쉽게 갔다올 수 있는 곳이었다. 왜 정작 그렇게 하지 못한 걸까. 그건 아마도 기지촌이라는 곳이 몇 번 가본 적이 있는 이태원과 그리 다르지 않으리라 지레짐작하고 있었기 때문일 것이다. 그러나 『베이비』에 묘사된 기지촌은 그와는 전혀 다른, 이태원보다 훨씬 '원시적'이고 훨씬 더 적나라한 모습을 하고 있었다. 이 차이를, 작품을 처음 대한 필자는 제대로 파악하지 못했고, 따라서 이 작품에 대해 무엇이 말해져야 하는지도 역시 알지 못했던 것이다. 경험의 부재로 인한 인식의 한계라고나 할까. 그리하여, 바로 얼마 전 토요일, 밤늦게 서울의 일을 끝마친 필자는 한밤의 고속도로를 달려 오산 톨게이트를 지나 송탄으로 들어갔다. 송탄의 어느 곳에 기지촌이 있는지조차 모른 채 무작정 찾아갔던 것이라서 두 번을 물어서야 비로소 신장동을 찾아낼 수 있었다.

거기에, 기지촌이 있었다. '원시적'이고, 적나라한, 미군 기지를 끼고 살아가는 사람들의 삶의 현장이, 그 한 밤에, 섬짓스레 아가리를 벌린 괴물의 입처럼 펼쳐져 있었다. 작가는 그곳을 어떻게 묘사했던가. 아쉽게도 그녀는 이곳의 풍경을, 그 살아 숨쉬는 순간을 포착하여 묘사하지는 않았다. 걸프전으로 인해 커퓨(Curfew), 즉 "계엄령 시행 중 미군들의 야간 통행금지 시간"이 선포된 여섯 시 전후를 통해 그녀는 그곳을 보여준다. 그러므로 그 순간에 있지 않은 것들이 모두 제자리에 있다고 상상해 보면, 그곳의 저녁이 진정 어떤 모습을 하고 있는지 알 수 있게 된다.

상점의 문들이 닫혀, 성문 앞 거리는 어둡습니다. 기분 좋게 울리던 음악 소리도 들리지 않고 햄버거 굽는 연기도 나지 않고, 튀김 리어카도 없습니다. 꽃을 파는 여자의 <플라워?> 소리도 들리지 않고 인형을 안고 다니는 벙어리 여자들도 보이지 않습니다.
클럽 문은 이중으로 닫혀 있습니다. 차가운 쇠문을 흔듭니다. 안에서는 아무 소리도 나지 않습니다. 나는 그때서야 정말 문이 닫혔구나 하고 털썩 주저앉습니다. 약국에서 나오는 상자를 깔고 앉아 소곤소곤 이야기를 하던 이 빠진 펨프들도 보이지 않습니다. 어둠 속에서 오락가락 보이는 것은 삼삼오오

짝을 지은 SP(헌병)들뿐입니다. (7~8면)

　간판이 뜯겨 철구조물이 앙상하게 보이는 서정극장 건물에서는 새 소리가 납니다. 몇 년 전부터 영화상영은 하지 않고 새 키우는 사람이 살고 있지요 슈퍼에서는 노랫소리가 흘러나오고 비디오 가게의 유리문에는 프로를 알리는 포스터가 붙어 있습니다. K-55 정문 앞이 가까워질수록 셔터를 내린 가게들이 많아집니다. 초상화 그리는 가게, 미군들만 상대하는 양복점과 양화점, 보세 옷가게와 운동화가게…… K-55 정문은 밖으로 굳게 닫혀 있습니다. 정문 앞으로 진을 치던 튀김 리어카와 햄버거 리어카도 보이지 않습니다. 언제나 대낮처럼 밝던 곳이 어둡습니다. 미군은 고사하고 한국 사람조차 얼씬거리지 않습니다. K-55 앞으로 뻗은 거리는 어두운 터널처럼 느껴집니다. (130~131면)

그녀가 없다고 나열한 것들이 거기, 거의 모두 있었다. 음악소리가, 햄버거 굽는 연기가, 튀김 리어카가, 꽃을 파는 여자가, 펨프들이, 온갖 종류의 가게가 그리고 또 있었다, 그녀가 소설 다른 곳에서 보여준, 거리에서 흑인 병사와 흥정을 하는 여자들이. 그곳은 하나의 인종 전시장이었다. 흑인이, 백인이, 한국인이, 필리핀 사람 같고 방글라데시 사람 같은 사람들이 삼삼오오 떼를 지어 천천히 거리를 쓸며 지나다녔다. 희고 붉은 살결을 가진 10대들과, 최대한 야하게 차려 입은 우리의 철없는 소녀들과, 머리를 부풀려 크게 파마하고 커다란 가슴 사이 패인 선을 드러낸 양색시들과, 우리들 몸통 만한 허벅지를 가진 흑인 병사들과, 키도 작고 얼굴 선도 가늘지만 콧수염을 기르고 눈을 이리저리 돌리며 걷는 백인들과, 건들건들 걷지만 무슨 일인가를 대비해 권총을 차고 방망이를 찬 헌병들과, 일주일의 고된 일에 지친 몸을 그러나 끌고 외로운 심신을 달래기 위해 이국(異國)에 찾아든 우리의, 동남아의 청년들이 있었다.

작가가 말한 서정극장 건물은 외양은 '재래식' 극장 모양을 하고 있었으나 극장이었다고 보기에는 너무나 작고 초라했고, 이미 오래 전부터 주거용으로 바뀐 탓인지 밖으로 몇 개의 문이 앙상하게 내걸려 있었다. 극장 건물이 있는 언덕으로부터 V기지 앞으로 뻗은 "어두운 터널" 같은 거리는 클럽과 바가 즐비하게 늘어서 있는 번화한 거리와는 대조적으로 기지촌의 우울을 대변해 주는 듯했다. 뒷골목, 주점 HAPPY HOUSE의 노천 테이블 앞에서는 흑인들이 맥주 Bud를 마시고 노래를 흥얼거리며 긴 다리를 흔들고 있었고, 세 명의 우리 '불량한' 가출 소녀들과 '외로운' 흑인 둘, 백인 하나가 하룻밤의 인연을 맺으려 하고 있었다. 클럽과 바 그 어디를 열고 들어가도 작가가 묘사한 양색시들의 세계가 놓여 있을 것이었다. 그 어디에서나 양색시 생활 끝에 늙어 버린, 좌동댁이나 이북언니 같은 노년의 여인들이 한둘쯤 있어 술로 엎질러진 테이블을 닦으며, 젊음의 힘을 이기지 못하는 병사들, 양색시들의 유희와 어색한 짝을 맞추고 있을 것이었다. 이것이 K-55 앞거리의 풍경이었다. 국도에서 갓 벗어나 언덕길 하나를 넘어선 곳에 그토록 이질적이고 그토록 처절하게 퇴폐적인 세계가 놓여 있을 줄이야. 명절 무렵, 고향 찾아가는 1번 국도의 송탄을 통해서는 전혀 볼 수 없었던 그 세계가 그 1번 국도 바로 옆에서 수십 년 동안 번성했고, 또 이울고 있었던 것이다. 성적인 욕망으로 들끓는 것만 같고, 일탈에의 욕구가 제집을 찾은 것만 같고, 온갖 잡균들이 득실거릴 것만 같고, 헌병들의 무기에 의해 강요된 질서가 불안하기만 하고, 매일 밤 무슨 강력사건인가가 일어나지 않으면 안 될 것만 같은……, 세계.

그러나, 그것이 전부인가. 한밤중에 잠깐 찾아든 이방인의 눈으로 본, 그 낯설고, 더럽고, 음험함. 이것이 그 고도(孤島)의 진면목이란 말인가. 그렇지 않다고, 작가는 단언한다. 밖에서 잠깐 찾아든 자의 의혹스런 눈초리로는, 그 세계를 진정으로 이해할 수 없다. 그 세계 속에서 오늘을 숨쉬는 사람들을, 우리와 동등한 본성을 가진 존재로 받아들일 수도 없다. 그리하여 그러한 눈으로는 비상구를 찾을 수가 없다. 그렇다면…… 클럽과 바의 문을 열고 들어가, 우리가 양색시라 경원해 마지않는 여자들을 만나고, 그녀들의 얘기를 듣고, 그녀들과 함께 술을 마셔보라고, 작가는 권한다. 그리하여 그녀들의 상처를 이해하고 그 아픔을 공유할 수 있다면, 냉전과 분단과 전쟁이 잉태하고 숙성시킨 최악의 고통을 치유할 수 있게 될지도 모른다고, 그녀는 말한다. 스스로 그렇게 다짐했기에, 그녀는 예정했던 6개월을 6년으로 연장하며, 클럽에서 팝콘을 팔며, 기지촌 여성의 삶을 정면으로 보고 듣고 겪고 쓸 수 있었던 것이 아닐까. 필자가 짧은 시간 한 클럽에 들어가서 정녕 얻을 수 없었던 것, 그것은 바로 작가가 우리 앞에 펼쳐 보이는, 여인 금순의 몇 십 년에 걸친 수난의 역사가 아니었겠는지. 그러므로『베이비』의 첫 번째 의미는 그것이 기지촌의 안으로부터 씌어진 소설이라는 점에서 찾을 수 있을 것이다.

2.

　클럽 문을 열고 들어가면 거기, 초로에 접어든 여인 금순이 앉아 있다. 그녀의 나이는 지금 쉰 일곱. 그러나 육십이 넘어 보이는 시들어 버린 여인이다. 열세 살에 고향 강화도 온수리를 떠난 그녀는 열일곱이 되던 해 이래 한 번도 기지촌을 떠나 살아보지 못했고 지금도 역시 이곳, 송탄의 클럽에서 잔심부름을 하며 하루하루를 넘기고 있다. 그동안 그녀가 양색시가 아닐 수 있었던 때는 두 시기뿐이었다. 열세 살부터 시작된 3년 병원집 식모살이 시절과, 그녀가 더 이상 '허니'가 될 수 없을 정도로 나이가 들어 버린 마흔여덟 살 이후. 그 사이 이십 년 동안을 그녀는 전국 각지의 기지촌을 떠돌며 양색시로 살아왔다. 피난 중 주인집 딸을 대신해 미군에게 겁탈 당하고, 피난지 진해에서 배고프고 힘든 생활을 견디다 못해 도망쳐 나온 그녀를 기다린 것은 거제도 포로수용소 주변의 양색시 생활이었다. 그후 그녀는 거제도에서 부산, 부산에서 마산, 마산에서 대구, 대구에서 김제(황산리), 김제에서 안정리, 안정리에서 쑥고개(송탄)로 떠돌며 미군을 상대로 몸을 파는 생활을 거듭해와야 했다. 금순이라는 본명을 숨긴 채 살아왔건만, 열세 살에 어머니 곁을 떠난 단발머리 소녀는 온데간데없고, 초라하게 늙어가는 한 노파로 그녀는 남아 있을 뿐이다. 그 긴 꿈같은 세월을 어떻게 표현해야 할까.

> 열세 살 나이부터 계속 다가오는 사건들에 대처해 나갈 수 있었던 것은 내 힘 때문이 아니라 그 사건들이 너무나 빠르게 잇따라 일어났기 때문이었지요. 한 가지 상황을 제대로 생각해 볼 겨를도 없이 다른 상황과 씨름을 해야만 했던 것이지요. 나는 계속 공을 던지고 받고 하는 공놀이 어릿광대였어요. 그때 그 내 상황에 완전히 몰두하지 않으면, 다음 공 대신에 마지막 공을 생각하면 공놀이는 실패하고 말 터였지요. 그 공놀이도 이젠 자신이 없어집니다. 자꾸만 언제 이것이 끝나나 하고 마지막 공을 생각합니다. 하지만 이 공놀이는 쉽사리 끝날 것 같지 않습니다.
>
> 암흑의 시간들은 실이 풀리듯 흘러갔고 이제 나는 내 손에 쥔 실이 얼마 감기지 않은 실패를 내려다봅니다. 지나온 시간들보다 더 캄캄한 암흑의 시간이 아닐까 하는 두려움으로 말입니다. (198면)

그녀의 세월이 너무나 숨가쁜 상황의 연속이었고, 암흑의 시간 그 자체였다는 것, 이것은 그녀의 삶이 그녀 스스로 성찰해 볼 조금의 여유도 없이 시간의 블랙홀 속으로 빠져 들어가 버렸음을 의미한다. 더 이상 '허니'가 될 수 없을 때까지, 그녀는 자기가 누구였으며, 누구이며, 누구이어야 하는가를 진지하게, 깊이 생각할 수 없었다. 본명을 숨기며, 지금의 나는 본래의 내가 아니고, 고향으로 돌아가면 나는 열세 살의 아이로 돌아갈 수 있으리라는 한 가닥 희망을 움켜쥐고 살아오긴 했으되, 그것은 너무나 추상적인, 막연한 꿈일 뿐이었다. 밍크로, 리틀 수지로, 수지로 살아가는 삶이란, 내일의 태양에 대한 기대를 허용치 않는 암흑의 삶이자, 술과 춤과 섹스를 멈추고 자기가 누구인지 생각해볼 겨를이 없는 망각의 세월이었다.

그 암흑의 세월 속에서 그녀가 망각해 버린 것은 무엇이었던가. 그녀는 그것을 "센세이오벤조이테마이리마스"(선생님, 화장실에 다녀오겠습니다)를 입밖으로 내지 못하던 열세 살, 어머니 품속의 소녀로 기억해낸다. 그 소녀가 고향에서, 가족의 품속에서 그대로 자랄 수 있었더라면, 식모살이로 팔려가지도 않고, 전쟁 중에 미군에게 겁탈 당하지 않고, 그랬더라도 빨리 가족의 품으로 돌아갈 수 있었더라면…… 역사도, 인생도 가정을 허용치 않는 것들이지만 만약 그러했다면, 그녀는 아마도 어느 시골 농부의 아내로 순박한 삶을 살아갈 수도 있었는지 모른다. 그러나 자식을 떠나보낼 정도로 처참한 가난과 전쟁으로 얼룩진 역사에 의해 그녀의 삶은 철저하게 유린되어 버렸고, 모든 상황이 좀더 좋았더라면 응당 그녀이었어야 할 것으로부터 그녀는 너무나 멀어져 버렸다. 마치 실 끊어진 연처럼 그녀의 삶은 광폭한 한국 현대사의 바람 끄트머리에서 이리 밀리고 저리 밀리며, 누구의 도움도 받지 못한 채 '씻을 수 없이 더러운' 삶을 살아와야 했던 것이다.

양색시로서의 그녀. 그녀는 한글을 쓰지 못하고 한국 텔레비전을 보지 않고 한국 남자에게서 남자를 느끼지 못하며 살아와야 했다. 일제 시대에 국민학교를 갓 다니기 시작했기에 일본어를 국어로 1년 남짓 배운 것이 전부인 그녀에게 한글은 히라가나보다도 낯선 것이었고, 열일곱 살 이후의 기지촌 생활은 서투른 영어로도 얼마든지 영위할 수 있는 것이었다. 미제 가전제품이나 화장품을 꼬부랑 글씨도 모르면서 살 수 있으면 그만이었던 것이다. 그 민족의 고유한 언어가, 문자가 그 민족을 그 민족으로 만들어주는 중요한 요건임이 분명하다면, 그녀는 우리 민족의 한 구성원이되 거의 철저히, 자기가 그 민족적 구성원임 을 자각하지 못하며 살아온 것이 된다. 그녀는 우리의 여성이었으되 그것을 깨달을 기회를 가질 수 없었으며, 기지촌이라는 기형적인 사회 의 구성원으로서, 미국 사회에 도달할 수 있는 한 가닥 가능성을 지닌 존재로서만 자기를 인식할 수 있을 뿐이었다. 이것은 민족적 정체성의 단초조차 채 획득할 수 없었던 어린 소녀가 가난·전쟁·강간·폭력과 같은 극한적 상황 속에서 마멸되어간 결과 이상이 결코 아니다. 그녀 는 미군과 백인이라는 '타자'의 눈에 비친 자기, 그녀 자신의 환상을 통해 이상화된 자기를 그녀 자신으로 알며 살아야 했던 것이다.

　이를 단적으로 보여주는 것이 그녀의 사랑이다. 양색시 생활로 일관 한 그녀에게 사랑이 있었다면 그것은 열일곱 살에 거제도에서 만났던 대디(Daddy)와 쑥고개에 와서 만난 토머스뿐이다. 물론 그 사이에 황산 리에서 동거생활을 했던 명근이 없는 것은 아니다. 그러나 일종의 기 둥서방이라 할 수 있는 명근과의 동거는 사랑이라기보다는 돈을 매개 로 그녀에게 명근이 기생한 것이라 해야 맞다. "한국말로 마음껏 얘기 할 수 있다"는 점은 그녀로 하여금 외로움이 멀리 달아나 버린 듯한 착각에 빠지도록 했고, 그와 함께 있으면 그녀는 "뿌리가 있는 것처럼 든든했"다. 하지만 1962년의 증권파동은 명근과 그녀의 관계의 본질을

적나라하게 드러냈다. 기둥서방의 양색시에 대한, 사랑을 가장한 폭행
과 착취, 이것이 그의 관계였고 그녀는 결국 도망침으로써만 그 관계
로부터 헤어날 수 있었던 것이다.

단지 한국 남자라는 이유로 뿌리와 고향을 갈구하는 그녀를 학대한
명근에 비하면, 대리와 토머스는 그녀에게 인간적인 사랑에의 꿈, 즉
사랑과 아낌을 받을 수 있다는 환상을 품을 수 있게 한 남자들이었다.
그들은 그녀가 만난, 가장 부드럽고 자상하고 따뜻한 남자들이었다. 토
머스를 만났을 때 그녀는 그에게서 대리를 느꼈다. 대리의 말이 "그녀
를 위해서 속삭이는 듯했고 그녀의 마음 깊은 곳까지 파고들어 두려움
을 없애주는 듯 했"으며, 그로부터 그녀는 "그녀가 아주 귀하게 여겨지
고 있는 것 같아 가슴이 뿌듯했"었다면, 토머스의 눈동자에서는 "경험
에서 우러나오는 연민의 따스함이 느껴졌"으며, 그녀는 "무의식적으로,
겪어본 적이 있는 것처럼" 그가 "그녀에게 최선을 다할 것이라는 것을
알았다". 토머스는 그녀에게 "안전과 편안"을 의미했던 것이다. 토마스
와 대리가 그녀가 있는 곳에 머물렀던 한에서 그것은 분명 사실이었다.
폭력과 착취가 들끓는 기지촌에서 그녀를 지속적으로 찾아주고 그녀의
생활을 책임져 주었던 그들. 그녀가 그들에게서 "안전과 편안"을 느낀
것은 극히 자연스러운 일이다.

그러나 그들이 떠나야 했을 때 그녀의 사랑은 환상이었음이 드러난
다. 한국 남자에게서는 사랑의 감정을 품어보지 못한 채, 연상의 백인
남자를 향해서만 열려 있던 그녀의 정신과 육체는 그들이 본국으로 떠
나는 순간, 돈과 성의 교환 법칙에 따른 사랑이란 결코 실현될 수 없
다는 무서운 진실 앞에 노출되고 만다. 환상이 철저하게 짓밟혔을 때,
그녀는 어떤 원망하고 저주할 대상도 찾지 못한 채 자신의 육체를 처
참하게 학대함으로써 견딜 수 없는 상황에 복수하고자 한다. 대리가

떠날 때 그녀는 "소리를 지르며 벽에 머리를" "북을 치듯이 리듬에 맞춰" "박고 또 박"아야 했으며, 토머스가 떠날 때는 "며칠 굶은 아이처럼 허겁지겁 잔뜩 먹고 토하고" "수면제를 먹고 동맥을 끊"어야 했다. 그러나 이 모든 것은 절망적 자기학대였을 뿐, 그들은 결국 떠났고 그녀는 남겨졌다. 명근에게서 도망쳐 나와 안정리로 온 그녀를 보살펴 주었던 '빅 수지'의 죽음처럼, 대리와 토머스의 떠남은 자신의 인생이 철저하게 버려진 삶임을 잔인하게 깨우친다. 그러나 그 깨우침은 절망적 자기학대 속으로 용해될 뿐 그녀는 결코 그 옛날 열세 살의 소녀로 돌아갈 수 없다. 암흑만이 끊임없이 연장될 뿐이다.

그녀로 하여금 그녀 자신을 응시할 수 있도록 한 것은 참으로 잔인하게도, 그 세월의 흘러감이었다. 누구도, 대리와 토마스도, 국가와 정부도, 인권 옹호를 위한 단체도, 그 누구도 그녀를 구원해 주지 않는 긴 세월의 흐름 속에서 그녀는 어느새 '마미'가 되었다. 더 이상 여자가 아닌 여자, 자신의 성을 팔아서 연명할 수 없는 생물학적 연령에 도달했을 때, 그녀는 문득 한글을 공부하고 싶어하고, AFKN을 보던 여자에서 한국 방송을 보는 여자로 변화하기 시작한다.

볼펜에 힘을 주어 <김금순>을 쓰고 또 썼다. 그러면서 누가 <김금순>인지 그녀는 물었다. 진정한 <김금순>일 때는 한 번노 없었다. <김금순>은 늘 자신 속에 있었고 겉으로는 다른 누군가가 따로 있었다. 그녀는 자신에게 누구인지 물었다. 그러자 가슴에 통증이 일었다. 그 아픔 속에는 <김금순>과 <다른 누구>의 사이에 아직도 고통이 자리하고 있다는 것을, 아직도 과거의 <다른 누구>가 아니었으면 하고 간절히 바라는 자신이 있다는 것을 발견했다. 아직도 자신의 깊은 곳에서는 갈래머리 소녀, 베이비, 밍크, 진희, 리틀 수지, 수지를 인정하지 않으려고 발버둥치는 또 다른 자신이 있다는 것을 알았다. 그렇게 오랜 세월이 흘렀는데도

베이비, 밍크, 진희, 리틀 수지. 인형 이름이냐고 물으며 아이는 크레용으로 써주었다. 아무리 쳐다봐도 그 이름들이 <김금순>이었다는 사실을 인정할 수 없었다. 우습게 들릴지 모르겠지만 그녀는 <김금순>이라는 이름으로 해서 그 과거를 떨쳐버리고 싶었다. 마치 악몽에서 깨어난 아이가 엄마를 찾듯이 이상하게 <김금순>이라는 이름을 자신의 손으로 쓰면서부터 그녀는 진정한 <김금순>이 되고 싶었다. (166~167면)

한국과 한국적인 것에 조금씩 눈을 떠가는 나이 든 그녀에게 클럽은 더 이상 '여자'를 파는 곳이 아니라 직장, 즉 "담배 연기, 음악 소리, 술 냄새 사이를 발바닥에 불이 나도록 돌아다니며 열심히 일을 하"여 "노동의 댓가를 받는" 곳이 되었다. 또한 그녀는 이제 고향에 홀로 찾아갔다 허망하게 돌아오기도 하고, 오십의 나이로 한국 남자와 선을 보러 다방에 나가보기도 한다. 그토록 저주해 마지않던 명근의 행위조차도 이해할 수 있는 것으로 된다. 이러한 삶 속에서 그녀는 자신의 인생과의 화해를 시도한다. "인간이기 때문에 그런 게지……"라며 "지나온 세월을 용서할 수 있게 되었"던 것이다.

그런데 이렇게 보면 그녀는 마침내 담담한, 인생의 깨달음을 얻은 것만 같다. 어쩌면 그녀 스스로는 세월의 무게와 그로 인한 어찌할 수 없음 때문에 그녀가 그토록 원하던 안전하고 편안한 세계 속에 한 발자국쯤 가까워졌는지도 모르며, 아주 조금씩이나마 우리 여성으로서의 정체성을 회복하기 시작했는지도 모른다. 그러나 필자가 보기에는 바로 이 점이야말로 그녀 삶의 비극성을 웅변해 주는 것이 된다. 소박한 여자가 누릴 수 있는 모든 것을 상실한 후에 간신히 자조적으로 얻게 된 인간에 대한 깨달음이란 그 얼마나 통속적인 것인가. 그 얼마나 모순 은폐적인 것인가. 그녀는 비록 조금씩 과거로부터 헤어나고 있는지도 모르지만 그 헤어남이 단 한 번도 어떤 도움에 의해서도 이루어지

지 못한 채 오직 그녀의 생물학적 노화를 따라 진행되고 있다는 사실
이야말로 그녀 삶의 비극성을, 나아가 우리 사회의 야만성을, 국가와
정부의 비윤리성을, 우리 모두의 무책임함을 폭로하는 것이 아닌지. 그
녀의 유린된 삶에 대한 책임으로부터 우리 중 그 누가 면제될 수 있단
말인가. 그녀의, 자신의 인생과의 힘겨운 화해, 뒤늦은 부끄러움의 회
복에는 우리 민족 구성원 전체의 집단적 방조죄의 낙인이 찍혀 있는
것이다.

3.

이 작품을 읽어 내려가다 보면 그 서술 방식이 매우 독특함을 알게
된다. 소설 전체를 통해 작가 전지적 시점의 서술과 금순 여인의 목소
리를 빌린 고백 부분이 교차하고 있다. 이로 인해 이 작품은 일종 자
전적인 색채를 띠게 된다. 이것은 이 작품이 한 여인의 기구한 생애에
대한 매우 생생한 기록으로서의 성격을 갖는다는 사실을 의미한다. 이
생생한 기록을 접하면서 독자들은 그들을 둘러싸고 있는 시간 및 공간
과는 전혀 다른 세계 속으로 빠져들게 된다. 이는 시간적 순서를 따라
서술해 가다가도 문득 회상 형식을 통해 과거의 어느 지점으로 거슬러
올라가거나, 현재의 상황을 묘사해 나가는 가운데서 몽타지 방식으로
과거의 순간을 병치시키는 등의 기법을 통해 이루어진다. 말하자면 독
자들은 자신이 속한 사회가 아니라 금순 여인이 속한 기지촌의 과거와
현재를 느끼며, 그 과거에서 현재로, 현재에서 과거로의 시간여행을 하

게 되는 셈이다. 이러한 시간여행에 참여하기를 거부하거나 혹은 자신이 속한 사회의 '정상적인' 시간적 흐름에 너무나 익숙한 사람들은 어쩌면 이 작품을 읽어 내려가는데 상당한 고통을 느낄 수도 있다. 그만큼 이 소설의 시간적 흐름은 매우 독자적이다. 이는 아마도 작가가 기지촌 여성의 삶을 더 이상 가능할 수 없을 정도로 밀착 취재함으로써 얻어진 결과일 것이다. 또한 그런 만큼 이 작품은 그녀들의 삶을 그 내부로부터 형상화해내고 있으며, 그녀들의 감성 및 인식의 독특한 구조를 구체적으로 드러내고 있다. 이 점에서 이 작품은 여타의 작품이 따라올 수 없는 지점에 서 있다고 감히 말할 수 있다.

그렇다. 서울의 이태원과 후암동 일대를 비롯하여 파주, 동두천, 의정부 같은 전방의 기지촌들은 물론 송탄·대구·군산·진해·부산과 같은 후방의 기지촌들에는 그곳만이 지닌 독특한 시간의 흐름이 있다. 그곳, 고도(孤島)들에서 해는 밤에 뜨고 낮에 지며, 사람들의 삶에 변화를 주는 역사적 사건이란 오직 기지가 폐쇄되거나 축소·확대되고, 걸프전이 일어나거나 팀스피리트 훈련이 시행되는 등의 군사적인 변동일 뿐이다. 물론 몇몇 예외가 없는 것은 아니다. 대통령의 영부인이 시해된다든가 하는 매우 심각한 정치적 사변이 그것이다. 이러한 '역사'들이 급습해오지 않는 한 기지촌의 생활에는 큰 변동이 없다. 그 고도들을 품에 안고 있는 전체 사회의 거대하고도 둔한 진화의 흔적은 그곳들에도 남겨지지만, 그러나 그곳 각각에 흩어져 살고 있는 사람들에게 그러한 진화란 의식할 필요 없는 거추장스러운 일이다.

『베이비』가 이러한 기지촌의 리듬을 거의 온전히 재생시켜내고 있다면 그것은 특히 전쟁으로부터 시작하여 전쟁으로 끝나는 이 소설의 구조 속에 각인되어 있다. 이 작품의 프롤로그와 에필로그는 금순 여인이 얼마나 전쟁을 공포스러워 하는지, 그러나 또한 그녀의 삶이 전쟁의 지속에 얼마나 의존하고 있는지를 보여준다. "어머니. 아직도, 나의 전쟁은 끝나지 않았는지요?"라는 마지막 구절처럼 금순 여인의 삶 자체가 생존을 위한 하나의 처절한 전쟁이기도 하였거니와, 작가는 한국 현대사 전체를 아직 끝나지 않은 전쟁으로 파악하고, 그러한 전쟁의 화인을 금순 여인의 강박관념 속에 새겨 놓았던 것이다.

> 이마를 문지르며 일어섭니다. 불 꺼진 창들 사이로 삐죽삐죽 솟은 십자가들이 반짝입니다. 주위는 온통 십자가로 가득합니다. 그러자 문득 십자가의 붉은 빛이 폭격 지점을 알리는 신호처럼 여겨집니다. 불 꺼! 불 꺼! 가슴속에서 크게 울리는 소리는 나오지 않습니다. 나는 숨을 몰아쉽니다. 화약 냄새가 나는 듯합니다. 침을 삼키고, 있는 힘을 다해 소리를 지릅니다. 불 꺼! 불 좀. 제. 발. 불. 좀. 꺼! 목소리는 나오지 않고 몸 안에서 돌다 심장으로 가 멎는 듯하더니 이내 몸은 뒤틀립니다. 눈꺼풀은 경련이 일고 빳빳하게 굳은 손과 발이 돌아가는 느낌입니다. 벌어진 입에서는 침이 흐르고 있습니다. 팔과 다리는 무언가에 부딪히는 것 같은데 아무것도 느껴지지 않습니다. 보이는 것은 어둠뿐입니다. (282~283면)

전쟁과 그것이 낳은 기지촌은 금순 여인을 비롯하여 모든 기지촌 여인의 삶을 지배하는 불가항력적 힘이다. 그들의 삶은 이 땅에서 지금도 지속되고 있는 전쟁의 추이에 따라 목표 지점도 없이 표랑 하고 있다. 그러나 그처럼 외부 세계와는 전혀 다른 메카니즘에 의해 움직이는 고도에도 외부 세계의 시간적 흐름이 내습하여 그들의 삶의 흐름을 뒤바꾸고, 고도의 사람들로 하여금 사회의 진화를 의식하지 않을 수 없도록 하는 일들이 아주 드물게 한 번씩은 일어난다.

이 작품에서 그러한 것이 있다면 그것은 1962년의 증권파동이다. 명근과의 동거 생활이 파탄 나는 과정을 그린 이 작품의 3장은 그 시기의 독특함으로 인해 주목하지 않을 수 없다. 1962년을 전후한 시기는 자본주의적 발전의 새로운 단계로 진입한 때이다. 3장에서 묘사된 산업박람회장 풍경은 경제개발에 막 박차를 가하기 시작한 60년대 초반 한국의 활기찬 단면을 생동감 있게 보여주고 있다. 그러나 그러한 활기 뒤에는 무엇이 도사리고 있던가. 명근이가 금순이 모아놓은 돈을 증권에 쓸어 넣었다가 화폐개혁과 증권파동의 와중에서 파산하는 과정은, 개발을 명분으로 삼은 독재의 파고가 금순이나 명근과 같은 불행한 인생을 능히 불행 이상의 나락으로 떨어뜨릴 수도 있음을 깨닫게 한다. 그들의 세계 또한 궁극적으로는 그들 세계를 품고 있는 전체 사회의 흐름에 의해 지배되고 있음을 웅변해 주는 것이다. 우리 사회의 구성원 대부분이 경제 도약의 환상 속에서 독재와 분단의 이데올로기를 신봉하고 있을 때 그들은 사회적 관심으로부터 철저히 소외된 채 소중한 인생을 소모하고 있었던 것이다.

요컨대 그들의 일상적 삶은 외견상으로는 외부 세계와는 전혀 다른 메카니즘에 의해 운영된 것처럼 보이지만 실은 결코 그렇지 않았다. 그들을 그러한 세계 속으로 몰아간 것도, 그들을 더 깊은 불행으로 빠뜨린 것도 기지촌을 포유하고 있는 우리 사회의 병적 경향이었던 것이며 이 점을 작가는 매우 함축적으로 제시하고 있다. 사실 이 작품의 분위기를 전체적으로 지배하는, 또한 금순 여인의 삶을 차압해 버린 전쟁이라는 것도 결국은 우리가 앓아왔고 지금도 앓고 있는 중병중의 중병이 아니겠는가. 이 점에서 금순 같고 명근 같은 사람들의 구원이라는 문제는 우리 사회가 어느 방향으로 어떻게 치유되어야 하는가 하는 문제와 조우하게 된다. 이 작품이 리얼하다고 볼 수 있는 이유는 바로 이 지점에 있다. 물론 이 작품은 금순의 인생 역정을 따라가면서 그녀의 눈에 비친 세계를 중심으로 형상화하려 한 나머지 그녀의 삶 전체를 규정한 전쟁의 원인과 성격을 규명하고, 그로부터 기지촌 여성 문제의 해결의 관점을 제시하지는 못했다고 비판받을 수도 있다.

이 점에서 비교의 좋은 대상이 되는 것은 아마도 윤정모의 『고삐』(풀빛, 1993)일 것이다. 그 작품은 정인과 해인, 아버지가 다른 두 여인의 엇갈린 삶을 통해 기지촌 여성 문제를 포함한 매춘 여성 문제의 근본적 원인을 분단 및 미국의 남한 지배에서 찾고자 한다는 점에서 명확히 정치적 해결을 지향한다. 이는 해방 후 우리나라의 매매춘 문제의 새로운 시발점이 미군 기지촌의 형성에 있었음(박종성,『한국의 매춘—매춘의 정치사회학』, 인간사랑, 82~95면)을 생각하면 타당성을 지니고 있다. 그러나 70년대 이후 기생관광 유치를 계기로 한 매매춘 문제의 새로운 전개 양상이나 80년대 들어 확산된 겸업 매춘업의 양적·질적 팽창을 염두에 두고 생각해 보면, 사태의 원인 및 해결책을 미국의 남한 '지배'의 문제로만 몰고 갔다는 느낌을 갖지 않을 수 없게 된다. 『베이비』의 경우는 어떠한가. 『고삐』가 사태의 본질에 육박하려 했다면 이 작품은 사태의 경과에 충실하려 했다고 볼 수 있다. 이로 말미암아 이 작품은 『고삐』의 무리를 범하지 않을 수 있었지만 동시에 문제 해결의 방향을 충분히 암시하지는 못했다. 그러나 이는 하나의 작품에서 단번에 성취할 수 있는 성질의 것은 못되는 바, 필자는 기지촌 여성 문제에 대한 그녀의 심각한 관심과 그것을 소설화하는데 들인 그녀의 공력에 의미를 부여하고자 한다.

이념 속에 자리 잡은 인간애

김하기의 창작집 『은행나무 사랑』(실천문학사, 1996)론

1.

문학과 정치, 풀기 힘든 함수 문제임이 분명하다. 현재보다 나은 미래를 꿈꾸는 한 문학은 앞으로도 오랫동안 정치로부터 결코 자유로울 수 없을 것이다. 더구나 우리의 오늘처럼 정치가 사람들의 희망으로부터 멀어져 있다면 문학은 스스로 정치화를 꿈꾸지 않을 수 없게 된다. 정치적인 문학의 출현은 누군가 원하지 않는다 하여 막을 수 있는 것이 되지 못하는 것이다. 그럼에도 불구하고 문학은 결국 문학이며 정치로 환원될 수 없다는 점에서, 정치적 문학의 운명은 불행스러운 것으로 이미 결정되어 있다고 볼 수 있다. 전혀 본성을 달리하고, 그 발

전의 양상과 속도가 판이한 문학과 정치를 결합시키려는 노력은 매우 빈번히 정치에 대한 문학의 종속을 야기하게 될 것이기 때문이다. 특히 문학이 당대의 일반적인 정치적 과제와 결합하고 정치적 염원을 형상화하는 데서 나아가 그것을 이루어내기 위한 특정한 정치적 노선과의 결합하기를 추구한다면 그 위험성은 훨씬 더 커질 것임에 틀림없다. 정치적 요소를 어떤 방식으로든, 얼마만큼의 비중으로든 내포할 수밖에 없다 할지라도 문학의 목표는 결국 새로운 인간적 가능성의 발견, 인간의 삶에 대한 심원한 이해에 있어야 하지 않을까. 특정한 정치적 노선을 향한 문학의 접근은 본연의 자율성을 상실함은 물론 공감의 폭을 협소화시킴으로써 스스로 설정한 목적의 달성도 이루지 못하는 우를 범할 수 있는 것이다. 그러므로 어쩌면 문학은 세상에 대해 오로지 간접적으로만 발언해야 할 것이다. 직접적인 정치적 요소를 가능한 한 배제해야 한다는 '문학주의자'들의 주장에도 충분히 귀기울일 필요가 있는 것이다. 새로운 문화·정치적 지형 위에서 더 나은 문학을 '건설'해야 하는 지금 그들의 주장은 지난 시대, 정치적 문학에 대한 반성의 연장선 위에서 음미해 보지 않으면 안 된다.

그럼에도 불구하고 정치적 문학의 출현은 지난 시대와 마찬가지로 이 시대에 있어서도 불가피하다. 이는 단지 좌로부터 만이 아니라 우로부터도, 아니 오히려 우로부터 더 강한 정치적 문학이 나타나고 있는 작금의 문단적 현상을 통해서도 확인할 수 있다. 그러므로 정치적 문학이라는 것에 대해 필요한 것은 정치적 문학 그 자체에 반대하는 것이 아니라 바람직한 정치적 문학, 정치적이면서도 동시에 심원한 인간 이해에 도달한 정치적 문학을 주장하는 것이다. 문학은 종교나 도덕의 길을 따라서 만이 아니라 정치의 길을 따라서도 자신의 가능성을 넓혀갈 수 있을 것이기 때문이다. 또 달리 생각해보면, 특정한 시대 상

황 속에서 특정한 정치적 견해를 지지하고, 그것에 따라 행위 하는 것
만큼 그 사람의 사람됨을 응축시켜 보여주는 것이 또 얼마나 될 것인
가. 특히 우리 사회처럼 정치의 향배가 거의 직접적으로 개인의 삶을
좌우해 버리는 곳에서 문학의 정치화 및 정치적 문학은 불가피할 뿐만
아니라 필요하다.

2.

　김하기, 그를 생각하면 애증이 교차함을 어찌할 수 없다. 그의 장편
『항로 없는 비행』(창작과비평사, 1993)을 읽어본 사람이라면 그가 얼마나
문학적 장인에 가까운 사람인지를 알 수 있을 것이다. 그의 문장은 간
결하면서도 응축적이어서 불필요하게 내달리는 법이 없다. 그의 장면
구성은 짜임새에 있어 나무랄 데가 없으며 읽어나가는 순간순간 즉각
적으로 상황을 이해할 수 있을 정도로 탁월하다. 그의 이야기는 그의
개인적인 정치적 견해에 동의하지 않는 사람이라 할지라도 끝까지 읽
어 내려가지 않을 수 없을 정도로 절실하고 감동적이다. 이 모든 것은
그가 정치적 문학의 장에 속해 있으면서도 예술적 재능과 공력으로 빛
나는 작가임을 의미한다.
　이번 창작집 『은행나무 사랑』에서도 그는 일련의 빼어난 단편을 통
해 그러한 자기 면모를 확연하게 드러내고 있다. 그 중에서 가장 먼저
언급하지 않을 수 없는 작품은 표제작인 「은행나무 사랑」이다. 이 작
품은 두 개의 사랑 이야기를 축으로 하고 있는데, 조창호와 양선생 두

장기수의 사랑이 그것이다. 조창호는 "사춘기는 광산의 천리마 작업반에서 사회주의 조국 건설을 위해서 보냈고 결혼적령기에는 남반부혁명을 위해 사선을 넘나들다 고스란히 감옥으로 들어와" 이십여 년을 살아온 사람이다. 그는 사랑다운 사랑을 해보지 못했으나 어쩌면 사랑보다 더 절실한 사랑일 수도 있는 경험을 하나 갖고 있다. 지금으로부터 십 년 전 그는 옥창을 통해 여사(女舍)의 형수 김영자와 불빛 신호를 주고받으며 안타까운 사랑을 나누었던 것이다. 그녀는 끝내 형장의 이슬로 사라져버렸고, 그 사실을 알게 된 조창호는 캄캄한 그녀의 옥창을 향해 외로운 불빛타전을 보낸다. "김영자, 난 당신을 사랑합니다. 얼굴은 보지 못했지만."

조창호의 사랑이 옥사와 옥사 사이의 넘을 수 없는 벽을 불빛으로 뛰어넘은 것이라면 양 선생의 그것은 분단과 투옥에 의해 엇갈린 삶을 살 수밖에 없었던 남편과 아내의 애절한 사랑이다. 그는 전쟁 중 의용군에 입대했다 휴전으로 북에 머무르게 되며 그 후 공작원으로 남파된다. 귀환 하루 전날 그는 남대문시장에서 우연히 아내를 만나지만 그녀는 다른 남자의 아이를 배고 있었다. 유복자 마냥 되어 버린 아들을 키우기에 힘이 부쳐 이른바 씨받이 노릇을 했던 것이다. 그는 죄스러워하는 아내에게 "우리가 죽어 먼 훗날 다시 인간으로 태어난다면 그 때는 결코 이런 이별이 없는 아름다운 사랑을 맺자"며 헤어지지만 휴전선을 넘다 체포되고 만다. 결국 그의 아내는 씨받이를 해준 부부의 아내가 죽은 후 남편과 재혼하게 되었으나 그는 아내를 이해하면서도 심적 고통을 이기지 못한 나머지 자살을 기도한다. 무기징역은 그와 아내를 영영 타인으로 갈라놓아 버린 것이다.

이들 두 사람의 사랑을, 이 작품에 등장하는 또 하나의 인물인 최 선생은 다음과 같이 이해하고 있다.

분단으로 인해 기형적이 될 수밖에 없는 우리 동지들의 사랑은 최상의 사랑으로 생각하고 있소. 조 선생, 은행나무가 암수 딴 그루임을 아는가. 그러나 암수 두 그루가 나란히 서 있는 경우는 극히 드물지. 대부분 홀로 정자 옆에서 수백 년을 늙어가지. 하지만 그 나무는 수백 리 떨어진 먼 곳에 있는 자신의 배우자 나무를 알고 있다네. 그 큰 머리로 오로지 그 나무만을 알고 그리워하지. 서로에게로 한 발자국도 걸어갈 수 없지만 서로의 향기와 빛깔을 느끼며 아름다운 사랑을 나누며 지내지. 어떻게 생각하면 분단시대 우리들은 모두 은행나무 사랑을 하고 있는지도 모르오. 서로 멀리 떨어져 어느새 고목이 되어버렸지만 마음은 항상 가까운 느낌이거든. 내가 오늘 양 선생 일로 너무 감상적이 되지나 않았소? (191면)

조창호는 최 선생의 말을 듣고 하늘을 향해 "영자 씨, 우린 분명 사랑을 했지요. 슬픈 은행나무 사랑을"이라 독백한다.

영화 『은행나무 침대』가 나오기 이전에 씌어진 이 작품은, 공작원으로 사선을 넘나들다 잡혀 수십 년을 장기수로 살아가는 이들이 감내해야 하는 사랑의 아픔을 잔잔한 필체로 그려낸 수작이다. 그들은 모두 철저하게 이념화된 사람들이지만 그들에게도 사랑의 감정은 찾아들고 그 사랑은 범인의 사랑보다 어쩌면 훨씬 더 순수하다. 그 아픔으로 인해 그들은 죽음마저도 선택하려 든다. 작가가 이러한 사랑이야기를 통해 비인간적인 투사라는 공산주의자상을 교정하려 했다고 보는 것은 이 작품의 의미를 너무 협소화하는 일이 될 것이다. 이 작품의 참된 주제는 공작원으로 남파되어야만 하고 수십 년을 감옥에 갇혀 살아가야 하며, 은행나무의 사랑밖에는 할 수 없는 이들의 삶이 갖는 비극성을 부각시킴에 있다. 사상 전향을 거부하는 강인한 투사들이지만, 그런 그들조차도 분단된 민족 현실의 희생자들인 것이다.

다만 이 작품에 대하면서 필자가 느끼지 않을 수 없던 아쉬움은 작가가 그들의 신념체계를 너무 '객관적으로만' 제시하고 있다는 점이다. 그와 같은 소설에서 객관적인 기술은 오히려 주관적인 신념을 직접적으로 기술하는 효과를 가져올 수밖에 없으며, 이 점에서 필자는 작가가 장기수들의 이야기를 이제는 좀더 냉철한 시각에서 해석할 수도 있어야 하지 않을까 한다. 그러한 시야가 확보되어야만 민족의 미래에 대한 작가의 전망이 현실성을 잃지 않으리라 보는 것이다. 그리고 이는 비단 이 작품만이 아니라 이 소설집에 실린 일련의 장기수 이야기들, 예컨대 「백두대간」이나 「아버지의 나라」 같은 작품들에도 공히 적용될 수 있을 것이다. 이 점에서 김하기의 소설은 새로운 단계로의 진입을 요구받고 있다.

3.

이 소설집에 실린 대부분의 작품이 직접적이든 간접적이든 장기수나 빨치산이나 북한 문제 등에 관련되어 있는 반면, 「침묵의 오월」 및 「삼풍별곡」은 그와는 전혀 다른 소재를 채택하고 있을 뿐 아니라 주세 또한 독특하다는 점에서 주목을 요한다. 「침묵의 오월」은 광주항쟁을 배경으로 지역 문제를 작품의 중심부로 끌어들이고 있으며, 「삼풍별곡」은 삼풍백화점 붕괴 실화를 배경으로 물질적 욕망과 인간애 사이의 갈등을 형사화하고 있다. 이 두 소설은 분단 및 통일 문제의 바깥으로 외출을 행한 드문 경우에 속하지만 이 시대 우리 사회의 핵심적인 문제점을 대상으로 하고 있어 작가의 치열한 사회비판의식을 확인시켜 준다.

먼저 「침묵의 오월」을 보자. 대구 사람인 철민은 광주가 유혈 사태를 빚고 있다는 소식을 접하고는 애인 명순을 만나기 위해 그곳으로 향한다. 그러나 광주행 버스는 운행중지 상태여서 그는 부산을 경유하여 화개로 가는 버스를 타게 된다. 이야기는 그 철민의 행로에 명순과의 첫 만남 및 그녀의 사연이 결합되어 있는, 매우 단순한 구조로 이루어져 있다. 그런 단순성에도 불구하고 이 작품은 우리 소설에서 매우 드물게 지역문제를 정면으로 드러내고 있다. 특히 이를 광주항쟁과 연관지은 소설은 필자로서는 처음 읽는 것이다.

철민이 명순을 찾아가기 위해 회사에 병가를 내게 되었을 때 부장은 "광주의 빨갱이놈들 때문에 우리 회사 망하게 생겼어"라고 푸념한다. 부산의 술집에서도 그는 비슷한 대화를 목격하게 된다. 이 대목은 영·호남 사이의 지역감정, 특히 영남인의 호남인에 대한 일반적인 편견을 드러내준 것이라 할 수 있다.

> 철민의 옆좌석에서 얼굴에 개기름이 도는 대머리와 뻐드렁니가 언쟁을 하듯 대화를 나누고 있었다. "그래 전에 내가 뭘라카더노 김대중이는 잘 익은 수박이라 안캤나. 겉은 퍼렇지만 깨보면 속은 새빨간 수박 말이다. 요본에 광주를 들고 일나게 맹근 것도 다 김대중이가 뒤에서 교묘하게 외곽을 때린기라."
>
> 수박을 갉아먹기에 안성맞춤으로 생긴 뻐드렁니가 침을 튀기며 말했다.
>
> "그러게 말이다. 대중이를 잡아갔다고 부화뇌동하다가 죽어가는 전라도 놈들만 어리석지. 그런데 앞으로 틀림없이 국보위가 중심이 돼서 나라의 정치·경제를 좌지우지할긴데 우째 그쪽과 손잡을 수 없을꼬?"
>
> (…중략…)
>
> "그에 비하면 전라도땅은 자고로 반란자만 배출하거든. 아무리 잘해주어도 겉으론 흥흥하다 결국은 뒷다마 치며 배반하고 만다니까."
>
> "아무튼 광주폭도들을 빨리 진압해야 나라가 안정이 될긴데."

"하모, 우리 그런 의미에서 한잔 들자." (119~120면)

위와 같은 대화에서 엿볼 수 있는 뿌리깊은 호남 혐오 정서는 영남인 사이에 일반화되어 있다. 물론 여타 지역인들도 그런 감정으로부터 자유롭지 못하다. 우리 사회에서 호남지역에 대한 차별의식은 노동자들에 대한 폄하의식만큼이나 강력하다. 3당 합당과 같은 정치적 야합은 바로 그러한 왜곡된 감정이 상존하기에 가능한 것이었으며, 따라서 호남지역에 대한 차별의식의 타파 없이는 진정한 민주화 또한 요원하다고 볼 수 있다. 김하기는 비록 단편을 통해서지만 이러한 문제를 정면으로 다루려 한 것이며, 지역 문제에 대한 사람들의 민감한 반응들에 비추어 볼 때, 이는 매우 용기 있는 행위라 하지 않을 수 없다. 영·호남 지역의 문제는 사람이 사람을 차별한다는 관점에서 다루어져야 함을, 그 비도덕성에 대한 철저한 반성으로부터만 해결의 실마리가 얻어질 수 있음을 작가는 독자들에게 이해시키고자 한다.

그렇다면 작가는 이미 「은행나무 사랑」에서도 그랬듯이 사랑 속에서 험난한 세상을 헤쳐갈 수 있는 힘을 찾고 있는 셈이 된다. 철민의 명순에 대한 사랑은 영·호남 문제를 해결할 수 있는 방법이 무엇인지 보여준다. 그것은 바로 영·호남인 모두가 이 민족공동체의 소중한 구성원임을 깨닫는 것이며, 그것에 기초하여 민주적 인간애를 함양하는 것이다. 탐욕이나 권력과는 거리를 두는 편견 없는 사랑, 이것이 이 문제 많은 세상에 대한 작가의 해법이다.

「삼풍별곡」은 이러한 작가의 인식이 삼풍백화점 붕괴 사건을 매개로 발현된 작품이다. 이 작품의 주인공 마동달은 감옥에 드나들며 오히려 우리 사회가 지닌 탐욕과 부패에 눈을 뜬 사람이다. 그는 백화점 붕괴 소식을 접하고는 자원봉사를 가장하여 보석을 털고자 한다. 그러나 보석이 들어 있는 금고에 거의 다 접근했을 때 그는 살려달라는 여자의 목소리를 듣게 된다. 만약 그가 그 소리를 외면한다면 그는 보석을 손에 넣을 수 있을 것이었다. 마동달은 보석과 여자의 생명 사이에서 갈등에 사로잡힌다. 그러나 결국 그가 선택한 것은 여자의 생명을 구하는 일이었다.

실화에 바탕 하여 흥미진진하게 펼쳐지는 이야기의 결말을 통해서 우리가 얻게 되는 것은, 앞에서도 그러했듯 사랑만이 이 세계를 구해줄 수 있다는 작가의 믿음이다. 지속적으로 장기수의 이야기를 형상화해온 김하기의 이념 지향적인 의식 속에는 따스한 인간애가 자리잡고 있는 것이다. 이러한 인간애는 장인적 기질과 함께 필자가 작가 김하기에게 기대를 품게 되는 중요한 근거이다. 물론 필자는 그의 이번 소설집이 이전의 그의 소설에 비해 질적으로 훨씬 좋아졌다거나 의식상으로 진일보했다고 보지는 않는다. 더구나 그의 소설 창작 역정에서 속칭 '좋았던 시절'은 지나가 버렸고 이제는 험난한 시간이 그를 기다리고 있다. 그러나 만약 그가 특유의 인간애 위에서 이념에 대해 보다 폭넓은 사유를 행할 수 있게 된다면 이제까지보다 훨씬 더 심오한 소설의 주인이 될 수 있을 것이다. 그때까지 그는 실제 삶 속에서든 소설 내적 구성에서든 성급한 타협에의 유혹을 견뎌내야만 할 것이다. 정신의 고행이야말로 깨달음에 이르는 길일 것이기 때문이다.

공간적 대하소설이라는 역설

최명희의 대하소설 『혼불』(한길사, 1990~1996)론

1.

한 작가가 필생의 노력을 기울여 만든 작품에 대해 이런저런 평가를 내린다는 것은 어려운 일이다. 『혼불』의 경우가 바로 그렇다. 그 작가 최명희는 『혼불』의 완간 이전에는 거의 주목을 받지 못했고 그로 말미암아 오랜 시간을 주로 자신의 시행착오 및 인내에만 의지하여 작품을 써오지 않을 수 없었다. 비평의 무용성에 대한 빈번한 주장에도 불구하고, 비평적 개입 없는 창조의 과정이란 고통스럽고 소모적이라는 것이 필자의 생각이다. 그는 그 고통스럽고 소모적인 시간을 견뎌 오늘에 이르렀고 이는 작가가 의도하지 않았다 할지라도 비평의 책임

과 관련하여 새삼스러운 반성을 요구하는 일이 될 듯하다.

이제『혼불』과 그 작가는 완간과 더불어 갑작스레 환한 조명 아래서게 되었다. 상황의 급전에 당황한 작가가 외부와의 연락을 기피할 정도로, 계간 문학잡지와 월간지들은 다투어『혼불』과 최명희를 논의의 대상으로 떠올리고 있다. 대하소설에 대해 상세하게 알지 못하는 필자가 이런 현상에 동참하게 되었음은 부끄러운 일이다. 얼마나 정확히 필요한 논의를 할 수 있는지 스스로 의심스럽다. 또한 그 풍부하지 못한 생각을 담은 글마저 정작『혼불』을 낸 출판사의 간행물에 실어야 한다는 점에서 필자는 어쩌면 이중의 누를 범하고 있는 셈이다.

대하소설(大河小說)이라면 본래는 각기 독자성을 갖는 여러 편의 장편이 하나로 연결되어 또 하나의 전체를 이루는, 일련의 시리즈물을 가리키기 위해 사용된 것이었다(Roman-fleuve). 그러나 어원으로부터 알 수 있듯이 발자크나 졸라의 소설에 기원을 둔 이같은 개념이 우리의 대하소설 개념을 충족시킬 수 있을 것 같지 않다. 이같은 개념에 가까운 것으로는 김남천이 30년대 말과 해방 직후를 통해 연속해서 썼던 일련의 신문연재 장편소설 전체를 아울러 생각할 수 있을 뿐이며, 이조차도 꼭 합당한 개념은 되지 못하는 듯하다. 그렇다면 우리의 경우에 대하소설은 그 독자적인 기원을 생각하지 않을 수 없겠다. 최근 고전문학계에서 의욕적인 연구의 대상이 되고 있는 일련의 '가문소설'은 이같은 작업에 유효한 자료들이 될 수 있겠지만, 이 경우 주의해야 할 것은 근대적인 의미의 대하소설을 그같은 '가문소설' 범주로 환원하기가 쉽지 않으리라는 점이다.

우리가 통상적으로 대하소설로 받아들이고 있는 작품은 영웅적 인물의 일대기이거나 가문의 운명의 기록이거나 역사적 사변과 관련된 이야기인 경우가 대부분이다. 홍명희의『임거정』이나 황석영의『장길산』등이 첫 번째 범주에, 박경리의『토지』등이 두 번째 범주에, 이병주의『지리산』, 조정래의『태백산맥』과『아리랑』, 박태원의『갑오농민전쟁』등이 세 번째 범주에 각각 속한다. 이같은 범주 속에서 보면『혼불』은 가문의 운명의 기록에 해당하는『토지』계열의 작품으로 일단 분류할 수 있다.

그러나 이같은 나눔은 작가로서는 상당히 불만족스러운 것이 될 듯하다.『혼불』은 비록 3대 4대에 걸친 이야기를 아우르고 있지만 이들은 강모와 강실의 사랑을 중심적인 소재로 하는 이야기의 전개 속에 포괄되어 있어『토지』와 같은 연대기를 이루지 않는다. 이 점에서만 보면『혼불』은 굳이 비교하자면『토지』보다는 장편소설인『김약국의 딸들』에 가까운 것이 된다. 그리고 이는『혼불』로 하여금 그 작품성 면에서 부정적 평가를 받지 않을 수 없게 한다. 그러나 이는 작가가 심혈을 기울이고자 했던 부분에 주목한 정당한 평가는 되지 못한다. 물론 일단 큰, 대하소설의 범주에 귀속되는 이상 작품이 도도한 서사성이라는 그 일반적 구비 요건으로부터 자유로울 수는 없다. 그러나 가문사의 완결성 측면에서만 접근하면『혼불』의 덕목이 되는 부분은 이해되지 못할 것이다.

작가는 강모와 강실의 사연에 중심적인 서사를 묶어두는 가운데 이야기의 공간적인 확산을 꾀했다고 보는 것이 나을 듯하다. 즉 작가는 공간적인 대하소설이라는 하나의 역설을 시도했으며, 그 결과『혼불』은 책의 표지에 부기(附記)된 '대하예술소설'과 같은 새로운 명칭을 필요로 하게 되었다는 것이다. 여기서 대하예술소설이라는 개념이 얼마나 합당한 것인가는 문제가 되지 않는다. 이른바 의도의 오류를 범하는 것이 될는지도 모르지만 필자 또한 이같은 개념으로 시사하고자 했던 이 작품의 독특한 요소에 먼저 천착하고자 한다.『혼불』에 대한 총괄적인 평가는 그 다음의 일이 되지 않으면 안 되겠다.

2.

이미 많은 이들이 『혼불』의 문체가 지닌 아름다움을 논하고 있지만 필자 또한 그같은 측면을 지적하지 않을 수 없다. 작품의 후반부에 가면 다소 이완이 있으나 『혼불』은 전반적으로 개별 문장 표현에 상당한 공력을 기울인 작품이다. 『혼불』의 문장은 화려하고 선명하며 정제된 느낌을 주기에 충분한데, 그같은 인상에는 몇 가지 이유가 있다. 『혼불』 문장의 아름다움은, 먼저 책의 표사에서 최일남이 지적했던 부분, 즉 "탄생과 결혼과 죽음의 의식(리추얼)이나 그 사이에 긴 여러 풍속사의 극채색에 가까운 묘사"로부터 얻어진다. 『혼불』이 관혼상제에서 세시풍습에 이르기까지 관습 및 풍속의 정밀한 재현을 시도하고 있음은 알려진 사실이다. 『혼불』 문체의 화려함과 선명함은 이같은 노력의 필연적인 결과물이다.

다음으로 『혼불』의 작가가 우리말의 섬세한 표현에 특별히 주의를 기울였음을 지적할 필요가 있다. 많은 곳에서 그 예를 발견할 수 있지만, 여기서는 이 작품의 제목과 관련된 부분을 살펴보고자 한다. 다음은 『혼불』 3권에 해당하는 제2부 '평토제 1'의 「젖은 옷소매」의 일절이다.

얼마나 그러고 있었을까.

무겁게 감은 청암부인의 왼쪽 눈귀에 찐득한 눈물이 배어났다. 그것은 댓
진 같은 진액(津液)이었다. 차마 흘러내리지도 못한 채 눈 언저리에 엉기어
있기만 하는 그 눈물은, 무슨 응어리 같기도 하였다.

그날 밤, 인월댁은 종가의 지붕 위로 훌렁 떠오르는 푸른 불덩어리를 보았
다. 안채 쪽에서 솟아오른 그 불덩어리는 보름달만큼 크고 투명하였다. 그러
나 달보다 더 투명하고 시리어 섬뜩하도록 푸른 빛이 가슴을 철렁하게 했다.

청암부인의 혼(魂)불이었다.

어두운 반공중에 우뚝한 용마루 근처에서 그 혼불은 잠시 멈칫하더니 이윽
고 혀를 차듯 한 번 출렁하고는, 검푸른 대밭을 넘어 너훌너훌 들판 쪽으로
날아갔다.

서늘하게 눈부신 불덩어리가 날아가는 모습을 향하여 인월댁은 하늘을 우
러르며 두 손을 모은다.

삭막한 겨울의 밤하늘이 에이게 푸르다.

사람의 육신에서 그렇게 혼불이 나가면 사흘 안에, 아니면 오래 가야 석
달 안에 초상이 난다고 사람들은 말하였다. 그러니 불이 나가고도 석 달까지
는 살 수 있다는 말이기도 했다. 하지만 석 달을 더 넘길 수 없다는 말이기도
하였다. 그런데, 참으로 알 수 없는 일은 그 말이 영락없이 맞아 떨어진다는
점이었다.

운명하기 전에 저와 더불어 살던 집이라고 할 육신을 가볍게 내버리고 홀
연히 떠오르는 혼불은 크기가 종발만 하며, 살 없는 빛으로 별 색같이 맑고
포르스름한데, 다른 사람들의 눈에도 선히 보이는 것이었다. 그것도 남자와
여지는 그 모양이 다른데, 여자의 것은 둥글고 남자의 것은 꼬리가 있다. 그
것은 장닭의 꼬리처럼 생겼다 한다. 어쩌면 남자의 불이 좀더 크다고 하던가.
(『혼불』3, 107~108면)

이 부분에서 읽는 이들은 혼불에 대한 작가의 세밀하고도 다채로운
표현을 접하게 된다. 먼저 작가는 청암부인의 마지막 눈물을 "댓진"
같다고 하여 혼불이 푸른빛의 것임을 드러낸다. 그리고 나서 혼불은
"푸른 불덩어리", "달보다 더 투명하고 시리어 섬뜩하도록 푸른 빛",

"서늘하게 눈부신 불덩어리" 등으로 묘사되며, "검푸른 대밭을 넘어 너훌너훌 날아"가는, 그 밤하늘은 "에이게 푸르"른 것으로 묘사된다. 또 마지막으로 혼불은 다시 "살 없는 빛으로 맑고 포르스름한" 것으로도 표현된다. 이같은 혼불 묘사는 작가가 우리말 표현에 기울인 노력이 매우 큰 것이었음을 알 수 있게 해준다. 하나의 푸른빛을 묘사하기 위해 그녀는 다수의, 선명한 이미지를 지닌 문장을 사용하고 있으며 이로 말미암아 읽는 이들은 묘사 대상에 대한 생생한 실감을 획득하게 된다. 『혼불』 문장이 지닌 힘은 이같은 공력의 소산이다.

　마지막으로, 호남 특유의 지방색과 반상(班常)의 특이성을 언어로 담아내기 위해 작가가 상당한 노력을 기울였음을 상기할 필요가 있다. 작가 특유의 향토애와 가문의식이 작용한 결과이기도 하겠지만, 청암부인에서부터 옹구네에 이르기까지 개개 인물은 독특한 어법의 소유자로 나타나고 있다. 『혼불』은 대하소설임에도 불구하고, 예전에 『임거정』이 선사했던 풍요로운 민족언어에의 접근을 다시 한 번 시도했던 것이다.

3.

　앞에서도 이미 지적했듯 『혼불』은 우리가 흔히 보아왔던 대하소설과는 상당히 다르다. 그것은 한 영웅적 인물의 일대기에 초점을 맞추지도, 가문의 운명을 그 종막에 이르기까지 추적하지도, 역사적인 사변과 긴밀히 연관지어 이야기를 전개하지도 않았다. 『혼불』은 청암부인에서 이기채를 지나 강모에 이르는 삼대의 이야기이면서도, 작품의 전반부에 부각되는, 청상과부로 집안을 일으킨 청암부인의 내력보다는 강모와 강실이라는 평범한, 사촌지간의 이루지 못할 사랑에 초점을 맞추고 있다. 또 춘복과 옹구네라는 반상의 질서에 반감을 품고 이씨 집안의 전복을 꾀하는 독특한 인물들을 등장시키고 있으면서도 그 결말을 보여주지는 않는다. 30년대 말에서 40년대 전반에 이르는 일제의 잔학상을 드러내면서도 강모와 강태, 심진학 선생 등의 만주 봉천행을 역동적인 역사 속에 용해시키지는 못하고 있다. 이 모든 것들은『혼불』의 약점으로 기록되겠지만, 이는 사변으로 기록되는 역사보다 풍속사, 민속사를 통해 일제시대의 삶을 조명하려는 작가의 의도가 강하게 작용한 결과였다.

　『혼불』은 그같은 의도로 말미암아 매우 느린 서사적 진행을 보여주는, 일종의 공간소설 형태를 띠게 되는데, 일별로나마 그것을 가능케 하는 몇 가지 요소를 확인해 볼 수 있다. 먼저『혼불』은 강모와 강실의 이야기를 중심으로 하면서도 회상이나 그밖의 방식을 통해 빈번히 청암부인의 이야기로 거슬러 올라가는 역전적 구성을 취함으로써 상대적으로 짧은 시간에 걸친 비교적 단순한 사건 속에 길고 큰 이야기를 포괄하는 형국을 취하게 된다. 이는 결과적으로 서사의 수직적인 전개보다는 수평적인 확산을 야기하게 된다.

　다음으로『혼불』의 작가는 사건이나 정황 자체보다는 그것을 대하거나 접하게 되는 인물의 심리적 추이에 관심을 기울였다.『혼불』에서는 사촌지간에 사랑을 하고 육체적 관계를 맺게 된 강모와 강실, 강모의 처로서 그 사실을 알게 된 효원, 상민의 운명에서 벗어나기 위해 강실을 범하는 춘복, 춘복과의 관계를 지속하기 위해 계략을 꾸미는 옹구네 등의 내면풍경이 그들이 엮어내는 외적인 사건들보다 훨씬 더 풍부하게 묘사되고 있다. 그 내면 풍경 또한 의식 및 이성의 차원의 것이라기보다는 감정·감성의 차원의 것이다. 이같은 경사가『혼불』의 공간소설적인 성격을 강화시켜 주었음을 물론이다.

다음으로『혼불』은 많은 논자들에 의해 지적되듯이 전통적 관습과 풍습의 정밀한 재현에 주의를 기울임으로써 또한 공간소설의 면모를 띠게 된다. 강모와 효원의 혼례 장면, 청암부인의 장례 장면, 제사 장면, 설과 대보름의 정경, 투장의 습속 등은 그 대표적인 예가 되는데, 이같은 정밀한 묘사는 일찍이 다른 작품에서는 찾아보기 힘들었던 것이다. 또한『혼불』은 다양한 문서기록과 통계들의 서식지이기도 하다. 노비문서라든지 비문의 내용이라든지 읽는 이들은 단지 그 존재만을 알고 있던 것의 실내용을 보게 된다. 소설이 한편으로 시대와 삶의 기록으로서의 측면을 지니는 것이라면『혼불』은 그 성실한 예를 제공하는 것이다.

마지막으로 나라·지역·성씨와 가문 및 인물에 얽힌 많은 민담 및 설화들의 삽화적 개입을 지적할 수 있다. 이는 특히 1부 이하에서 두드러진 현상인데, 아에 관해서는 다음절에서 다시 한 번 언급하게 될 것이나, 여기서는 이같은 이야기의 수집과 기록에 작가가 기울인 노력이 남다르며, 단지 서사의 보완 차원에만 그치는 것은 전혀 아니었음을 강조할 필요가 있겠다. 이것은 바로 앞의 항목과 마찬가지로『혼불』의 독자적인 가치를 이룬다. 이들의 존재로 말미암아『혼불』은 다양한 정보와, 취미 및 관심의 대상이 어우러진 복합적인 소설이 될 수 있었으며, 이같은 요소로 말미암아 읽은 이들은 느린 서사적 진행을 보상받을 수 있게 된다.

4.

　이제 공간적인 대하소설이라는 역설을 추구한『혼불』의 서사적 측면을 구체적으로 살펴보아야겠다. 필자의 견해로서는『혼불』역시 대하소설이라는 커다란 범주적 특성으로부터 완전히 일탈할 수 없다. 이때 그 대하(大河)의 의미는 대서사(grand narrative)의 의미에 가깝다. 대하소설은 그것이 영웅의 일대기이든 가문의 운명이든 역사적 사변의 진행이든 국가의 흥망이든 간에 인간 삶의 역동적이고 근본적인 변화를 그리려는 욕망의 산물이다. 따라서 대하소설은 어떤 특정한 인물에 초점이 맞추어져 있다 하더라도 그 인물과 주변의 인물을 둘러싼 삶의 조건에 천착하지 않을 수 없다. 단적으로 말해 삶의 주체로서의 인간과 그 삶의 구조적 조건으로서의 사회적 단위들이 뒤얽히면서 드러나는 역사의 향방을 그리는 데 대하소설의 의의가 있다. 대하소설은 근본적으로 개인에 의존하는 문학이 집단과 만나는 가장 큰 서사 장르이다.『혼불』의 특수성은 대하소설의 그같은 일반성 위에서 얻어지는 것이 되지 않으면 안 된다.

　이런 관점에서 보면 공간적인 대하소설이라는 말 자체가, 혹은 대하예술소설이라는 말 자체가 하나의 역실이라 하지 않을 수 없다. 그 주요한 관심이 역사의 추이에 있음으로 해서 대하소설은 근본적으로 시간의 축을 중심으로 전개되지 않을 수 없을 것이고, 또한 똑같은 이유에서 대하소설은 문학성 자체보다는 역사성의 영역에 이끌린 것이 되지 않을 수 없다. 그럼에도 불구하고『혼불』은 결과적으로 공간적으로 확산되는, 예술성을 강조한 소설이 되었는데 이같은 결과를 두고 논란이 없을 수는 없겠다.

필자로서는 대서사로서『혼불』의 공과를 논함에 있어 특히 처음의
1와 2부가 중요하다고 본다. 이 부분은 지금까지 거칠게나마 요약해
보았던,『혼불』만이 지닌 특이성을 유감 없이 보여주면서도 대하소설
이 지녀야 할 법한 여러 요소가 어우러져 있어 읽는 이로 하여금 흥미
를 갖지 않을 수 없게 한다. 사촌지간인 강모와 강실의 사랑, 신분 상
승을 위해 강실을 취하려는 춘복, 춘복과의 관계를 지속하기 위해 음
모를 꾸미려는 옹구네라는, 사랑과 애욕의 뒤얽힌 관계들, 청상과부로
집안을 일으킨 청암부인과 그네의 양자로 들어간 이기채와, 그와는 성
격이 천양지차인 동생 기표, 이 아버지들의 성격 차이만큼이나 차이가
나는 강모와 강태, 남편인 강모와도, 시어머니인 오류골댁과도 성격이
판이하고 오히려 청암부인의 성격을 닮은 종손며느리 효원 등의 성격
강렬함, 매안의 이씨 집안이 지닌 권위를 중심으로 운영되는 가부장적
농촌공동체임에도 불구하고 양반과 상민 사이에 존재하는 은근한 불
화나 일제의 침략 정책 등은『혼불』이 추구하고자 했던 서사의 넓이와
깊이를 가늠하게 해준다. 그것은 일제말기라는 격동기에 처한 한 가문
의 운명의 추이와, 시대를 헤쳐 가는 개개 개성적인 인물의 행로와, 사
랑과 욕망의 진실과 거짓, 성취와 좌절 등을 통해 드러나는, 인간의 근
원적이고도 복합적인 면모를 드러내고자 하는 대담한 것이었고, 이같
은 대서사의 전개와 함께, 그것에 의해 가리워지기 쉬운 관습과 풍속
을 정밀하고도 풍부하게 재현하고, 민간에 깃든 민담과 설화와 야담은
물론 쉽게 찾아보기 힘든 온갖 기록들까지도 함께 아우르고자 한 보기
드문 구상을 보여주는 것이었다. 그리고 이 모든 것은 이 작품이 제목
인『혼불』이 의미하듯 청암부인의 대에서 효원의 대로 이어지는, 여인
의 인내 혹은 가문의 지속으로 표상 되는 민족적 생명력의 재확인을
목표로 하는 것이었다.

　그러나 이같은 작가의 구상이, 필자가 보기에는 충분히 실현된 것으로 보이지는 않는다. 무엇보다『혼불』의 4부, 5부는 강모와 강실의 사랑도, 강모와 강태의 봉천행(行)도 춘복과 옹구네의 욕망도 끝까지 묘파하지 못했다. 경우에 따라서는 그같은 서사의 완결성을 겨냥한 것만은 아니라는 변호가 가능하겠지만, 그것이 이 작품의 후반부가 보여주는, 예의 그 시간적 요소와 공간적 요소의 균형감 상실을 충분히 설명해주지는 못할 것이다.

　이같은 아쉬움에도 불구하고 필자는『혼불』작가의 애초 의도와 그 현실화된 결과가 결코 가볍게 볼 수 없는, 찾아보기 힘든 것임을 지적할 필요를 느낀다. 특히 최근 들어서처럼 재능과 지식에 쉽게 의지하는 창작 경향이 확산되고 있는 시점에서 이처럼 공을 들인 대하소설을 만나게 됨은 소설 또는 문학이 '시대와의 불화'를 견디고 새로운 계단으로 나아갈 수도 있음을 시사해 주는 것이 될 것이다.

전통에 접맥된 진보주의

이대환의 창작집 『조그만 깃발 하나』(창작과비평사, 1995)론

1.

정녕 새로워진다는 것은 무엇인가. 이 시대에 걸맞은 새로운 소설이
필요하다는 강박에 시달리면서도, 또 그것은 리얼리즘의 재구성이라는
형태로 나타나야 하리라고 생각하면서도, 정작 나는 그 모습을 특정한
형태로 제시할 수 없었다. 그동안 내가 확인할 수 있었던 것은 다만
신세대 소설이 곧 진정으로 새로운 소설은 아니라는 자명한 사실이다.
그러나 그 새로운 소설상의 제시를 비평의 몫으로만 돌릴 수는 없다.
아니, 기존의 비평가 중심적 비평방식이 상당부분 수정을 요구받고 있
다면 새로운 소설상을 제시해야 할 의무 또한 대부분 작가들의 영역으

로 옮겨져야 한다. 다시 말해 작가들은 이 시대의 요구에 능동적으로
답해야 한다. 작가가 된다는 것은 소통의 권리뿐만 아니라 그 의무 또
한 짊어져야 함을 의미한다.

이 시대의 새로운 소설들은 정녕 새로운가. 새로움의 의미가 단지
형식상의 그것에 국한되지 않아야 한다면, 또 그보다 훨씬 더 정신의
새로움을 의미해야 하고 그것마저도 풍요로운 생산성을 담고 있어야
한다면, 이 시대의 새로운 소설들은 차라리 건너뛰고 싶은 늪의 형상
을 하고 있을 따름이다. 왜 이런 결과가 빚어졌는가. 그것은 그들이 문
학사를 의식하지 못하기 때문이다. 그것은 그들이 지나간 시대의 공과
를 구분치 못하고 이 시대의 파고에 휩쓸리고 있기 때문이며, 80년대
와 90년대만의 대조를 통해서는 도저히 도달할 수 없는 소설적 경지를
알지 못하고 있기 때문이다. 이것은 문학사 의식의 부재라 해도 과언
이 아니다. 또 한 가지 이유가 있다. 그것은 바로 역사의식의 부재이다.
민족의 역사, 개인의 삶 속에 깊이 자리잡은 뿌리의 역사, 삶이 덧없이
허우적거리고 있는 것만 같은 그 위태로운 시간들, 그 줄타기 같은 흐
름 속에, 바로 그곳에 우리 삶의 본질이 담겨 있음을 이해하지 못할
때, 문학은 스스로를 창세기로 선포하지만 다만 고아의식의 산물에 지
나지 않게 된다.

내가 이대환의 소설에서 발견한 것은 바로 이러한. 치기 어린 문단
적 현상과의 차별성이다. 그의 작품 속에는 지속되고 있는 것, 지속되
어야 할 것에 대한 의식이 있다. 달리 말해 그것은 전통에 대한, 그리
고 그것으로부터 더 새로워져야 할 것에 대한 이해이다. 그의 전통 인
식은 두 겹으로 이루어져 있다. 그 하나는 80년대 말부터 90년대 초에
걸친 진보주의 문학의 경험과 실험에 대한 인식이다. 나머지 하나는
해방 전후부터 현재에까지 이르는 변혁운동의 역사에 대한 이해와 신

뢰이다. 그는 이 두 가지 전통의 기반 위에서 이 시대가 요구하는 소설의 덕목에 근접한다. 이러한 그의 노력이 어느 정도 결실을 거두고 있는가를 헤아려보는 것은 흥미로운 일이다..

그는 먼저 지나간 시기의 진보주의 소설이 제기했던 낯선 주제 및 소재들, 즉 노동자 계급 및 그 의식의 문제를 낯익은 것으로 다룬다. 「초록은 지쳐 단풍 드는데」「철(鐵)의 혀」「서울도 시를 쓰니」와 같은 작품 속에서 노동현실 및 변혁운동은 이제 삶의 자연스런 과정으로 나타난다. 이는 그가 지난 시기 진보주의 문학의 주제의식을 적극적으로 받아들이고 있음을 의미한다. 그러나 그는 여기에 그치지 않고 6~70년대 혹은 해방 전후로까지 거슬러 올라가는 더 거시적인 역사적 과정과 더 다양한 계층 및 계급에까지 자신의 관심을 확장시킨다. 「잔치, 다시 열리다」「가루전(傳)」「떠도는 불꽃」「포구는 바다로 열려 있다」「조그만 깃발 하나」는 후자의 예이다. 이를 통해 그는 기존의 진보주의 소설이 갖고 있던 주제 및 소재의 한정성과 시야의 협소함을 극복하고자 한다. 마지막으로 그는 진보주의 문학과는 다른, 그러나 더 길고 단단한 리얼리즘 전통을 형성하고 있는 이문구 현기영 등의 창작방법을 수용하고자 한다. 그것은 이야기로서의, 개인의 내력으로서의 소설을 추구하는 것이며, 소설 속 공간에 많은 미학적 장치를 끌어들여 의미를 확장하고 심층화하는 방식이다. 그는 이러한 소설적 전통을 수용함으로써 「포구는 바다로 열려 있다」「가루전」 등 몇몇 작품이 선사하는 감화력에 도달할 수 있었다.

2.

이 창작집이 보여주는 두드러진 특징은 크게 세 가지이다. 이 특징들은 그가 주목할 만한 덕목을 지닌 리얼리스트임을 보여준다.

첫 번째로 지적할 수 있는 것은 다루는 대상의 다양성이다. 그의 작품들은 노동소설이라는 개념으로는 다 포괄할 수 없는 그보다는 더 넓은 범주의 진보주의 문학이다.

먼저 노동소설 계열의 작품을 보자. 형산제철 협력업체 3개사의 노동조합 설립투쟁을 그린 「철의 혀」는 기존의 노동 소설에 직접 맞닿아 있는 전형적인 소설이다. 그러나 「초록은 지쳐 단풍 드는데」와 「서울도 시를 쓰니」는 90년대 들어 새롭게 전개되는 현실을 예민하게 반영하는 새로운 방식의 노동소설이라 할 수 있다.

80년대 후반에 대학을 다니며 학생운동을 했던 여주인공이 이제 직장인으로서 병원노조의 파업에 참가하게 된다는 설정, 그리고 이 과정에서 안정된 삶을 희구하는 어머니가 둘 다 활동가인 오빠 부부, 그리고 여주인공의 운동적 삶을 받아들이게 되는 「초록은 지쳐 단풍 드는데」의 결말은 온갖 우여곡절을 겪으면서도 결국은 현실 생활의 영역으로 들어와 버린 80년대 변혁운동의 성과를 반영하고 있다. 이와 대조적으로 「서울도 시를 쓰니」는 80년대 학생운동에 참여했고 아직도 마음 한켠에 변혁운동에 대한 향수를 간직하고 있는, 주인공의 친구 함동수가 제도화된 노동문제 관련 연구소에 근무하면서 이사장의 정치적 의도에 부합하는 글을 쓰고는 노동자들의 항의를 받는 모순적 상황을 제시한다. 이는 사회인이 되지 않을 수 없는 80년대 세대의 한 우울한 풍경이다. 결국 「초록은 지쳐 단풍 드는데」와 「서울도 시를 쓰니

」는 80년대 말 노동소설의 주제의식을 계승하면서도 이를 80년대 세대가 직면한, 삶의 서로 다른 두 가능성에 대한 탐색으로 발전시킨 것이라 할 수 있다.

앞에서 든 세 작품이 모두 80년대 후반에서 90년대 전반에 이르는 노동운동의 굴곡에 시공간적 배경을 둔 것이라면 「잔치, 다시 열리다」 「가루전」 「조그만 깃발 하나」 「떠도는 불꽃」 「포구는 바다로 열려 있다」는 앞에서도 지적했듯 작가적 시야를 시공간적으로 훨씬 더 확장한 작품들이다.

「잔치, 다시 열리다」와 「가루전」 「조그만 깃발 하나」는 모두 60년대 후반 및 70년대 초반에서 80년대 말 및 현재에 이르는 시기를 배경으로 하고 있으며, 나머지 두 작품은 해방 전후와 현재를 긴밀히 결합시키고 있다.

이 가운데서 전자의 작품은 근대화 과정 속에서 서로 상이한 삶을 살 수밖에 없었고, 또 바로 그러한 이유로 인해 서로 다른 운명에 처해야 했던 여러 인물군상을 제시한다. 「잔치, 다시 열리다」에서 작가는 수재형 인물로 고시에 합격하여 입신 출세의 길을 걷다 미끄러지는 장동엽과, 역시 평범치 않은 재질을 지녔지만 대학 졸업 후 노동운동에 뛰어들고 감옥에 갔다와서는 한의대에 입학, 긴 모색에 들어가는 '나'를 대비시킨다. 「가루전」에서는 가난한 구두수선공의 아들로 태어나 타고난 재주를 풀어보지 못하고 소박한 농민의 삶마저 유린당한 채 자살하고 마는 천재구의 비극적 운명이 제시된다. 「조그만 깃발 하나」는 근 이십 년 동안 청렴하고 성실한 공무원의 삶을 살았으면서도 계장 자리에 머무르다 급기야는 6월 항쟁 때 시민들을 고발하라는 상부의 지시를 어긴 탓에 공직을 물러나야 했던 한 아버지의 삶을 보여준다. 이러한 인물군상을 통해 작가가 의도한 것은 왜곡된 근대화 역사의 비판이다. 작가는 가난한 농민의 자식은 물론 공무원마저도 부조리하고 부도덕한 체제의 희생양으로 전락해버릴 수밖에 없는 체제, 명문대 출신의 수재형 인물은 물론 평범하고 정직한 공무원의 신조와도 마찰을 빚을 수밖에 없는 체제의 지배 방식과 논리를 고발한다.

후자, 즉 「떠도는 불꽃」 「포구는 바다로 열려 있다」에서 제시된 인물은 훨씬 더 비극적이다. 그들은 이념 대립으로 점철된 비극적 현대사에 깊이 연루된 사람들이다. 「떠도는 불꽃」에서 농민운동을 하다 이적표현물 제작 배포 혐의로 구속된 박염태의 어머니는 6·25 중에 지하활동을 하던 남편을 잃고 수십 년을 정절을 지키며 살아온 여인이다. 또 집권당 3선 의원인 주인공은 일제 고등계 형사였던 선친이 박염태의 아버지를 죽였다는 사실로 인해 양심적 가책에 시달리고 있다. 또 「포구는 바다로 열려 있다」의 이석우 노인은 열한 살 위 형 광우가 부모의 죽음에 연루된 것으로 알고 복수심에 불타 군대에 자원해 무훈을 세우고 증오감 속에서 살아가고 있다. 형 광우는 자신과 관련은 없지만 부모의 죽음에 괴로워하며 일본에 밀항, 고향을 등지고 살아가야 했다. 이러한 작중 인물을 통해 작가는 기존의 좌우 흑백논리를 넘어서는 새로운 인간 이해를 추구한다. 그 새로운 이해가 구체적으로 어떤 내용을 갖는지는 아직 불분명하지만 그 지향점을 헤아려보는 것은 의미 있는 일이 될 수 있을 것이다.

이제까지 살펴보았듯이 그의 소설은 해방 전후에서 현재에 이르는 긴 시기를, 그리고 노동자에서 국회의원에 이르는 다양한 계급 계층을 대상으로 한다. 서로 다른 상황에 처해 있는, 그리하여 각기 다른 사유 방식을 갖고 살아가는 많은 인물이 생동감을 잃지 않고 그의 작품에 참여한다. 이는 그가 근본적으로 자신의 사연을 고백하는 작가라기보다는 타인의 삶을 전달해주는 작가임을 의미한다. 공지영이나 주인석

공선옥 등 젊은 작가들이 보여주는 뚜렷한 경향 중의 하나가 바로 자기 이야기의 고백이다. 김소진 정도만이 약간의 차별성을 가질 뿐이다. 이대환은 그러한 소설 경향으로부터도 한 발 떨어져 있는 작가이다. 이는 그가 자신과 관계하고 있는 외부세계에 상대적으로 더 많은 관심을 기울임을 의미한다. 이는 그의 덕목 중 하나이다. 물론 소설은 모두 작가 자신의 이야기며 작가의 자화상이 아니냐고 반문할 수 있다. 문제는 그러한 자기 고백이 어느 수준에서 이루어지는가이다. 이 점에서 보면 그의 소설은 이야기 자체보다는 이야기 속에 숨은 정신의 차원에서 그의 자화상일 것이다.

두 번째로 지적할 수 있는 것은 그가 작품 각각의 주제 및 소재의 특이성에 따라 그에 걸맞은 구성방식을 선택하고, 화자 및 주인공을 설정하며 심지어 문체마저도 달리해 간다는 점이다. 이는 작품의 형식적 측면 및 그 미학적 효과에 대한 관심이라 요약할 수 있다.

「초록은 지쳐 단풍 드는데」의 낙관적 분위기는 발랄한 간호사 서정영을 화자이자 주인공으로 내세움으로써 더욱 두드러지게 되며, 이는 파업의 승리와 함께 가족 내 갈등 및 김재서와의 사랑 문제가 함께 해결되는 상승 구성을 통해 뒷받침된다. 짧은 문장의 연속, 서정영과 새언니의 경쾌한 말투 등이 또한 주제 전달에 중요한 역할을 한다. 이와 달리 「가루전」에서 작가는 연대기적 구성과 전지적 화자를 통해 비극적으로 생을 마쳐야만 하는 천재구의 삶을 삽화적으로 보여준다. 이는 유신체제와 5공화국의 철권적 통치에 직접적으로 노출되어 죽음으로 내몰린 한 농민의 삶에 대한 객관적 기술이라는 느낌을 주기에 충분하다.

이같은 배려는 소설가 지망생을 화자로 내세워 주로 회상의 형식을 통해 과묵한 아버지의 내면세계를 엿보게 한 「조그만 깃발 하나」, 역시 회상에 상당부분 의존하면서도 주로 동생 석우의 관점을 취하고 부분적으로 형 광우의 관점을 취해 시점의 변화를 보인 「포구는 바다로 열려 있다」, 각각 제도권에 흡수된 노동문화연구소의 연구원과 집권당 3선 의원을 화자이자 주인공으로 내세워 변혁운동의 현재를 살펴보게 한 「서울도 시를 쓰니」「떠도는 불꽃」 등에서도 나타난다.

요컨대 그는 특정한 스타일에 얽매이거나 고착되지 않은 작가이다. 물론 이는 특정한 주제 및 소재에 대한 집착 그 자체가 잘못된 것임을 의미하지는 않는다. 무엇에 관심을 기울일 것인가 하는 것은 전적으로 작가의 권리이다. 그러나 다루는 대상이 무엇이든 그 작품의 형식은 그 내용에 의존해야 한다는 점, 따라서 구성방식이나 시점, 화자, 문체의 선택 등이 작품 주제 및 소재의 성격에 의존해야 한다는 것은 언제나 타당하다. 이러한 긴밀성만이 작품을 살아있게 할 수 있다. 왜냐하면 이렇게 할 때만 작가는 대상 세계의 객관적 상태나 성질을 그 차이에 입각해서 충분히 표현할 수 있기 때문이다. 의식적이든 그렇지 못하든 그는 이것을 체득하고 있다.

그의 세 번째 미덕은 작품 속에 상징적 장치 및 기법을 적절히 끌어들이는 데 있다. 「초록은 지쳐 단풍 드는데」에서 고부 갈등 속에서도 굳세게 활동가의 삶을 지켜 가는 새언니의 부업이 단단한 밤껍데기를 까는 일이라는 것, 「서울도 시를 쓰니」에서 노동문화연구소의 창딕에 핀 꽃이 분홍빛 산목련이라는 것 등은 그 예이다. 이러한 상징의 함축성을 가장 잘 살려낸 것은 「포구는 바다로 열려 있다」이다. 전쟁 중에 빨치산이 되었다가 일본으로 밀항한 형이 돌아온다는 소식을 듣고 석우 노인은 문득 열한 살 위 형 광우와의 마지막 대화를 떠올린다. 그때 광우는 석우에게 다음과 같이 말했었다.

석우야. 저 매봉이란 이름은 저 봉우리가 매의 머리를 닮았기 때문에 붙은
이름이라고 하자. 만약 저 매봉이 한번 날아간다고 하자. 그러면 무엇을 물어
오려고 날아가겠나? 저 매봉의 거대한 부리는 매일 아침마다 동해 바다에 솟
아오르는 시뻘건 태양을 노려보고 있지. 빛이 뚝뚝 떨어지는 이글거리는 태
양. 내가 생각하기에, 저 매봉이 한번 힘차게 날아간다면 그 시각은 틀림없이
새벽일 것이고, 반드시 동해에서 솟아오르는 그 시뻘건 태양을 집어 물고 이
땅으로 돌아올 것이다. 그 태양은 지지 않고 이 땅의 구석구석을 밝히게 된
다. 우리 집 그늘에 가려 사시사철 손바닥만한 마당에 볕들 날이 없는, 저 찌
그러져가는 뒷집 마당도 비로소 환해지게 되는 거지. 석우야, 형은 그런 매봉
을 사랑하는 사람이다. (106~107면)

매봉은 여기서 평등한 세계를 향한 광우의 이상을 상징한다. 그 매
봉은 광우가 수십 년 만에 고향을 찾은 지금도 변치 않고 서 있다. 그
리고 광우는 이 고향 마을에 담담히 돌아온다. 이러한 상황 설정은 많
은 말로 설명할 수 없는 광우의 지난 삶을 함축해주는 역할을 한다.
평등 이상의 구체적 형태를 명확히 제시할 수 없는 지금, 태양을 향해
비상하고 싶어하는 매봉의 모습이야말로 광우를 포함한 진보주의 이
상주의자들의 꿈을 적절히 대신해줄 수 있는 상징물이다.

이처럼 상징적 기법을 적극적으로 수용함은 지난 시기 진보주의 리
얼리즘이 지니고 있던 통념으로부터 벗어난 것이라는 점에서 주목을
요한다. 상징은 지금까지 리얼리즘에서는 사용해서는 안 되는 것인 양
이해된 느낌이 없지 않다. 그러나 이같은 선입견은 리얼리즘의 풍요로
운 표현 가능성을 축소시켰다고 볼 수 있다. 모든 수사학은 그 나름의
존재 이유를 갖는다. 그 이유 때문에 발생하고 발전한다. 그러므로 특
정한 수사학을 리얼리즘으로부터 배제한다는 것은 그것을 무미건조한
표현양식으로 만드는 일에 다름 아니다. 만약 상징이나 그밖의 수사학

이 주관주의적 의도를 위해 사용되어 왔다면 리얼리스트들은 그것을 리얼리즘의 넓은 범주 안에서 위치 지울 수 있도록 노력해야 할 것이다. 이것은 언어의 가능성을 발전시켜야 할 작가적 의무이다. 이 점에서 보면 그의 작품이 지닌 상징성은 진보주의적 시각을 지닌 작가의 진전을 의미한다.

이와 관련하여 다시 한번 지적하고 싶은 것은 그가 진보주의 문학의 짧은 전통 속에서 잠시 잊혀진 오랜 전통을 새롭게 수용하고자 한다는 점이다. 지난 시기 방현석 정화진 안재성 등이 공유하던 문제의식을 받아들이면서도 그는 이를 이문구나 현기영 등에게서 볼 수 있는 풍부한 미학적 성과와 결합시킨다. 앞에서 지적한 내용 및 형식의 긴밀성이나 상징성은 그 단적인 예이다. 그리고 이는 진보주의 문학이 더 성숙해지고 풍요로워질 수 있는 하나의 가능성을 보여주는 것이라 할 수 있다. 이것이 가능했던 것은 그가 세대적으로 중견 작가와 신세대 작가 사이에 위치해 있기 때문일 것이다. 그는 긴 민족문학과 짧은 진보주의 문학의 전통 양자를 공히 접할 수 있는 세대에 속한다.

3.

그렇다면 그의 정신은 진보주의 문학의 시대적 변화 요구에 얼마나 부응하고 있을까. 이는 모든 작가론·작품론의 최종적 관심사이기도 하다. 그는 김남일 방현석 김하기 등 몇몇 작가와 같이 진보주의 문학 이념 및 그것을 뒷받침해주는 변혁적 세계관에 대한 신념을 공유한다.

이 점에서 그를 포함한 이들 작가는 공지영이나 주인석 등과 다르다. 공지영이나 주인석이 현실의 거대한 힘 앞에서 흔들리고 방황하고 있다면, 그들은 그러한 힘에도 불구하고 자신의 세계관을 고수하려 한다. 공지영이나 주인석의 지그재그식 길은 현실에 대응해 가는 유효한 방법의 하나이다. 그것은 현실이 그리 간단치 않기 때문에 이해하고 공감할 수 있는 방식이기도 하다. 그러나 신념의 유지를 통해 현실에 대응하고자 하는 김남일 방현석 김하기 등의 방식 또한 문제적이다. 세상이 이러한 태도에 대해 그리 우호적이지만은 않으니만큼 그것은 어쩌면 더 중요한 모색과정일 수도 있다.

그러한 신념을 유지하는 방식에는 두 가지가 있다. 그 중 하나는 역사 혹은 과거로 회귀하는 것이다. 김남일의 『국경』(풀빛, 1996)이나 최근 연재된 방현석의 장편 『어디 핀들 꽃이 아니랴』(=『십 년간』, 실천문학사, 1995) 등이 그 예이다. 흔히 역사 혹은 과거로의 회귀는 현재의 전사(前史)로서의 과거에 대한 이해를 목적으로 하는 것이며, 따라서 그 궁극적 목적은 결국 현재의 이해에 있다고 말해진다. 그러나 이는 김남일이나 방현석 등의 최근 작업을 설명하기에는 부족한 원론적 설명이다. 작가가 현재를 지배하고 있는 사유방식을 부정하면서도 그것을 극복할 수 있는 발전적 전망을 아직 찾지 못했을 때 이러한 회귀가 또한 가능하다. 역사 혹은 과거로 돌아감으로써 현재를 관조할 수 있는 여유를 되찾고 이를 통해 다시 현재로의 복귀를 위한 내용을 확보하겠다는 것, 이것이 김남일이나 방현석의 최근 작업의 의미이다.

이와 달리 현재와 직접 승부하는 방식이 있다. 그것은 이미 『항로 없는 비행』을 통해서 김하기에 의해 이루어진 바 있고, 이번 창작집에서 이대환이 「초록은 지쳐 단풍 드는데」나 「떠도는 불꽃」 「조그만 깃발 하나」 「포구는 바다로 열려 있다」 등을 통해 추구하는 방식이다.

이것은 앞서의 방식보다 훨씬 어렵고 많은 위험성을 내포한다. 지난 시대의 진보주의는 현재를 설명하거나 극복하는 데 도움을 주지 못하기 때문이다. 이 방식이 의미를 갖기 위해서는 과거의 신념체계로부터 합리적이고 긍정적인 요소와 그렇지 못한 요소를 분리시킬 수 있어야 한다. 이것은 극히 어렵고 정교한 작업이다. 이는 또한 작가가 현재와의 긴장을 고도로 유지할 때만 가능한 것이기도 하다. 김하기의 『항로 없는 비행』(창작과비평사, 1993)이 그 소설미학적 성과에도 불구하고 궁극적으로 실패한 소설이 된 것은 그가 이러한 성격의 작업이 요구하는 자기 세계관의 재구성을 이루어내지 못했기 때문이다.

반면에 이대환은 80년대에서 90년대에 걸치는 현실의 변화를 자기 정신의 구성부분으로 수용하려 노력하고 있다고 볼 수 있다. 「철의 혀」와, 「초록은 지쳐 단풍 드는데」「떠도는 불꽃」「포구는 바다로 열려 있다」 등이 보여주는 차이 및 후자의 작품에서 나타나는 개인 및 역사 해석의 새로운 가능성은 이러한 판단을 가능케 하다. 이 작품들은 그가 현실의 모순과 갈등의 다양함에 천착하고자 하며, 이를 통해 서로 다른 역사적 정황에 처한 개인에 대한 심층적 이해를 추구함을 보여준다.

『창작과비평』 1990년 가을호에 발표된 「철의 혀」는 앞에서도 지적했듯 전형적인 노동소설이다. 여기서 전형적이라 함은 그것이 지난 시기 진보주의 문학의 특성을 거의 고스란히 보여주고 있음을 의미한다. 물론 여기서도 개인에 착목하는 그의 특성은 어느 정도 나타난다. 고아로 성장하여 화목하고 안정된 가족적 삶에 남다른 애착을 가질 수밖에 없는 강호삼의 존재가 그것이다. 이는 기존의 노동소설에서 흔히 볼 수 있는 인물은 아니다. 반면에 대학 출신 노동운동가로 등장하는 이현국에 대한 작가의 상대적 무관심 혹은 냉정함은 80년대 말에서 90

년대 초에 이르는 노동소설의 한계를 그대로 보여주는 것이라 할 수
있다. 그 시기의 노동소설에서 대학 출신 노동운동가들이 처했던 상황
에 대한 심도 있는 탐색을 발견하기란 쉽지 않다. 이들의 형상은 운동
권 출신 작가에 의해 주관적인 고백의 형태로만 제시되거나, 여타 작
가에 의해 노동자와의 대조를 위한 소도구로 그려지곤 했다. 이 작품
의 이현국 또한 관념적 신조의 체현자 이상으로 그려지지 못했다. 이
것은 이 작품에서의 작가가 현실적 모순을 상대적으로 단순하게 이해
하고 있었음을, 이에 따라 각 개인의 차이 및 그 내면에는 충분히 주
목하지 못하고 있었음을 의미한다.

　반면에, 「초록은 지쳐 단풍 드는데」의 작가는 가족의 안정된 삶에
집착하는 어머니, 운동적 원칙을 따라 삶을 전개하고자 하는 오빠와
새언니, 그리고 학생운동의 경험을 갖고 있지만 개인주의와 합리주의
라는 신세대적 특성을 다분히 지니고 있는 여주인공 등이 지닌 사고방
식의 차이를 비교적 구체적이고 객관적으로 묘사하고 있다. 이들 인물
은 현실에서 강력한 힘을 행사하고 있는 세 세대, 즉 6·25 세대, 80년
세대, 신세대를 각각 표상 한다. 그러므로 작가는 진보주의 운동에 대
한 낙관적 전망 속에서도 이들 서로 다른 세대에 속한 인물들의 사고
방식 및 지향점의 차이를 비교적 잘 포착하고 있다고 할 수 있다.

　뿐만 아니라 내가 이 작품은 이들 세 세대간의 밀도 있는 대화를 추
구하고 있다. 특히 중요한 것은 어머니 혹은 그녀로 대변되는 6·25
세대를 향한 작가의 시선이다. 기존의 진보주의 소설이 어머니의 가슴
속에서 적의 형상을 발견하는 데 주력했던 것은 그 어머니의 존재가
낡은 현실세계를 지탱해주는 가장 강인한 보루로 인식되었기 때문이
다. 이는 또한 엄연한 사실이기도 하다. 이념전쟁에 휩쓸린 채 생존의
위협 속에서 살아온 세대에게 있어 안정된 삶이란 거의 절대적인 가치

를 지닌다. 우리 사회에서 혁명적 변화가 극히 어려운 것은 이들 세대
의 존재 때문이며 그들이 지닌 이데올로기적 힘 때문이다. 그러나 이
들 세대 속에서 적의 형상만을 발견함은 그들 세대를 극히 불충분하게
이해하는 것이다. 작가는 우리 역사에 대한 어머니 세대의 시각을 다
음과 같이 들려주고 있다.

    ——— 정영아, 니가 에미를 보기에도 내가 느거 오빠 하는 일을 깜깜하게
모리는 사람 같애 보이제? 그래 보모 큰 오산이데. 내 생각은 일타. 만간에
느거 오빠 같은 사람들이 원하는 세상이 왔다 카자. 그때 느거 오빠 같은 사
람들이 그때까지 호의호식하던 부자들을 지금 권력 쥔 사람들이 돈 없고 빽
없는 사람들 대하듯 대한다모 이 세상이 우예 되겠노? 만간에 니 오빠들이
그런 마음보를 묵고 있다 카모 그거는 지금 권력 쥐고 있는 사람들, 거어 붙
은 기생오래비 같은 사람들하고 똑같은 인간인 기라. 그런데, 마아 이런 걱정
할 날은 생전에는 오기 어렵지 싶으이 입밖에 낼 것도 없고…… 지금 겉은
세상에는 우리 겉은 사람이 가정 키우고 살아남을라 카모 우리 남은 네 식구
중에 둘이쯤은 득세한 쪽에 적당히 섞이믄서 살아야 된다. 안 그라고는 못 배
게낸다. (…하략…) (『조그만 깃발 하나』, 17면)

어머니의 말은 이념적 흑백대립, 죽임과 죽음으로 점철된 과거사에
대한 6·25 세대의 저항의식을 보여준다. 여기에는 우리 현대사 속에
서 진보주의 운동이 노정해온 한계와 오류에 대한 통찰이 담겨 있다.
물론 이는 탈이념적 해석이고 결국은 기존 질서의 유지로 귀결되는 성
질의 것이다. 그러나 이러한 인식이 갖는 진실의 측면을 부정한다면
그것은 결과론적이고 환원론적인 잘못을 범하는 것이다. 오히려 나는
진보주의 문학이 어머니 세대의 인식과 화해할 필요가 있다고 생각한
다. 이러한 화해의 노력 없이 진보주의의 현실적 복권을 꾀하는 것은
불가능한 일을 꿈꾸는 것과 같다. 이 창작집만을 통해서는 작가가 그

같은 견지에 서 있는지 충분히 파악하기 어렵다. 그러나 「초록은 지쳐 단풍드는데」외에도 「포구는 바다로 열려 있다」에서 석우 노인과 형광우 노인이 극적 화해를 이루고 있는 것은 그러한 문제의식으로 인해 가능했던 것이라 판단된다. 이 작품이 주는 감동의 원천 또한 그러한 문제의식에서 찾아야 할 것이다. 「떠도는 불꽃」은 이러한 문제의식을 공유함과 함께 역사는 근본적으로 진보주의의 흐름에 정당성을 부여함을 보여주고자 한 것이며, 「조그만 깃발 하나」는 세대적 포용의 시각을 유신세대에까지 적용한 것이라 할 수 있다. 진보주의적 시각을 견지하면서도 이를 과거 세대 및 다른 견해를 가진 사람들에 대한 이해 속에서 관철하는 것, 그가 보여주는 새로운 가능성의 대부분은 이같은 인간 이해의 폭넓음에 있다.

한편 앞에서도 지적했듯 이러한 작가의 문제의식은 아직 전면적이라기보다는 징후적이다. 이는 그가 아직 진보주의 이념의 새로운 상을 정립하지 못한 것과 관련이 있다. 이는 그만의 과제가 아니라 진보에의 신념을 공유하고 있는 사람들 전체의 것이다. 그런 가운데서도 그는 자신이 새롭게 지향하는 진보주의 변혁의 이념상을 단편적으로나마 제시하고자 한다. 그것은 먼저 「잔치, 다시 열리다」에서 한의대에 수석 입학하게 된 주인공이 기자와의 인터뷰에서 현재를 "모색기"로, "자신에 맞는 자리를 찾아가서 올바르게 최선을 다하는 가운데, 변화된 세계의 심층을 읽어야 할 때"로 규정하는 데서 나타나며, 「초록은 지쳐 단풍 드는데」에서 운동가인 여주인공의 오빠가 진보정당 일을 하는 것으로 나타난다. 나로서는 그의 이러한 견해가 새로운 진보주의에 대한 시대적 요청에 전격적으로 응한 것이라고는 보지 않는다. 또한 이러한 변혁운동의 새로운 상이 갖는 타당성 여부에 대해서도 의문 나는 점이 있다. 그러나 나는 그가 앞으로 지금보다 더 크고 높은 것을 보여줄 수 있으리라 생각한다. 그의 소설이 갖는 힘, 즉 세계의 변화를 따라가면서도 지속되어야 할 것을 잊지 않으려는 의지를 중시하기 때문이다.

숨 고르는 일의 의미

방현석의 장편소설 『십 년간』(실천문학사, 1995)론

1.

「새벽 출정」(『창작과비평』, 1998년 봄호)을 다시 읽었다. 지금보다도 순수했을 때, 그때 이미 시대는 '혼돈' 속으로 빠져들고 있었지만, 그래도 버텨야 한다고 생각했을 때, 그 때 「새벽 출정」은 얼마나 커다란 위안이 되었던가. 어제로부터 오늘을 지나, 내일까지도 끝없이 펼쳐진 것만 같은 고통을 느끼면서도 민영이는, 미정이는 캄캄한 새벽 출정을 나섰다. 그랬다. 방현석이, 그가 그녀들로 하여금 패배하지 않으리라는 어떤 보장도 없도록 쓰고 있었을 때, 그녀들의 운명은 마치 '우리'의 운명과 같았다. '우리'가 얻고자 하는 것은 야만의 법칙이 지배하는 세

계 속에서의 한 계단 상승이 아니라, "동지에 대한 변할 수 없는 애정과 참 인간다운 삶"임을 확신했던 것, 그랬기에 숨을 막아드는 불안에 시달리면서도 떠나지 않으면 안 된다는 결단에 몸을 맡겼던 것, 그것이 '우리'의 어제 아니었던가. 그리하여 「새벽 출정」의 마지막 쪽을 넘겼을 때, 다가오던 서늘한 감동은 슬픔이 무엇인지 아는 자, 공포가 무엇인지 알 것만 같은 자의 그것이었다.

다행스러운 일이다. '우리'에게 그같은 소설, 그같은 소설들이 있었음은. 영혼을 과학이라는 이름의 신의 제단에 바쳤다고 믿었던 '우리'에게, 진리라는 것은, 또 해방이라는 것은, 더 길고 오랜, 상상할 수 없을 만큼 길고 오랜 항해를 거쳐야만 비로소 도달할 수 있는 항구인지도 모른다고, 어쩌면 '우리' 살아서 그 항구를 영영 볼 수 없을는지도 모른다고, 그 소설은 말하고 있었던 것이 아닐까. 또한 그래도 '우리'는 가지 않으면 안 된다고, 가지 않는 절망은 가는 고통보다 더 쓰라린 것이기 때문에, 캄캄한 새벽일지언정 새벽길을 가야 한다고 그는 말하고자 했던 것이 아닐까.

아니, 이건 그를 너무 많이 너무 깊이 이해하고 싶어했기 때문에 빚어진 오독이다. 그도 '우리'처럼, 바로 앞에 '다가올 미래'를 믿었다. 85년 한 대학 2년생이 광화문 앞 대로를 숨가쁘게 달리다가 즐비하게 늘어선 빌딩의 거대한 몸체들 속에서 문득 이 야만의 세계를 지키는, 도저히 이길 수 없을 것 같은 거대한 괴물을 발견하고, 그리하여 희망보다 더 큰 절망이, 승리보다 더 큰 패배가 '우리'를 짓누르고 있음을 이미 느꼈으면서도, 믿고 싶었기에, 믿지 않으면 견딜 수 없었기에, 믿어버리고 싶어했던 미래를 그 또한 믿었다. 믿고 싶었지만 믿을 수 없었던, 그리하여 번민과 방황 끝에 죄스러움을 등짐처럼 짊어지고 현장과 학교를 떠나간 수많은 청년들과 달리 그는 사람들을, 세상을, 마침내 신비스럽게 '다가올 미래'를 믿었다. 그렇지 않았다면 그는 『십 년간』을 쓰지 않았을 것이다. 그렇지 않았다면 그는 이 소설의 마지막 부분을 "완수 너도 세상이 크게 바뀔 것이라고 기대하지 마라. 역사에는 공짜가 없어. 세상 모든 일이 그렇겠지만 대가를 치르며 준비하지 않은 사람들의 몫은 역사에 없는 거야"라는 준호의 말로 정리하지 않았을 것이다.

그러면 그는 그 깨달음을 전달하기 위해 이 소설을 썼단 말인가. 단 몇 줄의 문장으로도 족할, 너무나 자명한 교설을 위해 두 권 분량이나 되는 원고지를 허비했단 말인가. 그렇지는 않을 것이다. "우리들의 시대는 어떻게 해서 흘러왔는가? 우리 시절의 상처는 어디서부터 비롯되었고, 우리들의 사랑은 그 어느 구비에서 싹텄는가?" 그에 의하면, 이것이 그가 진짜 하고 싶었던 그의 얘기이다. 「새벽 출정」 이후 비록 『내일을 여는 집』(『창작과비평』, 1990년 봄호)을 썼지만, 세상이 "숨을 헐떡이다가 금방 멈춰 선 증기기관차같이"(안도현, 「겨울 밤에 시 쓰기」) 보였을 때, 현재가 진정으로 좌절의 시대임이 분명해졌을 때, 그는 김영현이 『풋사랑』(실천문학사, 1993)을, 김남일이 『국경』(풀빛, 1996)을 썼듯 『십 년간』을 쓰고 싶었던 것이다.

방현석다운 일이다. 숨 고르는 법을, 현재 속에서 미래가 보이지 않을 때는 과거 속에서 현재를 다시 보고, 그리하여 그 현재 속에서 다시 미래를 보아야 함을, 그는 이미 알고 있었다. 많은 이들이 잘 이해되지도 해석되지도 않는 현재를 붙들고 설익은 사랑을 고백하고 있을 때, 그는 그녀로부터 오히려 한 발 떨어져 그 출생과 성장의 비밀을 음미하고자 했던 것이다.

그것 하나만으로도 그의 작업은 이미 값진 것이 아닐까마는, 하지만 그것은 또한 얼마나 어려운 일인가. 단순히 그 눈을 과거로 돌리는 것만으로는 안 되는 일이기에, 그 전에 이미 그 눈이 깊어져 있지 않으면 안 되기에,『십 년간』과 같은 성격의 작업은 현재를 사랑하는 일보다 몇 배는 더 어려운 일인 것이다. 그러므로『십 년간』을 논한다는 것은 이 어려운 작업을 그가 얼마나 잘 이루어 냈는가를 논하는 일이 되어야 한다.

2.

방현석은 뛰어난 노동소설가이다. 그 뛰어남은 일단 김재용이 지적했듯이 그가 "우리들에게 한 발짝 한 발짝 나아가고 있는 '거인'의 발자국 소리를 들려준다"는 점에서 찾을 수 있다. 여기서 거인이 노동자 계급을 의미함을 이미 알고 있는 이들은, 이 비유가 방현석의 소설을 얼마나 적절히 특징지은 것인지를 또한 알 수 있을 것이다. 그의 중·단편 소설은 노동자들이 80년대 말부터 90년대 초에 걸쳐 획득한 계급적 각성 및 조직적 성장에 대한 뛰어난 보고서와도 같다.

그러나 그의 소설들은 보고서라는 말로는 포괄할 수 없는 풍부한 내용을 담고 있다. 뼈로만이 아니라 살로도 이루어진 소설, 경향적인 목소리라고는 들려 오지 않는 소설, 이것이 그의 작품이다. 그러므로 그의 이야기는 그것에 귀를 기울이는 자들에게 거인의 발자국 소리를 들려주기도 하지만, 또한 그 거인이 하나의 단일한 실체가 아니라 각기 다른 처지에 놓여 자기 삶을 살아갈 수밖에 없는 다양한 개인의 통합체임을 동시에 알려 준다. 그의 소설에 등장하는 노동자들은 전체로서의 노동자 계급이나 그 어느 한 계층을 표상 하는 인물이 아니라 인천이나 혹은 마산에서 실제로 살아가고 있을 한 노동자를 옮겨 놓은 인물이다. 그만큼 그의 소설 속의 노동자들은 실물감을 지니고 있다. 무엇이 그의 소설들에 이러한 생동감을 부여해 주는 것일까. 그 원천은 바로 노동 현장에 대한 그의 뛰어난 재현 능력에 있다. 이는『십 년 간』에서도 유감 없이 발휘된다.

양성 과정이 끝나고 있었다.

기계 속을 쓸고 나온 순분은 빗자루를 내려놓고 스펀지를 꺼내 이마를 왼쪽에서부터 오른쪽으로 훔쳤다. 땀으로 뒤범벅이 된 솜먼지가 한 웅큼 스펀지에 붙어 나왔다. 다시 왼쪽 뺨과 오른쪽 뺨의 솜먼지를 훔쳐냈다. 한겨울인데도 내의가 땀으로 흥건했다. 공장 전체가 찜통이었지만 기계 속은 더 심했다. 목덜미를 닦아 낸 뒤 스펀지를 앞치마의 오른쪽 두 번째 주머니에 넣었다. 목이 말랐다. 물통이 놓인 구석으로 발길을 옮기는 그녀에게 호각소리가 날아들었다.

휘릭 휘릭

초록색 호각을 입에 문 반장은 허리를 굽혀 두 팔을 흔들었다. 바닥을 쓸라는 뜻이었다. 삼백 대가 넘는 정방기가 가득 찬 채 웅웅거리고 돌아가는 공장 안에서 모든 지시는 호각과 손짓으로 이루어졌다. 순분은 고개를 숙여 보이고 발길을 돌렸다.

휘릭 휘릭

다시 호각 소리가 날아들었다. 반장은 제자리뜀을 했다. 그리고 왼손 검지 하나를 펼쳐 앞으로 한 번 내밀어 보이고는 한 박자를 뛰어서 다시 한 번 내민 다음 오른쪽 손가락 넷을 펼쳐 들었다. 일 분간 백사십 보였다. 순분은 빗자루를 든 채 기계의 끝 쪽으로 뛰었다. 국제모방의 표준 걸음걸이가 일분간 백사십 보였다.

목마름과 졸음을 참으며 바닥을 쓸어 나왔다.

양쪽으로 늘어선 기계에는 틀보기들이 끊어진 실을 잇고 있었다. 모자에 5

자와 7자가 붙은 틀보기들은 이리저리 옮겨 다니며 죽은 틀을 살려냈다. 핑
핑 돌아가는 기계를 세우지도 않고 끊어진 관사를 잘도 잡아 이었다.

　몇 시쯤 됐을까? 20수 실타래가 여섯 개나 일곱 개씩 빠져 나왔으니까. 대
여섯 시간은 지났을 것이다. 세 시, 네 시, 아니면 다섯 시? 아직도 높이 붙은
창 밖은 깜깜하기만 했다. 이 시간에 잠을 자는 사람은 얼마나 행복할까. 야
간 작업은 정말이지 사람을 미치게 만들었다. 낮에 자는 잠은 아무래도 잠 같
지가 않았고 날밤을 꼬박 서서 새우노라면 다리와 허리가 끊어질 것 같았다.
단 한마디의 얘기를 주고받을 수도, 주고받을 사람도 없었다. 지쳐 흐느적거
리는 발걸음을 향해 날아드는 날선 호각 소리만이 기계 소리를 제압하며 일
을 재촉했다. (『십 년간』 1권, 295~297면)

　이와 같은 묘사를 어디에서 보았던가. 오래 전 강경애의 『인간 문
제』(1934)에서였다. 식모 생활에서 버스 차장 생활을 거쳐 여공이 된 순
분이처럼 『인간문제』에서도 선비는 지주 정덕호의 품안을 벗어나 방
직 공장의 여공이 되어 있었다. 또한 거기서 강경애가 선비의 방직 공
장과 함께 첫째의 인천항 부두를 보여 주었듯 방현석 역시 순분이의
방직 공장과 함께 완수의 공장을 보여 주고 있다. 이와 같은 묘사를
가능케 한 것은 물론 방현석 자신의 삶 자체이다. 삶이 노동자들의 것
에 가장 근접했던 작가 중 한 사람이기에 그는 노동자들의 노동 현장
을 매우 구체적으로, 치밀하게 관찰할 수 있었던 것이다.

　중요한 것은 이러한 현장성을 확보하지 않고서는 노동자의 삶을 깊
이 있게 이해할 수도, 따라서 그것을 제대로 그려 낼 수도 없다는 점
이다. 그는 완수와 순분이라는 두 동향 출신 노동자의 삶을 매우 실감
있게 전개시켜 나간다. 즉 노동 현장에 대한 그의 생생한 이해는 70년
대의 노동 현실에 대한 전체적인 이해 및 그에 바탕한 형상화를 가능
케 하고 있다.

특히 독실한 기독교 신자로서 중학교를 중퇴하고 상경하여 요꼬 기술자가 되었다가 노조운동에 뛰어들게 되는 완수의 삶은 70년대의 노동 현실을 생생하게 드러낸다. 비인간적 대우와 살인적인 노동착취로 특징 지워지는 지옥 같은 작업 현실, 과중한 노동과 턱없이 부족한 수면 및 휴식이 가져오는 급속한 육체적 손상, 종교적 권위를 빌린 근엄한 표정 밑에 탐욕스럽고 비도덕적인 본성을 감추고 있는 자본가의 모습, 원해서였기 때문이라기보다는 내몰렸기 때문이라는 말이 훨씬 더 적절한 투쟁 등은 70년대가 노동자들에게 어떤 의미를 지니고 있었는지를 보여 주기에 손색이 없다. 그러므로 『십 년간』의 주요한 목적 중 하나가 80년대의 폭발적인 노동자 투쟁의 뿌리와 줄기를 확인하고 재현하고자 했던 것이라면 그것은 어느 정도 충족되었다고 할 수 있다. 노동소설의 측면에서 본 『십 년간』은 노동소설가로서 작가의 가치를 다시 한 번 확인시켜 준다.

3.

하지만 작가는 이 소설을 단순히 노동소설로 쓴 것이 아니다. 그는 이 시대를 위해, 이 시대의 전사(前史)로서 70년대를 말하고자 했던 것이며, 그러므로 이 소설을 논함은 이 소설을 노동소설 이상의 것으로, 시대소설로 봄을 의미한다. 이 점에서 보면 이 소설의 매우 큰 결함이 드러나게 된다. 이는 이 작품이 70년대의 '우리'를 긍정하는 데 너무 많은 공을 기울이고 있다는 점에 있다.

이 점에서 중요하게 부각되는 것이 이 소설의 참주인공 준호이다. 준호는 매우 특이한 존재이다. 전쟁 때 학살당한 빨갱이를 아버지로 둔 그는 중학교를 중퇴하지만 고학 끝에 일류 대학인 수도대학교 법과에 진학한다. 대학 재학 중 그는 비밀 결사의 조직원으로 고향 선배 고규락의 지도를 받으며 약간의 실천 활동을 한다. 하지만 고규락이 인혁당 사건에 연루되어 사형 당한 후 사법고시에 합격하여 검사가 된다. 준호에 대한 작가의 시선은 끝까지 동정적이지만 물론 그 자체가 문제가 될 수 있는 것은 전혀 아니다. 오히려 준호는 그러한 과정을 거치면서도 고향 친구였던 완수, 순분 등과의 우정을 버리지 않으며, 현실의 변화를 절실히 원하는 사람으로 성장한다는 점에서 옹호되어야 할 측면을 다분히 갖고 있다.

이러한 인물을 주인공으로 내세워 70년대를 헤쳐 나가게 한 것은, 그것이 비록 실재했던 일에 바탕한 것이라 할지라도 결국은 작가적 안목의 소산이라 해야 할 것이다. 이러한 인물이 아니고서는 70년대를 새롭게 이야기하는 일이 그리 쉽지 않았을 것이기 때문이다. 예를 들어 이 소설의 참주인공이 완수였다면, 이 소설은 당대 노동운동의 자생적 한계에 갇혀 애시당초 별 할 이야기도 없는 작품이 되어 버리거나, 80년대까지의 노동운동의 발전을 영웅적인 고투로 치켜올리는 자기 만족적인 작품이 되어 버렸을 것이다. 준호라는 존재, 즉 노동자들의 친구이면서도 인텔리의 길을 갔고, 좌익 인사의 자식이며 고규락의 지도를 받았으면서도 검사가 된 인물을 통해서만 70년대는 현재와 관련하여 새롭게 이야기할 거리를 갖는 시대가 될 수 있었던 것이다.

그렇다면 작가는 준호라는 인물이 가진 가능성을 충분히 현실화시키고 있다고 볼 수 있을까. 결론부터 말한다면 별로 그렇지 못하다. 준호가 가진 가능성이 현실화되기 위해서는 보다 많은 길이 필요했건만,

작가는 앞에서도 지적했듯 '우리'의 긍정에 집착한 나머지 어느 누구
와의 관계 하나 깊이 있게 끌어가지 못했다. 준호의 첫사랑이었다 할
순분이 여공으로 고통스러운 삶을 살아가고 있을 때 그는 별다른 갈등
도 없이 배화여대 출신 손연희와의 사랑으로 옮아가 버린다. 신민당에
입당하여 아무런 의심도 없이 기성 정치인의 길을 걸으며 김영삼의 사
람이 되어가고 있는 석우와도 그는 변함 없는 우정을 유지할 뿐이다.
자신을 지도한 고규락에 대해서는 거의 전혀 건드리지 않은 채 넘어가
고 있음을 볼 수 있다. 마지막으로 친일파의 후손이고, 자기 아버지를
죽음에 이르게 한 장본인을 아버지로 둔 서익과의 관계에서도 준호는
역시 아무런 능동적인 변화를 시도하지 않는다.

준호를 둘러싼 많은 중요한 관계를 이렇게 처리함으로써 작가가 얻
으려 했던 것은 과연 무엇일까. 그것은 '우리'에 대한 사랑의 확인 이
상은 못 되었다고도 할 수 있다. 이는 "이서익이 그 자식이 딴 거는 다
우리보다 마이 가졌는지 몰라도 읎는 기 똑 한 가지는 있일 끼다. 글
마는 열 분 죽었다 깨나도 천완수를 지 친구로 몬 한다"라는 석우의
말을 통해서도 간접적으로 입증된다. 이 사랑의 확인 또는 현재와 같
은 상황에서는 매우 중요한 일이라 하지 않을 수 없다. 너도 나도 '우
리'로부터의 탈퇴를 주장하고 싶어하는 지금, 그 '우리'의 외연을 넓히
면서도, 그 넓음 속에 흐르는 도도한 사랑을 확인하는 일은 이 시대를
견디는 하나의 중요한 방법일 수 있기 때문이다. 그러나 작가가 말하
고자 한 것이 정녕 그것뿐이었다면 그는 너무 안이하게 너무 준비 없
이 70년대로 돌아갔던 것이라 말할 수도 있다. 현재를 보는 새로운 예
지를 얻겠다는 의지 없이 과거의 긴 시대로 돌아감은 이야기를 긴 후
일담 정도로 만들어 버리는 것이 아닐까.

다행스럽게도 그는 그렇게 단순하지만은 않았던 듯하다. 준호로 하

여금 검사가 되게 하고, 순분으로 하여금 서익의 여인이 되도록 하고, 서익으로 하여금 전형적인 상층 부르주아의 삶을 살아가도록 하면서도 그는 그들 모두에게 자신의 삶을 반성할 수 있는 내면을 동시에 부여하고자 시도했다. 물론 이 시도는 매우 투철한 데까지 이르지는 못했고 그리하여 그들 중 누구도 자신의 삶을, 운명을 거역하도록 만들지는 못했다. 하지만 이야기 곳곳에서 나타나는 그러한 반성의 순간은 사람에 대한, 사람의 삶에 대한 이해를 심화시키고 싶어했던 작가의 소망을 반영하고 있다. 그는 이러한 사유의 깊이를 얻기 위해, 그럼으로써 얻을 여유를 위해, 70년대로, 선배들의 이야기로 돌아가려 했던 것이 아니겠는가.

제3부
무엇을 다시 읽을까

불결에 맞서는 희생제의의 전통성 | 387
―박완서의 재간행 장편소설 『오만과 몽상』(세계사, 2001)론

어두운 도시와 영혼을 위한 삽화 | 399
―박범신의 초기 단편선집 『토끼와 잠수함』(세계사, 2000)론

비정한 권력외 비극적 반복이라는 알레고리 | 422
―이문열의 이상문학상 수상작 「우리들의 일그러진 영웅」(1987)론

방법 · 기법의 가치 | 433
―조세희의 연작장편소설 『난장이가 쏘아올린 작은 공』(문학과지성사, 1978)론

어둠 속 삼인행의 의미와 행방 | 460
―신상웅의 장편소설 『심야의 정담』(범우사, 1973)론

운명의 가면을 쓴 인습과 광기의 이름을 빈 구원 | 477
―방영웅의 장편소설 『분례기』(『창작과비평』, 1967)론

불결에 맞서는 희생제의의 전통성

박완서의 재간행 장편소설 『오만과 몽상』(세계사, 2001)론

1.

　『오만과 몽상』은 한국 근현대사를 가로지르는 단순하면서도 명백한 역설에 바방을 둔 이야기이다. 현과 남상이라는 두 친구가 있는데 현은 부잣집 막내아들이고 남상은 가난한 집 장손이다. 그런데 그 두 사람의 집안 내력이 흥미롭다. 현은 친일파의 후예이고 남상은 독립운동가의 후손인 것이다. 시대가 바뀌어도 나라를 팔아먹은 사람의 자손은 그대로 부와 명예를 거머쥐고 살아갈 수 있고 빼앗긴 나라를 되찾는데 목숨을 바친 사람의 자손은 가난에 시달릴 수밖에 없는, 이 기막힌 역사의 아이러니, 역설. 『오만과 몽상』은 이 역설 위에 세워진 이야기의

집이고 바로 그 탓에 폭넓은 의미망을 획득할 수 있게 된다.

> 매국노는 친일파를 낳고, 친일파는 탐관오리를 낳고, 탐관오리는 악덕기업
> 인을 낳고, 악덕기업인은 현이를 낳고…….
> 동학군은 애국투사를 낳고, 애국투사는 수위를 낳고, 수위는 도배장이를 낳
> 고, 도배장이는 남상이를 낳고……. (『오만과 몽상』, 세계사, 1994, 77면)

그런 현과 남상이 고등학교 단짝이라는 것, 바로 여기에 비극의 씨앗이 있다. 세상을 모르고 그리하여 자기에 대해서도 모르는 현과 남상은 각각 자기 분수와는 어울리지 않는 꿈을 꾼다. 현은 소설가가 되고 싶고 남상은 의사가 되고 싶다. 세상을 모르고 자기도 몰라서 자기와는 어울리지 않는 꿈을 꾸는 그들. 그러나 냉정한 세상은 그들을 고치 속 누에, 강보에 둘러싸인 어린아이로 남겨두지 않는다. 그들은 성장하지 않을 수 없고 이 세상을 움직이는 힘에 직면하지 않을 수 없다. 무지 탓에 순수한 이들이 이 힘이라는 것에 노출되었을 때 어떤 결과가 빚어질 수 있는가를 이야기는 보여준다. 소설가가 되고 싶은 현은 의사가 되어가고 의사가 되고 싶은 남상은 돈벌이에 혈안이 된 인간으로 전락해 간다. 친일파의 자손을 배불리고 독립운동가의 자손을 배곯게 한 이 세상의 무자비한 역설은 현과 남상에게도 예외가 없는 '공평한' 힘을 행사한다. 가난한 남상이 의사가 되고 부유한 현은 그 남상을 주인공 삼아 소설을 쓴다는 순진한 몽상은 부서져 나가고 그 빈자리에 역시 현은 의사가 될 수밖에 없고 남상은 생활에 짓눌려 파산해 버릴 수밖에 없다는 냉정한 현실 논리가 들어선다. 무서운 것은 이 두 몽상가들이 자기에게 떠맡겨진 배역을 마지못해 연기하는 차원을 넘어서 그 배역에 걸맞는 영혼을 구비하기에 이른다는 점이다. 그들의 머리 속에서 몽상은 사라진다. 심적 갈등도 점차 사라져간다. 대신에 부유한

의학도와 가난한 생활인이 가질 법한 속물성이 그들을 지배하기에 이른다. 이 아이러니가 절정에 이르렀을 때 세상이 그들을 위해 예비해둔 파멸이 그들을 찾아온다. 현은 물질로부터 자유로운 탓에 정신의 파멸을 맛보며 남상은 물질에 구애된 삶에 시달린 탓에 물질의 파멸을 맛보지 않을 수 없다.

현과 남상을 각기 대척적이면서도 극단적인 태생의 인물로 설정했다는 것, 그들을 성장케 하여 세류 속을 통과하게 만들었다는 것, 이 통과의 과정에서 그들에게 어떤 일들이 일어날 수 있으며 어떤 심리적·의식상 변화가 야기될 수 있는가를 보여주었다는 것, 마지막으로 이를 통해 인간의 굴레를 드러내 보이고 인간성의 한계와 가능성을 말하고자 했다는 것 등에서 『오만과 몽상』은 일종의 실험소설에 가깝다. 과학자가 실험을 하듯이 박완서는 두 사람을 전혀 다른 환경 아래 놓고 그들이 어떤 생각을 하고 어떤 행동을 하게 되는지 예의 주시·관찰한다. 그들에게 그들이 직면할 수 있을 법한 상황을 만들어 주고는 그 때문에 고민하게 하고 그것을 자기 나름의 방식으로 해결해 가게 한다. 현은 영자를 만나고 남상이 영자를 만났을 때 두 사람은 똑같은 한 사람의 영자에 대해 동일한 태도를 보일 수 없다. 그것은 달라야 한다. 그들은 전혀 다른 실험적 조건 아래 놓여 있기 때문이다. 이처럼 이야기 공간을 실험장으로 만들고 인물들로 하여금 그 안에서 자기 역할을 연기하게 하고는, 잔인하게도 관객들에게는 그들의 연기 행위를 낱낱이 지켜보게 하는 것, 이것이 바로 실험소설로서의 『오만과 몽상』이다.

『오만과 몽상』의 두 배우는 그다지 연기경력이 많지 않다. 그들의 연기는 서투르다. 그들은 자기에게 맡겨진 배역에 충실하지 못한 채 연극이 끝날 때까지 줄곧 다른 사람의 배역을 넘보는 실수를 저지르곤 한다. 배우가 훌륭한 연기를 위해서 가장 필요로 하는 것은 배역에 몰입하는 것, 최면상태에 빠져 자기를 잊고 극중인물이 되어 버리는 것이다. 그러나 두 연기자는 기질상 서투른 몽상가인 탓에 자기 역할에 충실하지도 못하면서 만족해 할 수도 없다. 그 배역이란 무엇인가. 그것은 운명이다. 현과 남상은 자기 운명에 그대로 순응할 수가 없어 그것에서 벗어나려고 안간힘을 쓴다. 현은 집을 나가 삼수 끝에 의대에 들어가 고학으로 학업을 이어가고 남상은 가난에서 벗어나려고 사장의 끄나풀이 되는 등 갖는 수단을 다 쓴다. 왜 그들은 자기에게 할당된 운명을 받아들이지 못하는가. 이것은 이 작품의 주제로 통하는 문제이다.

그들을 운명에 저항케 만들 것은 불결함을 못 견디는 결벽증·오욕·오물·오염에의 결벽증이다. 불결함에 대한 예민한 의식과 과민반응들이 작품 전편을 지배하고 있다. 따라서 이것은 현과 남상의 것 이전에 작가의 것이라 해도 과언이 아니다.

현으로 하여금 집을 나가게 만든 것은 선조의 더러운 유산에서 자유롭고자 하는 욕망이다. 남상으로 하여금 집을 떠나게 만든 것은 자기를 둘러싸고 있는 가족의 비속함으로부터 자유롭고자 하는 욕망이다. 집을 나온 현이 살아가는 곳은 더러운 시장 옆 골목, 현은 시장 골목의 지저분함을 웅변해 주는 꼬꼬센타의 모습에 진저리를 친다. 그러나 그 생리적인 더러움에의 저항감은 자기에게 순정을 바치는 영자의 남루함에 대해서도 무자비하게 행사된다. 이것은 그의 결벽증이 방향을 모르는 맹목적 생리임을 의미한다.

남상에게는 자랑스러울 수도 있는 가문의 내력이 참을 수 없는 가난의 상징 이상은 되지 못한다. 가난이 만들어준 어머니와 아버지, 누이들의 비속한 성정을 그는 참을 수 없다. 그의 식구들이 살아가는 철거민촌에 널브러진 분뇨더미들은 그로 하여금 집을 떠나지 않을 수 없게 만들지만 가난으로부터 벗어나기 위해서는 나광대 사장과의 더러운 결탁이 필수적이다. 남상은 오염에 대한 생리적인 결벽증을 애써 무시하며 성공을 꿈꾼다.

마침내 현은 영자의 순정을 견뎌내지 못하고 부잣집 막내둥이 의학도로 돌아감으로써 안정감을 느낀다. 생리적인 것만 같은 결벽증은 그러나 태생의 신분을 이겨내지 못한 것이다. 생리적인 결벽증에도 불구하고 사장의 사람이 되어 가장 천한 돈놀이로까지 나아간 남상은 경기 불황의 와중에서 사장에게 배신당하며 파산하고 만다.

결국, 현과 남상의 삶을 궁극적으로 지배하는 것은 사춘기의 텅 빈 순수가 아니라 환경과 현실의 냉엄한 논리이다. 그들은 자기를 둘러싼 환경·현실과의 대결에서 무참하게 패배할 수밖에 없다. 세상은 현과 남상 같은 존재들을 순수한 존재로 남겨둘 만큼 호락호락하지 않을 뿐 아니라 충분히 부조리하고 더럽기 때문이다. 작가가 현의 눈을 빌어 이 부조리하고 더러운 세계를 매우 상징적인 방식으로 드러낸 장면을 하나 찾아볼 수 있다.

> 그가 좀전에 뜯어낸 눅눅한 벽지는 칠칠치 못한 계집이 벗어놓은 옷처럼 더러운 쪽이 뒤집힌 채 한쪽에 나자빠져 있었다. 그것보다 더 추악한 건 흙상판이었다. 그는 그 밑이 얼마나 더럽게 썩어 문드러졌는지 알고 있었다. 그 비옥한 땅에서 징그러운 벌레들이 왕성하게 번영하고 있는지도 알고 있었다. 한 꺼풀 비닐장판이 그 부패와 번영을 비호하고 있었다. 그 비호를 더욱 돈독하게 하기 위해 사방으로 연속해서 대접만한 꽃송이를 무수히 피우고 있었다. 현은 구토가 치미는 걸 느꼈다. (142면)

이 화려한 부패의 세계로부터 자유로울 수 있는 사람은 별로 없다.

현과 남상 같은 이들에게 이 세계의 오염력을 이길 만한 저항력이 있을 수 없으며 그들조차 이 세계를 이루는 일부가 되지 않을 수 없다. 세계는 더러울 뿐만 아니라 냉혹하다. 생리적 복수욕 탓에 이 세상은 자기를 거부하는 자를 위한 자리를 남겨두지 않는다. 그리하여 세계는 거대한 욕망의 덩어리, 저마다 욕망을 지닌 개인들이 서로 뒤얽힌, 악머구리들의 아수라장과도 같다. 순수라는 희생양을 마구 잡아먹고 번성하는 괴물, 이것이 바로 우리가 살아가는 현대 한국이다. 현과 남상의 운명의 쌍곡선을 통해 박완서가 그려내고자 한 것은 일차적으로 바로 이것이다.

2.

현과 남상의 관계를 이어주는 영자의 존재를 중심으로 이 작품을 읽을 수도 있을 것이다. 이렇게 보면 이 작품은 삼각관계를 기본구도로 삼은 멜로드라마에 가깝게 되지만 그러면서도 작가가 단순한 멜로드라마 이상의 의미를 추구하였음을 알 수 있게 된다.

현과 남상은 예비고사를 며칠 앞두고 갈린 이후 오랫동안 서로 만나지 못한다. 의학도가 된 현이 남상이 사는 B동네로 진료반 활동을 오게 되면서 두 사람은 다시 만나게 된다. 산부인과 무료 진료를 받으러 간 남상의 어머니 강씨댁이 두 사람을 이어주는 끈이 되었던 것이다. 그러나 이 만남은 두 사람으로 하여금 기왕에 택한 삶의 행로를 강화시키는 역할 이상은 하지 못한다. 현과 남상은 서로에게 거울과도 같은 존재였다. 현은 남상이라는 존재가 있기에 이를 악물고 의사가 되는 길을 가고 남상은 현이라는 존재가 있기에 사슬 같은 가난으로부터 벗어나려 했었다.

그러나 몇 년 만의 해후는 두 사람을 서로로부터 자유롭게 만들어 주는 결과만을 낳고 있다. 현은 남상의 초라한 삶을 목도하고는 친일파의 후예라는 강박관념을 벗어 던져 버린다. 꿈을 상실하고 가능성을 상실해 버린 남상은 그에게 더 이상 거울 역할을 할 수 없는 보잘 것 없는 존재에 불과했다. 남상과의 만남을 결정적인 계기로 현은 고생을 자처한 의학도로부터 사치를 즐길 수 있는 신분으로 귀환해 버린다. 남상에게 있어서도 현과의 만남은 집을 나와 자기만의 물질적 안락을 위한 행로를 적극적으로 모색하게 만드는 계기가 되었을 뿐이다. 그는 자기 분수를 깨닫고는 나사장과 공원들 사이에서 갈등하던 기왕의 태도를 버리고 확실한 나사장 사람으로 음모꾼이 되고 영업과장의 자리에 올라서는 어음 할인으로 차익을 떼어먹는 돈놀이꾼으로 전락해 간다. 물질적인 보상을 대가로 정신적인 전락이 이루어졌던 것이다.

이제 두 사람은 서로를 잊고 서로로부터 자유롭게 되어 살아간다. 친일파의 자손이라는 강박관념도 독립투사의 후예라는 자존심도 그들의 의식 속에서 사라져 버린다. 그리하여 두 사람 사이에는 어떤 현실적인 연관도 없어진 것만 같다.

그러나 영자라는 존재가 있었다. 가난한 고학도 역할을 자초하던 현을 향해 모든 것을 다 바치는 사랑을 하고 그로부터 처절하게 버림받은 그녀가 5년 후에는 남상의 아내가 되어 그의 아이를 배고 있었던 것이다. 또 실은 그녀는 현을 알기 전에 남상을 먼저 알았던 그의 첫사랑이기도 하였다. 따라서 두 사람 사이에는 두 사람이 모르는 관계가 지속된다. 물론, 영자 또한 이 두 사람 사이의 관계를 모르기에 그녀 자신이 두 사람을 이어주고 있다는 사실은 그녀가 죽을 때까지 알 수 없는 사실로 남는다. 이같은 관계의 은밀함은 그들의 삼각관계가 일반적인 멜로드라마의 그것과 거리를 두게 되는 중요한 이유이며 이로 말미암아 이 작품은 통속극 이상의 감동을 내포하게 된다.

이 작품은 크게 전반부와 후반부로 나눌 수 있다. 그 전반부는 영자가 현에게 버림을 받게 되기까지이며 후반부는 그녀가 남상의 남편이 되어 아이를 낳다 죽기까지이다. 두 사람과 영자의 관계 교체를 따라 이야기의 흐름은 현저하게 달라진다. 전반부가 차마 순수를 버리지 못하는 두 사람의 내적 갈등과 고민의 이야기라면 후반부는 갈등과 고민을 버리고 욕망의 화신이 되어 가다 파멸에 이르는 과정을 담고 있다. 그러나 영자만은 이 전후반부를 통해서 순수를 버리지 않는 존재로 남는다. 현이 성혜라는 여인을 빌어 영자와의 결별을 선언하는 와중에서도 남상이 돈놀이꾼으로 전락하는 와중에서도 그녀는 자기를 지켜낸다. 그녀가 남상의 아이를 낳다 죽어 버려야 하는 이유는 바로 여기에 있다. 부조리와 부패가 지배하는 세상은 순수한 인간의 삶을 허용하지 않는 바, 그녀는 복수심 강한 세상에 의해 요절해 버리지 않을 수 없다.

그녀가 죽어 가는 과정에서 현과 남상은 냉담한 인턴과 파산한 돈놀이꾼으로 다시 한 번 해후하게 된다. 현은 전치태반으로 피를 흘리며 죽어 가는 남상의 아내가 자기가 잔인하게 버린 바로 그 여인이었음을 깨닫는다. 혼수상태에서 잠깐 깨어난 그녀가 현을 알아보고 "오빠, 보고 싶었어"라는 말을 내놓고는 다시 정신을 잃어버렸던 것이다. 그녀가 수술 끝에 죽어 버리고서야 현은 자기가 아예 잊어버린 줄 알았던 그녀가 결코 잊혀질 수 없는 존재였음을 깨닫게 된다.

> 영자가 죽었다. 그 바보 같은 계집애가. 현은 그 바보 같은 계집애의 생명
> 이 얼마나 아름다웠던가를 장님이 눈뜬 것 같은 눈부심으로 경탄했다. 오빠
> 보고 싶었어, 하면서 지은 미소는 사망도 지우지 못했던지 고스란히 죽음 위
> 에 남아 있었다. (444면)

위의 인용 대목이 보여주듯이 현은 마치 『심청전』의 심봉사가 눈을
뜨듯이 영자라는 존재가 지닌 진실한 아름다움에 눈을 뜨고 있다. 이
는 욕망의 노예가 된 현이 새로운 삶을 얻음에 있어 그녀가 희생양 역
할을 하고 있음을 의미한다. 그리고 이는 남상에게 있어서도 마찬가지
이다. 그에게도, 공원들을 슬프게 하지 말라고 하고 재물보다 덕이 더
중요하다고 했던 영자는 물질적 파산에 직면한 그의 갱생을 위한 희생
양 역할을 한 것이 틀림없다. 이 점에서 『오만과 몽상』은 일종의 희생
제의적 구조를 가지며, 영자는 현과 남상의 욕망의 희생물이자 그들의
새로운 삶을 위한 희생양이라는 이중의 의미를 지니게 된다. 그녀는
자기 죽음을 통해 남상에게는 물질보다 귀한 정신의 가치를 일깨우고
현에게는 생명의 가치를 가르쳐 준 것이다.

일반적인 통속적 멜로물에서라면 영자는 비천한 신분을 가진 남자
의 욕망 실현을 위한 공물(供物)에 그치거나 그 역할에 그치기를 거부
하고 복수를 감행하는 여인이 되었어야 할 것이다. 이것은 그 상대역
이 남상이었을 경우에 해당한다. 또는 영자는 귀한 신분을 가진 남자
의 한 때 놀잇감으로 파멸해 버리거나 역시 복수를 감행하는 여인이
되었을 것이다. 이것은 그 남자가 현이었을 경우에 해당한다. 그러나
이 작품에서 영자는 두 남자를 직접 이어주지 않고 매개적으로 이어주
며 두 남자를 모두 파멸로부터 구원해 내는 역할을 맡는다. 그로 말미
암아 이 작품은 일개 통속극으로부터 벗어나 부조리하고 타락한 세계

의 악마적 힘을 그려냄과 동시에 그 구성원들이 그것과 대결하지 않으면 안 된다는 생각이 담긴 뜻 깊은 작품이 될 수 있었다.

이에 그치지 않는다. 영자라는 여인을 둘러싼 희생제의적 구조는, 비록 작가는 깊이 의식하지 못하였다 해도, 이 작품을 전통적인 우리의 이야기 구조에 근접하는 것으로 만들어 주었다. 앞에서도 잠깐 지적했듯이 이 작품은 『심청전』의 희생제의에 연결된다. 흔히 판소리 『심청전』은 효녀 심청의 이야기로 알려져 있고, 효녀를 둔 덕분에 철 없는 아버지 심봉사가 눈을 뜨게 되는 이야기로 통한다. 그러나 『심청전』에 대한 일련의 연구들은 그것이 판소리 이전에 완결된 창작물이었을 가능성을 제시하고 있으며 동시에 이를 단순한 효녀 이야기 이상의 의미를 지닌 것으로 해석한다. 그에 따르면 『심청전』은 천상에서 죄를 지은 선녀가 지상에 유배되어 천상의 죄를 씻기 위한 모진 생애를 살게 되고 더 나아가 물에 몸을 던져 마침내 죄를 사함 받고 새로운 생명을 얻게 되는 이야기이다. 즉, 『심청전』은 죽음을 통해 죄를 씻고 부활하는 이야기인 것이다. 심봉사 역시 천상의 선관으로서 그같은 구조의 일부를 이룸은 물론이다. 물에 몸을 던진 심청으로 인해 심봉사는 마침내 눈을 떠 새로운 생을 얻는 것이니, 이렇게 보면 『오만과 몽상』의 영자는 『심청전』의 심청의 이미지에 겹침을 알 수 있다.

나는 『오만과 몽상』의 감동의 근저에 바로 이같은 전통적 구조와 심상이 자리잡고 있음을 느낀다. 깊고 넓은 감동은 전혀 낯선 구조와 상징의 산물이 아니라 오히려 아주 익숙한 이야기와 이미지의 결과인 경우가 많다. 익숙한 것에 바탕을 두면 바로 그 고도에서 출발하기에 원점에서 시작하는 것보다 더 깊고 넓어질 수 있기 때문이다. 『오만과 몽상』은 그것에 내포된 희생제의의 구조, 그리고 희생양의 존재로 말미암아 좋은 작품의 반열에 오를 수 있었다고 해도 과언이 아니다. 전통과 알게 모르게 연결되지 않는다면 좋은 작품을 창조한다는 것은 본질상 불가능하다는 것이 나의 생각이다.

이와 같은 맥락에서 영자의 존재는 최근의 이창동 영화 『박하사탕』(2000)에 등장하는 순임에 연결해서 생각해 볼 수도 있다. 그 영화에서 정신상으로도 물질적으로도 파멸에 직면한 영호로 하여금 자신의 생을 돌아보게 만든 것은 바로 순결한 첫사랑의 여인 순임이었다. 죽어가면서도 영호를 보고 싶어 한 그녀의 존재로 말미암아 그는 자기의 과거를 떠올리지 않을 수 없게 되고 마침내 자신이 얼마나 본래의 자기로부터 멀어졌는가를 깨달았던 것이다. 그 깨달음이 영호로 하여금 자살이라는 극단적 처방을 내리게 한다는 변주는 있으나, 희생제의적 구조나 희생양의 자취를 엿볼 수 있다는 점에서 『박하사탕』은 『오만과 몽상』에 연결되는 면이 있다. 또 이같은 연관을 더 확장해서 보면 이창동 소설 가운데 「녹천에는 똥이 많다」라든가 「친기(親忌)」「소지(燒紙)」 같은 작품의 몇몇 장면은 어딘지 『오만과 몽상』의 장면들을 닮았다는 인상을 받게 될 수도 있다. 또 거슬러, 『오만과 몽상』은 어딘지 채만식의 『탁류(濁流)』(1939)를 연상케 하는 면도 없지 않다. 남상의 가족을 짓누르는 가난의 형상이나 속악한 인물이 되어버린 그의 어머니 아버지의 모습은 초봉의 식구들의 그것에 연결될 수도 있을 것이다.

이러한 연관들은 의도된 산물로 보이지는 않는다. 그럼에도 이러한 연관들 속에서 『오만과 몽상』은 그 독자적 가치를 발함과 동시에 하나의 이야기 전통의 일부를 이룬다. 박완서 소설이 높은 대중성을 지니고 있다면 이같은 점이 그 한 요인을 이루고 있다고 보아도 큰 무리는 없을 것이다. 한국소설의 이야기 전통에 뿌리를 두면서도 인간의 심리를 꿰뚫는 시선으로 세상사의 곡절을 묘파하는 힘을 지닌 것, 그것이 바로 박완서 문학이다. 최근에 신진작가들의 얇은 분량만큼이나 가벼

운 소설책에 갇혀 있던 내게 『오만과 몽상』은 저 서양의 고전 『모비
딕(Mobe Dick)』과 함께 세대와 시대를 거슬러 올라 고전과 명작의 세계
를 재음미할 필요성을 다시 한 번 일깨워주었다.

어두운 도시와 영혼을 위한 삽화

박범신의 초기 단편선집 『토끼와 잠수함』(세계사, 2000)론

1.

이 작품집에 실린 박범신의 초기작들을 접하면서 왜 발자크와 그의 『고리오 영감(Le Pere Goriot)』(1834)이 떠오른 것일까. 『죽음보다 깊은 잠』(1978), 『풀잎처럼 눕다』(1979)의 청년들, 도시의 이미지 때문인지도 모르겠다.

『고리오 영감』의 청년 라스티냑은 시골 귀족의 자제로서 파리로 대학을 와서 사교계에 발을 한 번 디뎌 보고는 그만 넋을 잃고 만다. 화려하고 눈부신 도시, 아름다운 여인들, 매일 밤을 새는 공부로서가 아니라 사교라는 이름의 밤의 향연에 충실한 대가로 약속되는 부와 권

력. 돈과 힘이라는 남성적이기 짝이 없는 가치로 대변되는 당대 세계 최고의 자본의 도시 파리. 그곳에는 욕망이 있고 사랑이 있고 음모가 있다. 그처럼 인간을 뒤흔드는 모든 요소가 갖추어진 곳을 배경으로 하지 않고는 훌륭한 드라마는 씌어질 수가 없었다.

그러나 그 인간극의 한갓 부주인공이어야 할 청년 라스티냑으로 하여금 고리오 영감이라는 한 숭고한 인간의 죽음을 대상(代償)으로 삼아 부와 권력에의 욕망으로 들끓는 도시 파리와 대결하려는 마음을 갖게 한 것은 바로 작가 발자크였다. 스스로 탕아가 되어 여인의 치마폭을 넘나들고 숱한 가명으로 이상스러운 제목의 책들을 배설하듯 써내고 그 돈이 자본이라는 것을 이룰 만하게 되자 더 큰 부자가 되기 위해 사업에 뛰어들고 이름이 나자 스스로 귀족의 칭호를 갖다 붙인 그가, 파리의 이야기와 함께 라스티냑이라는 청년을 주조했던 것이다.

참으로 아이러니컬한 것은 순수한 자의 영혼, 순진한 체하려는 자의 정신으로는 이른바 소설이라는 지독한 장르를 감당하기가 버겁다는 사실이다. 소설은 속된 세상을 속되지 않게 살아가는 방법의 탐구인데, 이는 속된 삶이 무엇인지를 알고 경험해 보지 않고는 가능하지 않다. 순진한 낭만이나 감상으로는 본디 부정(不淨)한 소설의 언어를 감당할 수가 없는 것이다. 분명 발자크는 그와는 다른 존재였던 것 같다.

독자들의 주목을 받고 있는 최근의 몇몇 작가의 작품들에서 내가 갖게 되는 불만과 아쉬움은, 그들이 더 이상 세계를 탐구하려고 하지도 지식과 사유를 축적해 가려고 하지도 않는다는 사실에, 동시에 그들이 세상과 독자를 오로지 값싼 낭만과 감상으로 감당하려 한다는 점에 있다. 신경숙을 둘러싼 표절 논란을 접하면서도 나는 90년대라는 '새로운' 문학의 시대는 이인화를 둘러싼 표절 시비로 밝아와서 다시 그같은 논란과 함께 저물어간다는 쓸쓸한 생각에 잠기지 않을 수 없었다. 그 진위 여부를 떠나 거듭되는 이같은 논란은 90년대 젊은 세대의 문학에 관한 반성적 사고를 요하는 일이 아닐 수 없다. 그것은 마치 90년대 문학의 깊이에 관한 하나의 상징처럼 느껴지는 것이다. 신경숙이나 윤대녕이나 은희경 전경린 등을 위시하여 숱한 주목을 받은 이 시대의 젊은 작가가 스스로 직면한 위기로부터 벗어날 수 있는 방법은 과연 없는 것일까. 도대체 작가적 성숙이란 어떤 방식으로 이루어지는 것인가.

그들과는 15년 이상의 격차를 가진 박범신의 초기작들을 접하면서 나는 『죽음보다 깊은 잠』, 『풀잎처럼 눕다』를 쓰면서 독자들의 비상한 관심을 끌기 시작하던 무렵의 그를 머리 속에 떠올려 본다. 그때 그는 지금 주목을 받고 있는 젊은 작가들이 막 독자들의 시선을 받기 시작한 바로 그 나이, 30대 초반의 시점을 통과해가고 있었다. 이후 그는 그야말로 많은 작품을 발표했고 그것이 부담과 고통이 되어 한동안 글을 쓰지 않는 상태를 지속하려 하기도 했고 다시 두어 해 전부터 독자들의 시야에 자기를 '밀어 넣었다'. 그때 그가 선택한 방법은 예전과는 다른 것이었다. 그처럼 예민한 작가는 독자를 사로잡는 방법에 대해서라면 차라리 너무나 잘 알고 있다는 것이 오히려 문제가 될 수 있어서, 다시 본격적인 작업을 시작했을 때 그는 어쩌면 다른 이미지를 선택한 것이라고까지 생각해 볼 수도 있다.

그러나 프로패셔널한 작가의 방법적 능란함, 바로 그 때문에 지금 발표되는 작품들에서까지 더러 간취되는 어떤 약점에도 불구하고 그의 새로운 작품은 그 자신 어느 때인가부터 상실해가고 있다고 생각했고 따라서 다시 독자들 앞에서 나서면서 회복하지 않으면 안 된다고 결심한 그 무엇을 함유하고 있다. 나는 그것이 무엇인지 이 자리에서는 명확한 형태로 제시할 수는 없다. 그것은 그의 작가적 도정을 포괄적으로 조명하는 가운데서만 언급될 수 있는 성질의 것이다. 그러나 그것은 아마도 그가 문학이라고 생각했던 것, 문학이 되어야 한다고 믿었던 어떤 것, 도시와 욕망의 변주곡을 능숙하게 연주하기 이전에 품었던, 그러나 그 변주곡들에서도 얼마든지 발견될 수 있는 고통스러운 자기확인에 관한 것임을 추측해볼 수 있다. 그러므로 이와 같은 시점에서 초기작품의 세계를 다시 한 번 묶어본다는 것은 그 자신으로서는 자기 문학의 원점의 재확인이라는 의미를 갖게 될 것이다.

한편으로 나는 이 작품들을 일별 하면서 그가 작가적 의식이라는 면에서는 지금도 그렇지만 그 당시에도 이미 순수하다거나 순진하다거나 하는 것과는 거리가 있는 존재라는 사실을 새삼 느끼게 된다. 그 때문에 그는 역으로 그 자신이 이미 상실해버렸다고 생각하는 그런 것들에 더 집착하고는 하지만, 그러나 나는 그가 차라리 초기의 작품세계에 엿보이는 현실에 대한 촉각을 『죽음보다 깊은 잠』과 『풀잎처럼 눕다』를 넘어 더 멀리 밀고 나갈 수도 있었으리라고 생각한다. 이들에서 낭만과 감상을 더 엄밀하게 배제하면 그의 소설은 또 다른 차원에 이르게 될 것이다. 물론 최근 몇 년 사이 그의 작업은 자기확인이라는 문제를 주제로 삼고 있고 이 또한 그의 소설의 버릴 수 없는 한 영역이다. 그것은 그의 문학의 원점이었으되 예전에는 한 번도 적극적으로 표현될 기회를 얻지 못했던 것이고 따라서 그 전면화는 필연적이었다고 해도 과언이 아니다. 현실에 촉수를 내미는 문학과 자기 확인의 문학, 나는 그의 초기작품에서 이 모두를 본다. 그것은 당시로서는 미분화된 요소들로 존재했고 지금으로서는 새롭게 통합되어야 할 두 부류의 작품으로 실체화되어 있다. 이를 확인하고 그의 문학의 새로운 차원을 상상해 보는 것, 이것은 그의 옛 작품을 오늘에 다시 보는 즐거움이자 동시에 의미가 될 것이다.

2.

  지금 내 앞에는 그의 초기작품 열한 편이 놓여 있다. 이후 그의 작품들이 보여준 능숙함과는 다소 거리가 있는, 그러나 그 하나하나가 작가 자신의 절실한 문제를 드러내는 작품이다. 나는 이것들에 어떤 질서를 부여함으로써 그가 애초에 어떤 가능성을 지니고 있었는가를 살펴보기로 했다. 그리고 이들을 그 발표 순서와는 비교적 관계없이 크게 약 세 부류로 나눌 수 있다는 생각에 이르렀다.

  먼저 등단작인 「여름의 잔해」와 「역신(疫神)의 축제」를 하나의 유형으로 삼고, 다음으로는 「논산댁」 「겨울아이」 「시진읍(市津邑)」을 다른 하나의 유형으로 간주하며, 마지막으로 「식구」 「우리들의 장례식」과 「아버지의 평화」 「우화작법(寓話作法)」 「말뚝과 굴렁쇠」 「토끼와 잠수함」을 한데 아울러 제3의 유형으로 간주할 수 있다.

  제3의 유형의 작품은 모두 도시의 이야기라는 공통점을 갖고 있고, 제2유형의 작품은 읍의 이야기이며, 제1의 유형으로 간주한 두 작품은 인간이라는 존재에의 성찰을 담고 있다.

  제2유형과 제3유형은 작가의 체험과 밀접한 연관을 맺고 있는 것으로 보이는데, 이는 연무와 강경이라는 몰락해 가는 읍에서 성장하여 서울이라는 대도시로 진입한 개인사를 드러낸다. 반면에 내가 제1유형이라고 간주한 것은 인간의 삶과 문학, 종교 등 존재론적인 질문을 함축하고 있다고 볼 수 있다.

  이러한 구분이 곧 작가 박범신의 소설세계를 그와 같이 3대별할 수 있음을 의미하는 것으로 받아들여지지는 않으리라고 본다. 그럼에도 이와 같은 구분이 갖는 나름대로의 이점은 충분할 것이다.

언제나 작가의 내력에 관심을 갖고 있고 작가론적인 비평에 변함 없이 매력을 느끼고 있는 나로서는 제2유형의 작품들에 관한 이야기로부터 시작하지 않을 수 없다. 예전에 그의 연대기를 썼던 사람과 마찬가지로 「논산댁」에 먼저 눈길을 돌리면 그의 고향 연무의 정경이 시야에 들어온다.

해방 후, 제2훈련소를 중심으로 급격히 모조된 이 연무읍은 신병면회가 행해지던 한때는 제법 생기있게 흥청거렸으나 이제는 대부대규모도 축소되고 면회도 없어져 오히려 썰렁하게 퇴락한 고가(古家)의 정원 같은 꼴을 하고 있다. (280면)

아마도 몰락해 가는 읍(邑)의 황량함은 성장기의 그에게 지울 수 없는 인상을 남겼을 것이다. 이 황량한 풍경에 작가의, 누구에겐가로부터 버림받고 무엇인가를 잃어버렸다는 심연과도 같은 감정이 대응된다. 그의 장편들은 이 심연의 포말로부터 태어난 생명이다. 「겨울아이」에도 다음과 같은 대목이 나온다.

2년 전만 해도 아이가 가리키는 곳은 강 건너 송산군민들이 K읍으로 드나들던 유일한 관문이었다. 오밀조밀 가게와 주점들이 모여 있었고 사공이 노를 젓는 낡은 나룻배가 하루에도 수십 번 도시로 가는 사람들을 그곳에 부렸다. 그러던 것이 강안에 토사가 쌓이고 배를 대기 어려워지자 나루를 관리하던 송산군청은 강 건너쪽 나루와 직선거리인 현재의 돌산 밑으로 나루터를 옮기고 배도 발동선으로 바꿔 신장개업을 했다. 그곳의 가게와 주점들은 하루아침에 생계의 유일한 수단을 잃어버렸다. 한 달도 못돼 하나 둘 새 나루터로 옮겨 앉거나 읍내로 떠나서 본래의 나루터는 황폐한 개펄의 일부가 되었다. (225면)

「시진읍」에서는 어떻던가. 「논산댁」이나 「겨울아이」의 소박함과 이 작품이 거리를 두는 것은 바로 그 몰락의 배후가 실체를 드러내고 있기 때문이다. 말하자면 몰락은 역사적으로, 획득과 상실의 문제로, 가진 자와 갖지 못한 자의 문제로 드러난다.

> 본래의 시진읍은 남부지방에선 날리던 시장도시요, 항구도시였다. 서해에서 몰려든 수많은 상선들이 지금은 메워져 버린 아랫장터의 운하에서 잠잤고 연중 쌀만 해도 삼십만 석, 소금 팔만 가마가 소비됐다고 한다. 사오십 년 전의 그때야말로 시진읍에겐 영광스런 전성기였다.
> 그러나 호남선 철도가 개통되면서 차츰 사정이 달라졌다. 백여 리 서쪽의 K항이 번창하는 대신 시진읍은 추위 잘 타는 애들처럼 까칠까칠 말라붙었다. 운하는 메워졌고, 상선들은 들어오지 않았고, 돈 많은 사람들은 이삿짐을 쌌다. 해방이 되고 나서는 더욱 그랬다.
> 거기에 비해 삼십여리 성동벌판을 뛰어넘은 곳에 위치한 강평읍의 사정은 대조적이었다. 해방전까지만 해도 큰 촌락에 불과했던 강평읍 부근에 군 부대가 생기면서 단연 활기를 띠게 되었다. 군청이야 진즉 강평읍으로 옮겨 앉았지만, 산림청도 가고, 농산물검사소도 가고, 버스조합도 가고, 망둥이가 뛰듯 뭐든지 다 시진읍에서 강평읍으로 옮겨갔다. 옮겨가는 게 아니라 강평읍이 빼앗아갔고 시진읍은 뺏겼다. 그럴 때마다 시진 사람들은 발을 동동 굴렀지만 대세가 기우는 데야 어쩔 도리가 없었다. (17~18면)

이 작품에 이르러 몰락해 가는 동네, 읍의 배후에 자리잡고 있는 철도와 군대와 중앙집중적 관료제라는 어두운 근대국가의 기제들은 그 확실한 형상을 얻고 있지만 이 문제를 너무 역사적으로, 논리적으로 설명하려 하지는 않으련다. 그보다는 그와 같은 몰락, 그 소외의 운명이 사람들의 심성에 미친 파괴적 영향에 대한 작가의 관심에 시선을 돌려보면, 「논산댁」의 그녀는 군(軍)에서 흘러나오는 돼지 먹이를 얻으려고 육체적 폭력 앞에서 힘을 잃고 있고, 「겨울아이」의 달근이는 어린 나이에 어울

리지 않게 자기네한테서 정든 집을 빼앗은 소리조합장의 원수를 갚겠다
고 벼르고 있다. 가난이 그들의 생활을 파괴하고 영혼을 짓누른다. 그와
같은 양상이 하나의 극단에 이른 것이 「시진읍」이다.

한갓 주먹배에 불과한 왕도의 마음은 시진으로부터 모든 것을 빼앗
아 가는 강평에 맞서 마지막 남은 지방법원 지원을 지키겠다는 사명감
에 불타고 있다. 왕도는 생각한다. 그것은 "어느 개인을 위한 일이 아니
다. 자신을 위하고, 바로 우리들이 살고 있는 우리들의 마을을 위해서
다." 물론 그같은 터무니없는 결심에는 내력이 있다. 그의 할아버지는
3·1운동 때 몸에 새긴 태극기를 내보였다 순사들에게 맞아죽었고 그
덕분에 그의 아버지는 평생을 고생스럽게 살아야 했다. 읍 유지의 한
사람인 백만씨가 청년봉사회를 만들어 시진을 지키자는 뜻을 전해왔을
때 그는 "형체는 분명하지 않지만 아버지와 자신에게 쌓여온 한스런 세
월의 족적(足跡)이 그대로 만져지는 기분"을 느낀다. "시진읍은 곧 무시
받는 우리들 자신이기 때문에 물러날 수 없다"는 백만씨의 말에 공명하
는 왕도의 마음은 마침내 자기를 좋아하며 쫓아다니는 '곰배팔이' 여인
을 제물로 삼아 읍민들을 궐기시키려는 음모를 꾸미는 데까지 이른다.
자기의 고향을 지켜야 한다는 절박한 마음이 사람을 제물로 삼는 악행
에까지 이르는 데서 문제는 극단화되는 것이다.

더구나 그런 사명감에 불타는 왕도가 모르고 있는 것은 전통적인
도시를 몰락시키고 새로운 도시를 만드는, 그의 눈에는 보이지 않는
국가와 '지도자'들의 힘과 그 힘의 부패와, 그와 같은 추세에 재빨리
편승해 이익을 도모하는 유지들의 계산능력이다. 그와 같은 '보이지
않는 손'의 힘을 모르는 그가 품고 있는 읍을 지키려는 결심이란 도
대체 얼마나 터무니없는 것인가. 그러나 우리 주변을 조금만 유심히
뜯어본다면 독자들은 실은 그 터무니없는 애향심과 새마을운동과 '우

리것주의'가 이 세계를 '리드'해 가는(이 영어식 표현이 아니고서는 그같은 의식에 내포된 말릴 길 없는 소영웅주의와 자기만이 이 세계의 질서를 유지할 수 있다는 독단주의와 반대자와 비판자들을 응징하기 위해서는 불가피하게 폭력적인 방법도 용인될 수 있다는 야만주의를 설명할 길이 없다), 너무나 오래되고 강력한 의식이라는 것을 알 수 있다. 소외된 자의 애향심과 왜곡된 지배자의 새마을운동과 3·1운동 같은 서로 전혀 연관이 없을 것 같은 것들이 서로 누더기처럼 꿰매어지고, 그런 근대화주의라는 의식의 넝마를 장식인 양 걸치고도 아무런 이상을 못 느끼는 것이 그 주의자들의 수십 년 행태였고 그와 같은 지도 이념에 '리드'되면서도 아무런 부자유를 느끼지 못하도록 고착되어간 것이 또한 수십 년 우리의 삶이었다.

작가는 왕도와 같은, 백만씨와 같은, 또 허정술과 같은 인물을 어디서 보았던가. 그가 태어나고 성장한 황량한 군사도시 연무에서였던가. 아니면 옛날의 영화를 잃고 스러져가는 강경에서였던가. 사족(蛇足) 같은 이 작품의 결말을 통해 애써 독자들의 시선을 끌려 하는, 아마도 작가의 의도되었을 주제와는 달리, 나는 작가의 성장 속에 잠겨든 몰락해 가는 군읍들의 형상과 그것이 그 세계를 살아간 사람들에게 행사한 폭력과 짓눌린 영혼의 신음 자체가 가치롭게 보인다.

3.

▌ 이제 화제를 도시의 이야기들로 옮겨본다. 앞에서 나는 「식구」와

「우리들의 장례식」과 「아버지의 평화」, 「우화작법」과 「말뚝과 굴렁쇠」
와 「토끼와 잠수함」 등 여섯 편을 도시의 이야기라 했지만 그 모두가
한데 뭉뚱그려질 수는 없다. 앞의 세 작품이 도시 변두리 민중의 이야
기라면 다음의 세 작품은 그와는 전혀 다른 도시적 삶의 상층부에 자
리잡은 사람들이나 시대적 양상을 특징적으로 드러내는 인물의 이야
기이다. 이 가운데 작가의 개인적 체험에 보다 근접해 있는 것은 민중
의 사연을 담은 「식구」와 「우리들의 장례식」과 「아버지의 평화」일 것
이다.

박범신이 교육대학을 나와 교편을 잡았다가 도중에 무작정 서울로
상경해 네 누나 중의 어느 한 사람의 머무른 적이 있다는 이야기는 몇
번인가 소개된 적이 있다. 그때 그는 여러 식구가 함께 써야 하는 공
중 화장실에 질려 버린 일도 있고 먹고살려고 마치 발자크처럼 가명으
로 재능을 팔기도 했다. 도시 변두리 녹이 다 슨 양철대문을 열고 들
어가면 바로 옆에 문짝이 찌그러진 푸세식 화장실이 있고 그 몇 발짝
떨어진 곳에 여름이면 꼭지를 다 틀어대도 요실금에 걸린 사람 마냥
찔끔찔끔 물을 내밀 뿐인 수도꼭지가 쪼그리고 앉아있으며 이를 둘러
싸고 적으면 서넛, 많으면 장석조씨네 집처럼(김소진, 『장석조네 사람들』)
수를 다 헤아리기 힘든 식구들이 아옹다옹 모여 사는, 그런 집들이 꼬
불거리면서 갈래를 치는 골목들을 따라 즐비하게 늘어서 있는 빈민촌
에서, 아마도 그는 갓 교원대학을 나와 산골에서 철없는 아이들이나
가르치던 순수하고 고독한 마음을 안고 고통스러운 나날들을 보내고
있었을 것이다. 문학이라는 문자의 힘만을 믿고있을 뿐이었던 가난한
그에게 도시의 한낮 햇살과 가파르게 달려가는 버스와 하늘 높이 치솟
은 빌딩 반짝이는 밤의 네온사인 간판은 얼마나 잔인한 풍경이었을 것
인가. 생활 공간의 공유라는 경험이 없이는 「식구」나 「우리들의 장례

식」이나 「아버지의 평화」 같은 독하고 극단적인 이야기가 생겨나기는
어려울 것이다. 더구나 이 이야기의 '가장'들은 모두 연무니 강경이니
에서 살다 서울로 나온 사람들로 나타난다.

「식구」의 만득씨네는 여섯 식구에 단칸방 살림이다. 만득씨는 막일
꾼으로, 길례는 애비 없는 아이를 배 공장 기숙사에서 쫓겨 나와 아이
를 낳았고, 둘째 아들 성구와 막내는 그 통에 방에서 쫓겨나 공사하려
고 부려놓은 하수도통에서 잠을 잔다. 성구는 양화점의 견습공이다. 갓
제대해서 돌아온 큰아들 성철이는 운전기술을 배워왔으나 국민학교도
제대로 못 다닌 통에 면허 필기시험을 통과할 재간이 없다. 길례의 갓
난애는 급성폐렴에 영양실조가 겹쳐 걸려 사경을 헤매고 성철이는 면
허를 살 5만원이 필요하고 성구는 잠을 잘 곳도 없다. 여기에 철거계
고장이라는 문제가 겹친다. 성철이는 한쪽 발을 잃은 사람에게 길례를
시집보내 돈을 마련할 요량으로 갓난아이를 빼돌리고, 아득한 마음으
로 공사판에 나간 만득씨는 자기도 모르게 보상금을 떠올리며 4층에서
떨어지고 만다. 이야기의 결말에서 만득씨는 어깨뼈와 다리만 상했을
뿐이고, 남의 집 앞에 내버린 아이를 도로 찾아오려고 그 집 담을 넘
은 성철이는 아이가 죽는 바람에 영아유기와 과실치사죄로 수감되고
만다. 정녕 이것은 지독한 이야기임에 틀림없다.

「우리들의 상례식」에서는 어떤가. 무대는 개천가 판자촌. 봉추씨는
한쪽 발이 없고 그의 아내 고산댁은 벙어리이다. 장례비용이 없어 죽
은 장모를 그날 말라붙은 개천바닥에 묻으려 작정하고 있는 기막힌 봉
추씨네 집에 병든 거지 하나가 흘러들 듯 찾아와 밥도 얻어먹고 하룻
밤을 청한다. 그러나 한밤중에 관도 없이 장모의 시신을 매장하고 돌
아온 새벽, 본디 자신의 생명이 다했음을 느끼고 고향 땅을 찾아온 것
이 되는 그 병든 거지마저 죽어 버리고 뒤늦게 동네 사람들이 추렴으

로 마련해준 관은 그의 차지가 되어 버린다.

이 과도한, 그러나 꽉 짜여진 비극적 구성과 음산한 장면들 앞에서 독자들은 일순 전율에 사로잡힐 수밖에 없을 것이다. 나 자신 근대화의 어둠을 드러내는 단편으로서 이와 같이 처참한 이야기를 접한 기억이 거의 없다. 왜일까. 그것은 내가 그들의 세상과는 별개의 공간에서 살아왔고, 또 많은 작가들은 바로 나와 같이 별다른 특징도 없는 공간에서 다른 이야기를 꿈꾸며 삶을 영위해왔을 것이기 때문이다. 봉추씨나 거슬러 올라가 만득씨 같은 사람은 같은 도시에서 우리와 함께 살아갔으되 그들은 '낙원구 행복동'(조세희, 『난장이가 쏘아올린 작은 공』)이라는 격리된 공간의 주민들이었다. 그러나 실은 본디 우리의 도시라는 곳은 이렇게 월경을 배제하는 공간역학을 내재하고 있는 것이며 이들 단편에서 그와 같은 경계를 찾아보는 일은 어렵지 않다. 아니 이 수월함은 차라리 작가적 의도의 결과이다.

둑 위로 완전히 올라서자 회색빛 하늘 아래 D동의 주택가가 동화 속의 도시처럼 아름답게 내려다보였다. 본래, 신촌에서부터 도로를 따라 활처럼 휘어져 온 철도의 바깥쪽은 지난 봄만 해도 검붉은 황토층의 황무지였다. 그런데 불과 십개월도 안 되는 사이에 맨션아파트가 여러 동 올라섰고 지붕이 넓은 불란서풍의 고급주택들이 그림같이 들어찼다. 따라서 주택가의 한편에 연이어 있는 이 판자촌은 개천과 분뇨트럭과 낮은 지붕이 둑 저편 고급주택가의 잘 단장된 정원, 화려한 건물 외양, 작은 궁전 같은 대문 등과 선명한 명암으로 대비되어 유독 더럽고 지저분한 넝마 꼴이었다. 어쩌다 밤에 턱이라도 고이고 둑길에 앉았으면 만득씨는 내려다보이는 주택가의 호사스런 야경에 공연히 어린애같이 콧날이 시큰해 올 때도 있었다. (「식구」, 254면)

봉추는 문득 하늘을 올려다보았다. 큰길에서 내뻗치는 차량의 불빛 뿐, 하늘엔 별 하나 떠있지 않았다. 눈이 올랑게비여. 시커멓게 막아서는 고압철주 앞에서 그는 중얼거렸다. 육중한 고압철주가 골목의 한가운데 도도히 막아서서 개천 건너편으로 수만 볼트의 전류를 송전시키고 있었다. 자전차도 그렇지만 특히 골목을 꽉 메우며 간신히 지나가야 되는 리어카군들은 아침저녁 이곳을 통과하기 위해 리어카를 비스듬히 세워들고 넘어가야 하는 고역을 치르지 않으면 안되었다. 빌어먹을 고압철주! 사람들은 누구나 그 고역을 치룬 다음엔 이렇게 중얼거리고 침을 탁 뱉었다. 그뿐이었다. (「우리들의 장례식」, 128~129면

그렇다면 그 "둑"과 "고압철주" 너머의 세계에는 어떤 사람들이 살고 있는가. 「우화작법」 및 「말뚝과 굴렁쇠」, 「토끼와 잠수함」 등은 그네들의 생리와 의식을 들여다보려 한 작품이다.

마지막으로 「아버지의 평화」에서는 베트남전에 참전했다 공을 세우고 특별휴가를 나온 노승찬 일병의 이야기가 펼쳐진다. 무대는 재개발촌이고 낯선 미장공에게 안방을 내주고 건넌방으로 옮겨온 사글세방에는 그의 어머니와 누이 승순이와 남동생 승혁이 살고 있다. 방직공장에 다니는 누이 승순이는 폐병에 걸려 있고 오랜만에 찾아간 아버지의 무덤이 자리잡은 공동묘지는 아파트부지로 지정되어 이장공사가 한창 진행중이다. 어느 것이 진짜 아버지의 분묘인지를 알 수 없는데, 어림대중으로 파헤친 무덤의 임자에게서는 금니가 나온다. 그러자 승찬의 아버지에게는 금니가 없었음에도 그것을 모를 리 없는 어머니는 내색도 하지 않은 채 인부들에게 금니를 수며 화장비에서 천원을 빼달라고 한다. 「우리들의 장례식」에서처럼 이 작품에서도 없는 자는 죽은 이후에도 결코 존엄하게 대우받을 수 없다는 참혹한 현실이 그 추한 모습을 드러낸다.

그러나 이 작품을 더욱 이채롭게 만드는 것은 베트남전에 참전한 승찬의 심리를 묘사하는 부분이다. 그에게 베트남은 그의 가족을 둘러싼 비참한 상황을 망각할 수 있게 해주는 도피의 수단이다.

　　노승찬 일병은 입대 8개월만에 평화의 십자군에 자원했었다. 돈을 벌기 위
해서였다. 그는 항상 용감하게 싸웠다. 피의 냄새는 그의 상처 입은 쓰린 기
억들을 조용한 물살로 잠재웠던 것이다. (307면)

　　잠들어야지. 노 일병은 피곤했다. 잠들고 싶었다. 벽쪽으로 돌아누웠다. 작
전이 있어 어쩌다 베트공을 죽인 날은 잠이 잘 왔다. 잠은 죽음이었다. 모든
것은 그 죽음으로 평온하게 마무리되었다. (316면)

　　이와 같은 묘사를 통해 돈과 생명을 맞바꾼 전쟁, 없는 자의 아들
에게 총을 쥐어주고 밀림으로 들어가게 한 전쟁이라는 베트남 참전의
한 가지 성격은 그 극명한 표현을 얻는다. 돈과 젊은이의 생명을 교환
하고, 돈을 위해 이민족에게 총을 겨눈 전쟁이라는 베트남 참전의 성
격은 우리들에게 아주 오랫동안 역사적 부담으로 남지 않을 수 없겠지
만 그러나 그것 때문에 망각하려 해서는 안 될 엄연한 사실(史實)이다.
이른바 근대화라는 이름의 도정에서 한편으로는 많은 이들이 자기 삶
의 터전을 잃어버렸고 한편에서는 피의 전쟁이 치러졌다. 이 모든 것
을 단순히 죄악이었다고 말하는 것이 능사는 아닐 것이다. 다른 무엇보
다도 그것을 잊지 않는 일, 기억하는 일이 중요하다. 「아버지의 평화」
는 그같은 기억을 위해서 기억되어야 할 작품이다.

　　2　이제 만득씨나 봉추씨, 그리고 노승찬 일병의 가족이 살던 세계
의 반대편으로 시선을 옮기면 「우화작법」 및 「말뚝과 굴렁쇠」의 세계
가 놓여 있다. 이들의 삶은 민중적 삶의 피안에 놓여 있다. 「말뚝과 굴
렁쇠」는 어머니를 양로원에 버려둔 채 재벌가의 아들과 약혼하려 하는
여우(女優)의 사연을 파헤치는 기자와, 그녀 백나미측의 갈등을 그린
작품이다. 그녀에 의해 양로원에서 별장으로 빼돌려진 어머니가 도사

견에 물려죽는다는 엽기적인 결말에도 불구하고, 이 작품은 세상은 언제나 힘을 갖고 있는 자와 갖고 있지 못한 자로 나뉘며 그들에 의해 진실인 것이 규정된다는 것, 그러나 그같은 현실의 편성에 저항할 필요가 있다는 다소 평범한 주제에 갇힌 듯한 인상을 준다. 독자들로서는 이와 같은 결론에 다소의 불만을 가질 수도 있을 것이다.

홍미로운 것은 매우 경비행기 조종이라는 매우 이색적인 모티프를 통해 재벌의 아들의 심리세계를 묘사한 「우화작법」이다. 제목이 암시하듯 이 작품은 일종의 알레고리이다. 경비행기 조종, 공중 세계에의 고립이라는 상황은, 생활세계의 사람들로부터 고립된 채 오랫동안 제왕교육을 받아왔고, 세력 있는 정치가의 딸과 정략결혼 하게 될 것이며 일주일만 있으면 그같은 정략의 대가로 창간될 신문사의 사장이 될 '나'의 폐색된 내면세계에 어울리는 설정이다. '나'는 동해안으로까지 자기를 만나러 오는 다영을 피해 날씨가 궂으리라는 일기예보에도 불구하고 경비행기를 탄다. 먹구름 속을 드나들며 죽음에의 공포 속에서 방황을 잃고 헤매이다 마침내 낙하산을 타고 탈출한 '나'가 내려앉은 곳은 비무장지대. 재벌가의 용기의 상징으로 경비행기조종까지 배우도록 조련된 '나'이지만, 그러나 '나'는 화전민의 아들로서 집념과 투지로 오늘날의 부를 쌓아올린 아버지와는 달리 잘 꾸며진 외양에도 불구하고 소심한 겁쟁이일 뿐이며, 너구나 그가 바람에 실려 나뭇가지에 걸린 곳은 지뢰밭 있는 DMZ, 즉 아버지의 힘이 미칠 수 없는 곳이다. 하늘과 비무장지대라는 고립된 공간, 그 삶과 죽음이 교차하는 경계선에서는 세속의 온갖 배경과 경력으로 화려하게 장식된 '나'라는 존재의 허실이 분명하게 드러나는 것이다. 본디, 계급이나 신분이 개인의 의식을 절대적으로 규정하는 것으로 해석될 만한 묘사는 회피되어야할 분명한 이유가 있다. 그러나 이 작품은 도시의 공간역학을 닮은 이

분법적 구분의 자취에도 불구하고 재벌가라는 상류사회의 구성원의 의식세계를 진지하게 다룬 흔치 않은 시도라는 점, 그 빼어난 알레고리적 상황설정을 취하고 있다는 점 등에서 의미 있게 읽힐 수 있는 작품이라 하지 않을 수 없다.

마지막으로 「토끼와 잠수함」에는 실은 제복을 입은 사람, 즉 말이 통하지 않는 시대의 지배자와 함지박을 인 중년의 여인, 즉 그 지배의 직접적 피해자가 함께 나타나 한 버스를 타고 있다. 그러나 그 버스는 유치대상자를 실어 나르는 호송버스이므로 그 공간을 지배하는 원리는 제복의 원리이다. 그리고 이로써 이 작품의 공간 설정이 「우화작법」에서와 마찬가지로 매우 의도적이고, 따라서 작가는 여기서도 또한 암암리에 알레고리적인 의도를 관철시키고 있음을 알 수 있다. 집에 젖먹이를 두고 나온 여인은 절박한 심정으로 한 번만 자기를 놓아달라고 한다. 그러나 제복의 사내는 막무가내로 듣지 않으며 창문을 열어달라는 사람들의 요구에조차 아랑곳하지 않는다. 법을 지키지 못하는 이들에게는 권리를 누릴 자격이 없다는 것이 제복의 논리이다. 여인은 결국 닫힌 버스문을 열어제치고 도망을 가지만 잡혀오고, 창문을 열어달라고 요구하던 더벅머리의 사내는 두 주먹으로 버스의 유리창을 깬다. 결말의 장면은 버스 안이 아수라장이 되는 순간 버스가 급정거하는 것, 길가는 여자와 아이를 치어 버린 것이다.

이 파국적 결말은 제복의 원리가 지배하는 세계의 파국을 암시하는 것일 수도 있어 매우 시사적이다. 제복의 논리란 곧 군사독재의 논리에 다름 아니며 그것은 결국 암살과 체제의 붕괴라는 파국으로 치닫지 않을 수 없었던 것이다. 여기에서, 옛날의 잠수함에는 토끼의 호흡을 관찰하여 함내의 산소 포함량을 진단했다는 더벅머리 사내의 이야기는 강한 암시력을 지니게 된다. 즉 함지박을 인 여인네 같은 토끼와도 같은 존재가 고통을 호소하기 시작할 때 그것은 호송버스라는 잠수함 체제를 지탱할 산소가 얼마 남지 않았음을 의미한다. 그러나 자기 체제의 논리 속에 갇힌 제복은 그것을 알아낼 수가 없다. 파국이 닥칠 때까지 오로지 자기의 율법만을 믿으며 힘을 행사하는데 만족하는 것이다. 이 점에서 그들은 민중들의 초라한 생활의 터전만큼이나 폐색된 의식세계 속에 스스로를 가두고 있는 셈이다.

아직 말해지지 않은 한 가지가 있다. 그 버스 안의 아수라장 가운데서 문득 정신을 차려 관찰자가 아니라 당사자의 입장으로 돌아가 분만 중에 위기에 빠진 아내와 뱃속 아이를 생각해내고는 버스를 빠져나가려고 안간힘을 쓰는 '나'의 존재가 그것이다. 이 '나'는 지금까지 언급한 모든 작품 중에 작가 자신에 가장 가까운 인물로서, 그 자신 연루되지 않을 수 없는 시대적 상황에 대한 태도를 우회적으로나마 드러낸 것이라 할 수 있다. 그와 한수산의 예를 통해서 알 수 있듯이 정치적으로 결코 직설적이지 않은 작가마저 태도를 드러낼 때 체제는 자기를 지탱할 힘을 이미 현저히 상실해 버리고 있는 것이 된다. 이를 통해서 추측할 수 있듯이 초기 작품을 통해서 나타나는 박범신은 독자들이 상상하는 이상으로 현실에 대해 예민한 관찰력을 지니고 있었음을 알 수 있다.

4.

이번 중단편선집에서 가장 이채롭게 느껴지는 작품이 바로 「여름의 잔해」와 「역신의 축제」이다. 먼저 「여름의 잔해」는 그의 등단작으로서

폐지로 화할 뻔한 작품이 마지막 순간 기자의 눈에 띄어 본심에 올라 신춘문예에 당선이 되었다는 일화를 갖고 있는 작품이다. 또한 지금까지 살펴본 작품을 통해 확인할 수 있는 초기 작풍과는 현저히 구별되는 것으로, 인간의 내적 본성에 관한 질문을 던지는 묘한 매력을 내포하고 있다. 또 그만큼 난해한 작품이기도 하다.

쌍둥이 오누이가 주인공이고 이들의 여동생이 관찰자로 나타나는 이 작품에서 쌍둥이 오빠 석진은 소아마비로 한쪽 발을 쓰지 못한다. 그는 한 달 전부터 외딴 산 속 재실(齋室)에 들어가 그림을 그리고 있고 그의 쌍둥이 여동생은 몇 년 전에 신문에 소설이 당선된 작가이지만 글을 쓰지 못하고 있다. 한 사람은 글을 쓰고 한 사람은 그림을 그리는 데서도 알 수 있듯이 두 사람은 모두 예술지향적인 인간이고 쌍둥이라는 사실이 암시하고 있듯이 두 사람은 서로에게 의존적이다. 석진이 재실(齋室)을 향해 떠났을 때는 금방 글을 쓸 수 있는 것처럼 보였던 그녀는 그가 없는 공백을 견디지 못하고 재실을 찾아가고야 만다. 그러나 그렇게 함께 있을 때 두 사람 사이에는 숨막히는 끈질긴 침묵의 줄다리기만이 지속될 뿐이다.

그 두 사람 사이의 긴장을 격화시키는 것은 어느 미친 여자의 돌연한 출연이다. 그녀의 남편은 6·25 때 소나무에 묶여 학살을 당했고 남편이 죽은 소나무 밑에서 움직이지 않고 있다 벼락을 맞은 그녀는 정신이 이상해졌다고 했다. 상처투성이로 얼마간의 유예된 생명만을 갖고 나타난 그녀를 석진은 제 방에 머물게 하겠다고 한다. 여동생은 이에 반대하지만 그러면 그녀에게 약품을 주지 않겠다는 위협에 그만 굴복하고 만다. 기형의 다리와 꿈틀거리는 벌레들의 형상이 겹쳐진 음산하고 괴기스러운 그림만을 그리는 석진에게는 생명의 미를 견디지 못하고 그것이 파괴되는 과정을 즐기는 성벽이 있고, 여동생은 반대로 그것이 파괴되는 과정을 견디지 못하는 전혀 다른 집착이 있다. 꽃뱀의 아름다운 몸을 대하면서도 금붕어의 팔딱거림을 보면서도 둘의 태도에는 기묘한 대조가 가로놓여 있었다.

석진은 여자를 낡은 헛간에서 지내게 한다. 날마다 정체 모를 알약을 복용시켜 그녀를 조금씩 죽여가며 그 모습을 화폭에 담는 것이다. 그러나 그 그림은 자기의 불구와 벌레들의 버둥거리는 모습을 묘사하던 것에서 벗어나 "끈질기게 몰려드는 캄캄한 배경을 뿌리치듯 순백색으로 그려진" "선명한 빛의 덩어리"이다. 말하자면 그는 그녀의 상처를 키워 그 고통을 대상(代償)으로 삼아 자기 예술의 미를 획득해가고 있었던 것이다. 그러나 그의 여동생은 그녀의 생명이 그렇게 파괴되는 것 자체를 견뎌내지 못한다. 석진이 그녀에게 알약을 복용시켜 온 것을 알고는 그가 그린 그림을 찢어 버리는 것이다.

정작 파국은 쌍둥이 사이의 싸움이 아니라 가끔씩 정신이 돌아올 때마다 죽음에의 충동을 느끼던 미친 여인이 면도날로 손목을 그어 자살하는 데서 찾아온다. 누가 그녀에게 면도칼을 가져다 주었는가는 이 작품의 관심의 대상이 아니다. 작품의 말미에서 의미를 획득하는 것은 미친 여인의 남편이 죽은 곳으로 그녀가 찾아오곤 하던 소나무의 존재이다. 이 소나무는 벼락을 맞은 가운데서도 가지에 싱싱한 솔잎을 달고 있었고 이 작품에서 관찰자적 인물로 나타나는 '나'는 그 이유를 무척이나 궁금해 했었다. 그리고 이 아름다움의 비밀을 캐는 것은 쌍둥이 오빠와 언니 사이에 놓인 갈등의 실체와, 그들에 있어 예술이 갖는 의미를 이해하는 일과 통하는 것이었다. 이 소나무를 잘라내자 비밀은 마침내 모습을 드러낸다.

비로소 나는 어떻게 하여 타버린 소나무가 살아 있는 진록색의 솔잎을 매달 수 있었는지, 그 수수께끼를 풀었다. 아름이 넘도록 절단된 소나무의 밑둥도 죽음의 끝과 생명의 시작으로 양분되어 있지 않은가. 흑갈색으로 썩은 부분과 명료한 금을 그으며 마주 대고 있는 5분의 1정도의 희고 싱싱한 속살. 타버린 껍질을 하나로 두르고 그 소나무는 그토록 대조적인 모순을 지닌 채 공존하며 있었던 것이다. (97면)

그렇다면 결국 작가는 생명이 죽음에 의존해 있고 그럼으로써 본연의 본질을 드러낸다고 말하고 있는 셈이다. 소나무는 그와 같은 주제를 전달하기 위한 하나의 상징물이지만, 작품 전체는 이 소나무를 배경으로 하면서 육체적 결핍을 예술적 충만으로 보상받으려는 석진과 생명 그 자체를 사랑하여 그 현실적 죽음 자체를 견디지 못하는 여동생의 서로 다른 태도 문제, 남편의 죽음이 몰고 온 충격 때문에 정신이상이 되어 버리지만 오랜 세월 자신을 학대하면서도 순백색의 육체를 간직한 미친 여인의 사연에 내포된, 전쟁의 상흔과 그 승화라는 문제 등이 어우러져 복잡하면서도 난해한 구조를 이루고 있다. 이는 등단작이 갖는 구조적 미숙성이나 문체의 난삽함으로 말해질 수도 있다. 그러나 내가 여기서 주목하고 싶은 것은 이 작품을 통해서 드러나는 작가의 예술가 기질이다. 삶을 희생해서라도 미를 획득하고 싶어하는 석진의 강렬한 모습에서 작가 박범신의 내면을 엿보는 것은 어렵지 않다. 그 무렵에 씌어진 작품들은 지금까지 살펴본 것으로 이해할 수 있듯이 모두 비참한 상황에 빠진 사람들을 대상으로 하고 있다. 작중 주인공의 상당수가 육체적인 불구상태에 놓여 있다는 사실도 눈길을 끌거니와 그들의 영혼마저도 현실의 무게에 눌려 일그러져 있다. 이같은 사람들을 묘사하면서 작가는 무엇을 생각했던 것일까. 그는 그들을 묘사하는 것이 비정한 현실을 구제할 수 있는, 또는 그런 현실을 예술로 보상할 수 있는 길이라 생각했을 수도 있다. 그러나 문학이 삶보다 우

월하다는 문학주의적 열정을 표현한 것으로 이해하는 방법도 있을 것
이다. 지금도 그렇지만 그에게 문학은 고통스럽고 즐거움이 없는 삶을
견딜 수 있게 해 주는 지고한 존재이다.

그러면서도 이 작품은 단순히 문학주의적 열정을 드러낸 것으로가
아니라 인간성이라는 불가해한 심연을 들여다보려 한 시도를 보여준
것으로 이해될 필요도 있다. 인간은 왜 삶을 희생하면서까지 미를 탐
구하는가. 왜 타인의 불행을 대상으로 삼아서까지 자기를 실현하려 하
는가, 그것은 본원적인 것인가. 독자들은 이런 질문들을 떠올릴 수도
있다. 이는 「역신의 축제」라는 또 하나의 이채로운 단편 역시 이와 관
련이 있다.

이 작품은 소년의 눈에 비친 정지하라는 전도사의 행태를 묘사하고
있다. 마치 김동리의 「무녀도」와도 같이, 폐쇄된 전통사회 속에 '이식'
되는 기독교와 본래 그곳을 지배하던 힘과의 갈등을 그린 것처럼 보이
기도 하는 이 작품은 신성(神性)에의 절대적 믿음 아래서 자행되는 사
람의 악행을 그리고 있다는 점에 의미가 있다. 신성에 대한 신뢰가 곧
선의를 내포하는 것이 아니고 오히려 그것이 악의와 악행의 떳떳한 빌
미가 될 수 있음을 이 작품은 보여준다. 보이지 않는 것을 보인다고
말할 수 있게 하는 힘, 스스로 자행하는 악행이 사람들을 신성으로 이
끄는 수단이고 방법이라고 믿을 수 있게 하는 힘. 이것은 종교적 독단
이 선사하는 의지와 열정의 산물이다. 그리고 이것은 신성마저도 실은
인간성에 의존하는 것일 수 있음을 시사한다. 신성은 홀로 선의 화신
일 수가 없다. 그 절대자는 선한 인간, 타인을 향해, 타자의 믿음을 향
해 개방된 인간을 필요로 한다. 그럴 때만 신성은 인간의 정신적 삶을
고차원으로 이끄는 지침이 될 수 있다. 지주가 갖는 봉건적 권위를 전
도사라는 신성의 권위로 대체하기만 해서는 그 자체로는 인간의 정신

적 삶에는 어떤 가치 변화도 있을 수 없다. 보다 나은 인간적 가치가 무엇인지를 탐구하고 이를 사회에 착근시키려는 진지한 탐구가 없이는 신성이란 지배의 또 다른 얼굴에 지나지 못하는 것이다. 그런데 이처럼 하나의 지배를 또 다른 지배로 대체해온 것이 실은 우리 사회의 현대적 행정(行程)이 아니었을까. 이 속에서 종교는 특권과 부를 탐하는 이들의 사교장이 되고 스스로 그것을 열정적으로 추구함으로써 스스로의 가치를 반감시켜 왔다. 신성 인간의 참된 해탈과 구원을 위한 빛이 되어야 한다고 믿은 보이지 않는 이들의 수고로움은 가면을 쓴 수도자들과 그 장단에 춤을 추는 이들에 의해 가리워져버렸다. 이 사람들의 희망은 스스로 지배자가 되는 것이다. '나'라는 관념조차도 잊고자 하는 것, 그 영혼의 구제가 바로 신성의 참된 존재 의의일진대 우리 사회의 곳곳에 낙지발처럼 촉수를 드리우고 있는 그 숱한 우상들은 다 무엇이란 말인가.

나는 「역신의 축제」로부터 우리 사회가 안고 있는, 신성 추구라는 명목을 가진 심각한 정신적 질병을 확인하게 된다. 여기에 「여름의 잔해」와 같은 작품을 함께 상기하면 박범신 소설이 지닌 형이상학의 가능성에 관심을 갖게 된다. 그의 읍의 몰락 이야기, 도시의 야만과 고독에 관한 이야기 밑에는 인간의 정신적 구제라는 심각한 문제가 가로놓여 있다. 그리고 이것은 그의 초기소설이 지닌 또 다른 발전의 가능성이었던 것으로 보인다. 현실을 냉정하게 조망하는 것, 문학하는 자로서의 자기를 확인하는 것과 함께 그의 문학은 인간의 정신적 구제를 꿈꾸는 행위로서의 가능성을 내포하고 있었다. 그러나 이것은 도시의 이야기들이 지닌 속도에 밀려 자기확인으로서의 문학과 마찬가지로 오랫동안 전면화될 가능성을 얻지 못했다. 그렇다면 격절의 시간을 딛고 다시 전개되는 박범신의 소설에서 그와 같은 형이상학의 가능성을 기

대해 보는 일도 무리한 일만은 아닐 것이다.

부언할 것이 있다면, 그것은 그의 초기작들을 살펴봄으로써 내 스스로 지금 그 창조적 가능성이 급속히 소진되고 있다고 생각했던 이 시대의 젊은 작가들의 미래를 불확정적인 것으로 남겨둘 수 있는 마음의 여유를 얻었다는 점이다. 그가 이들 초기작품의 세계로부터 도시의 이야기로 나갔다가 침묵을 견디고 오늘에 이르렀듯이 문학에 대한 의지와 열정이 사그라들지 않는다면 '오늘의 작가들' 또한 창조의 마르지 않는 원천을 지니고 있는 셈이기 때문이다.

비정한 권력의 비극적 반복이라는 알레고리

이문열의 이상문학상 수상작 「우리들의 일그러진 영웅」(1987)론

1.

이문열의 소설은 정치적이다. 이 말은 그의 작품이 관념적이라거나 관념적 창작 방법에 의해 씌어진다거나 하는 말만큼이나 중요하다. 또한 이는 그가 허무주의적이라거나 예술지상주의적 경향을 지니고 있는 것으로 논의되는 경우가 적지 않기에 또한 강조되어야 하는 특성이기도 하다. 물론 이러한 정치성은 그 자체로서 비판되거나 옹호되어야할 성질의 것은 아니다. 문학은 그것이 처한 상황에 따라 얼마든지 정치화될 수 있는 여지를 지니고 있기 때문이다. 실제로 우리 근대문학, 특히 소설은 굳이 일제시대나 80년대의 문학을 예로 들지 않아도 될

만큼 문학적 정치화의 여러 차원과 양상을 풍요롭게 보여주고 있다. 그러므로 정치적 문학을 논의함에 있어 그 비판이나 옹호에 앞서 중요한 것은 그러한 현상의 원인과 배경, 그리고 그 구체적 양상을 이해하는 일이다.

이문열 소설의 정치성 또한 이러한 맥락에서 이해될 필요가 있다. 이 때 중요한 것은 그의 최근 소설이 보여주고 있는 현저한, 정치 우위론적 정치화 경향이다. 문학의 정치화는 두 상이한 차원의 정치화 경향을 포괄하는 보다 복합적인 개념이다. 정치 우위론적 정치화와 적 정치화가 그것이다. 여기서 필자가 주목하고자 하는 것은 전자의 경향이다. 그러한 경향은 일제시대 좌파 문학이나 80년대 진보적 문학의 중요 논리를 구성한 것이었으며, 그 반대자들에 의해 비판과 비난의 대상이 되어 왔다. 그러나 이러한 경향은 단순히 좌파문학 혹은 진보적 문학의 전유물은 아니다. 정치와 문학의 연관이 보편적 문학 현상 가운데 하나라면, 좌든 우든 진보적이든 보수적이든 정치우위론적 정치화란 언제나 가능하다. 이문열의 최근 소설, 예를 들어 「달아난 악령」(1995년) 「사로잡힌 악령」(1995년) 「아우와의 만남」(1994년) 등은 여전히 미적 의장을 지니고 있음에도 불구하고, 작가 자신의 강력하고도 직접적인 정치적 욕망을 숨기지 못한다. 이는 이들의 이야기를 끌어가고 있는 화자의 성격을 통해 집중적으로 드러난다. 이들 작품의 지배적인 요소는 바로 그 특이한 화자이다. 이 화자의 목소리에 담겨 있는 강력한 정치적 지향성은 이야기꾼 이문열의 능란한 솜씨에도 불구하고 감추어지지 않는다. 바로 여기에 그의 최근 소설이 지닌 위태로움이 담겨 있다. 이 화자의 선명한 목소리는 현실에 대한, 선과 악에 대한, 명징한 구분의 차원으로까지 격상된 정치적 신념을 보여주기 때문이다. 정치적 신념이 문학을 지배할 때 문학은 독자적인 자기 생명력을 위협받기 쉽다.

　이 화자는 오랜 기간에 걸쳐 형성된 것이어서 가까이는 「구로아리랑」(1989년)과 「우리들의 일그러진 영웅」(1987년) 같은 작품에서 그 뚜렷한 모습을 볼 수 있으며, 더 멀리는 「칼레파 타 칼라」(1982년) 「필론의 돼지」(1980년) 「들소」(1979년) 같은 작품에서도 그 존재를 엿볼 수 있다. 그러나 「우리들의 일그러진 영웅」 이전의 작품에서는 이 화자의 의미는 작품 이면에 숨겨져 있다. 이는 이들 작품이 권력의 형성과 몰락의 보편적 과정에 대한 알레고리라는 매우 추상화된 형식을 취하고 있었기 때문일 것이다. 이들 작품이 암시하고자 한 것은 우리 현실의 특수한 정치적 현실만이 아니라, 어느 사회 및 시대에서나 볼 수 있는 훨씬 더 보편적인 역사적 과정이다. 그러므로 이들 알레고리 속에서 이문열 자신의 정치적 견해는 겉으로 공표될 필요가 없었다.

　「우리들의 일그러진 영웅」 이후에는 문제가 판이하게 다르다. 「아우와의 만남」 「달아난 악령」 「사로잡힌 악령」 등 최근 작품에는 이문열 소설의 다른 줄기, 즉 『영웅시대』(1984년) 「장려했느니, 우리 그 낙일(落日)」 (1984년)『황제를 위하여』(1983년) 등에서 확인되는 가부장제적 보수적 역사의식에 바탕하고 최근의 세계사적인 격변에 의해 고양된 작가의 모습이 화자를 통해 공공연히 드러난다. 여기에 「우리들의 일그러진 영웅」의 이문열 소설상 위치가 있다. 이 작품은 앞에서 지적한 일련의 알레고리 작품이 보여주는 추상적 역사의식과, 또 다른 유형의 역사소설이 보여주는 구체적 역사의식, 즉 생래적이고 경험적인 역사의식이 만나는 지점에 위치한다. 또한 이 작품은 바로 그러한 이유로 인해 그의 알레고리적 역사의식이 갖는 의미와 한계를 가장 극명하게 보여준다. 물론 이 작품 이후에도 알레고리를 향한 그의 끌림은 여전히 존재한다. 「달아난 악령」이나 「사로잡힌 악령」과 같은 작품 또한 예시를 통해 보편적 관념의 정당성을 확인시키고자 하는 알레고리적 사유방식의 소산이기 때문이다. 그러나 이들 작품은 미적 형상화가 단지 예술적 의장 역할만 한다고 보아도 좋을 정도로 현저한 정치 우위론적인 정치화를 보여준다. 이들 작품의 화자는 비록 작가가 직접적 개입을 극도로 자제하는 때조차도, 그 정치적 열정을 숨기지 못한다.

「우리들의 일그러진 영웅」의 경우에는 많이 그렇지는 않다. 여기서 작자는 비록 그 알레고리의 구체적인 의미를 직접 설명하고 싶은 충동에 빠져 작품의 배경을 자유당 정권으로 상정하고 이를 다시 30년이 지난 현재의 문제와 병치시키고 있지만, 그 의미는 아직 「칼레파 타 칼라」와 이음동의적인 차원에 머물러 있다. 그 결과 이 작품은 더 이상 추상적인 차원에 머무르고 싶어하지 않는, 알레고리적 세계관의 욕망을 드러내는 수준에 머물러 있다. 이 작품은 알레고리의 한계를 벗어나고 싶어하는 알레고리, 육체를 갖고 싶어하는 관념의 상태를 보여주는 것이다.

그 이후 지상으로 하강한 비의적 상상력, 즉 알레고리적 세계관의 운명은 험난하기만 하다. 그는 알레고리적 사유를 보수주의적 역사의식에 결합시키려 하였으나, 그의 최근 소설은 오히려 그가 그러한 상상력을 상실한 채 그 속에 숨어 있던 정치적인 욕망만을 건져냈다는 생각을 하게 한다.

2.

대부분의 알레고리가 그러하듯, 「우리들의 일그러진 영웅」은 작품을 이루는 제 요소가 유기적으로 결합되지 않고 세 개의 논리적 부분을 표상 하는, 역시 세 개의 부분이 논리적으로 결합되는 형국을 취하고 있다. 엄석대와 나의 대립 및 나의 굴종은 곧 권력의 흥성을, 새 담임 선생님의 출현으로 인한 엄석대의 추방은 곧 권력의 몰락을, 그 이후의 이야기는 권력의 반복성을 보여준다. 이처럼 간명한 논리적 도식을 지닌 이야기가 극히 자연스럽고 흥미진진하게 느껴지는 것은 빼어난 이야기꾼으로서 이문열의 솜씨가 유감 없이 발휘된 때문일 것이다.

이 이야기의 한 가운데에 엄석대가 있다. 그 잘 부여된 성격과 그리하여 획득된 인격적 외관에도 불구하고, 그는 근본적으로는 「칼레파 타 칼라」의 티라나투스가 그러했고 「들소」의 뱀눈이 그러했듯 이문열식 권력 개념의 인격화에 불과하다. 엄석대는 곧 권력이며 엄석대의 운명은 곧 권력의 운명이다. 그리하여 「칼레파 타 칼라」가 권력의 몰락을 알레고리화한 것이고 「들소」가 권력의 형성을 알레고리화한 것이듯, 「우리들의 일그러진 영웅」은 권력의 흥성과 몰락을, 그러한 권력 성쇠의 비극적 반복성을 알레고리적으로 형상화한 것이 된다. 이 점에서 「우리들의 일그러진 영웅」은 이문열의 정치적 우화의 결정판에 해당한다.

그렇다면 이제 문제가 되는 것은 이문열이 생각하는 권력이 무엇인가 하는 것이다. 그가 생각하는 권력이란 곧 정치적 권력이며, 이 점에서 그의 권력 개념은 푸코 식의 미시적 권력 개념과는 다른, 고전적이고 전통적인 권력 개념이다. 그러나 그의 권력 개념은 그다지 보편적인 것이 되지는 못한다. 그는 자신의 권력 개념을 어느 시대, 어느 사회에서나 존재하는 보편적인 것으로 제시하고자 하여, 이야기의 대상을 때로는 신석기 시대의 한 혈족으로부터 구하기도 하고(「들소」) 때로는 고대 그리이스의 도시 국가로부터 찾기도 한다(「칼레파 타 칼라」). 그러나 필자가 보기에 그의 권력 개념의 원천은 우리 사회 속에 있다. 우리 사회를 수십 년 동안 지배해 온 독재 권력, 이것이야말로 그의 권력 개념의 원천이다. 물론 여기에 더해질 것이 있다면 그것은 그의 아버지가 선택한 나라 북한의, 독재적 정권의 존재이다. 독재적 권력은 대체로 자유와 합리의 배제, 절대적 복종의 요구, 댓가와 처벌의 원리 등에 의해 운영된다. 이러한 원리는 각각의 국가 구성원에 의해 내면화되는 경향을 띠게 되며 그 결과 독재적 지배는 그들의 자발적 동의라는 외적 형식을 통해 관철된다. 상세한 차이를 사상하고 나면 남북한의 독재적 권력은 이러한 특성들을 공히 지니고 있다.

이것은 추측이지만, 본질상 관념주의자인, 그리하여 자신의 경험을 인문학적 지식의 힘을 빌어 세계에 대한 보편적 원리의 차원, 즉 알레고리적 사유의 차원으로까지 끌어올리는데 익숙한 이문열은 권력에 대해서도 거의 동일한 작업을 행했던 것으로 보인다. 다시 말해 그는 우리 사회를 지배하는 독재적 권력의 논리를 권력 일반의 보편적 논리로 격상시켜 자신의 권력 개념으로 삼았다. 그리하여 일련의 정치적 우화를 통해 그가 제시하는 권력의 형상은 그지없이 음울하고 야비한 모습을 띠고 있다. 「칼레파 타 칼라」에서도 그렇지만 이미 「들소」에서부터 그러한 모습은 매우 극명하게 묘사되어 있으며, 「우리들의 일그러진 영웅」에서 엄석대를 통해 구현되는 권력의 비정함은 몸서리를 치게 할 정도이다.

이문열의 견해에 의하면 이러한 권력의 존재는 인간 사회가 존재하는 한 극복할 수 없는 악덕이다. 비록 그는 「들소」에서 권력의 출현을 신석기 시대로 보는 고고학적 사실을 수용하고 있지만, 처음이 있었다 해서 끝 또한 반드시 필요한 것은 아니다. 그러므로 티라나투스는 사라져도 또 다른 티라나투스의 출현은 막을 수 없듯이(「칼레파 타 칼라」), 소년 시절의 엄석대는 징벌할 수 있어도 성년의 엄석대의 출현은 막을

수 없으며 감옥에 갔다 나오는 엄석대의 또 다른 변신 또한 막을 수
없다. 왜 그는 이러한, 비정한 권력의 비극적 반복이라는 개념에 집착
하는가. 그것은 그가 그러한 권력의 배후에 혹은 그 바탕에, 본질상 체
제 내적이거나 기회주의적인 지식인과 본질상 어리석은 대중이 놓여
있다고 보기 때문일 것이다. 그는 이 두 계층에 많은 흥미를 지니고
있으며 이는 「필론의 돼지」 등과 같은 작품을 통해 확인된다. 하지만
정작 그들에 대한 그의 이해는 의외로 깊지 못한 듯하며 더 나아가 어
떤 뿌리깊은 선입관에 의해 지배되고 있는 듯도 하다. 그는 그것이 여
러 시대 여러 역사를 통해 확인된 지식인과 대중의 모습이라고 생각할
지도 모른다. 그러나 필자가 보기에는 그것과는 대립되는 숱한 예들이
또한 존재한다.

아무튼 그는 「우리들의 일그러진 영웅」을 통해서 이 두 계층의 모
습을 선명하게 보여준다. 주인공이자 화자인 내가 전자에 해당하는 것
이라면, 엄석대를 반장으로 모셨다가 나중에는 그를 어지럽게 고발하
는 반 아이들은 후자에 해당한다. 이문열에 의하면 지식인은 현존 권
력이 자유와 합리를 부정하고 있음을 알면서도 굴종의 열매가 선사하
는 달디단 맛으로 말미암아 저항의 근거를 거세당한 존재이다. 지식인
은 근본적으로 수혜 받은 존재인 것이다. 또한 대중은 어떤 경우에도
어리석은 존재라는, 자신의 숙명에서 자유로워질 수 없다. 권력이 위세
를 떨칠 때 그들은 자발적 동의의 형태로 그것에 굴종한다. 권력이 몰
락할 때면 그들은 그래서야 질서로부터 이탈해 가지만 때때로 대담해
보이는 그 저항에는 아무런 전망도 방향도 없다.

이러한 이유로 인해 이문열은 역사를, 무질서하고 소모적인 격변의
짧은 시기를 주기적으로 겪으며 펼쳐지는 비정한 권력의 교체로 이해
한다. 하지만 이러한 논리의 틈은 이 교체를 논리적으로 설명할 수 없

다는 점에 있다. 「우리들의 일그러진 영웅」보다 훨씬 앞서 발표된 「칼레파 타 칼라」에서 그는 아테르타의 몰락을, 소피클레스라는 과민적이고 의심 많은 지식인에 의해 촉발되어, 비현실적인 정치가와 감정에 치우친 예술가에 의해 확산되고, 급기야는 사회의 저변에 놓인 불만 계층과 선동가들에 의해 파국에 다다를 것으로 묘사했다. 그러나 이는 알레고리임을 감안하더라도 너무나 희극적이고 비논리적이다. 이제 그는 「우리들의 일그러진 영웅」에서 그것을 좀더 세련되게 설명하고자 한다.

> 해명이 좀 늦은 감이 있지만, 어떻게 보면 아무래도 혁명적이 못 되는 석대의 몰락을 내가 굳이 혁명이라고 표현한 것은 실로 그 때문이었다. 비록 구체제(舊體制)에 해당되는 석대의 질서를 무너뜨린 힘과 의지는 담임선생님에게 빚졌어도 새로운 제도와 질서를 건설한 것은 틀림없이 우리들 자신의 힘과 의지였다. 거기다가 되도록이면 그날의 일을 우리들의 자발적인 의지와 스스로의 역량에 의해 쟁취된 것으로 기억되게 하려고 애쓰신 담임선생님의 심지 깊은 배려를 존중하여 나는 이런저런 구차한 수식어를 더해 가면서까지도 굳이 혁명이란 말을 썼던 것이다. (『1987 이상문학상 수상 작품집』, 70면)

혁명의 힘과 의지는 담임선생님에게서 나왔지만, 새로운 제도와 질서를 건설한 것은 우리들이었다는 이 대목은 이문열이 얼마나 혁명이라는 '불가해한' 현상을 설명하고자 고심했는가 보여준다. 헤겔을 잠시 빌려온 것일까. 그 말은 매우 이해하기 쉽지만, 그렇다고 해서 수긍마저 쉽게 할 수 있는 것은 아니다. 권력이 비극적으로 반복되어야 하는 진정한 이유를 제시할 수 없다는 것, 여기서 필자는 이문열의 추상적 역사의식이 지닌 논리적 한계를 발견한다. 그것이 정녕 이문열의 알레고리가 설명할 수 없는 부분이라면, 무엇이 이러한 한계를 낳는 것일까. 아마도 그것은 그가 지식인이나 대중의 존재를 보다 복합적이고 다층적으로, 충분히 관찰하지 않기 때문이 아닌지. 혹은 생래적이고 경험적인 것들로부터 자연스럽게 형성된 보수적 세계관에 그가 너무 많이 지배되고 있기 때문은 아닌지.

3.

　이제 화자의 문제로 돌아가야겠다. 앞에서 필자는 이문열의 최근 소설이 갖는 정치우위론적 정치화 양상을 화자의 분석을 통해 구체적으로 확인할 수 있다고 했다. 또한 「우리들의 일그러진 영웅」이 그러한 소설로 나아가는 결절점 역할을 한다고도 했다. 그러면 그, 권력에 대해서는 '관대하고' 지식인에 대해서는 '가혹한' 화자, 또는 현존 권력에 대해서는 옹호적이고 변혁 세력에 대해서는 비판적인 화자는 「우리들의 일그러진 영웅」에서는 어떤 방식으로 존재하는가.

　이 작품이 화자가 동시에 주인공인 일인칭 소설이라는 점에 유의할 필요가 있다. 또한 이 작품은 화자가 작가 자신의 관념을 상대적으로 보다 직접 대변할 수밖에 없는 알레고리이기도 하다. 말하자면 이 작품에서 작가는 화자이자 또한 주인공일 수 있다. 물론 이들 사이에는 다소간의 편차가 존재한다. 그러나 다소 무리를 범한다면 그들은 동일 선상의 존재가 될 수 있을 것이다. 이 때 중요하게 부각되는 것이 주인공인 내가 엄석대와 투쟁하면서 동원하는 방법이다.

그러나 이제 와서 생각해 보면, 그 실패는 석대의 남다른 통솔력 못지 않게 나의 잘못도 큰 원인이 된 듯 싶다. 아무리 아이들의 정신 속이라고 해도, 어른들의 정의와 자유에 대한 열망에 상응하는 부분은 있었을 것이다. 그런데 나는 내 개인적인 감정과 조급으로 그들을 대의로 깨우치거나 설득하는 대신 눈앞의 이익으로 매수하려고 들었을 뿐이었다. 거기다가 기껏 더할 게 있다면 어른들의 선동에 해당되는 저급하면서도 교활한 정치기술 정도였을까. (26면)

지식인인 나는 엄석대라는 권력에 대항하기 위해 부도덕한 방법을 사용한다. 즉 저항에는 언제나 부도덕함이 깃들어 있다. 부도덕한 권력에 대한 부도덕한 저항인 것이다. 지식인의 부도덕성에 대한 집요한 추적은 주인공과 화자와 나의 동일성을 염두에 둔다면 이문열 특유의 결벽증의 소산일 수 있다. 그런데 이 지점에서 그의 알레고리적 비약력은 이러한 자신의 내밀한 결벽증마저도 지식인의 원죄라는 보편적 원리로 격상시켜 버린다. 그리하여 본질상 수혜자인 지식인, 즉 이문열 자신과 같은 부류의 권력 비판 혹은 체제 부정은 공모자의 배신과도 같은 의미를 지니게 된다. 이는 그 결벽증이 강한 만큼 확신적인 것으로 굳어진다. 이렇게 되면 이제 비판의 주요한 대상은 이문열 자신과 동일한 차원의 존재인 지식인이 될 수밖에 없다.

여기서 필자가 의문을 갖게 되는 것은, 이후에 왜 그가 그러한 비판을 자기 자신을 제외한 대상으로 향하게 하는 가이다. 바로 이 지점에서도 필자는 알레고리적 사유방식만으로는 설명될 수 없는, 그의 또 다른 본질적 요소, 즉 보수적 세계관과 맞닥뜨린다. 그의 최근 정치적 소설은 「우리들의 일그러진 영웅」이 보여주는 알레고리적 사유 방식에 보수적 세계관이 결합된 결과물이다. 그러나 이들 작품 속에서 화자들은 「우리들의 일그러진 영웅」의 일인칭 화자와는 비교할 수 없을 정도로 확신에 찬 모습을 보여준다. 필자가 두려워하는 것은 바로 이러한 방식의 확신, 유보되지 않은, 여지를 갖지 않은 확신이다. 「우리들의 일그러진 영웅」은 그러한 확신과는 어느 정도 거리가 있으며, 이 점에서 이 작품은 「칼레파 타 칼라」보다도 훨씬 뛰어나다. 거리가 이 작품을 이문열 문학의 최대치의 하나로 만들어 준 것이다.

[방법 · 기법의 가치]

조세희의 연작장편소설 『난장이가 쏘아올린 작은 공』(문학과지성사, 1978)론

1.

최근 리얼리즘을 둘러싼 논의 속에서 황석영의 중편 「객지」(1971)와 함께 조세희의 연작장편 『난장이가 쏘아올린 작은 공』(1978, 이하 『난장이』로 약칭)이 대조적인 검토의 대상으로 떠오르고 있음을 볼 수 있다.[1] 이는 이들 작품이 지닌 문학적 가치가 매우 높음을 의미한다. 잦은 거론의 이면에는 두 작품이 모두 70년대 문학이 거둔 빼어난 문학적 성

---

1) 진정석, 「모더니즘의 재인식」, 『창작과비평』, 1997년 여름호 및 김명환, 「민족문학 갱신의 노력」, 『작가』, 1997년 1 · 2월호; 「달을 가리키는 손가락보다 달을」, 『작가』, 1997년 9 · 10월호

과라는, 하나의 공유 사실이 놓여 있다. 그러나 이들 작품이 함께 부각
되는 것은 거의 언제나 두 작품을 대조적으로 검토하기 위해서였으며
이번에도 그것은 예외가 아니다.

또 이렇게 두 작품이 함께 부각될 때면, 「객지」는 리얼리즘의 기율
에 보다 충실한 작품으로 이론(異論)의 여지가 없는 것처럼 논의되는
반면, 『난장이』는 리얼리즘의 측면에서 볼 때, 빼어나기는 하지만 그
것이 지닌 모더니즘적 취향으로 말미암아 「객지」가 성취했던 것과 같
은 수준 높은 리얼리티 창출에는 미치지 못한 것으로 평가되곤 한다.

그러나 최근의 논의에서 진정석은 이와 같은 방식의 평가가 주로
리얼리즘의 입장에서 행해진 것이며, 우리 근대문학은 종래의 리얼리
즘과 모더니즘 모두로부터 자양분을 획득해야 하므로 황석영뿐만 아
니라 조세희가, 즉 「객지」만이 아니라 『난장이』가 우리에게는 필요하
다고 말한다. 이러한 주장은 종래 리얼리즘의 관점에 서 있던 비평가
들이 모더니즘의 세례를 받은 것으로 간주되어온 작품에 대해서도 배
타적으로만 대하려 하지는 않았다는 점을 감안하면 온당치 못한 지적
이라 할 수도 있다.

그러나 그렇게 간주하기에는 실제비평에서, 모더니즘의 영향을 받
은 것으로 나타나는 작품들에 대한 종래 리얼리스트 비평가들의 냉정
함이 부담이 되는 것도 사실이다. 마치 예전에 『천변풍경』(1938)을 둘
러싼 평가에서 그랬듯이 『난장이』에 대해서도 리얼리스트 비평가들은
그 작품의 문학적 성취를 상당한 정도로 인정하면서도 동시에 그 불완
전함을 지적함에 있어 크게 주저하지는 않는 듯하다. 김명환처럼 "'민
중의 피땀냄새'"가 부족함을 지적하든 그밖에 객관적 현실에 대한 치
밀한 관찰과 그 묘사가 불완전함을 들든 리얼리스트 비평가들은 『난장
이』에서 리얼리즘이라는 규준에의 미달점을 발견하는 것이다.

　　진정석은 기존의 리얼리즘론에 대한 불만을 표명하는 가운데 리얼리스트 비평의 그같은 냉담함을 비판하면서 『난장이』를 들어 모더니즘 계보, 그 작품들 속에도 우리 근대문학의 성숙을 위해 참조하지 않으면 안 되는 요소가 있음을 지적한 것이라 하겠다. 이는 말하자면 리얼리스트 비평의 실제적 배타성에 대한 비판으로서 이 점에 대해서는 필자 역시 공감하는 면이 있다.

　　지난 시대에는 더욱 그러했지만 최근에 들어서도 리얼리스트 비평은 리얼리즘에 대한 강박증을 보이는 측면이 있다. 다시 말해 특정한 작가의 졸렬함과 우수함은 그 작가가 리얼리즘에 얼마나 도달했는가의 여부에 의해 결정된다는 생각을 전제로 한 듯한 평가를 종종 볼 수 있다. 그러나 분명히 하지 않으면 안 되는 것은 리얼리즘이라는 것은 그 자체로 지상의 과제가 아니라 문학성을 구현하기 위한 하나의 방법·방편이라는 사실이다. 문학성을 1월의 보름달이라 하고 방법 혹은 방편으로서의 리얼리즘을 하나의 창이라 한다면, 리얼리즘말고도 그 달을 바라볼 수 있는 창은 얼마든지 더 있을 수 있다. 리얼리즘은 말하자면 리얼리스트에게는 특권적인 지위를 갖는 방법론이 될 수 있지만, 그밖의 관점을 지닌 이들에게는 그렇지 못한 것이 된다. 또 우리는 통상 리얼리즘이라고 간주하지 않는 여타의 방법으로 창조된 많은 훌륭한 작품을 알고 있는데, 여기서 더 나아가 리얼리즘의 목표가 진정한, 즉 객관적이면서도 수준 높은 리얼리티 창출에 있다고 거칠게나마 말할 수 있다면, 리얼리즘 방법이 아닌 여타의 방법을 통해서 획득된 객관적 리얼리티의 높은 수준을 목도할 수도 있다. 혹자는 이를 역설적으로 리얼리즘의 승리라 해왔고 결과적으로 그렇게 간주할 수도 있겠지만, 그 경우 그것을 왜 리얼리즘이 아닌, 그 작가가 의식했던 특정한 방법론의 승리라 해서는 안 되는가를 문제삼을 수 있다. 그 방법론이 리얼리스트가 금과옥조시하는 리얼리티의 높은 수준을 이끌어냈다고 할 수도 있지 않느냐는 것이다.

필자가 말하고 싶은 것은 리얼리즘이라는 것이 리얼리티라는 성채의 자물쇠를 여는 만능의 열쇠는 아님을 이해해야 한다는 것이다. 리얼리스트는 자신의 방법이 갖는 제한성을 의식하면서도 리얼리즘을 추구하는 역설의 주인공이 되어야 한다. 여타의 방법론을 통해 획득된 수준 높은 세계를 그 방법론의 승리로 인정함과 동시에 그럼에도 불구하고, 현실에 관한 이론적·문학적 담론들을 의식하면서 아직 알려지지 않은 현실의 새로운 차원, 새로운 영역을 발견하려 하고, 지금까지의 사유보다 더 높고 깊은, 현실에 대한 인식·예지·영감에 도달하려 하는, 또 그렇게 하여 창출된 세계, 즉 해당 작품의 효과가 실제 현실의 변화와 개선을 향하도록 하는, 리얼리즘에 대한 신뢰를 버리지 않아야 한다. 왜냐하면 리얼리스트는, 리얼리티의 획득이 리얼리즘의 목표이고, 그 달성에 있어 리얼리즘이 그밖의 방법론보다 유효하리라고 가정하는 자이기 때문이다.

이러한 가정을 불필요하게 절대화하게 되면 리얼리즘은 방법·방편의 지위에서 격상되어 지상의 목표, 절대적 가치가 되어 버린다. 최근 논의에서 리얼리즘의 심화를 강조하는 입장에 선 이들이 이런 오류를 범하고 있음은 단지 필자의, 주관적 판단의 소치만은 아닐 것이다. 리얼리스트는 리얼리즘의 신비화로부터 벗어나 방법론들의 경쟁 시장에서 자신의 유효성을 입증해야 한다.

그러나 최근의 논의는 해당 논자들이 리얼리즘이나 모더니즘과 같은 개념을 한편으로는 답습적인 차원에서, 다른 한편으로는 매우 모호하게 사용하고 있음을 보여준다. 논자들은, 우리 근대문학이 모더니즘의 상대적 빈곤성으로 특징지워진다고 하면서 모더니즘의 성과를 참조하는 리얼리즘의 심화를 주장하거나,[2] 리얼리즘을 우리 근대문학의 주류로 보는 그같은 설정에서 벗어나 근대성을 축으로 리얼리즘과 모더니즘을 양날개로 삼는 새로운 근대문학론의 정립을 주장한다.[3] 그러나 정작 이같은 논의 속에서 빈번히 등장할 수밖에 없는 리얼리즘과 모더니즘의 개념에 대해서는 논자들은 근본적인 재검토를 행하지 못하는 것으로 보인다. 이는 리얼리즘의 심화를 주장하는 입장이나, 리얼리즘과 모더니즘의 근대문학론으로의 통합을 주장하는 입장이나 마찬가지이다.

전자의 경우 그것이 전제하는 리얼리즘론은 당파적 현실주의론의 그것으로 보면 무리가 없겠지만, 이 경우 문제가 되는 것은 그러한 리얼리즘론의 타당성 여부이다. 특히 지금처럼 80년대의 제반 리얼리즘론, 다시 말해 당파적 현실주의론·노동해방문학론·민족해방문학론 등 반영론에 입각하고 당파성·총체성 또는 그것의 변형개념을 리얼리즘론의 핵심범주로 하는, 제이론의 문학적 성과가 매우 의문시되는 지금의 시점에서 이는 진지하게 검토되지 않으면 안 될 주제이다. 1990년을 전후로 하여 형성된 마르크시즘의 위기에 대응하기 위해서는 마르크시즘의 근본개념에 대한 재검토와 더불어 마르크시즘 자체의 재구성이 필수적이라면, 리얼리즘론에 대해서도 이와 같은 재검토 및 재구성이 요구되어야 한다. 백낙청과 같은 이는 당파적 현실주의론

---

2) 윤지관이나 김명환은 그와 같은 견해를 보인다. 윤지관의 견해는 「문제는 '모더니즘의 수용'이 아니다」(『길』, 1997.1) 및 「민족문학에 떠도는 모더니즘의 유령」(『창작과비평』, 1997년 가을호) 등에 잘 나타나 있다.
3) 진정석의 견해가 그러하다. 지난해 11월 6일 '민족문학론의 갱신을 위해'라는 제하로 열린 민족문학작가회의·민족문학연구소 공동심포지엄 자료집에 실렸던 그의 글 「민족문학과 모더니즘」과, 이에 대한 윤지관과 김명환의 비판적 평가를 다시 반박한 「모더니즘의 재인식」은 그의 견해를 이해하는 데 도움이 된다.

에 대해서 이미 오래 전부터 회의적인 태도를 보여왔고 그와 다른 방향으로의 리얼리즘론 정립을 시도해 왔지만,4) 그의 논의까지 포함하

<hr>

4) 「리얼리즘에 관하여」(『한국문학의 현단계』Ⅰ, 1982), 「모더니즘에 관하여」(『리얼리즘과 모더니즘』, 1984), 「모더니즘 논의에 덧붙여」(『민족문학과 세계문학』Ⅱ, 1985) 등에서 이를 구체적으로 확인할 수 있다. 특히 영미 모더니즘을 중심으로 모더니즘 개념에 대한 정확한 이해의 바탕 위에서 모더니즘론의 궤적을 추적하면서 리얼리즘론의 새로운 가능성을 추구하는 「모더니즘에 관하여」도 중요하지만, 영국문학을 중심으로 논의를 진전시키면서 리얼리즘 개념의 재정립을 모색하고 있는 「리얼리즘에 관하여」나, 리얼리즘론의 새로운 모색이라는 견지 위에서 문학의 몇몇 중심 개념들을 재검토하고, 서구문학비평의 모더니즘론으로의 경사현상을 비판적으로 조명하면서 리얼리즘의 길을 옹호하고자 한 「모더니즘 논의에 덧붙여」는 매우 중요한 논문이다. 특히 그가 "리얼리즘이 고전주의·신고전주의·낭만주의·자연주의 그 어느 것과도 구별되는 독자적 명칭을 요구하는 근거가 바로, 인간의 세계는 '현실'로서 인간이 체험하는 그것 이외에 따로 없지만, 이 현실의 정확한 인식은 '시적' 창조의 과정에서만 가능하며 따라서 진정한 '사실성'에는 이상주의가 가세할 필요도 없이 자동적으로 비이상주의적이며 철저히 현실적인 전투성이 주어진다는 세계인식인 것이다"(「리얼리즘에 관하여」)라고 리얼리즘을 규정한 것은 당대로서는 물론 지금도 여전히 신선한 의미를 지니고 있다. 또한 그가 리얼리즘의 인식론적 토대가 되는 루카치의 반영론이 "관념적 실체론"이라는 철학적 약점을 지니고 있다고 지적하면서, "예술의 예술성 내지 창조성 자체는 달리 규명하되, 그러한 예술성이 실제로 성취될 때 '현실반영'이라는 사건이 어째서, 얼마나 그 핵심적인 요인으로 반드시 끼여들게 마련인가를 밝히는 것이 옳은 접근법일 것 같다. 이는 '글쓰기' 자체에 대한 최근 비평이론들의 관심과 통하는 데가 있지만 글쓰기의 창조성이 따로 없고 관련자들이 일정한 현실인식에 의해 창조적이라고 결정해주기 나름일 뿐이라고 하는 일부 '실천적 비평' 내지 '정치적 비평'과도 구별된다"(「모더니즘 논의에 덧붙여」)라고 지적한 대목은 현재 리얼리즘을 둘러싼 논의에서 정작 필요한 내용이 무엇인지를 재고하게 한다. 그는 이미 80년대 초반에 문학적 창조성과 리얼리즘이 어떻게 '화해'하거나 조화를 이룰 수 있는지를 고민하고 있었는데, 이처럼 선구적인 문제의식이 이후 연구 성과로 분명히 가시화되지 않고 있음은 아쉬운 일이다. 그러나 최근에 발표된 「로렌스와 재현 및 (가상)현실 문제」(『안과 밖』 창간호) 같은 글은 그 연장선에 있는 글로 주목을 요한다. 또 당시 그는 루카치의 반영론적 문학이론을 극복할 수 있는 가능성을 「예술작품의 기원」 등에서 나타나는 하이데거의 언어이론에서 찾고 있었는데, 최근 정남영이 쓴 「바꾸는 일, 바뀌는 일, 그리고 문학」(『창작

여, 종래의 리얼리즘론에 대한 회의 없이, 기존의 논리를 고수한 채 이를 그대로 현재의 작품에 적용하려 하는 리얼리즘의 심화론은 올바르지도 않고 그것으로 시대에 적용하기도 어렵다.

그러나 한편 후자의 논리 속에서도 리얼리즘과 모더니즘의 개념은 달라지지 않는다. 이 논리 속에서 새로운 것이 있다면 광의의 모더니즘 개념의 설정이지만, 이 개념은 종래의 리얼리즘과 모더니즘 및 그 밖의 문학 경향을 포괄하는, 가치범주로서가 아니라 사실범주로서의 근대문학 개념에 사실상 근접하게 되어 특별한 의미를 지니지 못하게 된다. 이 논리는 앞에서도 지적했듯 이른바 리얼리스트 비평가들의 강박증을 경계하는 의미를 지닐 수는 있겠지만, 종래의 리얼리즘론에 대한 근본적인 재검토는 되지 못하며, 따라서 개개 작품과 작가에 대해 이전보다 나은 해석 및 설명을 제공해 준다는 보장이 없을 뿐 아니라 일종의 모더니즘 옹호론으로 귀결될 소지가 없지 않다.5)

결국 필자가 주장하고 싶은 것은 기존 리얼리즘론의 재검토를 통한 새로운 리얼리즘론의 정립과 이를 통한 작가와 작품의 재해석 및 새로운 문학의 모색이 필요하다는 것이다. 이는 여러 난맥상에도 불구하고 리얼리즘이 간직하고 있는 객관적 현실 지향성 및 그것과의 긴장력이, 몇몇 성과만을 남긴 채 급격히 퇴조하고 있는 90년대 문학주류를 대체하는, 새로운 문학의 출발점이 되어야 한다고 믿기 때문이다. 그러나

과비평』, 1996년 겨울호) 등은 그러한 문제의식을 이어받고자 한 것이다.

5) 리얼리즘론의 계보 속에서 새로운 문학의 가능성을 찾기보다는 근대성의 개념을 축으로 리얼리즘과 모더니즘을 공히 인정하는 진정석의 논의는 리얼리즘과 모더니즘의 미학적 경계를 강조하면서 양자를 모두 인정하게 되는 절충적 입장으로 나아갈 소지가 크다. 모더니즘을 새롭게 참조할 수 있어야 한다는 그의 주장은 경직화된 80년대의 리얼리즘에 대한 반성을 촉구했다는 점에서 그 의의가 인정된다. 그러나, 종래의 리얼리즘론이 안고 있는 문제를 해결해줄 것 같지는 않다.

이 글은 이와 같은 작업을 위해 마련된 자리는 아닌 만큼 『난장이』에 대한 재검토를 통해 그 단초를 보이는 데서 만족해야 할 듯하다.

2.

종래의 리얼리즘론에 의하면 『난장이』가 문학적 성과를 인정받을 수 있다면 그것은 다음과 같은 점에서이다. 무엇보다 이 연작은 도시 재개발지구에서 어렵게 살다 쫓겨나야 할 상황에 처한 난쟁이 가족의 생의 곡절이 핍진하게 묘사된 측면이 없지 않다.

쉰두 살의 난쟁이 김불이씨는 평생동안 채권매매·칼갈기·고층건물 유리닦기·펌프 설치·수도 고치기 등으로 가족의 생계를 꾸려온 도시빈민이다. 수도 고치는 일로 생계를 이어가던 그가 우물을 파고 자가 수도를 달아주는 사나이한테 걸려 두들겨 맞는 것으로 연작이 시작되는데서 예감할 수 있듯이(「칼날」) 이 연작의 곳곳마다에서 펼쳐지는 김불이씨 일가의 삶은 신산스럽다 못해 비극적이다. 김불이씨가 집이 철거된 후 벽돌공장 굴뚝에 올라가 자살하고(「난장이」), 막내딸 영희가 팔려간 입주권을 되찾기 위해 동네의 입주권을 몽땅 사들인 투기꾼에게 몸을 바치고(「난장이」), 은강으로 이주해 은강방직에 취직한 큰아들 영수가 노조의 활동을 방해하는 은강그룹 총수의 동생을 오인 살해하여 사형을 당하는 데서 알 수 있듯이(「내 그물로 오는 가시고기」) 그들의 삶은 극히 비극적이다. 독자들은 연작 곳곳에서 극한적인 가난과 억압의 상황에 처한 김불이씨 일가의 슬픔을 목도하게 된다. 뿐만 아니라 이들 연작에는 낙원동 및 은강과 같은, 노동자의 삶터와 공장의 열악한 조건이 매우 자세하게 묘사된 곳이 눈에 뜨인다. 이는 『난장이』가 통상의 리얼리즘 관점에서 보아도 상당한 성과를 인정할 수 있을 만한 작품임을 의미한다.

그러나 이 작품의 가치는 여기서 더 나아가 이 1975년 말부터 1978년 여름에 걸쳐 발표되었음에도 불구하고[6] 급속한 산업화과정에 처한 도시빈민과 노동자계급의 처지를 상당히 정확히 반영하고 있음에서 찾아질 수도 있다.

김불이씨의 아내가 인쇄소 제본공장에 나가 접지 일을 하고, 큰아들 영수는 인쇄소 공무부 조역으로 출발해서 공목·약물·해판 등의 과정을 거쳐 정판에서 일하며, 둘째아들 영호와 막내인 영희 역시 제본공장에서 철공소와 가구공장을 거쳐 다른 공장에 들어가 일하거나 빵집에서 일하고 있는 등의 사실(「난장이」), 낙원동의 집이 철거되고 김불이씨가 자살한 후 대공업도시인 은강으로 이주해 각각, 하나의 그룹을 이루는 대공장들인 은강방직·은강자동차·은강전기 등의 단순노동자가 되어야 하는 영수 영호 영희의 사정은 전후 산업화과정의 제2단계에 처한 한국 자본주의의 당대적 현실을 잘 드러내준다.

또, 도시 변두리 중산층에 속하면서도 부패한 현실과 소시민적 삶에 극히 비판적이며 동시에 김불이씨 일가의 삶에 동정적인 입장을

---

6) 「뫼비우스의 띠」(『세대』, 1976.2); 「칼날」(『문학사상』, 1975.12); 「우주여행」(『뿌리깊은 나무』, 1976.9); 「난장이가 쏘아올린 작은 공」(『문학과 지성』, 1976년 겨울호); 「육교 위에서」(『세대』, 1977.2); 「궤도 회전」(『한국문학』, 1977.6); 「기계도시」(『대학신문』, 1977.6.20); 「은강 노동가족의 생계비」(『문학사상』, 1977.10); 「잘못은 신에게도 있다」(『문예중앙』, 1977년 겨울호); 「클라인씨의 병」(『문학과지성』, 1978년 봄호); 「내 그물로 오는 가시고기」(『창작과비평』, 1978년 여름호); 「에필로그」(『문학사상』, 1978.3)

취하는 신애의 존재라든지, 부유층 가정교사로 살아가면서도 이상적인 사회를 꿈꾸던 공상형 젊은이에서 공장지대의 노동경험을 통해 노동운동가로 성장한 지섭, 은강그룹 총수의 조카로 대학입시에 실패하고 향락적인 삶에 빠져들면서도 자신이 속한 계급을 혐오하고 순수한 세계를 동경하는 윤호의 존재 등을 들어, 리얼리스트 비평가는 당대 사회의 계급적 현실을 조망하는 작가의 시선이 간단치 않음을 지적할 수도 있다. 작가는 당대 우리 사회의 변화를 이해하고 있고 그 속에서 누가 문제해결의 담지자가 되어야 하는지 알고 있으며, 이 점에서 이 작품은 상당한 결함 및 한계를 가지고 있기는 하되 향후 전개될 노동운동 및 계급투쟁의 진로를 예견케 하는 작품으로 간주되곤 하는 것이다.

한편으로 예의 리얼리스트 비평은 이 작품을 황석영의 중편 「객지」가 이미 도달한 리얼리즘 수준에는 미치지 못하는 것으로 평가한다. 이때는 먼저 간척공사장에서 일어나는 자연발생적인 쟁의과정을 그려낸 「객지」에 대한 찬사가 뒤따르곤 한다. 요컨대 불합리한 임금구조 및 함바 운영을 둘러싼 각 관련 인물의 심리 추이 및 사고와 행동의 전개가 매우 밀도 있고 자연스럽다는 것이다. 인물들은 각자의 전력 및 공사장 신분에 따라 서로 다른 상황에 처할 수밖에 없는데 그들은 객관적으로 보아도 실제 현실 속에서 능히 존재할 법한 행태를 보여주는 것으로 말해진다. 객관적 현실의 '진실한' 반영을 강조하는 리얼리스트 비평가에게는 이는 매우 중요한 문제이다.

더 나아가 리얼리스트 비평가는 작가가 그같은 인물들의 자연스러운 불만과 투쟁과 패배의 과정을 통해, 당대 노동자들의 미성숙성·미자각성을 드러내고 있을 뿐만 아니라 동혁이라는 흔치 않은, 계급적 투쟁의 지속성과 냉혹함에 눈 떠가는 노동자를 통해 이후 우리 사회의 발전방향을 암시하고 있음을 부각시킬 수 있다. 이때 「객지」의 전망은 작가의 주관적 희망이나 의지에 의해 덧붙여진 것이 아니라 현실 속에 존재하는 계급투쟁을 객관적으로 그려냄으로써 그러한 형상화 속에 내재하는 형태로 제시한 것이 된다.

반면 『난장이』의 미래 전망은 「객지」의 총체적 형상화가 아니라 작가 자신의 주관적이고도 공상적인 형성화 수법을 통해서 제시된 것이 된다. 연작이라는 발표형식의 탓이라 할 수도 있겠지만, 난쟁이 일가의 각 인물과 신애 지섭 윤호 같은 인물은 모자이크적인 구성을 연상케 할 정도로 작위적이고 자의적인 관계를 맺고 있다는 것이다. 이같은 작위성·자의성은 이들 인물의 설정 자체에서부터 이미 작용하고 있다고 볼 수 있는데, 어쩌면 작가는 당대 사회의 현실을 대표한다고 볼 수 있는 각각의 인물을 설정하고 이들을 통해, 지식으로 획득된 한국 사회의 계급적 현실과 그 해결에의 전망을 제시하고자 한 것인지도 모른다. 작품 곳곳에서 이들 인물이 실제 현실에서는 찾아보기 힘든 사고 및 행동방식을 보이거나, 반대로 김명환의 지적처럼7) 극히 이상적인 차원의 그것들을 보여주고 있음은 그 좋은 근거가 된다. 이같은 작위성·자의성은 종래의 리얼리스트 비평에 의하면 반리얼리즘적이거나 적어도 비리얼리즘적인 수법으로 비판받아 마땅하다.

그런데 이러한 작위성·자의성은 인물 설정이나 그 묘사에서만이 아니라 작가가 작품 곳곳에 설치해놓은 문학적 장치를 통해서도 나타난다. 연작의 「프롤로그」와 「에필로그」에 나타나는 뫼비우스의 띠, 앉은뱅이와 꼽추 이야기, 클라인씨의 병에 관한 이야기, 노동자인 김불이씨를 난쟁이로 상정했을 뿐 아니라 신애로 하여금 소시민적인 삶 속에

---

7) 김명환, 「달을 가리키는 손가락보다 달을」, 『작가』, 1907년 9·10월호, 161~163면.

갇힌 자기 처지를 난쟁이와 같은 것으로 의식하도록 한 것(「칼날」), 공상가에서 노동운동가로 변신하는 지섭이 읽던 책을 『일만 년 후의 세계』라 하고 스스로를 도도새로 표현하게 한 대목(「우주여행」), 영희로 하여금 행복동 집이 철거된 후 이주해 살아가고 있는 은강이라는 도시를, 독일 하스트로 호수 근처에 있다는 난장이들의 도시, 릴리푸트읍과 대조하여 생각하도록 한 것(「은강 노동가족의 생계비」), 연작의 곳곳에서 윤호의 행위와 영희의 행위를 병치 내지는 몽타주 기법으로 함께 제시하고 있는 것 등은 그 단적인 예들이다.

이같은 장치는 종래의 리얼리스트 비평에 의하면 「객지」에서와 같은 총체적 형상화의 방식으로는 객관적 리얼리티를 획득할 수 없었던 작가가 도입한, 비사실주의적이고 반리얼리즘적인 수법들로 간주되기 쉽다. 이러한 기법을 작가는 의미의 풍부화를 위해 도입했는지 모르겠으나, 이로 말미암아 『난장이』는 작가 자신의 주관적 의지의 표백에 가까워진다는 것이다. 결국 『난장이』는 전형적인 리얼리즘 작품이라기보다는 모더니즘의 영향 아래 형성된 리얼리즘 작품으로 평가되며 그 성과만큼이나 한계 또한 자명한 것이 된다.

대강 이와 같은 분석이 기존 리얼리즘론의 시각에서 본 『난장이』의 해석에 해당한다. 그러나 필자가 보기에 이와 같은 분석은 조세희라는 작가의 개성을, 세계와 현실을 이해 관찰 수용하는 그의 독특한 감각, 사유방식 및 형상화방법에 대해서 충분한 설명을 제공하지 못한 채 일방적으로 그것을 리얼리즘 기율에의 미달로, 즉 주관주의적 태도와 의지의 소산으로 이해한 것이다. 그는 독특한 리얼리스트가 아니라 모더니즘의 세례를 받은 리얼리스트로 이해된다. 기존의 리얼리스트에게는 전형화의 방법을 따르지 않는 방법론적 개성은 모더니즘에의 편향으로 간주될 뿐이다.

이같은 오진은 기존의 리얼리즘론에서 작가의 개성, 창조성이 차지하는 위치 및 그 의의가 불분명한 데서 발생하는 것이라 할 수 있다. 80년대의 리얼리즘론을 대표하는 이름을 당파적 현실주의라 할 수 있다면, 작가적 개성은 당파성 및 총체적 형상화의 요구 앞에서 억압되곤 했으며, 다만 수사적으로만, 부가적으로만 그 중요성이 언급되는 가운데 실제 비평에서는 거의 제 기능을 하지 못하는 개념으로 전락하곤 했다.

그러나 만약 리얼리즘 본래의 의의를, 수준 높은 리얼리티의 획득, 다시 말해 현실에 대한, 지금까지 알려지지 않았던 심층적 의미로까지 인간적 이해의 가능성을 확장하는 데 있는 것으로 본다면, 작가적 개성은 그러한 리얼리즘을 작품상의 성과로 이어주는 필수적 전제조건이 된다.

현실에 대해 그 작가만이 느끼고 알고 있는 것이 아니라면 그것은 이미 누군가에 의해, 어떤 집단이나 담론에 의해 이미 말해진 것일 가능성이 크며, 그 기지의 것을 또 다른 형식으로 옮기는 일은 단지 소모적인 행위가 될 뿐이다. 당파성과 총체성에의 요구로 특징지워지는 당파적 현실주의론 및 그와 같은 선상에 존재하는 제반 리얼리즘론은, 이미 알려진 담론에 작가가 복속될 것을 요구하는 이론으로 간주될 수 있으며, 이 점에서 보면 현실에 대한 더 새로운, 더 심층적인 이해로 인간을 이끌어 가는, 리얼리즘 본래의 요구, 또는 리얼리즘이라는 이름의 방법론이 응당 추구해야 할 목표와는 어울리지 못하는 듯하다. 필자의 관점에서 보면 당파적 현실주의론과 같은 부류의 리얼리즘론은 창조적이라기보다는 답습적인 작품을 낳을 가능성이 큰 셈이며, 이 점에서 더 나은 리얼리즘론은 당파성이라는 개념을 그 구성요소로 요구하지 않을 수도 있다.

필요한 것은 당파성이 아니라 당파성이라는 범주조차도 의심하는 작가적 개성이자 그러한 개성 속에서 현실의 새로운 의미를 발견하고 드러내는 작가 고유의 방법론이 아닌지 생각해 볼 필요가 있다. 리얼리즘이 기지의 것을 드러내는 방법이 아니라 미지의 것을 기지의 것으로 만들어 가는 모험의 과정이라면 작가적 개성과 그의 문학적 방법론은 미지의 세계에 도달하고, 그것을 암시하고 드러내는 전제가 된다. 작가는 어떤 종류의 방법론적 자유도 누릴 자유가 있다. 이 점에서 『난장이』 연작에서 조세희가 수용한 많은 상징·알레고리·몽타지·병치 등은 그 자체로서는 연작의 리얼리즘 성취 여부와는 직접적인 관련을 맺을 수 없다. 문제는 이들 방법론이 과연 객관적 현실에 대한 이해를 지향하고 그 드러냄을 지향하는가에 있다. 이것은 실제적인 비평에 의해 구체적으로 평가되어야 할 문제이다.

3.

조세희의 연작이 하나의 작품집으로 간행되었을 때 붙여진 김병익의 해설, 「대립적 세계관과 미학」은 『난장이』에 대한 풍부한 해석의 선례를 보여주지만 근본적으로는 필자가 문제시하는 관점, 즉 리얼리즘과 모더니즘을 같은 차원에서 양립·대립시키는 관점에 서 있다.

실로 리얼리즘과 모더니즘의 구분에 있어서는 리얼리즘 취향의 비평가이든 모더니즘 취향의 비평가이든 아주 유사한 기준선을 갖고 있는 듯하다. 리얼리즘이 사회적 주체의 측면을 다룬다면 모더니즘은 개인적 주체의 측면을 다룬다는 식의 이항대립적 구분이 그것이다. 이와 같은 관점에서라면 리얼리즘은 인간적 현실을 언제나 반편의 측면에서 제한적으로만 드러낼 수 있을 따름이다. 이 점에서 리얼리즘과 모더니즘은 언제나 상호보족적일 수밖에 없고, 리얼리즘은 현실에 도달하기 위한, 즉 참된 의미의 리얼리티를 획득하기 위한, 특권적 방법으로 자신을 가정할 수 없다. 이같은 문제는 기존의 리얼리즘론이 함축하고 있는 객관적 현실이라는 것의 의미를 재검토할 것을 요구한다.

다시 김병익의 글로 돌아가면, 그는 『난장이』가 사회적 실감을 획득하고 있으면서도 동시에 강한 정서적 울림을 갖고 있다고 본다. 그에 의하면 그 원인은 작가의 독특한 세계관 및 방법론에 있다. 예의 그 사회적 실감이 "사실주의", 즉 대체로 리얼리즘적 방법을 통해 획득된 것이라면 정서적 울림은 "반사실주의", 즉 통상 모더니즘적이라 볼 수 있는 것을 통해 얻어졌다는 것이다.[8]

조세희의 연작소설들 자체가 결론적으로 지적하자면 이런 많은 개념들(개인과 사회·내용과 형식·주제와 기법 또는 주관적 감수성과 집단적 의식·내면성과 객관성·개인성과 역사성·초월과 참여—필자)의 대립적인 관계를 드러내고 있다. 그것은 우선 이 소설들이 각각 독립적인 단편인 동시에 전체

---

8) 반사실주의를 모더니즘과 곧바로 동일시할 수는 없다. 모더니즘은 모더니티(modernity), 즉 근대성에 대한 예민하고도 특별한 반응을 목적으로 하는 제반 유파를 총칭하는 매우 추상적인 범주이므로 그러한 모더니티에의 반응이 언제나 반사실주의로 귀결된다는 보장은 없다. 이는 우리의 경우 박태원이나 김수영 등을 통해서도 쉽게 알 수 있다. 그럼에도, 리얼리즘에 대타적인 개념으로 사용되는 모더니즘은 리얼리즘을 사실과 객관을 추구하는 사조로 간주하면서 현상과 주관을 강조하는 경향을 띠곤 한다. 김병익의 글에 나타나는 "반사실주의"는 이 점에서 모더니즘과 대체로 같은 의미로 사용된다. 그러면서도 그는 반사실주의를 모더니즘과 일방적으로 동일화하지 않고자 했고, 그 결과 모더니즘이라는 개념보다 반사실주의라는 개념을 선호하고 있다.

적으로는 장편소설의 구조를 지니고 있다는 점에서 출발하여 사실주의적 소
재를 반사실주의적 수법으로 형상화하고 있다는 사실, 그 인물과 사건들은
극히 단순하고 명백함에도 불구하고 그 저변에는 복잡하고 순환적인 세계인
식이 깔려 있다는 사실, 짧고 명료한 객관적인 문체에도 불구하고 심리변동
의 묘사에 거의 시적인 기미를 보이고 있다는 사실 등의 대응된 관점에서 지
적될 수 있을 것이다. 환원하면 조세희의 소설들은 그 구조와 표현에 있어 선
험적으로 대립적인 그의 세계관과 미학적 방법론을 실천하고 있다.9)

이 대목은 서로 대립적인 두 측면 또는 두 차원의 계열을 보여준다.
사회-내용-주제 또는 집단적 감수성-객관성-역사성-참여의 계열
이 그 하나라면 개인-형식-기법 또는 주관적 감수성-내면성-개인
성-초월의 계열이 나머지 하나이다. 앞의 것이 이른바 "사실주의", 즉
리얼리즘의 영역을 보여주는 계열이라면, 뒤의 것은 이른바 "반사실주
의", 다른 말로 한다면 모더니즘의 영역을 보여주는 계열이다. 이와 같
은 계열의 대립 축에는 세계관과 미학을 각각 전자와 후자의 것에 속
하는 것으로 추가할 수도 있을 것이다.

필자로서는 이같은 두 계열 구분이 리얼리즘과 모더니즘에 대한, 한
국문학자의 뿌리깊은 선입견에 관련되어 있다고 보지 않을 수 없다.
한국문학에서 리얼리즘과 모더니즘은 서로 배타적으로 구분되는 두
개의 영역을 분점 하는 양대 사조로 이해되어왔고, 그 각각의 영역에
는 각기 다른 인식론, 즉 객관주의적·결정론적·변증법적 인식론과,
주관주의적·불확정적·형이상학적 인식론이 엄밀히 대응하고 있는
것처럼 이해되어 왔다. 최근 진정석의 근대문학 '양날개론'은 이와 같
은 관점의 맥을 잇고 있다. 국문학계에 일반화되어 있는 그와 같은 시
각은, 30년대에 리얼리즘과 대타적인 개념으로 사용되었던 모더니즘

___

9) 조세희, 『난장이가 쏘아올린 작은 공』, 문학과지성사, 1978.6, 3판, 278면.

개념을 재검토하지 않은 채 그대로 수용한 것으로 상당한 문제를 안고 있다.

한편으로, 그같은 문제는, 종래의 리얼리즘론이 지닌 현실 개념의 불완전함에서 필연적으로 파생한 것이라 할 수 있다. 종래의 리얼리즘, 예컨대 2~30년대의 프롤레타리아리얼리즘론, 사회주의리얼리즘론은 물론 80년대의 당파적 현실주의론이나 노동해방문학론 등에서 현실이란 주로 계급적 차원 또는 계급으로 환원할 수 있는 정치적·경제적·이데올로기적 차원의 현실 또는 민족적 차원의 현실이나, 이 양자의 결합형태로서의 현실을 의미하는 것에 가까웠다. 그것은 계급적 차원으로 환원할 수 없는 여타 차원의 현실, 예를 들어 성적 생태환경적·지역적 차원의 현실 등은 물론, 사회적 측면으로 환원할 수 없는 상대적으로 순수히 개인적인 측면의 현실, 예컨대 심리적이고 정신분석학적인 차원의 현실까지도 실질적으로 포괄할 수 있는 개념과는 거리가 있었다. 이는 다소간의 양적 차이는 있을지언정 종래의 리얼리즘론이 근본적으로는 김병익이 위 인용 글에서 제시했던 첫 번째 계열의 현실을 대상으로 해왔음을 의미한다.

여기서 우리는 지금까지 현실에 대해 가장 안정적인 이론을 제공한 것이 계급적·민족적 차원의 담론이었다는 점을 상기할 필요가 있다. 종래의 리얼리즘론이란 상대적으로 확정적인 담론을 바방으로 하는 리얼리즘론이었다. 여타 사회적 차원의 현실이란 그 차원의 존재는 뚜렷하지만 아직 그것에 대한 담론이 성숙되어 있다고 보기 어려우며, 특히 심리적·정신분석학적 차원과 같은, 상대적으로 순수히 개인적인 영역의 경우에는 주관주의적이고 상대주의적인 철학의 처소로, 그에 기반한 포스트모더니즘론의 논리적 근거로만, 그 탐구대상으로만 간주되어온 측면이 강하다. 종래의 리얼리즘론은 이와 같은 다양한 차원,

측면의 현실 속에서 비교적 그 계급적 연관성이 뚜렷한 층위들 및 그들 사이의 연관만을 대상으로 해 왔다. 이때 리얼리즘론이 관심을 두는 개인이란 대체로 계급적 차원의 현실을 응집하고 있는 개인을 의미했다. 전형적 인물이란 계급적 차원의 보편성을 담지하고 있는 개인이었으며, 이때 그 개별자로서의 성격에 대한 강조는 매우 부가적이었다. 보편자와 개별자의 통일이라는, 헤겔식의 관념적 특수성 개념에 바탕한 인물 관념 속에서 그 개별자적 성격이 부각되기란 매우 어려웠을 것이다. 이는 80년대의 리얼리즘 소설이 빈번히 인물의 도식화로 기울었던 것을 설명해 준다.

그러나 종래의 리얼리즘론에서 현실이 그같은 의미망을 지니고 있었다 해서 현실의 의미가 종래의 차원에 항상 고착되어 있어야 함을 의미하지는 않는다. 새로운 리얼리즘은 날로 그 확장과 심화가 요구되는 현실에의 이해를 자기 것으로 만들 필요가 있으며, 이처럼 복합적이고 중층적으로 존재하는 현실의 비의를 치열하게 탐구함으로써 인간적 삶의 가능성을 확장해갈 필요가 있다. 리얼리즘이란 사유와 상상에 있어 다소 안정적인 토대로 작용하는 기존 담론의 존재 위에서, 그것마저도 부단히 회의하면서 아직 불확정적이고 미정형적인 현실의 비의를 부단히 가시적 영역 안으로 끌어들이는 변혁의 과정을 의미한다. 리얼리즘은 그같은 과정을 통해 당대를 살아가는 이들에게 문학이 아니고는 선사할 수 없는 미래에의 희망과 예지와 영감을 선사해야 한다. 현실에 대한 현재적인 인식틀을 부단히 무너뜨려 가는 혁명적인 과정이 없이는 리얼리즘은 생명력을 상실한, 권위와 억압의 담론으로 전락할 것이다.

이처럼 미지의 영역을 향한 모험의 도정을 통해 현재적 현실에 희망과 예지와 영감을 선사하고자 하는 리얼리즘의 속성으로 하여 그것은 모든 문학적 방법론의 개방적 수용을 요구한다. 상징이나 알레고리, 풍자와 아이러니, 유머, 패러디, 몽타지 등과 그밖의 수많은, 문학이 이제까지 계발시켜온 온갖 형상화의 방법·기법은 새로운 가능성을 향한 모험의 도정에 있어 수단이 되어야 한다. 리얼리즘을 헤겔적, 루카치적 총체성의 교외로부터 해방시켜, 리얼리스트의 작품으로 하여금 갖가지 기법이 선사하는 제반 미학적 가치의 처소가 될 수 있도록 해야 한다. 현실은 다층적이고 복합적이다. 이 현실의 비의가 언어 속에서 숨쉬도록 하기 위해서는 그만큼이나 풍요롭고 함축적이고 유연하고 신선한 방법론의 도움이 필요하다.

리얼리즘이 이렇게 자유로운 정신의 담지자로 이해될 수 있다면 그것은 모더니즘이라는, 개인주체적 측면과 미학의 처소라 흔히 이해되는 것의 도움을 얻지 않고도 현실에 대한 더 높은 차원의 이해에 도달하고 그렇게 해서 획득된 리얼리티의 효과를 다시 현실에 되돌리고자 하는 리얼리즘 본래의 대의를 실현해 갈 수 있을 것이다.

4.

이제 다시 『난장이』로 돌아와 보자. 무엇보다 작가가 일련의 연작 속에 이끌어들인 문학적 방법·기법에 주목해 보면, 김병익은 조세희의 연작이 "사실주의적 소재를 반사실주의적 수법으로 형상화하고 있다"[10]고 지적한다. 김명환은 또 그의 연작이 "'모더니즘적' 기법을 통해 예술적 긴장을 효과적으로 유지하고 있"[11]다고 지적한다. 이들에 의해 공통적으로 지적되는 것은 조세희가 이끌어들인 방법·기법이 사실주의와는 거리가 멀다는 점이다. 그의 방법·기법은 김병익에 의하면 반사실주의적인 것이며 김명환에 의하면 모더니즘적인 것이다. 이들의 논의를 통해서 보면 결국 반사실주의적이라는 것은 모더니즘적인 것일 개연성이 높다. 그렇다면 이제 다시 질문을 던져볼 필요가 있다. 『난장이』에서 작가가 사용한 방법·기법은 모더니즘적인 것인가.

두 논자 모두 이에 대한 분명한 입장은 정리하지 않은 채 논의를 전개하고 있다. 전자의 경우 『난장이』를 반사실주의이라 하여 모더니즘과의 직접적 연관을 피했으며 후자의 경우에는 모더니즘적이라는 말에 작은따옴표를 침으로써 그것이 모더니즘에 고유한 방법·기법만은 아닐 수도 있다는 생각을 암시하고 있다. 그렇다면 조세희 연작은 리얼리즘의 방법·기법에 따른 것인가?

꼭 그렇게 말할 수도 없다는 것이 이들의 입장일 것이다. 이는 아마도 모더니즘의 이해자이든 리얼리즘의 옹호자이든 리얼리즘을 실상 사실주의의 의미에 가깝게 이해하고 있기 때문이다. 다시 말해, 리얼리즘이란 사실주의를 포함하되 그보다 더 나아간 것이며, 그렇기 때문에 세부적인 사실묘사와 객관적 사실에의 충실성 여부를 평가에서 빠뜨릴 수 없다는 인식이 광범위하게 확산되어 있다는 것이다. 이로 말미암아 상징·알레고리·병치·몽타지 등 많은 방법·기법을 동반하고 있어, 실제적 사실에는 직접 조응하지 못하는 것으로 보이는 조세희의 연작은 온전한 리얼리즘 작품으로 간주되기 어렵게 되어 있다. 그리고 이같은 인식의 저변에는 리얼리즘이란 디테일의 충실성 이외에도 전

---

10) 김병익, 「대립적 세계관과 미학」, 『난장이가 쏘아올린 작은 공』, 문학과지성사, 1978.6, 278면.
11) 김명환, 앞의 글, 161면.

형적 상황하에서의 전형적 인물의 형상화를 의미한다는 엥겔스의 명제가 자리잡고 있다. 다시 말해 디테일의 충실성을 도외시한 리얼리즘이란 있을 수 없다는 것이 리얼리스트 비평가의 고정관념이다.

의문스러운 것은 디테일의 차원에서든, 전체 작품의 차원에서든 형상화된 현실과 실제 현실의 일치 여부를 보증해주는 것은 무엇인가 하는 것이다.

김병익은 "조세희의 간명하고 등식화된 두 세계의 대립관은 사실에의 진실성을 외면하고 있다. (…중략…) 작가의 세계관이 이렇게 대립적인 구조 위에 서 있기 때문에 대립소들의 성격은 자명하고 단순한 형태로 나타나며 가능한 한 추상화된다. 사실적인 관점에서 또 하나의 약점으로 다루어질 수 있는 인물의 묘사도 이같은 대립적 세계관에서 이루어지고 있다. (…중략…) 말하자면 그들은 수정처럼 결정된 형태이고 투명하다. 그것은 갈등적인 세계가 아니라 대립적인 세계를 그리려 할 때 다가올 수 있는 추상화의 방법일 것이다"[12]라고 지적한다. 또 김명환은 "그러나 『난장이』에는 사실적 충실성이 흔들리면서 예술적으로 미흡한 결과를 낳는 대목도 많다. 그리고 사실성의 이완이 초래하는 예술적 흠집은 (지난 글에서 내가 쓴 표현대로라면) '민중의 피땀냄새'에 제대로 육박해가지 못한 데에 근본적인 원인이 있다"[13]라고 비판한다.

김병익은 대립소 및 인물의 추상화가 사실에의 진실성과 어울리지 못함을 지적하고 있으며, 김명환은 "'민중의 피땀냄새'"에 육박하지 못한 결과, 다시 말해 "인간 삶의 실제에 대한 엄정한 자세"[14]가 지켜지

---

12) 김병익, 앞의 글, 285면.
13) 김명환, 앞의 글, 161면.
14) 김명환, 앞의 글, 163면.

지 못함으로써, 사실적 충실성을 얻지 못했다고 비판하고 있다. 이들은 모두 작품의 디테일이 작품 바깥의 사실에 조응하지 못함을 지적하고 있다. 이와 같은 관점이 타당한지 일단 재검토할 필요가 있다. 이 양자의 조응은 어떻게 보증될 수 있는가.

이와 같은 질문을 앞에 두고 필자가 강조하고자 하는 것은 현실은 정신보다, 따라서 작품보다 항상 넓고 깊다는 점이다. 그 다층성·복합성으로 하여 현실은 작가들에게 직접적이고도 완전한 접근을 허용치 않는다. 작가는 대체로 이 현실의 어떤 층위·측면에 대해서만, 이들 층위·측면들 간의 관계에 대해서만 남들보다 더 깊이 이해할 수 있는 자, 이로 인해 그 층위·측면과 그들의 관계가 빚어내는 어떤 양상에 대해서만 더 깊은 형상화를 이루어낼 수 있는, 한정된 능력을 지닌 자이다. 또한 어떤 사소한 인간적 현상도 그리 단순하지만은 않으므로 어떤 작은 묘사에 대해서도 그것이 현실을 완전하고도 정확하게 드러낸 것이라고 자신하기는 어렵다. 문학적 전유란 지난한 과정을 통해 진전되는 것이며, 이 점에서 총체적 형상화는 물론이고 디테일의 충실성도 쉽게 요구할 수 있는 성질의 것은 아니다. 전자뿐만 아니라 후자에 대해서도 우리는 다만 더 깊이 접근해갈 수 있을 뿐 전체 및 본질을 완벽하게 사로잡는 순간이란 영원히 오지 않을 염원의 시간이다.

그러므로 다음과 같은 발상의 전환이 가능하다. 리얼리즘의 목표는 객관적 현실을 총체적으로 반영하는 데 있는 것이 아니라 현실에 대한 지금까지의 상(象)보다 더 나은, 더 진실에 접근된 상을 모색하는 데 있으며, 그 형상화를 통해 인간적 삶의 새로운 가능성을 추구하는 데 있다는 것이다. 묘사된 대상과 실제 대상과의 직접적이고도 완전한 일치는 리얼리즘의 일차적 목표가 될 수 없고 되어서도 안 된다.

이같은 관점은 당파성이나 총체성 같은, 종래 리얼리즘론의 핵심적 범주에 대한 폐기와 유보를 통해서 얻어진 것이다. 그러나 단순히 청산적이지는 않다. 왜냐하면 그것은 객관적 현실에의 무한한 접근과정과 이를 통한 진리 인식의 증대과정을 신뢰하며, 리얼리즘의 실천이 객관적으로 존재하는 현실의 진보를 향해 열려 있다는 신념을 이전의 리얼리즘과 마찬가지로 공유하고 있기 때문이다. 새로운 리얼리즘은 80년대의 제반 리얼리즘론에 의해 억압되었던 작가적 창조성의 발양을 보장하면서도, 작가들에게 현실 탐구에의 의지와 열정을 촉구한다는 점에서 더 높은 리얼리티의 획득을 목표로 삼고 있는 것이다.

한편 리얼리즘이 이렇게 디테일의 충실성이라는 명제로부터 상대적으로 자유로워질 수 있다면, 『난장이』 연작에 도입된 제반 문학적 방법·기법은 리얼리즘 성취에 장애로 작용한 것이 아니라 오히려 아직 가시화되지 않은 현실의 비의에 도달하고 이를 드러내는 적극적인 수단으로 기능했다고 이해될 수 있다. 오히려 이들 방법·기법의 부재야말로 기존의 현실인식의 테두리 안에서의, 작가의 안주를 의미하는 것이 된다. 방법·기법을 통해 작가는 현실에 대한 기존의 담론에서 미지의 현실로 이월해 가는 것이다. 따라서 문제는 이들 방법·기법의 사용 그 자체에 있는 것이 아니라 그 리얼리즘적 의도 및 그 활용에 있다. 『난장이』 연작에 대해서도 이 점이 좀더 엄밀하게 평가될 필요가 있다.

그렇다면, 『난장이』 연작이 그 빼어난 문학적 성과에도 불구하고 한계를 지니고 있다면, 그 원인은 반사실주의적이고 '모더니즘적'인 것이라 간주되어온 방법·기법에서 찾아져서는 안 되며, 오히려 연작을 이루는 작품들 중 비교적 늦게 씌어진 작품에서 강하게 나타나는 방법·기법의 상실에서 찾아져야 한다.

『난장이』 연작 중에서 가장 충격적인 인상을 선사하는 작품은 물론 난장이 일가의 철거 이주와 아버지 김불이씨의 자살을 그린 「난장이」 이지만, 그밖에도 김불이씨가 자살한 후 은강으로 이주한 영수 가족의 비참한 생활상과, 영희와 영수의 서로 다른, 꿈을 보여주는 「은강 노동 가족의 생계비」 또한 돋보이는 작품이다. 이 두 작품에서 작가는 『난장이』 연작 이전의 작품에서는 찾아보기 어려웠던, 2대에 걸친 노동자 가족의 신산스럽고 비극적인 생을 독자들 앞에 제시한다. 두 작품이 보여주는 충격적인 현실은 독자들로서는 여타의 작품 속에서는 결코 본 적이 없는 처참한 생의 공간이다. 그러나 단지 이같은 현실이 제시 되었다는 점만으로 이 두 작품의 리얼리티 수준을 충분히 설명할 수 없다. 무엇보다 두 작품에서 난장이 일가의 절망과 희원이 빼어난 수 사학적 장치를 통해 형상화되고 있다는 점이 중요하다.

온갖 궂은 일을 전전하며 가족을 꾸려나가던 김불이씨가 자살한 후 입주권을 사간 사내로부터 그것을 되찾아 온 영희는 아버지의 꿈을 꾼 다. 어지러운 꿈속에서 아버지는 헐린 집 앞에 서 있기도 하고 어머니 는 다친 아버지를 업고 골목을 돌아들어 오기도 하는데, 그 외중에서 영희는 오빠들과 함께 까만 쇠공이 머리 위 하늘을 일직선으로 가르며 날아가는 광경을 본다. 김불이씨가 난장이라는 점과 함께, 하늘을 가르 며 날아가는 그 까만 쇠공은 난쟁이 일가의 절망의 깊이와 함께 구원 에의 희원을 상징적으로 보여준 것이라 할 수 있다. 쇠공은 절망의 무 게와 희원의 절실성을 동시에 함축하면서 독자들에게 강렬한 인상을 심어 준다. 이 절망과 희원이야말로 당대 노동자계급이 처해야 했던 현실적 상황으로부터 작가 조세희만이 발견하고 형상화할 수 있었던, 이름하여 객관적 현실의 한 측면이라 하지 않을 수 없다. 다시 말해, 여타 연작에 대한 「난장이」의 우위는 당대 노동자계급의 생활상에 대한 단순한 제시를 넘어서, 노동자계급의 비극적 정서를 발견하고 제시한 데 있다. 이때 그 비극적 정서가 실제 노동자계급의 정서를 얼마나 사실적으로 반영하고 있느냐를 묻는 것은 하나의 우문이 될 것이다.

이같은 수사학의 힘은 「은강 노동가족의 생계비」를 통해서도 설명될 수 있다. 영희가 꿈꾸는 독일의 릴리푸트읍이나 영수가 꿈꾸는 또 다른 릴리푸트읍은 그 차원은 다르지만 두말할 것도 없이 노동자들의 의식 속에서 타오르고 있는 희원의 상징이다. 그렇다고 해서 이를 그려내는 작가 자신마저도 유토피아주의적인 해결을 지향하고 있지 않음은 지섭으로 하여금 노동운동가가 되어 나타나도록 한 것이라든가 영수의 변모과정을 의식의 각성과정으로 묘사한 것이라든가 하는 대목을 통해서 쉽게 알 수 있다. 작가는 자신의 유토피아적인 희구를 형상화한 것이 아니라 극히 열악한 상황에 처해 있던 노동자계급의 희원을 드러내고자 했던 것이다.

그러나 이처럼 강렬한 상징적 장치는 이들 작품보다 더 늦게 씌어진 작품에서는 잘 나타나지 않는다. 예를 들어 작가는 클라인씨의 병을 들어 갇힌 세계라는 관념이 한갓 착각에 지나지 않는다는 과학자의 주장을 드러내기도 하지만(「클라인씨의 병」), 이는 이미 기지의 담론에 지나지 않는 체제옹호자의 논리를 상징화한 것에 지나지 않는다. 현실의 새로운 측면을 발견해 내는 강력한 수단인 상성의 수사학적 힘을 충분히 느끼기는 힘들다. 이는 「내 그물로 오는 가시고기」도 마찬가지이다. 이 마지막 작품에 오면 조세희 특유의 수사학적 장치는 어디론가 사라지고 윤호 사촌의 입을 빌린 장광설이 펼쳐진다. 이는 부르주아 계급의 정신적 타락을 드러내는 효과를 거두고는 있으나, 앞의 두 작품이 선사하는 강렬한 효과에 비하면 보잘 것이 없다.

요컨대, 『난장이』 연작 중 수사학적 장치의 힘이 약화된 곳에서는 노동자계급의 처지, 기업가와 노동자의 서로 다른 이해, 자연발생적인 노동운동에서 의식적 노동운동으로의 전화 필요성, 부르주아 계급의 도덕적 타락과 정신적 몰락 등에 대한 작가의 생각이 상대적으로 낮은 차원에서, 채 숙성되지 못한 전형화의 방법을 띠고 나타남을 볼 수 있다. 그리고 이것이야말로 앞의 『난장이』의 미학을 격하시키는 요소이다. 이들 연작에 오면 『난장이』는 강렬한 감동에서 다소 멀어진다. 개개의 인물은 정치경제학적인 구도 속에서 정해진 역할을 수행하는 것으로 나타난다. 수사학적 풍요로움은 멀어지고 전형적 인물화의 부정적 요소가 강화되는 것이다.

　『난장이』를 좀더 가까이서 보면 이같은 방법론상의 착종이 이미 초기 연작에서부터 나타나고 있음을 확인할 수 있다.15) 다만, 「난장이」 「은강 노동가족의 생계비」 같은 경우에는 작가적 개성을 드러내는 방법·기법으로 말미암아 그와 같은 측면이 전면에 드러나지 않았었을 뿐이다. 그러므로 『난장이』 연작의 한계는 작가가 한편으로는 풍부한 수사학적 가능성을 추구하면서도 다른 한편으로는 계급적 차원에서 이해된 현실에 대한 '객관적' 반영을 추구한 데서 찾아져야 한다. 이 방법론상의 혼란이 『난장이』를 한계 지운다.

　이같은 관점에서 볼 때 한국문학이 『난장이』의 한계를 이론적으로 넘어선다 함은 다기한 방법·기법을 반사실주의적, '모더니즘적'이라는 레테르를 붙여 리얼리즘론으로부터 구축하는 것이 아니라, 방법·기법적 자유와 조화를 이룰 수 있는 새로운 리얼리즘론을 정립하는 것이다. 『난장이』로부터 오늘의 리얼리스트 비평가는 작가의 방법적 개성으로부터 지금까지보다는 좀더 많은, 강한 교훈을 얻을 수 있어야

---

15) 「칼날」의 신애와 「육교 위에서」의 신애의 동생 등이 그 예가 될 수 있다.

하는 것이다. 또 『난장이』에 대한 이와 같은 재평가의 관점은 그와 대
비되어 언급되곤 하는 「객지」에 대한 새로운 평가의 관점을 요구하는
것이기도 하다.

뿐만 아니라 우리는 황석영의 작품들에서도 「객지」와 「삼포가는 길」
(1973)이 어떤 차이를 갖는지, 어떤 작품이 더 성숙한 시선을 갖춘 작품
인지 재검토할 필요가 있다. 이와 같은 재평가는, 과거의 문학으로부터
현재의 문학이 무엇을 배워야 할 것인가, 새롭게 이해하는 과정이 될
것이다.

어둠 속 삼인행(三人行)의 의미와 행방

신상웅의 장편소설 『심야(深夜)의 정담(鼎談)』(범우사, 1973)론

1.

『심야의 정담』은 1972년에 『창작과비평』지에 세 번에 걸쳐 연재되고 이듬해에 범우사에서 단행본으로 간행된 작품이다. 그 작가 신상웅(申相雄)은 1938년 일본의 교토(京都) 태생인데, 우리가 알고 있는 바 비평가 백낙청이 1938년생이고 또 김윤식은 1936년생, 유종호는 1935년생이다. 또 작가 쪽에서 보면 최인훈이 1936년생이고 이청준이 1939년생 등이다. 그 뒤에 바로 이어지는 작가로는 40년생인 송영, 41년생인 이문구, 43년생인 황석영 등을 생각해 볼 수 있고, 또 그 앞에는 33년생인 고은, 32년생의 최일남과 이호철, 31년생 박완서 등이 있다. 이와 같은 숫자들

을 통해 내가 확인하고자 하는 것은 『심야의 정담』의 작가가 1930년대에 출생한 세대의 한 사람이라는 단순한 사실이다. 그러나 이 단순함은 실은 그렇게 단순하지만은 않은 중요한 사실을 내포한다.

예를 들어, 비평가로서의 백낙청과 김윤식을 생각해 보면, 한 사람은 민족문학론의 주도자로 다른 한 사람은 근대성의 탐구자로 대조적으로 이해되기 쉽다. 그러나 이들은 모두 30년대 후반기 출생자로서 50년대 후반에 20대에 이르고 4월 혁명을 경험하며 민족의 재생이라는 문제를 본격적으로 고민하기에 이른다. 근대성이라는 문학적 보편성의 문제로 일관해온 것처럼 이해되기 쉬운 김윤식이 김현과 함께 『한국문학사』(1973)를 썼던 일이나, 민족문학론의 주도자로서 분단체제론에 이르기까지 일견 민족이라는 화두에 몰두해 온 것처럼 보이는 백낙청이 하버드에서 로렌스를 연구했고 하이데거의 언어관에 이해가 깊은 세계주의자이라는 사실 또한 이들의 운명의 공동성을 보여준다. 이들은 모두 일제시대라는 유년의 기억을 간직한 채 민족이라는 문제를 세계사, 세계문학의 시야 속에서 고민하지 않을 수 없었던 비평가들이다. 『심야의 정담』의 작가는 우선 그와 같은 세대적 특질 속에서 이해될 필요가 있다.

또한 신상웅은 최인훈이나 이청준과 같은 동세대 작가와 연관지어 이해될 수도 있다. 『광장』(1961)에서 『화두』(1994)에 이르는 궤적이 보여주듯 최인훈의 문학적 역정은 분단과 전쟁, 이데올로기의 문제와 뗄래야 뗄 수 없는 연관을 맺고 있다. 또한 이청준의 문학이 사월혁명과 그 바로 뒤이은 군사독재의 낳은 60년대를 상정하지 않고는 접근될 수 없음은 불문가지의 사실이다. 그런데 바로 『심야의 정담』이라는 것은 57년(단기 4290년)에 학적보유병으로 입대한 세 젊은이의 행적을 그린 데서도 단적으로 드러나듯 사월혁명을 전후로 한 시대를 배경으로 한 작품이다.

이렇게 볼 때 『심야의 정담』의 작가는, 『광장』의 작가, 전쟁의 상처를 소재로 한 「병신과 머저리」(1966)의 작가를 염두에 두는 세대론적인 시야가 아니고는 쉽게 이해되기 어려울 것임을 예상해볼 수 있다.

또 실제로 작가는 『심야의 정담』 단행본 「후기」를 빌어 "나는 이 작품에 나오는 세 청년과 한 여인을 사랑한다. 그들에 대한 짙은 憐憫 같은 것이 이 작품을 무리하면서까지 끝내게 한 또하나의 이유이다. 나보다는 약간 연상 年上인 그들이 이 시대를 어떻게 앓는지 나는 보고 싶었다. 아니 얼어붙은 暗黑의 季節을 용케 지켜 나가도록 보호해 줄 수 있었으면 하고 생각들만큼 안쓰럽기까지 했다"라고 고백하고 있다. 작가가 이 작품의 등장인물에 이토록 깊은 애착을 느낀 이유는 무엇일까. 그것은 그들의 이야기가 바로 작가 자신 세대의 이야기인 때문이 분명하다. 『심야의 정담』의 인물의 고민·방황·죄책감·염결성 등은 바로 작가 세대의 그것에 다름 아니다. 바로 그 30년대 후반기에 난 사람들의 고민을, 그들의 청춘기이자 현대사상 가장 극적인 시대의 하나인 60년을 전후로 해서, 그러한 시대적 고민이 가장 극명하게 드러날 수밖에 없는 휴전선이라는 공간을 중심으로 그려내고 있다는 것, 이것은 이 작품이 갖는 일차적이면서도 가장 중요한 의의일 것이다.

2.

『심야의 정담』에는 작가가 깊은 연민을 품고 있는 네 사람의 등장인물 외에 극히 부정적으로 그려진, 그러나 매우 선명하고 인상적인 인물이 하나 있다. 박민욱(朴珉郁) 서준학(徐駿鶴) 윤경(尹炅)이 처음 배치된 부대의 인사계에서 일하는 박상사(박수덕)가 그이다. 그는 "일본 제국주의 군대의 일원으로 용맹무쌍하게 지원 입대하여 남양군도에서 오줌을 받아먹어 가며 혈전을 벌인 경험"을 가진 일본군 오장(伍長) 출신이다. 일본군 내에서 그와 동급자였던 이들이 대부분 고급장교로 진급했고 빠른 이들은 별까지도 달고 있는데 반해 그는 아직까지 만년 상사로 머물러 있다. 그것은 단순히 그가 사병에서 출발했기 때문이 아니라 전쟁 중에도 민간인을 상대로 이른바 후생사업에만 정신이 팔려 있었기 때문이다. 일본군 자원 입대자로서 한국전쟁 중에도 전투가 아니라 물자 빼돌리기에만 열중했다는 전력을 통해서 반민족적이고 부패로 찌든 그의 인간상이 쉽게 드러나지만, 내가 여기서 관심을 갖게 되는 것은 그의 언어이다.

· 이 짜식 못 들은 척하려 들어. 안되겠군. 쯔봉 벗어, 훈도시까지. 어디 찐뽀 한 번 꺼내나 봐.
· 어렵소, 이 새끼 보게, 조시(調子) 좋게 나가는데. 너 정말 사루마다 못 벗겠다 이거지? (이상, 『심야의 정담』, 범우사, 1973, 69면)
· 요오씨, 너희 두 놈이 이 새끼 오비 끌러. 못 끌렀다간 연대기합이다.
· 기오쯔께(氣付)!
· 이 가끼도메 어쩔래, 어떻게 할까? (이상 70면)
· 이 자식 봐라, 이젠 히야까시하고 났으니 심심하다 이거군.
· 봐준다는 데도 무슨 잔소리야 잔소린. 벤죠 갈 때도 졸졸 따라다니면서 아까운 시간을 절약해야지, 이렇게 인사계님이 인심을 쓰셨는데도 의리없이 홀로 내버려뒀다간 종아릴 부러뜨려 놀테다, 알겠나? (이상 73면)

이 작품의 3장 「갈대꽃씨의 행방」에서 인용한 박상사의 말이 보여주는 가장 큰 특징은 "쯔봉" "훈도시" "찐뽀" "조시" "사루마다" "요오씨"

"오비" "기오쯔께" "가끼도메" "히야까시" "벤조" 등의 단어로 특징지워지는 일본어의 존재이다. 일본군 오장 출신으로 민족적 주체성이나 정체성에 대한 인식이라고는 조금도 찾아볼 수 없는 박상사에게 이들 일본어의 외래적 기원은 의식되어야 할 어떤 이유도 없다. 그리고 이는 "……조센징의 악질적인 곤조를 뜯어고치고 말겠다……"는 그의 말에서 단적으로 드러나듯이, 왜곡된 민족관과 역사관을 바탕으로 하고 있다.

여기서, 비록 추악하고 저질적으로, 따라서 예외적인 인간상으로 그려지기는 했으나, 박상사와 같은 의식의 소유자들이 사회와 군대에서 추방되지 못한 채 독재 치하로 접어들었던 전후, 그리고 60년 4월에서 61년의 5월로 이어진 과정을 생각해볼 필요가 있다. 비록 1공화국과 3공화국이 모두 민족적 정체성을 강조하기는 했으나 이는 그 주체 세력의 성격을 통해 알 수 있듯이 허구적인 성격이 강했다. 두 공화국은 모두 일제시대라는 과거에 대해 냉엄한 태도를 취할 수 없는 이들에 의해 지지되거나 주도되었기 때문이다. 이승만 체제의 반일주의나 박정희 체제의 근대화론은 이미 많은 이가 지적했듯이 부패한 기득권과 찬탈한 권력을 유지하기 위한 수단으로 기능했던 측면이 강하다.

박상사가 쓰는 말은 그같은 체제적 허구성을 드러낸다. 뿐만 아니라 그 일본어 어휘는 강압적, 폭력적인 명령의 언어, 위협과 회유의 언어 속에 놓여 있는 바, 이는 허구적인 민족주의를 모토로 전체주의적인 지배를 합리화하던 두 체제의 속성을 드러낸다. 실로 이 두 체제는 국민 위에 군림하는 이들을 위한 체제였으며, 61년 5월의 군사쿠데타는 그같은 체제의 심화 과정 속에서, 또 60년 4월이라는 그 체제의 위기 속에서 도모되었다. 박상사라는 존재, 그리고 그가 쓰는 말은, 따라서 이 소설의 배경을 이루는 남한 체제의 본질에 관련되어 있다고 해도 과언은 아니다.

또한 같은 맥락에서 작가가 휴전선의 군부대를 배경으로 젊은이들을 고뇌케 한 것은, 군사화된 체제, 군사적 체제의 본질에 육박하고자 한 의지의 소산이라 할 것이다. 돌이켜 보면, 「병신과 머저리」(이청준, 1966) 「선생과 황태자」(송영, 1970) 「낙타누깔」(황석영, 1972) 등 시대 및 체제의 문제와 관련이 있는 많은 걸작이 있지 않은가. 『심야의 정담』은 이들 작품과 같은 선상에서 이해될 수도 있다. 이들은 60년대에서 70년대 전반에 이르는 어둠의 산물이고, 그 어둠의 의미를 물은 작품이다. "심야의 정담"의 심야라는 말에는 그같은 작가의식이 투영되어 있다.

한편, 다시 언어라는 것으로 돌아와 이 작품의 작가가 1938년생이라는 사실을 다시 한 번 곱씹어볼 필요가 있다. 교토 태생이라는 점과도 연관이 있겠지만 그가 이처럼 한국어에 남아 있는 일본어의 잔재에 민감하게 반응하고 있음은 그 세대의 다른 작가, 비평가가 보여주는 말에 관한 사유, 한국어에 관한 사유를 생각하게 한다. 이청준의 '말', 이문구의 문장과 문체, 유종호의 '산문정신'과 '토착어', 백낙청의 하이데거와 데리다, 김윤식의 이상과 소쉬르 계열 이론 등이 바로 그것이다. 이는 그 세대가 시대와 현실의 문제를 언어의 문제로 치환하여 이해하는 세대임을 보여준다. 이는 아마도 그들의 유소년기가 일본어와 한국어로 분열되어 있었던 데서 연유할 것이다. 바로 이 점에서도 『심야의 정담』은 세대론적 분석을 필요로 한다.

3.

　『심야의 정담』은 앞에서도 밝혔듯이 세 젊은이의 행로를 그리고 있다. 같은 날 같은 부대에 배치된 이들이지만 운명은 이들 3인으로 하여금 전혀 다른 길을 걷게 한다. 연대장을 적으로 오인해 사살한 준학은 박상사의 고문을 견디지 못해 탈영, 월북해 버리고, 민욱은 갖은 고생 끝에 제대, 준학의 애인이었던 주용점(朱蓉點)과 결혼하여 교사가 된다. 마지막으로 개성 부근 토성(土城)이라는 곳이 고향인 경은 이북 출신이라는 이유로 곧바로 다른 부대로 전출되었다가 끝내 사회에 복귀하는데 실패, 장교가 되어 베트남전에 참전했다 전사한다.

　"심야의 정담"이라는 제목에는 말 그대로 이들 3인의 이야기라는 의미가 담겨 있다. 더 나아가 이 정담이라는 말에는, 경이 두 사람에게 "이러는 한 우린 끝까지 지켜 서 있지 않으면 안돼"라고 했듯이, 시대의 심야를 서로 의지하며 견뎌 내야 한다는 의미가 담겨 있다. 그럼에도 불구하고 세 사람은 서로 의지하기는커녕 한 사람은 월북해 행방을 알 수 없고 다른 한 사람은 베트남전에서 전사하고 말며 나머지 한 사람인 민욱만이 교사가 되어 불확실한 삶을 살아가게 된다. 즉 작가는 세 사람을 정담이 불가능한 상황으로 몰아가는데, 그 결말은 이 작품의 마지막 장에서 그려지는 민욱의 꿈에 압축되어 있다.

　민욱은 다시 방바닥을 헤집었다. 경은 이렇게 한 방 가득히 살아 있지 않은가. 그가 죽었다고 모함하는 자는 누구인가. 그의 무덤을 만들고 돌을 세울 만큼 악의에 찬 석공들은 누군가. 민욱은 종이뭉치를 움켜쥐고 부르르 몸을 떨었다. 그러다가 그는 깜빡하는 순간에 진짜 경을 만났다. 그는 눈알이 번들번들하게 살아 있었다. 그러나 그의•뒤에 인민복 차림으로 버티어 선 준학을 발견하는 순간 민욱은 가슴이 철렁 내려앉았다. 네가 어떻게 여기까지 내려 왔느냐. 준학은 말했다. 너한테 책임을 물으러 왔다, 너는 도대체 무슨 일을 했나, 너는 무엇을 보호했고 무엇에 저항했나, 너는 왜 우리가 심야에나 둘러 앉아 목소리를 죽이고 얘기해야 한다고 우길 만큼 겁장이냐, 너는 세 사람만 모이면 세상을 지배할 수 있다고 했는데 너한테선 왜 아무 일도 일어나지 않 는 것이냐. 그러자 경이 앞으로 나서며 소리쳤다. 내 무덤을 파 옮겨라, 나는 안락한 침대에 누워 산소호흡기까지 끼고 나서 죽은 사람들과 함께 누워 있 을 수 없다, 나는 등을 떠밀려 벼랑에서 떨어져 죽지 않았느냐. 경은 주먹을 휘두르며 달려들었다. 민욱은 그의 주먹을 이마에 맞으며 냅다 고함쳤다. 「넌 죽지 않았어. 이렇게 살아 있잖아, 이렇게. 두 눈을 부릅뜨구 사이공 거리를 쏘다니구 있잖나 말이야.」 (376면)

이처럼 세 개의 발을 가진 솥처럼 단단하게 한반도를 디디고 서 있 으리라던 세 젊은이의 꿈은 여지없이 좌절되고 3인은 소통이 전혀 불 가능한 별개의 현실을 살아가고 죽게 된다. 한 가지 두드러진 사실은 이들 3인의 이후 행적이 구체적이지도 선명하지도 않다는 점이다. 준 학의 행방은, 분단의 상황에서는 극히 자연스러운 처리임이 분명하지 만 월북 이후에 행방을 알 수가 없으며, 베트남으로 간 경의 사연 또 한 제대병 황시운의 전언과 편지 한두 장을 통해서만 극히 불충분하게 설명될 뿐이다. 작품을 통틀어 가장 소상한 것이 민욱의 일이지만 그 에 관한 일도 작품의 후반부에 오면 상당히 추상화되고 있음을 느낄 수 있다.

그 가장 큰 이유는 이 작품이 연재라는 압박으로 말미암아 서둘러 마무리된 데 있을 것이다. 작가 스스로도 「후기」를 통해 이 작품이 "미완"이라고 고백하고 있다. 그러나 그는 더 나아가서 "나는 尹 텃이 죽었다는 것을 믿지 않는다", "언젠가 나는 이 작품의 제2부와, 가능하 다면 그 이상을 쓸 것이다"라고까지 말하고 있다. 준학을 월북으로, 윤경을 베트남전에서의 전사로 그린 작가 자신이 경의 죽음을 믿지 않는다고 말함은 무엇을 의미할까. 아마도 그것은 그가 작품의 형식적 완결을 위해 그렇게 처리하기는 했으나 원하는 결론은 아니었음이 아닐까.

결국 원치 않는 미완의 완결을 짓고 말았다는 것인데, 나의 생각으로는 이것은 작가 역량의 한계라기보다는 시대의 한계에 속한다. 7·4 공동성명에서 '10월 유신'으로 넘어가는, 한반도 반쪽 역사의 암흑기에 처한 작가로서 과연 준학의 행로를 쉽게 상상할 수 있었을 것이며, 한국군의 베트남전 참전이라는 착잡한 문제를 베트남전이 한창 막바지를 향해 치닫고 있던 72년의 시점에서 과연 충분히 해명할 수 있었을 것인가. 따라서 3인을 각각 남북한과 베트남이라는 상이한 현실에 귀속하게 한 구도를 유지해야 했다면 작품은 미완의 완결로 귀결되지 않을 수 없었을 것이다. 따라서 이 작품의 진정한 완결은 그 후대인 현재와 같은 상황에서나 가능해질 일이었다고 생각해볼 수 있다. 「낙타누깔」을 쓴 황석영이 『무기의 그늘』(1988)을 쓰기 위해서는 오랜 시간을 기다려야 했고, 아직도 북한 지역 자체를 현실적인 배경으로 삼아 소설을 쓰는 일은 불가능에 가까운 일로 남아 있지 않던가.

이와 같은 문제는 시대와 상상력의 함수 관계를 생각하게 하지만 그런 가운데서도 역시 세대의 문제와 관련하여 흥미로운 것은 경이라는 인물의 행로이다. 그는 개성 부근이 고향이면서도 학업을 위해 서울로 왔다가 전쟁을 맞아 가족과 영영 헤어지게 된다. 그런 상황에서도 그는 대학에 진학하지만 군대에 갔다온 후 끝내 학교 및 사회로 복귀하지 못하고 다시 장교가 되어 베트남으로 가 죽음을 맞는다. 만약 이 작품의 후편이 쓰여진다면 작가가 말했듯이 그는 어떤 이유로 해선가 죽음의 기로에서 헤어 나오든가 아니면 잘못 알려진 바가 되어 또 다른 생을 살아가게 될 지도 모른다. 그러므로 그에 대해서 어떤 확언을 하는 일은 삼가야 하겠으나, 내가 관심을 갖는 부분은 경의 베트남행 그 자체이다.

해방 정국과 전쟁기 동안에 월남한 이들의 행적에서 특징적인 것 중의 하나는 고향의 상실이 남쪽에서의 정주로 끝나지 않고 연속된 방황과 방랑으로 이어진다는 점일 것이다. 작가 최인훈의 경우『화두』에서도 나타나듯이 그 자신이 미국행을 시도했고,『광장』의 주인공 이명준 또한 제3국행을 택하고 있다. 또 세대도 다르고 경우도 다르지만 손창섭 역시 성장기를 보낸 일본으로 돌아가 살고 있음을 볼 수 있고, 김이석의 삶도 김수영의 수필을 통해서 나타나듯이 고향 상실을 상쇄할 만한 힘을 확보하지 못했다. 물론 이른바 월남 작가 중에는 황순원 이호철과 같이 외견상으로는 낯선 땅에 착근하는데 성공한 것처럼 보이는 이들도 많지만 그 다른 한편에는 전후신세대문학을 대변한다고 할 만한 장용학이나 손창섭처럼 소외되고 방황하거나, 또 다른 현실에 귀속을 꿈꾸는 이들이 있음을 부정할 수 없다. 이같은 소외·방황·제3국행 등은 그것이 그들 의지의 형식을 빌어 나타나는 것이라 해도 불가피하게 선택된, 혹은 강제된 일일 가능성이 농후하다. 또 외견상 착근을 이룬 경우라 해도 그것이 곧 그들 정신의 안정과 구원을 의미할 수는 없을 터이다. 오히려 그들의 작품에 고향 상실이라는 문제가 어떻게 투영되고 있는지를 살피는 일은 전후 이후 한국문학의 이해를 위해 빼놓을 수 없는 작업인 것이다. 경의 행적이 흥미로울 수밖에 없는 것은 바로 이 점 때문이다.

"이러는 한 우린 끝까지 지켜 서 있지 않으면 안 돼"라고, 이북 출신이라는 점 때문에 후방으로 전출되면서 경은 두 사람에게 말했다. 정작 민욱은 절망과 전락 속에서도 교사가 되는 적응의 길을 걷고, 준학은 감히 휴전선을 넘어갈 정도로 자기의 삶을 확신한다. 그러나, 아마도 명문대 출신이었을 경은 오히려 군대 바깥 어디에도 적응하지 못한 채 장교가 되었다 전쟁터로 이끌리는 결과를 맞는다. 그는 이 상황을 어떻게 받아들였던가.

> 청년은 얘기하기 시작했다. (……) 청년은 경이 누구보다도 전쟁을 지겨워하고 있었다고 서슴없이 말했다. 그런 사람이 뜻없는 남의 전쟁에 가담되어 있으니 그 고통이 어느 정도일까는 상상할 수 있잖겠느냐고 반문하면서 황시운(청년=필자)은 경이 귀국을 않고 자꾸만 연장하고 있는 것은 그 전쟁의 악덕을 자신이 지켜 서 있지 않으면 안 된다는 어떤 소명감(召命感)을 느끼기 때문이라고 말했다. 그는 경이 수류탄은 고사하고 권총 한 자루 지니고 다니는 것에도 항상 주체할 수 없는 중량감을 느끼면서도 세 개씩이나 차고 다니는 수통에는 언제나 위스키가 가득 채워져 있다고 말했다. (360~361면)

『화두』(1994)에서 보듯이 최인훈이 남북을 나눈 이데올로기 문제를 그 바깥에서 사고하고자 했고 『광장』의 이명준의 제3국행 및 자살은 그 소설적 결과의 일단이었다면, 윤경의 베트남행 또한 그같은 맥락에서 읽힐 필요가 있다. "전쟁의 악덕을 자신이 지켜 서 있지 않으면 안 된다는 어떤 소명감"은 고향의 상실로 말미암아 남북한 어느 곳에도 궁극적으로 귀속될 수 없고 따라서 이념과 체제를 넘어선 위치, 그 바깥의 위치에서 현실을 직시하겠다는 의지와 통한다. 또 그런 태도를 견지하고자 했던 경의 죽음은 그같은 개별자, 국외자의 시선이라는 것이 전쟁을 거쳐 군사적 체제로 나아가는 남쪽 현실 속에서 허용될 수 없었음을 의미한다. 명준이 죽어야 하듯이 경 또한 죽음으로 이끌리지 않을 수 없다. 만약 그런 경이 살아갈 수 있는 길이 있다면 그것은 베트남이라는 낯선 땅에서 자기의 본모습을 감춘 채 살아가거나 어떤 우여곡절 끝에 귀향했다 하더라도 이름 없는 사람으로 살아가는 것뿐이다. 이것이 민욱과 준학처럼 남쪽에 뿌리가 있지 못하고 또 착근할 수도 없는 경에게 남겨진 길이다. 그러나 그것말고 다른 어떤 가능성은 없는가. 그로 하여금 고향 상실이 낳은 긴 방황을 넘어 어떤 현실적 인간으로 살아가게 할 방법은 없는가. 그 소설적 가능성을 추구하는 일이 작가의 손에 아직도 남아 있다. 그리고 그것은 제3의 길을 통해 민족적 삶의 새로운 길을 발견하는 일이 될 것이다.

4.

나로서는, 북으로 간 준학의 행로마저도 이제는 상상해볼 수 있는 시대가 되어가고 있다고 생각하지만, 그의 삶을 추적하는 일은 경의 삶을 연장시키는 일만큼이나, 아니 그보다도 훨씬 힘든 일이 아닐 수 없을 것이다. 과연 그의 선택은 불가피했던가 하는 물음으로부터 시작해 북쪽의 극한적인 독재 체제 속에서 그를 어떻게 살게 할 것인지, 수십 년이 흐른 지금 다시 어떻게 그를 민욱이나 경과 만나게 힐 수 있을 것인지, 그로 하여금 어떤 사상을 갖게 할 것인지 등에 이르는 숱한 난제가 있기 때문이다. 이 모든 문제는 이제는 작가의 역량에 맡겨진 일이 되었으나, 이 자리에서는 일단 그의 행방은 더 이상 묻지 않아도 좋을 것이다. 다만 그의 돌연한 월북이 그의 삶에 어떤 대가의 형태로 나타나지 않을 수 없으리라는 점만을 부기해 두자.

한편, 준학이 탈영하여 월북하지 않을 수 없었던 것은, 표면상으로는 박상사의 비인간적 기합 때문이지만 더 근본적인 이유는 죄의식에 있었다. 사람을 쏘아 죽였다는 죄책감 속에서 그는 신음하고, 민욱은 그 순간 함께 있었으면서도 자기는 그와 함께 행동하지 않았다는 사실 때문에 괴로워한다.

　　…… 두 사람은 언젠가처럼 한참 동안 말없이 술만 마셨다. 그러고 있던 준학이 벌떡 일어서서 갑자기 소리를 지르기 시작했다.
　「내는 살인자다. 총을 시 발이나 쏜 살인자다. 그르나 분명히 사람을 직있는데 그것이 과연 사람을 직인 것인가 아인가를 따지고 있는 사람들이 있었다. 어뜬 사람은 쏘만 살인이 되고 어뜬 사람은 싸도 살인이 안 된다. 너거들 맘대로 싸 직있삐리라. 그래놓고 살인범이 대가주고 영창에 가는 늠은 병시이다. 사람을 직인 것인가 아인가, 이 엄청난 차이가 얼매나 큰 간격인지 내한테 물어라. 그때 나는 친절하게 가르치 줄끼다. 그것은 조끔도 차이가 엄는 살인 하나뿐이라꼬…….」
　그의 격앙된 감정은 쉽사리 가라앉지를 않았다. 그는 고통스러운 죄의식을 외로이 짊어지고 있었다. 그는 곁에 앉아 있는 민욱으로부터 어떤 도움도 받을 수 없었다. 민욱은 오히려 그의 죄의식을 더욱 부채질하는 살인 현장의 유일한 증인일 뿐이었다. 그러면서도 그는 낯선 사람조차 아닌 친구였다. 민욱은 그를 도망치지 못하도록 꽁꽁 묶어 두고 힐난하는 것이었다. 민욱은 어떤 경우에도 그의 견딜 수 없는 죄의식의 중압을 나누어 져 줄 수 있는 사람이 아니었다. 그는 최악의 순간에도 총을 쏘지 않고 배겨냈으니까.
　민욱은 고개를 떨구고 그가 무서운 자학에 빠져 허우적거리는 소리를 듣고만 있었다. 그는 자신이 준학을 도울 수 없다는 것을 알고 있었다. 말하자면 그들은 서로가 서로를 거울로 하여 자기를 비춰보는 괴로움을 똑같이 당하고 있었던 것이다. 민욱은 한 결정적인 순간에서 이뤄진 행동의 불일치가 이렇듯 끔찍한 결과를 가지고 온 것에 기가 막혔다. 두 사람은 친구 사이라는 것이 한없이 참혹한 것이라는 역설적인 상황에 함께 놓여 주체할 수 없는 고통의 앞면과 뒷면을 따로 짊어지고 외로운 악전고투를 계속하고 있었다.
　(116~118면)

사람을 죽였다는 사실, 그 행위에 표창장이 주어지는 현실의 중압을 준학은 견디지 못한다. 민욱은 비 내리는 한밤중 정체불명의 사내를 향해 암구호를 묻는 그 긴장된 순간에 함께 총을 쏘지 못하고 기절해 버린 자기의 행위를 곱씹는다. 이 두 사람의 심중에 흐르는 죄책감, 이 것이 중요하다. 휴전선이기에 쏠 수밖에 없었다고, 살인에의 공포로 인 해 그대로 정신을 잃을 수밖에 없었다고 쉽사리 합리화할 수 있는 사 실 앞에서 그들은 절망하고 있다. 이를 통해 엿볼 수 있는 것은 그들 의 결벽성이다.

이뿐이 아니다. 전쟁이 나면서부터 경은 자기가 얼마든지 의탁해 살 수 있는 백주선(白周善)씨 곁을 떠나야 한다는 강박관념으로부터 자유 롭지가 못하다. 끝내는 그 집으로 돌아가지 못한 채 군대로 돌아가고 만다. 무엇보다 이들 세 사람은 그들을 같은 시기에 입대하게 한 학적 보유병 특혜라는 것에 짓눌려 있고, 그 부담은 사회로의 복귀를 불가 능하게 하거나 지연시키는 큰 이유가 되고 있다. 결국 이 작품의 주인 공들은 너나 할 것 없이 결벽성을, 그것이 수반하는 죄의식을 지니고 있는 셈인데, 이는 그런 성벽·감정이 그들 세대를 아우르는 특질이 될 수도 있음을 의미한다. 그리고 이는 민욱에게 초점을 맞춤으로써 더욱 분명하게 드러난다.

민욱은 고향으로 돌아와서도 학교로 돌아갈 등록금이 없는데, 우연 히 사기 차지가 된, 친구가 받을 빚이, 다른 대학생의 등록금이었다는 사실을 알고 충격을 받는다. 이것이 직접적인 이유는 아니었지만 결국 그는 대학을 그만두기에 이른다. 또, 일찍부터 쉽게 가까워질 수도 있 었던 민욱과 용점의 결혼은 북으로 가서 없는 용점의 옛 애인 준학의 존재로 인해 오랜 지연을 필요로 한다. 마지막으로 결혼한 민욱은 반 건달로 국민학교 선생인 용점의 '보호' 아래 하루하루를 연명하고 있다는 죄책감에서 헤어나지 못한다.

그렇게 시작된 생활이 어느새 일년이 다 되어 가고 있었다. 그런데 민욱은 언제부턴가 그런 뜻없는 모형 같은 생활에 권태로움을 느끼기 시작했다. 최초의 한 주를 빼고는 한결같은 모조품이었다. 그는 충실한 모조품을 찍어내고 있었던 것이다. 다분히 위선적인 반가움을 표시하고는 아랫목에 기대앉아 욕정어린 눈길로, 들락거리는 아내의 엉덩이나 훔쳐보고 앉은 그런 어처구니없는 생활. 아내와 한방에서 생활하고 있는 강원도 소녀한테까지 반감을 느끼는 참으로 한심스럽고 보잘것없는 동물로의 전락이었다. (339면)

자신이 동물로까지 전락하고 있다는 이 처절한 감정은 민욱이 얼마나 뿌리깊은 결벽증의 소유자인가를 확인케 하지만, 이보다 더 중요한 사실은 작가가 은연중에 이 민욱이라는 인물에 일종의 상징적 의미를 부여하고 있음이다. 즉 민욱은 그 세대의 정신적 상황을 대변하는 인물로 그려지고 있다. 그의 고뇌, 절망, 전락과 재생의 모색은 그의 세대, 즉 이른바 4·19를 전후로 한 세대의 정신의 소장과 성쇠와 긴밀한 연락관계를 맺는다. 예를 들어, 잔인한 겨울을 보낸 끝에 복교에 성공한 그 봄, 그는 4·19를 맞아 시위에 적극적으로 가담하게 되며, 그 후 학교를 그만두기로 결심하고 용점을 찾아가 청혼한다.

「학교를 그만둘 작정입니다. 이 점두 이해해 주시기 바랍니다.」
(…중략…)
「모든 게 허굽니다. 저 혼자 외톨루 강의실을 서성거릴 순 없읍니다. (저하구 결혼해 주십시오, 기다리는 사람끼리. 견딜 수 없읍니다. 우린 항상 기다리기만 해선 안 됩니다.)」
민욱은 속으로 외쳤다. 모든 것이 허구(虛構)임이 드러난 이상 불투명하게 기다리는 것은 낭비 이외의 아무 것도 아니라고 낭비를 하루 빨리 중단하는 것만이 허구를 허물어뜨리는 최선의 길이라고

　(…중략…)

「뭘 극복합니까? (벽에다 희망이라는 걸 걸어놓구서 조용히 쳐다보구 앉았으란 말입니까? 자기한테 충실하구 자기 자신에 골몰하는 것은 곧 모두에게 봉사하는 것이라는 그런 논립니까? 당신은 아직두 조용히 기다리구 있읍니까? 그런 비참한 패배일 뿐입니다. 우리 결혼합시다. 나는 더 이상 참을 수 없습니다.)」

　(…중략…)

「용점씨, 저하구 결혼해 주십시오. 두 손 딱 묶은 채 <역사는 발전한다>에 목을 매달고 기다릴 순 없습니다.」(275~276면)

　우여곡절 끝에 결국 둘은 결혼한다. 그러나 신혼여행지에서 돌아오는 날 그들은 군인들이 새벽에 총을 쏘며 한강을 건넜다는 소식을 듣게 된다. 그후 민욱의 삶에는 앞에서 얘기된 것과 같은 고통스러운 전락의 시기가 찾아든다.

　다시 오랜 시간이 지나고 나서야 민욱은 용점의 충고를 받아들여 중학교 교사로 새출발하게 되지만 그 미래는 불확실하다. 역사의 길목에서마다 확인할 수 있는 것이지만 교육을 통한 미래의 기약이라는 것은 언제나 시대와의 타협이라는 위험을 수반하는 일이기 때문이다. 민욱에게 있어 그것은 나락에 빠진 나날 끝에 "지구의 마지막 날에도 사과나무를 심는다"는 용점의 충고를 받아들인 실험적 삶일 뿐이다. 더구나 그것은 용점에게 청혼하며, "두 손 딱 묶은 채 <역사는 발전한다>에 목을 매달고 기다릴 순 없읍니다"라고 했던 말을 언제라도 부정할 수 있는 삶이기도 하다.

　교육으로 시대의 어둠을 밝힐 준비를 한다고 하지만 그것은 준학이나 경이 벌인 희생의 제의에 비해 그 무게가 턱없이 가벼운 행위로 전락할 가능성이 얼마든지 있다. 그것은 교육이라는 대의를 빌린 또 다

른 나태한 생활의 연속일 수도 있고, 명분으로 시작했지만 어둠의 시
대에 순응하는 것으로 귀결될 수도 있다. 오욕의 땅에서 뿌리를 박고
살아감은 원치 않는 상황에 항상 노출됨을 의미하며, 타협과 타락의
가능성을 전혀 배제하지 않는 일이기 때문이다. 이 점에서도 민욱은
그가 속한 세대의 딜레마를 표현해 주는 인물로 나타난다. 4·19를 전
후로 한 세대는 그 '순수한' 정신의 위기, 깊어 가는 어둠 속에서도 생
존해야 했다. 따라서 그들 세대의 결벽증은 언제나 충족될 수가 없었
으며, 현실의 질서에 연루되는 만큼 죄책감은 클 수밖에 없었다. 이 작
품의 마지막 장에서 민욱이 꿈속에서 보는 준학과 경의 환영은 그들
세대가 감당해야 했던 삶의 무게를 보여주는 것에 다름 아니다.

　마지막으로, 그렇다면 바로 그러한 민욱의 세대에게는 어떤 가능성
이 남아 있는 것일까. 그러나 이것이야말로 이 작품을 미완이라고 고
백했던 작가가 다시 답해야 할 문제이다. 작가는 작품 곳곳에서 이들
세대의 아버지 세대로까지 거슬러 올라가 역사를 읽어내는 넓은 시야
를 보여주고 있다. 독립운동과 관련하여 준학과 용점 집안의 얽힌 내
력이라든지 징용으로 끌려가 돌아오지 못한 민욱 아버지의 사연이라
든지 하는 것들이 그것이며 인사계 박상사의 내력에서도 과거사를 냉
정히 보는 시선이 드러난다. 그렇다면 이제 작가는 그와 같은 시선을
이들 3인의 이후 행로를 추적하는 데로 모을 필요가 있겠다. 이 작품
이 쓰여진 후에도 남쪽의 군사적 체제는 실로 오랫동안 유지되었고 이
것은 지금도 가시지 않은 북쪽의 더 깊은 어둠과 짝을 이루어 국민 위
에 군림했다. 그 오랜 시간 동안 민욱과 준학은, 혹은 경은 어떻게 살
아왔으며 어떤 삶의 논리를 가졌는가. 이 물음에 답하는 것은 『심야의
정담』을 완결하는 일이자 동시에 이 새로운 해빙의 시대에 민족 삶의
새로운 논리를 찾아내는 일이기도 할 것이다.

운명의 가면을 쓴 인습과
광기의 이름을 빈 구원

방영웅의 장편소설 『분례기』(『창작과비평』, 1967)론

1.

방영웅의 『분례기』는 1967년에 연재되고(『창작과비평』 여름~겨울호), 1968
년에 출간되었던(홍익출판사, 1월) 작품이다. 당시 창간한 지 1년밖에 되지
않았년 『창작과비평』(이하 『창비』)은 이 작품을 3회에 걸쳐 연재했는데, 이
에 대해서는 논란의 여지가 없지 않았다(송현호, 「체험의 소설화와 민중의 낙
관주의」,『한국소설문학대계』 64, 동아출판사 참조). 당시 작가는 스물 여섯
살밖에 되지 않은 신인이었으므로 잡지의 편집 담당자들이나 혹은 평
단으로서도 이 작품의 가치를 특정하기란 쉽지 않았을 것이다. 그로부
터 약 30년의 세월이 흘렀다. 시간이라기보다는 세월이라는 말이 더 잘

어울리는 긴 시간이 지나서 이 작품은, 그것을 연재했던 『창비』의 출판사에서 재출간되고 있다. 그리고 필자는 그러한 작품의 가치를 재평가하기도 해야 하는 일견 부담스러운 위치에 놓여 있다. 그러나 이 재평가라는 것은 예전의 지점으로 다시 돌아가 작품을 단순히 새롭게 읽음을 의미하지는 않는다. 당대의 평가로부터 어느 정도 자유로운 위치에서 이 작품이 긴 시간의 압력을 견디고 살아남아 현재의 우리 문학과 독자들에게 어떤 특별한 가치를 선사하고 있는가 혹은 그럴 수 있는가를 검토하는 일이 필요하다. 또 이 작품을 요즈음 씌어지고 있는 소설의 일반적인 경향과 비교 혹은 대조해 보는 일도 역시 필요할 것이다.

한 가지 재미있는 사실은 이 『분례기』의 작가 방영웅이 필자와 마찬가지로 본관을 온양으로 하는 방씨(方氏)로 성(姓)이 같을 뿐 아니라, 일제시대 작가 방인근의 고향이기도 한 그의 고향 예산(禮山)이 실은 필자의 고향이기도 하다는 점이다. 물론 그는 예산 읍내의 오리정 출신이고 필자는 거기서 삽교를 지나와야 하는 덕산(德山)에서 났지만, 대개 군 단위까지만 출생지를 밝히는 요즘의 관례에 비추어 보면 그와 필자의 인연이란 그리 단순치만은 않은 듯하다. 이와 같은 인연 탓에 바로 앞에서도 밝혔듯이 부담스러운 이 글을 쓰게 되었는지도 모르지만, 또한 그로 인해 필자는 이 작품에 대해 많은 관심을 갖지 않을 수 없었음을 고백해야겠다. 예를 들어, 이 글의 뒤에 가서 자세히 언급하게 될, 주인공 분례의 남편 영철의 전처를 나열하는 장면에서 작가는 그 두 번째 며느리는 "서산(瑞山) 갯바닥에서 데려온 뱃놈 딸년"이고 세 번째 며느리는 "나무가 많기로 유명하다"는 덕산에서 데려왔다 하고 있는데, 이런 때 덕산은 물론 서산마저도 집안 내력과 깊은 연관이 있는 필자로서는 눈을 크게 뜨지 않을 수 없었다.

그러나 다행스럽게도 그런 관심은 단지 개인적인 차원의 것으로만 그칠 수는 없다. 앞에서 작가가 예의 그 덕산을 운위하고는 그 뒤에서 "<어 덕산 바지게만 허네>하면 여기 고장 사람들만 아는 말인데 무엇이 몹시 크다는 뜻이다"라는 말을 해나갈 때, 필자는 작가가 이 작품의 배경을 이루는 예산 및 그 인근 고장과 그곳 사람들에 대해 직접 체험한 자의 생생한 지식을 작품으로 옮겨 놓을 수 있는 능력을 갖고 있으리라는 느낌을 갖지 않을 수 없게 되었고, 실제로 그러한 면모를 확인할 수도 있었다.

이미 많은 이들에 의해 지적되었듯이 작가는 자신이 그리고자 하는 대상을 객관적이고도 정확한 필치로 묘사하면서 이야기를 이끌어 가는 솜씨를 지니고 있다. 이 작품에서 그러한 작가의 면모는 가히 유감 없이 드러난다. 그의 손에 의해 창조되는 개개의 인물은 사투리와 행동거지와 사고방식 등에서 마치 살아 있는 듯한 생동감을 주고 있다. 개개의 인물이 작가의 관념의 산물이라는 느낌을 주지 않고 마치 작가로부터 놓여나 제각기 삶을 꾸려나가고 있는 인물처럼 나타난다는 점에서, 그는 예리한 관찰자이자 솜씨 있는 작가이다. 『분례기』를 통해 작가가 말하고자 했던 것을 드러내기 전에 이 점 먼저 지적하지 않으면 안 되겠다. 최근의 우리 소설이 잃어가고 있는 우리 소설의 소중한 전통중의 하나이기 때문이다.

2.

이 작품의 주인공은 물론 분례, 즉 똥예이지만 그녀와 그를 둘러싸

고 있는 두 남자, 즉 영철 및 용팔과 함께 석서방댁, 노랑녀와 그밖의
여성인물을 살펴볼 필요가 있다. 이로써 『분례기』를 통해 작가가 그리
고자 했던 참주제에 접근해갈 수 있다. 먼저 『분례기』 전편의 줄거리
를 요약하면 다음과 같다.

어머니 석서방댁이 변소에서 낳았다 하여 똥예라는 이름으로 불리
는 분례는 먼 친척인 용팔이와 함께 나무를 하러 다니다 그에게 겁탈
을 당한다. 그녀는 같은 동네 친구 봉순이가 혼인을 앞두고 겁탈 당하
고는 목 맨 것을 보고 자신도 죽으려 하나 용팔의 만류에 마음을 돌려
먹는다. 노름꾼인 똥예의 아버지 석서방은 전문적인 노름꾼인 영철의
어머니 노랑녀의 구슬림에 넘어가 똥예를 영철에게 주기로 한다. 똥예
는 혼인만도 네 번이나 했던 영철에게 자신도 헌 것이라는 자책 속에
서 시집을 가지만 그는 그녀를 돌보기는커녕 노름에 열중할 뿐이다.
똥예는 자기 신세를 한탄하지만 벗어날 길이 없다. 어느 날 영철은 노
름판에서 큰돈을 따 돌아오지만 허탈감에 빠져 다시 노름에 빠진다.
생사를 건 판을 이기기 위하여 맡겼던 돈을 가지러온 영철에게 똥예는
죽을 지경으로 얻어맞고서야 그것을 내주지만, 돈을 몽땅 잃고 좌절감
에 빠진 영철에게 서방질했다는 의심을 받고 쫓겨난다. 그녀는 과수원
에서 겁탈을 당하면서 집으로 돌아오지만 실성하여 집을 떠나고 만다.

똥예의 삶을 파탄으로 몰고 간 것은 직접적으로는 물론 영철이지만,
그러나 똥예의 정조를 빼앗은 용팔 또한 그 책임으로부터 벗어날 수
없다. 그럼에도 불구하고 작가는 작품의 처음과 끝 부분을 통해 용팔
로 하여금 그녀를 지켜보도록 하고 있는데 이는 작가의 시각이 용팔의
생각과 행동에 비중을 두고 있음을 의미한다.

작가에 의해서 용팔은 자연의 순리대로 살아가는 사람으로 그려진
다. 예를 들어 그는 똥예를 겁탈한 후 그녀가 죽으려 하자 "지난 겨울

에 폈던 꽃이 지금 또다시 폈잖아. 그러니께……”라고 말하면서 똥예를 타이른다. 뿐만 아니라 그는 자신을 버려놓았다고 항의하는 그녀에게 “때려잡을 때는 때려잡아야 하구 세워줄 때는 세워 줘야 하는 법이여”라고 변명하기도 한다. 그런데 이는 도수장의 수혼탑(獸魂塔)을 두고 한 말이기도 하다. 작가는 이 수혼탑의 존재를 독자들에게 이따금씩 상기시키고 있을 뿐만 아니라 시집갔다 쫓겨온 똥예가 미쳐서 집을 뛰쳐나가는 마지막 대목에서도 다시 한 번 등장시키고 있다. 그것에 어떤 상징적 의미를 부여하고자 함이다. 다음은 그 대목이다.

> 용팔은 시름이고개를 부리나케 올라가서 저 아래를 쳐다본다. 벌써 똥예는 고개를 다 내려가서 쭉 곧은 편편한 대로를 걷고 있다. 용팔은 걸음을 여전히 크게 뗀다. 그러나 똥예를 따를 수 없다. (…중략…)
> 용팔은 말뚝처럼 서서 똥예를 바라본다. <獸魂塔>이란 세 글자 외엔 아무것도 쓰여 있지 않은 싱거운 물건이 떠 오른다. 그것은 장황한 비문도 왜 세운다는 이유도 언제 세웠다는 날자도 <이놈아 너희들을 왜 잡아먹는지 아니?> 소나 돼지에 대한 저들의 변명도 없다. 그러나 그것을 가만히 보면 무엇인가 써 주려고 애 쓴 백정들의 흔적은 보인다. 그것은 보면 볼수록 더 뚜렷하게 보인다. 그러나 나오는 것은 웃음뿐이다. <獸魂塔>이란 글자 외엔 더 못쓰지 않았던가. 용팔도 마찬가지다. 아무리 생각해도 할 말이 없는 것이다. 다만 잘 가라는 말은 할 수 있다. 용팔은 까마아득하게 사라져가는 똥예를 마지막으로 쳐다보며 양손을 입에 기져긴다. 이것은 똥예에게 세워주는 용팔의 獸魂塔인지도 모른다. (영인본 『창작과비평』 2, 630면)

용팔로 하여금 길을 달아나는 똥예를 위해 자신의 수혼탑을 세워주도록 한 것은 작가가 똥예의 삶을 도수장에 끌려가 죽음을 당하는 짐승과 마찬가지로 인간의 욕망에 의해 파괴되는 존재로 파악함을 의미한다. 작가는 똥예를 짐승의 본성, 즉 자연의 본성에 가까운 삶을 살아가는 자로 보는데 이때 그 짐승이란 순박하고도 질긴 생명력을 소유한 자연적 존재를 의미한다.

작가는 작품의 첫머리부터 시작해서 똥예의 그같은 성격을 부각시키기 위해 여러 가지 장치를 마련하고 있다. 그녀를 계절의 변화를 따라 신체적 리듬이 변화하는 존재로, 또 꽃들과도 교감할 수 있는 존재로 상정했다든지, 숙성과 더불어 자연스레 이성에 눈뜨고 시집을 가고 싶어하고 남편의 사랑을 받고 싶어하고, 그러면서도 이 모든 것을 숨길 줄 모르는 존재로 그렸다든지 하는 것들이 그것이다. 이 모든 것이 그녀에게는 자연스럽기만 하다.

이 작품에 등장하는 거의 모든 인물이 그같은 똥예의 본성에 대립하지만 앞에서도 말했듯 용팔만큼은 근본적으로는 똥예와 같은 부류의 사람으로 나타난다. 그는 똥예가 열여덟의 숙성한 여자로 피어나자 그녀의 몸을 취했을 뿐이고, 그녀가 죽음을 생각하자 졌다가도 다시 피어나는 꽃의 존재를 들어 그것을 만류할 줄 알며, 그녀가 친정과 시댁이 강요한 인종의 수레바퀴에 짓밟혀 버리자 그녀의 혼을 기려주기도 한다. 작가는 그를, 똥예라는 본성의 여인을 그 자체로 보고 그렇게 대할 수 있었던 유일한 인물로 설정하고 있다. 따라서 똥예의 비극은 어쩌면 자기와 동류에 속하는 용팔과 같은 사람과 짝지어질 수 없었던 데 있을 수도 있다.

그에 반해 영철은 용팔과는 전혀 대립되는 인물이다. 그는 노름에 정신을 팔려 네 번씩이나 아내를 갈아치우고 얻은 똥예마저도 거들떠보지 않는다. 뿐만 아니라 노름 판돈을 주지 않는다는 이유로 그녀를 가혹하게 폭행하고 서방질을 하는 것 같다는 승원의 말에 넘어가 마침내는 그녀를 쫓아내기에 이른다. 작품 전반을 통해 그는 노름이라는 음울한 인간적 욕망의 소유자이자 똥예의 삶을 파탄으로 이끄는 직접적 원인제공자로 나타난다.

흥미로운 것은 그런 영철이 이 작품에서는 거의 유일하게 생의 의미를 추구하는 존재로, 생에서 어떤 결핍과 허무를 발견하는 존재로 그려지고 있다는 점이다. 물론 이것은 그가 노름꾼이기 때문이다. 노름꾼이기에 노름 속에서 생의 희열과 절망을 맛보는 것이며 노름꾼이기에 뚱예와는 전혀 다른 의미에서 생의 막다른 지점에까지 도달하기도 한다. 거금을 손에 뒤고 돌아와 허탈한 상태에 빠져 버린 영철의 모습에서 독자들은 자연이 준 욕구와는 대립되는, 인간의 욕망이 그 속에 휘말린 인간을 위해서 파놓은 깊고 거대한 구덩이를 보게 된다. 이로 인해 그 또한 파멸을 향해 나아갈 수밖에 없으나 문제는 그가 추구하는 것과 같은 인간적 욕망이 뚱예와 같은 본성의 삶을 파괴하게 된다는 점이다. 이와 같은 맥락에서 본『분례기』는 일단 영철이라는, 한 불순한 욕망의 소유자에 의해 파괴되는 순박한 여인의 운명을 그린 것으로 이해될 수 있다. 그러나 문제가 그리 단순하지만은 않다.

3.

더 나아가 생각해볼 필요가 있다. 만약 영철이 그와 같은 속성을 지닌 인물이라 할지라도 만일 뚱예가 용팔 말고도 그녀 가까이에 있는 어떤 인물에 의해 보호될 수 있었다면 그같은 비극은 초래되지 않았을는지도 모른다. 또 누군가 시집가서 사는 생만이 여자에게 주어진 생이 아니며 아닐 수 있고, 남편만을 기다리는 삶이 여자가 가져야 할 삶이 아니며 아닐 수 있다는 점을 가르쳐 주었다면 똥예는 다른 삶을 선택할 수도 있었을 것이다.

그러나 그런 사람은, 그런 일은 없었다. 누구도 운명이라는 이름을 빈 인습에 항거하라고 말해줄 수 없었다. 그것은 그들도 모르는 것이었기 때문이다. 특히 그녀 주변의 여자들이 그랬다. 그녀들은 모두 같은 방식으로 살아가는 것은 아니었지만 그럼에도 불구하고 공통적으로 결여된 무엇인가가 있었다.

억척스러운 생명력을 과시하는 똥예의 어머니 석서방댁도, 동네 처녀들에게 호통을 치며 살아가는 호랑할매도, 과부가 되어 삯바느질을 하며 살아가는 봉순의 어머니도, 버젓이 살아 있는 서방을 두고도 샛서방과 놀아나는 노랑녀도, 서방을 잃고 살아가는 동네의 과부들까지도……, 이 모든 여성이 공유하는 것이 있었다면 그것은, 여자는 남자에게 딸린 것이고, 그 팔자는 남자에게 매인 것이라는 남존여비의 의식이며, 여자는 시집가기 전까지는 순결을 유지해야 하고 그 후에는 어떤 일이 있어도 정조를 지켜야 한다는 순결과 정조에의 강박관념이었다.

이러한 관념은 분명 일종의 이데올로기여서 실제로는 그와 전혀 다른 삶을 살아가는 노랑녀조차도 생각만큼은 거기서 멀지 않으며, 시집도 가지 않은 가운데 이웃하고 있는 기생집, 조선관의 보이 필보와 정을 통하고 있는 시누이 동평은 똥예에게 바람난 여자로만 비칠 정도로 자신의 행위를 정당화할 근거를 지니지 못한다.

똥예가 동네 과부들을 따라 다니다 바람이 날까봐 용팔과 함께 나무일을 하러 다니도록 했던 석서방댁이 노랑녀네로 시집가는 딸에게 한 말이 "가서 잘 살어, 잉…… 잘 살고 못사는 건 다 제 팔자여……" 하는 운명론이었고, 아들에게 얻어터진 며느리를 위로한다며 노랑녀가 던진 말이 "그저 부엌에 와선 부엌데기가 되구 잠자리에선 갈보처럼 해야 하구. 밥 먹을 때는 기생이 돼야 그게 알짜 기집여……" 하는 남존여비론이었음을 볼 때, 똥예에게는 비극적 파탄으로부터 벗어날 수 있는 가능성이 애시당초 봉쇄되어 있었다고 볼 수 있다. 어떤 새로운 사고방식도 수혈 받지 못한 그녀에게는 동평을 바람난 여자로 몰아세움으로써 떳떳하지 못한 과거를 지워 버리려 한 데서도 알 수 있듯 새로운 생, 다른 방식의 생을 선택할 수 있는 사유는 전적으로 결여되어 있다. 작품의 말미에서 그녀가 미치지 않을 수 없었던 것은 바로 그 때문이다. 이성의 힘을 빈 합리적 사유는 결여되어 있지만 극도로 불합리한 삶으로부터 벗어나고자 하는 희구는 절실하기 그지없을 때 구원은 광기를 이름을 빌어서라도 출현하지 않으면 안 된다. 광기는 저항의 다른 이름이다.

한편 작가는 그 본성상 생명스럽고 자유로운 생을 살아가야 할 똥예의, 그러나 탈출구 없는 그 기막힌 상황을, 한 마리 쥐를 통해 강렬하게 상징화하고 있다. 노랑녀네 집에서 남편의 손길 한 번 변변히 받지 못한 채 꽃들이 만발한 봄날에도 방에만 처박혀 있다 변소에 간 똥예는 똥독 속에서 한 마리 쥐를 발견한다.

똥예는 거름바가질 쥐고 쥐를 위에서 누르기 시작한다. 틀림없이 한 마리 잡고 마는 셧이다. 쥐는 저 똥물 속에서 숨을 못 쉬고 애를 쓰다 죽을 것이다. 그러나 똥예는 답답하다. 숨이 콱 막혀온다. 누가 자기의 목을 조르는 것 같다. 똥물 속으로 빠져 들어가는 기분이다. 숨이 헉헉 막혀오는 것이다. 똥예는 숨을 몰아쉬며 쥐를 뒤에서 몰아댄다. 똥을 뒤집어쓰고 허우적대는 쥐가 불쌍하고 측은하다. 쥐는 펄쩍 뛰어 변소바닥으로 올라온다. 그때서야 똥예의 숨통은 확 터진다. 쥐는 살려주어 고맙다는 듯 똥예를 힐끗 쳐다보고 구멍을 통해 저쪽으로 도망친다.

똥예는 아직도 벌건 얼굴을 하고 방으로 들어온다. 답답한 방안이다. 이부자리는 그대로 깔려 있고 그 속에 들어 있어야 할 서방마저 없는 것이다. 영철은 엊그제부터 집에는 얼씬도 하지 않았다. 그래도 이부자리는 깔아놔야 하는 것이다.

똥예는 벽을 등에 기대고 펄썩 주저앉는다. 봄이 되어 그런지 기운이 하나도 없다. 아니 답답하다. 방안은 똥이 가득 찬 똥독 같은 생각이 들고 누가 똥바가지로 똥독 속에 든 자신을 꾹 누르는 것 같다. (영인본『창작과비평』2, 540면)

이 쥐를 똥예는 늙은 쥐와 함께 다시 붙잡게 되는데, 그녀는 이 처녀쥐만을 살려 고이 씻어 쥐덫에 넣어 사철나무 울타리 속에 감추어둔다. 자신의 운명을 닮은 것만 같은 쥐에 애착을 느꼈기 때문이다. 그러나 이로 말미암아 똥예는 울타리 너머로 서방질을 했다는 누명을 쓰기에 이른다. 자신이 돌보아 주려고 가둬두었던 쥐가 시아버지에게 발각되어 죽음을 당했듯 그녀는 그 쥐로 말미암아 파탄의 종국에 이르는 아이러니컬한 비극의 주인공이 된다.

이 쥐의 존재와 함께 똥예의 운명을 암시하는 또 하나의 강력한 장치는 미친 기생 옥화의 존재이다. 그녀는 남에게 빼앗길세라 보퉁이 하나를 꼭 껴안고 다니는 것으로 그려진다. 이 보퉁이야말로 인습의 힘에 의해 생을 유린당하는 당대 우리 여성의 비참한 운명을 상징한다. 옥화는 보퉁이에 들어있는 것을 한사코 보여주지 않으려 하지만, 미친 똥예가 갯짚 뭉치에 처녀쥐의 시체를 쑤셔 넣는 장면을 보는 독자들은 그 속에 든 것이 무엇인지를 어렵지 않게 짐작할 수 있다. 그것은 남성 위주의 세계가 가하는 폭력 앞에 노출된 여성의 한, 고통 바로 그것이다.

또 이렇게 볼 때 이 작품의 주제가 매우 급진적인 것일 수도 있음을 알 수 있다. 작가는 운명의 이름으로 포장된 인습의 끔찍한 폭력성을 독자들 앞에 드러내 보이고, 그것에 대한 각성을 촉구했다고 할 수 있다. 물론 이는 작품 내의 수혼탑이 말이 없었던 것과 비슷하게 논리적이고 분석적인 언어로 제시된 것은 아니었다. 그러나 똥예의 비극을 제시하는 작가의 시선에는 이미 지금 우리가 여성적 운명을 운위할 때 함축하고자 하는 것이, 그보다 더 깊은 의미가 담겨 있었다고 보는 것이 타당할 것이다.

4.

필자는 이제까지의 논의를 통해 그가 매우 솜씨 있는 작가라는 점, 남성 위주의 세계가 여성에게 가하는 폭력의 끔찍함을 드러내고자 했다는 점, 이 과정에서 매우 많은 문학적 장치를 도입하고 있다는 점 등을 지적했다. 여기서 다시 1절의 이야기로 되돌아갈 필요가 있겠다. 앞에서도 지적했듯 그는 예리한 관찰자이자 솜씨 있는 작가이다. 그는 자신이 곁에서 보고 듣고 경험했던 것을 소설적으로 소화할 줄 아는 능력의 소유자이다. 그는 예산 몇몇 동네에서 살아가는, 얼핏 천편일률적인 삶을 살아갈 것만 같은 그 어떤 사람도 그렇게 보지 않으려 했다.

서산과 예산이 다르고, 같은 예산에서라 하더라도 읍내 사람과 읍 바깥 사람이 다르고, 또 농사짓는 이와 장사하는 이가 다르고, 똑같이 노름을 하는 이라 하더라도 그 기질이 전혀 다를 수 있음을 그는 의식했다. 작품 속의 인물들이 보여주는 생활과 사고의 방식에 있어서의 개성과 다양성이 이를 확인하게 해준다. 그리고 이는 그가 『우리 동네』 연작의 이문구나 『태백산맥』의 조정래 등과 마찬가지로 우리 소설의 어떤 전통을 이루고 있음을 의미한다. 그들의 소설에서는 대부분의 인물이 마치 실재하는 사람들과도 같이 생기롭지 않던가. 『분례기』의 인물들 또한 그러하다.

주인공인 분례 말고도 그녀의 아버지 석서방과 어머니 석서방댁, 시어머니 노랑녀와 그녀의 시외조모 배불뚝이 할멈, 남편인 영철, 시누이 동평, 기생 옥화, 노름꾼 성기흔, '물명주 석자'를 부르며 관계를 맺는 용팔과 그의 처 병춘, 병춘을 겁탈하려다 실패하고 옥화로 하여금 자신의 애를 갖게 하는 백정 콩조지 등 읽는 이들은 이 작품에서 강렬한 인상을 선사하는 인물을 다수 목도하지 않을 수 없게 된다. 이러한 인물로 말미암아 이 작품은 시종 흥미를 자아내는데 그 중에서도 노름꾼의 아내이자 다섯 자식의 어머니로서 악착스럽고 능청스러우면서도 본능적인 가족애를 드러내는 석서방댁 앞에서 독자들은 시선을 떼지 못하게 된다. 느리고 진한 충청도 내륙 사투리, 남편과 자식을 대하는 무지막지하면서도 유머러스한 태도, 관습에서 끝내 벗어나지 못하는 순박성 등은 그녀를 다른 작품에서는 전례를 찾기 어려운 전형적인 아낙으로 만들어 준다.

또 노랑녀 또한 주의를 끌기에 충분한 인물이다. 그녀는 똥예의 아버지 석서방과 누님 아우 하면서 지내는 사이로, 버젓이 서방을 두고도 채영감이라는 샛서방과 붙어살다시피 하며 "대개 한패가 되어 몰려다니는 술도 잘 먹고 여러 사내 맛도 심심찮게 본 남의 첩이나 술 장사하는 그런 여자들"한테는 형님 대접을 받으며 살아간다. 딸 동평도 실은 채영감의 아이임이 분명하다. 장거리에서 국수를 파는 아낙으로 스스로는 도덕적으로 문란하면서도 아들을 위해 며느리에게는 인종을 요구하지 않을 수 없는 그녀 또한 우리 소설 속에서 보기 드문 존재라 하지 않을 수 없다.

그런데 더욱 중요한 것은 이들 인물이 각자로서는 이처럼 강렬한 개성을 지니고 있음에도 불구하고 그 개성을 통해 존재하는 어떤 공통적 요소가 똥예의 비극적 운명과 뗄 수 없는 관계를 맺도록 그려지고 있다는 사실이다. 이것이 무엇인지는 이미 지적했지만 그들은 노름꾼 영철과 함께 똥예를 실성하지 않을 수 없게 하는 유기적인 억압의 체계를 이루고 있다. 그럼에도 불구하고 이 체계는 결코 뼈대만의 것으로나 도식적인 분석으로는 제시되지 않는다. 작품에 등장하는 주요 인물은 모두 똥예를 비극의 주인공으로 몰아가는 공범자들이지만 독자들은 몇 인물 외에는 그들을 표식을 통해서 확인하지 못한다. 이들 또한 생활의 과정 속에 숨겨진 억압의 희생자들이며 동시에 그 담지자들이기 때문이다.

똥예는, 비유하면 무정형의 물결들 속에 밀리고 부딪혀 부서져 버린 조각배와도 같다. 그 똥예라는 한 시골여자의 이야기 속에 당대 농촌 사회 속에 유지되고 있던 남존여비 및 순결과 정조에의 강조라는 인습의 힘이 극히 자연스럽게 용해됨으로써 읽는 이들로 하여금 소름끼치는 간접체험을 맛보게 한다는 점에 이 작품의 참다운 가치가 있다. 말하지 않으면서도 말하고 드러내지 않으면서도 드러내는 우리의 소설적 전통을 형성하는 한 계기가 되었다는 점에서 『분례기』는 현재의 우리 소설이 의식하지 않으면 안 되는 중요한 작품의 하나이다.

마지막으로 첨언할 것은, 우리 소설이 그와 같은 전통의 단절의 위기를 겪고 있는 지금 우리의 젊은 작가들은 『분례기』와 같은, 60년대 말에서부터 70년대에 걸쳐 풍요롭게 펼쳐졌던 소설 세계에 보다 많은 관심을 기울여야 한다는 것이다. 이들 소설이 보여주었던 언어의 다채

로움, 수사학적 배려, 개성과 차이에 대한 천착 등을 물려받지 못한 채
관념의 치장과 유희에 몰두하거나 이념의 형상화에만 몰두한다면 우
리 소설은 그만큼 빈곤해질 뿐이다.

제4부
정치적 문학을 지양하며

낡은 리얼리즘과 새로운 리얼리즘 | 493

새로운 문학적 사고를 위하여 | 516
　―정치성·미소니즘(misoneism)

문학의 정치성에 대하여 | 535
　―'5·18 문학'에 관한 논의를 재검토함

대중문학론의 세파 속에서 | 564
　―대중문학의 '복권'과 민족문학의 갱신

리얼리즘, 리얼리즘 | 585

<h1 style="text-align:center">[낡은 리얼리즘과 새로운 리얼리즘]</h1>

1.

현금 우리의 문학적 상황은 다시 한 번 회전을 요구받고 있다. 무엇보다 이른바 90년대 문학의 정신을 자처해 온 신세대문학론·대중문학론·포스트모더니즘문학론 등은 그 문학이론적, 비평적 담론으로서의 중요성을 급속히 상실해가고 있으며 이늘과 함께 수뷰를 형성해온 문학주의 혹은 미학주의[1]·초월주의[2]·인간주의[3]의 경향 또한 몇몇 성

---

1) 필자는 90년대 초반 들어 나타난, 특히 신경숙을 중심으로 하는 일군의 문학 경향을 미학주의로 명명한 바 있다(「미학주의, 그리고 그밖의 우울한 풍경과 작은 가능성」). 이 개념은 이 글에서도 아직 엄밀하게 개념 규정되지 못한 채 다분히 실용적으로 쓰이고 있다. 창작의 목적을 객관적 현실에의 접근, 또는 그것에 관한 보다 진실한 상(象)의 제시에 두는, 넓은 의미의 리얼리즘 계열과 는 달리, 작품의 형식적 완성성과 그것에 토대를 둔 정서적 효과의 발양을 목

과에도 불구하고 답보상태를 면치 못하고 있는 것으로 보인다.

주지하듯 신세대문학론·대중문학론·포스트모더니즘 담론의 배경을 이루고 있던 것은 88년 올림픽으로 상징되는 남한 자본주의의 급속한 발전과 특히 90년을 전후로 한 동구사회주의권의 몰락이 가져온 역사적 구원의 가능성에 대한 회의였다. 이로부터 자본주의로부터 역사가 더 이상 나아갈 지점이 없으리라는 후꾸야마식의 사고가 학계와 함께 문학계를 지배하기 시작했고, 그처럼 미래로의 출구가 폐쇄된 공간을 묘사하거나 합리화하거나 그것에 짐짓 저항의 포즈를 취하는 담론이 외부로부터 수용되고 또 창출되기 시작했다. 이른바 프랑스철학의 광범위한 수용은 그 단적인 예가 되려니와 아직까지도 이는 우리 문학계의 주류적 현상이 되고 있다.

필자는 이미 다소 비약적인 글(「90년대 문학의 '종언'」, 1997년 가을)을 통해 90년대를 지배한 문학의 정신이 위에서 든 양 계기를 통해 전면화된 문학의 상업주의와, 문학주의 혹은 미학주의의 결합이거나 또는 신국가주의의 결합이었다고 한 적이 있다. 문제는 80년대의 문학의 정

적으로 하는 경향을 미학주의라 규정해 볼 수 있다. 이 경우 그것이 의미를 지니기 위해서는 현실에 대한 엄정한 의식의 결여 혹은 그것에 접근하려는 의지 및 노력의 결여라는 측면이 함께 지적되어야 한다.

2) 윤대녕 등의 소설은 현실의 실체성·현세성 등에 대한 회의를 바탕으로, 현실보다 더 본질적인 차원 또는 더 이상적인 차원으로의 소설을 통한 초월을 주제로 한다. 이와 같은 경향은 한편으로는 사이버스페이스 등과 같은 가상공간으로의 도피, 그것의 실체화 또는 이를 통한 현실의 실체성에 대한 회의 등으로 나타나기도 한다.

3) 최근 윤영수의 소설 「착한 사람 문성현」 등과 같은 소설에서 나타나는, 인간 존재의 가치, 그 존엄성의 상기를 목적으로 하는 경향이 주목을 끌고 있다. 이를 넓은 의미에서 휴머니즘, 즉 인간주의로 범주화할 수 있다. 그러나 이 개념 또한 현실 인식에의 의지 및 노력의 상대적 결여를 동반하는 것으로 이해될 필요가 있다.

치화로부터 90년대의 문학주의화, 미학주의화 혹은 문학의 정치화의
또 다른 양상으로서의 신국가주의화라는, 문학 주류의 변화라는 것이
80년대 문학의 문제의식은 물론 그 한계마저도 정확히 의식한 것은 되
지 못하였다는 점에 있다.

2.

　당파적 현실주의 문학이라든지 노동해방문학, 민족해방문학을 지향
하는 문학운동 등으로 나타났던 80년대의 제반 진보주의 문학운동은
무엇보다 문학의 정치화로 특징지워지는 것이었다. 그러나 이같은 문
학의 정치화는 실제의 정치가 제기능을 해오지 못한 우리의 현실에 비
추어 불가피한 현상이었으면서도 동시에 미학적 정치화라기보다는 정
치주의적 정치화에 기우는 한계를 노정했다.4) 억압적인 정치적 현실이
우리 사회의 구성원들에게 직접적이면서도 압도적인 영향력을 행사하
는 상황에서 하나의 시대적 현상으로서 문학의 정치화는 자연스러웠
나. 그러나 진보주의 문학론자들은 이를 레닌과 쿠라하라[藏原]의 정
치우위론의 원칙, 루카치의 당파성의 원리 속에서 받아들인 측면이 강
하다. 그 결과 그들이 지향했던 리얼리즘 문학은 그에 값하는 성과를
그다지 많이 남길 수는 없었다.
　물론 그 시대 문학에 대해서는 지금 구체적으로 재검토되지 못하고

---

4) 졸고, 「문학적 정치화의 두 층위」, 『문학정신』(1996년 봄호) 참조

있고 또 그만큼 제대로 된 평가를 찾아보기도 힘들다. 또 문학성이라는 것은 고정불변하는 어떤 가치를 지칭할 수 없고 시대에 따라 그 범주가 확장되거나 축소되며 그 본질 또한 상이하게 규정될 수 있다. 80년대의 진보주의 문학운동 및 그 산물에 대한 평가는 신중을 요한다. 그러나 '갑작스레' 새로운 시대가 닥쳐, 그들의 현실인식이 상당히 관념적이었고 그들의 전망은 지극히 낙관주의적이었음이 분명해졌을 때 문학은 새로운 평가의 잣대 위에 서지 않으면 안 되었다. 그리고 그것은 그 작품들이 시간의 압력을 견디고도 살아남을 만큼 우수한 것인가 하는, 문학성의 유무 고저를 중심으로 하는 것이었다. 다시 말해 80년대의 리얼리즘 문학의 문학성에 대한 회의가 일반화되었다.

그런데 이 물음은 그와 연관된 또 하나의 중요한 문제를 제기하는 것이기도 했다. 그것은 바로 방법론으로서의 리얼리즘이 과연 타당한 것이었는가, 적실한 것이었는가 하는 질문이다. 왜냐하면 그들은 리얼리즘론을 참된 문학성을 획득하기 위한 필수적 요건으로 이해하고 있었기 때문이다.

그리고 이는 당대의 리얼리즘이 당파성과 총체성을 핵심적 범주로 했다는 점에서 당파성이라는 것이 문학적 범주로 기능할 수 있는가, 그럴 수 있다 할지라도 그것이 더 나은 리얼리즘의 핵심적 요건이라 할 수 있는가 하는 등의 문제제기와 함께, 형상화의 목표가 현실의 총체적 반영에 있다는, 문학적 총체성에의 요구에 대한 회의적 성찰, 예컨대 리얼리즘은 과연 현실의 문학적 반영을 목표로 하는 것인가, 이때 반영이란 재현을 의미하는가, 매개적 반영을 의미하는가, 그도 아니면 또 다른 무엇을 지칭할 수 있는가 하는 등등의 문제를, 또 총체성은 개별자와 보편자의 통일로서의 특수자에 대한 치밀한 탐구와 그 형상화에 의해 담지된다는 기존의 인식에 문제는 없는가, 그러한 인식에

이미 리얼리즘 문학을 관념적 문학으로 만드는 역설이 내재해 있는 것
은 아닌가, 본래 리얼리즘에서 총체성이라는 개념의 설정이 현실을 본
질의 차원에서, 전체의 차원에서 이해하고자 하는 노력의 산물이었다
면 이러한 헤겔적 방식의 총체성에 대한 이해 이외에도 어떤 다른 총
체성의 이해가 가능할 수도 있지 않겠는가 하는 등의 문제를 동시에
제기하는 것이었다.

그러나 이러한 것들 말고도 마지막으로 중요한 문제가 남아 있다.
현실에 대한 이해, 그것에 대한 접근 방식의 문제가 그것이다. 리얼리
즘의 목표가 객관적 현실에의 접근, 그것의 묘사 등에 있다는 기존의
인식은 타당한가, 리얼리즘은 오히려 현실의 창조를 매개로 해서만 현
실에의 접근을 달성할 수 있다는 인식이 필요한 것은 아닌가 하는 의
문이 제기될 수 있다. 이같은 의문들은 기존의 리얼리즘이론에서 작가
적 개성의 위치, 작가의 창조성이 차지하는 위치가 불분명했다는, 광범
위하게 확산된 작가들의 불만에 직결되어 있을 뿐 아니라 더 본질적으
로는 문학의 본령, 그 고유영역은 무엇인가 하는 문제와 관련이 있다.
또 이는 기존의 리얼리즘론이 사회학주의에 경사된 것으로 문학성의
추구와는 현격한 거리가 있었다고 보는 사람들의 비판과도 맥락을 같
이 한다.

이와 같은 의문이나 비판은 그 자체로서 의미를 지님과 동시에 더
나아가서는 작가나 시인이 문학을 한다는 행위가 어떤 의미를 갖는가
하는, 문학과 문학인의 존재 의미에 대한 근본적 의문으로 소급되는
것이라 하지 않을 수 없다. 80년대 문학에 대한 이상의 모든 의문과
비판은 결국 문학행위의 본질 및 의의에 대한 숙고를 요구하는 것이기
도 한 셈이다. 90년대로 접어들면서 진보주의 문학인들은 이러한 질문
에 답하지 않으면 안 되었다. 그러나 그들은 그 초입에서는 세계사적

인 회전과의 낙차로 인해 자신들의 문학노선을 정교화하는데 힘을 기울였으며, 중반을 전후로 해서는 90년대 문학에 냉담한 비판자의 자세를 취하거나, 이와 반대로 과거에 대한 충분한 성찰을 행하지 못한 가운데 시대 풍조를 추수하거나, 80년대의 문학정신이 제기한 문제들로부터 후퇴하여 미학주의·초월주의·인간주의의 안전한 숲에 칩거하거나 했다. 필자의 이같은 진단을 너무 냉담한 것으로 느끼는 이들도 없지 않겠다. 그러나 90년대의 진보주의 문학인들에게 새로운 희망의 논리가 명확히 서있지 못했다 함은 그리 과언이 아닐 것이다.

3.

그러나 이른바 80년대 진보주의 문학의 공과를 검토하는 일을 순전히 진보주의 문학인들만의 과제로 본다면 이는 그리 온당한 일이 아니라 할 것이다. 그러한 작업은 90년대의 주류를 이룬 문학인들이 고민해야 할 것이기도 했다. 왜냐하면 그러한 문제들은 이른바 정치적으로 진보주의적 입장에서 문학을 실천한 이들뿐 아니라 한국문학 전체의 심각한 주제이기도 했기 때문이다. 지난 수십 년의, 또 2~30년대의 문학이 이를 입증해 주고 있지 않는가.

필자가 보기에 90년대의 문학 주류, 새로운 세대는 이상의 문제를 의식하거나 자기문제화하는 노력을 진지하게 펼쳐내지 않았다. 그들은, 강하게 말한다면, 현실의 변화가 몰고 온 가치 상대주의 및 다원주의와, 몰주체적 구조주의의 여러 변종과, 상업성과 같은 현실의 힘의 논리를 무비판적으로 수용하면서 과거를 구축(驅逐)하는데 만족할 뿐이었다. 신세대문학론이나 대중문학론, 포스트모더니즘 문학론은 그 주된 흐름들이라 하겠지만, 문학주의 혹은 미학주의나, 초월주의, 인간주의 경향 또한 과거를 철저히 의식한 가운데서 자기 작업을 행했던 것은 아니었다. 그들은 80년대 리얼리즘 문학이 의의를 지닐 수 있었던 부분에 대해서는 침묵한 채, 그 한계적 측면에만 부분적으로 주목하면서 그것을 자기 존립의 근거로 삼음에서 크게 벗어나지 못했다.

그런데 이는 어쩌면 80년대 진보주의 문학인들이 범했던 오류를 또다른 차원에서 반복한 것이라 할 수 있다. 80년대 진보주의 문학인들은 70년대 문학이 낳은 풍요로운 성과들을 얼마나 의식하고 있었으며, 또 그 한계들 얼마나 깊이 있게 이해하고 있었던가. 아직 과문한 탓이겠지만 필자로서는 80년대의 진보주의 문학인들 또한 과거로부터 배우려 하기보다는 과거를 구축하기 위해 많은 노력을 투여했던 것이 아닌가 하는 생각을 하지 않을 수 없다.5) 진보주의 문학인들은 어쩌면 새로운 차원의 리얼리즘을 실천해야 한다는, 현실에 투철하고자 한 의식이 낳은 무제한적인 욕망의 담지자들이었지만 그같은 열정 탓에 전후 2~30년 동안에 축적된 한국문학의 전통으로부터 무엇인가를 얻으려 하기보다는 그것을 부정하는데 오히려 많은 힘을 기울였다. 그리고 이는 한국문학에서 몇 번인가에 걸쳐 출현했던 신세대의 담지자들의

---

5) 박경리나 최인훈과 같은 작가에 대한 진보주의 문학인의 냉정한 평가는 납득하기 어려운 점이 많다. 물론 이는 리얼리즘 혹은 문학의 본질에 대한 견해 차이를 내포하는 문제로 또 하나의 큰 주제를 이루는 것이다. 그러나 이러한 논란과는 관계없이 그들이 전후문학의 풍토 위에서 오늘에까지 생명력을 잃지 않고 있는 매우 희귀한 작가라는 점에 유의할 필요가 있다. 다시 말해 그들은 우리 문학 전체의 자산이며, 생 전체를 건 그들의 문학적 도정으로부터 무엇인가를 얻으려 하지 않는다면 우리 문학의 성숙은 그만큼 기대하기 어렵다 해도 과언이 아니다.

전철을 밟는 것이었다.

새로운 세대는 언제나 과거를 이러저러한 방식으로 부정하지 않을수 없겠지만 중요한 것은 부정 의식의 성숙성 여부일 것이다. 자신의과거를 충분히 의식하지 않는, 과거의 축적물 위에서 새로움을 모색하려하지 않고 과거를 폐허로 선언한 채 항상 원점에서 새롭게 출발하려는 문학은 성숙하기 힘들다. 질긴 생명력을 갖기 힘들다. 또 이러한 미성숙한 문학 경향의 교체로써만 문학사가 구성되는 나라의 문학은 심원해지기 힘들다. 우리는 지금 단 한 사람의 진정한 전국민적 작가라도 얻었는가. 아직 그렇지 못하다면 그것은 어쩌면 우리의 문학인들이거인의 어깨 위에 올라앉아 미래를 바라보려 하지 않고 항상 평지 위에서 미래가 보이기를 바라는 난장이들, 키작은 근대인들이기 때문인지도 모른다. 자기를 규정하는 전사에 대한 이해가 충분치 않은 문학은 성숙되기 힘든 것이다.

90년대의, 새롭게 형성된 문학 주류의 담지자들의 경우, 그 정도는훨씬 더 심했다 하지 않을 수 없다. 80년대의 새로운 세대들이었던 진보주의 문학인들은 자신들의 문제의식의 한 끝에 2~30년대 문학에 대한 계승의 의식이 없지 않았으며, 김정한이래 송영 이문구 황석영 천승세 조세희 현기영 등에 의해 대변된 70년대의 리얼리즘의 전통과 직간접적인 연관을 맺고 있는 측면도 있었다. 이로 말미암아 그들은 선배작가의 문제의식을 공유하는 측면이 없지 않았고 이 때문에 자신들의 문학적 실천에 대한 반성적 성찰은 최근 들어 때때로 이전 세대에대한 재인식의 시도로 나타나기도 했다.[6] 그러나 장정일 이인화 배수

---

6) 신승엽, 「성찰의 깊이와 기억의 섬세함 : 김인숙과 신경숙」(『창작과비평』, 1993
   년 겨울호) 및 「시적 민중성의 높이와 현실분석의 깊이─현기영과 김향숙」(『창
   작과비평』, 1994년 겨울호)과 정남영, 「바꾸는 일, 바뀌는 일 그리고 문학」(『창작

아 송경아의 경우는 물론이고 윤대녕 신경숙이나 은희경 성석제의 경우에도 우리 문학의 전통에 대한 의식은 그다지 투철해 보이지 않으며 새롭게 나타난 시인이나 비평가의 경우에도 주류로부터 예외적인 존재는 그다지 많아 보이지 않는다.

이같은 비판적 대목에 이르면 신경숙[7] 배수아 은희경 성석제 등을 비롯한 몇몇 문학인에 대해 다소의 이견이 있을 수 있고 필자로서도 더 섬세한 판단이 요구된다고 본다. 그러나 90년대 들어 새롭게 등장한 작가들이 대부분 스스로를 전적으로 과거와는 다른 토양 위에서 자라난 존재로 의식하고 있을 뿐 아니라, 문학적 창조를 순전히 개인사적 고백으로 보거나 상상과 허구의 힘을 과신하거나, 심지어는 상업주의적 힘에 의존하는 경향을 보이고 있음은 부인하기 어려운 사실일 것이다. 80년대에서부터 작품활동을 해온 극히 소수의 작가를 제외한, 그들 중 대부분은 흔히 이른바 리얼리즘과 모더니즘의 긴장으로 쉽게 설명되곤 하는 우리 근대문학사 속의 어떤 경향, 어떤 작가, 어떤 작품으로부터도 배우려 하지 않는다. 심지어 그들 중의 상당수는 한국의 소설은 서양이나 일본의 소설에 비해 형편없다는 대전제 위에서 우리 근대문학 전통에 대한 재인식의 요구를 낡은 민족주의의 소산으로 폄하하고, 고전도 못되는 서양소설에 대한 무지를 이유로 작가나 비평가를 비판함에 인색함이 없다. 이제 짧게 잡아도 백년의 수령이 되는 우리

과비평』, 1996년 겨울호) 등. 한창훈이나 전성태, 김형수의 소설에 주목하는 일련의 흐름 역시 이문구 등의 소설에 대한 재인식의 소산으로 볼 수 있다.

7) 신경숙에 대해서는 신중한 평가가 요구된다. 현재 신경숙에 대한 비평적 담론은 격찬에 가까운 고평과 그 문학적 수준에 대한 냉담한 평가절하로 나뉜다. 그러나 이들 양 태도가 신경숙 문학의 본질에 대한 충분한 천착 위에서 행해지고 있는가에 대해서는 회의의 여지가 있다. 평가 이전에 그녀 문학의 성격을 섬세하게 해명하는 일이 우선되어야 할 것이다.

의 근대문학으로부터 배울 것을 찾지 못하는 문학으로부터 어떤 의미 있는 시도가 펼쳐질 수 있을 것인가.

4.

필자는 90년대 문학의 불모성의 원인을 그같은, 전통에 대한 의식의 부재로부터 먼저 찾거니와, 이같은 상황 속에서도 80년대 진보적 문학인의 계보 속에서는 드물게 최인석과 김소진, 그리고 신경숙 전경린 등과 같은 몇몇 작가의 경우 90년대 문학 주류에 대한 비판적 조명과 새로운 길의 모색 속에서 의미 있게 읽혀야 하며, 한창훈이나 김형수 전성태 등의 작업, 또 공선옥이나 윤영수 이혜경 등의 작업에 대해서도 지속적인 관심이 필요하다고 생각한다. 또 은희경이나 성석제와 같은 작가도 쉽게 소홀히 할 수 없는 면이 있다. 지금 우리는 전후의, 그야말로 황폐한 문학적 풍토 위에서 문학적 창조의 길에 접어들어 현재까지도 그 생명력을 상실치 않고 있는 몇몇 작가를 목도한다. 마찬가지로 90년대라는 불모적인 풍토 위에서 주목받게 되었거나 새롭게 창작의 도정에 접어든 몇몇 작가의 미래에 관한 한 결코 속단할 수도 없고 해서도 안 된다.

이와 같은 맥락에서 문학인들은, 또 특히 진보적이고자 하는 문학인들은 90년대 문학에서 무엇을 배우고 무엇을 부정할 것이며 어떤 길로 나아갈 것인가를 주의 깊게 검토할 필요가 있을 것이다. 그 길은 80년대의 정신을 단지 고수하려 하는 의식 속에서는 결코 얻어질 수 없다.

최근에 맑스주의를 재구성하고자 하는, 사회과학계의 일련의 노력들이 보여주듯이[8] 전회라는 이름에 값할 만한 의식상, 사유방식상, 작가적 태도상, 문학적 방법론상 변화가 요구되며, 90년대 문학 주류의 공과에 대한 깊이 있는 성찰이 선행되어야 한다.

본래 80년대 중반부터 작품활동을 시작했던 최인석과 신경숙이 90년대에 들어와서야 집중적으로 조명을 받고 지난 봄에 작고한 김소진의 소설이 의미 있게 읽혀진 이면에는 그들이 다른 누구보다도 강렬한 개성의 소유자이고 또 이를 드러내는 자신만의 독특한 형상화의 방법을 갖고 있다는 사실이 놓여 있다. 알레고리와 극적 구성으로 특징지워지는 최인석의 이상주의, 다층언어적 문체를 통한 김소진의 이야기로서의 소설, 상징적 장치에 능숙한 신경숙의 미학주의 등은 역설적으로 몰개성화로 치달아온 90년대 문학에서 찾아보기 힘든 작가적 개성이다. 이들은 모두 자기만의 미학의 소유자이다.

이러한 작가적 개성은 어쩌면 80년대의 문학정신 속에서는 작가들의 내면에서부터 억압되었던 것으로 그 이유는 대체로 작가적 개성이 놓일 자리가 불분명한 기존의 리얼리즘 이론에 있었다. 90년을 전후로 한 그 이론적 위기 없이는 작가적 개성의 문제는 쉽사리 재평가되지 못했을 것이다. 물론 우리는 그 시대가 낳은 몇몇 주목할 만한 작가들, 예를 들어 김영현 방현석 등을 알고 있지만, 이들은 리얼리즘 이론보다는 그들의 강렬한 개성으로 말미암아 성장한 작가들이다. 그 시대 리얼리즘은 현실인식의 필요성을 고도로 강조했지만 그 이상의 것을 충분히 주지는 못했다. 따라서 지금의 시점에서 새로운 문학의 길을 찾음은 90년대 문학이 재확보한, 새로운 문학적 거점에 대한 고려를

---

8) 김세균의 「오늘의 마르크스주의─재구성을 위한 하나의 시도」(『이론』, 1997년 여름호) 및 이를 둘러싼 토론문은 그 한 예이다.

필요로 한다.

이같은 시각은 한편으로는 80년대를 통해 단절되었던 70년대 문학의 전통을 새롭게 의식하는 것이기도 하다. 리얼리즘의 재론을 둘러싼 최근의 몇몇 글들9)은 황석영과 조세희 소설을 각각 전형적인 리얼리즘과, 모더니즘의 세례를 받은 리얼리즘으로 파악하고 이 리얼리즘과 모더니즘의 대비 속에서 어느 한 쪽의 소설을 선호하거나 양자를 모두 인정하는 경향을 보이고 있다. 필자로서는 오히려 이들의 문학이 지니고 있던 공통 지반이 무엇이었는지를 먼저 확인하는 것이 필요하리라고 생각한다. 지금 우리 문학의 중요 문제는 리얼리즘과 모더니즘 논의 이전의 것이다.

현금 우리 문학의 과제는 어떻게 하면 리얼리즘과 미학을 공존케 할 것인가, 이 양자를 어떻게 화해시킬 것인가에 있으며 이점에서 본다면 우리에게는 황석영이나 조세희는 물론 이문구나 그밖에 70년대 문학을 구성했던 의미 있는 작가가 모두 절실히 필요하다. 그들의 문학이야말로 작가 세계의 깊이와 넓이라는 면에서 80년대와 90년대 모두를 능가하고 있기 때문이다. 다른 작가와 구별되는 확고한 자기세계에의 요구, 이것은 리얼리즘 이전의, 문학의 본령에 해당하는 요구이다.

리얼리즘이 추상화된 담론의 수준에서 이미 도달된 인식을 문학으로 옮기는 것이라면 그것은 문학을 정치학·사회학·철학의 하위범주로 떨어뜨리는 일이 될 것이다. 문학은 여타의 담론으로 환원될 수 없는 것에 대해 말하지 않으면 안 된다. 이점에서 리얼리즘은 여타 담론에 의해 파악된 당대의 현실 이상의 것을 향해 비상하지 않으면 안 된다. 그 비상은 물론 지상적인 것, 현세적인 것, 현상적인 것으로부터의

---

9) 진정석, 「모더니즘의 재인식」, 『창작과비평』, 1997년 여름호; 김명환, 「달을 가리키는 손가락보다 달을」, 『작가』, 1997년 9·10월호 등.

결별을 의미하지 않는다. 리얼리즘은 아직 알려지지 않은, 인간 현실의 새로운 가능성을 찾아가기 위한 방법·방편이며(그 자체가 목적이 아니라!) 이 점에서 그것은 개개 작가가 지닌 고유의 현실관을 필수적인 전제로 한다. 그것이 그 작가만의 것이 아니라면 그것은 이미 알려진 담론화된 어떤 것이며 그렇다면 그의 문학은 단지 그것의 번역 이상의 의미를 지니기 어렵다. 70년대의, 이른바 리얼리즘 작가들이 의미를 지님은 현재적인 관점에서 보면 그들이 리얼리스트였기 때문이 아니라 저마다 독보적인 리얼리스트였기 때문이다.

　80년대의 주류 문학은 이 점에 무지했던 것만은 아니었다. 그들은 이념에 대한, 변혁에 대한 열정으로 말미암아 그 점을 간과하거나 망각했었다. 90년대의 주류적 문학은 70년대의 문학을 전혀 의식하지 못한 채 단지 80년대의 주류적 문학에 대한 대응의식 속에서만, 그러므로 당연히 아주 미흡한 형태로만 작가적 독자성에의 요구에 부응했다. 이점을 분명히 하지 않는다면 지금 새로운 문학으로의 길은 쉽게 열리지 않을 것이다.

5.

　그러나 새로운 문학은 여기서 더 나아가지 않으면 안 된다. 새로운 문학의 길은 70년대 문학으로의 복귀나 80년대의 주류 문학 전체의 부정을 통해서만은 획득되지 못한다. 90년대의 주류 문학에 대한 온전한 긍정과 마찬가지로 80년대의 주류문학에 대한 완전한 부정도 새로운 출발점이 될 수는 없다. 그렇다면 새로운 문학의 길은 무엇을 그 출발점으로 삼아야 할 것인가.

이 점에서 최근 일련의 리얼리즘 논의는 매우 시사적이다. 앞에서 필자는 우리 근대문학이 리얼리즘과 모더니즘의 긴장에 의해 추동되어 온 것으로 쉽게 이해된다고 했었다. 이같은 인식은 문학연구자에게서든 실제 창작자에게서든 매우 일반화되어 있는 것이 현실이다. 필자로서는 이같은 이항대립적인 설정으로는 논의를 더 진전시키기가 어렵다고 생각한다.

이같은 대립적 설정 속에서는 기존에 리얼리즘이라고 이해되어 온 것의 고수 혹은 심화인가, 또는 기존에 모더니즘이라고 이해되어온 것의 심화인가, 그도 아니면 그 양자의 종합 혹은 절충인가의 세 가지 선택지밖에는 도출되지 않는다. 최근의 리얼리즘 논의 속에서 대립하고 있는 것은 첫 번째 논리와 세 번째의 논리이다.

전자의 논리 위에 서 있는 윤지관이나 김명환의 경우 우리 근대문학사 속에서 모더니즘이 보여준 빈곤성을 지적하면서 모더니즘 작품의 성과를 충분히 의식하고 참조하는 리얼리즘의 심화를 주장한다. 그러나 그들의 실제비평 속에서는 그같은 고려는 그다지 쓸모 있게 발휘되지 못하는 듯하다. 이른바 80년대풍 작품에 대한 옹호나 90년대 주류문학에 대한 외적이면서도 냉담한 평가로 귀착하곤 하는 것이다. 반대로, 근대성을 축으로 리얼리즘과 모더니즘을 양날개로 삼자는 논리를 펴고 있는 진정석의 경우 그 실제비평은 리얼리즘의 계보에 속하는 것으로 알려진 작품보다는 모더니즘 경향을 띠는 것으로 알려진 작품을 선호하는 것으로, 다시 말해 기존에 모더니즘이라 이해되어 온 것을 옹호하는 것으로 나타나곤 한다.

결국 필자는 현재의 대립을 생산적이라고 보지 않는 셈이다. 그렇다

하더라도 이들 논의를 철 지난 논의로 간주하거나, 문단적 헤게모니와 자기동일화에의 열망으로 인하여 돌출된 부적절한 논쟁으로 치부하거나, 또는 창작자의 오만과 편견에 빠져 비평가의 공론을 탓하는 식의 태도를 보이거나 함은 이 논쟁의 이면에 놓인 심각성을 이해하지 못하는 것이다.

90년을 전후로 해서 세계사적으로 맑스주의의 위기가 현실화되면서 우리 사회에서도 맑스주의는 유효기간이 지난 발효식품 취급을 받기에 이르렀다. 그러나 이는 대부분 엄격한 논리적 비판을 통해서라기보다는 세계사적인 유행에 편승한 이들의 거친 일반화를 통해서였다. 마찬가지로 현실의 객관성과 그 현실에의 접근 가능성을 인식론적 전제로 하는, 80년대의 리얼리즘론 또한 냉소와 비난의 도마 위에 오르지 않으면 안 되었다. 그러나 그러한 비논리적 폭력에도 불구하고 기존의 리얼리즘론에는 회의의 여지가 많은 것이 사실이다. 필자는 이 글의 2절에서 이를 대략적으로 요약했었으나, 무엇보다 중요한 것은 리얼리즘이 추구하는 리얼리티(reality), 즉 현실성이 과연 무엇을 의미하느냐, 무엇을 의미해야 하느냐에 있다.

6.

리얼리즘에서 현실이라는 것은 지난 오랜 시간 동안 항용 그러했듯이 문제적 개인을 통해 집중적으로 표현되는 당대의 정치적 경제적 이데올로기적 현실을 지칭하는 것으로 국한되어야 하는가. 만약 그렇다면 리얼리즘과 모더니즘을, 인간의 사회주체적 측면과 개인주체적 문제를 각각 다루는 근대문학의 양축으로 보는 논리는 타당성을 지닌다. 90년대에 들어와 현실화된 80년대 리얼리즘의 위기의 원인은 어쩌면 맑스주의의 위기에서와 마찬가지로 본질상 다층적이고 복합적인 인간 현실을 하나의 정치적 경제적 이데올로기적 차원으로 단순화하거나 또는 다른 차원의 문제를 경제적 차원으로 직접 환원하여 다루려 했던 데 있으며 또 이렇게 이해된 현실의, 객관적이고도 직접적인 반영을 형상화의 목표로 삼았던 데서 기인한다.

정치적 경제적 차원의 현실이 다른 층위의 현실을 압도하고 지배하는 것처럼 보이던 지난 시대에는 이러한 현실 패러다임 위에서도 리얼리즘은 상당한 힘을 행사할 수 있었다. 그러나 정치적 경제적 차원말고도, 성·지역·환경 같은, 본질상 경제적 층위로 환원할 수 없는 차원에 대한 발견이 새로운 현실 개념 혹은 정치 개념을 요구하고, 반면에 이러한 집합적(collective) 차원의 문제와는 전적으로 질을 달리하는 순수 개인주체적 차원의 문제가 또한 맹렬히 제기되고 탐구되는 90년대의 인문학적 지형 속에서 과거의 리얼리즘론의 현실 패러다임은 정당화될 수만은 없다.

또한 이처럼 현실에 대한 우리의 앎보다는 무지가 문제시되고, 그만큼 현실에 대한 탐구가 절실히 요청되는 이 시대에, 뿐만 아니라 상당수의 문학인들이, 이것이 바로 현실이라고 믿어 의심치 않았던 정치적 경제적 이데올로기적 차원의 현실에 대한 지식이 현실 그 자체와는 너무나 달랐다는 사실이 속속들이 밝혀지곤 하는 이 시대에, 현실의 객관적인 반영, 진리 접근의 전제로서의 당파성, 현실의 총체적인 인식, 핵심적 모순의 담지자로서의 전형 등을 쉽게 운위할 수는 없다. 현실은 언제나 의식보다는 넓고 깊은 것이어서 리얼리즘은 그 현실에 접근하기 위한 제한적이면서도 잠정적인 방법·방편의 역할을 할 뿐이다. 또한 그러므로 리얼리즘은 우리가 현실이라고 알고 있는, 다소 안정된 앎의 체계를 전제로, 그것을 부정 또는 수정하거나, 그것이 알지 못했던 새로운 차원의 현실, 더 깊고 넓은 차원의 현실에 접근해가기 위한 수단일 뿐이다. 이때 그 다소 안정된 앎의 체계라는 것이 전적으로 신뢰할 수 있는 성질의 것이 아님을 우리의 경험은 일러준다.

　그러므로 리얼리즘은 무엇보다 기존의 담론이 이러저러한 방식으로 해명해 놓은 현실을 문학으로 말하거나 보여주는 것이 아니라, 그러한 담론의 불안정한 기초 위에서 그것을 때로는 수정하고 때로는 부정하면서 우리가 미처 도달하지 못한 현실의 비의를 향해 모험적인 항해를 시도하는 것이다. 다시 말해 리얼리즘의 요체는 현실을 반영하는 그 자체에 있지 않다. 현실을 묘사하는 기존의 담론, 작품을 참조하거나 그것에 맞서면서 더 새롭거나 깊은 현실관을 제시하고, 세상에 아직 알려지지 않은 담론이 세상에 의해 공유되도록 노력하는 데 있다. 리얼리즘은 미정형의 세계로 인간의 인식적 지평, 인간적 삶의 가능성을 넓혀 가는 중요한 방법이다. 리얼리즘에서 작가적 개성이, 그만의 현실 인식이 필수적인 것은 이 때문이다. 작가에게 자신이 현실이라고 믿고 있는 것을 형상화하기 위한 모든 수단이 원칙적으로 허용되어야 하는 것도 바로 그 때문이다. 여타의 담론의 영역에서는 결코 사용되지 않는 문학만의 도구인, 작가의 지식과 체험과 사유와 상상력의 자유 없이는 현실 탐구를 향한 항해의 도정은 도로에 그치기 십상이다.

7.

그러나 그렇다면 그와 같은 문학에 왜 굳이 리얼리즘이라는 레테르를 붙여야 하느냐, 붙이려 하느냐는 의문이 제기될 수 있다. 예를 들어 작가에게 모든 기법적인 수단을 원칙적으로 허용해야 한다는 필자의 주장은 실은 모더니즘론의 가장 중요한 지표 중의 하나가 아닌가 하는 질문이 있을 수 있으며, 더 나아가서는 리얼리즘의 요체가 현실의 반영이 아니라 새로운 현실관의 제시에 있다면 그때의 현실 개념은 모더니스트에 있어서의 주관화된 현실 개념과 어떤 차이를 가질 수 있느냐는 질문이 역시 가능하다. 그리고 이들 질문은 필자의 새로운 리얼리즘의 구상이라는 것이 실은 리얼리즘론의 외피를 쓴 종래의 모더니즘론의 재판일 수도 있다는 생각에 바탕을 두고 있을 가능성이 크다.

그러나 기법적인 수단의 자유가 전형 문제를 특권화하는 종래의 리얼리즘과 어울리기 힘들다 해서 그것을 주장하는 것이 곧 종래의 모더니즘을 옹호함을 의미하지는 않는다. 보편자와 개별자의 통일로서의 특수자에 대한 탐구와 그 형상화를 특징으로 하는 루카치의 총체성 요구란 근본적으로는 경제적 차원으로 환원가능한 인간 주체를 전제로 한 것으로 보이며, 정신과 세계의 크기를 등가적으로 파악하는 헤겔적 사유의 자장 안에서만 적실성을 보장받을 수 있는 것으로 보인다. 그런 의미의 총체성 요구는 인간적 현실의 다층성과 복합성, 그 무한한 깊이 넓이와는 쉽게 어울리기 힘들다. 현실 속에서 인간은 인간적 삶을 이루는 다양한 층위들(예컨대 성 · 가족 · 계급 · 지역 · 환경 · 지식 · 이데올로기 등)을 각기 자기만의 고유한 방식으로 영육 속에 응축시키고 있는 개인들로 존재하며 그러한 개인들의 무한한 차이로 존재한다. 리얼리즘은 문학적 방법이기에 다른 어떤 집단적 담론과는 달리 바로 이들 개인, 개인들의 차이, 차이를 가진 자들의 연관으로부터 출발해야 하며, 그러한 차이와 연관이 빚어내는 '역사'의 형상화로 나아가지 않으면 안 된다.

이처럼 '방법론적 개인주의(methodological Individualism)'에 입각한다는 점에서 필자가 생각하는 리얼리즘은 종래 모더니즘이라고 불리우던 것과 큰 차이를 갖지 않을 수도 있다. 그러나 필자의 리얼리즘이 모더니즘이라고 불리우는 것과 다른 점이 있다면 그것은 이러한 방법을 통해 창조되는 현실, 즉 작품 속의 현실과 우리의 주관으로부터 독립하여 존재하는 단 하나의, 객관적 진실로서의 현실 사이에 긴장을 유지하려는 태도와 의지이다. 창조된 '현실'이 현실에 대한 기존의 담론들을 뛰어넘어 얼마나 더 '실제' 현실에 근접해 갔는가, 또는 독자들이 그 창조된 '현실'로부터 이제까지 알지 못하던 현실의 어떤 측면에 대해 얼마나 더 깊이 이해하게 되었는가, 혹시 특정한 작가의 작품이 현실에 대한 새롭고도 심원한 이해를 제공하기는커녕 이미 익히 알려져 있거나 실효성을 상실해 버린 낡아빠진 담론을 문학으로 번역하고 있지는 않은가, 또는 반대로 현실에 대한 더 새롭고 더 깊은 이해로 나아가기 위해서 공유하지 않으면 안 될 의식과 지식조차 갖추지 못한 채 상상이나 공상의 세계에서 유희를 일삼고 있는 것은 아닌가 하는 등등의 물음 앞에서 스스로를 냉철히 반성하고 타인의 작품을 평가하는 태도와 의지가, 그러한 태도와 의지의 문학적 관철 여부가 필자의 새로운 리얼리즘과, 모더니즘이라고 불리우던 것의 구분을 가능케 해준다.

태도와 의지 및 그 관철 여부라는 애매모호한 기준이 필자의 새로운 리얼리즘과, 모더니즘이라고 불리우던 것의 구분점이라고 함은 그 양자 사이에 이항대립적 구분선이란 없음을 의미한다. 그리고 이같은 주장에 대해 다시 심각한 의문이 제기될 수도 있다. 그러나 필자로서는 오히려 그 종래 모더니즘의 실체성 여부를 재검토할 필요가 있다고 본다.

최근 리얼리즘의 논의 속에서 진정석은 광의의 모더니즘과 협의의 모더니즘을 구분하면서 광의의 모더니즘 속에 종래 모더니즘이라 불리우던 것은 물론 리얼리즘이나 그밖에 성이나 환경 등에 집중하는 문학 경향까지 망라하고 있다.[10] 이 광의의 모더니즘 개념도 상당한 비판적 검토를 필요로 하는 것이지만, 더 중요한 것은 그런 개념을 설정한다 할지라도 그 종래의 모더니즘에 대한 어떤 실체적 접근이 용이해지는 것 같지는 않다는 점이다. 반면 리얼리즘의 심화를 표명하는 윤지관의 경우에도 모더니즘은 우리 문학에서 하나의 계통성을 지닌 경향으로 이해되고 있다. 그러나 그는 그것을 엄밀히 개념화하지는 않는다.

필자가 보기에 한국문학에서 모더니즘이란 이미 오래 전부터 충분히 광의의 개념으로 존재해 왔다. 영미 모더니즘과 대륙의 초현실주의, 다다이즘, 표현주의와 일본의 사소설(私小說) 등 다양한 원천의 혼재와 함께 그러한 경향들의 '조선적', 한국적 변형으로 특징지워지는 우리의 모더니즘은 이상 박태원 최명익 김기림이 다르고, 이들 30년대의 모더니스트들과 장용학 손창섭 김성한 등에 의해 대변되는 전후 모더니스트가 다르며, 이상의 후예라 할 수 있는 이어령과 김현이 다르며, 김승옥과 이인성이, 최수철이, 장정일이 다르다. 최인훈이라든지 김수영이라든지 조세희의 경우라면 이미 모더니스트라는 레테르를 붙이기도

---

10) 진정석, 「민족문학과 리얼리즘」(『민족문학연구소 심포지움자료집 민족문학
   의 갱신을 위해』, 1997.11.16 참조.

롭게 수립된 질서였음을 망각한 결과일 것이다.

아니, 그러나 꼭 그런 불안과 망각 때문에 빚어진 일만은 아니다. 한편으로는 지독했던 시대를 통과하면서 그들을 새롭게 눈뜨게 해준 진보적 이론에 대한 신뢰, 생생한 경험과 창작적 실천을 통해 획득된 진보적 세계관에 대한 신뢰가 아직도 전적으로 무너지지 않았고, 그것을 대신할 수 있으리라 확신할 수 있을 만큼 대안적인 담론체계가 보이지 않기 때문이기도 하다. 그런 상황에서 현상에의 섣부른 추종은 물론 매우 위험한 모험을 감행하는 일이 될 수도 있음을 그들 각자는 누구보다도 잘 안다.

그러나 이 대목에서 나는 "세계관에 대한 리얼리즘의 승리"라는 리얼리즘의 오래된 명제를 다시 한 번 생각한다. 자신의 의식의 질서로 설명할 수 없는 낯선 현상에 접하게 되었을 때 리얼리스트, 리얼리스트가 되고자 하는 자는 어떤 태도를 취해야 하는가. 그는 자기의 의식의 질서를 의심하고 낯선 현상을 의식의 영역 속으로 수용하여 재질서화를 꾀해야 마땅하지 않은가. 이러한 재질서화 과정이 없다면 "전형적인 상황 하에서의 전형적인 성격의 충실한 재현"뿐 아니라 그 어떤 리얼리즘의 금과옥조 같은 개념도 관념주의의 강령으로 전락해 버리는 것이 아닌가.

같은 얘기를 류보선은 "리얼리즘이란 현재의 자기의식을 존중하고, 또 자기 밖의 낯선 세계는 더욱 존중하는 자세"라며 "만약, 현재의 자기의식을 포기한다면 이전의 역사적 경험은 무가 되며, 또 주변의 낯선 세계를 자기의식에 끼워 맞추려고 한다면 현재의 자기가 지닌 의식은 현실적 지지물을 상실한, 그리고 진리에 도달하기 위해 필수적인 사유의 반성과 재정립 없이 굳어져 버리는 고정관념이 될 개연성이 높다"(「민족문학의 혼란, 혹은 두려움 없는 정신의 절망」, 『문학동네』, 1996년 여름호, 36면)라고 했거니와, 나는 현상을 추적하고 그 약동하는 현상 속에 숨은 본질, 실체에 도달하려는 사실 추구 정신이야말로 이미 권위를 획득한 담론의 시야로는 아직 알 수 없는 미지의 지평으로까지 문학을 밀어 가는 핵심적 요인이라 본다.

한편 리얼리스트들이 리얼리즘의 세계관에 '짓눌려' 급속도로 변화해 가는 90년대 현실을 추급하지 못하고 있는 동안 이른바 신세대문학에 속하는 일군의 작가들은 과학기술혁명의 적자인 첨단매체 문화 열정적으로 수용하면서 이를 문학에 접맥시키려는 시도를 보여주었다. 보다 연소한 작가를 꼽을 수도 있겠지만 결국 나의 애기는 장정일을 소재로 삼을 수밖에 없다.

흥미로운 것은 그의 작품이 발표될 때마다 많은 이들이 그의 새로움에 놀람을 금치 못하는 표정을 짓곤 했다는 점이다. 그리고 이것은 미소니즘의 반대편에 새로운 것에 대한 극단적 추수 경향이 존재한다는 사실을 어느 만큼은 입증 해준다. 나는 가끔 어떤 비평가나 독자 혹은 기자가 자기가 받은 느낌을 실제보다 훨씬 더 과장되게 표현하는 습관이 있다고 본다. 장정일의 "재즈적 글쓰기"에 대한 반응은 그 좋은 예였다. 그들은 매우 과장스러운 태도로 자기들이 이미 이전에 어디선가 한 번 이상은 충분히 경험했을 수도 있는 노골적인 표현이나 묘사에 대해 마치 충격을 받은 듯이, 생전 처음 본다는 듯이 반응하곤 했다. 물론 그의 표현이 문학에서는 좀체로 찾을 수 없었던 것일 수도 있지만 미소니즘의 반대 편향인 새로운 것에 대한 무조건적 열광을 드러내고 싶어하는 욕망이 아니고서는 그러한 태도를 쉽게 설명하기 곤란하다.

상당수 리얼리스트와 진지한 독자의 극단적 혐오와는 좋은 대조를 이루는 이 새로움에 대한 열광은 장정일이 『너희가 재즈를 믿느냐』(미학사, 1994)에서 이른바 "재즈적 글쓰기"를 선보였을 때 절정에 이르렀다. 그가 음악적 요소를 문학 속에 도입하는 새로운 시도를 보여주었다는 것이었다. 그러나 내가 그의 "재즈적 글쓰기"를 비판한 것은 그가 새로운 시도를 보여주었다는 사실 때문은 전혀 아니었다. 스테판 코올이 말했듯 리얼리즘이 "지배적 관습과 비교하여, 더욱 현실적으로 기술하려는"(『리얼리즘의 역사와 이론』, 한밭출판사, 4면) 리얼리스트의 목표로도 설명될 수 있다면 리얼리스트라 해서 어떤 종류의 형식적 실험에 대해서 나쁜 선입견을 갖고 대할 필요는 전혀 없다.

많이 지난 얘기이지만, 95년 광주 비엔날레 출품작 중에 누에가 변태를 거듭하여 나비가 되어 날아가기까지 그 실제 과정을 다시 수직으로 세워둔 비디오 화면에 생생하게 재현하는 일종 장르 통합적인 작품이 있었다. 나는 그 작품에서 작가가 전달하려는 뭔가 심오한 의미를 느낄 수 있었으며 그 점에서 그의 장르 통합이 매우 성공적이라고 생각했다. 문학에서 형식적 실험의 가능성은 첨단매체를 표현수단으로 하는 예술장르의 그것에 비해 현저히 제한적이지만 그러나 형식적 실험은 절대로 그 자체로 타기 되어서는 안 되는 매우 중요한 수단이다. 그러므로 장정일의 "재즈적 글쓰기"가 지닌 문제점은 그러한 형식적 실험 자체가 아니라 그러한 형식적 실험의 소모성에 있었다. 그의 '음악적 글쓰기'는 의도만큼 문학적 효과를 가져오지 못한, 일종의 형식적 잉여였던 것이다. 새로운 것에 대한 열광이 언제나 바람직한 결과를 낳는 것은 아니며 새로움으로 현상하는 어떤 것이 언제나 그 안에 그것에 걸맞는 본질, 실체를 지니고 있는 것은 아니다.

결국 내가 말하고 싶은 것은 모더니티와 리얼리즘의 관계이다. 나는 언젠가 모던해지지 않으면 리얼해질 수 없다고 쓴 적이 있다. 이것은 이 새로운 시대 속에서 새로워지지 않는다면 리얼리즘의 목표란 실현

될 수 없음을 지적하고자 한 것이었다. 모더니티를 흔히 모더니즘의
전유물로 치부할 수도 있겠지만, 그것은 규범화된 리얼리즘이 현실을
따라잡지 못하고 진부한 형식에 머무르는 동안 모더니즘은 상대적으
로 형식적 실험에 개방적이었기 때문일 것이다. 그러나 이것은 그만큼
리얼리즘 혹은 모더니즘에 대한 뿌리깊은 선입견에 입각한 생각에 지
나지 않을 수 있다. 한국문학에서는 매우 다양한 함의를 지닐 수 있는
리얼리즘과 모더니즘이 근본적으로 재검토되지 않은 채 두 개의 분리
된 흐름을 형성하며 발전해온 것처럼 이해되고 있지만, 관념적으로 도
식화된 리얼리즘 문학이 과연 리얼리즘 문학인가 개인적 삶의 차원에
서라 하더라도 그것을 생생하게 포착한 모더니즘 문학이 과연 모더니
즘 문학인가 등에 대해서는 새로운 검토가 필요하다.

이런 관점에서 보면 모더니티는 모더니즘만의 것이 아니라 리얼
리즘에서 특히 절실히 요구되는 요소이다. 모더니티를 자구대로 옮
기면 현대성(근대성)이 되겠지만 나는 여기서 버만이 『현대성의 경험
(The Exprience of Modernity)』에서 지적했던 현대성, 즉 자본주의를 해부
하고자 했던 사람이 예전에 "단단한 모든 것은 대기 속으로 녹아 버
린다(All that is solid melts into air)"라 했을 때의 그러한 현대성, 다시 말
해 인간의 삶을 부단히 변전시켜 가는 과학기술적 현대성에 대한 리
얼리즘의 적응력을 요구하고 싶다. 그것이 우리의 삶, 우리를 둘러싼
환경이라면 이것을 따라잡지 못하는 리얼리즘이 과연 무엇을 말할
수 있을 것인가. 이것은 과학기술적 모더니티와의 무한의 속도경쟁
을 의미하는 것은 아니다. 무엇이 새롭게 출현하고 형성되고 발전하
는 현상인지 포착할 수 있는 눈, 그것을 해석할 수 있는 사유를 말하
고 싶은 것이다.

몇몇 예외가 없지 않으나 이 시대에는 기이하게도 새로운, 미지의

것에 대한 공포와 비이성적 열광이 공존하고 있다. 이러한 기이한 공존으로 말미암아 지금 문학은 그 많고 다양한 모습에도 불구하고 그다지 풍성해 보이지 않는다. 리얼리스트에게서 가능성을 찾고 싶은 나는 그들이 새로운 현상에 대해 보다 적극적으로 접근하고 새로운 형식적 가능성에 훨씬 더 많은 주의를 기울였으면 한다. 그리고 이것은 그들에게 그들이 지금까지 세계관이라는 관념에 주었던 신뢰를 일부 아니 많이, 어제와 다른 생생한 체험 및 실감과 그로부터 얻게 되는 직관에 이양하기를 기대하는 것이다. 그러한, 새로움에의 자유만이 리얼리즘을 생명력 있는 것으로 만들어줄 것이다.

그렇다면 지금 리얼리스트들 중에 그같이 새로움에 눈뜨고 새로움에 천착하는 작가는 과연 있는가. 얼마 전 나는 가을 계간지에 발표된 작품을 일별할 수 있는 기회가 있었는데, 결과적으로는 그다지 만족스럽지 못했다. 최근에 리얼리스트들의 창작 경향 중에 두드러진 것으로 송기숙이나 한창훈 전성태 등이 펼치는 농촌소설을 들 수 있는데, '의외로' 송기숙의 「산새들의 합창」 이외에는 90년대 들어 새롭게 부각된 현상을 수용하려는 적극적인 자세에서는 미흡한 것으로 여겨졌다. 도시에 비해 농촌이 급속하게 영락해 간다 하여 농촌소설이 지금 의미를 상실하고 있는 것은 아니다. 문제는 지금 농촌에서 무엇이 새로운가, 무엇이 농촌으로부터 새롭게 배워야 힐 깃인가에 내한 천착 여부이다. 이 점에서 최근의 농촌소설은 더 많은 고민이 필요한 것으로 보였다. 농촌소설 쪽은 그래도 좀 나은 편이고 여타 경향의 소설 쪽에서는 거의 성과가 없었다 해도 과언이 아닌 계절이었다. 외려 최수철을 비롯한 몇몇 작가의 작품이 삶의 실체성에 대한 회의를 상당히 깊은 곳까지 밀고 갔다는 느낌을 받았다. 뭔가 새로운 전기가 필요하다는 느낌이 강하게 들었다. 절망은 이미 때가 지났고 체념은 프로의 태도가 아

니고 답습은 남루하다. 누가, 어떤 리얼리스트가 이 긴 정체에 종지부
를 찍을 것인가.

문학의 정치성에 대하여

'5·18 문학'에 관한 논의를 재검토함

1.

'5·18 문학'에 관한 논의를 다룬다는 것은 일종의 두려움을 수반한다, 큰 두려움을. 5·18은 우리 현대사에서 가장 큰 정치적 사건이었다. 오직 1950년의 전쟁만이 그보다 큰 영향력을 행사했을 뿐이다. 그처럼 중요한 정치적 사건에 대해, 그것과 관련된 문학에 대해 무엇인가 말한다는 것, 그리하여 자신의 정치적 견해가 더 분명해지고 돌이킬 수 없이 될 수 있다는 것. 그것이 두려움의 실체인가. 아니다. 그렇지 않다. 자신의 삶이 어느 정도 분명해졌을 때, 현실에 대한 자신의 견해를 더 이상 숨길 수 없는 상황에 놓였을 때, 그것을 분명히 하는 일을 회피하기만 하는 것은 올바르지도 가능하지도 않다. 그때는 가능한 한 자신을 정확히 표현하는 일만이 문제가 될 뿐이다. 그러나 어찌다만 자신을 정확하게 표현하는 일에만 머물 수 있을 것인가. 머물게 될 것인가. 자신에 대해 말한다는 것은 곧 타인에 대해 말한다는 것. 자신에 대해 발언하는 것은 자신에 대해 발언하는 것이지만 동시에 타인에 대해 발언한다는 것. 5·18과 같이 첨예한 정치적 사건에 대해 쓴다는 것은 비록 그것이 문학적 행위의 넓은 범주 안에 드는 것이라 할지라도 타인에 대한 단죄로 나아가기 쉽다. 그렇지 않아도 세상은 지금 공허한 단죄의 목소리로 가득차 있다. 단죄 받아야 할 자들과 내통하고 그들에 굴종한 사람들이 스스럼없이 단죄의 목소리를 높이는 현실은 현재 우리가 얼마나 희비극적인 상황에 처해 있는지 말해준다. 인간이기를 포기하고 권력과 황금에 눈이 멀어 동포를 무참히 도륙한 자들, 그들의 손과 발과 혀가 된 자들은 마땅히 단죄되어야 할 것이다. 그러나 그 피부름이 조성한 80년대의 중압에 짓눌려 살아온 그 누구를, 정치적 이념적 차이 혹은 가시적 저항 행위의 유무로 쉽사리 단죄할 수 있단 말인가. 내 안에 자리잡고 있을지도 모를 확신, 선과 악에 대한 관념이 내 자신의 부도덕함과 불철저함으로 향해지지 못하고 타인에 대한 비판으로만 나아갈까 두렵다. 그러나 그것은 정녕 두려움의 끝인가. 아니다. 그렇지 않다. 이 글을 비평의 이름으로 써야 한다면, '5·18 문학'을 둘러싼 논쟁조차 지금 이 순간 스스로 옳다고 생각하는 관점에서 다루지 않으면 안 된다. 그것을 피할 수 없다. 비평이란 무엇인가. 그것은 자신의 견해가 틀릴 수도, 궁극적으로 잘못된 것으로 판명될 수도 있지만, 지금 이 순간만큼은 자신의 모든 것을 거는 행위, 절대적인, 아무리 상대적이려 해도 피할 수 없는 절대적 가치평가 행위이다. 그 자신 결국 상대적으로밖에는 타당할 수밖에 없는 견해를 절대적인 신념의 형태로 기술하지 않을 수 없다는 것, 그렇지 않으면 비평은 한낱 해설 행위에 지나지 않게 된다는 것. 이것이 비평의 저주받은 운명이 아니던가. 그러므로 내가 지금 옳다고 믿는 것을 말해야 한다는 것은 선택의 여지없는, 기꺼이 그것에 구속되지 않으면 안 될 상황이다. 『시와 경제』와 『시운동』을 둘러싼 논쟁에서 이미 채광석과 남진우가 그러했고, 소설 「깃발」(1988)과 「저기 소리 없이 한 점 꽃잎이 지고」(1988)를 둘러싸고 김사인 김명인과 홍정선 정과리가 그러했고, 임규찬 김태현 한만수가 그러했다. 그들의 글과 발언 속에서 내 그들의 한계와 오류를 볼 수 있다 한들 그것이 무슨 큰 발견이 될 것인가. 그 시대적 중압 속에서라면, 그 논쟁적 상황 속에서라면 이 미숙하기만 한 나 또한 시간의 함정 속에 빠지고 말았을 것이 아닌가. 나 또한 지금 그러한 함정에 빠지고 있는 중이 아닌가. 그러므로 정작 두려운 것은, 내 이 글이 무엇인가를 옹호하거나 비판하고자 할 때 내 글 어딘가에 숨어 있을 모순이 아니라, 5·18이라는 처참한 경험으로부터 문학이 얻을 수 있는 그 무엇을 내가 조금이라도 더 보탤 수 있을까 하는 의문이다. 나는 정녕 그것을 발견하고 얘기할 수 있는 가이다. 그러나 발언하지 않으면 안 될 것이다. 현재 나의 언어가 시간의 함정에 빠져 다시는 헤어날 수 없게 된다 할지라도 무엇인가 발언하지 않을 수 없는 것은, 5·18이라는 징치적 격변이 실재했었나는 무거운 진실 때문이다. 우리가 삶을 허무한 것으로만, 무언의 침묵 속으로 덧없이 빨려 들어가 버릴 순간의 빛으로만 보지 않고, 그러한 짧은 삶, 일회적인 생명 속에, 그 속에 깃든 유한한 정신의 흐름과 그것들의 이어짐 속에 진정으로 부여할 만한 것이 있다면, 그렇게 믿고자 한다면, 우리들의 현재와 미래를 위해 '5·18 문학'은 끊임없이 새롭게 재조명될 필요가 있기 때문이다.

2.

나로서는 '5·18 문학' 또는 그 문학 논쟁의 재검토는 우리 문학에서 정치성이 갖는 의미, 혹은 우리 문학의 정치화가 내포하고 있는 의미에 대한 재음미를 필수적인 요건으로 한다고 본다. 그런 전제 없는, '5·18 문학' 또는 그 문학 논쟁에 대한 재검토는 문학의 사회성 및 그 상대적 자율성에 관한 원론에 기댄 다소 공소한 논의로 전락하기 쉽다. 우리 사회에서 정치란 무엇인가. 그것은 처음이자 끝이다. 처음도 아니고 끝도 아니며, 그래서도 안 되지만 처음이자 끝이다. 정치화된 사회, 사회의 운명이 개인의 삶에 거의 직접적일 정도로 압도적인 영향을 미치는 사회. 이것은 우리 현대사의 운명인 듯도 하다. 이 땅에서는 개인이 속한 민족·계급·계층·지역·집단의 운명과 그 개인의 운명은 거의 등가적이다. 여기서는 개인이 몇 개의 다리를 건너야만 사회라는, 계급이라는 이름의 괴물과 조우할 수 있도록 놓아두지 않는다. 예기치 않은 곳에서, 예기치 않은 순간에 개인은 비정한 전체의 논리에 부딪쳐 산산조각이 나곤 한다. 이 작은, 주기적으로 열강의 발톱이 목덜미를 잡아채는 나라에서는, 전체가 부분을, 사회가 개인을 거의 직접적으로 지배하며 그 지배의 이름이 곧 정치이다. 그러나 그럼에도 불구하고 정치는 그 구성원으로 하여금 자신이 원하는 것, 지향하는 것을 발언하도록 허용한 적이 없다. 정치는 '지배당하는 자'의 발언 기회를 철저히 차단하는 '지배자'의 연단일 뿐이다. 국회에 노동자나 농민의 이해를 대변해 줄 수 있는 정당이 하나도 존재하지 않는다는 것은 무엇을 말해 주는가. 그보다는 훨씬 더 양호한 상태이지만 지금까지 한 번도 지역차별 구도가 깨어진 적이 없다는 사실은 무엇을 말해

주는가. 그것은 이 사회가 가장 정치화된 사회이면서도 기실 정치가
어떤 조절작용도 하지 못하는 사회임을 말해 준다. 지금도 그럴진대
80년대에 대해서는 더 말해 무엇할 것인가. 그리하여 그 80년대 중반
에 정치화된 문학에 대해 날카로운 비판의 논리를 구사했던 남진우조
차 다음과 같이 지적하지 않으면 안 되었다.

> 삶다운 삶이 허락하지 않는 이 현실의 부조리는 경제발전, 산업화에 필수
> 적으로 따르는 부작용이라는 설명으로 잠재울 수 있는 수준을 훨씬 넘어서,
> 인간의 생존 자체를 위협하는 거대한 질곡으로 작용하고 있다. 우리는 그런
> 면에서 이 두 시인뿐만 아니라 70년대를 이어 80년대에도 많은 수의 민중 시
> 인, 민중시가 쏟아져 나올 수밖에 없는 시대적 당위성을 인정하지 않을 수 없
> 다. 정치, 경제, 언론 등 각종 중심부의 회로가 막혀 있을 때 잠재되어 있는
> 불만이 상대적으로 통제가 적은 주변부의 문화, 특히 문학 부분을 통해 표출
> 된 것은 필연적인 현상이라 아니할 수 없다. 그리고 이러한 악순환―정치적
> 탄압이 가져오는, 시대적 대응양식으로서 문학의 획일화―은 그것이 근원적
> 뿌리를 정치라는 문학외적 사실에 두고 있는 한 그 해결도 문학 내부의 힘으
> 로보다는 정치상황의 변수에 따라 달라질 수밖에 없을 것이라는 추론을 가능
> 케 한다. (「角의 시학」, 『새벽의 빛이 우리 앞에 있다』, 215면)

그는 바로 밑에서 "문학이 정치적 상황에 미치는 힘을 과소 평가한
다거나", "문학이 정치성을 띄는 것은……문학의 필수적 임무이자 본
질"이라는 반박이 나올 수 있음을 밝히고 있다. 그러나 현재의 시점에
서 이러한 반박이 그다지 실효성 있을 것으로 보이지는 않는다. 내가
의문을 제기하고 싶은 것은 문학의 정치화가 70년대와 80년대에 국한
된 현상만은 아니었다는 것, 그리고 이같은 문학의 정치화를 가능케
한 정치상황 또한 개화기 이래 지속적으로 존재했다는 사실이다. 다시
말해, 다른 많은 나라의 경우에도 그렇지만, 특히 우리의 경우 근대이

래 정치는 한 번도 '정상적으로' 기능한 적이 없었으며, 따라서 문학은
정치가 수행하지 못하는 기능을 자기 기능의 주요한 부분으로 떠맡지
않을 수 없는 상황이 지속적으로 존재했다. 그러한 문학의 기능을 나
는 복원의 기능이라 부르고 싶다. 일제와 독재 정권에 의해, 그들의 손
과 발과 혀가 된 자들에 의해 정치적, 역사적 진실이 감추어지고 왜곡
될 때 우리 문학은 '어쩔 수 없이' 그것을 '원래 그대로' 복원하는 기
능을 수행하지 않을 수 없는 상황에 처해 왔다. 그러므로 이 정치 만
능의 박토 위에서는 정치는 정치, 문학은 문학이라는 식의 원론은, 적
어도 지난 수십 년의 문학에서는 통하기 힘든 이상이 될 수밖에 없었
고, 문학은 부단히 정치로 수렴될 수밖에 없었다. 바로 이 점에서 문학
의 순수성을 옹호하고자 했던 80년대 남진우의 고독은 그 논리적 타당
성 여부와는 관계없이 그 나름의 비장함을 간직한 것이 된다. 80년대
가 그러했듯이, 개화기나 20년대, 30년대, 해방 공간 등 어디에서나 정
치와 문학, 역사와 문학의 경계선에 위치한 전기나 르뽀나 아지프로를
볼 수 있고, 그것들은 문학의 영역을 무한정 확장하고 싶어하는 계몽
주의자나 좌파 문학인에 의해 기꺼이 문학으로 대접받았다. 그러한 현
상 밑에는 훼손된 정치와 역사를 향한 복원에의 꿈과 열망이 자리잡고
있다. 그러므로 이, '우리'가 곧 '나'인 사회 속에서, 정치화된 문학은
원천적으로 죄악이 될 수만은 없다.

　　그러나 나는 이 지점에서 문학의 정치화라는 개념이, 한 마디로 뭉
뚱그려질 수 없는, 상이한 차원의 정치화 양상의 복합체로 이해되어야
한다고 주장하고 싶다. 이미 김병익이 "'노동' 문학과 노동 '문학'"을
구분하면서 말하고자 했던 것과 유사하게 문학의 정치화는 정치 우위
론적 정치화와 미학적 정치화로 먼저 크게 구분될 수 있다. 전자가 앞
에서 말한 복원의 논리에 일차적으로 충실한 문학을 지칭하는 것이라

면 후자는 이러한 복원의 논리를 통과하면서 문학의 독자적인 기능 수행으로까지 나아간 문학을 의미한다. 그리고 이 지점에서 남진우가 예상했던, "문학이 정치성을 띄는 것은…… 문학의 필수적 임무이자 본질"이 아닌가 하는 의문에 직면할 수 있다. 그러나 이러한 주장은 정치성이라는 말을 문학이 지니지 않을 수 없는 이데올로기적 성격이라는 의미로 사용한다는 점을 전제로 해서만 통용될 수 있다. 문학은 얼마든지 정치화할 수 있고 정치 또한 때때로 문학화할 수 있지만 문학은 역시 문학이며 정치는 역시 정치이다. 그러므로 우리 사회에서도 정치적 문학은 일차적인 복원의 관문을 통과하여 더 전진할 필요가 있다. 정치 우위론적 문학의 정치화는 문학의 미학적 정치화로까지 나아가지 않는다면, 과도기적이고 불철저하며 미성숙한 문학 현상으로 남을 수밖에 없다. 물론 그렇다고 해서 정치 우위론적 문학이 그런 차원에 머물렀다는 것으로 폄하되어야 하는 것만은 또 아니다. 그것은 그 자체로서, 우리 문학이 부여받은 특수한 과제를 실현하는 문학으로, 그 자체의 논리 내에서 평가될 필요가 있다. 그러므로 문제는 정치 우위론적 문학의 정치화를 우리 문학의 최종 도달점으로 보지 않는 일이며, 그것을 통과하고도 남는 문학의 독자적인 경지가 무엇인가를 밝히는 일이다. 그것은 일단, 이념과 이론의 영역만으로 말할 수 없는, 계급과 집단의 역학만으로는 설명할 수 없는 곳에 있다는 것만을 지적해 둔다. 문학은 앞서 지적한 복원의 논리에만 만족해서는 안 된다. 즉 공식적인 정치와, 그의 시녀가 되어 버린 언론과, "칼과 황금을 제사지내는 연기"(한용운)가 되어 버린 도덕이 말하지 못하는 것을 말하는 데서 멈춰 서서는 안 된다. 문학이 그보다 더 말해야 할, 더 높은 그것은 무엇인가. 지금까지의 '5·18 문학'은 과연 그것에 대해 말했는가. 5·18로부터 우리 문학은 더 말할 무엇을 남겨 두고 있는가. 이것이 '5·18

문학'을 둘러싼 논의를 일별 하고자 하는 이 글이 찾아내야 할 것이다.

그러나 안타깝게도 '5·18 문학'을 둘러싼 비평적 논의는 매우 불충분한 상태에 있다. 그리고 이는 5·18이 80년대 문학, 그리고 현재의 한국문학에 던진 무거운 부담에 비추어 보면 무척이나 기이한 현상이라 하지 않을 수 없다. 간헐적으로 이루어진 논의 대체로 '5·18 문학'의 성과와 한계를 중심으로 하고 있지만, 90년을 전후로 '사유 체계의 단절'을 거친 현재의 눈으로 보면, 짚어야 할 문제에 대해 충분히 주목하지 못했다는 인상을 받게 된다.

그럼에도 불구하고 '5·18 문학' 또는 5·18을 통해 새롭게 형성된 문단적 상황과 문학적 흐름에 대해 날카로운 통찰을 보여주는 글이 없었던 것은 아니다. 5·18 시에 대한 직접적인 논의는 아니지만,『시와 경제』와『시운동』과 같은 동인지 운동을 중심으로 이루어진 채광석과 남진우, 정과리 등의 논의와,「깃발」및「저기 소리 없이 한 점 꽃잎이 지고」를 민족문학 주체논쟁과의 연관 속에서 다루고 있는 일련의 논쟁은 꼭 재검토하지 않으면 안 될 문학사적 사건이라 하지 않을 수 없다.

3.

『시와 경제』와『시운동』을 둘러싼 채광석 남진우 등의 논쟁적 논의는 직접 5·18 시들을 대상으로 한 것은 아니었다는 점, 그들 사이에 직접적인 대응이 이루어지지 않았다는 점, 논쟁 당사자인 채광석이 돌연히 세상을 떠나버렸다는 점 등으로 말미암아 문제를 충분히 심화시킬 수 없었다는 한계를 갖는다. 그러나 김정환 황지우 등과 안재찬 하재봉 남진우 등 이들 동인지의 동인이 오늘의 시단에서 상당한 비중을 차지하고 있다는 점 외에 문학에 있어 리얼리즘시 혹은 그 시론의 가능성, 현실 인식과 상상력의 관계 등과 같은 매우 심각한 논점을 내포한 논의였다는 점에서 이 논쟁의 중요성을 부정하기 어렵다.

이 과정에서 돋보이는 것은 현실 인식을 중심으로 한 진보적 문학 진영의 문학론에 맞서 상상력을 중심으로 한 문학론을 옹호하고자 했던 남진우의 지속적인 노력이다. 그는 「각의 시학」 이후 「상상력과 현실」(88년 여름) 「리얼리즘을 넘어서」(89년 겨울) 등에 이르는 과정에서 민중문학의 정치성에 대한 강력한 비판과 함께 상상의 문학론이라 해도 될 만한 자기 체계를 세우고자 노력했다. 이에 비해 진보적 문학 진영 쪽에서는 채광석이 제기했던 "총체적 삶에 대한 본질적 인식"이라는 화두로부터 출발하여 윤여탁 최두석 오성호 등과 염무웅에까지 이르는, 리얼리즘 시론의 정립을 위한 힘겨운 도정에 들어서지 않으면 안되었다.

그러나 진보적 진영의 리얼리즘 시론과 『시운동』 이론가 남진우의 상상의 문학론이 아직 충분한 결실을 맺은 것으로 보이지는 않는다. 진보적 문학 진영의 경우 염무웅이 지적하고 있듯이 "소설론에서 주로 사용되는 개념과 분석 방법이 거의 무비판적으로 시에 적용되고 있는 듯한"(「'시와 리얼리즘'에 대하여」, 『창작과비평』, 1992년 봄호, 92면) 느낌을 줄 정도로 불완전한 리얼리즘 시론 상태에 머무르고 있다는 점에서, 남진우의 경우 진보적 문학론에 대한 비판의 논리는 상대적으로 매우 날카롭지만, 이것이 그의 상상의 문학론의 올바름을 입증할 수 있는 것은 아니라는 점에서 그러한 판단이 가능하다. 이와 같은 한계를 보다 분명히 이해하기 위해서는 채광석과 남진우의 글, 즉 「부끄러움과 힘의 부재」(83면) 및 「각의 시학」으로 돌아가지 않으면 안 된다.

먼저 채광석은 『시운동』의 상상력을 사회학적 상상력과는 절연된, 즉 역사적이고 사회적인 존재인 인간의 총체적 삶에 대해 아무런 본질적 인식도 없는 현실 도피적 방편에 불과하다고 비판한다. 여기서 주목해야 할 것은 우선 그가 『시와 경제』와 『시운동』의 대립을 70년대 실천문학론과 순수문학론의 대립의 연장선상에서 파악하고 있다는 점이다. 이는 50년대에서 70년대에 이르는 우리 사회를 "식민지 유제의 확대 재생산을 기반으로 하는 일종의 폐쇄 사회"로 파악하는 것과 무관하지 않다. 그는 이런 관점에서 『시운동』의 '상상력주의'를 "박제된 순수", 즉 "주입된 세계관의 틀을 벗지 못한 또 하나의 상투성에 불과" 한 것으로 본다. 그러나 이러한 비판은 첫째 한국 사회의 변모 과정을 구조주의적이고 정태적인 관점에서 양적인 변화만을 갖는 것으로 보고 있다는 점, 둘째 이러한 논리 위에서 『시운동』의 상상력 중심 초월주의를 순수문학과 동일한 궤도에 서 있는 문학 유파 이상으로 보지 않는다는 점에서 문제점이 있다. 중요한 『시운동』 참여자인 하재봉이 『발전소』(민음사, 1995)로 떠나고 안재찬은 류시화가 되는 과정은 이들이 순수문학론의 단순한 상속자가 아님을 보여준다. 그러므로 『시운동』에 대한 채광석의 계보 설정은 다소 무리한 것이라는 판단을 하지 않을 수 없다.

그러나 이는 두 동인지의 대립을 "현실에의 몸담음"과 "현실에의 반성적 질문"으로 파악하면서 『시운동』을 후자에 속하는 실천 행위, 즉 "현실 반성적 행위 또는 유토피아적 전망을 보여"주는 행위로 파악한 정과리의 관점에 비추어 보면(「소집단 운동의 양상과 의미」, 1983.1) 상대적으로 타당하다고 볼 수도 있다. 나는 『시운동』 동인이 칸트적 주관주의자라는 류철균의 견해(「이성과 행복: 시운동 10년의 역사와 전망」)에 얼마간 동의하지만, 그 물자체(Ding-an-sich)에 해당하는 것이 그들 개인이라는 점이 더 분명히 강조되어야 한다고 본다. 『시운동』 동인에게 있어 그들 스스로의 자아는 영원히 그 본질에 도달할 수 없는, 그러나 지향하지 않을 수 없는 독립된 존재로 남는다. 정과리가 지적했던 "정말 자유로왔던 어떤 옛날의 추억"에 대한 그들의 동경이란 자기 내부의 심연을 향한 그리움이며, 이는 꿈꾸기라는 그들의 구호 속에 표현되어 있다. 바로 이 점에서 그들이 사회학적 상상력, 즉 현실 사회에 대한 총체적 인식과는 동떨어진 존재라는 채광석의 판단은, 그들의 행위를 현실에 대한 반성적 행위로 간주하는 정과리의 견해보다 합리적이다. 그 연장선상에서 "분명 그 아픔 또는 혼돈은 현실에서 비롯된 것일텐데, 그 아비 어미인 역사적 사회적 문맥은 사상되고 자식만 족보 없는 고아처럼 수용돼 있으니 솜씨 있게 수용됐다 하더라도 쉽사리 판독되지 않는 게 아니냐"는 채광석의 지적은 의미심장하다 하지 않을 수 없다.

그러나 더 중요한 문제는 그가 『시와 경제』와 『시운동』의 시 창작 행위에 대해 총체적 삶에 대한 본질적 인식이라는, 소설적 개념을 사용하고 있다는 점이다. 특히 시 부분에 있어 이 총체성이라는 개념이야말로 진보주의 문학론의 아킬레스건이다. 시가 현실을 총체적으로 인식하고 표현한다는 것은 과연 무엇을 어떻게 한다는 말인가. 이에 대해서 그는 "시는 자기 완결적 폐쇄 구조에 갇힌 공깃돌이 아니라 총체적 삶의 각 부분간의 살아 있는 관계, 그것의 진정한 통합을 거듭 새롭고 끈질기게 추구하는 노동의 결과"라고, 반복적 설명만을 가하고 있을 뿐이다. 그리고 이는 지금까지도 결정적으로 극복되지 못한 리얼리즘 시론의 난제이다.

이 문제의 핵심은 소설보다는 현저히 시간동시적인 장르인 시 속에, 시의 순간성 속에, 어떻게 현실의 총체성이 포착되고 고정될 수 있는 가 하는 것이다. 그리고 이는 총체성 개념의 재검토를 통해서만 해결 될 수 있다. 기존의 논자들이 암묵적으로 동의해 오고 있는 루카치의 총체성 개념 또는 그 기원으로서 헤겔의 총체성 개념으로는 리얼리즘 시론의 정립이라는 과제를 해결할 수 없을 것 같다는 것이 나의 생각 이다. 세계의 총체성이 선험적으로 가정되고 현실이 그 외화로서만 위 치 지워질 때, 소설에서도 그렇지만 시에서는 특히, 리얼리즘이란 도달 할 수 없는 이상이 되고 말 것이다. 그러한 총체성 개념에 따르면 리 얼리즘 시론은 항상 서사시 지향으로만 빠져들 뿐이다. 그러므로 논의 의 방향은 순간과 부분 속에 놓일 수 있는 총체성 개념을 찾는 일로 모아져야 한다. 그러나 새로운 것을 얻기 위해 낡은 것으로부터 아무 것도 구하지 않고 버리는 것 또한 경험의 축적과는 거리가 먼 일이다. 나는 지금 맑스적인 총체성 개념이 원래 어떤 것이었는지에 대해 관심 을 갖고 있으나 이에 대한 자세한 논의는 이 글에서는 허용되지 않는 일이다. 다만 여기서 지적할 수 있는 것은 맑스의 총체성 개념에 대한 알뛰세의 해석과, 그 알뛰세의 총체성 개념을 비판적으로 수용했던 캘 리니코스의 견해를 검토할 필요가 있다는 점이다. 성급한 결론을 피하 고 논의의 개방을 위해 주목되는 부분만을 인용하는 것으로 지금의 내 생각을 대신하고자 한다.

알뛰세에 따르면 헤겔 변증법에서 모순은 단순하다. 다시 말해, 총체의 모 든 심급들이 기본 모순을 반영한다는 것이다. 헤겔의 총체는 표현적 총체, 즉 모든 부분은 총체적 부분으로 각각의 부분이 다른 부분을 표현하며, 각각의 부분들이 직접적인 표현 형태로 총체의 본질 그 자체를 포함하고 있기 때문 에 부분들을 포함하고 있는 사회적 총체를 표현하는 총체다. 우리는 알뛰세가 대안을 제시코자 꾀하고 있는 인식론과 다시 마주치게 됐다. 그 대안이란 총체는 총체 각 부분에 직접 나타나며, 그 각 부분에서 추출해 낼 수 있다는 점이다. 그러나 전체의 각 부분은 전체의 본질을 표현한 것이다. (Callinicos, 이진수 역, 『알뛰세의 마르크스주의(Althusser's Marxism)』, 백의 59면)

한편 채광석의 『시운동』 비판을 의식하면서 남진우는 「각의 시학」을 통해 예리한 반론을 꾀한다. 이 글은 『시와 경제』 동인인 황지우와 김정환의 시세계를 분석 대상으로 하면서 이미지 분석이 어떻게 시 전체의 의미 파악에 생산적으로 기능할 수 있는지 보여준다. 하지만 전체적으로 이 글은 자기 논리를 체계적으로 제시하기보다는 민중문학론의 논리를 비판하는데 머물고 있다. 이는 이후의 글에서도 효과적으로 극복되지 못한 것처럼 보인다.

그는 먼저 민중문학이 갖는 논리적 문제점으로 ① 80년대를 70년대 상황의 확대 재생산으로만 본다는 점, ② 민중문학론이 이론적 체계를 결여하고 있으며, 그 문학적 개념들이 대단히 모호하다는 점, ③ 절대주의적인 가치관에 사로잡혀 자신들의 문학만을 올바른 것으로 본다는 점 등을 지적한다. 그리고 나서 그는 황지우와 김정환의 시에 대한 분석을 통해, 민중문학론이 "문학을 시대 상황에 대한 응전력의 관점에서만 파악하는 전도된 평가 태도"를 보여주고 있으며, 상대편 세계를 불인정 한다는 점 등을 지적한다. 그가 가장 근원적인 문제점으로 지적하고 싶은 것은 민중문학론이 "문학의 본질적 속성인 불확정성을 민중 논리의 확정성"으로 대체하려 한다는 것, 즉 민중문학론이 상상력을 통한 문학의 초월적 힘을 부정한다는 것이다. 이같은 남진우의 비판은 단적으로 말해 정치화된 문학, 정치주의화된 문학에 대한 문학주의로부터의 비판이라 할 수 있다. 그는 80년대 전반기의 민중문학론 또는 그 창작적 실천을 정치주의적 문학, 즉 "정치적으로 옳은 것이 문학적으로 옳다"는 신념에 의해 표현된 것에 지나지 않는 것으로 파악한다.

그러나 이 글의 2장에서 지적했듯이 80년대 문학의 정치화는 우리 현실 정치의 기형적 상황을 염두에 두고 생각하지 않으면 안 될 뿐만 아니라, 그 양상 또한 매우 복합함으로 이해할 필요가 있다. 여기서는 특히 후자의 측면에 주목해 보고자 한다. 과연 그의 지적처럼 80년대 문학의 정치화는 정치 우위론적 정치화의 방향으로만, 우리와 집단의 논리만을 위해 전개된 것이었을까.

> 시를 쓰자고 종이를 펴면
> 들리더라 겨울바람 소리 비틀거리는 걸음소리 가파른 낙골 언덕 리어카 끄는 소리 언 땅을 파는 곡괭이 소리
> 머리를 흔들고 다시 펜을 잡아도
> 내 속에서 들리더라 숱한 호텔마다 망년파티 잘 빠진 사람들의 드높은 웃음소리 유리잔 부딪는 소리
> 텅 빈 논밭을 칼바람은 쓸고 지나가고
> 떠나는 소리 캄캄한 소리
> 귀를 막아도 들리더라
>
> 시를 쓰자고 종이를 펴면
> 이내 다시 덮는다
> 이어야 할 것은 아니고 아닌 것만 남아 이 겨울이 지나는데
> 펜을 잡고 앉은 나는 누구냐 거기 있는 너는 누구냐
> 죽이는 소리냐 죽는 소리냐

『시와 경제』 제1집에 실린 김사인의 「시를 쓰며 2」이다. 이같은 시

를 문학의 정치 우위론적 정치화로만 파악할 수 있을까.『시와 경제』
의 시는 채광석이 "힘의 부재"라 표현했듯이 사실상 '우리'의 논리와
'나'의 논리 사이에서 갈등하고 있었던 것으로 보인다. 물론 남진우의
지적처럼 진짜 문제는 민중문학론의 결정론적 태도에 있는지도 모른
다. 그러나 그러한 '전투적' 태도는 단순히 민중문학론의 인식 구조 자
체에서만 기인한 것은 아니며, 폐쇄화된 당대 현실에도 상당한 책임이
있다. 또한 비록 당대의 비평은 정치 우위론적 정치화의 길로 나아갔
지만 그 속에서도 미학적 정치화의 길을 걷고, '우리'와 '나' 사이의 긴
장을 잃지 않으려 노력한 비평 및 창작 행위가 없었던 것은 아니다.
그러므로「각의 시학」을 쓰던 당시의 남진우에게 아쉬움을 갖게 된다
면 그것은 그 또한 민중문학론을 정치적 문학론이라는 이름으로 단층
적으로 이해하면서 '결정론적으로' 비판하고 있다는, 또한 몇몇 유보
조항에도 불구하고 민중문학론을 자기 문학론으로 '결정론적으로' 대
체하고 싶어한다는 점이다. 그는 자신이 지향하는 새로운 문학의 중요
한 내용으로 "정치성(공리성) 배제의 문학이라는 의미에서가 아니라 민
중문학이란 막강한 이론체계를 투과하고 난 다음 새롭게 정립된 순수"
의 문학을 주장한다. 그러나 이러한 문학론이 실제『시운동』의 창작적
실천과 얼마나 가까운지는 의문스럽다.

　한편 그렇다면 그가 제시하고자 했던 상상의 문학론은 얼마나 체계
적이었을까.『시운동』동인들이 상상력에 적극적인 의미를 부여하기보
다는, 그것을 우리 문학의 이념 지향성에 대한 방어적 옹호 논리 정도
로 격하시키고 있다는 진형준의 비판(「깊이의 시학」)을 뼈아프게 받아들
이면서, 그는 "상상력은 어떤 특정한 이념과 아무런 상관도 없는 것이
기는커녕 이념과의 긴장 관계 속에서 자신의 힘을 발현한다"며 반비판
을 꾀한다. 하지만 결국 그가 도달하는 지점은 "상상력은 단순히 시적

이미지를 생산하는 정신 작용만이 아니라 인간의 의식이 현실과 만나는 접점 그 자체를 가리킨다고 보아도 좋을 것"이라는 상상력 만능주의적인 생각이다. 그는 상상력 개념의 외연을 시적 인식의 개념과 동일한 의미로까지 확대함으로써 문제를 해결하고자 한 것이다. 이런 결과를 놓고 볼 때 채광석이 사회학적 상상력의 부재라는 말로 표현하고자 했던『시운동』의 극히 자아 몰입적인 문학이, 그가 주장한, 현실에 대한 제3의 저항 논리가 될 수 있는지는 의문이다. 어쩌면 그는 하재봉과 안재찬이 각기 독자적인 방식으로 세상 속으로 떠나 버린 뒤 텅 빈 상상력의 성채를 고수하고자 애쓰고 있는 것은 아니겠는지. 물론 그가 제기한 상상력의 창조적 기능은 진보적 문학론들 속에서, 현실 인식에 붙은 흔적 기관처럼 왜소화된 상상력의 존재를 환기시켰다는 의미를 가진다. 시에 있어 현실 인식과 상상력의 관계라는 문제는 시에 있어 리얼리즘론의 정립이라는 문제만큼이나 80년대 문학이 현재를 위해 남겨둔 어려운 과제인 것이다.

4.

5·18을 소재 및 주제로 한 시에 대해서는 거의 직접적인 논쟁이 없었던 반면, 그 소설을 둘러싼 논쟁의 흔적은 비교적 뚜렷하다. 특히, 민족문학 주체논쟁의 와중에서 홍희담의「깃발」과 최윤의「저기 소리 없이 한 점 꽃잎이 지고」같은 소설을 중심으로 이루어진 김명인 김사인 정과리 홍정선의 좌담『'88 상반기 소설 작품을 중심으로 한 민족

문학 주체 논쟁』(『오늘의 소설』, 1988)과 이강은의 평론 「광주민중항쟁에 대한 소시민적 문학관을 비판한다」(『노동해방문학』, 1989.5)는 '5·18 문학'에 대한 비평적 논의 수준과 방식 및 각 논자의 문학관의 차이를 보여준다는 점에서 중요하다.

김명인의 「지식인 문학의 위기와 새로운 문학의 구상」(『전환기의 민족문학』, 풀빛, 1987)을 계기로 촉발된 민족문학 주체 논쟁은 당시 소장 비평가 사이에 격렬한 토론을 불러 일으켰다. 민족문학, 민중문학의 개념 문제에서부터 창작 주체 및 방법의 문제에 이르기까지 그 논쟁의 범위는 실로 광범위했다. 현재의 시점에서 보면 그것이 얼마나 생산적이었는가는 의문이 있을 수 있다. 그러나 한국문학의 성숙을 위해서는 꼭 필요한 논의였다는 점에서는 이의가 없을 것이다. 또한 이 논쟁의 함의를 제대로 이해하기 위해서는 그 시대가 지금과는 비교 안 될 정도로 억압적이고 폐쇄적인 사회였다는 점을 염두에 둘 필요가 있다. 이 점을 전제로 하지 않는다면 이 논쟁에서 각 논자가 차지하고 있는 위치와 의미를 이해하기 어렵다. 민족문학 주체 논쟁에 대해서라면 특히 행간을 읽는 주의가 요청된다.

한편, 「깃발」과 「저기 소리 없이 한 점 꽃잎이 지고」를 둘러싼 이견을 검토하기 위해서는 앞의 2장에서 제기한 바 있는 문학적 미학적 정치화가 무엇을 의미하는지 보다 구체적으로 이해할 필요가 있다. 나는 앞에서 미학적으로 정치화된 문학이란 우리 문학이 정치 우위론적 문학, 즉 복원의 논리 단계를 통과하면서 문학의 독자적 기능 수행으로까지 나아간 문학이라고 했으며, 그것을 다시 이념과 이론, 계급과 집단의 역학만으로는 설명할 수 없는 곳에 다다른 문학이라고 했다. 그러나 이러한 문학이 구체적으로 무엇을 말하는지 논리적인 엄밀성을 유지하며 설명한다는 것은 지금 나의 능력 바깥의 일이다. 다만 나는 여기서 '방법론적 개인주의'의 필요성을 지적하고, 그 밖에 인간학적 관점의 도입 필요성을 제시하는 것으로 설명을 대신하고자 한다.

먼저 이 '방법론적 개인주의(methodological Individualism)'라는, 사회학적 용어를 빌린 비유어의 사용은 그 이론사적 맥락을 모르는 한 비평가에 의해 오해되어 나를 비판하는 논리의 한 부분으로 사용되기도 했다. 이는 용어 사용의 문제점 자체로부터 기인하는 것이기도 하였다. '방법론적 개인주의'란 말은 문학이 근본적으로 개인을 통해서, 개인의 체험과 사유의 형식을 통해서 존재한다는 것을 분명히 하기 위해 사용된 것이었다. 또한 이는 80년대 진보주의 문학 이념이 토대하고 있었던 '방법론적 전체주의', 즉 문학의 정치 우위론적 정치화 논리와의 차별성을 분명히 하기 위해 사용된 것이기도 했다. 정치적 논리는 비록 '방법론적 전체주의'에 도달하는 것으로 만족할 수 있을지 모르지만 문학은 그것을 출발점으로 삼을 뿐이다. 또한 이 정치의 논리가 계급과 계층, 지역의 모순 개념에 입각하는 것이라면 문학의 논리는 개인과 개인의 차이에 입각하는 것이다. 이러한 표현은 문학의 정치적 이념적 요소 전체를 부정하기 위한 것이 아니라 정치적 이념적 차원에만 머무르는 문학, 또는 그것을 궁극적인 문학으로 정당화하려는 문학론에 대한 비판의 의미로 한정된다. 그러므로 그것은 기존의 진보주의 문학론의 방향 수정을 의미하는 것이지 문학 일반의 순수주의나 개인주의를 옹호하기 위한 말은 아니다. 문학에 있어서 정치적 이념적 요소는 언제나 존재하며 또한 중요한 요소이다. 그러나 문학은 이것을 통과하여 나아가지 않으면 안 된다. 남진우의 용법을 빌리면 문학은 확정적인 차원을 통과하여 불확정적인 차원으로, 계급과 집단을 통과하여 개인과 개인의 미세한 차이와 그것이 빚어내는 운명의 갈림으로 나아가야만 한다. 상상의 힘이 빛을 발하는 것은 바로 이 지점에서이다. 아직 이론화되고 이념화되지 못한 부분마저도 체험의 방식으로 그려냄으로써 인간에 대한 이해의 폭을 확장하고 심화시키는 것, 이것이 문학의 고유한 기능인 것이다.

한편, 인간학적 관점이 필요하다는 것은 무엇을 말함인가. 이 역시 오해의 여지가 있는 말임이 분명하다. 이 말은 흔히 계급적인 표지와는 별개의, 날것으로의 인간이 존재한다는 뜻으로 오인될 수 있고, 실제로 그러한 방식으로 사용되는 경우도 종종 있다. 이처럼 이 말은 추상적인 인간 본성의 존재를 선언한다는 혐의를 살 뿐더러, 실제로도 휴머니즘이라는 만능키와 연합하여 진보주의 이념의 비인간성을 비판하고 단죄하는 용어로 사용되기도 한다. 이런 용례 속에서 인간학적 관점이라는 말은 현존하는 부당한 질서를 용인하고 옹호하는 논리로 악용될 수도 있다. 그럼에도 불구하고 그러한 관점이 필요하다고 보는 것은 앞서의 '방법론적 개인주의'와 마찬가지로 그것이 진보주의 문학론에서 생산적인 기능을 할 수도 있을 것이라는 기대 때문이다. 최근 번역 소개된 Norman Geras의 『Marx & Human Nature』(1985)는 인간 본성이라는 개념이 진보주의 지식인 사이에서 자주 부인되고 있음을 지적하면서 맑스가 그러한 개념을 거부하지 않았음을 논증하고 있다. 비록 늦었으나 이러한 논의가 진보주의 문학론에서 차지하는 의의는 상당히 큰 것으로 보인다. 최근까지만 해도 진보주의 문학론은 계급적인 것이 곧 인간적인 것이라는 무매개적인 일치의 논리 위에 서온 인상이 없지 않다. 그러나 이는 계급적인 관점이 인간에 대한 보편적이고 절대적인 이해로 나아가는 데 따르는 어려움을 간과하거나 무시하는 편향적 태도를 낳을 수 있으며, 그만큼 문학을 계급주의적인 도식화로 빠지게 할 위험성을 내포하고 있다. 지금 우리에게 더욱 절실한 것은 현실 속에서 각각의 계급이 추구하는 가치와 인간적인 가치 사이에 존재하는 모순에 대한 인식이다. 이같은 모순에 대한 천착만이 진보주의 문학을 형해화된 계급주의적, 정치 우위론적 정치화의 위험으로부터 벗어나게 해줄 수 있다. 물론 나는 이러한 인간학적 관점의 필요성이 곧 탈시대적 초계급적 인간의 숙명에 관한 문학을 변호하는 것으로 귀결되어서는 안 된다고 본다. 이글턴(Eagleton)이 지적했듯 "문학 작품들은 보편성으로의 승격에 의해서가 아니라 동시대 역사에 대한 작품들의 구체적인 관련성들의 특성 (…중략…) 으로 인해 당대의 역사를 초월한다"(윤희기 역, 『비평과 이데올로기』, 열린책들, 260면). 그러므로 인간학적 관점으로까지 승화된 문학이란 인간의 불변하는 숙명에 대한 문학이 아니라, 끊임없이 변화하고 확장되는 인간적 가능성을 그 현실적 제약, 즉 당대 역사 및 사회 현실과의 연관 속에서 추구하는 문학이다.

나는 이상에서 대략적으로 설명한 '방법론적 개인주의'와 '인간학적 관점'이 '5·18 문학'과 그 논쟁을 대함에 있어서도 새로운 해석의 가능성을 열어줄 수 있을 것으로 기대한다.

「깃발」과 「저기 소리 없이 한 점 꽃잎이 지고」를 둘러싼 논쟁에서 가장 먼저 지적하고 싶은 것은, 이강은으로 대변되는 노동해방문학론의 입장이 갖는 전형적인 정치 우위론적 경향이다. '5·18 문학'에 대한 그의 문제의식은, "노동자 계급의 사상적 단결의 장으로 기여해야 하는 문학운동 역시 그러한 역사적 요청에 부응하여야 할 것이다. 따라서 광민항쟁의 문학적 형상화 역시 현실적으로 요구되는 노동자계급의 사상적 단결에 기여해야 된다는 일차적 목표에서 시작되어야 한다"는 발언과, "「깃발」이 문제가 된다면 바로 노동자 계급 변혁 사상이, 변혁에 대한 노동자 계급의 열망이 현실 속에서 얼마만큼 전형적으로 형상화되고 있는가가 문제가 되어야 한다"는 발언 등을 통해 추론될 수 있다.

이러한 발언을 통해 볼 때, 그가 '5·18 문학'에서 가장 중요하게 강조하고자 하는 것은 노동자계급적 시각으로 5·18을 복원하는 것이다. 이러한 복원의 논리는 전혀 새로운 것이 아니다. 바로 그 1년 전 좌담인『민족문학 주체 논쟁』에서 김명인이나 김사인 역시 '5·18 문학'의 의의를 일차적으로 사실 혹은 진실의 복원에 있는 것으로 파악하고 있었기 때문이다. 이러한 복원의 논리는 광주항쟁이 터무니없이 왜곡되고 은폐되었던 당대 현실을 전제로 하지 않는다면 제대로 평가하기 힘들다. 그것은 당대로서는 불가피한, 어느 면에서는 매우 정당한 문제의식의 소산이라 말할 수 있다. 문제는 이강은의 복원이 그다지 사실에 가까운 것처럼 보이지 않는다는 점이다. 이에 대해서 김명인은 이미『좌담』에서 다음과 같이 발언하고 있다.

> 지금 노동자 입장에서 80년대 광주 항쟁의 정황을 바라본다는 것은 그 당시에도 노동자가 주체로 의식화되어 있었다는 것을 밝히는 것이 아니라, 오히려 광주 항쟁이 노동자가 주체로 서서 이끌고 나가지 못했던, 그런 의식화되지 못한 계급 연합적 단계의 투쟁이었다는 것을 밝히는 것이라고 생각합니다. 그게 오히려 더 철저하게 노동자의 시각으로 보는 거란 말이죠 (『오늘의 소설』, 1988년 하반기, 35면)

이강은과 같은 맥락의 복원의 논리 위에 서 있으면서도 김명인은 「깃발」을 역사적 사실을 제대로 규명하지 못한 작품으로 규정한다. 그렇다면 어느 쪽이 더 당대적 진실에 부합하는 것일까. 이강은의 논리를 뒷받침하고 있는 것이 그의 글과 함께 실린 이정로의 글 「광주 봉기에 대한 혁명적 시각 전환」이라면, 김명인의 논리는 백낙청의 광주항쟁 분석에 맞닿아 있다고 말할 수 있다. 백낙청은 광주항쟁에 대해 다음과 같이 평가한다.

> 돌이켜 보건대 광주사태는 일차적으로 80년 봄 당시 국민들의 소박한 민주
> 화 열망('계엄 철폐 독재 타도')에 대한 정치 군부의 무자비한 탄압이요, 이를
> 통한 군사 독재의 확립이었다. 여기에 덧붙여 진압과 항쟁의 과정에서 지역
> 감정이 크게 작용한 것이 사실이며, 특히 유혈 사태가 주로 전남 일대로 한정
> 됨으로써 호남이 오랜 역사적 피해의 현장이라는 사실과 더불어 지역 문제의
> 성격이 무시 못할 비중을 차지하게 되었다. 그러나 5월 역시 그 심층적 의미
> 를 따진다면 반민주적 반민족적 분단체제에 대한 다분히 미성숙한 민중항쟁
> 이었던 것이며, 이는 곧 올바른 민중 민족 운동의 원칙에 따라 민중이 조직화
> 됨으로써만 5월의 참뜻이 살아날 수 있다는 이야기가 된다. (「오늘의 민족문
> 학과 민중운동」, 『창작과비평』 복간호, 239~240면)

이러한 지적은 임규찬의 「광주항쟁의 소설화, 어디까지 왔나」(『문학
정신』 5월호, 1991)의 시각과 궤를 같이하는 것으로 광주항쟁을 광주민
중봉기로 규정한 이정로의 시각에 비해 합리적이다. 특히, 임규찬은 전
라도라는 역사성, 그 속에서 배태된 지역적 특수성과 사회정치적 성격,
계급적 성격을 문제삼고 있다. 이는 위에서 인용한 백낙청의 견해와
함께 5·18 문제를 단순히 민주주의 문제나 계급 문제로만 환원하지
않는 태도를 보인 것으로 실체적 접근에 보다 근접한 것이다.

다른 한편으로, 당시 들불야학팀이 광주항쟁에서 선도적인 역할을
한 것이나, 그 지도자인 윤상원의 활동과 전사 과정을 참조해 볼 때,
「깃발」의 형상화가 아예 진실로부터 벗어나 있다고 보기에는 어려운
요소도 없지 않다. 노동자계급의 역사적 역할에 대한 낙관적 낭만주의
적 기대에도 불구하고 각성된 노동자 형자의 존재는 실제로 존재했을
수도 있다. 그러므로 나는 「깃발」의, 사실의 일치 여부에 맞추어진 『좌
담』의 논의 및 이에 대한 이강은의 비판적 접근이 비생산적이라고 생각

한다.

「깃발」의 공과를 이해하기 위해서는 각성된 노동자 형자의 존재가 개연성에 비추어 타당한가 그렇지 않은가를 따지기보다는 마지막 날 밤을 묘사하는 작가의 시각을 살펴보는 것이 필요하다.

> "분수대 앞과, YMCA, 그리고 도청."
>
> "……"
>
> "순분아, 생각해 봐. 그곳에 모인 사람들의 선택을."
>
> "……"
>
> "분수대 앞에 모인 사람들은 일상으로 돌아가는 사람들이야. YMCA는 언제든지 선택의 가능성이 있는 사람들이 모인 곳이고, 그리고 도청은……"
>
> "도청은?"
>
> 순분이가 다급하게 물었다. 형자가 도청으로 시선을 돌리며 말했다.
>
> "도청은 죽음을 결단하는 사람들의 것이야. 그것은 선택이 아니라 당위로 받아들이는 사람들의 것이지." (『창작과비평』 복간호, 202면)

이 대화 부분은 이 소설의 가장 감동적인 부분이다. 삶과 죽음 앞에서 무엇인가를 선택하지 않으면 안 되는 사람들에 대한 형자의 비장한 구분은 읽는 이로 하여금 그것이 얼마나 숨막히는, 공포스러운 극한의 상황이었는지 보여준다. 작가는 이를 통해 광주항쟁의 한 복판을 가장 절실하게 복원해 낸 것이라 할 수 있다. 바로 이 점에서 「깃발」은 당시까지는 어느 소설도 제대로 이룩하지 못했던 복원의 가능성을 보여준 것이다. 우리가 광주항쟁을 외부에서가 아니라 그 내부로부터, 또한 그 '총체적 형상화'를 목표로 삼아야 한다면, 「깃발」이 그 준거점이 될 수 있음을 위의 인용 대목은 웅변해주고 있다.

그러나 동시에 「깃발」의 문제점 또한 바로 이 지점에서 찾지 않으면 안 된다. 「깃발」은 이 복원의 논리를 최종적 목적으로 하며, 따라서 광주항쟁에서 각 계급이 담당했던 역할 쪽에 초점이 가 있다. 그리고 이는 위의 인용 대목이 보여주는 비극적 상황의 심각한 의미를 놓치게 만드는 주요 원인이 된다. 「깃발」의 작가는, 형자로 하여금 이러한 상이한 태도가 왜, 어떻게 결정되었으며, 그 결과 어떤 일이 그들에게 남겨졌는지 더 주목하도록 했어야 하며, 가능하면 소설 전체에 이러한 이야기가 충분히 들어차도록 만들었어야 했다. 이 점에서, 「깃발」은 임철우의 「동행」과는 다른 새로운 관점에 서 있다고 할 수는 있으나 그 주제의 깊이 면에서는 그것에 미치지 못하는 작품이다. 이와 관련하여 주목할 만한 것은 「깃발」에 대한 홍정선의 비판이다.

> 「깃발」이 가지고 있는 어떤 집단적인 연대관계에서 느끼는 각성, 다시 말해 자기 동료들과 함께 나누는 의식 속에서 느끼는 어떤 새로운 각성, 이러한 것들이 무의미하다는 것이 아니라 그러한 것에 상응하여 한 개인이 느끼게 되는 어떤 두려움과 공포 그리고 그것에 의한 개인의 파멸을 통해 이 세상의 끔찍함을, 광주에 있어서의 무자비함을 증언하는 것 역시 의미 있지 않느냐는 거지요 (『오늘의 소설』, 1988, 39면)

홍정선의 지적은 「깃발」이 결여한 것 또는 '5·18 문학'이 현재까지 보여주지 못한 것이 무엇인지 시사해 준다. 광주항쟁은 지금까지 민주주의 투쟁의 관점에서 주로 조명되어 왔다. 이러한 조명 방식은 80년대 후반에 오면 더 강화되는 양상을 보인다. 그러한 '5·18 문학'에서 뭔가 미흡함을 느끼게 되는 것은, 그러한 소설이, 살육을 자행하고 살육을 당하는 상황, 삶과 죽음의 선택이 강요되는 상황, 그 앞에서의 두려움과 공포, 용기와 의지, 슬픔과 분노 등의 문제를 모두 민주주의 문제, 계급 문제로 흡수했기 때문일 것이다. 물론 민주주의와 계급의 문제를 벗어난다고 해서 문학이 자동적으로 깊어지는 것은 아니다. 그러나 그러한 상황 속에서 개인이 왜 살육을 자행하고, 그것과 맞서 싸우고, 죽고, 살아남아 부끄럽게 살아가는가의 문제를 그리지 않는다면 '5·18 문학'은 외연적인 총체성이라는 관점에서는 더 나아갈 수 있을지 몰라도 광주항쟁이 우리들의 인간관과 세계관을 어떻게 뒤흔들어 놓았으며, 왜 그 80년대 동안 그토록 많은 사람들이 부채의식을 지니고 살아가야 했는가의 해답을 구하기는 어려울 것이다. 따라서 나는 5·18 문학이 지향해야 하는 것은 광주항쟁을 민주주의 문제를 넘어 인간학적인 차원에서, 다루는 것이라 생각한다.

아직 문제는 남아 있다. 그것은 홍정선이나, 그와 유사한 맥락에서 「깃발」을 비판하고 있는 정과리가 「저기 소리 없이 한 점 꽃잎이 지고」를 고평하는 방식에 관한 것이다. 여기서 이 작품의 문체나 플롯의 문제점이나 알레고리적 형상화에 대한 작가의 불완전한 인식 등에 대해서는 구체적으로 논의할 필요를 느끼지 않는다. 중요한 것은 「깃발」에 대해 "노동자의 삶의 체계에 대해서 이 작품이 내게 가르쳐 주는 것이 있느냐를 보고 싶단 말이죠. 실제로 그런 관점에서 보자면 「깃발」은 아무 것도 가르쳐 주지 않아요"라고 비판한 정과리가 「저기 소리 없이 한 점 꽃잎이 지고」에 대해서는 "소녀가 만나는 외부 사람들과의 관계를 통해 광주 문제를 이 시대 한국 사회의 폭력과 파행, 주저, 공포 등의 일반적 문제로 확대시키려 한 것은 의미 있는 시도"라며 고평한다는 점이다. 「저기 소리 없이 한 점 꽃잎이 지고」에 등장하는 인물이 현실성을 갖고 있지 못하다는 점에 동의할 수 있다면 이러한 정과리의 판단은 상호 모순된다. 이는 그가 광주항쟁이라는 특수한 정치적 상황에 직면한 개별적인 실존의 풍부한 형상화보다는 그 통시대적 추상화나 형이상학화에 더 관심을 갖고 있음을 보여주는 것이다. 그리고 이는 우리 문학에 문학의 정치화와 함께 그 형이상학화의 경향이 뚜렷하게 자리잡고 있음을 시사한다. 나로서는 문학의 정치화뿐만 아니라 문학의 형이상학화에도 문학을 문학 아닌 것으로 만들 수 있는 위험은 내포되어 있다고 본다. 현실에 대한 반성적 성찰이 각 개인의 내밀한 측면에까지 도달하지 못한 채 계급과 이념의 패러다임에 갇혀 버리는 것도 문제이지만, 인간 삶의 문제를 실재하는 개인들의 풍부한 실존으로부터 떼어내어 제도와 개인 사이에 존재하는 인간의 항구적인 숙명을 입증하기 위한 것으로 만드는 것 또한 바람직하다고 볼 수만은 없다. 그가 지적했듯 최윤 소설의 주제가 "막막한 장벽처럼 존재해 있는 사람과 사람 사이의 폭력, 공포, 해악의 관계"를 허물어뜨리는 것에 있다면 이는 5·18의 소재만을 빌렸을 뿐, 기실 '5·18 문학'이라 할 수 없는 소설이다. 이 소설이 극히 난해한 구조를 통해서만 유지되고 있다든가 노동자와 소녀의 삶에 대해 아무 것도 가르쳐주지 않는다든가 하는 것은 바로 이러한 탈역사화 경향에서 유래하는 것이라 보는 것이 타당할 것이다.

5.

　　문학의 정치화 문제를 조금 더 깊이 살펴 볼 필요가 있을 듯하다. 레닌은 그의 『제국주의론』(Imperialism, 1916)에서 자본주의의 불균등 발전 법칙에 대해 지적하고 있다. 그런데 이러한 불균등성은 이 세계를 구성하고 있는 모든 것에 대해 적용되어야 할 일반적 법칙일 것이다. 문제를 구체화한다면 정치와 문학은 전혀 다른 별개의 영역 및 특징을 가지며, 따라서 결코 동일한 속도로 동일한 궤적을 그리며 발전할 수는 없다고 말할 수 있다. 그러므로 문학의 정치화 혹은 정치의 문학화란 기실 매우 모순적인 개념이라 하지 않을 수 없다. 하지만 이러한 모순을 깊이 있게 천착해 들어가는 과정에 문학의 정치화 혹은 정치적 문학의 미래가 담겨 있다. 이 모순을 감내하지 못한 채 성급하게 정치 우위론적인 정치적 문학으로 나아가거나 정치적 요소를 완전히 부정하는 예술지상주의로 도피한다면 창조적인 결과를 크게 기대하기 어렵다. 이 점에서 80년대 문학은 시대의 중압을 감당하고자 한 문학이 때때로 그 자신의 문학성마저도 훼손시켜 버린 자해의 문학이기도 했다. 이 자해 행위는 근원적으로 자기 만족적 동기에서 기인한 것이 아니었고, '우리'가 곧 '나'라 해도 과언이 아닐 정도로 극한적인 상황 속에서 강제된 것이었기에, 현재의 시점이라 해서 함부로, 완전히 부정할 수 없는 한국문학의 자화상이다. 이러한 변명은 정치적 문학에 대해 비판의 논리를 구사했던 남진우나 홍정선 정과리 등의 경우에도 똑같이 해당된다. 그들의 문학적 비평 행위를 진정성이 결여된 행위로 성급히 단정하는 것은 진실에도 어긋날 뿐만 아니라 흑백 논리의 우를 범하는 일이 될 것이다. 그럼에도 내가 이 90년대 중반의 시점에서 정치적 문학, 좀더 정확히 말해 문학의 미학화된 정치성이 의미를 갖는다고 보는 것은 우리 현실이 아직 너무 많은 복원 작업을 필요로 하며, 또한 그 복원을 통과하면서 도달하는 인간에 대한 이해가 이 시대를 사는 우리의 삶이 무엇이며, 어떤 의미를 지닐 수 있는지를 보여줄 것이라 생각하기 때문이다. '5·18 문학' 논쟁에 대한 검토를 통해 내가 도달한 마지막 결론은 바로 이것이다.

마지막으로 여기서 하나 더 짚고 싶은 것은 지금 상황에서 문학의 정치화, 더 구체적으로 문학의 정치 우위론적 정치화의 위험성은 단지 진보주의 문학만의 독점물이 아니라는 점이다. 얼마 전 나는 이문열의 「달아난 악령」(『동서문학』, 1995년 겨울호)을 매우 흥미 있게, 그러나 비참한 심정으로 읽었다. 고등학교와, 대학 초년생 시절 그의 소설에서 문학적 영감을 얻곤 했던 나는, 그가 보여주는 정치 우위론적 정치화의 진경을 보면서 정치적 견해란 얼마나 쉽게, 얼마나 깊이 '어두운 열정'에 빠져들 수 있는 것인지 깨달아야 했다. 나는 그에게 그 자신의 최근 작품이 과연 미학화된 정치적 문학인지 묻고 싶다. 1인칭 주인공의 생경한, 메카폰 소리는 소설 구성상의 안정성에도 불구하고 그 작품이 얼마나 정치 쪽으로 심하게 경사되었는지, 어두운 정치적 열정에 의해 지배되고 있는지 보여준다. 이 작품에 의해 자극 받은 나는 그가 몇 년 전 '어두웠던' 80년대를 회상하면서 펴낸 『시대와의 불화』(자유문학사, 1992.10)를 다시 보았다. 그는 이 글에서 다음과 같이 말했었다.

> 세상의 일은 잘 된 일이든 못된 일이든 개인과 개별적인 상황에도 반드시 그 몫이 있게 마련이다. 자신이 가담하고 있는 운동이나 지지하는 쪽의 주의 주장에 유리하다고 해서 엄연한 진실이 외면되거나 축소되어서는 안 된다. (17면)

매우 타당한 지적이다. 그러나 나는 그렇게 지당한 말을 한 그가, 5공 청문회를 "파렴치한 책임 전가의 희비극장"으로 규정하고, 기성체제의 악과 부조리를 고발 비판하려는 움직임에 대해 "그것을 누가 했든 이미 비판당한 악, 들추어진 부조리를 두 번 세 번 되풀이하는 것은 동어반복에 지나지 않는다"며 비난하는 것을 보았다. 이것이 그가 말하는 절대주의적 가치관의 소산이라는 것이 잘 납득이 가지 않는다. 동포의 삶을 유린한 자들에 대해서는 의례적인 비판조차 삼가한 그가, 그들에게 저항하며 희생된 사람들을 "교활한 사기꾼"으로 비유하는 것을 어떻게 해석해야 한단 말인가. 최근 그의 작업을 보면서 내가 떠올리는 것이 피비린내 나는 복수극이라면, 그것은 지나친 상상의 장난일까. 80년대 운동에 대한 그의 도덕적 '비판서들'을 보면서, 도덕적으로 별로 자신이 없는 나는 문학이 지향하는 것은, 또는 진보적 운동이 지향하는 것은 과연 사랑인가 증오인가를 생각했다. 시간의 한계 속에서 살아가고 죽어가야 하면서도, 스스로 끊임없이 한계상황에 직면하지 않을 수 없으면서도 끊임없이 이상을 추구하고 지향하는 인간이란 도대체 어떤 존재인가를 생각했다. 이상과 이념을 추구하되 그 함정에 빠지지 않는, '어두운 열정'에 빠지지 않는 길은 과연 무엇인가 생각해야 했다.

대중문학의 '복권'과 민족문학의 갱신

1.

지금 민족문학, 특히 진보적 문학(더 정확하고 새로운 개념이 발견되지 않았기에 잠정적으로 이 용어를 사용한다)은 자기 반성과 갱신을 요구받고 있다. 전면적이기까지 한 그 요구는 우리 현실의 중요한 세 가지 변화를 배경으로 하고 있다. 그 변화는 전체주의적 사회주의의 몰락 및 남한독점자본주의의 양적 질적 도약과 그 문화산업으로의 확장, 마지막으로 이러한 두 변화로 인해 야기된 대중의 의식 및 감수성의 변화이다.

90년을 전후로 해서 일어난 소비에트 및 동구 사회주의의 몰락 현상을 전체주의적 사회주의의 몰락으로 이해하는 것은 중요하다. 왜냐

하면 극히 최근까지만 해도 우리가 알고 있던 것은 바로 이러한 사회
주의였기 때문이다. 물론 80년대 중반 이후부터 일부 출판인들의 노력
에 의해 맑스, 엥겔스나 레닌의 저작들을 접할 수 있기는 했다. 그러나
그것은 사회주의적 정신과 그 역사를 풍부히 이해하는 데는 턱없이 부
족한 것이었다. 그것은 이른바, '정통의 역사'의 한 부분으로서 받아들
여졌고, 결국 스탈린으로 귀결될, 사회주의에 대한 단선적 이해를 따르
는 것이었다. 그러나 80년대의 진보적 이상주의자들은 이것을 알 수
없었다. 그들이 접할 수 있었던 것은 거의 소비에트 러시아에서 공식
적인 권위를 갖고 있던 철학 및 역사 교과서였으며, 레닌을 중심으로
한 저작들이었다. 이처럼 빈약한, 따라서 위태롭기 그지없는 길을 따라
80년이 만들어낸 휴머니즘적이고 민중주의적인 젊은이들은 사회주의
적 이상을 획득해 갔으며, 따라서 그들은 알게 모르게 전체주의적 사
회주의의 지지자로 성장하고 있었다.

　물론 이것은 결코 그들의 탓만은 아니다. 진보적 사상을 자유롭게 섭
취할 수 없도록 했던 군사적 독재 체제의 폭압은 전체주의적 사회주의
에 대한 이상화를 강제했다. 이러한 폭압은 진보적 이상주의자들 사이
의 정상적인 토론조차도 불가능하게 했으며, 이같은 알게 모르게 그들
을 독선에 찬 사람들로 만들어 갔던 것이다. 그러나 그 결과는 참담하
기까지 하다. 진보적 이상주의자들은 80년대 말부터 90년대 초에 걸친
지속적인 노력에도 불구하고 서로간에 어떤 진지하고 유의미한 협력도
이루어내지 못했다. 그러나 그보다 더 심각한 것은 그들이 현실로부터,
현실의 대중들로부터 유리되고 격리되어 있었다는 사실이다. 그 시대에
전위가 된다는 것은 곧 대중으로부터의 고립을 의미했다. 무엇이 그러
한 기현상을 야기했는가. 그것은 그들이 어쩔 수 없이 지향하고 있던
전체주의적 사회주의의 문제점 속에서 찾을 수밖에 없다.

한편 이와 유사한 상황이 문학에서도 마찬가지로 전개되었다. 민중적 민족문학의 태내로부터 성장한 진보적 문학은 그러나 처음엔 자신의 문학 이념을 사회주의적 이론으로부터 직접 연역해 내거나 교과서화된 미학적 원리들로부터 가공해 내거나 했다. 그 후에 비록 맑스 엥겔스 레닌 등의 문학 이론에 체계적 접근을 시도하는 노력이 전개되었지만 그것은 극히 추상적이고 이론적인 것에 지나지 않았다. 그리고 여기서도 진보적 이상주의자들이 겪어야 했던 딜레마가 똑같이 나타났다. 그들이 노동해방문학론이나 당파적 현실주의 문학론 같은 문학 이념을 정초해 가면 갈수록, 그리고 젊은 작가들이 이러한 이념을 수용해 가면 갈수록 그들의 문학은 대중으로부터 고립되는 측면을 갖게 되었다는 것이다. 80년대의 고전으로 기억되고 있는 『태백산맥』(1986)이나 『노동의 새벽』(1984)이 모두 진보적 문학 이념이 정초되기 이전에 나온 것이며, 그와 무관하다는 사실은 이러한 딜레마를 반증해 준다. 80년대 말에서 90년대 초에 걸쳐 나온 노동소설 중에 오래도록 기억에 남을 만한 것들은 방현석의 「새벽출정」(1998) 등 몇몇에 지나지 않는 것이 현실이다. 이것은 젊은 작가들의 노력이 부족했다거나 의식이 치열하지 못했다거나 하는 것을 의미하지 않는다. 이것은 또한 문학 이념은 문학적 창조력을 거세할 수밖에 없는 것이라는 해묵은 의심을 정당화시켜 주는 것도 아니다. 이것은 그 시대의 문학 이념의 성격이 당대 작가들의 창조적 생명력을 북돋워 줄 수 있는 성질의 것이 되지 못했음을 의미할 뿐이다.

노동해방 문학론이나 당파적 현실주의 문학론 등이 강조했던 노동자계급적 사상과 그 이상은 기이하게도 작가들을 현실 및 그 대중들에 대한 생생한 묘사로부터 멀어지게 하는 작용을 했다. 그것을 기이하다 함은 이들 진보적 문학론의 현실주의가 한 번도 현실에 대한 총체적 파악에 대한 강조를 소홀히 해 본 적이 없기 때문이다. 그러므로 당대의 진보적 문학론이 작가들의 창조력에 역기능을 한 이유는 그 이론적 체계 속에서만 찾아낼 수 있는 성질의 것은 아니다. 필자는 그 이유를 진보적 문학 이념이 토대하고 있던 전체주의적 사회주의의 인간관에서 발견한다. 이 특이한 사회주의는 '맑스의 관점을 따라' 인간이 사회적 제 관계의 총체라고 파악한다. 그러나 이것은 인간 일반에 대한 추상적 이해만을 가능케 할 뿐이며, 현실 속에서 구체적으로 사고하고 행동하는 개인을 설명할 수 있는 개념은 아니다. 이 개인에 대한 이해마저 사회적 제 관계의 총체로서의 인간이라는 개념으로부터 얻으려하거나 혹은 그것을 더 축소시킨, 계급으로서의 인간이라는 관점에서얻으려 할 때 실제적으로 존재하는 개인은 문학의 시야에서 사라져 버린다. 문학은 정치나 역사가 아니기 때문이다. 문학 속에서는 다른 여타 부분들보다도 더욱 더 인간을 그 개별성으로부터 이해하지 않으면 안 된다. 문학은 '방법론적 개인주의'에 훨씬 더 익숙해야 하는 것이다.

한편 진보적 문학이 이렇게 대중으로부터 고립되어 가고 있는 동안 문학을 둘러싼 환경은 엄청나게 변화했다. 무엇보다 중요한 것은 양적 질적으로 확장된 독점자본의 문화 포섭 현상이다. 그것은 지금까지 문학이 견지하고 있던 특수한 지위, 즉 정치를 대신하는 문학, 문화 중의 문화로서의 문학의 지위를 위협하고 있다. 지금까지 문학은 정치 속에서는 결코 실현되지 못한 대중의 정치적 사회적 이상을 드러내고 선취하는 중요한 기능을 해 왔으며, 상대적으로 대중이 더 손쉽게 접근하고 향유할 수 있는 문화적 영역의 하나로 존재해 왔다. 이제 그러한 문학의 지위는 흔들리고 있다. 활력에 찬 남한 독점자본주의는 문학에 부가가치 높은 영상매체 산업에 종속화된 이류 산업의 위치를 할당하고는, 그러한 굴욕 감수와 퇴행 산업으로의 전락 중 한 가지를 택일하도록 강요하고 있다. 또한 전체주의적 사회주의의 몰락을 계기로 그 이전보다 몇 배 더 보수화된 대중은 첨단 영상매체를 중심으로 하는 문화산업의 영향으로 말미암아 더 새롭고 더 감각적인 것을 욕망하는 존재로 변화해 가고 있다. 이같은 변화는 민족문학, 진보적 문학으로 하여금 반성과 갱신의 필요성을 더욱 강력하게 요구한다. 민중적 민족문학론이나 진보적 문학론이 80년대라는 새로운 상황에 적응하기 위한 70년대 민족문학의 자기 갱신의 산물이었듯 이제 90년대는 그 근본적인 여러 변화에 걸맞는 더 철저한 반성과 갱신을 요구하고 있다. 변화하지 않으면 더 이상 현실적일 수 없다는 것, '모던'해지지 않으면 더 이상 '리얼'할 수 없다는 것, 이것이 민족문학, 진보적 문학이 처한 지금의 상황이다.

2.

한편, 이와 같은 상황에서 지나간 근 백 년의 근대문학을 "작가주의", 엘리트주의라는 관점에서 재해석하고 이를 통해 지금 필요한 문학은 "장르주의" 문학이며, '독자의' 문학이라고 주장하는 이들이 나타났다. 그 주된 논자는 류철균씨와 김탁환씨이다. 이들의 주장은 겉으로 보이는 것처럼 지금까지 간과되어 왔던 대중문화 및 독자에 대한 관심을 촉구하는 데 집중하는 것처럼 보이지만 그 배후에 자리잡고 있는 것은 기존의 민족문학 전체에 대한 강력한 혐오증이자 특히 80년대를 풍미했던 진보적 문학 이념에 대한 지배 이데올로기의 자신감 회복이다. 그들은 이러한 정서를 바탕으로 새로운 시대에 걸맞는 새로운 문학을 강력히 주장한다. 이 새로운 문학론은 처음에 "UR시대의 문화 논리"라는 형식을 빌리면서 제기되었던 만큼 국가와 민족, 국민과 대중의 이름으로 단단히 포장되어 있다. 그러나 이런 추상주의야말로 지금까지 우리 사회를 지배해 왔던 독점자본주의적 이데올로기의 공통적 특질이 아닌가.

그러나 필자는 그들 논리의 배경을 들어 비판을 가하고 싶지는 않다. 중요한 것은 진실이다. 비록 자기 견해에는 반한다 할지라도 진실에 가깝다면 그것은 아프게 받아들이지 않으면 안 될 힘을 갖는다. 그러나 그들의 논리는 문화산업의 논리를 문학의 논리로 환원하는 오류를 범하고 있으며 지나간 근대문학사, 특히 민족문학 및 진보적 문학에 대한 왜곡과 이해 부족으로 가득 차 있다. 그들에 대한 비판의 핵심은 바로 여기에 있다.

먼저 지적할 것은 그들이 고급문학과 대중문학의 분리 및 '독자의 침묵'이라는 근대문학의 피할 수 없는 '숙명'을 근대문학 담당층의 탓으로 돌리고 있다는 점이다. 류철균씨에 의하면 조선 후기에는 고급문학과 민중문학이 원활하게 상호작용하면서 서로의 발전을 촉진시키던 시대였으나 이러한 관계는 근대문학 담당층이 등장하면서 깨어지게 된다. "자신을 문화의 주역으로 만들어 준 제국주의도, 원초적인 열등김을 갖고 있는 중세의 봉건성도 끝까지 적대시할 수 없는 근본적인 한계를 갖고 있"던 우리 근대문학 담당층은 대중문학을 거부함으로써만 자신의 존재 이유를 정당화시킬 수 있었다는 것이다(「근대문학의 엘리트 문화적 성격」, 『상상』 6호, 102~103면). 이처럼 고급문화와 대중문화의 분화를 근대문학인의 오류로 돌리는 경향은 김탁환씨의 '독자 복권론'에서도 반복된다. 류철균씨가 조선 후기와 근대를 대비시킨다면 그는 중세와 근대를 대비시키고, 류철균씨가 근대문학 담당층 전체를 폭넓게 비판대상으로 삼는데 비해 그는 특히 비평가를 비판 대상으로 삼는다는 점이 다를 뿐이다. 그에 의하면 근대가 시작된 후 문학시장은 비평가에 의해 독자가 움직이는 자리와 비평가가 움직이는 자리로 양분되었고, 그 후자의 자리는 대중문학, 상업주의문학으로 폄하되었다(「독자의 왕국」, 『상상』 6호, 73~74면). 이러한 분석을 통해 그가 주장하고 싶어하는 것은 '독자의 복권'이다. 즉 이제까지는 비평가가 말하고 독자가 침묵했으나 이제 비평가는 '독자가 원하는 대로' 발언해야 한다는 것이다.

그들이 지적하는 고급문학과 대중문학의 분리, 독자 문제에 대한 기존 문학 연구 및 비평의 간과 등은 현금의 우리 문학이 깊이 있게 반성해야 할 주제이다. 고급문학과 대중문학을 단순히 고급과 저급의 문제로만 환원한다면 현재 광범위하게 나타나고 있는 대중문화의 확산 현상은 구제할 길 없는 타락으로만 이해될 것이며, 따라서 대중들이 관심을 갖고 있는 커다란 문화 영역을 경멸과 함께 외면하게 될 것이기 때문이다. 우리는 고급문화에서만이 아니라 대중문화에서도 서로 다른 이데올로기적 징후를 구별해 낼 줄 알아야 하며 또한 그것을 대중이 현실을 미적으로 전취하는 또 하나의 정당한 영역으로 이해할 수 있어야 한다.

그러나 그럼에도 불구하고 이들 양 문학의 분리 및 대립과 '독자의 침묵'을 가져온 근본 원인을 근대문학 담당층이나 비평가 탓으로 돌리는 그들의 주장은 명백히 잘못된 것이다. 왜냐하면 그러한 현상의 근본적 원인은 그들이 아니라 그들조차도 그 지배 아래 두고 있는 근대사회의 형성 그 자체에 있기 때문이다. 고급문학과 대중문학의 분리는 문학작품의 생산과 소비를 지배하는 자본주의적 메카니즘의 필연적 산물이다. 미학적 측면에서 볼 때 자본주의적 근대화는 문학인에게 미적 감수성의 고도화와 그 상품화라는 두 가지 모순된 상황에 직면토록 했고 그후 이른바 양자의 '행복한' 결합은 거의 언제나 불가능했다. 자본주의적 메카니즘이 문학을 지배하는 한 이 양 측면의 대립이 고급문학과 대중문학의 대립으로 외화되는 것은 거의 피할 수 없는 현상이다. '독자의 침묵' 또한 그 연장선상에서 이해할 수 있다. 대중, 즉 독자의 다양하고도 대량화된 예술적 체험은 작가와 독자의 직접적 대화로 특징지워지는 중세적 전통의 해체를 통해서만 가능했다. 이제 문학은 자신의 가치를 실현하기 전에 먼저 상품이 되어야 하고, 독자는 오직 상품논리를 사이에 두고서만 작가를 만날 수 있다. 이런 상황에서 '독자의 침묵'은 어쩌면 당연한 일이다. 김탁환씨 스스로 밝히고 있듯 독자가 곧 작가도 되고 독자와 작가가 직접 교호할 수 있었던 것은 "상업성이 배제된 그 자리"(「독자의 왕국」, 68면), 즉 자본주의적 원리가 아직 문학을 지배하지 않았던 시공간에서만 존재했기 때문이다.

이처럼 근대 자본주의가 문학에 미친 부정적 힘을 근대문학 담당층의 탓으로 돌리는 생각은 그들 고유의 비변증법적이고 형이상학적인 개념 이해에서 기인한다. 그들이 사용하는 작가와 독자 대중문학, 소설 등 개념어들은 거의 전부가 중세 문학을 보편적 규준으로 설정한 것에 지나지 않는다. 그들은 중세와 근대 양 시대가 보여주는 문학 생산 및 소비 메카니즘의 상이성, 그 속에서 전혀 성격을 달리하면서 나타날 수밖에 없는 작가 및 독자의 시대적 특수성, 대중문학이나 소설 등 그 사용이 시대적으로 제약될 수밖에 없는 용어들의 변별성 등에 대해 거의 관심을 기울이지 않는다. 단지 작가를 논하는 한 곳에서만 잠시 그러한 편린이 엿보일 뿐이다(김탁환, 「소설가의 자리」, 『상상』 5호, 32~33면). 그 결과 그들이 사용하는 중세적 문학 개념은 초역사적이고 고정 불변한 것, 근대문학에서도 보편 타당성을 갖는 것으로 격상된다. 일례로 김탁환씨는 다음과 같이 말한다.

> 소설과 소설가의 존재 자체가 독자의 노력으로 확보되던 시대. 중세에는 작가, 작품, 독자의 거리가 한없이 가깝고 투명했다. 독자는 얼마든지 텍스트의 변화를 만들 수 있었고, 작가의 의도나 비평가의 충고에 귀 기울일 필요가 없었다. (「독자의 왕국」, 72면)

> 근대와 함께 탄생한 비평가들이 처음 한 일은 독자의 왕국을 지우는 일이었다. (「독자의 왕국」, 73면)

그러나 그가 지적하는 작가와 독자의 직접적 일치는 앞에서도 지적했듯 중세의 문학적 미분화로부터 기인하는 현상이다. 작가, 독자 및 비평가의 분화는 다른 모든 본격적인 분화 현상이 그러하듯 자본주의의 고유한 산물이다. 시장을 위한 생산, 이윤을 위한 생산을 본성으로 하는 근대 자본주의 사회만이 모든 사회적 기능의 분화를 가능케 했던 것이며 이것은 문학과 예술에서도 동일하게 나타난다. 중세에는 작가가 곧 독자이고 독자가 곧 작가일 수 있었다. 심지어 그가 근대와 함께 탄생했다고 보는 비평가마저도 이미 그 시대에 존재했다. 『시화총림(詩話叢林)』(홍만종)을 비롯한 많은 시화집이 그것을 입증해 주지 않는가. 이 시대의 비평가와 그들이 다른 점은 그들 비평가가 또한 작가이자 독자이기도 했다는 점이다.

미분화는 중세의 본질이며 분화는 근대의 본질이다. 그러므로 근대의 작가, 독자, 비평가는 비록 여전히 중세와 같은 이름으로 불리우기는 하지만 그 존재 방식과 위상 및 그들 간의 대화방식은 그때와는 전혀 다르다. 그러므로 중세의 작가, 독자 개념을 이상형으로 설정하고 그것의 복원을 주장하는 것은 그들이 문학적 개념을 역사적이고 변증법적으로 사용할 수 있는 능력을 가지고 있지 못함을 드러내는 일이다. 이러한 점은 "한 인물의 '일대기적 구성'과 그 인물을 둘러싼 '가문의 운명'은 우리나라 소설만이 지니고 있는 가장 보편적이고 독특한 하나의 특징"(「독자의 왕국」, 75면)이라는 김탁환씨의 주장과, 조선 후기에 나타난 엘리트문화와 민중문화의 상호 작용과 근대의 고급문학 및 대중문학의 대립을 대비시키는 류철균씨의 주장(「근대문학의 엘리트 문화적 성격」)에서도 공히 발견된다.

이처럼 비역사적이고 비변증법적인 개념 사용이 시사하는 더 중요한 사실은 그들이 중세문학과 근대문학을 진정으로 구분하지 못한다는 점이다. 아마도 그들은 중세와는 전적으로 구별되는 근대적 문학 생산 및 소비 메카니즘을 온전히 이해하지 못하고 있거나 혹은 의도적으로 그것에 대한 이해를 부정하고 있음에 틀림없다. 그 결과 그들은 근대 자본주의의 악덕을 근대문학 담당층과 특히 골치 아픈 비평가에게 전가한 채 그들이 문학 시장 속에서 사라진다면 독자들은 자기들을 진정으로 만족시킬 줄 아는 작가와 함께 중세에 존재했던 '문학의 왕국'을 부활시킬 수 있게 되리라고 주장한다. 이것은 진실이 아니다. 그러한 주장의 관철이 가져올 수 있는 것은 중세라는 시대가 허용했던 '문학의 왕국'이 아니라 현재의 독점자본주의가 권장하는 '문학산업의 왕국'이다. 왜냐하면 그들은 교환가치에 집착하는 독점자본주의의 논리를 따라 무엇이 더 가치 있는 작품인가 하는 문제는 사상한 채 무엇이 더 경쟁력 있는 작품인가 하는 문제에만 집중하기 때문이다.

특히 이미 「UR시대의 문화논리」(『상상』 3호)를 통해 문학에 대한 교환가치 중심적 사고의 극단을 보여주었던 류철균씨는 철저히 왜곡된 근대사 인식을 바탕으로 새로운 지배의 논리를 개척하고자 하는데, 이는 그가 지난 3공화국에서부터 6공화국까지의, 특정 지역의 헤게모니에 입각한 군사적이고 철권적인 지배를 개발독재로 합리화하는 데서 명확히 드러난다(「근대문학의 엘리트 문화적 성격」, 86면). 이러한 역사의식으로 무장한 그가 가져올 수 있는 세계가 과연 독자를 위한 유토피아가 될 수 있을지 심히 의심스럽지 않을 수 없는 것이다.

3.

그렇다면 류철균씨와 그의 동료 김탁환씨가 민족문학, 특히 진보적 문학을 비판의 초점으로 삼는 것은 전혀 이상한 일이 아닐 것이다. 진보적 문학이야말로 독점자본주의의 독재적 지배 질서에 가장 철저한 방식으로 저항해 온 장본인이기 때문이다. 그들은 진보적 문학을 "작가주의"(「UR시대의 문화 논리」, 61면), '비평가주의'로 특징지워지는 근대문학사의 가장 말류적이고 말기적인 형태로 파악한다. 그리고 이러한 판단의 주요한 매개는 대중성 혹은 대중화를 둘러싼 일련의 논의이다. 그러나 정작 문제는 그들이 진보적 문학의 역사적 위상과 의미를 전혀 이해하지 못하고 있다는 점이다.

먼저 그들은 1920년대 KAPF의 문학적 실천을 재검토한다. 류철균씨는 KAPF를 작가와 노동계급 사이의 "불장난"이라고 본다. 그에 의하면 KAPF는 대중문학으로부터 스스로를 고립시킬 수밖에 없었던 근대문학 담당층이 보여주는 두 가지 주요한 경향, 즉 예술을 위한 예술로의 도피와 사회적 정치적 비판에의 참여 중 후자의 흐름을 보여주는 단적인 예이다. 그럼에도 불구하고 그것은 실패할 수밖에 없었는데, 그 이유는 김기진의 대중화론에서 볼 수 있는 것처럼 "노동계급이 그같은 근대문학보다 중세 이래의 고전소설 및 오락을 더 선호했기 때문이다."(「근대문학의 엘리트 문화적 성격」, 95면) 김탁환씨도 이 점에서 같은 견해를 보인다. 그에 의하면 비평가가 움직이는 문학시장은 언제나 "소위 '대중성'을 앞세워", "침묵하는 다수를 향해 군침을 삼켰는데" KAPF의 대중화론은 그 좋은 예이다. 그 또한 이 넘겨보기가 "독자들 속에", "비평가들이 알지 못하는 또 다른 소설 읽기의 방식이 있"었기 때문에 실패했다고 본다(「독자의 왕국」, 74면).

이러한 견해는 진보적 문학의 흐름조차 그들이 고안한 대중문학 중심의 새로운 근대문학사 패러다임 속에 재배치하고자 하는 야심 찬 기획으로부터 나온 것이다. 그러나 이들이 간과하고 있는 것은 KAPF의 대중화론이 우리 근대문학사상 독자 및 대중문학의 문제를 본격적으로 거론한 최초의 의미 있는 논의였다는 사실이다. 이를 이해하기 위해서는 문학의 창조와 수용, 생산과 소비 과정에 대한 전체적인 조망이 비교적 최근에 와서야 가능해졌음을 인식할 필요가 있다.

문학 현상을 작가뿐만 아니라 독자를 통해서도 이해할 수 있기 위해서는 그것을 문학 작품의 생산이라는 측면에서만이 아니라 그 소비라는 측면에서도 규명할 수 있어야 한다. 즉 문학현상을 작가에서 독자에 이르는 전체적 구조 속에서, 그 의미 생산과 전달 및 이해라는 관점에서 파악할 수 있어야 하는 것이다. 그런데 이러한 방식의 문학 연구 및 비평은 바르트(R. Barthes) 등 몇몇 선구적 작업에도 불구하고 대체로는 1960년대 중반을 전후로 해서부터 1970년대 초반에 걸쳐 이루어졌다. 문학을 구조주의적이고 소통주의적인 관점에서 파악하고자 하는 일련의 흐름이 그것이다. 한 마디로 말해 얼마 전까지만 해도 문학

연구 및 비평은 작가 중심의 패러다임 속에서 이루어졌다. 그리고 그 이유는 문학 현상 전체의 자본주의적 발현이 여타 영역에 비해 상대적으로 뒤늦은 일이었기 때문일 것이다. 즉 자본주의적 전일화가 가장 먼저 가장 '완전하게' 이루어지고 있던 영국을 모델로 해서만, 상품화 및 시장화가 가장 전면적으로 이루어지는 19세기에 들어서야, 비로소 자본주의 전체를 그 생산과 소비 메카니즘 속에서 전체적으로 탐구한 자본론이 씌여질 수 있었듯이 문학 현상의 전 과정에 대한 전체적이고 체계적인 탐구는 오직 출판사뿐 아니라 작가 및 독자층까지도 근대적인 상업 메카니즘 속에서 충분히 육성된 후에야 가능해졌던 것이다.

그리고 이것은 우리나라에서 왜 독자 문제가 지금껏 깊이 있게 탐구되지 못했는가를 설명해 준다. 특히 1930년대 이전에는 방각본 소설을 주로 읽는 반(牛)근대적인 독자층이 광범위하게 존재하기는 했지만 이는 하우저(A. Hauser)가 지적했던 새로운 독자층이라고 보기엔 무리한 점이 많다(『문학과 예술의 사회사─근세편』하, 54~58면 참조). 당시만 해도 문학 제도, 즉 작가와 출판 전문인 및 독자는 자본주의적 관계 속으로 아직 충분히 편입되어 들어오지 않았던 것이다. 대중화 문제를 포함한 KAPF의 문학적 실천은 바로 이러한 전제 위에서 이해되어야 한다. 이러한 관점에서 보면 KAPF의 대중화론은 작가 중심적 문학비평의 패러다임이 갖는 한계 속에서도 독자의 문제, 대중문학의 문제를 문학 논의의 중심으로 이끌어들인 중요한 실험임을 알 수 있다. 다시 말해 그들은 비록 의식적인 형태로는 아니지만 대중화론이라는 개념 속에서 문학 텍스트의 가치 실현이라는 문제를 제기하고 논쟁했던 것이다. 이것이 가능했던 이유는 KAPF가 여타의 문학적 조류와 함께 근대문학 일반으로 환원될 수는 없는 독자적 성격, 즉 자기 문학의 발전을 그 자체로서가 아니라 당대 사회 체제의 변혁이라는 문제와 긴밀히 연관시키는 특성을 갖고 있었기 때문이다. 대중을 의식화시킴으로써만 혁명이 가능하다고 보았던 그들에게 대중에 대한 이해와 그 접근 및 획득은 중요하였다. 그 때문에 그들은 문학적 실천의 성숙 과정 속에서 대중화 문제, 농민문학 문제 등이 보여주듯 대중과의 결합을 구체적으로 고민했던 것이다.

물론 그들의 대중화론은 성공하지 못했다. 그러나 그 이유 또한 그들이 주장하는 것에 있지 않다. KAPF의 대중화론이 실패한 것은 먼저 누구나 동의하듯 일제의 탄압 때문이었으며 다음으로는 KAPF가 대중을 구체적으로 이해하고 그들에게 접근할 수 있는 인식적 패러다임을 갖고 있지 못했기 때문이었다. 그리고 그 상당한 책임은 당대 사회주의를 주도하던 전체주의적 사회주의 조류가 짊어져야 한다. 대중에 대한 관념적이고 계급주의적이며 사회학 환원주의적인 접근으로 특징지워지는, 전체주의적 사회주의의 자장 아래 존재했던 KAPF로서는 이러한 오류에서 벗어나는 것이 극히 어려운 일이었을 것이기 때문이다. 그러나 바로 이 점 때문에 KAPF는 대중의 이해와 획득을 문학 창작 및 비평의 최종적 목적으로 해야 한다는 문제 의식에도 불구하고 그 실제적인 실천은 대중과 유리된 관념적 좌편향으로 빠져들었다. 류철균씨나 김탁환씨는 이러한 역사적 맥락을 전혀 이해하지 못한다. 그것은 그들이 KAPF 문학을 자신들의 새로운 문학 패러다임을 합리화하기 위한 희생양으로만 취급하기 때문이다. 그 때문에 그들은 KAPF 문학을 다른 여타의 근대문학과 무차별적으로 동일시해 버렸던 것이다.

4.

이제 그들의 비판은 거센 보수화의 물결을 거스르며 진보적 문학의 깃발을 지키기 위해 고투하고 있는 윤지관을 향한다. 시련에 찬 현재의 진보적 문학을 철저히 비판함으로써 민족문학의 깃발을 찢어 버리고 그곳에 새로운 문학의 깃발을 세우는 것, 이것이야말로 그들이 가장 하고 싶은 일이다. 이를 위해 그들은 근대문학이나 KAPF 문학을 대하던 방식대로 윤지관의 평문들 중 몇몇 부분들을 '강제로 들어내어' 자신들 문학을 새로운 문학의 원점으로 선언하는 글 속에 동원한다. 그러한 방식의 비판에 의하면 최근의 문학 현상에 대한 윤지관의 비판은 "근대문학의 마지막 단계에 이른 평론가"가 보여주는 자기 보호본능의 표현에 다름 아니며(「근대문학의 엘리트 문화적 성격」, 103~104면), "새로운 문학 환경에 대하여 관심을 가지는 척 하지만", "결국 대중성을 작가와 독자에 선행하는 어떤 이념에 근거하여 파악하려는" 태도의 표출에 불과하다(「독자의 왕국」, 79면). 이러한 비판을 통해 그들은 윤지관으로 대변되는 진보적 문학의 파기를 통해서만 진정한 문학의 길이 열릴 수 있음을 강력히 시사하고자 한다. 진보적 문학은 대중문학의 가치를 전혀 인정하지 않고 있으며 따라서 그것을 향유하고 그것에 기뻐하는 많은 독자 대중을 천박하고 저질적이라는 규정과 함께 문학의 권외로 추방하고 있다는 것이다. 그러나 이들이 주장하는 대중성 및 대중문학 개념이야말로 그들의 아킬레스건이다.

대중성이라는 말은 윤지관의 지적처럼 상업성 내지 대중 근접성이라는 서로 다른 의미를 함축하고 있으며, 때로는 저급성을 의미하기도 한다. 그러나 이 중 저급성은 대중성이라는 말의 안정된 의미를 구성하지는 않는다. 왜냐하면 대중성은 본질적으로 문학 작품의 가치를 평가하는 개념이 아니기 때문이다. 마찬가지로 그 말이 의미하지 않는 것이 있다면 그것은 대중의 진정한 이익과의 근원적 합일이라는 개념일 것이다. 대중성이라는 말은 좀체로 이런 방식으로는 사용되지 않는 것이며 그 이유는 이 말이 현상을 지칭하기 위해 만들어졌다는 데 있다. 이런 맥락에서 볼 때 김탁환씨가 비판의 대상으로 삼은, "비록 상업적인 성공을 거두지 못하는 민족문학의 성과가 있다고 해도 그것이 진정으로 이러한 성향을 가지는 한 대중성이 있다고 말할 수 있다"(「문학 권력 민주주의」, 『실천문학』, 1994년 가을호, 81면)는 윤지관의 발언은 분명 오해의 여지를 안고 있다. 그것은 그가 문학 시장을 통해 실현되지 못한, 따라서 현상의 영역, 시장의 영역 속에서 검증되지 않은 문학적 가치에 대해 대중성이라는 개념을 적용하는 것은 아닌가 하는 것이다. 그리고 이는 현재 민족문학 및 진보적 문학이 보여주는 문제점과 관련하여 음미해 볼 만한 가치가 있는 대목이다.

그러나 이러한 발언을 통해 그가 강조하고자 한 것은 문학의 논리를 문학산업의 논리로 환원해서는 안 된다는 문제의식이며, 바로 그 앞에서 서술한, "민족문학이 확보해야 하는 대중성이라면 바로 대중의 취향에 영합해 가는 것이 아니라 대중 속의 건강한 삶의 충동과 욕구를 부추김으로써 대중을 민주적 민중으로 형성히는 일"이라는 점이었다. 현기영의 『마지막 테우리』(창작과비평사, 1994)를 인용한 것은 이같은 맥락에서였으며, 그보다 앞에서 이문열이나 김진명 이인화 오세영 같은 대중적 작가를 열거한 것은 민족문학의 현재의 정체성(停滯性)을 강조하기 위한 것이었다.

그러나 김탁환씨는 이러한 그의 진의를 왜곡시킨다. 그에 의하면 윤지관의 "'민족문학의 대중성'이라는 화두는 '민족문학에 오를 만한 작품은 많은 독자를 가지고 있지 못하더라도 대중적이며, 민족문학에 오르지 못한 작품은 아무리 많은 독자를 가지고 있어도 대중적이지 못하다'"는 생각으로 귀결되고 있으며, 윤지관은 이러한 생각을 입증하기 위해 "전자의 예로 현기영의 『마지막 테우리』를", "후자의 예로 이문열과 같은 대형 인기작가와 이인화, 김진명 등의 작품을 들고 있다"는 것이다(「독자의 왕국」, 79면). 그러나 이러한 발언은 '오려붙이기'와 상상력 동원이 가져 온 잘못된 판단이다. 문제가 된 글에서 윤지관은 현기영과 이문열 이인화 김진명을 대조하지도 않았으며, 민족문학에 속하지 않는 작품은 절대로 대중적일 수 없다고 말하지도 않았다. 오로지 김탁환씨만이 그의 논지를 그렇게 읽을 수 있는 능력을 갖고 있다. 이같은 진의 왜곡은 류철균씨의 경우에도 마찬가지이다. 필자는 그에게 "고급문학과 대중문학의 공존 자체를 부정"(「근대문학의 엘리트 문화적 성격」, 103면)한다는 그의 비판과 대중문학에 대해 윤지관 스스로 표명한 견해를 대조해 보라고 권하고 싶다(「문학 권력 민주주의」, 182~190면). 윤지관의 견해에 대한 이러한 왜곡들은 선동적 언사 및 험구와 함께 그들이 비판에 있어 최소한의 요건이라도 갖추고 있는가를 의심케 하는 부분이라 하지 않을 수 없다.

분명히 말하건대, 진보적 문학은 그들이 왜곡하려 하듯 대중문학 그 자체를 경멸하거나, 고급문학의 성채 속에 안주하려 하지 않는다. 오히려 진보적 문학은 스스로 대중문학이 되고자 하는 문학이며 이를 통해 고급문학과 대중문학의 분열 및 대립을 폐지하고자 하는 문학이다. 왜냐하면 진보적 문학은 스스로 대중의 문학이 되지 않는다면 그 문학 이념을 현실 속에서 실현할 수 없기 때문이다. 지금 이 문학 이념은 역사적 시련 속에서 투명한 형태를 갖추고 있지는 못하지만 그렇다고 해서 근대 자본주의의 근본적 변혁이라는 문제의식마저 잃어버린 것은 아니다. 그리고 바로 이 점에서 진보적 문학은 적어도 원리적인 면에서는 자신의 운명을 근대의 폐절이라는 문제와 결합시키는 문학이며, 근대 사회를 전혀 변화시키지 않고도 대중문학이 고스란히 훌륭한 작품의 집합소가 될 수 있는 것처럼 말하는 류철균씨의 '탈근대문학론'과는 구별된다. 또한 바로 이런 점으로 인해 진보적 문학은 대중문학 작품을 대중적이라는 이유만으로 인정하지는 않는다. 왜냐하면 현재 대중적인 문학 작품 중에는 모순에 찬 우리의 현실과 그 속에서 구성원들이 겪을 수밖에 없는 고통을 외면한 채 상식화된 지배 이데올로기에 의존하거나 심지어는 그것을 강화하고자 하는 것들이 다수 존재하기 때문이다. 그러므로 문제의 초점은 대중문학을 인정할 것인가 말 것인가 하는 데 있는 것이 아니라 어떤 대중문학을 인정할 것인가, 어떤 대중문학이 되고자 할 것인가 하는데 있다. 그러나 류철균씨나 김탁환씨는 절대로 이런 방식의 질문을 제기하지 않는다. 대신에 그들은 공허하게도 대중적인 작품은 대체로 성실성이 배여 있고 작품성이 있다고 말할 뿐이다. 바로 이 대목에서 필자는 그들에게 당신들은 진정 어떤 대중문학을 원하느냐고 묻고 싶다. 그때도 그들은 대중적인 것이라면 그 무엇이든 좋은 작품이라고 말할 수 있을 것인가. 만약 그렇다면 그들은 문학산업의 논리를 곧바로 문학의 논리로 환원시키는 것이 된다. 문학산업의 입장에서 보면 가장 많이 팔리는 작품이 언제나 가장 좋은 작품인 법이다. 반면에 만약 그렇지 않다면 그들은 자신들이 어떤 가치관, 어느 방향의 가치관을 담은 문학 작품을 선호하는지 밝혀야 한다. 그러나 그때도 그 작품은 아마 류철균씨 자신의 『내가 누구인지 말할 수 있는 자는 누구인가』(세계사, 1992)나 『영원한 제국』(세계사, 1993)처럼 남한 독점자본주의가 추구하는 발전 방향을 그대로 추인하고 또한 옹호하기까지 하는 것이 될 가능성이 크다. 물론 김탁환씨는 아니라고 말하고 싶을 것이며 실제로도 그는 이러한 논리적 귀결을 인식하지 못했을지도 모르겠다. 그러나 안타깝게도 그의 '독자 복권론'이 도달하는 논리적 귀결은 바로 이것이다.

5.

그러나 류철균씨와 김탁환씨의 대중문학 중심주의나 '독자 복권론'은 그들 스스로의 논리적 결함뿐만 아니라 현재의 민족문학, 특히 진보적 문학의 정체 상황에 기대고 있는 것이기도 하다. 민족문학 및 진보적 문학은 지금 이론적, 비평적인 면이나 창작적인 면 모두에서 정체 상태를 면치 못하고 있다. 그런데 이것은 단지 현실 변화의 심대함이 가져다 준 충격 때문만은 아니다. 그보다 더 큰 이유는 민족문학인들이 전적으로 새로운 상황이 요구하는 관점의 전환에 적극적으로 대처하지 못하고 있기 때문이다.

공지영 최영미 현상에 대한 민족문학인들의 당혹감은 이를 보여주는 중요한 예이다. 공지영의 『고등어』(웅진출판, 1994)와 최영미의 『서른, 잔치는 끝났다』(창작과비평사, 1995)가 베스트셀러의 목록에 오르며 이른바 민족문학의 대중문학화를 보여주었을 때, 정작 많은 민족문학인들은 당황하지 않을 수 없었다. 민족문학인들 내에서 그들의 작품은 작가적 장인 정신과는 일정한 거리를 갖고 있으며, 현 시기 민족문학이 요구하는 주제의식에 비추어 보아도 한 차원 미달하는 것으로 평가되고 있었기 때문이다. 그러나 이러한 평가는 타당한 측면이 있음에도 불구하고 본질적으로는 불충분하다. 왜냐하면 그것은 80년대 말에서 90년대 초에 이르는 현실 및 대중의 변화와 그것으로부터 얻어야 할 민족문학 및 진보적 문학의 교훈을 고려에 넣지 않은, 고수의 논리에 따른 것이기 때문이다.

공지영 최영미 현상에 대한 대부분의 비판적 평가는 그 시대의 커다란 현실적 변화 속에서 이상의 좌절을 쓰라리게 맛보아야 했던 대중들, 특히 이제 갓 30대를 넘기고 있거나 얼마 전에 넘어선 이들의 문학적 요구를 비평적 평가의 중요한 요소로 고려하지 않은 것이다. 공지영 소설과 최영미 시에 대한 독자들의 적극적인 반응과 관심은 이들 세대가 얼마나 자신들의 이야기에 목말라 하고 있는지를 보여준다. 그들은 자신들의 삶에 대한 재해석 및 재평가와, 이를 통한 좌절로부터의 탈출을 열렬히 희구하고 있었던 것이다. 그리고 그것은 80년대 말부터 90년대 초까지를 지배했던 진보적 문학 이념에 대한 그들의 반란을 의미하는 것이기도 하다. 그들은 진보적 이상으로 가득 차 있지만 개인들의 수없이 다양한 차이와 성향에는 둔감한 소설에 반감을 느끼고 있었던 것이다. 그리고 이러한 반감은 이미 그 오래 전부터 조금씩 준비되어 왔는지도 모른다.

지금 공지영의 명성은 하루아침에 만들어진 것이 아니다. 그것은 그녀의 첫 장편 소설 『더 이상 아름다운 방황은 없다』(풀빛, 1989)로부터 조금씩 쌓여 온 것이다. 이미 그 때부터도 그녀는 다른 진보적 작가와는 다른 길을 걸어왔다. 그것은 운동과 운동에 관련된 삶을 얘기하되 도식적인 방식으로 얘기하지 않는 길이다. 물론 이러한 그녀의 장점이 또 다른 그녀의 약점, 즉 통속적 요소를 가리울 수 있는 것은 아닐 것이다. 그리고 그것은 많은 비평가와 작가가 그녀에 대해 실망하는 이유이기도 하다. 그러나 필자로서는 지금 민족문학, 특히 진보적 문학이 주목해야 하는 것은 그녀의 약점보다는 장점이라고 생각한다. 대중들이 절실히 원하고 있는 것, 그리하여 말하지 않은 것조차도 듣고 보여주지 않은 것조차 보게 한 그녀의 작품은 그것 자체만으로도 커다란 가치를 갖는다. 이것은 최영미의 경우에도 똑같이 해당된다.

결국 필자가 말하고 싶은 것은 두 가지이다. 그 하나는 진보적 문학이 이제까지보다는 훨씬 더 '방법론적 개인주의'에 투철해야 한다는 것이다. 문학의 대상은 계급적 존재로서의 인간이라는 명제만으로는 턱없이 부족한, 현실 속에서 구체적으로 살아 숨쉬는 개인과 그 개인들의 서로 이질적인 특성이 빚어내는 차이이다. 진보적 문학은 이러한 개인에 대한 이해에 기초한 새로운 문학 이념을 정초할 필요가 있다. 그리고 이는 계급 문제에 대한 인식의 폄하로 받아들여져서는 안 된다.

다른 하나는 작가 및 비평가가 현실 및 대중이 절실히 요구하는 바가 무엇인지 명확히 이해해야 한다는 것이다. 그들은 현실 및 대중에 더 많은 관심을 기울이고 더 민감하게 반응하지 않으면 안 된다. 그리고 이는 '고집스런 장인'으로서의 작가라는 관념에 대한 약간의 수정을 의미하는 것이기도 하다. 문학작품의 가치는 내재적이지만, 반면에 그것은 오직 소통됨으로써만, 작가에서 독자에 이르는 문학적 의사소통의 전 과정을 거침으로써만 실현될 수 있다는 것, 이것은 두려워해서도 안 되지만 무시되어서도 안 될 사실이다. 왜냐하면 민족문학은 대중의 문학이 될 때만 자신의 이념을 실현할 수 있기 때문이다. 이러한 구조적 소통적 관점의 수용 또한 구조주의나 소통주의 그 자체의 수용을 의미하는 것으로 이해되지 않아야 할 것이다.

[리얼리즘, 리얼리즘]

1.

　문학은 내게 무엇이었던가. 이 물음으로부터 시작하지 않으면 안 되겠다.

　자기만의 삶에 유폐된 소년이 있었다. 불행의 지표를 별로 지니지 않았음에도 불구하고 스스로는 극심하게 불행하다고 느꼈던, 그리하여 삶이라는 걸 지독하게 혐오하고 싶어했던 아이였다. 이 오도된 인식은 그를 점점 더 밀폐된 방 속에 숨어 버리도록 했다. 바깥에서 보는 아이와 안에서 스스로 바라보는 아이가 달랐다. 그의 삶에는 비밀이 쌓여갔다. 복잡한 가족관계 때문에 어머니의 욕망이 그를 짓눌러서였을까. 남들보다 조금 일찍 죽음이라는 관념에 익숙해진 탓일까. 성년이 가까울 무렵 그는 어느새 삶의 실체성을 믿지 않으려는, 가족과 학교를 비롯한 모든 제도에 반발심을 가진 자가 되어 있었다. 그는 까뮈와 사르트르, 니체와 키에르케고르를 뭉뚱그려 모두 같은 실존주의자로 이해했다. 실존이라는 개념에 자신이 만든 이미지를 투사시켰던 것이다. 그러나 그러한 염세주의는 대체로 자신의 밀폐된 방 속에서만 가능했고 현실 속에서는 충분히 그렇지 못했다. 사회적으로 활성화된 그와 밀폐된 방 속에 누운 그 사이의 대립이 극단적으로 심화될 무렵 그는 문학을 '해야' 한다고, 다시 말해 글을 써야겠다고 생각했다. 문학은 그에게 합리적으로 이해될 수도 이해시킬 수도 없는 자기를 드러낼 수 있는 유일한 방도였다. 그러므로 그에게 있어 문학이란 처음에 모더니즘, 개인적 비밀 속에 유폐된 실존주의적 모더니즘이었던 셈이다. 문학에 한에서라면 그에게 그 자신을 제외한 세계 자체는 심각한 의미를 띨 수 없었다. 그 자신, 그리고 그와 세계와의 불화만이 문제였다.

84년에 그는 대학에 들어간다. 대학은 서서히, 그러나 급격히 그를 세계 속에 노출시켰다. 그때쯤부터 세계는 더 이상 세계라는 추상적 기호로서가 아니라 구체적 현실로, 그의 삶 외부에 존재하며 그와는 소원한 관계만을 맺는 수동적 대상이 아니라 그를 규정하고 또한 그에 의해 규정되는 상호적 존재로 되었다. 그러나 현실을 객관적으로, 구체적으로 이해한다는 것은 얼마나 힘겨운 과업이었던가. 현실에 대한 그의 접근은 무엇보다 자폐적인 그의 자아에 의해 방해를 받았지만, 그 못지 않게 이 사회의 정치·경제·문화적 문제들에 가장 무관심할 수 있는 지역에서, 독재체제의 옹호 기능을 가장 충실하게 수행하던 교육 공무원 가족의 구성원으로 성장함으로써 얻어진 무지에 의해 가로막히곤 했다. 지금도 그는 세계를 얼마간 불가해하고 공포스러운 것으로 이해하며 이것은 그의 가지론적이고 유물론적인 사유방식과 충돌을 일으키곤 한다. 그때마다 그는 과거의 그리고 지금도 의연히 존재하는 밀폐된 방을 향한 강렬한 향수와 유혹에 사로잡힌다. 하지만 그때마다 그를 제어하는 것은 "인간의 본질이란 개별적인 인간 각각에 내재하는 추상물이 아니다. 현실에서 그것은 사회적 제관계의 총체이다"라는 포이에르바하에 관한 여섯 번째 테제이다. 이 맑스의 선언은 갓 헤겔 철학에 입문하고 있던 그에게 커다란 충격을 주었다. 테제는 그에게 그의 의식 내부에서 원시적인 삶을 영위하고 있던 로빈슨 크루소를 몰아낼 것을 요구했다. 그러나 여기서부터가 정녕 문제였다. 이 응당 타당한 듯 보이고 따라서 그에게 역사적 사회적 실천에 기투의 근거를 마련해 주는 것처럼 보이는 테제가 그에게는 견딜 수 없는 짐이었다. 돌이켜 보면 그 못 견딤에는 분명한 이유가 있었다. 이 테제는 인간 개개인의 구체적 실존을 설명할 수 있는 개념이라기보다는 인간 일반의 본성에 접근하는 열쇠만을 제공해 주는 것이지만, 당시의 지적 풍토 속에서는 이 두 범주가 엄격히 구별되지 않았다. '인간은 사회적 제관계의 총체이므로 너는 역사적 사회적 실천에 뛰어들어야 한다'는 정언명령이 당시를 지배했다. 받아들일 것인가, 거부할 것인가. 개인적 실존으로서의 개인과 사회적 인간으로서의 인간 일반이라는 두 극단적 범주를 연결하는 것은 비합리적인 결단의 논리였다. 적어도 그때는 그러했다. 바로 그 때쯤 그는 그 자신으로부터, 타인으로부터 왜 이 시대에 문학을 하려 하는가, 삶이 곧 문학이 아닌가 하는 질문을 받고 고민에 빠진다. 문학은 고독한 실존주의자로 시대를 부정하며 살아감을, 운동은 역사적 사회적 인간으로 다시 태어남을 의미했다. 마침내 그는 밀폐된 방을 마음 한 구석에 숨겨둔 채 운동으로서의 삶을 지향해 간다. 그러나 이 양자택일적 선택은 두고두고 그를 괴롭히며 오랜 시간이 지난 후 그는 결국 문학으로 돌아올 수밖에 없게 된다. 결단의 이름으로 미화된 비논리는 끝내 문학에의 욕망을 납득시킬 수 없었던 것이다.

그는 문학으로 돌아왔다. 94년의 등단은 그의 귀향을 확인한 것에 불과했다. 그러나 그는 이전의 밀폐된 방으로 돌아갈 수는 없었다. 무엇보다 지난 시대 불철저했던 그의 삶을 비롯해 민주주의와 인간다움을 위해 싸웠던 모든 사람의 삶을 허무한 것으로 치부해서는 안 되었기에 그의 문학은 민족문학·진보주의 문학에 속한 것이 되어야 했다. 그러나 또한 그가 이해했던 민족문학·진보주의 문학은 삶과 문학의 직접적 일치를 추구하는 아마추어리즘 및 예술성보다는 경향성에 더 높은 가치를 부여하는 정치주의와 엄숙주의를 포함한 것이었기에 민족문학, 진보주의 문학을 한 층 더 높은, 혹은 깊은 차원에서 이해할 필요를 그는 느꼈다. 마지막으로 이것은 매우 안타까운 일이기도 하지만, 운동으로의 방향 전환 속에서 메말라 버린 문학적 상상력과 비만해진 이론적 사유는 그로 하여금 문학으로의 귀환을 비평의 형태로 이룰 수밖에 없도록 했다. 물론 이는 그가 비평을 창작에 대해 이차적이고 부차적인 것으로 이해함을 의미하지는 않는다. 오히려 그는 이 혼란스러운 시대가 문학 중에서도 특히 비평을, 예리하고 엄격한 비평적 평가 행위를 절실히 필요로 하고 있음을 느낀다. 또한 비평은 개별적 삶의 비의 속에 스스로를 유폐시키고 싶어하는 그 자신을 그 숨막히는 어둠의 늪으로부터 건져 올리는 강력한 자기구제 수단이다. 그러면서도 지난 십 년의 성장을 통해 그가 창작으로부터 비평으로 이월했다는 사실은 그에게 왠지 쓸쓸함과 아쉬움을 선사한다. 문학의 꽃은 역시 창작임을 그가 본능적으로 확신하고 있기 때문일까.

이상이 문학인으로서의 나의 대체적인 성장사이다. 그러나 이 글의 주제가 내 비평의 의미에 맞추어져 있는 만큼 이제는 화제를 그곳으로 옮겨야겠다.

2.

90년대 중반 희망은 잠시 숨을 죽이고 있다. 80년대 세대가 원했던 혁명에의 순정한 꿈은 무너져 버렸다. 페레스트로이카에 이은 동구권의 몰락은 이 작은 나라에서 근본적인 변혁의 가능성을 소진시켜 버리기에 충분했다. 연약하면서도 거칠었던 진보의 꿈은 현존 사회주의의 몰락과 함께 '역사의 종언'을 주장하는 담론 밑에 묻혀 버린 듯하다. 혁명의 이름으로 표상되었던, 지금까지와는 전적으로 다른 현실, 지역차별에 기초한 기형적인 정치권력과 민중의 희생에 바탕한 독점부르조아 지배와 분단으로 인한 전민족적 고통으로부터 벗어난 그 어떤 세계는 우리의 시야에서 사라진 것처럼 보인다. 진보주의 세력은 지배권력의 지역패권주의와 아전인수식 개혁, 세계경제체제의 재편에 따른 독점부르조아 논리의 강화, 전체주의적이고 반민중적인 현 북한 체제의 지속, 광범위하게 확산된 민중의 패배주의 등과, 무엇보다 스스로의 정치적 조직적 무능력으로 말미암아 지리한 답보·퇴보 상태에서 벗어나지 못하고 있다. 그리하여 지금 '우리'는 '우리'가 원했던 세계란 정녕 '아무데도 없는 곳', 이름하여 유토피아였는지도 모른다고 생각하기에 이르렀다.

문학에서도 사정은 크게 다르지 않다. 미학주의에서부터 개인주의, 대중문학론에 이르는 새로운 문학이 새로운 시대에 걸맞는 새로운 문학으로 각광받는 것을 목도하다 보면 80년대 말을 잠시 '풍미'했던 진보주의 문학이 문학시장의 한쪽 모서리에서 먼지를 날리고 있다는 느낌을 지울 수 없게 된다. 지금껏 노동소설가로 불리워 왔고 젊은 노동자 삶을 잔잔히 그려내고 있는 어떤 작가마저도 노동소설가라는 명칭을 탐탁지 않게 생각하고 있는 것이 지금의 문학 현실이다. 진보주의 문학인으로 구분될 수 있을 만한 작가, 시인조차 그러한 명칭을 부담스럽게 생각함은 무엇을 의미하는가. 그것은 그들이 새로운 시대를 헤쳐나갈 새로운 사유체계와 창작적 방법론을 찾아내지는 못하고 있는 가운데 다만 과거의 무게에 짓눌려 신음하고 있음을 의미한다. 최근에 나온 김진경이나 이재무의 시집, 김영현이나 방현석의 소설은 그 예를 제공한다. 페이지마다 서린 그들의 고통이 안쓰럽다. 그들의 길 찾음이 결실을 거두기를.

이는 비평에서도 마찬가지이다. 나를 포함해 많은 비평가가 80년대와 90년대를 잇는 섬세한 통찰과 반성에 입각한 새로운 구상을 보여주지는 못하고 있으며 이런 가운데 극히 일부이지만 그 내부에서 기존의 민족문학 개념 자체를 회의하는 시각까지 대두하고 있다. 90년대가 이미 중반을 넘어섰는데도 희망의 뚜렷한 징표는 보이지 않는다. 공지영 주인석 김소진 공선옥과 같은 작가들에게 걸었던 크지 않은 기대는 마치 몇몇 재야인사나 새로운 정치적 흐름에 걸었던 기대처럼 지리한 기다림으로 바뀌고 있다. 이런 상황에서 희망을 꿈꾼다는 건 마치 오를 가망 없는 절벽에 매달리는 일인 듯도 싶다. 정녕 이곳 아닌 저곳, 현재가 아니라 미래를 꿈꾼다는 건 부질없는 짓인 것도 같다.

그러나 깊이 모를 수렁에 빠진 것만 같은 지금 나는 이 땅에서 문학이 과연 무엇이었던가를 생각한다. 한 시대가 선사하는 고통과 절망을 뛰어넘기 위해, 자꾸만 밀폐된 방의 세계로 숨어 버리고 싶은 내 개인적 욕망을 억누르기 위해 높지 못한 이론적 사유 능력과 상상력을 동원해 우리 근대문학의 역사를 돌이켜 본다. 문학은 그 오랜 시간 동안 우리에게 과연 무엇이었던가, 지금 이 회색시대의 문학은 내일도 이어질 근대문학의 흐름 속에서 어떤 의미를 갖는가, 생각한다. 그러면서 차라리 현재를 건너뛰어 과거에서 미래로 이월해 가는 문학의 논리를 꿈꾸어 본다. 우리에게, 도대체, 문학이란, 무엇이었던가. 그것은 절망을 이겨내는 순정한 꿈, 그 시대 그 현실 속에서는 도저히 이루어질 수 없는 꿈을 꿈꾸는 일 외에 아무 것도 아니었다. 그곳으로부터 이곳을 이해하는 통찰, 이곳에서 저곳을 발견하는 예지, 지금·이곳만의 논리가 아니라 어제·그곳에서 지금·이곳을 지나 내일·저곳으로 이어지는 숨은 논리를 드러내는 혜안, 그것이 바로 우리의 문학이었다. 또한 설혹 그런 높은 것은 되지 못한다 해도 개별자, 혹은 개별자와 개별자 속에 숨쉬는 고독과 소외를 절실하게 그려냄으로써 역설적으로 그들 속에 찍힌 시대의 화인을 증거 하는, 병 든 세상을 스스로 병들어 증거 하는 일, 그것이 문학이었다. 그렇지 못한 것들은 문학이되 문학이 아니었고, 문학이되 오래 남지 못했다. 요컨대 높거나, 외롭고 쓸쓸하지 않으면 문학이 아니었다. 그렇지 못한 것들은 이 땅의 사람들에게 읽힐 만한 것들이 못되었다. 설혹 널리 읽힌다 해도 사람들에게 읽어야할 필연성을, 새로운 감동을, 깊은 깨달음을, 현재 아닌 미래를 선사하지 못했다.

시대가 시대인 만큼, 외롭고 쓸쓸했던 문학을 돌이켜 본다. 작고 좁지만 아름답고 우수에 찬 현덕의 단편을, 「남생이」를, 「경칩」을 떠올려 본다. 그와 같은 시대 「오랑캐꽃」을, 「흰 바람벽이 있어」를 노래했던 슬픈 시인들을 생각해 본다. 시대가 복종을 요구할 때 그들의 문학은 순순히 야만의 논리를 따르지 않았다. 시대가 새로운 정신을 외치며 흥분을 요구할 때 그들은 사라져 가는 것들 속에 담담히 현재를 담았다. 그들의 문학은 한때 잊혀졌지만 끝내 그렇게 될 수는 없었다. 그들의 문학은 이곳으로부터 저곳을 직접 끌어내지는 못했으나 어제의 그곳으로부터 내일의 저곳으로 펼쳐진 순정한 소망을 보여주기엔 부족함이 없었다. 이제 논란의 여지가 될 법한 이상(李箱)을 생각해 본다.
그의 단편 「실화(失花)」를, 시 「꽃나무」를 생각해 본다. 프로이트식으로
생각하지 않고 이어령식으로 생각해 본다. 라깡식으로 읽지 않고 고은
식으로 읽어본다. 보인다, 근대를 전근대적으로 살면서 탈근대적으로
살고싶어 했던 자의 고독이. 아니, 보인다, 조선적인 근대를 살면서 서
구적 근대를 꿈꾸었던 자의 아이러니가. 그는 그렇게 쓰리라 다짐하고
썼던가. 아마도 그랬던 것 같다. 그의 위악적 유희 속에는 30년대 조선
의 절망이 드리워져 있다. 그의 문학을 온전히 부정할 수 없는 이유가
느껴진다.

그렇다. 이 땅에서 문학은 희망 없는 현재를 합리화하는 것과는 거
리가 멀었다. 희망 없는 현재의 거리를 활보하며 그 길가에 늘어선 수
입산 사치품에 넋을 잃는 것과는 달랐다. 올 가을에는 복고풍 의상이
유행할 거라는 예상에 때맞춰 만들어 팔아 이익을 올리는 것과는 인연
이 없었다. 문학은 현재를 견뎌내는 인고, 인고 속에서 피어나는 희망
의 논리였다. 그렇다면, 문학이 그런 것이었고 지금 또한 그래야 한다
면, 비평은, 내가 따라 배워야 할 비평의 길은 무엇이어야 하는가.

3.

이 순간 커다란 모순을 느낀다. 내 비평은 응당 높고 외롭고 쓸쓸한
문학을 옹호해야 하련만 깊지 못한 내 사유는 그런 문학을 찾아내고
선별하는 작업을 힘겨워 하며 때로 그렇지 못한 것으로 보이는 작품에

도 마음을 빼앗기곤 한다. 무엇이 그러한 모순을 야기하는지 나는 안다. 물론 옹호해야 할 문학의 논리가 분명히 마련되어 있지 못하다는 것이 가장 큰 이유가 될 것이다. 그러나 내 자신에게 그만큼 절실한 또 하나의 문제는 내 밀폐된 방 속에 자리잡은 뿌리깊은 모더니즘이다. 왜 나는 이상에게 마음을 빼앗기는가. 왜 장정일에 집착하는가. 왜 장용학에 관심을 가졌던가. 왜 많은 경우 모더니스트의 작품과 마찬가지로 '리얼리스트'의 작품들에서 감동을 맛보지 못하는가. 그것은 찌그러지고 왜곡된 내 미의식 때문이다. 오랜 시간을 타인 및 세계와 깊이 있게 교감해 보지 못한 자의 정서를 나의 미의식은 닮았다. 나는 외롭고 쓸쓸한 문학을 이해할 수 있는 내면은 갖고 있으되 높은 문학을 엄정하게 선택하고 평가할 수 있는 투철한 의식은 지니지 못했다. 그리고 이는 비평가로서 나의 치명적인 약점이다. 나는 그걸 예민하게 느낀다. 나는 지금보다 훨씬 더 정련되고 체계적인 미의식의 소유자로 되지 않으면 안 된다. 이는 오랜 노력을 요하는 일로서 비평가로서의 내 성숙 여부를 좌우하게 될 것이다. 그러나 사실 이것을 생각할 때마다 나는 하나의 의문을 갖는다. 그것은 상당한 수의 '리얼리즘' 작품에서 감동을 맛보지 못하는 이유가 오로지 내 스스로의 문제로 귀착하는가 하는 점이다. 그렇지만은 않을 것이다. 그리고 그 가장 큰 이유 중의 하나는 해당 작품이 미직으로 완성되지 못했기 때문일 것이다. 하지만 나는 여기서 좀더 나아가 이 문제를 내 비평 규준으로서의 리얼리즘 문제로 바꾸어 생각하고 싶다.

민족문학, 진보주의 문학의 창작적 비평적 방법론은 리얼리즘에 귀착되는 것으로 흔히 말해진다. 그러나 어떤 리얼리즘인가. 이를 두고 많은 논의가 이루어져 왔으나, 여기서 내가 주목하고 싶은 것은 80년대 말부터 90년대 초에 걸쳐 제기된 당파적 현실주의 및 노동해방문학론과 그 이전에 백낙청에 의해 제기된 리얼리즘론(「리얼리즘에 관하여」, 1982)이다.

전자의 논리는 모두 사회주의리얼리즘론에 기반한 것으로 그 논리의 핵심에는 당파성과 총체성의 두 범주가 자리잡고 있으나 이 가운데 실제 창작 및 비평 과정에서 결과적으로 더욱 중요하게 강조된 것은 당파성 개념이다. 이 점 때문에 당파적 현실주의나 노동해방문학론은 종종 아이디얼리즘 및 주관주의로 경사되어 버리는데, 지난 시대 리얼리즘을 방법론으로 채택한 문학작품이 종종 정치주의적인 경향문학으로 나아간 사실은 이를 확인해 준다. 또한 당파적 현실주의나 노동해방문학론의 총체성 개념은 인식론상으로 반영론에 토대했다 하나 실제 창작상에서는 오히려 모사론에 가까운 모습을 보이면서 새로운 형식주의를 결과하는 경향 또한 없지 않았던 것으로 보인다. 상징을 비롯한 다양한 수사학에 대한 무관심이나 장르 해체 및 통합 등 새로운 실험에 대한 기피 현상은 이를 보여준다. 물론 이러한 문학적 방법론에 바탕한 실제 창작과 비평을 의미 없는 것으로 간주하는 것은 어리석은 일이다. 창작이나 비평은 다소의 차이는 있을지언정 이론보다 풍부하며 이처럼 이론을 넘어서서 이론으로 설명할 수 없는 세계로까지 나아가는데 참된 의의가 있기 때문이다. 그러나 또한 이런 방법론상의 약점이 실제 창작과 비평에 일정한 제약으로 작용했을 것이라는 점 또한 의심의 여지가 없다.

이런 점들에 비추어 볼 때 백낙청의 리얼리즘론은 매우 인상적이다. 19세기 사실주의 및 사회주의리얼리즘의 한계를 지적하면서 새로운 지향태로서 수사가 붙지 않은, 대문자로 된 리얼리즘을 제안하는 그의 논리에는 80년대 논의의 일반적 수준을 뛰어넘는 '지혜'가 담겨 있다. 서구와는 달리 제3세계인 우리 사회에서 새로운 생명력과 가능성을 지닌 문학으로서 리얼리즘을 제안하는 그의 논리에서 나는 리얼리즘의 새로운 출구를 느낀다. 그럼에도 불구하고 나는 그의 논리가 루카치의 총체성 개념 및 모더니즘 비판과 상당한 연락관계를 맺고 있다는 인상을 지울 수 없다. 이 지점에서 나는 루카치가 사유와 세계의 동일성에 기반한 헤겔로부터 자유롭지 못했다는 비판(캘리니코스)을 떠올리게 된다. 또한 루카치의 모더니즘 비판 역시 모던한 형식과 모더니즘의 정신을 동일하게 간주하는 형식주의적 면모를 지닌 것이었음을 상기한다. 모더니스트의 문학은 세계에 대한 감각적, 표피적인 인식과 수동적 인간 이해로부터 기인한 것이라는 루카치의 비판은 모더니즘적 저항의 가능성을 크게 염두에 두지 않은 것처럼 보인다. 전위주의나 표현주의와 같은 모더니즘으로부터 백낙청이 제기한 새로운 리얼리즘이 수용할 수 있는 요소는 없는 것인지. 나는 지금 이와 같은 문제를 충분히 해명할 수 있는 능력을 지니고 있지 못하지만 심정적으로는 리얼리즘의 개념이 모던한 형식을 지닌 리얼리즘을 포함하는 것으로까지, 또한 인간 내면의 복잡한 심리를 '리얼'하게 드러내는 모더니즘적 요소를 수용하는 것으로까지 '확대'되고 '심화'되기를 기대한다. 이것은 어쩌면 리얼리즘과 모더니즘의 형식논리적 조합이 아닌지 의문스럽기도 하다. 하지만 지금의 내 비평은 바로 이 지점, 루카치에 스며 있는 헤겔적 총체성 개념이 갖는 관념적 요소를 제거하고 여기에 모더니즘의 유산을 결합한 속에서 이루어진다. 이러한 태도가 다양한 형식과 기법으로 가득찬 우리 시대의 문학을 더 잘 이해하게 해 줄 것을 기대하면서.

그러나 한편 이것은 단지 내 비평 규준을 리얼리즘의 측면에서 살펴 본 것에 지나지 않는다. 민족문학 및 진보주의 문학과 그 방법적 지향점으로서의 리얼리즘을 척도로 한 가치 평가는 언제나 그 이념형에 사로잡힌 나머지 실제 문학작품의 풍부한 의미를 자칫 간과하는 결과를 낳을 수 있다. 나는 내 비평이 공허한 명령어의 나열로 시종하기를 바라지 않는다. 리얼리즘은 작품, 즉 작가(나는 의도의 오류와 같은 형식논리적 명제를 곧바로 받아들일 수 없다)의 이해와 평가로 나아가는 주요도로일 뿐 작품, 즉 그 작가의 세계를 송두리째 포착해낼 수 있는 만능키는 아니다. 이론보다 너무나 풍부한 개별 작품과 그 작가에 천착함으로써 그것들 및 그들의 시대적 운명을 드러내는 것, 이것은 아직 제대로 시도해보지는 못했지만 내 비평이 지향하는 최종 귀착점이다. 마지막으로 덧붙일 것이 있다면 내게 비평이란 그 때, 그 순간마다 이들 운명에 대해 내리는 절대적 가치평가 행위라는 점이다. 나는 가치의 상대주의가 갖는 장점을 느낀다. 그러나 비평은 잠정적인 상대주의를 통과하여 절대적인 가치 평가 행위에까지 도달하지 않으면 안 된다. 그렇지 않으면 비평은 의미를 도구로 한 유희행위로 빠지거나 해설 및 주석에 머무르게 될 것이다. 특히 문제적인 것은 전자, 즉 의미를 매개로 한 유희에 몰두하는 일이다. 나는 작품과 작가를 대하는 그 순간 매우 흔들리면서도 그것, 혹은 그의 가치를 확정하고 그 경위를 독자들에게 설명한다. 스스로 혹은 다른 비평에 의해 간단히 부정되어 버릴 수도 있는 글을 쓴다. 그러나 그 행위는 시간에 의해 지배된 자가 벌이는, 더 나은 세계를 위한 진지한 싸움, 진지한 창조행위이다.